AEGIS

2026 학년도 수능 대비

홀수

옛 기출 분석서

국어 | 문학

새로운 수능 국어 학습
이지스 프로그램

홀수 기출
1년 학습
PLAN

 시즌 1 12월~3월 '홀수 약점 CHECK 모의고사'와 '홀수 기출 분석서'로 취약 영역을 탐색 및 보완

STEP 1 '홀수 약점 CHECK 모의고사'로 학습 상황 점검 및 취약점 진단

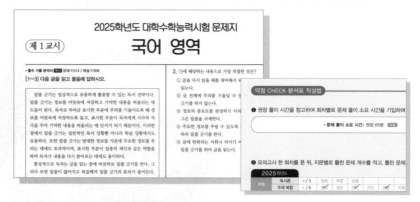

시즌 1 12월~3월
취약 영역 진단 및 보완

홀수 약점 CHECK 모의고사
+
홀수 기출 분석서 1회독

홀수 약점 CHECK 모의고사 구성
- 최신 6개년 평가원 기출 국어 공통과목(문학, 독서) 문제를 시험지 형태 그대로 제작하였습니다.
- OMR 카드와 약점 CHECK 분석표를 제공합니다.

홀수 약점 CHECK 모의고사 활용법
- 최신 기출부터 역순으로 구성된 모의고사 각 회차를 시간 제한을 두고 풉니다.
- 문제 풀이 시간, 틀린 문제의 유형과 개수를 토대로 학습 상황을 점검하고 취약점을 진단합니다.

STEP 2 '홀수 기출 분석서' 1회독으로 평가원이 요구하는 사고방식을 파악하고 약점을 보완

시즌 2 4월~5월
평가원 핵심 출제 요소 학습

홀수 옛 기출 분석서

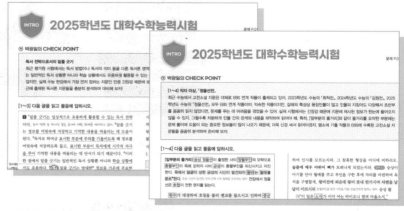

시즌 3 6월~8월
취약 지문 영역 집중 강화

홀수 기출 분석서 2회독
(홀수 옛 기출 분석서 활용 가능)

홀수 기출 분석서 구성
- 최근 6개년 평가원 기출 국어 공통과목(문학, 독서) 지문을 영역별로 분류·수록하여 각 영역에 대한 집중적인 학습이 가능합니다.
- 스스로 빈칸을 채워 나가며 지문을 분석하는 장치, '문제적 문제'와 '모두의 질문' 등 심화된 해설을 제공하는 장치를 통해 '분석하는 기출'의 모형을 제시합니다.

홀수 기출 분석서 1회독 방법
- STEP 1에서 푼 지문과 문제를 시간 제한 없이 다시 풀고 분석합니다.
- 기출 분석의 과정을 시각화한 해설 책과의 비교를 통해 자신의 사고방식을 보완합니다.

시즌 4 9월~11월
취약 문제 유형 집중 강화

홀수 기출 분석서 3회독
(홀수 옛 기출 분석서 활용 가능)

시즌 2 4월~5월 '홀수 옛 기출 분석서'로 평가원의 핵심 출제 요소를 폭넓게 학습

박광일의 VIEW POINT 이 지문은 서양 우주
론의 발전 과정을 지구 중심설에서 태양 중심설로의 이행
으로 설명한 후, 서양 우주론의 영향을 받은 중국 우주
론의 전개 양상을 살펴보고 있다. 16세기부터 대두된…

홀수 옛 기출 분석서 [구성]
- 박광일 선생님이 엄선한 평가원 필수 옛 기출 지문
으로 구성되었습니다.
- 각 지문을 풀어 보아야 하는 이유, 지문과 문제에
대한 상세한 분석을 제공합니다.

홀수 옛 기출 분석서 [활용법]
- 시즌 1에서 학습한 내용을 적용해 옛 기출 지문을
꼼꼼하게 분석합니다.
- 평가원에서 반복적으로 묻는 핵심 요소를 파악하여
평가원의 관점을 체화합니다.

시즌 3 6월~8월 '홀수 기출 분석서' 2회독으로 취약 지문 영역 파악 및 집중 보완
– '홀수 옛 기출 분석서'도 취약 영역 강화에 활용 가능

취약 지문 영역 순위

	독서	문학
1순위	과학·기술	고전산문
2순위	주제 복합	갈래 복합
3순위	사회	고전시가

(예시) 독서 2회독: '과학·기술' 영역 전 지문 기출 분석 → '주제 복합' 영역 전 지문 기출 분석 →
'사회' 영역 전 지문 기출 분석

홀수 기출 분석서 [2회독 방법]
- '홀수 약점 CHECK 모의고사'의 약점 CHECK 분석
표를 토대로 우선적으로 보완해야 하는 지문 영역을
파악하여 집중 학습합니다.
- 독서에서는 지문의 구조도를 그리며 정보를 체계화
하는 훈련을, 문학에서는 영역별 핵심 출제 요소 및
접근법에 대한 이해를 높이는 훈련을 권장합니다.

시즌 4 9월~11월 '홀수 기출 분석서' 3회독으로 취약 문제 유형 파악 및 집중 보완
– '홀수 옛 기출 분석서'도 취약 유형 강화에 활용 가능

취약 문제 유형 순위

	독서	문학
1순위	구체적 상황에 적용	작품의 내용 이해
2순위	세부 내용 추론	외적 준거에 따른 작품 감상
3순위	세부 정보 파악	표현상, 서술상의 특징 파악

(예시) 독서 3회독: 전 지문의 '구체적 상황에 적용' 문제만 기출 분석 → 전 지문의 '세부 내용 추론'
문제만 기출 분석 → 전 지문의 '세부 정보 파악' 문제만 기출 분석

홀수 기출 분석서 [3회독 방법]
- '홀수 약점 CHECK 모의고사'의 약점 CHECK 분석
표를 토대로 수능 전 반드시 보완해야 하는 문제
유형을 파악하여 집중 학습합니다.
- 수능 직전에는 최근 3~5개년 수능 및 올해 시행된
6월·9월 모의평가를 다시 분석합니다.

구성과 특징

첫째 — 2009학년도~2019학년도 평가원 기출 중 박광일 선생님이 엄선한 필수 지문과 문항을 수록하였습니다.

둘째 — 수험생들의 편의를 위해 문제 책과 해설 책으로 분권하였습니다.

문제 책 엄선된 옛 기출을 영역별로 수록

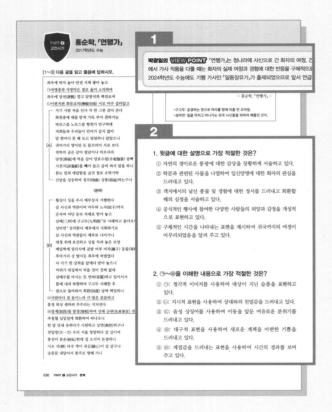

해설 책 1. 문제 풀이를 위한 작품 분석 + 빈출 어휘 풀이 제공

1 박광일의 VIEWPOINT

박광일 선생님이 해당 기출을 선정한 이유를 설명해 줍니다. 평가원의 최신 출제 경향을 바탕으로 눈여겨보아야 할 출제 요소를 제시하여 2026학년도 수능을 준비하는 수험생들에게 바람직한 옛 기출 분석 방향을 제시합니다.

2 엄선된 지문의 전 문항 수록

2009학년도~2019학년도에 평가원에서 출제한 기출 중 엄선된 지문을 영역별로 구성하고 지문의 전 문항을 수록하여 실전 감각을 익힐 수 있도록 했습니다.

1 작품 분석–운문

운문 갈래에서 반드시 파악해야 하는 화자와 대상, 상황을 해설하여 문제 풀이를 위한 효율적인 작품 분석법을 안내합니다.

2 작품 분석–산문

산문 갈래에서 반드시 파악해야 하는 인물의 심리, 장면별 주요 내용을 해설하여 문제 풀이를 위한 효율적인 작품 분석법을 안내합니다.

3 현대어 풀이

고전시가 학습의 핵심은 작품의 내용을 이해하는 데 있습니다. 원문 옆에 현대어 풀이를 배치하여 작품 내용을 쉽게 이해할 수 있도록 했습니다.

셋째 ── 최신 출제 경향에 부합하는 지문별 주제와 핵심 포인트를 분석하여 옛 기출의 접근 방안을 안내합니다.

 넷째 ── 문항별로 제시된 문제 유형과 정답률을 통해 체감 난이도를 확인하고 약점을 진단 및 보완할 수 있습니다.

2. 전 문항 자세한 해설 + 학습을 돕는 장치 수록

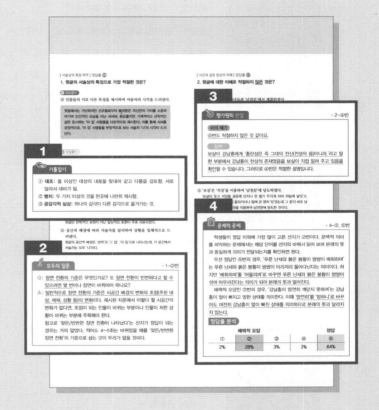

4 전체 줄거리

작품 전체의 줄거리를 제공하여 전체적인 흐름을 이해하고 제시된 지문의 맥락을 파악할 수 있도록 했습니다.

5 인물 관계도

작품에 등장하는 주요 인물들의 관계를 보여 주어 우호 관계, 적대 관계 등을 한눈에 파악할 수 있도록 했습니다.

6 이것만은 챙기자

지문에서 중요하거나 자주 등장하는 어휘를 풀이하여, 작품 분석 과정에서 자연스럽게 어휘력을 기를 수 있도록 했습니다.

1 기틀잡기

문학 개념어 풀이를 통해 표현상, 서술상의 특징을 묻는 문제 유형을 해결하고, 수능 국어의 기반을 다질 수 있습니다.

2 모두의 질문

온라인 강의와 현장에서 수험생들이 많이 한 질문들과 이에 대한 명쾌한 답변을 제시합니다.

3 평가원의 관점

수험생들의 이의 제기에 대한 평가원의 답변을 모두 수록하여 평가원의 관점과 출제 의도를 정확히 확인할 수 있도록 했습니다.

4 문제적 문제

오답률이 높았던 문제를 심화 분석합니다. 매력적 오답을 집중적으로 살펴보면서 실전에서의 실수를 예방할 수 있습니다.

목차

		기출 연도		문제 책	해설 책
PART 1 **현대시**	• 이육사, 「강 건너간 노래」 / 김광규, 「묘비명」 / 삶의 반영으로서의 시	2018학년도	수능	P.012	P.006
	• 오장환, 「고향 앞에서」 / 최두석, 「낡은 집」	2015학년도	수능B	P.014	P.010
	• 유치환, 「생명의 서 · 일장」 / 신경림, 「농무」	2014학년도	9평B	P.016	P.014
	• 김수영, 「폭포」 / 오규원, 「살아 있는 것은 흔들리면서 – 순례 11」 / 이시영, 「마음의 고향 6 – 초설」	2013학년도	수능	P.018	P.018
	• 윤동주, 「또 다른 고향」 / 오세영, 「자화상 · 2」 / 김기택, 「멸치」	2013학년도	9평	P.020	P.022
	• 박남수, 「새 1」 / 정일근, 「어머니의 그륵」 / 최두석, 「노래와 이야기」	2012학년도	9평	P.022	P.027
	• 윤동주, 「자화상」 / 고은, 「선제리 아낙네들」 / 김명인, 「그 나무」	2011학년도	수능	P.024	P.031
	• 백석, 「여승」 / 나희덕, 「못 위의 잠」 / 이수익, 「결빙의 아버지」	2009학년도	6평	P.026	P.036
PART 2 **고전시가**	• 홍순학, 「연행가」	2017학년도	수능	P.030	P.042
	• 신계영, 「전원사시가」	2016학년도	9평B	P.032	P.045
	• 박인로, 「상사곡」	2015학년도	수능A	P.034	P.049
	• 조위, 「만분가」	2015학년도	9평B	P.036	P.053
	• 이황, 「도산십이곡」	2015학년도	6평B	P.038	P.057
PART 3 **현대소설**	• 오정희, 「옛우물」	2016학년도	9평B	P.042	P.064
	• 현진건, 「무영탑」	2015학년도	수능AB	P.044	P.068
	• 김정한, 「모래톱 이야기」	2015학년도	6평AB	P.048	P.075
	• 이청준, 「소문의 벽」	2014학년도	수능B	P.052	P.080
	• 염상섭, 「만세전」	2014학년도	6평B	P.054	P.084
	• 박태원, 「천변풍경」	2013학년도	수능	P.056	P.088
	• 김동리, 「역마」	2013학년도	9평	P.058	P.092
	• 황석영, 「가객」	2013학년도	6평	P.060	P.097
	• 오영수, 「화산댁이」	2012학년도	6평	P.062	P.102
	• 김원일, 「잠시 눕는 풀」	2011학년도	9평	P.064	P.107
	• 이청준, 「잔인한 도시」	2010학년도	9평	P.066	P.111
	• 신경숙, 「외딴 방」	2010학년도	6평	P.068	P.116
	• 김승옥, 「역사」	2009학년도	수능	P.070	P.120
	• 오상원, 「모반」	2009학년도	9평	P.072	P.124

		기출 연도	문제 책	해설 책
PART 4 **고전산문**	• 조위한, 「최척전」	2017학년도 6평	P.076	P.132
	• 작자 미상, 「토끼전」	2016학년도 수능AB	P.078	P.136
	• 작자 미상, 「홍계월전」	2016학년도 6평A	P.080	P.140
	• 작자 미상, 「소대성전」	2015학년도 수능A	P.082	P.145
	• 작자 미상, 「숙향전」	2015학년도 수능B	P.084	P.150
	• 작자 미상, 「유충렬전」	2015학년도 9평AB	P.086	P.155
	• 남영로, 「옥루몽」	2014학년도 수능B	P.090	P.160
	• 작자 미상, 「열녀춘향수절가」	2013학년도 9평	P.092	P.165
	• 작자 미상, 「조웅전」	2009학년도 6평	P.094	P.169
PART 5 **갈래 복합**	• 박봉우, 「휴전선」 / 배한봉, 「우포늪 왁새」 / 김기림, 「주을온천행」	2019학년도 6평	P.098	P.176
	• 작자 미상, 「춘향전」 / 작자 미상, 「춘향이별가」	2018학년도 9평	P.102	P.182
	• 정철, 「관동별곡」 / 최익현, 「유한라산기」	2015학년도 수능B	P.106	P.189
	• 김승옥, 「무진기행」 / 김승옥, 「안개」	2015학년도 9평A	P.108	P.194
	• 박인로, 「누항사」 / 권구, 「병산육곡」 / 김용준, 「조어삼매」	2013학년도 9평	P.110	P.198
	• 한용운, 「알 수 없어요」 / 장석남, 「배를 매며」 / 정철, 「사미인곡」	2013학년도 6평	P.112	P.203
	• 곽재구, 「구두 한 켤레의 시」 / 김동환, 「산 넘어 남촌에는」 / 이광명, 「북찬가」	2012학년도 수능	P.114	P.210
	• 이용휴, 「수려기」 / 작자 미상, 「덴동어미화전가」 / 이황, 「도산십이곡」	2012학년도 9평	P.116	P.216
	• 김동명, 「파초」 / 김광균, 「수철리」 / 윤선도, 「견회요」	2012학년도 6평	P.118	P.221
	• 정극인, 「상춘곡」 / 김광욱, 「율리유곡」 / 박규수, 「범희문회서도원림」	2011학년도 수능	P.120	P.227
	• 한용운, 「님의 침묵」 / 김광규, 「나뭇잎 하나」 / 작자 미상, 「춘면곡」	2009학년도 수능	P.122	P.233
PART 6 **극**	• 이강백, 「결혼」	2016학년도 6평AB	P.128	P.242
	• 이근삼, 「원고지」	2014학년도 9평AB	P.130	P.245
	• 함세덕, 「산허구리」	2012학년도 수능	P.132	P.248
	• 홍파 각색, 「난쟁이가 쏘아 올린 작은 공」	2009학년도 수능	P.134	P.252
	• 이강백, 「파수꾼」	2009학년도 9평	P.136	P.256

PART 1	현대시		
문제 책 페이지	지문명	목표 학습 날짜	실제 학습 날짜
P.012	이육사, 「강 건너간 노래」 / 김광규, 「묘비명」 / 삶의 반영으로서의 시		
P.014	오장환, 「고향 앞에서」 / 최두석, 「낡은 집」		
P.016	유치환, 「생명의 서 · 일장」 / 신경림, 「농무」		
P.018	김수영, 「폭포」 / 오규원, 「살아 있는 것은 흔들리면서 – 순례 11」 / 이시영, 「마음의 고향 6 – 초설」		
P.020	윤동주, 「또 다른 고향」 / 오세영, 「자화상 · 2」 / 김기택, 「멸치」		
P.022	박남수, 「새 1」 / 정일근, 「어머니의 그륵」 / 최두석, 「노래와 이야기」		
P.024	윤동주, 「자화상」 / 고은, 「선제리 아낙네들」 / 김명인, 「그 나무」		
P.026	백석, 「여승」 / 나희덕, 「못 위의 잠」 / 이수익, 「결빙의 아버지」		

PART 2	고전시가		
문제 책 페이지	지문명	목표 학습 날짜	실제 학습 날짜
P.030	홍순학, 「연행가」		
P.032	신계영, 「전원사시가」		
P.034	박인로, 「상사곡」		
P.036	조위, 「만분가」		
P.038	이황, 「도산십이곡」		

PART 3	현대소설		
문제 책 페이지	지문명	목표 학습 날짜	실제 학습 날짜
P.042	오정희, 「옛우물」		
P.044	현진건, 「무영탑」		
P.048	김정한, 「모래톱 이야기」		
P.052	이청준, 「소문의 벽」		
P.054	염상섭, 「만세전」		
P.056	박태원, 「천변풍경」		
P.058	김동리, 「역마」		
P.060	황석영, 「가객」		
P.062	오영수, 「화산댁이」		
P.064	김원일, 「잠시 눕는 풀」		
P.066	이청준, 「잔인한 도시」		
P.068	신경숙, 「외딴 방」		
P.070	김승옥, 「역사」		
P.072	오상원, 「모반」		

PART 4 고전산문

문제 책 페이지	지문명	목표 학습 날짜	실제 학습 날짜
P.076	조위한, 「최척전」		
P.078	작자 미상, 「토끼전」		
P.080	작자 미상, 「홍계월전」		
P.082	작자 미상, 「소대성전」		
P.084	작자 미상, 「숙향전」		
P.086	작자 미상, 「유충렬전」		
P.090	남영로, 「옥루몽」		
P.092	작자 미상, 「열녀춘향수절가」		
P.094	작자 미상, 「조웅전」		

PART 5 갈래 복합

문제 책 페이지	지문명	목표 학습 날짜	실제 학습 날짜
P.098	박봉우, 「휴전선」 / 배한봉, 「우포늪 왁새」 / 김기림, 「주을온천행」		
P.102	작자 미상, 「춘향전」 / 작자 미상, 「춘향이별가」		
P.106	정철, 「관동별곡」 / 최익현, 「유한라산기」		
P.108	김승옥, 「무진기행」 / 김승옥, 「안개」		
P.110	박인로, 「누항사」 / 권구, 「병산육곡」 / 김용준, 「조어삼매」		
P.112	한용운, 「알 수 없어요」 / 장석남, 「배를 매며」 / 정철, 「사미인곡」		
P.114	곽재구, 「구두 한 켤레의 시」 / 김동환, 「산 넘어 남촌에는」 / 이광명, 「북찬가」		
P.116	이용휴, 「수려기」 / 작자 미상, 「덴동어미화전가」 / 이황, 「도산십이곡」		
P.118	김동명, 「파초」 / 김광균, 「수철리」 / 윤선도, 「견회요」		
P.120	정극인, 「상춘곡」 / 김광욱, 「율리유곡」 / 박규수, 「범희문회서도원림」		
P.122	한용운, 「님의 침묵」 / 김광규, 「나뭇잎 하나」 / 작자 미상, 「춘면곡」		

PART 6 극

문제 책 페이지	지문명	목표 학습 날짜	실제 학습 날짜
P.128	이강백, 「결혼」		
P.130	이근삼, 「원고지」		
P.132	함세덕, 「산허구리」		
P.134	홍파 각색, 「난쟁이가 쏘아 올린 작은 공」		
P.136	이강백, 「파수꾼」		

HOLSOO

혼자 공부하는 수능 국어 기출 분석

PART 1
현대시

[1~3] 다음 글을 읽고 물음에 답하시오.

(가)

섣달에도 보름께 달 밝은 밤
㉠앞내강 쨍쨍 얼어 조이던 밤에
내가 부른 노래는 강 건너 갔소

㉡강 건너 하늘 끝에 사막도 닿은 곳
내 노래는 제비같이 날아서 갔소

못 잊을 계집애 집조차 없다기에
가기는 갔지만 어린 날개 지치면
㉢그만 어느 모래불에 떨어져 타서 죽겠죠.

사막은 끝없이 푸른 하늘이 덮여
㉣눈물 먹은 별들이 조상* 오는 밤

㉤밤은 옛일을 무지개보다 곱게 짜내나니
한 가락 여기 두고 또 한 가락 어디멘가
내가 부른 노래는 그 밤에 강 건너 갔소.

　　　　　　　　　　－ 이육사, 「강 건너간 노래」 －

*조상: 남의 죽음에 대하여 슬퍼하는 뜻을 드러내어 위문함.

(나)

한 줄의 시(詩)는커녕
단 한 권의 소설도 읽은 바 없이
그는 한평생을 행복하게 살며
많은 돈을 벌었고
높은 자리에 올라
이처럼 훌륭한 비석을 남겼다
그리고 어느 유명한 문인이
그를 기리는 묘비명을 여기에 썼다
비록 이 세상이 잿더미가 된다 해도
불의 뜨거움 꿋꿋이 견디며
이 묘비는 살아 남아
귀중한 사료(史料)가 될 것이니
역사는 도대체 무엇을 기록하며
시인(詩人)은 어디에 무덤을 남길 것이냐

　　　　　　　　　　－ 김광규, 「묘비명(墓碑銘)」 －

(다)

[A]
　　시는 인간의 삶을 반영한다. 시에서 반영은 현실과 인생을 모방한다는 의미에서 외부 현실을 시 속에 담아내는 것으로, 역사와 현실의 상황을 시를 통해 어떻게 재현할 것인가에 초점을 둔다. 여기서 반영은 '있는 그대로의 현실'로서의 반영과 '있어야 하는 현실'로서의 반영으로 구분할 수 있다. 전자는 역사와 현실의 모습을 사실 그대로 보여 주는 일상적 진실을 반영하는 것을 말하고, 후자는 일상적 현실을 넘어 화자가 지향하는 당위적 진실을 반영하는 것을 말한다.

　　한편 '시에 대한 시 쓰기'라는 형식을 통해 시 그 자체를 반영하는 특수한 경우도 있다. 이때 반영의 대상은 외부 현실이 아니라 시 쓰기 상황이나 시를 쓰는 시인이 된다. 이 경우 시는 그 자체로 시론 혹은 시인론의 성격을 지닌다. 이러한 성격의 작품에서 시는 노래나 기타 여러 갈래의 글로 표상되기도 한다.

　　이처럼 시인들은 시 속에 형상화된 세계를 통해 인간이 지향해야 할 바람직한 삶의 방향을 모색한다. 이를 통해 시는 무엇을 말해야 하고, 시인은 어떤 존재로 살아가야 하는가에 대한 자기 성찰의 태도를 드러내는 것이다.

1. (가)와 (나)의 공통점으로 가장 적절한 것은?

① 청자를 명시적으로 설정하여 풍자적으로 비판하고 있다.

② 유사한 시구를 반복함으로써 화자의 의지를 강조하고 있다.

③ 시적 대상에 생명력을 부여하여 의지를 지닌 존재로 나타내고 있다.

④ 다양한 이미지를 통해 자연의 모습을 감각적으로 드러내고 있다.

⑤ 반어적 어조를 활용하여 현실에 대한 비관적 태도를 드러내고 있다.

2. [A]의 관점에서 ㉠~㉤을 이해한 내용으로 적절하지 <u>않은</u> 것은?

① ㉠: 극한의 추위를 드러내는 시간적 배경을 제시하여, 화자나 인물이 처한 상황을 드러내고 있다.

② ㉡: 현실의 모습을 사막으로 표상하여, 화자나 인물이 직면하게 될 공간적 배경을 드러내고 있다.

③ ㉢: 죽음의 상황을 가정하여, 화자에게 닥친 일상적 현실이 절망적인 상황임을 노래에 투영하여 드러내고 있다.

④ ㉣: 자연물에 대한 화자의 태도 변화를 통해, 일상적 현실이 희망적으로 바뀌었음을 보여 주고 있다.

⑤ ㉤: 밤과 무지개의 이미지를 대응시켜, 화자가 추구하는 당위적 진실에 대한 소망을 담아내고 있다.

3. (다)를 참고하여, (가)의 노래와 (나)의 묘비명을 이해한 것으로 적절하지 <u>않은</u> 것은? [3점]

① '노래'가 시를 표상한다면, 이 '노래'는 (가)를 쓴 시인 자신이 추구하는 바람직한 삶의 방향을 반영하고 있다고 할 수 있겠군.

② '노래'가 시를 표상한다면, 이 '노래'는 시가 '집조차 없는' 처지에 있는 이의 삶에 다가서야 한다는, (가)를 쓴 시인의 관점을 드러내고 있겠군.

③ '묘비명'이 시를 표상한다면, 이 '묘비명'은 (나)를 쓴 시인 자신이 추구하는 삶과는 거리가 있는 사람의 인생을 반영하고 있겠군.

④ '묘비명'이 시를 표상한다면, 이 '묘비명'은 (나)를 쓴 시인이 시 쓰기를 통해 '무엇을 기록'해야 하는지에 대해 자기 성찰을 하게 되는 계기라 할 수 있겠군.

⑤ '묘비명'이 시를 표상한다면, 이 '묘비명'은 한 줄의 시조차 읽지 않아도 '행복하게 살' 수 있다는, (나)를 쓴 시인의 관점을 드러내는 소재라 할 수 있겠군.

MEMO

[1~3] 다음 글을 읽고 물음에 답하시오.

(가)

흙이 풀리는 내음새
강바람은
산짐승의 우는 소릴 불러
㉠다 녹지 않은 얼음장 울멍울멍 떠내려간다.

진종일
나룻가에 서성거리다
행인의 손을 쥐면 따듯하리라.

고향 가차운 주막에 들러
㉡누구와 함께 지난날의 꿈을 이야기하랴.
양귀비 끓여다 놓고
주인집 늙은이는 공연히 눈물지운다.

간간이 잰나비 우는 산기슭에는
아직도 무덤 속에 조상이 잠자고
설레는 바람이 가랑잎을 휩쓸어간다.

예제로* 떠도는 장꾼들이여!
상고(商賈)하며 오가는 길에
㉢혹여나 보셨나이까.

전나무 우거진 마을
집집마다 누룩을 디디는 소리, 누룩이 뜨는 내음새……

– 오장환, 「고향 앞에서」 –

*예제로: 여기저기로.

(나)

　귀향이라는 말을 매우 어설퍼하며 마당에 들어서니 다리를 저
는 오리 한 마리 유난히 허둥대며 두엄자리로 도망간다. ㉣나의
부모인 농부 내외와 그들의 딸이 사는 슬레이트 흙담집, 겨울 해
어름의 ㉤집 안엔 아무도 없고 방바닥은 선뜩한 냉돌이다. 여덟
자 방구석엔 고구마 뒤주가 여전하며 벽에 메주가 매달려 서로
박치기한다. 허리 굽은 어머니는 냇가 빨래터에서 오셔서 콩깍
지로 군불을 피우고 동생은 면에 있는 중학교에서 돌아와 반가
워한다. 닭똥으로 비료를 만드는 공장에 나가 일당 서울 광주
간 차비 정도를 버는 아버지는 한참 어두워서야 귀가해 장남의
절을 받고, 가을에 이웃의 텃밭에 나갔다 팔매질 당한 다리병신
오리를 잡는다.

– 최두석, 「낡은 집」 –

1. (가), (나)에 대한 이해로 가장 적절한 것은?

① (가)의 화자는 낯선 행인에게서 친근감을 기대하고 있고, (나)의 화자는 익숙했던 공간에 들어서며 낯선 느낌을 받는다.

② (가)의 화자는 아직도 조상의 권위가 지속되는 공간을, (나)의 화자는 여전히 가난이 지속되는 공간을 벗어나고자 한다.

③ (가)의 화자는 세상이 변해도 각박한 인심이 여전함에 좌절하고 있고, (나)의 화자는 세상이 변해도 인심은 변하지 않기를 바라고 있다.

④ (가)의 화자는 떠돌아다니는 자신의 처지를 통해, (나)의 화자는 공장 노동자로 전락한 농민의 처지를 통해 삶의 무상함을 드러내고 있다.

⑤ (가)의 화자는 자연과 조화를 이루는 농촌의 모습이 보존되기를 희망하고, (나)의 화자는 산업화를 통해 농촌의 모습이 변화되기를 희망한다.

2. ㉠~㉤에 대한 이해로 적절하지 않은 것은?

① ㉠: 계절이 바뀌면서 얼음이 풀리는 강변 풍경을 시각적으로 묘사하고 있다.

② ㉡: 꿈이 있던 시절을 함께 회상할 사람이 없는 아쉬움을 설의적으로 드러내고 있다.

③ ㉢: 이리저리 떠돌며 고향에 가지 못하는 장꾼들의 설움을 독백조로 토로하고 있다.

④ ㉣: 가족의 일원이면서도 자신의 가족을 객관화하여 지칭하고 있다.

⑤ ㉤: 썰렁한 집 안의 정경 묘사를 통해 화자가 느끼는 심정을 간접적으로 드러내고 있다.

MEMO

3. 〈보기〉를 참고하여, (가)와 (나)를 감상한 학생들의 반응으로 적절하지 <u>않은</u> 것은? [3점]

〈보기〉

고향을 떠난 사람들이 고향을 각박하고 차가운 현실과 대비되는 공간으로 인식하고, 그곳으로 복귀하려는 것을 귀향 의식이라고 한다. 이때 고향은 공동체의 인정과 가족애가 살아 있는 따뜻한 공간으로 표상된다. 이들의 기억 속에서 고향은 평화로운 이상적 공간으로 남아 있기도 하다. 그러나 고향으로 돌아가더라도 고향이 변해 있거나 고향이 고향처럼 느껴지지 않을 때 귀향은 미완의 형태로 남게 된다.

① (가)에서 주인집 늙은이의 슬픔에 공감하는 것을 보니, 화자는 타인과의 조화를 통해서 현실을 따뜻한 공간으로 만들어 귀향을 완성하려 하겠군.

② (가)에서 전나무가 울창하고 집집마다 술을 빚고 있는 모습으로 고향을 묘사한 것을 보니, 화자의 의식 속에서 고향은 평화로운 공간으로 기억되고 있겠군.

③ (나)에서 고향의 가족들이 궁핍한 삶을 살고 있는 것을 본 화자는 현재의 고향을 이상적인 공간이라고 생각하지 않겠군.

④ (나)에서 어머니가 군불을 피우고 아버지가 오리를 잡아 주는 것을 본 화자는 고향에 와서 가족애를 느낄 수 있겠군.

⑤ (가)에서는 고향을 앞에 두고도 고향 근처 주막에 머물고 있고 (나)에서는 고향에 와서도 마음이 편치 않아 보인다는 점에서, 화자의 귀향이 완성되었다고 보기 어렵겠군.

유치환, 「생명의 서·일장」 / 신경림, 「농무」

2014학년도 9월 모평B

해설 P.014

[1~3] 다음 글을 읽고 물음에 답하시오.

(가)

나의 지식이 독한 회의를 구하지 못하고
내 또한 삶의 애증을 다 짐지지 못하여
㉠병든 나무처럼 생명이 부대낄 때
저 머나먼 아라비아의 사막으로 나는 가자

거기는 한번 뜬 백일(白日)이 불사신같이 작열하고
일체가 모래 속에 사멸한 ㉡영겁의 허적(虛寂)*에
오직 알라의 신만이
밤마다 고민하고 방황하는 열사(熱沙)의 끝

그 ㉢열렬한 고독 가운데
옷자락을 나부끼고 호올로 서면
운명처럼 반드시 '나'와 대면케 될지니
하여 '나'란 나의 생명이란
그 ㉣원시의 본연한 자태를 다시 배우지 못하거든
차라리 나는 어느 사구(沙丘)에 ㉤회한(悔恨) 없는 백골을 쪼이
리라

— 유치환, 「생명의 서·일장(一章)」 —

*허적: 아무것도 없이 적막함.

(나)

징이 울린다 막이 내렸다
오동나무에 전등이 매어달린 가설 무대
구경꾼이 돌아가고 난 텅빈 운동장
우리는 분이 얼룩진 얼굴로 　　　　　　　　　[A]
학교 앞 소줏집에 몰려 술을 마신다
ⓐ답답하고 고달프게 사는 것이 원통하다

꽹과리를 앞장세워 장거리로 나서면
따라붙어 악을 쓰는 건 쪼무래기들뿐
처녀애들은 기름집 담벽에 붙어 서서
철없이 킬킬대는구나 　　　　　　　　　　　[B]
보름달은 밝아 어떤 녀석은
꺽정이처럼 울부짖고 또 어떤 녀석은
서림이처럼 해해대지만 ⓑ이까짓
산구석에 처박혀 발버둥 친들 무엇하랴

비료 값도 안 나오는 농사 따위야
아예 여편네에게나 맡겨 두고 　　　　　　　[C]
쇠전을 거쳐 도수장 앞에 와 돌 때

우리는 점점 신명이 난다
ⓒ한 다리를 들고 날나리를 불거나
고갯짓을 하고 어깨를 흔들거나

— 신경림, 「농무」 —

1. (가), (나)에 대한 설명으로 가장 적절한 것은?

① (가)는 계절을 드러내는 시어를 사용하여 분위기를 조성한다.
② (나)는 밤에서 낮으로의 시간 변화를 통해 대상의 이면을 보여
준다.
③ (가)는 (나)와 달리 청각적 심상을 활용하여 사물의 속성을 표출
한다.
④ (나)는 (가)와 달리 대구의 방식으로 시상을 마무리하면서 여운을
강화한다.
⑤ (가), (나)는 모두 시적 공간의 탈속성을 내세워 이상향에 대한
화자의 동경을 드러낸다.

**2. (가)의 '나'와 ㉠~㉤의 관련성을 이해한 내용으로 적절하지
않은 것은?**

① ㉠은 화자가 극복해야 할 자신의 모습을 빗대어 표현한 것으로,
'나'와는 대비되는 표상이다.
② ㉡은 어떤 것도 존재하지 못하는 극한 상태로, 화자가 '나'와
대면할 수 있는 조건에 해당한다.
③ ㉢은 절대적 고독을 나타낸 것으로, 화자가 그 절대적 고독에서
벗어남으로써 '나'에 도달할 수 있음을 알려 준다.
④ ㉣은 생명이 본래적으로 존재하는 모습을 가리키는 것으로,
'나'가 원시적 생명력을 지닌 존재임을 보여 준다.
⑤ ㉤은 죽음에 대한 화자의 태도를 드러내는 것으로, '나'를 통해
생명을 회복하려는 화자의 의지를 담아낸 표현이다.

3. 〈보기〉를 참고하여 (나)를 감상한 내용으로 적절하지 <u>않은</u> 것은? [3점]

〈보기〉

시 「농무」는 1970년 전후의 농촌의 실상과 농민들의 정서를 잘 담아낸 작품이다. 당시 우리 사회는 산업화와 도시화에 힘을 기울였는데, 이로 인해 농촌이 도시와는 다르게 피폐해져 감으로써 삶의 터전을 도시로 옮긴 농민들이 적지 않았다. 이러한 상황에서 시인은 농촌에서 농민들이 삶의 활력과 신명을 얻기 위해 집단적으로 추는 '농무'를 소재로 하여 현실의 암울함을 역설적으로 드러내는 한편, 농촌 공동체의 소중함을 독자들에게 일깨워 주었다.

① [A]에서 화자는 농무를 통해 활력을 얻기보다 오히려 무력감을 느끼고 있는 것 같아.

② [B]에서 '악을 쓰는', '킬킬대는구나', '울부짖고', '해해대지만' 등은 화자가 농무를 흥겨운 축제로 대하지는 못하고 있음을 드러내 줘.

③ [C]에서 화자가 신명을 느끼는 것은 농무의 신명에 힘입어 농촌 현실의 문제를 극복하고자 하는 농민들의 태도를 잘 보여 줘.

④ ⓐ와 ⓑ를 통해 당시의 농민들이 도시로 떠날 수밖에 없었던 사정을 어느 정도 감지할 수 있어.

⑤ ⓒ에서 화자의 물음은 앞날을 낙관하지 못하는 농촌 사람들이 던지는 자조적 물음으로도 이해될 수 있어.

MEMO

[1~4] 다음 글을 읽고 물음에 답하시오.

(가)

폭포는 곧은 절벽을 무서운 기색도 없이 떨어진다

규정할 수 없는 물결이
무엇을 향하여 떨어진다는 의미도 없이
㉠계절과 주야를 가리지 않고
고매한 정신처럼 쉴 사이 없이 떨어진다

금잔화도 인가도 보이지 않는 밤이 되면
폭포는 곧은 **소리**를 내며 떨어진다

곧은 소리는 소리이다
곧은 소리는 곧은
소리를 부른다

번개와 같이 떨어지는 물방울은
취할 순간조차 마음에 주지 않고
㉡나타(懶惰)와 안정(安定)을 뒤집어 놓은 듯이
높이도 폭도 없이
떨어진다

- 김수영, 「폭포」 -

(나)

살아 있는 것은 흔들리면서
튼튼한 줄기를 얻고
잎은 흔들려서 스스로
살아 있는 몸인 것을 증명한다.

바람은 오늘도 분다.
수만의 잎은 제각기
몸을 엮는 하루를 가누고
들판의 **슬픔 하나** 들판의 **고독 하나**
들판의 **고통 하나**도
다른 곳에서 바람에 쓸리며
자기를 헤집고 있다.

피하지 마라
㉢빈 들에 가서 깨닫는 그것
우리가 늘 흔들리고 있음을.

- 오규원, 「살아 있는 것은 흔들리면서 - 순례 11」 -

(다)

내 마음의 고향은 이제
참새 떼 와자히 내려앉는 대숲 마을의
노오란 초가을의 초가지붕에 있지 아니하고
내 마음의 고향은 이제
토란 잎에 후두둑 빗방울 스치고 가는
여름날의 ㉣고요 적막한 뒤란에 있지 아니하고
내 마음의 고향은 이제
추수 끝난 빈 들판을 쿵쿵 울리며 가는
서늘한 뜨거운 기적 소리에 있지 아니하고
내 마음의 고향은 이제
빈 들길을 걸어 걸어 흰 옷자락 날리며
서울로 가는 순이 누나의 파르라한 옷고름에 있지 아니하고
내 마음의 고향은 이제
아늑한 상큼한 짚벼늘에 파묻혀
나를 부르는 소리도 잊어버린 채
까닭 모를 굵은 눈물 흘리던 그 어린 저녁 무렵에도 있지 아니하고
내 마음의 마음의 고향은
싸락눈 홀로 이마에 받으며
내가 그 어둑한 신작로 길로 나섰을 때 끝났다
눈 위로 막 얼어붙기 시작한
작디작은 ㉤수레바퀴 자국을 뒤에 남기며

- 이시영, 「마음의 고향 6 - 초설」 -

1. (가)~(다)의 공통점으로 가장 적절한 것은?

① 도치의 방식으로 시상을 마무리하여 주제 의식을 드러낸다.

② 명령적 어조를 활용하여 화자의 강한 의지를 표출한다.

③ 색채의 선명한 대조를 통해 시적 분위기를 환기한다.

④ 영탄법을 사용하여 화자의 고조된 감정을 나타낸다.

⑤ 유사한 어구를 반복하여 시적 상황을 부각한다.

2. 〈보기〉를 참고하여 (가), (나)를 감상한 내용으로 적절하지 않은 것은? [3점]

〈보기〉

김수영은 한때 자유를 이상으로 내세우면서 생활인으로서의 자신을 뛰어넘으려고 했고, 오규원은 '순례' 연작시에서 생성과 변화를 중시하면서 사물에 대한 고정된 인식이나 관념에서 탈피하려고 했다. 오규원에게는 그것이 자유를 추구하는 일이었다. 이와 관련하여 김수영은 위대성에 주목하면서 대상의 숭고한 면이나 뛰어난 점을 발견하려 했고, 오규원은 구체적 언어에 주목하여 대상의 동적 이미지와 몸의 이미지를 포착하려 했다.

① (가)의 '고매한 정신처럼'에서는, 생활인으로서 시인이 지녔던 고뇌와 대비되는 대상의 위대성을 느낄 수 있어.

② (나)의 '슬픔 하나', '고독 하나', '고통 하나'가 '자기를 헤집고 있다'는 것에서는, 몸의 이미지를 통해 관념에서 탈피하려는 화자의 태도를 느낄 수 있어.

③ (가)의 '소리'와 (나)의 '바람'은 자유의 의미와 대비되는 소재들로서, 화자는 이에 부정적 의미를 부여하고 있어.

④ (가)에 비해 (나)의 화자는 흔들리는 현상을 바탕으로 자신을 대상과 동일시하고 있어.

⑤ (가)의 대상이 지닌 숭고한 면모와, (나)의 대상이 지닌 동적인 속성은 자유와 관련하여 그 의미를 해석할 수 있어.

3. (다)를 이해한 내용으로 적절하지 않은 것은?

① 고향에서의 삶과 관련된 소재들을 열거하고 있다.

② 감각적 심상을 활용하여 화자의 정서를 드러내고 있다.

③ 고향의 특정 인물에 대한 기억을 떠올리면서 시상을 반전시키고 있다.

④ 고향을 떠나올 때의 장면으로 시상을 마무리하면서 시적 여운을 남기고 있다.

⑤ 고향에 대한 상실감을 내세워 고향에 대한 화자의 그리움을 담아내고 있다.

4. ㉠～㉤에 대한 설명으로 적절한 것은?

① ㉠: '폭포'의 낙하가 지닌 항상성을 나타낸다.

② ㉡: '폭포'가 지닌 긍정적 속성들이다.

③ ㉢: 화자와 공동체가 화합을 이루는 공간이다.

④ ㉣: 화자의 절망적인 상황을 드러낸다.

⑤ ㉤: 화자가 지향하는 미래를 표상한다.

윤동주,「또 다른 고향」/ 오세영,「자화상·2」/ 김기택,「멸치」
2013학년도 9월 모평

해설 P.022

[1~4] 다음 글을 읽고 물음에 답하시오.

(가)

고향에 돌아온 날 밤에
내 백골이 따라와 한방에 누웠다.

어둔 **방**은 우주로 통하고
하늘에선가 소리처럼 바람이 불어온다.

어둠 속에 곱게 풍화작용하는
백골을 들여다보며
눈물짓는 것이 내가 우는 것이냐
백골이 우는 것이냐
아름다운 혼이 우는 것이냐

지조 높은 개는
밤을 새워 어둠을 짖는다.

어둠을 짖는 개는
나를 쫓는 것일 게다.

가자 가자
쫓기우는 사람처럼 가자
백골 몰래
아름다운 또 다른 고향에 가자.

　　　　　　　– 윤동주,「또 다른 고향(故鄕)」–

(나)

전신이 검은 까마귀,
까마귀는 까치와 다르다.
마른 가지 끝에 높이 앉아
먼 설원을 굽어보는 저
형형한* 눈.
고독한 이마 그리고 날카로운 부리.
얼어붙은 지상에는
그 어디에도 낱알 한 톨 보이지 않지만
그대 차라리 눈발을 뒤지다 굶어 죽을지언정
결코 **까치**처럼
인가의 안마당을 넘보진 않는다.
검을 테면
철저하게 검어라. 단 한 개의 깃털도
남기지 말고……

겨울 되자 온 세상 수북이 ㉠눈은 내려
저마다 하얗게 하얗게 분장하지만
나는
빈 가지 끝에 홀로 앉아
말없이
먼 지평선을 응시하는 한 마리
검은 까마귀가 되리라.

　　　　　　　– 오세영,「자화상·2」–

*형형한: 광채가 반짝반짝 빛나며 밝은.

(다)

[A]
　굳어지기 전까지 저 딱딱한 것들은 물결이었다
　파도와 해일이 쉬고 있는 바닷속
　지느러미의 물결 사이에 끼어
　유유히 흘러 다니던 **무수한 갈래의 길**이었다

[B]
　그물이 물결 속에서 멸치들을 떼어냈던 것이다
　햇빛의 꼿꼿한 직선들 틈에 끼이자마자
　부드러운 물결은 팔딱거리다 길을 잃었을 것이다

[C]
　바람과 햇볕이 달라붙어 물기를 빨아들이는 동안
　바다의 무늬는 뼈다귀처럼 남아
　멸치의 등과 지느러미 위에서 딱딱하게 굳어갔던 것이다
　모래 더미처럼 길거리에 쌓이고
　건어물집의 푸석한 공기에 풀리다가
　기름에 튀겨지고 접시에 담겨졌던 것이다

[D]
　지금 젓가락 끝에 깍두기처럼 딱딱하게 집히는 이 멸치에는
　두껍고 **뻣뻣한** 공기를 뚫고 흘러가는
　바다가 있다 그 바다에는 아직도
　지느러미가 있고 지느러미를 흔드는 물결이 있다

[E]
　이 작은 물결이
　지금도 멸치의 몸통을 뒤틀고 있는 이 작은 무늬가
　파도를 만들고 **해일**을 부르고
　고깃배를 부수고 그물을 찢었던 것이다

　　　　　　　– 김기택,「멸치」–

박광일의 VIEW POINT 분열된 자아를 시적 대상으로 하는 (가), 까마귀의 고고함에 주목한 (나), 멸치의 생명력에 주목한 (다)를 엮어서 출제한 기출이다. 세 작품은 모두 시적 대상이 비교적 명확하기 때문에 대상을 대하는 화자의 태도를 파악하는 것이 중요하다. 작품을 읽을 때 대상에 대한 화자의 태도를 파악하는 것이 왜 중요한지 보여 주는 기출이다.

1. (가)~(다)의 공통점으로 가장 적절한 것은?

① 영탄법을 활용하여 화자의 정서를 표출하고 있다.

② 동일한 시행의 반복을 통해 운율감을 자아내고 있다.

③ 공간의 대비를 통해 지향하는 가치를 드러내고 있다.

④ 과거에 대한 회상을 통해 그리움의 정서를 환기하고 있다.

⑤ 반어적 표현을 활용하여 현실에 대한 비판적 태도를 드러내고 있다.

3. (나)의 ㉠에 대한 설명으로 가장 적절한 것은?

① 충만한 느낌을 통해 평온한 삶을 드러낸다.

② 본질을 가리는 속성을 통해 세상의 허위를 암시한다.

③ 색채 이미지를 통해 화자의 순결한 정신을 드러낸다.

④ 하강 이미지를 통해 화자가 연약한 존재임을 보여 준다.

⑤ 역동적 이미지를 통해 미래에 대한 화자의 소망을 나타낸다.

2. 〈보기〉를 참고하여 (가)와 (나)를 감상한 내용으로 적절하지 않은 것은? [3점]

〈보기〉

　　자아 성찰의 주제를 담은 현대시에서는 시적 자아가 분열된 모습으로 등장하는 경우가 많다. (가)와 (나)의 화자는 자아 성찰을 통해 자아의 부정적인 모습과 단절하고 새로운 존재로 거듭나려 한다는 점에서 공통적이다. 하지만 (가)의 화자는 시선을 자신의 내면으로 돌려 자아의 부정적, 긍정적 면모를 발견한 후 이들을 상징적 시어로 표현하고 있고, (나)의 화자는 시선을 바깥으로 돌려 자신의 삶의 태도를 외부의 상징적 존재에 투영하여 표현하고 있다.

① (가)의 '들여다보며'에서는 '백골'로 상징화된 부정적 자아를 향한 화자의 내면의 시선을 확인할 수 있군.

② (가)의 '지조 높은 개'는 자아의 부정적인 모습과 대비되어 화자를 새로운 존재로 거듭나게 하는군.

③ (나)에서 먼 설원을 굽어보는 '형형한 눈'은 바람직한 삶을 지향하는 화자의 태도를 떠올리게 하는군.

④ (나)에서 인가의 안마당을 넘보는 '까치'는 화자가 단절하고자 하는 삶의 태도를 나타내는군.

⑤ (가)의 '방'은 화자의 어두운 내면을, (나)의 '먼 지평선'은 화자가 처한 부정적 현실을 상징하는군.

4. 〈보기〉를 바탕으로 (다)의 시상 전개를 이해할 때, 적절하지 않은 것은?

〈보기〉

[A] 바닷속의 멸치 떼 → [B] 건져 올린 멸치 → [C] 굳어진 멸치 → [D] 멸치 몸의 무늬 → [E] 멸치와 바다

① [A]에서 멸치 떼의 유유한 움직임은 '무수한 갈래의 길'과 연결되어 바닷속의 자유로운 분위기를 보여 주고 있다.

② [B]에서 '그물', '햇빛의 꼿꼿한 직선들'은 멸치의 생명을 앗아 가려는 외부 세계의 폭력성을 환기하고 있다.

③ [C]는 멸치가 본래의 속성을 잃어 가는 과정을 순차적으로 보여 주고 있다.

④ [D]는 바다 물결의 실제 움직임을 사실적으로 묘사하여 마른 멸치의 몸에 남은 무늬에 시선을 집중시키고 있다.

⑤ [E]는 '파도'와 '해일'의 움직임을 통해 멸치가 본래 지녔던 생명력을 환기하며 시상을 마무리하고 있다.

[1~4] 다음 글을 읽고 물음에 답하시오.

(가)

1

㉠하늘에 깔아 논
바람의 여울터에서나
속삭이듯 서걱이는
나무의 그늘에서나, 새는
노래한다. 그것이 노래인 줄도 모르면서
새는 그것이 사랑인 줄도 모르면서
두 놈이 부리를
서로의 쭉지에 파묻고
다스한 체온을 나누어 가진다.

2

새는 울어
뜻을 만들지 않고,
지어서 교태로
사랑을 가식하지 않는다.

3

—포수는 한 덩이 납으로
그 순수를 겨냥하지만,
매양 쏘는 것은
피에 젖은 한 마리 상한 새에 지나지 않는다.

　　　　　　　　　　　　　　– 박남수, 「새 1」 –

(나)

어머니는 그륵이라 쓰고 읽으신다
그륵이 아니라 그릇이 바른 말이지만
어머니에게 그릇은 그륵이다
물을 담아 오신 ㉡어머니의 그륵을 앞에 두고
그륵, 그륵 중얼거려 보면
그륵에 담긴 물이 편안한 수평을 찾고
어머니의 그륵에 담겨졌던 모든 것들이
사람의 체온처럼 따뜻했다는 것을 깨닫는다
나는 학교에서 그릇이라 배웠지만
어머니는 인생을 통해 그륵이라 배웠다
그래서 내가 담는 한 그릇의 물과 　　　　　[A]
어머니가 담는 한 그륵의 물은 다르다

말 하나가 살아남아 빛나기 위해서는
말과 하나가 되는 사랑이 있어야 하는데
어머니는 어머니의 삶을 통해 말을 만드셨고　[B]
나는 사전을 통해 쉽게 말을 찾았다
무릇 시인이라면 하찮은 것들의 이름이라도
뜨겁게 살아 있도록 불러 주어야 하는데
두툼한 개정판 ㉢국어사전을 자랑처럼 옆에 두고
서정시를 쓰는 내가 부끄러워진다

　　　　　　　　　　　　　– 정일근, 「어머니의 그륵」 –

(다)

노래는 심장에, 이야기는 뇌수에 박힌다
처용이 밤늦게 돌아와, 노래로써
아내를 범한 귀신을 꿇어 엎드리게 했다지만
막상 목청을 떼어 내고 ㉣남은 가사는
베개에 떨어뜨린 머리카락 하나 건드리지 못한다
하지만 처용의 이야기는 살아남아
㉤새로운 노래와 풍속을 짓고 유전해 가리라
정간보가 오선지로 바뀌고　　　　　　　　[C]
이제 아무도 시집에 악보를 그리지 않는다
노래하고 싶은 시인은 말 속에　　　　　　[D]
은밀히 심장의 박동을 골라 넣는다
그러나 내 격정의 상처는 노래에 쉬이 덧나
다스리는 처방은 이야기일 뿐　　　　　　[E]
이야기로 하필 시를 쓰며
뇌수와 심장이 가장 긴밀히 결합되길 바란다.

　　　　　　　　　　　　　– 최두석, 「노래와 이야기」 –

1. (가)~(다)의 공통점으로 가장 적절한 것은?

① 시간의 경과에 따라 시상을 전개하고 있다.

② 동일한 구절의 반복을 통해 리듬감을 주고 있다.

③ 역설적 표현을 통해 시적 의미를 강조하고 있다.

④ 영탄적 어조를 통해 고조된 감정을 표현하고 있다.

⑤ 시적 대상의 의미를 대비하여 주제를 드러내고 있다.

2. ㉠~㉤ 중 〈보기〉 ㉮의 문맥적 의미와 가까운 것만을 고른 것은? [3점]

〈보기〉

마을의 한 아이에게 천자문을 주어 읽게 했더니 그 녀석이 읽기를 싫증 내고 짜증을 부리며 "하늘은 푸르고 푸른데 하늘을 나타내는 ㉮'천(天)'이라는 글자는 푸르지 않으니 읽기에 싫증이 나는 것이죠."라고 합디다. 이 아이의 총명함은 한자를 처음 만들었다는 창힐(蒼頡)을 애타고 괴롭게 만듭니다.
　　　　　　　　　　　　　　　　　　　– 박지원, 「창애(蒼厓)에게」 –

① ㉠, ㉡　② ㉠, ㉤　③ ㉡, ㉢　④ ㉢, ㉣　⑤ ㉣, ㉤

3. (가)와 (나)에 대한 설명으로 적절하지 않은 것은?

① (가)는 인위적이고 가식적인 것에 대한 비판 의식을 담고 있다.
② (나)는 일상생활에서 시의 발상을 얻고 있다.
③ (가)는 (나)와 달리 연을 구분하여 시상의 흐름을 조절하고 있다.
④ (나)는 (가)와 달리 시적 화자가 표면에 드러나 있다.
⑤ (가)와 (나) 모두 환상의 세계에 대한 동경 의식이 나타나 있다.

4. [A]~[E]에 대한 감상으로 가장 적절한 것은?

① [A]: '그륵'보다는 '그릇'이 훨씬 풍부하고 다채로운 의미를 담고 있다는 뜻이군.
② [B]: '그릇'이라는 말은 창조된 것이고 '그륵'이라는 말은 발견된 것이라는 뜻이군.
③ [C]: 시와 음악의 분리를 비판하는 것으로 보아 자유시보다 정형시를 선호하는군.
④ [D]: 말에 생명을 불어넣어 감동을 주는 시를 쓰고자 하는 바람을 표현하고 있군.
⑤ [E]: 덧난 상처를 '이야기'로 치유한다면 상처의 원인은 '노래'에 있다는 뜻이군.

MEMO

윤동주, 「자화상」 / 고은, 「선제리 아낙네들」 / 김명인, 「그 나무」
2011학년도 수능

해설 P.031

[1~4] 다음 글을 읽고 물음에 답하시오.

(가)

산모퉁이를 돌아 논가 외딴 우물을 홀로
찾아가선 가만히 들여다봅니다.

우물 속에는 달이 밝고 구름이 흐르고
하늘이 펼치고 파아란 바람이 불고 가을이 있습니다.

그리고 한 사나이가 있습니다.
어쩐지 그 사나이가 미워져 돌아갑니다.

돌아가다 생각하니 그 사나이가 가엾어집니다. 도로 가 들여다
보니 사나이는 그대로 있습니다.

다시 그 사나이가 미워져 돌아갑니다.
돌아가다 생각하니 그 사나이가 그리워집니다.

우물 속에는 달이 밝고 구름이 흐르고 하늘이 펼치고 파아란
바람이 불고 가을이 있고 추억처럼 사나이가 있습니다.

– 윤동주, 「자화상(自畵像)」 –

(나)

먹밤중 한밤중 새터 중뜸 개들이 시끌짝하게 짖어댄다 ⌉
이 개 짖으니 저 개도 짖어
들 건너 갈메 개까지 덩달아 짖어댄다
이런 개 짖는 소리 사이로
언뜻언뜻 까 여 다 여 따위 말끝이 들린다   [A]
밤 기러기 드높게 날며
추운 땅으로 떨어뜨리는 소리하고 남이 아니다
앞서거니 뒤서거니 의좋은 그 소리하고 남이 아니다 ⌋
콩밭 김칫거리
아쉬울 때 마늘 한 접 이고 가서
군산 묵은장 가서 팔고 오는 선제리 아낙네들
팔다 못해 파장떨이로 넘기고 오는 아낙네들
㉠시오릿길 한밤중이니
십릿길 더 가야지
빈 광주리야 가볍지만
빈 배 요기도 못하고 오죽이나 가벼울까
그래도 이 고생 혼자 하는 게 아니라
못난 백성
못난 아낙네 끼리끼리 나누는 고생이라

얼마나 ㉡의좋은 한세상이더냐
그들의 말소리에 익숙한지
어느새 개 짖는 소리 뜸해지고
밤은 내가 밤이다 하고 말하려는 듯 어둠이 눈을 멀뚱거린다

– 고은, 「선제리 아낙네들」 –

(다)

한 해의 꽃잎을 며칠 만에 활짝 피웠다 지운 ⌉
벚꽃 가로 따라가다가
미처 제 꽃 한 송이도 펼쳐 들지 못하고 멈칫거리는
늦된 그 나무 발견했지요.
들킨 게 부끄러운지, 그 나무   [B]
시멘트 개울 한 구석으로 비틀린 뿌리 감춰놓고
앞줄 아름드리 그늘 속에 반쯤 숨어 있었지요. ⌋
봄은 그 나무에게만 더디고 더뎌서
꽃철 이미 지난 줄도 모르는지,
그래도 여느 꽃나무와 다름없이
가지 가득 매달고 있는 멍울 어딘가 안쓰러웠지요.
늦된 나무가 비로소 밝혀드는 ㉢꽃불 성화,
환하게 타오를 것이므로 나도 이미 길이 끝난 줄
까마득하게 잊어버리고 한참이나 거기 멈춰 서 있었지요.
산에서 내려 두 달거리나 제자릴 찾지 못해
헤매고 다녔던 저 ㉣난만한 봄길 어디,
늦깎이 깨달음 함께 얻으려고 한나절
나도 병든 그 나무 곁에서 서성거렸지요.
이 봄 가기 전 저 나무도 푸릇한 잎새 매달까요?
무거운 청록으로 여름도 지치고 말면
불타는 소신공양 틈새 ㉤가난한 소지(燒紙)*,
저 나무도 가지가지마다 지펴 올릴 수 있을까요?

– 김명인, 「그 나무」 –

*소지: 부정을 없애고 신에게 소원을 빌기 위하여 태워서 공중에 올리는
종이.

1. (가)~(다)의 공통점으로 가장 적절한 것은?

① 대상의 현재 상황에 대한 화자의 비판적 태도가 드러난다.

② 대상의 미래에 대한 화자의 낙관적 전망이 드러난다.

③ 대상과 일체가 되려는 화자의 의지가 드러난다.

④ 대상을 딱하게 여기는 화자의 마음이 드러난다.

⑤ 대상에 대한 화자의 대결 의식이 드러난다.

2. 〈보기〉를 참고하여 (가)를 이해한 내용으로 적절하지 않은 것은? [3점]

〈보기〉

「자화상(自畵像)」은 1941년 『문우(文友)』에는 '우물 속의 자상화(自像畵)'라는 제목으로 게재되었다. 이 제목에서는 '우물'과 '그림'이 부각되어 있다. 상징적 관점에서 볼 때, 우물은 자신의 모습을 투영해 볼 수 있는 사물이고, 하늘을 향해 있는 동굴이며, 그 동굴의 원형인 모태(母胎)를 떠올리게 하는 공간이다. 이 점에서 보면, 이 시에서 우물 속의 자상화는 자신의 존재에 대한 화자의 인식과 태도를 다층적으로 담아내고 있는 그림이다.

① 제1연에서 '외딴', '홀로', '가만히', '들여다봅니다' 등으로 보아, '우물'은 화자의 모습을 투영해 볼 수 있는 내밀한 공간이겠군.

② 제2연에서 '우물 속'에 들어 있는 자연은 하늘을 향해 있는 우물 속의 그림이므로, 화자가 지향해 온 바를 담고 있겠군.

③ 제3연~제5연에서 '한 사나이'에 대한 화자의 반응들로 보아, 화자는 자신을 성찰하는 자세를 지니고 있겠군.

④ 제6연에서 자연과 '사나이'가 함께 나타나는 것은, 우물 속의 자상화를 들여다보는 화자가 존재 탐구를 끝냈음을 의미하겠군.

⑤ 제6연에서 '추억처럼'에는 고향과 같은 모태적 공간을 통해서 자신을 바라보려는 화자의 태도가 내포되어 있겠군.

3. [A]와 [B]를 비교한 내용으로 가장 적절한 것은?

① [A]는 [B]와 달리 대조를 통해 주제 의식을 강조한다.

② [A]는 [B]와 달리 유사한 구절을 병치하여 운율감을 조성한다.

③ [B]는 [A]와 달리 공감각적 심상을 통해 입체감을 부여한다.

④ [B]는 [A]와 달리 현재 시제를 사용하여 현장감을 부각한다.

⑤ [B]는 [A]와 달리 의성어를 통해 구체적인 생동감을 부여한다.

4. ㉠~㉤에 대한 설명으로 적절하지 않은 것은?

① ㉠: '군산 묵은장'과 '선제리' 사이의 거리로, '한밤중', '십릿길'과 더불어 '아낙네들'이 처한 상황을 구체적으로 나타낸다.

② ㉡: '끼리끼리'와 상관되는 것으로, 공동체적 삶에 공감하는 화자의 태도가 내포되어 있다.

③ ㉢: '늦된 나무'가 피워 낼 '꽃'을 성스러운 불에 비유한 것으로, '늦된 나무'에 대한 화자의 기대가 내포되어 있다.

④ ㉣: '벚꽃'이 흐드러지게 피어 있는 '봄길'로, 일탈적 삶에 대한 화자의 갈망이 간절한 것이었음을 나타낸다.

⑤ ㉤: 가을의 나뭇잎을 '깨달음'과 관련하여 표현한 것으로, '불타는 소신공양'과 대비되어 화자의 겸손한 태도를 드러낸다.

[1~4] 다음 글을 읽고 물음에 답하시오.

(가)

여승(女僧)은 합장(合掌)하고 절을 했다
가지취의 내음새가 났다
쓸쓸한 낯이 옛날같이 늙었다
나는 불경(佛經)처럼 서러워졌다

평안도(平安道)의 어늬 산(山) 깊은 ㉠금덤판
나는 파리한 여인(女人)에게서 옥수수를 샀다
여인(女人)은 나 어린 딸아이를 따리며 가을밤같이 차게 울었다

섶벌같이 나아간 지아비 기다려 십 년(十年)이 갔다
지아비는 돌아오지 않고
어린 딸은 도라지꽃이 좋아 돌무덤으로 갔다

산(山)꿩도 설게 울은 슬픈 날이 있었다
㉡산(山)절의 마당귀에 여인(女人)의 머리오리가 눈물방울과
같이 떨어진 날이 있었다

– 백석, 「여승(女僧)」 –

(나)

저 지붕 아래 제비집 너무도 작아
갓 태어난 새끼들만으로 가득 차고
어미는 둥지를 날개로 덮은 채 간신히 잠들었습니다
바로 그 옆에 누가 박아 놓았을까요, 못 하나
그 못이 아니었다면
아비는 어디서 밤을 지냈을까요
못 위에 앉아 밤새 꾸벅거리는 제비를
눈이 뜨겁도록 올려다봅니다
종암동 ㉢버스 정류장, 흙바람은 불어오고
한 사내가 아이 셋을 데리고 마중 나온 모습
수많은 버스를 보내고 나서야
피곤에 지친 한 여자가 내리고, 그 창백함 때문에
반쪽 난 달빛은 또 얼마나 창백했던가요
아이들은 달려가 엄마의 옷자락을 잡고
제자리에 선 채 달빛을 좀 더 바라보던
사내의, 그 마음을 오늘 밤은 알 것도 같습니다
실업의 호주머니에서 만져지던
때 묻은 호두알은 쉽게 깨어지지 않고
그럴듯한 ㉣집 한 채 짓는 대신
못 하나 위에서 견디는 것으로 살아온 아비,

거리에선 아직도 흙바람이 몰려오나 봐요
돌아오는 길 희미한 달빛은 그런대로
식구들의 손잡은 그림자를 만들어 주기도 했지만
그러기엔 ㉤골목이 너무 좁았고
늘 한 걸음 늦게 따라오던 아버지의 그림자
그 꾸벅거림을 기억나게 하는
못 하나, 그 위의 잠

– 나희덕, 「못 위의 잠」 –

(다)

어머님,
제 예닐곱 살 적 겨울은
목조 적산 가옥 이층 다다미방의
벌거숭이 유리창 깨질 듯 울어 대던 **외풍** 탓으로
한없이 추웠지요, 밤마다 나는 벌벌 떨면서
아버지 가랑이 사이로 시린 발을 밀어 넣고
그 가슴팍에 벌레처럼 파고들어 얼굴을 묻은 채
겨우 잠이 들곤 했었지요.

요즈음도 추운 밤이면
곁에서 잠든 아이들 이불깃을 덮어 주며
늘 그런 추억으로 마음이 아프고,
나를 품어 주던 그 가슴이 이제는 한 줌 뼛가루로 삭아
붉은 흙에 자취 없이 뒤섞여 있음을 생각하면
옛날처럼 나는 다시 아버지 곁에 눕고 싶습니다.

그런데 어머님,
오늘은 영하(零下)의 한강교를 지나면서 문득
나를 품에 안고 추위를 막아 주던
예닐곱 살 적 그 겨울밤의 아버지가
이승의 물로 화신(化身)해 있음을 보았습니다.
품 안에 부드럽고 **여린 물살**은 무사히 흘러
바다로 가라고,
꽝 꽝 **얼어붙은 잔등**으로 혹한을 막으며
하얗게 **얼음**으로 엎드려 있던 아버지,
아버지, 아버지……

– 이수익, 「결빙(結氷)의 아버지」 –

1. (가)~(다)의 공통점으로 가장 적절한 것은?

① 반어적 표현을 구사하여 주제를 부각시킨다.

② 시간의 변화가 시상 전개에 중요한 역할을 한다.

③ 부정적 현실을 포용하려는 여유로운 정신이 엿보인다.

④ 대화체를 사용하여 독자를 시 속으로 깊숙이 끌어들인다.

⑤ 화자와 대상의 거리를 좁혀 자연 친화적 태도를 드러낸다.

2. (가)와 (나)를 비교할 때 적절하지 않은 것은?

① (가)는 사람이, (나)는 자연물이 시상을 유발한다.

② (가)는 (나)에 비해 내면을 성찰하는 태도가 잘 드러난다.

③ (나)는 (가)에 비해 간접적으로 정서를 드러내고 있다.

④ (나)는 (가)에 비해 친근한 어조를 사용하고 있다.

⑤ (가)와 (나)는 비유적으로 인물을 표현하고 있다.

3. ㉠~㉤에 대한 설명으로 적절하지 않은 것은?

① ㉠: '여인'이 생계를 유지하는 공간

② ㉡: '여인'이 비극적 상황에서 대안으로 선택한 공간

③ ㉢: '사내'가 자신의 처지를 확인하는 공간

④ ㉣: '사내'가 지향하는 삶을 상징하는 공간

⑤ ㉤: '사내'가 정서적 유대감을 느끼게 되는 공간

4. (다)에 대한 설명으로 적절하지 않은 것은?

① '외풍'은 아버지의 사랑을 대비적으로 부각시키는 소재이다.

② '이승의 물로 화신'에는 삶에 대한 윤회론적 인식이 엿보인다.

③ '여린 물살'은 아버지의 보호를 받는 자식을 형상화한 것이다.

④ '얼어붙은 잔등'은 화자의 아버지가 돌아가시게 된 사건을 추측하게 한다.

⑤ '얼음'은 일반적인 속성과는 달리 따뜻함이 투영된 이미지이다.

MEMO

HOLSOO

혼자 공부하는 수능 국어 기출 분석

PART 2
고전시가

[1~3] 다음 글을 읽고 물음에 답하시오.

좌우에 탁자 놓아 만권 서책 쌓아 놓고
㉠자명종과 자명악은 절로 울어 소리하며
좌우에 당전(唐氈) 깔고 담방석과 백전요며
㉡이편저편 화류교의(樺榴交椅) 서로 마주 걸터앉고

   ┌ 거기 사람 처음 인사 차 한 그릇 갖다 준다
      화찻종에 대를 받쳐 가득 부어 권하거늘
      파르스름 노르스름 향취가 만구한데
      저희들과 우리들이 언어가 같지 않아
      말 한마디 못 해 보고 덤덤하니 앉았으니
[A] 귀머거리 벙어린 듯 물끄러미 서로 보다
      천하의 글은 같아 필담이나 하오리라
      당연(唐硯)에 먹을 갈아 양호수필(羊毫鬚筆) 덤뻑 찍어
      시전지(詩箋紙)를 빼어 들고 글씨 써서 말을 하니
      묻는 말과 대답함을 글귀 절로 오락가락
   └ 간담을 상응하여 정곡(情曲) 상통(相通)하는구나

(중략)

   ┌ 황상이 상을 주사 예부상서 거행한다
      삼 사신과 역관이며 마두와 노자(奴子)까지
      은자며 비단 등속 차례로 받아 놓고
      삼배(三拜)에 구고두(九叩頭)*로 사례하고 돌아오니
      상마연* 잔치한다 예부에서 지휘하기로
      삼 사신과 역관들이 예부로 나아가니
      대청 위에 포진하고 상을 차려 놓은 모양
[B] 메밀떡에 밀다식에 겉밤 머루 비자(榧子) 등물(等物)
      푸닥거리 상 벌이듯 좌우에 떠벌였다
      다 각기 한 상씩을 앞에다 받아 놓으니
      비위가 뒤집혀서 먹을 것이 전혀 없네
      삼배주를 마시는 듯 연파(宴罷)하고 일어서서
      뜰에 내려 북향하여 구고두 사례한 후
   └ 관소로 돌아와서 회환(回還) 날짜 택일하니
㉢사람마다 짐 동이느라 각 방은 분분하고
흥정 외상 셈하려 주주리는 지저귄다
㉣장계(狀啓)를 발정(發程)하여 선래 군관(先來軍官) 전송하고
추칠월 십일일에 회환하여 떠나오니
한 달 닷새 유하다가 시원하고 상연(爽然)하구나
천일방(天一方) 우리 서울 창망하다 갈 길이여
풍진이 분운(紛紜)한데 집 소식이 돈절하니
사오 삭(朔) 타국 객이 귀심(歸心)이 살 같구나
숭문문 내달아서 통주로 향해 가니

㉤올 적에 심은 곡식 추수가 한창이요
서풍이 삽삽하여 가을빛이 쾌히 난다

              – 홍순학, 「연행가」 –

  *구고두: 공경하는 뜻으로 머리를 땅에 아홉 번 조아림.
  *상마연: 일을 마치고 떠나가는 외국 사신들을 위하여 베풀던 잔치.

1. 윗글에 대한 설명으로 가장 적절한 것은?

① 자연의 경이로운 풍광에 대한 감상을 장황하게 서술하고 있다.

② 학문과 관련된 사물을 나열하여 입신양명에 대한 화자의 관심을 드러내고 있다.

③ 객지에서의 낯선 풍물 및 경험에 대한 정서를 드러내고 회환할 때의 심정을 서술하고 있다.

④ 공식적인 행사에 참여한 다양한 사람들의 외양과 감정을 개성적으로 표현하고 있다.

⑤ 구체적인 시간을 나타내는 표현을 제시하여 귀국까지의 여정이 마무리되었음을 알려 주고 있다.

2. ㉠~㉤을 이해한 내용으로 가장 적절한 것은?

① ㉠: 청각적 이미지를 사용하여 대상이 지닌 슬픔을 표현하고 있다.

② ㉡: 지시적 표현을 사용하여 상대와의 친밀감을 드러내고 있다.

③ ㉢: 음성 상징어를 사용하여 이동을 앞둔 여유로운 분위기를 드러내고 있다.

④ ㉣: 대구적 표현을 사용하여 새로운 계책을 마련한 기쁨을 드러내고 있다.

⑤ ㉤: 계절감을 드러내는 표현을 사용하여 시간의 경과를 보여 주고 있다.

3. [A], [B]에 대한 감상으로 적절하지 <u>않은</u> 것은? [3점]

① [A]에서 '간담을 상응하여'는 상대방에 대한 경계심을, [B]에서 '뜰에 내려 북향하여'는 상대방에 대한 거부감을 드러내는군.

② [A]에서 '우리들'은 '거기 사람'에게 인사로 차를 대접받고, [B]에서 '삼 사신' 일행은 '예부상서'를 통해 황상의 상을 하사받고 있군.

③ [A]에서 '필담'은 의사소통의 어려움을 해결하는 수단을, [B]에서 '구고두'는 의례적 상황에서 감사를 표하는 공식적 예법을 나타내는군.

④ [A]에서 '글귀 절로 오락가락'은 난처한 상황이 해소되고 있음을, [B]에서 '비위가 뒤집혀서'는 난감한 상황에 처하게 되었음을 드러내는군.

⑤ [A]의 '귀머거리 벙어린 듯'은 대화가 이루어지지 못하는 상황을, [B]의 '메밀떡에 밀다식에 겉밤' 등은 여러 가지 음식을 차려 놓은 상황을 알려 주는군.

MEMO

[1~3] 다음 글을 읽고 물음에 답하시오.

> ㉠양파(陽坡)*의 풀이 기니 봄빗치 느저 잇다
> 소원(小園) 도화(桃花)는 밤비에 다 피거다
> 아히야 쇼 됴히 머겨 논밧 갈게 ᄒ야라　　　〈제2수〉
>
> ㉡잔화(殘花) 다 딘 후에 녹음이 기퍼 간다
> 백일(白日) 고촌(孤村)에 낫둙의 소릭로다
> ㉢아히야 계면됴 불러라 긴 조롬 ᄭᆡ오쟈　　　〈제3수〉
>
> 동리(東籬)에 국화 피니 중양(重陽)이 거에로다
> 자채(自蔡)*로 비즌 술이 ᄒ마 아니 니것ᄂ냐
> ㉣아히야 자해(紫蟹)* 황계(黃鷄)로 안주 쟝만ᄒ야라　　　〈제6수〉
>
> 북풍이 노피 부니 압 뫼헤 눈이 딘다
> ㉤모첨(茅簷)* 춘 빗치 석양이 거에로다
> 아히야 두죽(豆粥) 니것ᄂ냐 먹고 자랴 ᄒ로라　　　〈제7수〉
>
> ┌ 이바 아히돌아 새히 온다 즐겨 마라
> [A] 헌ᄉ호 세월이 소년(少年)* 아사 가ᄂ니라
> └ 우리도 새히 즐겨 ᄒ다가 이 백발이 되얏노라　　　〈제9수〉
> 　　　　　　　　　　　　　　　　 – 신계영, 「전원사시가(田園四時歌)」 –

*양파: 볕이 잘 드는 언덕.
*자채: 올벼. 철 이르게 익은 벼.
*자해: 꽃게.
*모첨: 초가지붕의 처마.
*소년: 젊은 나이.

1. ㉠~㉤에 대한 이해로 가장 적절한 것은?

① ㉠: 화자가 지향했던 초월적인 삶의 세계가 회고된다.

② ㉡: 꽃이 떨어진 것에 대한 화자의 안타까운 심정이 제시된다.

③ ㉢: 시름을 일시적으로나마 잊고자 하는 화자의 의도가 표출된다.

④ ㉣: 미각을 돋우는 소재들을 통해 화자의 흥취가 드러난다.

⑤ ㉤: 세속과 타협하지 않으려는 화자의 의지가 집약되어 나타난다.

2. 〈보기〉와 [A]를 비교한 내용으로 가장 적절한 것은?

> ───────〈보기〉───────
> 늘그니 늘그니를 만나니 반가고 즐겁고야
> 반가고 즐거오니 늘근 줄을 모롤로다
> 진실노 늘근 줄 모르거니 미일 만나 즐기리라
> 　　　　　 – 김득연, 「산중잡곡(山中雜曲)」 제49수 –

① [A]와 〈보기〉는 모두 젊음과 늙음을 대조적으로 제시하여 주제를 표출하고 있다.

② [A]와 〈보기〉는 모두 자신의 현재 모습에 대한 긍정적인 인식을 드러내고 있다.

③ [A]와 〈보기〉는 모두 세월의 흐름이 빠르다는 점을 구체적인 대상에 빗대어 표현하고 있다.

④ [A]에서는 현재의 자신과 다른 태도를 보이는 상대에 대한 훈계가, 〈보기〉에서는 같은 처지에 있는 상대를 만난 기쁨이 드러난다.

⑤ [A]에서는 과거에 대한 책임을 상대에게 전가하는 태도가, 〈보기〉에서는 상대를 통해 현재 삶에 대한 깨달음을 얻는 태도가 드러난다.

3. 〈보기〉를 참조하여 윗글을 감상한 내용으로 적절하지 <u>않은</u> 것은? [3점]

〈보기〉

사시가(四時歌)는 사계절의 추이에 맞추어 시상을 전개하는 시가를 일컫는다. 사시가에서는 계절에 관한 시상이 드러나는 연들을 유기적으로 연결하기 위해 동일한 어휘나 유사한 표현을 연마다 반복하는 경우가 있다. 또한 자연을 묘사하기 위한 시어 및 구절을 먼저 제시한 후 화자의 반응이나 정취를 덧붙이는 것이 일반적이다. 작품에 따라서는 일상의 풍경을 도입하여 계절의 변화에 따른 세상살이의 모습을 조명하거나, 어김없이 순환하는 자연의 이치와 무상한 인간사를 대비하기도 한다.

① 사계절의 추이가 나타난다는 점에서 사시가의 요건을 갖추고 있군.

② '아히야'가 반복적으로 등장하여 연 사이의 유기성을 부여하고 있군.

③ 계절이 다루어진 연은 자연의 모습이 먼저 묘사되고 화자의 반응이 이어지는 방식으로 구성되는군.

④ 봄에 소를 먹여 논밭을 가는 것과 가을에 올벼로 빚은 술을 찾는 것은 일상의 풍경을 그려 낸 사례이겠군.

⑤ 각 연에서는 일정하게 순환하는 자연의 이치와, 그러한 이치를 삶에 구현하지 못하는 인간을 대비하고 있군.

박인로, 「상사곡」

2015학년도 수능A

해설 P.049

[1~3] 다음 글을 읽고 물음에 답하시오.

천지간에 어느 일이 남들에겐 서러운가
아마도 서러운 건 임 그리워 서럽도다
양대(陽臺)에 구름비는 내린 지 몇 해인가
반쪽 거울 녹이 슬어 티끌 속에 묻혀 있다
청조(靑鳥)도 아니 오고 백안(白鴈)도 그쳤으니
소식도 못 듣거늘 임의 모습 보겠는가
㉠화조월석(花朝月夕)에 울며 그리워할 뿐이로다
그리워해도 못 보기에 그리워하지도 말리라 여겨
나도 장부(丈夫)로서 모진 마음 지어 내어
이제나 잊자 한들 눈에 절로 밟히거늘 설워 아니 그리워할쏘냐
㉡그리워해도 못 보니 하루가 삼 년 같도다
원수(怨讐)가 원수 아니라 못 잊는 게 원수로다
사택망처(徙宅忘妻)는 그 어떤 사람인고
그 있는 곳 알고자 진초(秦楚)*엔들 아니 가랴
무심하고 쉽게 잊기 배워나 보고 싶구나
어리석은 분수에 무슨 재주가 있을까마는
임 향한 총명*이야 사광(師曠)인들 미칠쏘냐
총명도 병이 되어 날이 갈수록 짙어 가니
㉢먹던 밥 덜 먹히고 자던 잠 덜 자인다
수척한 얼굴이 시름 겨워 검어 가니
취한 듯 흐릿한 듯 청심원 소합환 먹어도 효험 없다
고황(膏肓)에 든 병을 **편작(扁鵲)**인들 고칠쏘냐
목숨이 중한지라 못 죽고 살고 있노라
㉣처음 인연 맺을 적에 이리되자 맺었던가
비익조(比翼鳥) 부부 되어 연리지(連理枝) 수풀 아래
나무 얽어 집을 짓고 나무 열매 먹을망정
이승 동안은 하루도 이별 세상 안 보기를 원했건만
동과 서에 따로 살며 그리워하다 다 늙었다
예로부터 이른 말이 견우직녀를
천상(天上)의 인간 중에 불쌍하다 하건마는
그래도 저희는 한 해에 한 번을 해마다 보건마는
㉤애달프구나 우리는 몇 은하가 가려서 이토록 못 보는고

– 박인로, 「상사곡(相思曲)」 –

*진초: 진나라, 초나라 지역. 매우 먼 곳을 말함.
*총명: 듣거나 본 것을 오래 기억하는 힘이 있음.

1. 윗글에 대한 설명으로 가장 적절한 것은?

① 자문자답의 방식으로, 임에 대한 그리움을 부각하고 있다.

② 풍자의 기법으로, 떠나간 임에 대한 서운함을 나타내고 있다.

③ 언어유희를 통해, 이별의 현실을 수용하는 담담한 태도를 드러내고 있다.

④ 의태어를 나열하여, 임의 부재로 인한 외로움을 시각적 이미지로 제시하고 있다.

⑤ 반어적 표현으로, 임에 대한 애정이 식어 가는 것에 대한 안타까움을 표현하고 있다.

2. ㉠~㉤에 대한 이해로 적절하지 <u>않은</u> 것은?

① ㉠은 꽃피는 아침과 달 밝은 밤, 즉 경치가 좋은 시절을 뜻하는 '화조월석'이라는 시어를 통해 임과 함께 좋은 때를 누리지 못하는 서러움을 표현하고 있다.

② ㉡은 짧은 동안을 나타내는 '하루'와 긴 시간을 나타내는 '삼 년'이라는 시어의 대비를 통해 임을 기다리는 간절한 정서를 표출하고 있다.

③ ㉢은 사람이 살아가는 데에 필수적인 요소인 '밥'과 '잠'이라는 시어를 통해 임에 대한 그리움으로 인한 고통을 나타내고 있다.

④ ㉣은 인연을 맺었던 때를 가리키는 '처음'과 현재의 상황을 나타내는 '이리되자'라는 시어를 통해 임과의 예정된 이별에 대한 안타까움을 드러내고 있다.

⑤ ㉤은 임과의 만남을 가로막는 존재를 나타내는 '은하'라는 시어를 통해 임과의 만남이 이루어지지 않음으로 인한 슬픔을 표현하고 있다.

박광일의 **VIEW POINT** 임을 그리워하는 화자의 모습을 통해 임금에 대한 사모의 정을 표현한 연군 가사로, 비유·상징적 표현이 많아 의미 파악에 어려움을 겪을 수 있지만, 〈보기〉에서 제공한 단서를 활용하면 작품 해석의 방향을 설정할 수 있다. 박인로의 작품은 2023학년도 9월 모평에 「소유정가」가, 2013학년도 9월 모평에 「누항사」가 출제된 적이 있으므로 해당 작가의 작품은 눈여겨보아 둘 필요가 있다.

3. 〈보기〉는 윗글에서 사용한 고사를 정리한 것이다. 이를 바탕으로 윗글을 이해한 내용으로 적절하지 <u>않은</u> 것은? [3점]

〈보기〉

ⓐ 청조: 신녀 서왕모를 위해 음식물을 가져오고 소식을 전해 주는 신화 속의 푸른 새.

ⓑ 사택망처: 노나라 애공과 공자의 대화에 나오는 말로, 이사 할 때 아내를 깜박 잊고 두고 가는 것.

ⓒ 사광: 춘추 시대 진(晉)나라 악사로, 청각 능력이 우수하여 음률을 이해하고 기억하는 것에 뛰어났음.

ⓓ 편작: 전국 시대의 명의로, 환자의 오장을 투시하는 경지에 도달하였다고 함.

ⓔ 비익조: 암수가 각각 눈 하나와 날개 하나만 있어서 짝을 지어야만 날 수 있다는 전설 속의 새.

① ⓐ를 활용한 것은, '청조'가 소식을 전하지 못하는 것과 같이 화자와 임 사이에 소식이 끊겼음을 말하려는 것이군.

② ⓑ를 활용한 것은, '사택망처'한 이가 차라리 부러울 정도로 화자가 임을 잊기 어려워하고 있음을 말하려는 것이군.

③ ⓒ를 활용한 것은, 화자가 임에 대한 기억을 떨쳐 낼 수 없음을 '사광'의 기억력에 견주어 말하려는 것이군.

④ ⓓ를 활용한 것은, 임에 대한 화자의 그리움이 '편작'마저 고칠 수 없는 병처럼 매우 깊음을 말하려는 것이군.

⑤ ⓔ를 활용한 것은, 화자와 임이 이별하더라도 결국에는 '비익조'처럼 재회할 운명임을 말하려는 것이군.

MEMO

[1~3] 다음 글을 읽고 물음에 답하시오.

천상(天上) 백옥경(白玉京) 십이루(十二樓) 어디매오
오색운(五色雲) 깊은 곳에 자청전(紫淸殿)이 가렸으니
천문(天門) ㉠구만 리(九萬里)를 꿈이라도 갈동 말동
차라리 식어지어 억만(億萬) 번 변화(變化)하여
남산(南山) 늦은 봄에 두견(杜鵑)의 넋이 되어   [A]
이화(梨花) 가지 위에 밤낮을 못 울거든
삼청동리(三淸洞裡)*에 저문 하늘 ㉡구름 되어
㉢바람에 흘리 날아 자미궁(紫微宮)에 날아올라
옥황(玉皇) 향안 전(香案前)의 지척(咫尺)에 나아 앉아
흉중(胸中)에 쌓인 말씀 쓸커시 사뢰리라   [B]
어와 이 내 몸이 천지간(天地間)에 늦게 나니
황하수(黃河水) 맑다마는
㉣초객(楚客)*의 후신(後身)인가 상심(傷心)도 끝도 없고
가 태부(賈太傅)*의 넋이런가 한숨은 무슨 일고
형강(荊江)은 고향(故鄕)이라 십 년(十年)을 유락(流落)하니
㉤백구(白鷗)와 벗이 되어 함께 놀자 하였더니
어루는 듯 괴는 듯 남의 없는 임을 만나
금화성(金華省) 백옥당(白玉堂)의 꿈이조차 향기롭다
오색(五色)실 이음 짧아 임의 옷을 못 하여도
바다 같은 임의 은(恩)을 추호(秋毫)나 갚으리라
백옥(白玉) 같은 이 내 마음 임 위하여 지키더니   [C]
장안(長安) 어젯밤에 무서리 섞여 치니
일모 수죽(日暮脩竹)*에 취수(翠袖)도 냉박(冷薄)할사*   [D]
유란(幽蘭)을 꺾어 쥐고 임 계신 데 바라보니   [E]
약수(弱水) 가려진 데 구름 길이 험하구나

– 조위, 「만분가(萬憤歌)」 –

*삼청동리: 신선이 사는 동네 안.
*초객: 초나라의 시인 굴원.
*가 태부: 한나라의 태부 가의.
*일모 수죽: 해 질 녘 긴 대나무.
*취수도 냉박할사: 푸른 옷소매도 차디차구나.

1. 윗글에 대한 설명으로 가장 적절한 것은?

① 자연물을 활용하여 화자의 심정을 드러내고 있다.
② 반어적 표현을 반복하여 상대방을 희화화하고 있다.
③ 의성어와 의태어를 사용하여 생동감을 높이고 있다.
④ 풍자적 기법을 활용하여 교훈의 효과를 높이고 있다.
⑤ 구체적인 묘사를 통해 경물의 변화를 보여 주고 있다.

2. ㉠~㉤의 의미로 적절하지 않은 것은?

① ㉠: 화자와 대상 사이의 거리
② ㉡: 화자와 대상 사이를 가로막는 방해물
③ ㉢: 화자와 대상의 만남을 도와주는 매개
④ ㉣: 화자가 동질감을 느끼는 존재
⑤ ㉤: 화자가 교감을 나누는 존재

3. 〈보기 1〉을 참고하여 윗글과 〈보기 2〉를 감상한 내용으로 적절하지 <u>않은</u> 것은? [3점]

―――〈보기 1〉―――

「만분가」는 유배를 간 작가가 천상의 옥황에게 호소하는 형식으로 연군(戀君)의 마음을 표현한 유배 가사의 효시이며 이후 여러 작품에 영향을 주었다. 가사 문학의 대표작인 「속미인곡」 역시 탄핵을 받아 조정에서 물러나게 된 작가가 임금에 대한 그리움을 「만분가」의 형식을 계승하여 표현한 작품이다.

―――〈보기 2〉―――

모첨(茅簷) 찬 자리에 밤중만 돌아오니 ▢·················[가]
반벽청등(半壁靑燈)은 눌 위하여 밝았는고
오르며 내리며 헤매며 바장이니
저근덧 역진(力盡)하여 풋잠이 잠깐 드니
정성이 지극하여 꿈에 임을 보니
옥(玉) 같은 얼굴이 반(半)이 넘게 늙으셨네 ▢·········[나]
마음에 먹은 말씀 슬카장 삷자 하니 ▢·················[다]
눈물이 바라 나니 말씀인들 어이 하며
정(情)을 못 다하여 목이조차 메었으니
방정맞은 계성(鷄聲)에 잠은 어찌 깨었는고
어와 허사(虛事)로다 이 임이 어디 간고
결에 일어나 앉아 창(窓)을 열고 바라보니 ▢·········[라]
어여쁜 그림자 날 좇을 뿐이로다
차라리 싀어지어 낙월(落月)이나 되어 있어 ▢·······[마]
임 계신 창(窓) 안에 번듯이 비추리라
　　　　　　　　　　　　　 － 정철, 「속미인곡(續美人曲)」 －

① [A]와 [마]에는 죽어서 다른 존재가 되어서라도 자신의 소망을 이루고자 하는 의지가 담겨 있다.

② [B]와 [다]에는 마음에 담아 둔 말을 실컷 전하고 싶어 하는 화자의 바람이 담겨 있다.

③ [C]와 [나]에는 임금에 대한 자신의 마음이 옥처럼 순수하다는 뜻이 담겨 있다.

④ [D]와 [가]에는 임금과 떨어져 있는 고독한 시·공간에서 느끼는 화자의 쓸쓸함이 담겨 있다.

⑤ [E]와 [라]에는 먼 곳에 있는 임금을 향한 화자의 그리움이 담겨 있다.

[1~3] 다음 글을 읽고 물음에 답하시오.

이런들 엇더ᄒ며 져런들 엇더ᄒ료
초야우생(草野愚生)이 이러타 엇더ᄒ료
ᄒ믈며 천석고황(泉石膏肓)을 고쳐 므슴 ᄒ료   〈제1수〉

연하(煙霞)로 집을 삼고 풍월(風月)로 벗을 사마
태평성대(太平聖代)에 병(病)으로 늘거 가네
이 즁에 ᄇᆞ라는 일은 허믈이나 업고쟈   〈제2수〉

순풍(淳風)*이 죽다 ᄒ니 진실(眞實)로 거즛말이
인성(人性)이 어지다 ᄒ니 진실(眞實)로 올흔 말이
천하(天下)에 허다영재(許多英才)를 소겨 말슴홀가   〈제3수〉

유란(幽蘭)이 재곡(在谷)ᄒ니 자연(自然)이 듯디 죠해
백운(白雲)이 재산(在山)ᄒ니 자연(自然)이 보디 죠해
이 즁에 피미일인(彼美一人)*을 더옥 닛디 못ᄒ얘   〈제4수〉

산전(山前)에 유대(有臺)ᄒ고 대하(臺下)에 유수(有水) ᅵ 로다
ᄯᅦ 많은 갈매기는 오명가명 ᄒ거든
엇더타 교교백구(皎皎白駒)*는 멀리 ᄆᆞ음 두는고   〈제5수〉

춘풍(春風)에 화만산(花滿山)ᄒ고 추야(秋夜)에 월만대(月滿臺)라
사시가흥(四時佳興)이 사ᄅᆞᆷ과 ᄒᆞᆫ가지라
ᄒ믈며 어약연비(魚躍鳶飛) 운영천광(雲影天光)*이야 어찌
끝이 있으리   〈제6수〉

— 이황, 「도산십이곡(陶山十二曲)」 —

*순풍: 순박한 풍속.
*피미일인: 저 아름다운 한 사람. 곧 임금을 가리킴.
*교교백구: 현자(賢者)가 타는 흰 망아지. 여기서는 현자를 가리킴.
*어약연비 운영천광: 대자연의 우주적 조화와 오묘한 이치를 가리킴.

1. 윗글에 대한 설명으로 적절하지 않은 것은?

① 제1수에서는 화자가 자신을 드러내고 삶의 지향을 제시함으로써 주제 의식을 환기한다.

② 제2수에 나타난 화자 자신에 대한 관심을 제3수에서는 사회로 확대하면서 시상을 전개한다.

③ 제3수의 시적 대상을 제4수에서도 반복적으로 다룸으로써 주제 의식을 강화한다.

④ 제4수와 제5수에서는 화자의 시선에 포착된 장면들을 배치하여 공간의 입체감을 부각하며 시상을 심화한다.

⑤ 제6수에서는 화자의 인식을 점층적으로 드러내어 주제 의식을 집약한다.

2. 윗글의 시어에 대한 이해로 적절하지 않은 것은?

① '연하'와 '풍월'은 화자가 자신의 삶에 대해 자족감을 갖도록 하는 소재이다.

② '순풍'과 어진 '인성'은 화자가 바라는 세상의 모습을 알려 주는 표지이다.

③ '유란'과 '백운'은 화자가 심미적으로 완상하는 대상이다.

④ '갈매기'와 '교교백구'는 화자의 무심한 심정이 투영된 상징적 존재이다.

⑤ '화만산'과 '월만대'는 화자의 충만감을 자아내는 정경의 표상이다.

3. 윗글과 〈보기〉를 비교하여 감상한 내용으로 가장 적절한 것은? [3점]

〈보기〉

　그곳(부친에게 물려받은 별장)에는 씨 뿌려 식량을 마련할 만한 밭이 있고, 누에를 쳐서 옷을 마련할 만한 뽕나무가 있고, 먹을 물이 충분한 샘이 있고, 땔감을 마련할 수 있는 나무들이 있다. 이 네 가지는 모두 내 뜻에 흡족하기 때문에 그 집을 '사가(四可)'라고 이름을 지은 것이다.

　녹봉이 많고 벼슬이 높아 위세를 부리는 자야 얻고자 하는 것은 무엇이든지 얻을 수 있지만, 나같이 곤궁한 사람은 백에 하나도 가능한 것이 없었는데 뜻밖에도 네 가지나 마음에 드는 것을 차지하였으니 너무 분에 넘치는 것은 아닐까? 기름진 음식을 먹는 것도 나물국에서부터 시작하고, 천 리를 가는 것도 문 앞에서 시작하니, 모든 일은 점진적으로 되는 것이다.

　내가 이 집에 살면서 만일 전원의 즐거움을 얻게 되면, 세상일 다 팽개치고 고향으로 돌아가 태평성세의 농사짓는 늙은이가 되리라. 그리고 밭을 갈고 배[腹]를 두드리며 성군(聖君)의 가르침을 노래하리라. 그 노래를 음악에 맞춰 부르며 세상을 산다면 무엇을 더 바랄 게 있으랴.

– 이규보, 「사가재기(四可齋記)」 –

① 윗글과 〈보기〉는 모두 지배층의 핍박으로부터 도피하기 위해 선택한 자연 은둔의 삶을 제시하고 있다.

② 윗글과 〈보기〉는 모두 불우한 처지에서 점진적으로 벗어날 수 있으리라는 낙관적 태도를 보여 주고 있다.

③ 윗글과 〈보기〉는 모두 유교적 가치를 존중하면서 한 개인으로서의 소망을 이루려는 모습을 드러내고 있다.

④ 윗글은 〈보기〉와 달리 삶의 물질적 여건이 마련된 후에야 자연의 즐거움을 누릴 수 있음을 강조하고 있다.

⑤ 윗글은 속세에 있으면서 자연을 동경하는 인간을, 〈보기〉는 자연에 있으면서 속세를 그리워하는 인간을 형상화하고 있다.

HOLSOO

홀로 공부하는 수능 국어 기출 분석

PART 3
현대소설

[1~3] 다음 글을 읽고 물음에 답하시오.

내가 태어난 날임을 상기시키는 아무런 특별함은 없다. 그해 봄날 바람이 불었는지 비가 내렸는지 맑았는지 흐렸는지, 이제는 층계를 오르는 일조차 잊어버린 치매 상태의 노모에게 묻는 것은 의미 없는 일이다. 다산의 축복을 받은 농경민의 마지막 후예인 그녀에게 아이를 낳는 것은, 밤송이가 벌어 저절로 알밤이 툭 떨어지는 것, 봉숭아 여문 씨들이 바람에 화르르 흐트러지는 것처럼 자연스럽고 범상한 일이었을 것이다.

나는 막냇동생이 태어나던 때를 기억하고 있다. 깨끗한 바가지에 쌀을 담고 그 위에 마른 미역을 한 잎 걸쳐 안방 시렁에 얹어 삼신에게 바친 다음 할머니는 또다시 깨끗한 짚을 한 다발 안방으로 들여갔다. 사람도 짐승처럼 짚북데기 깔자리에서 아기를 낳나? 누구에게도 물을 수 없었던 마음속의 의문에 안방 쪽으로 가는 눈길이 자꾸 은밀하고 유심해졌다.

할머니는 아궁이가 미어지게 나무를 처넣어 부엌의 무쇠솥에 물을 끓였다. 저녁 내내 어둡고 웅숭깊은 부엌에는 설설 물 끓는 소리와 더운 김이 가득 서렸다. 특별히 누군가 말해 준 적은 없지만 아이들은 무언가 분주하고 소란스럽고 조심스러운 쉬쉬함으로 어머니가 아기를 낳으려 한다는 눈치를 채게 마련이었다.

할머니는 언니에게, 해지기 전에 옛우물에서 물을 길어 와 독을 채워 놓으라고 말했다. 머리카락 빠뜨리지 마라. 쓸데없이 수다 떨다 침 떨구지 마라. 부정 탄다. 할머니는 엄하게 덧붙였다.

(중략)

한 사람의 생애에 있어서 사십오 년이란 무엇일까. 부자도 가난뱅이도 될 수 있고 대통령도 마술사도 될 수 있는 시간일 뿐더러 이미 죽어서 물과 불과 먼지와 바람으로 흩어져 산하에 분분히 내리기에도 충분한 시간이다.

나는 창세기 이래 진화의 표본을 찾아 적도 밑 일천 킬로미터의 바다를 건너 갈라파고스 제도로 갈 수도, 아프리카에 가서 사랑의 의술을 펼칠 수도 있었으리라. 무인도의 로빈슨 크루소도, 광야의 선지자도 될 수 있었으리라. 피는 꽃과 지는 잎의 섭리를 노래하는 근사한 한 권의 책을 쓸 수도 있었을 테고 맨발로 춤추는 풀밭의 무희도 될 수 있었으리라. 질량 불변의 법칙과 영혼의 문제, 환생과 윤회에 대한 책을 쓸 수도 있었을 것이다. 납과 쇠를 금으로 만드는 연금술사도 될 수 있었고 밤하늘의 별을 보고 나의 가야 할 바를 알았을는지도 모른다.

그러나 나는 지금 작은 지방 도시에서, 만성적인 편두통과 임신 중의 변비로 인한 치질에 시달리는 중년의 주부로 살아가고 있다. 유행하는 시와 에세이를 읽고 티브이의 뉴스를 보고 보수적인 것과 진보적인 것으로 알려진 두 가지의 일간지를 동시에 구독해 읽는 것으로 세상을 보는 창구로 삼고 있다. 한 달에 한

번씩 아들의 학교 자모회에 참석하고 일주일에 두 번 장을 보고 똑같은 거리와 골목을 지나 일주일에 한 번 쑥탕에 가고 매주 목요일 재활 센터에서 지체 부자유자들의 물리 치료를 돕는 자원봉사의 일을 하고 있다. 잦은 일은 아니지만 이름난 악단이나 연주자의 순회공연이 있을 때면 남편과 함께 성장을 하고 밤 외출을 하기도 한다.

갈라파고스를 떠올린 것도 엊그제, 벌써 한 주일 이상이나 화재가 계속되어 희귀 생물의 희생이 걱정된다는 티브이 뉴스에 비친 광경이 의식의 표면에 남긴 잔상 같은 것일 테고 더 먼저는 아들이, 자신이 사용하는 물건들에 붙여 놓은, '도도'라는 말에서 비롯된 것일 수도 있다. 도도 가 무엇인가를 묻자 아들은 4백 년 전에 사라진, 나는 기능을 잃어 멸종된 새였다고 말했었다. 누구나 젊은 한 시절 자신을 전설 속의, 멸종된 종으로 여기지 않겠는가. 관습과 제도 속으로 들어가야 하는 두려움과 항거를 그렇게 나타내지 않겠는가.

우리 삶의 풍속은 그만큼 빈약한 상상력에 기대어 부박하다. 삶이 내게 도태시킨 가능성에 대해 별반 아쉬움도 없이 잠깐 생각해 본 것은 내가 새로 보태어진 나이테에 잠깐 발이 걸렸다는 뜻일 게다. 그러나 나는 이제 혼례에나 장례에 꼭 같은 한 가지 옷으로 각각 알맞은 역할을 연출할 줄 알고 내 손으로 질서 지워지는 일들에 자부심을 갖고 있다. 마늘과 생강이 어우러져 내는 맛을 알고 행주와 걸레의 질서를 사랑하지만 종종 무질서 속으로 피신하는 것도 한 방법이라는 것을 알고 있다.

— 오정희, 「옛우물」 —

1. 윗글의 서술상 특징으로 가장 적절한 것은?

① 사건에 대한 객관적 진술을 통해 사건의 전모를 제시하고 있다.

② 이야기 내부 서술자의 자기 고백적 진술을 통해 내면을 제시하고 있다.

③ 인물의 행적을 요약적으로 진술하여 갈등의 해결 방향을 제시하고 있다.

④ 의문과 추측의 진술을 통하여 다른 인물에 대한 반감을 제시하고 있다.

⑤ 감각적인 묘사를 통해 혼란스러운 시대적 분위기를 입체적으로 제시하고 있다.

2. 도도에 대한 이해로 가장 적절한 것은?

① '나는 기능'을 상실한 '도도'와 스스로를 가능성이 도태된 존재로 여겼던 주인공을 연관 짓는다는 점에서, '도도'는 주인공이 자신을 비추어 보는 대상이다.

② 주인공의 아들이 자기 물건들에 '도도'라는 이름을 붙이고 멸종된 종이라고 말한다는 점에서, '도도'는 주인공 아들의 불행한 미래를 암시하는 대상이다.

③ 주인공이 '도도'에 대해 '멸종된 새'로서 진화의 표본으로 남아 있다는 것을 떠올리는 점에서, '도도'는 주인공이 과학을 깊이 탐구했던 이력을 알려 주는 대상이다.

④ '도도'를 통해 바다 건너 외딴 '갈라파고스' 섬의 희귀종을 연상하는 점에서, 주인공에게 '도도'는 외롭게 살아가는 현대인의 단절된 인간관계를 환기하는 대상이다.

⑤ '도도'가 인간 앞에 '항거'하지 못하고 희생되어 '전설 속'의 존재로 여겨진다는 점에서, '도도'는 주인공이 두려움을 느끼는 현실 사회의 '관습과 제도'를 상징하는 대상이다.

3. 〈보기〉를 참고할 때 윗글에 대한 감상으로 적절하지 않은 것은? [3점]

〈보기〉

인간은 일생 동안 출생·성년·결혼·죽음의 과정을 겪는데, 이 과정에서 일상적 경험 세계와 현실 너머의 상상의 세계에서 새로운 정체성을 탐색한다. 이때 두 세계의 어느 편에도 온전히 편입되지 못하고 경계에 선 인간은 정체성의 혼란을 겪기도 한다.
「옛우물」에서는 경계 상황에 놓인 중년 여성 인물이 자신의 삶을 돌아보며 정체성을 탐색하는 모습을 보여 준다. 그 탐색의 과정에서 출생부터 죽음에 이르기까지 삶의 다양한 양상에 대해 성찰한다. 이를 통해, 생명과 죽음이 서로 대립되고 분리된 것이 아니라 자연의 순환 원리를 바탕으로 한다는 점이 부각된다.

① 주인공이 주기적으로 학교나 재활 센터 등에 오가면서도 밤 외출을 하는 행위에서, 일상 세계에서 안정된 삶을 영위하지 못하는 경계 상황에 놓여 있음을 읽을 수 있겠군.

② 죽음을 물과 불과 바람과 먼지로 산하에 흩어져 내리는 것으로 보는 주인공의 생각에서, 생명과 죽음이 자연의 순환 원리를 바탕으로 연결된 것이라는 인식을 엿볼 수 있겠군.

③ 막냇동생이 태어나던 때에 할머니가 조심스럽게 준비하는 장면을 주인공이 떠올리는 것에서, 출생이라는 생의 첫 과정에 주목하며 정체성을 탐색하려는 모습을 볼 수 있겠군.

④ 한 사람의 생애에서 사십오 년의 의미를 묻는 주인공이 아프리카나 광야를 상상하는 장면에서, 새로운 정체성을 일상과는 다른 세계에서 찾으려고 하는 것을 확인할 수 있겠군.

⑤ 질서 지워지는 일들에 자부심을 가지면서도 무질서 속으로 피신하는 것도 한 방법이라고 하는 부분에서, 질서와 무질서 사이를 오가며 정체성을 탐색할 수 있음을 알 수 있겠군.

현진건, 「무영탑」

2015학년도 수능AB

[1~5] 다음 글을 읽고 물음에 답하시오.

[앞부분의 줄거리] 화랑도를 숭상하는 '유종'과 당나라를 숭상하는 '금지'는 내심 서로 못마땅해한다. 이런 가운데 '금지'는 아들 '금성'과 '유종'의 딸 '주만'과의 혼사를 진행하려 한다.

설령 금성이가 출중한 재주와 인물을 갖추었다 하더라도 유종은 이 혼인을 거절할밖에 없었으리라. 첫째로 금지는 당학파의 우두머리가 아니냐. 나라를 좀먹게 하는 그들의 소위만 생각해도 뼈가 저리거든 그런 가문에 내 딸을 들여보내다니 될 뻔이나 한 수작인가. 도대체 당학*이 무에 그리 좋은고. 그 나라의 바로 전 임금인 당 명황(唐明皇)만 하더라도 양귀비란 계집에게 미쳐서 정사를 다스리지 않은 탓에 필경 안녹산(安祿山)의 난을 빚어내어 오랑캐의 말굽 아래 그네들의 자랑하는 장안이 쑥밭을 이루고 천자란 빈 이름뿐, 촉나라란 두메 속에 오륙 년을 갇히어 있지 않았는가. 금지가 당대 제일 문장이라고 추어올리는 이백이만 하더라도 제 임금이 성색에 빠져 헤어날 줄을 모르는 것을 죽음으로 간하지는 못할지언정 몇 잔 술에 감지덕지해서 그 요망한 계집을 칭찬하는 글을 지어 도리어 임금을 부추겼다 하니 우리네로는 꿈에라도 생각 밖이 아니냐. ㉠그네들의 한문이란 난신적자를 만들어 내기에 꼭 알맞은 것이거늘 이것을 좋아라고 배우려 들고 퍼뜨리려 드니 참으로 한심한 노릇이 아니냐. 이 당학을 그대로 내버려 두었다가는 우리나라에도 오래지 않아 큰 난이 일어날 것이요. 난이 일어난다면 누가 감당해 낼 자이랴.

"한 나이나 젊었더면!"

유종은 이따금 시들어 가는 제 팔뚝의 살을 어루만지면서 한탄한다. 몇 해 전만 해도 자기와 뜻을 같이하는 이가 조정에 더러 있었지만 어느 결엔지 하나씩 둘씩 없어지고 인제는 ㉡무 밑둥과 같이 동그랗게 자기 혼자만 남았다. 속으로는 그의 주의에 찬동하는 이가 없지 않으련만 당학파의 세력에 밀리어 감히 발설을 못 하는지 모르리라. 지금이라도 젊은이 축 속으로 뛰어 들어가면 동지를 얼마든지 찾아낼는지 모르리라. 아직도 이 나라의 명맥이 끊어지지 않은 다음에야 방방곡곡을 뒤져 찾으면 몇천 명 몇만 명의 화랑도를 닦는 이를 모을 수 있으리라. 그러나 아들이 없는 그는 젊은이와 접촉할 기회조차 없었다. 이런 점에도 그는 아들이 없는 것이 원이 되고 한이 되었다. ㉢이 늙은 향도(香徒)에게 남은 오직 하나의 희망은 자기의 주의 주장에 공명하는 사윗감을 구하는 것이었다. 벌써 수년을 두고 ㉣그럴 만한 인물을 내심으로 구해 보았지만 그리 쉽사리 눈에 뜨이지 않았다. 고르면 고를수록 사람 구하기란 하늘에 별따기보담 더 어려웠다. 유종은 기대고 있던 서안에서 쭉 미끄러지는 듯이 털요 바닥 위에 누웠다. 금지의 청혼을 그렇게 거절한 다음에는 하루바삐 사윗감을 구해야 된다. 금지로 하여금 다시 입을 열지 못 하도록

㉤다른 데 정혼을 해 놓아야 한다. 그러면 신라를 두 손으로 떠받들고 나아갈 인물이 누가 될 것인가. 삼한 통일 당년의 늠름하고 씩씩한 기풍(氣風)이 당학에 지질리고 문약(文弱)에 흐르는 이 나라를 바로잡을 인물이 누가 될 것인가.

[중략 부분의 줄거리] '유종'이 사위를 구하는 가운데, '주만'이 부여의 천민 석공 '아사달'을 사모하고 있음이 알려진다. 한편 '아사달'은 자신을 찾아온 아내 '아사녀'가 끝내 자신을 만나지 못하고 그림자못에서 죽은 사실을 알게 되자, 그 못 둑에서 '아사녀'를 그리워하는 마음을 돌에 담아 새겨 내는 작업에 몰입한다.

그러나 어느 결엔지 아사녀의 환영은 깜박 사라져 버렸다. 아까까지는 어렴풋이라도 짐작되던 그 흔적마저 놓치고 말았다. 아무리 눈을 닦고 돌 얼굴을 들여다보았으나 눈매까지는 그럴싸하게 드러났지마는 그 아래로는 캄캄한 밤빛이 쌓인 듯 아득할 뿐. 돌을 들여다보면 볼수록 골머리만 부질없이 힝힝내어 둘리었다. 그러자 문득 그 돌 얼굴이 굼실 움직이는 듯하며 주만의 얼굴이 부시도록 선명하게 살아났다. 마치 어젯밤의 아사녀의 환영 모양으로.

[A]
그 눈동자는 띠룩띠룩 애원하듯 원망하듯 자기를 쳐다보는 것 같다.
"이 돌에 나를 새겨 주세요. 네, 아사달님, 네, 마지막 청을 들어주세요."
그 입술은 달싹달싹 속살거리는 것 같다.

아사달은 정을 쥔 채로 머리를 털고 눈을 감았다. 돌 위에 나타난 주만의 모양은 그의 감은 눈시울 속으로 기어들어 오고야 말았다. 이 몇 달 동안 그와 지내던 가지가지 정경이 그림등 모양으로 어른어른 지나간다. 초파일 탑돌이할 때 맨 처음으로 마주치던 광경, 기절했다가 정신이 돌아날 제 코에 풍기던 야릇한 향기, 우레가 울고 악수가 쏟아질 적 불꽃을 날리는 듯한 그 뜨거운 입김들……. 아사달은 고개를 또 한 번 흔들었다. 그제야 저 멀리 돈짝만 한 아사녀의 초라한 자태가 아른거린다. 주만의 모양을 구름을 헤치고 둥둥 떠오르는 햇발과 같다 하면, 아사녀는 샐녘의 하늘에 반짝이는 별만 한 광채밖에 없었다.

[B]
물동이를 이고 치마꼬리에 그 빨간 손을 씻으며 배시시 웃는 모양, 이별하던 날 밤 그린 듯이 도사리고 남편을 기다리던 앉음앉음, 일부러 자는 척하던 그 가늘게 떨던 눈시울, 버드나무 그늘에서 숨기던 눈물들…….

아사달의 머리는 점점 어지러워졌다. 아사녀와 주만의 환영도 흔들린다. 휘술레를 돌리듯 핑핑 돌다가 소용돌이치는 물결 속에서 조각조각 부서지는 달그림자가 이내 한 곳으로 합하듯이, 두 환영은 마침내 하나로 어우러지고 말았다. 아사달의 캄캄하

던 머릿속도 갑자기 환하게 밝아졌다. 하나로 녹아들어 버린 아사녀와 주만의 두 얼굴은 다시금 거룩한 부처님의 모양으로 변하였다.

아사달은 눈을 번쩍 떴다. 설레던 가슴이 가을 물같이 맑아지자, 그 돌 얼굴은 세 번째 제 원불(願佛)로 변하였다. 선도산으로 뉘엿뉘엿 기우는 햇발이 그 부드럽고 찬란한 광선을 던질 제 못물은 수멸수멸 금빛 춤을 추는데 흥에 겨운 마치와 정 소리가 자지러지게 일어나 저녁나절의 고요한 못 둑을 울리었다.

새벽만 하여 한가위 밝은 달이 홀로 정 자리가 새로운 돌부처를 비칠 제 정 소리가 그치자 은물결이 잠깐 헤쳐지고 풍하는 소리가 부근의 적막을 한순간 깨트렸다.

– 현진건, 「무영탑」 –

*당학: 당나라의 학문.

1. 윗글에 대한 설명으로 가장 적절한 것은?

① 인물의 의식이 내적 갈등에 초점을 둔 서술 방식을 통해 드러나고 있다.

② 인물들 간의 대화를 통해 특정 인물의 생각과 행동을 희화화하고 있다.

③ 미래에 대한 낙관적 전망이 신분이 낮은 인물의 발언을 통해 제시되고 있다.

④ 물신주의에 빠진 세태가 탈속적 세계를 지향하는 인물의 비판을 통해 제시되고 있다.

⑤ 권력과 사랑을 동시에 쟁취하여 신분 상승을 도모하는 소외된 개인의 욕망이 구체적인 일화를 통해 드러나고 있다.

2. ㉠~㉢에 대한 이해로 적절하지 않은 것은?

① ㉠은 신라를 '문약'하게 하는 요인으로 '유종'이 인식하고 있는 대상이다.

② ㉡은 '유종'의 외로운 처지를 보여 주는 비유이다.

③ ㉢은 현재의 주류적 '기풍'을 거부하는 '유종'을 지칭하는 표현이다.

④ ㉣은 '유종'이 자신의 이상을 실현하기 위해 원하는 대상이다.

⑤ ㉤은 '유종'이 자신과 대립하는 세력과의 연대를 위한 방도이다.

3. [A], [B]에 대한 분석으로 가장 적절한 것은?

① [A]에는 떠나는 '아사달'에 대한 '주만'의 걱정이 나타나 있다.

② [B]에는 '아사달'과 '아사녀'의 이별의 원인이 제시되어 있다.

③ [B]에는 훗날의 만남에 대한 '아사달'과 '아사녀'의 기약이 나타나 있다.

④ [A]와 [B] 모두에서, 이별한 대상인 '주만'과 '아사녀'를 잊고자 하는 '아사달'의 의지가 직접적으로 드러나 있다.

⑤ [A]의 '주만'의 모습과 [B]의 '아사녀'의 모습은 모두 '아사달'이 그들의 환영을 보는 방식으로 제시되어 있다.

4. 〈보기〉를 바탕으로 윗글을 감상한 내용으로 적절하지 않은 것은?

〈보기〉

「무영탑」은 작가 현진건의 예술관, 민족주의적 태도, 현실 인식 등을 드러낸 작품이다. 이 작품은 석가탑 조성에 얽힌 인물들의 이야기를 펼쳐 내면서 숭고한 예술적 성취의 과정을 잘 보여 준다. 이러한 예술적 성취는 석공 아사달이 자신의 고뇌를 극복하며 예술품을 만들어 가는 과정, 특히 사랑과 예술혼이 하나로 융합되어 신앙의 궁극이라는 새로운 경지에 이르는 데에서 잘 드러난다.

① '유종'이 '이백'을 칭송하는 '금지'를 비판하고 화랑도 사윗감을 구하려 하는 장면에서, 작가의 민족주의적 태도를 엿볼 수 있군.

② '아사달'이 '아사녀'의 환영을 돌에 담아내려고 하는 장면에서, 주인공의 사랑과 예술혼을 융합해 내려는 작가의 의도를 엿볼 수 있군.

③ '금지'와 같은 '당학파'를 '나라를 좀먹게 하는' 집단으로 간주하는 장면에서, 외세를 추종하는 현실을 비판하려는 작가의 태도를 엿볼 수 있군.

④ '아사녀'와 '주만'의 환영이 하나로 어우러져 '부처님의 모양'으로 변한 장면에서, 신앙의 세계로 나아갈 수 없어 절망하는 인물의 내면이 나타나 있군.

⑤ '아사달'이 '아사녀'를 '별만 한 광채'로, '주만'을 '떠오르는 햇발'로 떠올리며 갈등하는 장면에서, 새로운 예술적 경지에 이르는 과정에서 빚어진 '아사달'의 고뇌가 드러나 있군.

5. 〈보기〉를 참고하여 윗글을 이해한 내용으로 적절하지 <u>않은</u> 것은? [3점]

<hr>

〈보기〉

　아사달과 아사녀의 이야기는 조선 후기의 설화(「서석가탑」) 뿐만 아니라, 현진건의 기행문(「고도 순례 경주」, 1929)과 그의 소설(「무영탑」, 1939)에도 나타난다.

[자료 1]
　불국사 창건 시 당나라에서 온 석공에게 아사녀라는 여인이 있었다. 아사녀가 갑자기 와서 석공과 만나기를 요구하였으나, 큰 공사가 끝나지 않았고 아사녀가 비루한 몸이라는 이유로 허락되지 않았다. 다음날 아침 아사녀가 남서쪽 십 리쯤에 있는 연못을 내려다보면 석공이 보일 듯하여, 가서 살펴보니 정말 석공의 모습이 비쳤다. 그러나 탑의 그림자는 비치지 않았다. 그래서 무영탑이라 불렀다.

– 「서석가탑」 –

[자료 2]
　제 환상에 떠오른 사랑하는 아내의 모양은 다시금 거룩한 부처님의 모양으로 변하였다. 그는 제 예술로 죽은 아내를 살리고 아울러 부처님에게까지 천도(薦度)하려 한 것이다. 이 조각이 완성되면서 자기 역시 못 가운데 몸을 던져 아내의 뒤를 따랐다. 불국사 남서방에 영지(影池)란 못이 있으니 여기가 곧 아사녀와 당나라 석공이 빠져 죽은 데다.

– 현진건, 「고도 순례 경주」 –

<hr>

① 윗글은 [자료 1]과 같은 설화를 차용하여 소설로 변용한 모습을 확인할 수 있는 작품이군.

② 윗글은 [자료 2]처럼 '아내'의 죽음을 종교적 상징으로 승화하고 있는 관점을 이어 간 작품이군.

③ 윗글은 [자료 1]과 [자료 2]의 이야기에 '유종'과 '주만' 등의 서사를 추가하고 있군.

④ 윗글과 [자료 2]의 '못'은 [자료 1]의 '연못'이 부부간의 비극적인 사랑 이야기를 환기하는 공간으로 변용된 것이군.

⑤ 윗글의 '새로운 돌부처' 형상에 석공의 얼굴이 새겨진 것은 윗글이 [자료 1]과 [자료 2]의 서사 모티프를 이어받은 것으로 볼 수 있군.

[1~5] 다음 글을 읽고 물음에 답하시오.

나는 미안스런 생각으로 건우 어머니가 따라 주는 술잔을 받았다. 손이 유달리 작아 보였다. 유달리 자그마한 손이 상일에 거칠어 있는 양이 보기에 더욱 안타까울 정도였다.

기어이 저녁까지 대접하겠다고 부엌으로 가 버린 뒤, 나는 건우를 앞에 두고 잔을 들면서, 그녀의 칠칠한 인사범절에 새삼 생각되는 바가 있었다.

[A]
⎰ 나는 모든 것을 다시 보았다. 농삿집치고는 유난히도 말끔한 마루청, 먼지를 뒤집어쓰고 있지 않은 장독대, 울타리 너머로 보이는 길찬 장다리꽃들…… 그 어느 것 하나에도 그녀의 손이 안 간 곳이 없으리라 싶었다. 이러한 집 안팎 광경들을 통해서 나는 건우 어머니가 꽤 부지런하고 친절한 여성이라는 것을 고대 짐작할 수가 있었다. 젊음이 한창인 열아홉부터 악지 세게 혼자서 살아왔다는 것과, 어려운 가운데서도 외아들 건우를 나룻배를 태워 가면서까지 먼 일류 중학에 보내고 있다는 사실, 그리고 농촌 아이라고는 믿어지지 않을 만큼 건우의 입성이 항시 깨끗했다는 사실들이 어려히 안 그러리 싶어지기도 했다. 얼핏 보아서는 어리무던한 여인 같기도 하지만 유난히 볼가진 듯한 이마라든가, 역시 건우처럼 짙은 눈썹 같은 데선 그녀의 심상치 않을 의지랄까, 정열 같은 것을 읽을 수가 있었다.

나는 술상을 물리고서, 건우의 공부방을—어머니의 방일 테지만—잠깐 들여다보았다. 사과 궤짝 같은 것에 종이를 발라 쓰는 책상 위에는 몇 권 안 되는 책들이 나란히 꽂혀 있었다. 그 가운데서 〈섬 얘기〉라고, 잉크로써 굵직하게 등마루에 씌어진 두툼한 책 한 권이 특별히 눈에 띄었다.

"섬 얘기? 저건 무슨 책이지?"

나는 건우를 돌아보고 물었다.

"암것도 아입니더."

"소설?"

"아입니더."

"어디 가져와 봐!"

건우는 싫어도 무가내라 뽑아 오면서,

"일기랑 또 책 같은 거 보고 적은 김더."

부끄러운 내색을 하였다.

"일기는 남의 비밀이니까 읽을 수가 없고, 어디 책 읽은 소감이나 봬 주게."

나는 책을 도로 돌렸다. 건우는 마지못해 여기저길 뒤적거리다가 한 군데를 펴 주었다. 또박또박 깨알같이 박아 쓴 글씨였다.

○○○ 여사는 어머니처럼 혼자 사시는 분이라 그런지 그분의 글에는 한결 감동되는 바가 있었다. 「내가 본 국도」 속의

한 구절—그래도 선거 때가 되면 소속 육지에서 똑딱선을 가지고 섬 백성을 모시러 오는 알뜰한 정당이 있어, 이들은 다만, 그 배로 실려 가서 실상 자기네 실생활과는 무연한 정치를 위하여 지정해 주는 기호 밑에 도장을 찍어 주고 그 배에 실려 돌아온다는 것입니다.

(중략)

건우 할아버지와 윤춘삼 씨가 들려준 조마이섬 이야기는 언젠가 건우가 써냈던 〈섬 얘기〉에 몇 가지 기막히는 일화가 붙은 것이었다.

"우리 조마이섬 사람들은 지 땅이 없는 사람들이오. 와 처음부터 없기싸 없었겠소마는 죄다 뺏기고 말았지요. 옛적부터 이 고장 사람들이 젖줄같이 믿어 오던 낙동강 물이 맨들어 준 우리 조마이섬은 ……."

[B]
⎰ 건우 할아버지는 처음부터 개탄조로 나왔다. 선조로부터 물려받은 땅, 자기들 것이라고 믿어 오던 땅이 자기들이 겨우 철 들락말락할 무렵에 별안간 왜놈의 동척* 명의로 둔갑을 했더란 것이었다.

"이완용이란 놈이 '을사 보호 조약'이란 걸 맨들어 낸뒤라 카더만!"

윤춘삼 씨의 퉁방울 같은 눈에도 증오의 빛이 이글거리기 시작했다.

1905년—을사년 겨울, 일본 군대의 포위 속에서 맺어진 '을사 보호 조약'이란 매국 조약을 계기로, 소위 '조선 토지 사업'이란 것이 전국적으로 실시되던 일, 그리고 이태 후인 정미년에 가서는 "한국 정부는 시정 개선에 관하여 통감의 지도를 수할 사"란 치욕적인 조목으로 시작된 '한일 신협약'에 따라, 더욱 그 사업을 강행하고 역둔토(驛屯土)의 대부분과 삼림원야(森林原野)들을 모조리 국유로 편입시키는 등 교묘한 구실과 방법으로써 농민으로부터 빼앗은 뒤, 다시 불하*하는 형식으로 동척과 일인(日人) 수중에 옮겨 놓던 그 해괴망측한 처사들이 문득 내 머리 속에도 떠올랐다.

"죽일 놈들."

건우 할아버지는 그렇게 해서 다시 국회의원, 다음은 하천 부지의 매립 허가를 얻은 유력자 …… 이런 식으로 소유자가 둔갑되어 간 사연들을 죽 들먹거리더니,

"이 꼴이 되고 보니 선조 때부터 둑을 맨들고 물과 싸워 가며 살아온 우리들은 대관절 우찌 되는기요?"

그의 꺽꺽한 목소리에는, 건우가 지각을 하고 꾸중을 듣던 날 "나룻배 통학생임더." 하던 때의, 그 무엇인가를 저주하듯 한 감정이 꿈틀거리고 있는 것 같았다. ⓐ얼마나 그들의 땅에 대한

원한이 컸던가를 가히 짐작할 수가 있었다.

          - 김정한, 「모래톱 이야기」 -

 *동척: 일제 강점기 '동양척식주식회사'의 준말.
 *불하: 국가 또는 공공 단체의 재산을 개인에게 팔아넘기는 일.

---

1. [A]의 서술상 특징에 대한 설명으로 가장 적절한 것은?

① 공간적 배경을 활용하여 주제를 암시적으로 드러낸다.

② 일상적 소재를 열거하여 인물의 복잡한 심리를 보여 준다.

③ 서술자의 논평을 통해 인물의 성격 변화의 양상을 드러낸다.

④ 구체적 묘사와 서술자의 판단을 통해 인물의 성격을 제시한다.

⑤ 현재와 과거의 사실을 교차하여 향후 전개될 사건의 단서를 제공한다.

2. 윗글에 대한 이해로 적절하지 않은 것은?

① '손'은 어머니가 고된 생활을 감당해 왔음을 알려 준다.

② '일류 중학'은 건우 모자의 불화가 교육관의 차이에서 비롯되었음을 알려 준다.

③ '책상'은 넉넉하지 못한 살림살이의 단면을 보여 준다.

④ '책 읽은 소감'은 정치 현실에 대한 건우의 관심을 드러내고 있다.

⑤ '둑'은 조마이섬 사람들의 삶의 내력을 담고 있다.

3. [B]를 〈보기〉의 시나리오로 각색했다고 할 때, 고려한 내용으로 적절하지 않은 것은?

〈보기〉

S#98. 강둑 위 (오후, 길게 펼쳐진 조마이섬 모습 후) E.L.S.*

건우 증조부: (손에 쥔 종이를 움켜쥐고 부르르 떨며) 대명천지에 이럴 수는 없는 기다!

소년(건우 할아버지): 이기 무신 소립니꺼? 인자 우리 땅이 아니라니요, 조마이섬이 왜놈 땅이 됐다 카는 기 무신 말씀입니꺼? (건우 증조부, 손에 쥔 종이를 갈기갈기 찢고, 집으로 달려간다. 소년 뒤따라간다.) O.L.

S#99. 나루터 선술집 (저녁)

건우 선생님: (놀랍다는 듯이) 그러니까 일제 때 토지 조사 사업 한답시고 국유지로 편입시켰다가, 그걸 다시 팔아 먹었던 거군요?

건우 할아버지: (증오의 눈빛으로) 거서 끝이 아니라요. 아마 건우 애비 중학 졸업하던 땐가 해방 됐다꼬 만세 부르고 와 보니, 이번엔 국회의원 손에 넘어갔다 카이.

윤춘삼: 얼마 전부터는 하천 부지를 매립한다나 어쩐다나…….

건우 할아버지: 오늘은 시커먼 놈들이 우르르 몰려와서는 종이 쪼가리 빼 주며 그랍디다, 섬에서 나가는 기 좋을끼라고, 내일은 결판을 낼 끼라고. (입술을 깨물었다가 무슨 결심이라도 한 듯이) 대명천지에 이럴 수는 없는 기다!

 *E.L.S.: 익스트림 롱 숏. 아주 멀리서 넓은 지역을 조망하는 촬영 기법.

① S#98에서 조마이섬의 지형적 특징을 보여 주기 위해 멀리서 섬을 조망하는 촬영 기법을 도입해야겠어.

② S#99에서 관객의 이해를 돕기 위해 인물의 대사로 역사적 사실에 대한 정보를 전달해야겠어.

③ S#99에서 관객의 긴장을 유발하기 위해 이후 벌어질 갈등 상황을 인물의 대사 속에 넣어야겠어.

④ S#98~99에서 인물 간 갈등을 부각시키기 위해 조마이섬의 소유권 이전에 찬동하는 등장인물을 넣어야겠어.

⑤ S#98~99에서 억울한 상황이 되풀이됨을 강조하기 위해 서로 다른 인물이 동일한 특정 대사를 구사하도록 해야겠어.

4. 〈보기〉를 참고하여 윗글을 감상한 내용으로 적절하지 않은 것은? [3점]

> ─────────〈보기〉─────────
>
> 「모래톱 이야기」에서 작가는 땅을 둘러싼 권력의 횡포를 비판하고 '뿌리 뽑힌 사람들'의 삶을 서술자와 등장인물을 통해 증언한다. 이 과정에서 등장인물들은 절망의 나락에 빠지지 않는 저항적 주체의 모습으로 형상화된다. 작가는 공동체의 고통에 대한 공감을 바탕으로 하여 부조리한 현실을 전달하고 증언하기 위해 서술자 '나'의 이야기를 창조하였다. 이는 작가의 적극적인 현실 참여 의식이 가미된 결과이다.

① 건우 할아버지와 윤춘삼의 이야기에 대한 '나'의 태도로 보아, '나'의 이야기는 조마이섬 사람들에 대한 공감을 담아낸 것임을 알 수 있어.

② 조마이섬 사람들에 대한 '나'의 이야기가 건우의 〈섬 얘기〉와 관련된 것으로 보아, 건우는 땅의 소유권이 바뀌어 온 현실을 증언하는 인물임을 알 수 있어.

③ 건우 할아버지와 윤춘삼의 이야기가 건우의 〈섬 얘기〉에 원천을 두고 있는 것으로 보아, '나'의 이야기는 건우를 저항적 주체들의 중심인물로 삼고 있음을 알 수 있어.

④ '나'의 이야기가 조마이섬과 관련된 몇 가지 기막힌 일화를 다루는 것으로 보아, '나'의 이야기는 현실의 이면에 감춰진 부조리한 실상을 증언하기 위한 것임을 알 수 있어.

⑤ 건우 할아버지의 이야기가 대대로 땅을 빼앗겨 온 조마이섬 사람들에 관한 것으로 보아, '나'의 이야기는 '뿌리 뽑힌 사람들'에 대한 권력의 횡포를 비판하는 것임을 알 수 있어.

5. 문맥상 ⓐ를 가장 잘 나타낸 것은?

① 각골통한(刻骨痛恨)
② 노심초사(勞心焦思)
③ 전전반측(輾轉反側)
④ 풍수지탄(風樹之嘆)
⑤ 후회막급(後悔莫及)

MEMO

이청준, 「소문의 벽」
2014학년도 수능B

해설 P.080

[1~3] 다음 글을 읽고 물음에 답하시오.

"도대체 박준은 어째서 꼭 불을 밝혀 놓아야 잠이 들 수 있었을까요. 그리고 전짓불을 보고는 왜 갑자기 발작을 일으킨 것입니까?"

"중요한 걸 물으시는군요."

잠시 입을 다물고 있던 김 박사는 그동안 나에게서 그런 질문을 기다리고 있었기라도 한 듯 이번에는 박준의 버릇에 대해 다시 설명을 시작했다.

"글쎄, 나 역시도 어젯밤 우연히 그런 발작이 나기 전까지는 환자가 특히 어둠을 싫어하는 이유를 알아내지 못하고 있었거든요. 그야 물론 앞서도 말씀드렸듯이 그것도 다른 환자들에게서 볼 수 있는 일반적인 병증의 하나임에 틀림없지요. 하지만 이제까지의 관찰로는 영 그 원인을 분석해 낼 재간이 없었단 말입니다. 한데 어젯밤 발작을 보고는 비로소 어떤 힌트를 얻을 수 있었어요. 무슨 얘기냐 하면, 환자가 그토록 어둠을 싫어하게 된 것은 직접적으로 그 어둠 자체를 싫어하기 때문이 아니라, 그 어둠으로부터 연상되는 어떤 다른 공포감이 있었기 때문이라는 겁니다. 이를테면 그 전짓불 같은 것이 바로 그런 거지요. 환자가 진짜 발작을 일으키도록 심한 공포감을 유발시킨 것은 어둠이 아니라 그 어둠 속에 나타난 전짓불이었단 말씀입니다. 환자에겐 그 어둠이라는 것이 늘 전짓불을 연상시키는 공포의 촉매물이었지요."

"그렇다면 앞으로의 문제는 박준이 무엇 때문에 그 전짓불에 공포를 느끼게 되는지 그걸 알아내는 것이겠군요. 그게 바로 박사님께서 자주 말씀하신 최초의 갈등 요인이 아니겠습니까."

"옳은 말씀이에요. 전짓불의 비밀이야말로 박준 씨의 치료에는 무엇보다 중요한 열쇠가 되고 있지요."

"하지만 어젯밤 박준이 전짓불을 보고 놀랐던 것만으론 그가 어째서 그것에 대해 공포감을 지니게 되었는지, 그리고 그 **전짓불의 공포**라는 것이 박준에게 어떤 의미를 지니고 있는 것인지 아직 설명하실 수가 없으신 것 아닙니까."

"아직까지는 그런 셈이지요."

"역시 그의 소설에 대해 관심을 좀 가져 보시는 게 어떨까요?"

나는 필시 박준의 소설들과 전짓불 사이엔 뭔가 썩 깊은 상관이 있는 듯한 예감에 사로잡히며 은근히 김 박사를 권해 보았다. 그러나 김 박사는 박준의 소설에 대해서는 여전히 관심을 보이려 하지 않았다.

"역시 그럴 필요는 없어요. 별로 기분 좋은 방법이 아니기는 하지만, 이젠 최소한 환자로 하여금 전짓불의 내력을 포함한 모든 비밀을 털어놓게 할 마지막 방법은 찾아 놓고 있는 셈이니까요."

(중략)

—이 달의 화제작, 화제 작가.

신문지는 벌써 이태쯤 전에 발간된 어떤 주간지의 한 조각이었는데, 거기엔 우선 그런 제호가 크게 눈에 띄었다. 그리고 그 제호 한쪽으로 그 달에 발표된 박준의 소설이 한 편 몇몇 평론가들로부터 합평되어 있고, 다른 한쪽엔 그 달의 화제 작가로서 박준을 인터뷰한 기사가 실려 있었다.

나는 정신이 번쩍 들었다. 신문지 조각을 못에서 빼어 냈다. 그러나 금세 실망이 되고 말았다. 기사는 별로 읽을 만한 곳이 남아 있지 않았다. 대부분의 기사가 다른 조각으로 찢어져 나가 버리고 없었다. 찢어져 나간 조각들은 찾아낼 수가 없었다. 이미 휴지로 사용이 되고 만 모양이었다. 남아 있는 것은 그의 인터뷰 기사 중의 몇 마디뿐이었다. 나는 그것이나마 찢어지다 남은 데서부터 기사를 읽어 내려가기 시작했다.

—당신은 아까 내가 **위험한 질문**이라고 한 말의 뜻을 아직 잘 알아듣지 못한 모양이다. 그렇다면 내가 좀 더 설명을 하겠다…….

아마 기자의 어떤 질문에 대한 답변을 부연하고 있는 모양이었다. 박준은 이야기를 꽤 길게 계속하고 있었다.

[A]

—어렸을 때 겪은 일이지만 난 아주 **기분 나쁜 기억**을 한 가지 가지고 있다. 6·25가 터지고 나서 우리 고향에는 한동안 우리 경찰대와 지방 공비가 뒤죽박죽으로 마을을 찾아드는 일이 있었는데, 어느 날 밤 경찰인지 공비인지 알 수 없는 사람들이 또 마을을 찾아 들어왔다. 그리고 그 사람들 중의 한 사람이 우리 집까지 찾아 들어와 어머니하고 내가 잠들고 있는 방문을 열어젖혔다. 눈이 부시도록 밝은 전짓불을 얼굴에다 내리비추며 어머니더러 당신은 누구의 편이냐는 것이었다. 하지만 어머니는 그때 얼른 대답을 할 수가 없었다. 전짓불 뒤에 가려진 사람이 경찰대 사람인지 공비인지를 구별할 수 없었기 때문이다. 대답을 잘못했다가는 지독한 복수를 당할 것이 뻔한 사실이었다. 하지만 어머니는 상대방이 어느 쪽인지 정체를 모른 채 대답을 해야 할 사정이었다. 어머니의 입장은 절망적이었다. 나는 지금까지도 그 절망적인 순간의 기억을, 그리고 사람의 얼굴을 가려 버린 전짓불에 대한 공포를 생생하게 간직하고 있다.

그런데 나는 요즘 나의 **소설 작업** 중에도 가끔 그 비슷한 느낌을 경험하곤 한다. 내가 소설을 쓰고 있는 것이 마치 그 얼굴이 보이지 않는 전짓불 앞에서 일방적으로 나의 진술만을 하고 있는 것 같다는 말이다. 문학 행위란 어떻게 보면 한 작가의 가장 성실한 **자기 진술**이라고 할 수 있다. 그런데 나는 지금 어떤 전짓불 아래서 나의 진술을 행하고 있는지 때때로 엄청난 공포감을 느낄 때가 많다. 지금 당신 같은 질문을 받게 될 때가 바로 그렇다…….

박준의 말은 거기서 일단 끝나고 있는 듯 보였다. 그리고 신문이 찢어져 나가 버린 것도 거기서부터였다.

— 이청준, 「소문의 벽」 —

1. 윗글에 대한 이해로 가장 적절한 것은?

① '김 박사'는 '박준'이 느끼는 공포감의 비밀을 밝힐 방법을 찾았다고 믿는다.

② '김 박사'의 말을 들은 '나'는 그의 치료 방안에 대해 전적으로 신뢰하게 된다.

③ '박준'이 어둠 때문에 발작을 일으킨 일이 있음을 '김 박사'는 알지 못하고 있다.

④ '어머니'의 입장이 절망적인 것은 아들의 안전을 지키지 못했다는 자괴감 때문이다.

⑤ 신문지 조각을 읽은 '나'는 궁금해 하는 사실과 기사의 내용이 거리가 있어서 실망한다.

2. [A]의 서사적 기능으로 가장 적절한 것은?

① 특정 지역을 배경으로 설정하여 공간의 상징적 의미를 부각한다.

② 인물의 행동을 객관적 시점에서 묘사하여 인물의 성격을 짐작하게 한다.

③ 주인공의 두 경험을 연관 지어 사건의 의미를 이해하는 데 단서를 제공한다.

④ 동일한 사건을 다각적으로 구성하여 사건에 대한 해석의 여지를 열어 놓는다.

⑤ 이질적인 시선을 대비해 가며 역사적인 사건의 전모가 총체적으로 드러나도록 한다.

3. 〈보기〉를 참고하여 윗글을 감상한 내용으로 적절하지 <u>않은</u> 것은? [3점]

〈보기〉

정신적 외상(trauma)은 충격적 경험의 기억이 무의식에 잠재되었다가 정신적 병증의 요인으로 작용하면서 모습을 드러낸다. 그 기억은 떠올리는 것만으로도 고통스러울 수 있는데, 이를 들추어 '말문'을 트게 하는 것은 정신적 병증의 치유에서 중요한 과정이다. 개인뿐만 아니라 사회에서도 공동체의 위기 상황으로 인해 발생한 정신적 외상에 대해 '말문 트기'가 요구된다. 이런 점에서 소설은 개인의 아픔은 물론 사회적 병증을 치유해 주는 개인적·사회적 말문 트기의 하나라 할 수 있다.

① '전짓불의 공포'를 강하게 느끼는 '박준'은, 일방적 진술을 강요하는 듯한 사회적 상황에 직면하여 고통 받는 이들을 상징하는 인물이겠군.

② '전짓불의 공포'와 '소설 작업'의 관계에 주목해 보면, 소설 쓰기를 통한 '박준'의 '자기 진술'은 치유 방법으로서의 말문 트기에 상응하는 것이겠군.

③ '자기 진술'을 어렵게 만드는 상황에 직면했다는 '박준'의 고백은, 일방적일 수밖에 없는 '자기 진술'의 상황 속에서 정신적 외상이 환기된다는 점을 드러내는 것이겠군.

④ 유년의 '기분 나쁜 기억'이 전쟁으로 인한 공동체의 위기 상황과 관련되었다는 설정을 통해, '박준'의 정신적 외상이 사회적 차원의 문제와 관련이 있다는 점을 알 수 있겠군.

⑤ 정신적 외상의 최초 원인을 밝히기 위해 '김 박사'가 '박준'의 과거 기억을 진술하게 할 계획을 세웠다면, 이는 '위험한 질문'을 회피하기 위한 말문 트기 방법을 모색한 결과이겠군.

[1~3] 다음 글을 읽고 물음에 답하시오.

천대를 받아도 얻어맞는 것보다는 낫다! 그도 그럴 것이다. 미친 체하고 떡목판에 엎드러진다는 셈으로 미친 체하고 어리광 비슷한 수작을 하거나, 스라소니 행세를 하거나 하여, 어떻든지 저편의 호감을 사고 저편을 웃기기만 하면 목전에 닥쳐오는 핍박은 면할 것이다. 속으로는 요놈 하면서라도 얼굴에만 웃는 빛을 띠면 당장의 급한 욕은 면할 것이다. 공포(恐怖), 경계(警戒), 미봉(彌縫), 가식(假飾), 굴복(屈服), 도회(韜晦)*, 비굴(卑屈)…… 이러한 모든 것에 숨어 사는 것이 조선 사람의 가장 유리한 생활 방도요, 현명한 **처세술**이다. 실상 생각하면 우리의 이러한 **생활 철학**은 오늘에 터득한 것이 아니요, 오랫동안 **봉건적** 성장과 관료전제 밑에서 더께가 앉고 굳어 빠진 껍질이지마는, 그 껍질 속으로 점점 더 파고들어 가는 것이 **지금의 우리 생활**이다.

"어떻든지 그저 내지인과 동등한 대우만 해 주면 나중엔 어찌 되든지 살아갈 수 있겠죠."

청년은 무엇에 쫓겨 가는 사람처럼 차 안을 휘휘 돌려다 보고 나서 목소리를 한층 낮추어서 다시 말을 잇는다.

"가령 공동묘지만 하더라도 내지에도 그런 법률이 있다 하면 싫든 좋든 우리도 따라가는 수밖에 없겠죠. 하지만 우리에게는 또 우리의 유풍이 있지 않습니까? 대관절 내지에도 그런 법이 있나요?"

의외에 이 장돌뱅이도 공동묘지 이야기를 꺼낸다. 나는 아까 형님한테 한참 설법을 듣고 오는 길에 또 이러한 질문을 받고 보니, 언제 규정이 된 것이요 어떻게 시행하라는 것인지는 나로서는 알고 싶지도 않고, 그까짓 것은 아무렇거나 상관이 없는 일이지마는, 아마 요사이 경향에서 모여 앉으면 꽤들 문젯거리, **화젯거리**가 되는 모양이다. 나는 한번 껄껄 웃어 주고 싶었으나 그리할 수는 없었다.

"일본에도 공동묘지야 있다우."

나 역시 누가 듣지나 않는가 하고 아까부터 수상쩍게 보이던 저편 뒤로 컴컴한 구석에 금테를 한 동 두른 모자를 쓴 채 외투를 뒤집어쓰고 누웠는 일본 사람과, 김천서 나하고 같이 오른 양복쟁이 편을 돌려다 보았다. 나의 말이 조금이라도 총독정치를 비방하는 것은 아니지만, 그중에서 무슨 오해가 생길지 그것이 나에게는 염려되는 것이었다.

"정말 내지에도 공동묘지가 있어요? 하지만 행세하는 사람야 좀 다르겠죠?"

"그야 좀 다르겠지마는, 어떻든지 일본에서는 주로 화장을 지내기 때문에 타고 남은…… 아마 목구멍 뼈라든가를 갖다가 묻고 목패든지 비석을 세운다우. 그러지 않아도 살아 있는 사람도 터전이 좁아서 땅 조각이 금 조각 같은데, 죽는 사람마다 넓은 터전을 차지하다가는 이 세상에는 무덤만 남고 말지 않겠소, 허허허."

나는 이러한 소리를 하면서도 묘지를 간략하게 하여 지면을 축소하고 남는 땅은 누구의 손으로 들어가고 마누 하는 생각을 하여 보았다.

"그리구서니 자기의 부모나 처자를 죽었다구 금세루 살라야 버릴 수가 있습니까? 더구나 대대로 내려오는 제 집 산소까지를."

이 사람은 나의 말이 옳다는 모양으로 고개를 끄덕끄덕하면서도 그래도 반대를 한다.

"화장을 지낸다기루 상관이 뭐겠소. 예전에 애급이라는 나라에서는 왕후장상의 시체는 방부제를 쓰고 나무 관에 넣은 시체를 다시 석관까지에 튼튼히 넣어서 피라미드라는 큰 굴 속에 묻어 두었지만, 지금 와서는 미이라밖에는 되지 않고 만 것을 보면 죽은 송장에게 능라주의(綾羅紬衣)*를 입히고 백 평, 천 평 되는 땅에다가 아무리 굳게 파묻기로 그것이 무엇이란 말이오. 동상을 세우면 무얼 하고 송덕비를 세우면 무엇에 쓴다는 말이오."

내 앞에 앉았는 장꾼은 무슨 소리인지 귀에 자세히 들어오지 않는 모양이다.

"네에, 그런 것이 있어요?"

하고 멀거니 앉았다.

"하여간 부모를 생사장제(生事葬祭)에 예(禮)로써 받들어야 할 거야 더 말할 것 없지마는, 예로 하라는 것은 결국에 공경하는 마음이나 정성을 말하는 것 아니겠소? 그러니 공동묘지 법이란 난 아직 내용도 모르지마는, 그것은 별문제로 치고라도, 그 근본정신은 생각지 않고 부모나 선조의 산소 치레를 해서 외화(外華)나 자랑하고 음덕(蔭德)이나 바란다는 것도 우스운 수작이란 것을 알아야 할 거 아니겠소. 지금 우리는 공동묘지 때문에 못살게 되었소? 염통 밑에 쉬스는 줄은 모른다구, 깝살릴* 것 다 깝살리고 뱃속에서 쪼르륵 소리가 나도 죽은 뒤에 파묻힐 곳부터 염려를 하고 앉았을 때인지? 너무도 얼빠진 늦둥이 수작이 아니오? 허허허."

나는 형님에게 하고 싶던 말을 장돌뱅이로 돌아다니는 이 자를 붙들고 한참 푸념을 하였다.

– 염상섭, 「만세전」 –

*도회: 재능이나 학식 따위를 숨겨 감춤.
*능라주의: 비단옷과 명주옷.
*깝살리다: 재물이나 기회 따위를 흐지부지 다 없애다.

1. 윗글의 서술상 특징으로 가장 적절한 것은?

① 상징적 배경을 통해 갈등이 해소될 것임을 암시하고 있다.

② 냉소적 어조를 통해 세태에 대한 비판적 태도를 드러내고 있다.

③ 빈번한 장면 전환을 통해 인물들 사이의 긴장감을 고조하고 있다.

④ 동시에 진행되는 사건을 병렬하여 이야기를 입체적으로 구성하고 있다.

⑤ 인물들의 체험을 삽화 형식으로 나열하여 주제를 다각적으로 조명하고 있다.

2. '공동묘지 법'과 관련한 인물들의 태도로 가장 적절한 것은?

① '나'는 '공동묘지 법' 시행에 따른 '화장'의 제도화를 우려하고 있다.

② '나'는 '공동묘지 법'의 시행 전에 충분한 정보가 제공되어야 한다고 지적하고 있다.

③ '나'는 '공동묘지 법'과 관련한 자신의 발언이 정치적으로 해석되는 것을 염려하고 있다.

④ '장돌뱅이'는 '공동묘지 법'의 목적이 묘지를 없애 집터를 넓히는 데 있다고 믿고 있다.

⑤ '장돌뱅이'는 '공동묘지 법'이 '애급'의 관습을 따른 것이라는 사실에 흥미로워 하고 있다.

3. 〈보기〉를 참고하여 윗글을 감상할 때 적절하지 <u>않은</u> 것은?
[3점]

〈보기〉

　　1920년대 문학의 전개 과정에서, 염상섭은 개인의 발견과 현실 인식이라는 소설의 근대적인 특성을 분명하게 제시하고 있다. 특히 일인칭 시점을 적용한 소설을 통해 개인의 내면을 드러내는 방식을 모색하여, 개성의 표현으로서의 문학에 대한 인식을 구체화하였다. 나아가 그는 생활 현실에 근거한 문학으로 관심을 확장하였는데, 그에 따르면, 문예는 생활의 기록이요, 흔적이요, 주장이다. 생활에 대한 염상섭의 새로운 인식은 생활의 표현을 통해 삶의 문제를 총체적인 시각에서 조망하려는 근대 문학의 정신에 접근하고 있다.

① 시속의 '처세술'에 대해 성찰하여 평가한 점을 통해, 생활의 문제에 대한 작가의 주장을 확인할 수 있겠군.

② '생활 철학'을 터득하려는 개개인의 의지를 옹호한 점을 통해, 개인의 발견에 관한 작가의 의식을 이해할 수 있겠군.

③ '지금의 우리 생활'을 '봉건적' 의식과 문화에 견주어 문제 삼은 점을 통해, 삶의 문제를 총체적으로 조망하려는 작가의 시각을 엿볼 수 있겠군.

④ 일상적 관심사로 오르내리는 '화젯거리'를 이야기한 점을 통해, 생활의 흔적을 기록하려는 작가의 노력을 살필 수 있겠군.

⑤ 자신의 경험과 생각을 '나'가 서술하도록 설정한 점을 통해, 개성을 표현하는 문학의 방식을 모색하는 작가의 관심을 찾아볼 수 있겠군.

[1~4] 다음 글을 읽고 물음에 답하시오.

소년은 한길 한복판을 거의 쉴 사이 없이 달리는 전차에, 신기하지도 아무렇지도 않은 듯싶게 올라타고 있는 수많은 사람들의 얼굴에, 머리에, 등덜미에, 잠깐 동안 부러움 가득한 눈을 주었다.

[A]

"아버지. 우린, 전차, 안 타요?"

"아, 바로 저긴데, 전찬 뭣 하러 타니?"

아무리 '바로 저기'라도, 잠깐 좀 타 보면 어떠냐고, 소년은 적이 불평이었으나, 다음 순간, 그는 언제까지든 그것 한 가지에만 마음을 주고 있을 수 없게, 이제까지 시골구석에서 단순한 모든 것에 익숙해 온 그의 어린 눈과 또 귀는 어지럽게도 바빴다.

전차도 전차려니와, 웬 자동차며 자전거가 그렇게 쉴 새 없이 뒤를 이어서 달리느냐. 어디 '장'이 선 듯도 싶지 않건만, 사람은 또 웬 사람이 그리 거리에 넘치게 들끓느냐. 이 층, 삼 층, 사 층…… 웬 집들이 이리 높고, 또 그 위에는 무슨 간판이 그리 유난스레도 많이 걸려 있느냐. 시골서, '영리하다' '똑똑하다', 바로 별명 비슷이 불려 온 소년으로도, 어느 틈엔가, 제풀에 딱 벌려진 제 입을 어쩌는 수 없이, 마분지 조각으로 고깔을 만들어 쓰고, 무엇인지 종잇조각을 돌리고 있는 사나이 모양에도, 그의 눈은, 쉽사리 놀라고, 수많은 깃대잡이 아이놈들의 앞장을 서서, 몽당수염 난 이가 신나게 부는 날라리 소리에도, 어린이의 마음은 걷잡을 수 없게 들떴다.

(중략)

[B]

그는 눈을 들어, 이번에는 빨래터 바로 위 천변의, 나뭇장 간판이 서 있는 곳을 바라보았다. 그곳에는 이미 옷을 놓지 않는 젊은이들이, 철망 친 그 앞에 앉아서들 잡담을 하고, 더러는 몸들을 유난스러이 전후좌우로 놀려 가며, 그것은 또 무슨 장난인지, 서로 주먹을 들어 때리는 시늉을 한다. 그것이 '권투'라는 것의 연습임을 배운 것은 그로부터 며칠 뒤의 일이거니와, 그러한 장난도 창수의 눈에는 퍽이나 재미스러웠다.

그러한 소년의 눈에, 천변을 오고 가는 모든 사람들이, 그 모두가, 한결같이 잘나만 보이는 것도 또한 어찌할 수 없는 일이 아니냐. 임바네스* 입은 민 주사며, 중산모 쓴 포목전 주인이며, 인력거 위에 날아갈 듯이 앉아 있는 취옥이며, 그러한 모든 사람은 이를 것도 없거니와 **다리 밑**에 모여서들 지껄대고, 툭 치고, 아무렇게나 거적 위에서 뒹굴고, 그러는 깍정이* 떼들도, 이곳이 결코 시골이 아니라 서울일진댄, 그것들은 그만큼 **행복일 수 있지 않느냐.**

더구나, 소년은, 줄창, 이곳에만 있어, 오직 이곳 풍경만 사랑하지 않아도 좋을 것이다.

'암만 좋은 구경이래두, **밤낮 본다면 물리고 만다……**'

그러나 이제 창수는 '화신상'도 가 볼 수 있고, '전차'도 탈 수 있고, 옳지, 또 가만히 서만 있어도 삼 층 꼭대기, 사 층 꼭대기로 데려다 준다는 '승강기'라는 것이 있다지 않나. 수길이 말을 들으면, 머리가 어찔하게 현기증이 나더라지만, 그것은 타는 법을 몰라 그럴 것이다.

'눈을 꼭 감고만 있으면 아무 상관이 없다……'

창수는, 말로만 들었지 정작 눈으로 본 일은 없는 '승강기'라는 물건을, 잠깐 머릿속에 아무렇게나 만들어 보느라 골몰이었으나, 어느 틈엔가 제 곁에 서너 명의 아이들이 모여 선 것을 깨닫고, 그들을 둘러보았다.

"얘가 시굴 아이다, 시굴 아이야."

칠팔 세나 그밖에 더 안 된 아이가, 옆에 있는 아이들을 둘러보고 그렇게 말하니까, 모두 고만고만한 또래의 딴 아이들이,

"그래, 시굴 아이야, 시굴 아이……"

저마다 연방 고개를 끄덕이고, 열한두 살이나 그렇게 된 계집아이 등에 업혀 있는 두세 살 된 갓난애조차, 잘 안 돌아가는 혀끝을 놀리어,

"시구라, 시구라."

하고, 빤히 저를 쳐다보는 것에, 소년은 그러한 것에도 쉽사리 붉어지는 제 얼굴을 아무렇게도 하는 수 없이, 문득, 등 뒤에서 요란스러이 울린 **자전거 종소리**에, 그만 질겁을 하여 한옆으로 허둥대며 비켜서는 꼴을 보고, 그 결코 그렇게는 놀라는 일이 없는 ㉠'서울 아이'들이, "하, 하, 하" 하고 가장 재미있는 듯싶게 한바탕을 웃었을 때, 소년은 귀밑까지 새빨개가지고 마음속에 끝없는 모욕을 느끼지 않으면 안 되었다.

그러나 ㉡저를 비웃은 아이는, 옆에 모여 선 그 애들뿐이 아니다. 개천 건너 이발소 창 앞에 앉아, ㉢저보다 좀 큰 아이가 아까부터 제 편만 지켜보고 있었던 듯싶어,

"하, 하, 하…… 녀석, 놀라기는……"

하고, 그러한 말을 하더니, 눈이 마주치자,

"너, 약국에, 오늘 들왔구나?"

아주 **어른같이** 그러한 것을 묻는다. ㉣창수는 또 변변치 못하게 얼굴을 붉히며, 가까스로 고개를 한 번 끄떡하고, 문득, 부모를 떠나 외따로이 이러한 곳에서 이제 어떻게 지내 가나 겁이 부쩍 나며, 그저 아버지가 '전차'나 태워 주고, '화신상'이나 구경시켜 주고, 또 '승강기' 있다는 데로 데리고 가 주고, 그러한 다음에, 같이 **집으로나 다시 내려갔으면**, 그러면 퍽 좋겠다고 침을 몇 덩어리나 삼키며, 저 혼자 속으로 생각하지 않으면 안 되었다.

– 박태원, 「천변풍경」 –

*임바네스: 남자용 외투의 일종.
*깍정이: 거지.

1. 윗글의 서술상 특징으로 가장 적절한 것은?

① 여러 인물의 내면을 서술하여 인물들의 다양한 특성을 보여 주고 있다.

② 쉼표를 활용한 긴 문장으로 여러 대상과 장면을 서술하고 있다.

③ 인물 간 대화를 통해 인물의 분열된 의식을 드러내고 있다.

④ 과거와 현재를 대비하여 사건을 입체적으로 서술하고 있다.

⑤ 빈번한 장면 전환을 통해 긴박한 분위기를 드러내고 있다.

2. 〈보기〉의 관점에서 [A], [B]의 의미를 탐구하기 위한 구상으로 가장 적절한 것은?

〈보기〉

문학 작품을 사회·문화적 맥락과 관련지어 해석한다.

① [A]: 소년의 의식과 행동의 특징에 주목하여, 이 작품의 인물 유형을 분류해 본다.

② [A]: 소년과 아버지의 갈등에 주목하여, 그 갈등이 작품 전체의 주제로 발전될 가능성을 추론해 본다.

③ [A]: 여러 인물이 한 공간에 등장한다는 점에 주목하여, 이 작품의 구조적 특성을 이해하는 단서로 삼는다.

④ [B]: 작품 속 인물들의 외양에 주목하여, 인물들의 성격을 드러 내는 창작 기법에 대해 알아본다.

⑤ [B]: 천변의 생활상에 주목하여, 당시 서울의 세태가 작품에 반영된 양상을 살펴본다.

3. ㉠~㉣의 관계에 대한 이해로 가장 적절한 것은?

① ㉠은 ㉡과 함께 ㉢, ㉣을 조롱하고 있다.

② ㉠은 ㉡과 달리 ㉣을 무시하고 있다.

③ ㉢은 ㉡에 기대어 ㉣에게 조언하고 있다.

④ ㉢은 ㉡이기는 하지만 ㉣에게 관심을 갖고 있다.

⑤ ㉢은 ㉠, ㉡, ㉣ 사이의 갈등을 중재하고 있다.

4. 〈보기〉를 참고하여 윗글을 감상한 내용으로 적절하지 <u>않은</u> 것은? [3점]

〈보기〉

도시에 처음 입성한 이들은 자신의 꿈과는 다른 현실에 직 면하여 심리적 혼돈 속에서 크게 위축된다. 도시는 문명의 화 려함을 내세워 그들을 매혹하지만 안정된 삶의 장소를 내주 지는 않는다. 도시 문명에 가리어진 도시의 이면적 풍경, 인 정이 메마른 도시인의 초상, 그리고 도시 현실에 대한 비판적 의식 등이 어우러져 도시 소설의 한 줄기를 이룬다.

① '창수'가 '다리 밑' 풍경조차도 '행복일 수 있지 않느냐'고 여기는 데서, 도시의 이면적 실상을 직시하지 못하는 인물의 의식을 엿볼 수 있군.

② '창수'가 도시의 풍경에 대해 '밤낮 본다면 물리고 만다'고 한 데서, 혼돈에서 벗어나 도시 문명을 비판적으로 인식하는 모습을 읽을 수 있군.

③ '창수'가 '자전거 종소리'에 허둥대는데도 계속 놀림을 당하는 장면에서, 도시에 입성한 인물이 현실에 직면하여 처하는 불안 정한 상황을 짐작할 수 있군.

④ '창수'가, '어른같이' 묻는 물음에 선뜻 답하지 못하는 장면 에서, 도시에 처음 입성한 인물이 겪는 심리적 위축 상태를 볼 수 있군.

⑤ '창수'가 '집으로나 다시 내려갔으면' 좋겠다고 생각하는 대목을 통해, 꿈과 현실 사이의 괴리에서 오는 혼란을 겪는 이의 마음을 엿볼 수 있군.

[1~4] 다음 글을 읽고 물음에 답하시오.

[앞부분의 줄거리] 아들 성기가 역마살 때문에 떠돌이가 될까 봐 걱정하던 옥화는 그를 정착시키기 위해 체 장수 영감의 딸 계연과 맺어 주려 하지만, 계연이 자기 동생이라는 것을 알고는 그녀를 떠나보내기로 한다.

계연의 시뻘겋게 상기한 얼굴은, 옥화와 그의 아버지가 그들을 지켜보고 있다는 것도 잊은 듯이 성기의 얼굴만 일심으로 바라보고 있었으나, 버드나무에 몸을 기댄 성기의 두 눈엔 다만 불꽃이 활활 타오를 뿐, 아무런 새로운 명령도 기적도 나타나지 않았다.

"오빠, 편히 사시오."

하고, ⓐ거의 울음이 다 된, 마지막 목소리를 남기고 돌아선 계연의 저만치 가고 있는 항라 적삼*을, 고운 햇빛과 늘어진 버들가지와 산울림처럼 울려오는 뻐꾸기 울음 속에, 성기는 우두커니 지켜보고 있을 뿐이었다.

성기가 다시 자리에서 일어나게 된 것은 이듬해 우수(雨水)도 경칩(驚蟄)도 다 지나, 청명(清明) 무렵의 비가 질금거릴 무렵이었다. 주막 앞에 늘어선 버들가지는 다시 실같이 푸르러지고 살구, 복숭아, 진달래 들이 골목 사이로 산기슭으로 울긋불긋 피고 지고 하는 날이었다.

아들의 미음상을 차려 들고 들어온 옥화는 성기가 미음 그릇을 비우는 것을 보자 이렇게 물었다.

"아직도, 너, 강원도 쪽으로 가 보고 싶냐?"

"……"

성기는 조용히 고개를 돌렸다.

"여기서 장가들어 나랑 같이 살겠냐?"

"……"

성기는 역시 고개를 돌렸다.

그해 아직 봄이 오기 전, 보는 사람마다, 성기의 회춘을 거의 다 단념하곤 하였을 때 옥화는, 이왕 죽고 말 것이라면, 어미의 맘속이나 알고 가라고, 그래, 그 체 장수 영감은, 서른여섯 해 전 남사당을 꾸며 와 이 화개 장터에 하룻밤을 놀고 갔다는 자기의 아버지임에 틀림이 없었다는 것과, 계연은 그 왼쪽 귓바퀴 위의 사마귀로 보아 자기의 동생임이 분명하더라는 것을, 통정*하노라면서, 자기의 같은 왼쪽 귓바퀴 위의 검정 사마귀까지를 그에게 보여 주었다.

"나도 처음부터 영감이 '서른여섯 해 전'이라고 했을 때 가슴이 섬뜩하긴 했다. 그렇지만 설마 했지 그렇게 남의 간을 뒤집어 놀 줄이야 알았나. 하도 아슬해서 이튿날 악양으로 가 명도*까지 불러 봤더니, 요것도 남의 속을 빤히 들여다나 보는 듯이 재잘대는구나, 차라리 망신을 했지."

옥화는 잠깐 말을 그쳤다. 성기는 두 눈에 불을 켜듯 한 형형한 광채를 띠고, 그 어머니의 얼굴을 쳐다보고 있었다.

"차라리 몰랐으면 또 모르지만 한번 알고 나서야 인륜이 있는듸 어쩌겠냐."

그리고 ㉠부디 어미 야속타고나 생각지 말라고, 옥화는 아들의 뼈만 남은 손을 눈물로 씻었다.

옥화의 이 마지막 하직같이 하는 통정 이야기에 의외로도 성기는 도로 힘을 얻은 모양이었다. 그 불타는 듯한 형형한 두 눈으로 천장을 한참 바라보고 있던 성기는 무슨 새로운 결심이나 하듯 입술을 지그시 깨물고 있었다.

아버지를 찾아 강원도 쪽으로 가 볼 생각도 없다, 집에서 장가들어 살림을 할 생각도 없다, 하는 아들에게 그러나, 옥화는 이제 전과 같이 고지식한 미련을 두는 것도 아니었다.

"그럼 어쩔라냐? 너 좋을 대로 해라."

"……"

성기는 아무런 말도 없이 도로 자리에 드러누워 버렸다.

그러고 나서 한 달포나 넘어 지난 뒤였다.

성기가 좋아하는 여러 가지 산나물이 화갯골에서 연달아 자꾸 내려오는 이른 여름의 어느 장날 아침이었다. 두릅회에 막걸리 한 사발을 쭉 들이켜고 난 성기는 옥화더러,

"어머니, 나 엿판 하나만 맞춰 주."

하였다.

"……"

옥화는 갑자기 무엇으로 머리를 얻어맞은 듯이 성기의 얼굴을 멍하니 바라보고 있었다.

그런 지도 다시 한 보름이나 지나, ⓑ뻐꾸기는 또다시 산울림처럼 건드러지게 울고, 늘어진 버들가지엔 햇빛이 젖어 흐르는 아침이었다. 새벽녘에 잠깐 가는 비가 지나가고, 날은 다시 유달리 맑게 갠 화개 장터 삼거리 길 위에서, 성기는 그 어머니와 하직을 하고 있었다. 갈아입은 옥양목 고의적삼에, 명주 수건까지 머리에 잘끈 동여매고 난 성기는, 새로 맞춘 새하얀 나무 엿판을 걸빵해서 느직하게 엉덩이 즈음에다 걸었다. 위 목판에는 새하얀 가락엿이 반나마 들어 있었고, 아래 목판에는 팔다 남은 이야기책 몇 권과 간단한 방물이 좀 들어 있었다.

그의 발 앞에는, 물과 함께 갈려 길도 세 갈래로 나 있었으나, 화갯골 쪽엔 처음부터 등을 지고 있었고, 동남으로 난 길은 하동, 서남으로 난 길이 구례, 작년 이맘때도 지나 그녀가 울음 섞인 하직을 남기고 체 장수 영감과 함께 넘어간 산모퉁이 고갯길은 퍼붓는 햇빛 속에 지금도 환히 장터 위를 굽이돌아 구례 쪽을 향했으나, 성기는 한참 뒤, 몸을 돌렸다. 그리하여 그의 발은 구

례 쪽을 등지고 하동 쪽을 향해 천천히 옮겨졌다.

한 걸음, 한 걸음, 발을 옮겨 놓을수록 그의 마음은 한결 가벼워져, 멀리 버드나무 사이에서 그의 뒷모양을 바라보고 서 있을 어머니의 주막이 그의 시야에서 완전히 사라져 갈 무렵해서는, 육자배기 가락으로 제법 콧노래까지 흥얼거리며 가고 있는 것이었다.

              – 김동리, 「역마」 –

*항라 적삼: 명주, 모시, 무명실 따위로 된 한 겹의 윗도리.
*통정: 통사정. 딱하고 안타까운 형편을 털어놓고 말함.
*명도: 마마를 앓다가 죽은 어린 계집아이의 귀신.

1. 윗글에 대한 설명으로 적절한 것은?

① 과거 장면을 삽입하여 인물들의 관계를 드러내고 있다.
② 다른 장소에서 동시에 벌어진 사건들을 병치하고 있다.
③ 의식의 흐름을 통해 사건을 요약적으로 진술하고 있다.
④ 상상적 공간을 배경으로 삼아 허구성을 강화하고 있다.
⑤ 등장인물의 독백을 직접 인용하여 내면을 보여 주고 있다.

2. ㉠은 〈보기〉 (가)의 시점으로 서술되어 있다. ㉠을 (나)의 시점으로 바꾸어 썼을 때, 가장 적절한 것은?

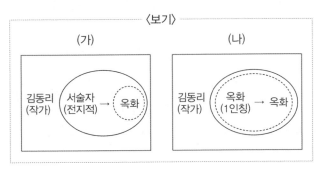

① 부디 나를 야속타고나 생각지 말라고, 나는 나의 뼈만 남은 손을 눈물로 씻었다.
② 부디 나를 야속타고나 생각지 말라고, 나는 아들의 뼈만 남은 손을 눈물로 씻었다.
③ 부디 나를 야속타고나 생각지 말라고, 옥화는 아들의 뼈만 남은 손으로 눈물로 씻었다.
④ "부디 나를 야속타고나 생각지 마라."라고 말하며, 나는 나의 뼈만 남은 손을 눈물로 씻었다.
⑤ "부디 어미 야속타고나 생각지 마라."라고 말하며, 엄마는 나의 뼈만 남은 손을 눈물로 씻었다.

3. ⓐ와 ⓑ에 대한 해석으로 가장 적절한 것은?

① ⓐ의 '항라 적삼'과 '고운 햇빛'은 모두 인물의 성격을 드러내고 있다.
② ⓐ의 '목소리'는 '뻐꾸기 울음'과 대조를 이루며 비극성을 약화시키고 있다.
③ ⓑ의 '햇빛'은 '유달리 맑게 갠'과 함께 분위기를 새롭게 전환하고 있다.
④ ⓑ의 '뻐꾸기'는 '화개 장터'와 연결되어 시대적 상황을 나타내고 있다.
⑤ ⓑ의 '버들가지'는 '또다시'와 연결되어 갈등이 재현될 것을 예고하고 있다.

4. 〈보기〉를 참고하여, 윗글을 감상한 내용으로 적절하지 <u>않은</u> 것은?

〈보기〉

ㄱ. 김동리는 「역마」의 인물들을 통해, 운명을 수용하는 것이 운명에 패배하는 것이 아니라 세계와 조화되는 것이며, 이는 우리 민족의 전통적 삶의 방식이라고 여겼다.
ㄴ. 「역마」의 인물들이 보여 주는 생각과 행동은 적극적이지 않고 비합리적이어서, 주체적으로 자기 삶의 방향을 결정하는 현대인들이 공감하기 힘들다는 비판이 있다.

① ㄱ에 따르면, 성기와 계연의 이별 장면은 한국인의 전통적 삶의 방식을 보여 주는 장면이군.
② ㄱ에 따르면, 엿장수가 되어 떠나는 성기의 행동은 세계와 조화를 이루는 행동이군.
③ ㄴ에 따르면, 성기를 떠난 계연은 전통적 인물이면서도 삶의 방향을 스스로 결정하는 주체적인 인물이군.
④ ㄴ에 따르면, 명도를 불러 보고 그가 한 말을 받아들이는 옥화는 비합리적인 인물이군.
⑤ ㄴ에 따르면, 하동 쪽으로 발을 옮겨 놓는 성기는 소극적 삶의 자세를 보여 주는 인물이군.

황석영, 「가객」

2013학년도 6월 모평

해설 P.097

[1~4] 다음 글을 읽고 물음에 답하시오.

(가) 그맘쯤에 웬 난데없는 비렁뱅이 가객(歌客) 하나이 구부러진 등에 거문고 엇비슷이 메고 진창에 맨발을 축축 담그면서, 제가 아직 어찌 될 줄 모르고서 저자의 가운뎃길로 하염없이 내려왔던 것이었다. 거문고를 메었으니 노래라도 할 줄 알겠구나 싶었으되, 꼬락서니가 내 사촌이 틀림없었다. 나는 다리 아래 쪼그리고 앉아 이제 막 살얼음이 풀리기 시작한 또랑물 속으로 싸락눈이 떨어져 녹아 사라지는 모양을 내려다보는 중이었다. 나는 무슨 소리인가를 들었으며, 이상한 가락이 내 어깨 위에 미풍같이 나부끼며 얹히고, 다시 목덜미로 깊숙이 꽂히더니 정수리에서 발뒤꿈치로 뚫고 들어와 맴돌아 나가는 것이 아닌가.

나직하고 힘찬 목소리가 가락 위에 턱 걸쳐서는 이 싸늘하고 구죽죽한 저자를 따뜻하게 덥히는 것만 같았다. 나만 일어섰는가? 아니다. 내가 뒤가 급해진 느낌으로 안달을 온몸에 싣고서 다리 위로 올라갔을 때에, 저자의 술집 창문마다 가게 빈지문마다 사람들의 머리가 하나 둘씩 끄집어내어지는 중이었다. 다리 위에서 비렁뱅이 가객은 거문고를 무릎에 올려놓고 앉아서 고개를 푹 숙여 머리가 없는 자처럼 땅속에다 소리를 심고 있었다. 술 먹던 사람들과 수다쟁이 떡장수 아낙네며 나들이 나온 처자들이 모두 한두 발짝씩 모여들어 다리 위에는 음률에 끌린 사람들로 가득 찼다.

"사람을 못 견디게 하는 소리로구나. 저런 소리는 이 저자가 생겨난 이래로 처음 들었다."

한 곡조가 끝나자마자 사람들은 제각기 허리춤을 끄르고 돈을 내던지는 것이었다. 돈이 떨어지는 소리가 잦아질 제 나는 새암과 선망으로 이를 악물었고 다음에는 저 신묘한 소리로 돈을 벌게 하는 거문고를 박살 내 버리고 싶었다.

"하나 더 해라."

"이번에는 긴 것을 해 보아라."

사람들이 제각기 아우성을 치는데, 가객은 고개를 가슴팍에 콱 처박고 잠잠히 앉아 있었다. 그는 부지깽이처럼 길고도 여윈 손을 뻗쳐서 무릎 근처에 흩어진 돈들을 긁어모아서는 제 자리 밑에다 쓸어 넣는 것이었다.

"노래를 한 가지밖에 모르느냐."

"얼굴을 들고 해라, 안 보인다."

"고개를 들어라."

내던진 밑천을 뽑으려고 주변에 웅기중기 모여 앉은 사람들은 비렁뱅이 가객의 얼굴을 보려고 자꾸만 재촉했다. 고개를 처박고 있던 그가 작심했다는 듯이 천천히 고개를 들었다. 그러고는 제 앞에 모인 사람들을 한 바퀴 휘이 둘러보았던 것이다.

나는 그의 얼굴을 본 순간 어쩐지 가슴이 답답해지면서 회가 동했을 때처럼 속이 뒤틀리고 구역질이 날 지경이었다. 가객은

이 세상에서는 어디서든 찾아볼 수 없을 정도로 추한 얼굴을 가지고 있었다. 사람들 사이에서 웅성거리는 소리가 일어났는데, 가객이 노래를 부르기 시작하자 그 더러운 얼굴은 더욱 흉하게 일그러져 가락의 신묘한 아름다움은 그 추한 얼굴에 씌워 사그라지고 말았다. 눈도 코도 입도, 제자리에 붙어 있건만, 어쩐지 얼굴이 자아내는 분위기가 사람들의 가슴속에 깊은 증오를 불러일으키고, 증오는 곧 심한 역증이 나게끔 했다.

[중략 부분의 줄거리] 가객 '수추'는 저자를 떠나 강을 건너간 뒤, 시냇가에서 음률을 완성했던 과거를 떠올린다.

(나) 그는 도저히 믿어지지 않았다. 수추는 물을 마구 헤쳐 놓고는 다시 들여다보았지만, 음률을 완성한 자의 얼굴이 아니었다. 그는 그 얼굴을 미워하였다. 따라서 ㉠시냇물도 미워하였다. 미워할수록 그의 얼굴은 추악하게 떠올랐다. 수추는 그럴수록 노래를 끝없이 부르지 않고는 살아갈 수 없는 자가 되어 버렸던 것이다.

그러나 수추는 강 건너편 광야에서 몇 날 몇 밤을 짐승들이 일시에 몸서리치면서 달아났다가, 다시 밤이 되면 그의 노래를 들으려고 모여들고, 또 해가 떠오르면 그의 곁에서 달아나는 일을 헤일 수도 없이 겪었다. 그는 이러한 애증(愛憎)에 시달려서 자꾸만 여위어 갔다.

어느 날 그는 아무도 찾아와 주지 않는 훤한 대낮에 혼자서 노래를 불렀다. 그의 노래가 이제 막 거문고의 가락에 얹히려는 참에 줄이 탁 끊어졌다. 이 끊긴 줄이 울어 대는 무참한 소리가 그의 노래를 산산이 으스러뜨리고 말았으며, 그는 저도 모르게 벌떡 일어나서 거문고를 계단 위에 내동댕이치고 말았다. 자르릉 하는 괴상한 소리를 내면서 악기가 부서지고 그의 노래마저 함께 부서져 버렸다. 그의 발밑에는 살해된 가락의 시체만이 즐비하게 널려 있을 뿐이었다. 그는 노래를 부를 수가 없었다.

수추는 아무도 찾아오지 않는 밤 가운데서 진실로 오랜만에 평화로운 잠을 잤다. 그는 노래로부터 놓여난 것이다. 수추는 파괴된 악기와 버려진 노래를 회상할 뿐이었다. 수추는 이 죽음과 같은 휴식 안에서 비로소 노래만을 사랑하고 모든 것을 미워했던 제 모습이 이제는 변화된 것을 알았다.

그가 물을 마시려고 ㉡시냇물에 구부렸을 적에 수추는 환희의 얼굴을 만났다. 그의 눈은 삶의 경이로움이 가득 차 있었고, 그의 입은 웃고 있었고, 뺨에는 땀이 구슬처럼 매달려 있었다. 그는 모든 산 것들이 그러하듯 이 만물의 소멸에 대하여 겸손하였다.

– 황석영, 「가객」 –

1. 윗글의 서술상 특징으로 가장 적절한 것은?

① 시대적 배경을 드러내는 소재를 통해 시간의 역전을 보여 주고 있다.

② 동일한 사건을 여러 번 서술하여 그 사건의 의미를 강조하고 있다.

③ 서술자가 사건을 이야기 속에서 전달하다가 이야기 밖에서 전달하고 있다.

④ 인물의 표정 변화와 내면 변화를 반대로 서술하여 그 인물의 특성을 부각하고 있다.

⑤ 서술자가 관찰자의 입장에서 사건을 객관적으로 전달함으로써 사실성을 높이고 있다.

2. (가)와 (나)에 대한 설명으로 적절한 것은?

① (가)에서는 두 인물 간의 대립을 통해 갈등이 고조되고 있다.

② (나)에서 인물이 겪는 갈등은 타인과의 관계를 통해 해결되고 있다.

③ (가)와 (나)에 내재되어 있는 인물의 내적 갈등이 (나)에서 해소되고 있다.

④ (나)에 비해 (가)에서 인물의 성격 변화가 두드러지게 드러나고 있다.

⑤ (가)의 저자 사람들과 (나)의 짐승들은 서로 다른 이유로 모여들고 있다.

3. ㉠과 ㉡의 공통적 기능으로 적절한 것은?

① 수추의 자기 확인을 매개한다.

② 수추가 처한 고난을 상징한다.

③ 수추의 과거 회상을 유도한다.

④ 수추를 세상으로부터 격리한다.

⑤ 수추의 불가피한 운명을 암시한다.

4. 〈보기〉를 참고하여 윗글 속의 '예술가·작품·사회·수용자'의 관계를 이해한 내용으로 적절하지 않은 것은? [3점]

〈보기〉

예술 작품의 수용은 예술가와 작품, 예술가와 수용자, 작품과 사회, 작품과 수용자 사이의 관계와 작품 자체에 대한 종합적 이해를 통해 이루어진다.

① 다리 아래에서 '수추'의 첫 노래를 들은 '나'는 수용자로서 작품 자체에 자극받아 예술가에 대한 관심을 보이고 있군.

② '수추'의 첫 노래를 듣고 저자 사람들이 돈을 내던지는 것을 본 '나'는 작품이 수용자에게 끼치는 영향력을 깨닫고 있군.

③ '수추'의 얼굴을 보고 난 뒤에 그의 두 번째 노래를 들은 저자 사람들은 작품을 예술가와 연계하여 수용하고 있군.

④ 강을 건너간 뒤에 노래를 부르는 '수추'는 자기 작품 속에 형상화된 사회에 대해 수용자가 보인 반응을 의식하고 있군.

⑤ 강을 건너간 뒤에 거문고를 부숴 버린 후, '수추'는 예술가인 자신의 용모와 자기 작품의 관계에 집착하지 않게 되었군.

[1~4] 다음 글을 읽고 물음에 답하시오.

무슨 관청 같은 집도 화산댁이는 그리 달갑지 않았다. 아들을 만난 반가움보다도 수세미처럼 엉클리는 심사를 주체할 수 없었다.

빨간 스웨터를 입고 너덧 살 되어 보이는 계집아이가 말끄러미 화산댁이를 바라보고,

"아부지, 이거 누고 응?"

화산댁이가 그렇게도 보고 싶어 하던 손녀딸이다.

"할매다!"

"우리 할매?"

"음!"

아들은 맥없는 대답을 하면서 헌 **고무신** 한 켤레를 내왔다. 화산댁이는 걸레로 터실터실 분 발뒤꿈치 더더기를 훔치면서,

"그렇기, 나고는 첨 보니……."

하는데, 아들은 손끝에 **짚세기**를 걸고 나가 쓰레기통에다 던져버렸다. 고무신이 대견찮은 것은 아니다. 그러나 길 걷는 데는 짚세기가 고작인데 하니 아직 날도 안 드러난 짚세기가 화산댁이는 못내 아까웠다.

다다미방도 어색했지만, 눈이 부시도록 번들거리는 의롱이 두 개나 놓였고, 그 옆에는 앉은키만 한 경대도 놓였다. 벽에는 풀기 없는 무색옷들이 쭈르르 걸렸다. 모든 것이 낯선 것들이었다. ㉠모든 것이 손도 못 댈 것 같고 주저스럽고 조심스럽기만 했다. 우선 어디가 구들목이며 어디 어떻게 앉아야 할지, 마치 종이 상전 방에 불려 온 것처럼 앉을 자리부터가 만만치 못했다.

(중략)

화산댁이는 아들과 마주 앉고, 며느리는 저만치 떨어져 양말을 기웠다. 모두 말이 없다. 손녀만이 제 아버지 등에 매달렸다. 제 어미 젖가슴에 손을 넣었다가 하는 것을 눈으로 좇고 있던 화산댁이는 갑자기 생각이 나서,

"이런 내 정신 봐라."

그러면서 옆에 둔 보퉁이를 끌어당겨 풀기 시작했다. 더깨더깨 기운 꾀죄죄 때 묻은 버선을 들어내고 검은 보퉁이를 또 하나 들어냈다. 들어낸 보퉁이를 풀어 헤치고 아들과 며느리 어중간에 밀어 놓으면서,

"묵어 봐라, 꿀밤(도토리)떡이다. 급히 하느라고 진도 덜 빠진 거로 해 노니 좀 딸딸하다만……."

그러고는 한 덩이를 떼서 손녀를 주었다. 아들도 며느리도 손을 대지 않는다.

"애가 하도 즐긴다 싶어 해 왔다. 벨 맛은 없어도 귀한 거니 묵어 봐라!"

며느리는 힐끗하고 궁둥이만 달싹할 뿐이었고, 아들은 거들떠보지도 않았다. 한번 씹어 보던 손녀도 그만 페페 하고는 도로 갖다 놓는다. 그러자 아들이,

"저 방에 자리해라. 엄마 곤하겠다!"

"괜찮다. 벌써 잠이 오나!"

"일찍이 자소!"

이래서 화산댁이는 몇 해를 두고 벼른 아들네 집이었고 밤을 새워도 모자랄 쌓이고 쌓인 이야기를 할 사이도 경황도 없었다.

후끈후끈한 방에서 곤하면 입은 채 굴러 자던 습관은, 휘높은 판자 천장이며, 유리 바른 문이며, 싸늘해 보이는 **횟가루 벽**이며, 다다미방이 잠을 설레었다. 화산댁이는 자꾸만 쓸쓸했다. 뭣을 쥐었다가 놓친 것처럼 마음이 허전했다. '자식도 강보에 자식이지, 쯧쯧.' 돌아눕는다. ㉡건넌방에서는 소곤소곤 이야기 소리가 들려왔다.

'저거 조면* 그만이지.' 또 고쳐 누웠다. 애써 잠을 청해 본다.

[A]
┌ 그러나 잠 대신 화산댁이는 어느새 오리나무 숲 사이로 황토 고갯길을 넘고 있다.

보리밭이 곧 마당인 낡은 **초가집**이다.

빈대 피가 댓잎처럼 긁힌 **토벽**, 메주 뜨는 냄새가 코를 찌르는 **갈자리 방**에서 손자들이 아랫도리 벗은 채 제멋대로 굴러 자고, 쑥물 사발을 옆에 놓고 신을 삼고 있는 맏아들, 갈퀴손으로 누더기를 깁고 있는 맏며느리, 화산댁이는 그만 당장이라도 뛰어가고 싶다. 아들의 등을 쓰담아 기침을 내려 주고 며느리와 무르팍을 맞대고 실컷 울고 나면 가
└ 슴이 후련해질 것만 같다.

또 뒤쳐눕는다.

'아무리 시에미가 시에미 같지 않기로니 첨 보는 시에미에게 인삿절도 없이, 본바없는 것 같으니, 그래도 마실 사람들은 작은아들 돈 잘 벌고 하리깔레* 메누리 봤다고 부러하더라만, 시장시럽고 가시롭다. 지가 탈기 없는 것도, 신양기가 있는 것도 다 기집 탓이지 머고. 여태껏 땅 한 떼기 못 사는 것도 안살림 잘못 사는 탓이지 머고.' 화산댁이는 눈꼬리만 따갑고 잠은 점점 멀어 갔다.

'지만 하더라도 일본서 근 십 년 만에 나왔으면 그만 지 형 말대로 농사나 짓고 수더분한 색시나 골라 장가들었으면 등 따시고 배 부릴 꺼로 머 공장을 하니 하고 날뛰 댕기더니.'

화산댁이는 어서 날이 새면 싶었다. 잠도 안 오거니와 아까부터 뒤가 마려운 것을 참아 왔기 때문이다. 그러나 날은 언제 샐지 모르겠고 뒤는 자꾸 급해 왔다. 화산댁이는 참다못해 조심조심 더듬어 부엌으로 내려갔다. 부엌에서 다시 더듬어 밖으로 나갔다. 비는 그쳤고 갈라진 구름 사이로 별이 보였다. **뒷간**이 있음 직한 곳을 이리저리 찾았으나 없었다. 집을 두 바퀴나 돌

앉으나 뒷간은 역시 없었다. ⓒ대체 **적산집**＊ 뒷간이 밖에 있을 리가 없다. 화산댁이는 뒷간이 없는 집이란 상상도 할 수 없었으나, 일이 급해서 그만 어수룩한 담 밑에다 대고 뒤를 보았다. ⓔ한결 개분했다. 문살만 훤하면 나와서 뒤본 자리를 챙기리라 맘먹고 다시 들어왔다.

화산댁이는 소스라쳐 일어났다. 날이 활짝 샜다. 아들 내외가 깰까 싶어 조심조심 밖으로 나왔다. 뒤본 자리는 공교롭게도 돌가루로 마련된 **수채**였다. 수채는 앞집으로 통했다. ⓜ아침에 봐도 역시 뒷간은 없었다.

                                – 오영수, 「화산댁이」 –

＊저거 조면: '자기네들끼리 좋으면'의 방언.
＊하리깔레: 예전에 서양식 유행을 따르던 멋쟁이를 이르던 말.
＊적산집: 해방 전에 일본인들이 지은 신식 가옥을 이르는 말.

1. '화산댁이'에 대한 이해로 가장 적절한 것은?

① 작은아들이 내놓은 고무신이 마음에 들지 않는다.
② 꿀밤떡을 내뱉는 손녀의 행동에 노여움을 느낀다.
③ 예의가 없는 며느리를 나무라고자 마음먹는다.
④ 기대에 미치지 못하는 작은아들을 못마땅해 한다.
⑤ 시골로 돌아갈 생각에 설레서 날이 빨리 새기를 바란다.

2. [A]의 기능에 대한 설명으로 가장 적절한 것은?

① 새 인물의 등장을 통해 새로운 사건의 시작을 알린다.
② 환상적 배경에서 벌어진 사건을 통해 허구성을 강화한다.
③ 사건의 줄기에서 벗어난 장면을 통해 위기감을 해소한다.
④ 동시에 진행되는 사건의 병치를 통해 사건을 지연시킨다.
⑤ 현재 상황과 대비되는 장면을 통해 내적 갈등을 고조한다.

3. 〈보기〉를 참고할 때, ㉠~㉤ 중 성격이 다른 것은?

〈보기〉

    서술자는 자신의 시각에서 이야기를 직접 서술하거나, 인물의 시각에서 인물의 경험과 인식을 반영하여 서술한다. 즉 '서술'은 서술자가 담당하지만 '시각'은 서술자의 것일 수도, 인물의 것일 수도 있는 것이다.

① ㉠   ② ㉡   ③ ㉢   ④ ㉣   ⑤ ㉤

4. 〈보기〉를 참고하여 윗글의 소재를 대비하였을 때, 적절하지 않은 것은?

〈보기〉

    「화산댁이」는 시골과 도시, 자연과 문명 세계라는 이질적인 공간에서 영위되는 삶의 양식을 대비한 작품이다.

① 짚세기 : 고무신
② 초가집 : 적산집
③ 토벽 : 횟가루 벽
④ 갈자리 방 : 다다미방
⑤ 수채 : 뒷간

김원일, 「잠시 눕는 풀」
2011학년도 9월 모평

해설 P.107

[1~4] 다음 글을 읽고 물음에 답하시오.

"알겠습니다. 이 일은 사모님, 부사장님, 저만 아는 비밀로 백삼십에 사건을 무마하도록, 실수 없이 처리하겠습니다. 사실 이 정도는 뭐 사건이라 말할 수 있습니까. 사모님이시다보니 신중을 기하느라고 조심할 뿐, 이 정도야 간단히 처리할 수 있죠. 저쪽이 훨씬 약하니깐요. 그 처지에 돈 보고 환장 안 하게 됐습니까."

"사무장도 말 좀 골라 뱉으시오. 같은 말이라도, 환장이 뭐요? 물론 우리 집안 명예와 어머님 명예도 중요하지만, 사무장도 이걸 명심하시오. 운전수네 가족에게 최대한 성의를 보여야 한다는 점 말입니다. 운전수 쪽 가족 생각이, 이번 일은 돈에 시우 군이 팔린 게 아니라 주인아주머니의 어쩔 수 없는 입장을 운전수 된 도리로서 자발적인 마음으로 도와주는 것뿐이다. 그러다 보니 그 성의 표시로 생각지도 않은 돈이 생기게 되어 은혜를 갚는 느낌이다. 운전수와 가족이 이런 생각을 갖게끔 사무장이 처신해야 된단 말입니다. 돈이란 쓰기 나름이라 잘못 쓰면 오히려 돈은 돈대로 없어지고 욕까지 먹게 돼요. 운전수 가족에게 최대한 성의를 표하고 그들이 그 성의를 진실로 받아들이게끔 행동하란 말이에요."

이 선생은 젊은 부사장의 설교조 말을 건성으로 들었다.

(중략)

이 선생이 누누이 들려준 말처럼 시우는 아무리 사태가 불리하다 하더라도 1년 미만 징역에 2년 집행 유예로 나갈 줄 알았다. 그런데 이 선생이 올린 항소가 고법에서 기각되고 형이 확정되자, 자기만 억울하게 함정에 빠진 듯했고, 사모님은 물론 가족마저도 돈에 눈이 어두워 자기를 속임수에 이용하는 듯하여 죽고 싶은 생각뿐이었다. 그러나 종우 형 면회가 있고부터 그는 한결 새 희망을 가지게 되었다.

"시우야, 일백삼십에서 또 오십만 원을 더 받았어. 네가 실형을 받았기 때문이야. 그래서 일백팔십이 된 거야. 네가 우리 가족을 살린 거란 말이야. 그 돈이면 나두 공사판을 그만두구 장사를 시작헐 수 있어. 너도 야간이라도 학교엘 나갈 수 있게 됐구. 참아 줘. 이건 정말 면목이 없다만, 어떡허니. 그럴 수밖에 없잖니? 그저께 사모님을 만나 같이 네 얘길 했더랬어. 전생에 다시 갚지 못할 빚을 네게 졌다면서 말이야. 네가 출감하면 운전수든 뭐든 다시 일을 시키겠다구, 월급을 올려 주겠다고 약속하셨어. 시우야, 이 형이 양심을 팔았는지 어쨌는지 모르지만, 그 돈으루 우리두 성공하여 옛말하구 살자꾸나. 정말 성공하여 남부럽잖게 될 때, 이 피눈물 나는 고생은 그때 가서 위로하자……."

멀찌감치 선 간수 귀를 피해 귓엣말로 종우 형이 이렇게 말할 때, 두 형제는 함께 울었다. 시우는 검게 탄 형의 거친 뺨을 타고 흘러내리는 눈물을 보았다. 철창 사이로 굳게 잡은 형의 억센 손이 떨리고 끝내 꺼억거리며 흐느낄 때, ⓐ시우는 여지껏 침묵한 채 참아 왔듯 몇 달을 참기로, 무슨 일이 있더라도 몇 달 감옥 생활을 이겨 내기로 결심했다.

오늘 아침, 넉 달 동안 ㉠집 안방과 다를 바 없는 안착지로 떠나게 되자 까닭 없이 마음이 설레 아침밥도 거르게 되고, 그게 공복과 더불어 한기를 가중시켰다. 시우는 연방 떨며 다시 중얼거렸다. 정말 겨울은 지금부터이고 고생도 시작인데 몸과 마음이 이렇게 약해지면 안 된다고,

"눈이 오면 날씨가 포근한 법인디 워찌 요렇게 차다냐. 이런 날은 개팔자가 젤이여."

"글쎄 말이다. 동지도 그믐이모 얼매 안 있어 새해 아닌가 말이다. 그라모 햇수로 일 년 넘기는 긴데, 헤헤. 그렇게 햇수로 따져서 내보내 준다 카모 난도 출감이 가까운데 말이다."

도란도란 입김으로 나누는 말소리가 시우 귀에 다습다. 몇 명이 같은 감방에 있게 되는지, 아니면 뿔뿔이 흩어져 수감되는지 모를 ㉡다정한 얼굴을 시우는 눈여겨보았다. 강도·절도·사기·살인, 각각 이마빡에 눈에 띄지 않는 ㉢푯말을 붙이고 그들은 겨울잠을 즐기는 두더지 꼴로 엉겨 있었다.

"젊은 친구, 이쪽으로 와. 거긴 더 추울걸."

개팔자를 이야기한 죄수가 떨어져 앉은 시우에게 말을 던졌다. 구레나룻 시커먼 그는 토지 사기범이었다.

시우는 빙긋 웃어 보이곤 다시 쇠창살 밖으로 눈을 주었다. 버즘나무 가지에 매달린 고깔 열매가 눈을 맞고 있었다. 시우는 ㉣산타클로스 모자가 생각났다. 크리스마스가 가까워 오고 있었다. 이번 크리스마스는 가족이 쌀밥에 고기반찬을 먹겠거니 여겨졌다. 그리고 형은 지금쯤 눈을 맞으며 저 어디 화곡동이나 봉천동 신흥 주택 지대를 싸돌며 식품점 벌일 점포를 물색하고 다닐 터였다. 그렇게만 되면 을숙이도 내년이면 ㉤맞춤 중학 교복을 입고 뽐낼 터였다.

시우 마음은 어둡지 않았다. 그의 눈앞에 과자며 음료수, 채소, 과일, 각종 일용품이 진열된 상점이 떠올랐다. 점포 이름은 고향 이름 그대로 백암 상회라 붙이겠다고 형이 말했다.

철창을 올려다보던 시우가 갑자기 말 울음소리로 웃었다. 그 묘한 웃음소리를 듣고 동료 죄수들 눈이 그에게 쏠렸다. 개팔자를 이야기한 죄수가 시우를 보며 시큰둥 한마디 했다.

"저건 웃는 게 아니구먼. 웃음도 여러 질이여. 저 상판 봐."

– 김원일, 「잠시 눕는 풀」 –

1. 윗글의 서술상 특징으로 가장 적절한 것은?

① 의식의 흐름 기법을 사용하여 인물의 무의식을 드러내고 있다.

② 사물의 외양을 객관적으로 묘사하여 사실성을 강화하고 있다.

③ 잦은 장면 전환을 통해 긴박한 분위기를 형성하고 있다.

④ 인물들의 다양한 체험을 삽화 형식으로 나열하고 있다.

⑤ 서술의 초점을 특정 인물이 처한 상황에 맞추고 있다.

2. 윗글의 인물에 대한 설명으로 적절하지 <u>않은</u> 것은?

① 부사장은 기만적인 인물이다.

② 시우는 가족을 위해 자신을 희생한다.

③ 죄수들은 다른 죄수에게 관심을 보인다.

④ 사무장은 권력의 하수인 역할을 하고 있다.

⑤ 종우는 시우에게 양심의 가책을 느끼지 않는다.

3. ⓐ의 결과로 나타난 시우의 심리를 드러내는 것과 거리가 먼 것은?

① ㉠   ② ㉡   ③ ㉢   ④ ㉣   ⑤ ㉤

4. 〈보기〉를 바탕으로 윗글을 해석한 내용으로 적절하지 <u>않은</u> 것은?

〈보기〉

김원일의 초기 소설은 부조리한 현실의 폭력성을 주로 다루고 있다. 특히 권력에 의한 사건 조작 모티프는 약자의 삶에 고통을 가중하는 현실을 드러낸다. 위 작품은 가진 자와 못 가진 자의 대립 구도 아래, 가진 자의 음모를 보여 주는 한편, 악의적 세계에 짓눌린 사람들의 실존을 그리고 있다. 작가는 급박한 생존의 현실을 감내하려는 인물을 통해 부조리한 상황을 부각하였다.

① '말 울음소리' 같은 웃음은 자신의 선택에 대한 복잡한 심경을 담아내고 있군.

② '백암 상회'는 주인공으로 하여금 굴욕적인 현실을 견디게 해 주는 힘으로 볼 수 있겠어.

③ 사건 조작 모티프의 설정은 작가가 당대 사회를 비판적으로 성찰하기 위한 것이었겠군.

④ '사모님'이 약속한 배려라는 것은 결과적으로 돈으로 사람을 거래하는 행위에 지나지 않았어.

⑤ 면회소와 신흥 주택 지대의 공간적 대립은 가진 자의 악의적 세계와 그에 짓눌린 사람들의 상황을 보여 주기 위한 구도라고 할 수 있겠군.

[1~4] 다음 글을 읽고 물음에 답하시오.

젊은이는 사내가 새를 사 주지 않는 데 대한 원망의 기색은 손톱만큼도 나타내지 않았다. 그는 될수록 사내가 난처해질 소리들만 골라서 그를 괴롭게 몰아붙이는 것이었다. 그리하여 결국은 사내 스스로가 견디질 못하고 가게를 떠나게 하려는 것이었다.

─아드님을 기다리신답니다. 아드님이 시골에 궁전을 지어 놓고 영감님을 모시러 오시는 중이랍니다.

그는 때로 새를 사러 들어온 손님을 상대로 해서까지 그렇게 무참스럽게 사내를 비웃고 무안을 주었다.

─어디만큼 왔나, 고개만큼 왔지……. 영감님은 날마다 효자 꿈에 행복하시지요.

㉠사내는 그러나 그런 젊은이의 비웃음을 아랑곳하려는 기색이 조금도 없었다. 그는 젊은이의 공박에 할 말이 전혀 없는 사람처럼 주위를 짐짓 외면해 버리곤 하였다. 젊은이가 정 그를 못 견디게 매도하고 들 때면 차라리 그 젊은이의 얕은 소갈머리가 가엾어 죽겠다는 듯 슬픈 눈길로 그를 한참씩 건너다보고 있다가는 조용히 혼자 한숨을 짓고 말 뿐이었다.

하면서도 사내는 좀처럼 젊은이의 새 가게를 떠날 생각을 않고 있었다. 아니 그는 젊은이의 그런 버릇없는 공박 따위로 가게를 아주 떠나 버릴 처지의 사람이 아니다.

그에겐 아직도 할 일이 남아 있었다.

"녀석들에게 모두 새를 사야……. 그래도 녀석들에게 빠짐없이 모두 한 마리씩은 새를 살 수가 있어야……." 사내는 혼자 속으로 중얼거리곤 하였다. 그는 아직도 가막소* 안에 남아 있는 친구들을 절대로 잊어서는 안 된다고 생각했다. 그 가엾은 친구들을 위해 새를 사지 않고 혼자서 이곳을 떠날 수는 없다고 몇 번씩 결심을 다짐했다. 그는 그저 지금 당장은 새를 사는 일이 달갑게 여겨지지가 않고 있을 뿐이었다. 새를 사더라도 전날처럼 즐겁거나 기분이 가벼워지질 못하고 있는 것뿐이었다.

하지만 사내는 그것도 그저 그 빌어먹을 잠자리의 악몽 때문일 거라 자신을 변명했다. 밤마다 그를 괴롭혀 대고 있는 빛줄기의 꿈만 꾸지 않게 되면 그는 다시 기분이 회복되어 새를 즐겁게 살 수 있으리라 자신을 기다렸다. 도대체가 새들이 낙엽처럼 빛을 맞고 떨어져 내리는 악몽이 계속되는 동안은, 그리고 그 빌어먹을 새들이 어째서 이 공원 숲을 떠나지 못하고 자꾸만 다시 조롱 속으로 붙잡혀 돌아오는지, 그런 사연 을 석연히 이해하지 못하고는 새를 다시 사고 싶은 생각이 일어오질 않았다. 그건 마치 어린애들 숨바꼭질과도 같은 어리석은 장난일 뿐이었다.

한데 그러던 어느 날 밤, 사내에겐 또 한 가지 ⓐ이상스런 일이 일어났다.

사내는 이날 밤도 그 공원 숲 벤치 위에서 추운 새우잠을 견디고 있었는데, 자정을 한 시간쯤이나 지난 무렵이었을까, 예의 전짓불빛이 다시 공원 숲 속을 훑어 대기 시작했다.

이번엔 물론 꿈이 아니었다. 실제로 빛줄기를 앞세운 ⓑ밤새 사냥이 시작된 것이었다. 사내는 벌써부터 ⓒ까닭을 알 수 없는 두려움 때문에 자신도 모르게 사지가 움츠러들고 있었다.

하지만 이번엔 다행스럽게도 전번 날 밤과는 사정이 훨씬 달랐다.

빛줄기가 아직 사내를 찾아내지 못하고 있었다. 아니, 이날 밤은 그 밤새 사냥꾼이 제 편에서 미리 사내의 잠자리를 피해 주고 있었는지도 알 수 없는 노릇이었다.

불빛은 좀처럼 사내 쪽으로 다가들 기미를 안 보이고 있었다. 사내와는 한참 거리가 떨어진 숲들만 이리저리 분주하게 휘저어 대고 있었다. 불빛을 맞은 밤새들이 낙엽처럼 어둠 속을 휘날리고 있을 뿐이었다.

불빛은 거의 걱정을 할 필요가 없는 것 같았다.

하지만 이미 졸음기가 말끔 달아나 버린 사내는 모른 체하고 다시 잠을 청할 수도 없었다.

그는 이윽고 야전잠바 옷깃을 들추고 천천히 벤치 위로 몸을 일으켜 앉았다. 그리고는 차분한 손짓으로 야전잠바 주머니 속을 뒤져 꽁초 한 대를 찾아 물었다.

사내가 그 야전잠바 옷깃으로 불빛을 가리며 입에 문 꽁초에다 막 성냥불을 그어 붙이려던 순간이었다.

후루룩─!

어둠 속 어느 방향으론가부터 느닷없이 사내의 잠바 깃 속으로 날아와 박혀드는 것이 있었다. 담뱃불을 붙이려다 말고 사내는 자신도 모르게 흠칫 놀라 손에 든 성냥불부터 날쌔게 꺼 없앴다. 그리고는 그의 가슴께 깃 속으로 박혀든 물체를 재빨리 더듬어 냈다.

사내는 이내 물체의 정체를 알 수 있었다. 다름 아니라 그것은 방금 ⓓ숲 속의 불빛에 쫓겨 온 한 마리의 새였다. 부드럽고 따스한 감촉이 손에 닿을 때부터 사내는 벌써 그것을 알 수 있었다. 옷깃 밖으로 끌려 나온 새는 두려움 때문인지 가슴이 몹시 팔딱거리고 있었다. 사내가 담뱃불을 붙이기 위해 옷자락에 성냥불을 켰을 때 녀석은 그 불빛을 보고 달려든 게 분명했다.

"빛에 쫓긴 녀석이 외려 또 불빛을 보고 덤벼들다니……. 역시 새 짐승이란……."

사내는 녀석의 ⓔ분별없는 행동이 희한하기도 하고 우습기도 하였다.

하지만 사내의 그런 생각이 오히려 오해였는지도 알 수 없었다.

사내는 잠시 녀석을 어떻게 해 주어야 좋을지를 생각해 보았다. 녀석을 금세 그냥 그대로 놓아 보낼 수는 없었다. 녀석은 몹시 겁을 먹고 있었다. 빛줄기에 쫓긴 녀석이 사내에게서 또 한 번 놀라고 있었다. 놀란 녀석을 무작정 다시 어둠 속으로 달아나게 할 수는 없었다.

　그는 녀석에게 좀 안심을 시켜서 놓아주기로 작정했다.

– 이청준, 「잔인한 도시」 –

*가막소: 교도소.

1. 윗글의 서술상 특징으로 가장 적절한 것은?

① 장면의 빈번한 전환으로 인물 사이의 긴장감을 고조시키고 있다.

② 과거와 현재를 병렬적으로 배치하여 특정 사건을 부각하고 있다.

③ 인물이 추리 과정을 통해 특정 사건의 의미를 탐색하게 하고 있다.

④ 인물 간의 대화를 통해 인물의 내면을 생동감 있게 묘사하고 있다.

⑤ 짧고 감각적인 문장을 활용하여 공간적 배경을 세밀하게 그리고 있다.

2. ㉠의 이유로 가장 적절한 것은?

① '새 가게' 이외에는 거처할 곳이 없기 때문이다.

② '젊은이'의 태도에 대해 무언의 항변을 하고 있기 때문이다.

③ '가막소'에 있는 친구들을 위해 할 일이 남아 있기 때문이다.

④ '젊은이'가 자신의 마음을 이해해 줄 것이라고 믿기 때문이다.

⑤ '아들'이 자기를 찾아올 것이라는 희망을 가지고 있기 때문이다.

3. 〈보기〉를 바탕으로 윗글을 해석할 때 적절하지 않은 것은?
[3점]

〈보기〉

　이 소설은 폭력적이고 억압적인 세계에 맞서 그것의 정체를 드러내어, 이를 부정해야 함을 강조하고 있다. 그리고 억압적인 세계에 길들여져 있는 인간의 모습을 통해 현실 사회가 부정적인 공포의 공간이 되는 모순을 부각하고 있다. 이러한 모순은 공원 숲에서 멀리 달아나지 못하고 도리어 불빛 속으로 뛰어드는 새를 '사내'가 목격하고, 공원 숲이 더 이상 휴식의 공간이 될 수 없음을 깨닫는 데서 잘 드러난다. 또한 이 소설은 폭력적이고 억압적인 현실의 횡포와 기만에 대한 분노를 통해, 폭력과 억압이 존재하지 않는 세계를 집요하게 추구하고 있다.

① 폭력적이고 억압적인 세계는 '공원 숲 속을 훑어 대기 시작'하는 전짓불빛에 의해 만들어지고 있다.

② 억압적인 세계에 길들여져 있는 인간의 모습은 '공원 숲을 떠나지 못하고 자꾸만 다시 조롱 속으로 붙잡혀 돌아오는' 새들을 통해서 확인할 수 있다.

③ 현재의 공간이 부정적인 공간이 되는 것은 사냥꾼에 쫓긴 '밤새들이 낙엽처럼 어둠 속을 휘날리'는 것을 통해 확인할 수 있다.

④ 현실의 횡포와 기만에 대한 분노는 '졸음기가 말끔 달아나 버린 사내'가 '모른 체하고 다시 잠을 청할 수' 없는 데서 확인할 수 있다.

⑤ 자유를 억압하는 강압적인 폭력의 결과는 '새들이 낙엽처럼 빛을 맞고 떨어져 내리는' 상황을 통해서 암시되고 있다.

4. ⓐ∼ⓔ 중, '사내'가 '그런 사연'을 이해하기 위해 알아야 할 것으로 거리가 먼 것은?

① ⓐ　　　② ⓑ　　　③ ⓒ　　　④ ⓓ　　　⑤ ⓔ

신경숙, 「외딴 방」

2010학년도 6월 모평

해설 P.116

[1~4] 다음 글을 읽고 물음에 답하시오.

학교에 나가지 않으면 나는 5시에 ㉠컨베이어 앞을 떠날 수 없을 것이다. 선생님은 버스 정류장에서 내일은 꼭 학교에 나오라고 한다.

"우선 학교에 나와서 얘기하자."

버스에 올라탄 선생님이 나를 향해 손을 흔든다. 선생님의 손 뒤로 공장 굴뚝이 울뚝울뚝하다. 처음으로 공장 속에서 사람을 만난 것 같다. 버스가 떠난 자리에 열일곱의 나, 우두커니 서 있다. 선생님의 손길이 남아 있는 내 어깨를 내 손으로 만져 보며.

다음날 교무실로 나를 부른 선생님은 내게 반성문을 써 오라 한다.

"하고 싶은 말 다 써서 사흘 후에 가져와 봐."

㉡반성문을 쓰기 위해 학교 앞 문방구에서 대학 노트를 한 권 산다. 지난날, 노조 지부장에게 왜 외사촌과 내가 학교에 가야만 하는 가를 뭐라구 뭐라구 적었듯이 이젠 선생님에게 학교 가기 싫은 이유를 뭐라구 뭐라구 적는데 어느 참에서 마음속의 이야기들이 왈칵 쏟아져 나온다. 열일곱의 나, 쓴다. 내가 생각한 도시 생활이란 이런 것이 아니었으며, 내가 생각한 학교 생활도 이런 것이 아니었다고.

[A]
나는 주산 놓기도 싫고 부기책도 싫으며 지금은 오로지 마음속에 남동생 생각뿐으로 다시 그곳으로 돌아가서 그 애와 함께 살고 싶다고. 반성문은 노트 삼분의 일은 되게 길어진다.

반성문을 다 읽은 선생님이 말한다.

"너 소설을 써 보는 게 어떻겠냐?"

내게 떨어진 소설이라는 말. 그때 처음 들었다. 소설을 써 보라는 말.

그는 다시 말한다.

"㉢주산 놓기 싫으면 안 놓아도 좋다. 학교에만 나와. 내가 다른 선생들에게 다 말해 놓겠어. 뭘 하든 니가 하고 싶은 걸 하거라. 대신 학교는 빠지지 말아야 돼."

그는 내게 한 권의 책을 건네준다.

"내가 요즘 최고로 잘 읽은 소설이다."

표지에 난쟁이가 쏘아 올린 작은 공이라고 씌어 있다.

(중략)

[B]
최홍이 선생님. 이후 나는 그 선생님을 보러 학교에 간다. 어색한 이향*으로 마음에 가둬졌던 그리움들이 최홍이 선생님을 향해 방향을 돌린다. 열일곱의 나, 늘 난쟁이가 쏘아 올린 작은 공을 가지고 다닌다. 어디서나 난쟁이가 쏘아 올린 작은 공을 읽는다. 다 외울 지경이다. 희재언니가

무슨 책이냐고 묻는다.

"소설책."

소설책? 한번 반문해 볼 뿐 관심 없다는 듯이 희재언니가 고갤 떨군다. 최홍이 선생님이 마음 안으로 가득 들어찬다. 정말 주산을 놓지 않아도 주산 선생님은 그냥 지나간다. 부기 노트에 ㉣대차대조표를 그리지 않아도 부기 선생은 탓하지 않는다.

주산 시간에 국어 노트 뒷장을 펴고 난쟁이가 쏘아 올린 작은 공을 옮겨 본다.

[C]
……사람들은 아버지를 난쟁이라고 불렀다. 사람들은 옳게 보았다. 아버지는 난쟁이였다. 불행하게도 사람들은 아버지를 보는 것 하나만 옳았다. 그 밖의 것들은 하나도 옳지 않았다. 나는 아버지, 어머니, 영호, 영희, 그리고 나를 포함한 다섯 식구의 모든 것을 걸고 그들이 옳지 않다는 것을 언제나 말할 수 있다. 나의 '모든 것'이라는 표현에는 '다섯 식구의 목숨'이 포함되어 있다.

……이제 열일곱의 나는 컨베이어 위에서도 난쟁이가 쏘아 올린 작은 공을 옮기고 있다. 천국에 사는 사람들은 지옥을 생각할 필요가 없다,고. 그러나 우리 다섯 식구는 지옥에 살면서 천국을 생각했다,고. 단 하루라도 천국을 생각해 보지 않은 날이 없다,고. 하루하루의 생활이 지겨웠기 때문이다,고. 우리의 생활은 전쟁과도 같았다,고. 우리는 그 전쟁에서 날마다 지기만 했다,고. 그런데도 어머니는 모든 것을 잘 참았다,고.

그가 소설책을 써 보는 게 어떻겠느냐는 말 대신 시를 써 보는 게 어떻겠느냐고 했으면 나는 시인을 꿈꾸었을 것이다. 그랬었다. 나는 꿈이 필요했었다. 내가 학교에 가기 위해서, 큰오빠의 가발을 담담하게 빗질하기 위해서, ㉤공장 굴뚝의 연기를 참아 낼 수 있기 위해서, 살아가기 위해서.

소설은 그렇게 내게로 왔다.

십이월 중순이 지날 때까지 나는 한경신 선생이 보낸 편지를 가방에 넣고 다녔다. 가끔 편지를 꺼내 전화는 오후 5시 30분 이후부터 9시까지 하실 수 있습니다,라는 대목을 읽어 보곤 했다. 842－××××. 몇 번 편지를 꺼내 읽고 다시 넣고 하는 사이에 나도 모르게 전화번호를 다 외우고 있었다. 그러나 나는 끝내 전화하지 못했다. 시간은 자꾸 흘러 한경신 선생이 학교에

왔으면 하는 기간인 12월 초와 중순을 지나갔다. 이제는 방학을 했겠구나, 싶었을 때 가방에서 편지를 꺼내 서랍에 넣으면서 그 학교를 떠나온 햇수를 헤아려 봤다. 떠나온 지 십삼 년이다. 이제는 그때의 일들이 나에게는 객관화가 되어 있으려니 했다.

[D] ┌ 글을 쓰기로 마음을 먹었을 땐 나는 그 시절을 다 극복한 것도 같았다. 그래서 그 시절에 대해서 할 수 있는 한 자세히 써 보기로 했다. 그때의 기억을 복원시켜 내 말문을 틔워 보고 내 인생의 폐문 앞에서 끊겨 버린 내 발자국을 연결시켜 줘 보기로.

— 신경숙, 「외딴 방」 —

*이향: 고향을 떠남.

1. ㉠~㉤에 대한 '나'의 심리적 태도가 다른 하나는?

① ㉠   ② ㉡   ③ ㉢   ④ ㉣   ⑤ ㉤

2. 다음은 작가가 남긴 창작 노트의 일부이다. 이 노트의 내용이 [A], [B]에 실현된 양상으로 적절한 것은? [3점]

- 시제의 변화 ························· ⓐ
- 문단 나누기의 효과? ·············· ⓑ
- 간결한 문장 위주로 쓸 것 ········· ⓒ
- '나'를 부르는 방식에 변화를 줄 것 ·········· ⓓ
- 대화보다는 심리 묘사 위주로 ········· ⓔ

① ⓐ는 [A]에서 현재형 어미를 사용하여 이야기 전개 속도를 높이는 식으로 실현되었군.

② ⓑ는 [A]에서 문단 사이에 여백을 주어 인과 관계를 명료화하는 식으로 실현되었군.

③ ⓒ는 [B]에서 간결한 문장을 주로 사용하여 과거를 담담한 어조로 서술하는 식으로 실현되었군.

④ ⓓ는 [B]에서 서술자가 스스로를 가리키는 방식을 달리하여 내적 분열을 강조하는 식으로 실현되었군.

⑤ ⓔ는 [B]에서 대화를 최소화하여 사건의 긴장감을 고조하는 식으로 실현되었군.

3. [C]에 대한 설명으로 적절하지 않은 것은?

① '나'의 고단한 생활을 간접적으로 보여 준다.

② '나'가 소설 쓰기를 배워 가는 과정을 보여 준다.

③ '나'가 창작의 어려움을 깨달아 가는 모습을 보여 준다.

④ '나'가 소설을 옮겨 적으며 스스로 위안하는 모습을 보여 준다.

⑤ '나'가 『난쟁이가 쏘아 올린 작은 공』에 대해 보이는 애착을 구체적인 장면으로 보여 준다.

4. [D]는 작품 창작의 동기를 작품에 직접 드러내고 있다. 〈보기〉에서 [D]와 성격이 유사한 것은?

〈보기〉

목중: 오랜만에 나왔으니 예전에 하던 소리나 한번 해 보자. 어어으 아.

옴중: (뒤에서 달려 나와 탁 치며) 야, 이놈아!

목중: 이크, 이게 웬 일이냐. 어느 광대 놈이 나오자마자 사람부터 쳐. ·············· ①

옴중: 송아지 풀 뜯어 먹고 울 듯이 '어어으 아' 하면서 나왔다니 거 무슨 말이야? ·············· ②

목중: 내가 나오기는 부모 배 밖에 이제 나왔다고 한 것이 아니라 놀이판에 나오길 이제 나왔단 말이야. ·············· ③

옴중: 옳지. 그럼 우리 여기 모인 양반들에게 박수 한번 크게 받게 제대로 놀아 보자. ·············· ④

목중: 너 그러나 저러나 그 쓴 게 뭐냐?

옴중: 쓰긴 내가 뭘 써. 일수(日收)를 써 월수(月收)를 써?··· ⑤

— 「양주별산대놀이」 개작 —

[1~4] 다음 글을 읽고 물음에 답하시오.

[A]
이윽고 서씨의 몸은 성벽의 저 너머로 사라져 버렸다. 그리고 잠시 후에 나는 더욱 놀라운 광경을 보게 되었다. 서씨가 성벽 위에 몸을 나타내고 그리고 성벽을 이루고 있는 커다란 금고만 한 돌덩이를 그의 한 손에 하나씩 집어서 번쩍 자기의 머리 위로 치켜 올린 것이었다. 지렛대나 도르래를 사용하지 않고서는 혹은 여러 사람이 달라붙지 않고서는 들어 올릴 수 없는 무게를 가진 돌을 그는 맨손으로 들어 올린 것이었다. 그는 나에게 보라는 듯이 자기가 들고 서 있는 돌을 여러 차례 흔들어 보이고 나서 방금 그 돌들이 있던 자리를 서로 바꾸어서 그 돌들을 곱게 내려 놓았다.

나는 꿈속에 있는 기분이었다. 고담(古談) 같은 데서 등장하는 역사(力士)만은 나도 인정하고 있는 셈이지만 이 한밤중에 바로 내 앞에서 푸르게 빛나는 조명을 온몸에 받으며 성벽을 디디고 우뚝 솟아 있는 ㉠저 사내를 나는 무엇이라고 이름 붙여야 할지 몰랐다.

역사, 서씨는 역사다, 하고 내가 별수 없이 인정하며 감탄이라기보다는 차라리 그 귀기(鬼氣)에 찬 광경을 본 무서움에 떨고 있는 동안에 그는 어느새 돌아왔는지 유령처럼 내 앞에서 자랑스러운 웃음을 소리 없이 웃고 있었다.

서씨는 역사였다. 그날 밤 나는 집으로 돌아와서 이제까지 아무에게도 들려주지 않았다는 서씨의 얘기를 들었다.

[B]
그는 중국인의 남자와 한국인의 여자 사이에서 난 혼혈아였다. 그의 선조들은 대대로 중국에서 이름 있는 역사들이었다. 족보를 보면 헤아릴 수 없이 많은 장수가 있다고 했다. 그네들이 가졌던 힘, 그것이 그들의 존재 이유였고 유일한 유물이었던 모양이었다. 그 무형의 재산은 가보로서 후손에게 전해졌다. 그것으로써 그들은 세상을 평안하게 할 수 있었고 자신들의 영광도 차지할 수 있었다. 그러나 이 서씨에 와서도 그 힘이 재산이 될 수는 없었다. 이제 와서 그 힘은 서씨로 하여금 공사장에서 남보다 약간 더 많은 보수를 받게 하는 기능밖에 가질 수가 없게 된 것이다. 결국 서씨는 그 약간 더 많은 보수를 거절하기로 했다. 남만큼만 벽돌을 날랐고 남만큼만 땅을 팠다. ㉡선조의 영광은 그렇게 하여 보존될 수밖에 없었다. 그리고 서씨는 아무도 나다니지 않는 한밤중을 택하고 동대문의 성벽에서 그 힘이 유지되고 있음을 명부(冥府)의 선조들에게 알리고 있다는 것이었다.

대낮에 서씨가, 동대문의 바로 곁에 서서 행인들 중 누구 한 사람도 성벽을 이루고 있는 돌 한 개의 위치 변화에 관심을 보내지 않고 지나다닐 때, 옮겨진 돌을 바라보며 빙그레 웃고 있는 그의 모습을 나는 쉽게 상상할 수 있었다. 그것이 서씨가 간직하고 있는 자기였고 내가 그와 접촉하면 할수록 빨려 들어갈 수 있었던 깊이였던 모양이었다.

그 집—그늘 많은 얼굴들이 살던 그 집에서 나는 나 자신 속에서 꿈틀거리는 안주(安住)에의 동경을 의식하지 않을 수 없었다. 그것은 그 사람들의 헤어날 길 없는 생활 속에 내가 휩쓸려 들어가게 되는 것이 무서웠기 때문이었던 모양이다. 그러나 그곳을 뚝 떠나서 이 한결같은 곡이 한결같은 악기로 연주되는 집에 오자 그것은 견디어 낼 수 없는 권태와 이 집에 대한 혐오증으로 형체를 바꾸는 것이었다. ㉢나란 놈은 아마 알 수 없는 놈인가 보다.

피아노 소리가 그쳤다. 무의식중에 나는 방바닥에서 팔목시계를 집어 올렸다. 내가 지금 무슨 행동을 했던가를 깨닫자 나는 쓴웃음이 나왔다. ㉣피아노가 그친 시간을 재 보려고 했던 것이다. 그리고 나는 내일도 그 피아노가 그친 시간을 재서 그 시간들을 비교하며 이 집에 대한 혐오증의 이유를 강화시키려고 했던 것이다. 나는 자신에 대해서 어이가 없음을 느꼈다. 이런 느낌이 드는 것은, 그것은 조금 전에 내가 서씨의 그 거짓 없는 행위를 회상했던 덕분이 아니었을까? 서씨가 내게 보여 준 게 있다면 다소 몽상적인 의미에서의 성실이었고 그리고 그것은 이 양옥 속의 생활을 비판하는 데도 필수적으로 고려되어야 한다는 것이 아닌가고 내게 생각되는 것이었다. 그러나 이 집으로 옮아온 다음날의 저녁, 식사 시간도 잡담 시간도 지나고 ⓐ모든 사람들의 공부 시간이 되자 나는 홀로 내 방의 벽에 기대앉아서 기타를 퉁겨 보기 시작했던 때의 일을 기억하고 있다. 불현듯이 ⓑ기타를 켜고 싶어지는 때가 있는 법이다. 그것은 감정의 요구이지만 그렇다고 비난할 건 못 되지 않는가. 내가 줄을 고르며 음을 시험해 보고 있는데 다색(茶色) 나왕으로 된 내 방문이 열리며 할아버지가 들어왔다. 그리고 ⓒ나의 기타 켜는 시간은 오전 열 시부터 한 시간 동안 할머니와 며느리가 ⓓ미싱을 돌리는 같은 시각으로 배치되었던 것이다. ㉤위대한 가풍이 내게 작용한 첫 번이었다. 그러나 그 이후 내가 ⓔ내게 주어진 그 시간을 이용해 본 적은 하루도 없었다. 흥이 나지 않아서였다고 하면 적당한 표현이 되겠다.

– 김승옥, 「역사(力士)」 –

박광일의 VIEWPOINT 서술자 '나'의 인식과 태도의 변화에 주목하여 구성된 지문이다. 역사인 서 씨를 대하는 '나'의 태도와 양옥집 사람들을 대하는 '나'의 태도가 변화하는 모습이 나타난다. 관찰자의 시선으로 중심인물에 대하여 서술하는 소설의 특징이 잘 나타나고 있어, 등장인물과 서술자의 관점 변화를 파악하는 연습을 하기에 적합한 기출이다.

1. 윗글의 서술상의 특징으로 가장 적절한 것은?

① 시대적 배경과 밀접한 어휘를 활용하여 주제 의식을 강화한다.

② 빈번한 장면 전환을 통해 인물들 사이의 긴장감을 고조시킨다.

③ 인물들의 서로 다른 특성을 제시하며 서술자의 시각을 드러낸다.

④ 현학적인 표현을 주로 사용하여 이상적인 삶의 모습을 형상화한다.

⑤ 공간적 배경에 따라 서술자를 달리하여 상황을 입체적으로 드러낸다.

2. ㉠~㉤에 대한 이해로 적절하지 않은 것은?

① ㉠: '서씨'가 보여 준 모습은 '나'에게 경이로운 것이었다.

② ㉡: 자신의 힘을 더욱 유용하게 쓰기 위해 힘을 비축해야 했다.

③ ㉢: '나'조차도 '나'의 감정 변화를 제대로 납득하기 어려웠다.

④ ㉣: 이 집안의 규칙이 얼마나 정확히 지켜지는지를 확인하고자 했다.

⑤ ㉤: '나'의 행동이 이 집안의 규칙에 의해 제약되기 시작했다.

3. ⓐ~ⓔ 중 문맥상 함축하는 의미가 다른 하나는?

① ⓐ ② ⓑ ③ ⓒ ④ ⓓ ⑤ ⓔ

4. 〈보기〉를 바탕으로 [A], [B]를 감상한 내용으로 가장 적절한 것은?

〈보기〉

김승옥은 「역사」에서 일반적 통념의 범위를 넘어서는 새로운 차원의 사실성을 추구하였다. 이 작품의 창작 의도를 밝힌 글에서 그는, "우리의 눈에는 비사실적인 것도 외국인의 눈으로 보면 사실적으로 보일 수 있다."라고 했다. 작품 속의 '동대문 성벽의 돌덩이 옮겨 놓기'라는 소재는, 이를테면 '외국인의 눈'을 통해 새롭게 '변형'된 것이다. 작가는 '변형'의 효과를 살리기 위해, 작중 상황에 실감을 주는 소설적 장치들을 마련하고 있다.

① '금고만 한 돌덩이'는 '외국인의 눈'으로 보면 비사실적인 소재이겠군.

② '동대문'이라는 낯선 배경을 제시하여 독자들이 느끼는 실감을 떨어뜨리고 있군.

③ '서씨' 가계의 내력을 제시한 것은 '서씨'의 행위에 사실성을 부여하기 위한 장치이군.

④ '푸르게 빛나는 조명'은 '서씨'의 신성한 면모를 일상적인 모습으로 '변형'하려는 의도에서 설정된 것이겠군.

⑤ '나'가 '꿈속에 있는 기분'이었다는 것은 '돌덩이 옮겨 놓기'가 사실이 아니라 환상이었음을 암시하고 있군.

오상원, 「모반」
2009학년도 9월 모평

[1~4] 다음 글을 읽고 물음에 답하시오.

[A]
　　어둠이 쪽 깔려 간 밤하늘에는 별들이 빙판(氷板)에 얼어붙은 구슬들처럼 반짝이고 있었다. 찬바람이 나뭇가지를 흔들고 지나갈 때마다 낙엽이 우수수 발밑으로 떨어져 흩어졌다. 그는 지금 가로수에 기대어 서서 하늘을 쳐다보고 있었다. 무거운 마음이 좀처럼 가라앉지가 않았다. 그는 즈봉 포켓 속에 구겨 넣은 신문지를 다시금 손으로 구겨 쥐었다. 어머니—그는 마음속으로 이렇게 부르짖었다. 그 순간 '아래는 아들의 소식을 듣고 실신한 노모'라는 ㉠신문 구절과 함께 노파의 주름진 얼굴이 어머니 얼굴과 겹쳐서 떠올랐다. 그러나 곧 '모두가 조국을 위해서다.' 하는 음성이 그의 마음을 뒤덮고 지나갔다.
　　'이미 우리는 ㉡조국을 위해서만이 있는 몸이다. 지금의 네 심정을 모르는 바 아니지만 보다 더 보람 있는 하나를 위해서 하나를 버려야지.'
　　약 이 개월 전 일이었다. 그가 투신하고 있는 비밀결사에서는 한 사람을 암살하지 않으면 안 될 경지에 놓여 있었다. 그리고 바로 계획된 그날 밤 오랜 신병 끝에 오직 한 분밖에 없는 그의 어머니가 숨져 가고 있었던 것이었다.

　　클랙슨 소리가 짧게 밖에서 또 한 번 울려 오고 있었다. 정각에서 삼십 분 전. 야광 초침이 파란 빛깔을 그으면서 아라비아 숫자가 나열된 동그란 원반 위를 움직이고 있었다. ㉢클랙슨 소리가 다시 짧게 울렸다. 그는 묵묵히 고개를 들고 어둠과 마주 섰다.

[B]
　　"연기는 안 돼. 생각해 봐. 우리가 오늘 이 기회를 잡기 위해서 얼마나 시간과 정력을 소비했나를……. 그것뿐만이 아니라 오늘 실패하는 경우엔 이미 우리들의 계획은 모두 수포로 돌아가야 하는 거야. 그렇게 되면 우리는 하나에서부터 다시 시작해야 하는 거야. 지금 우리들은 삼이라는 성공 숫자 앞에 와 있다. 알겠지? 어머니는 우리가 맡을 테다. 조국을 위해서 이미 모든 것을 버리기로 한 우리들이 아니냐."

　　나직하면서도 몹시 초조한 음성이었다. 그는 조용히 문을 닫았다. 어머니의 신음 소리가 무겁게 방 안에서 울려 나오고 있었다.

(중략)

　　의식을 잃고 누워 있던 어머니는 방문이 부시시 열리는 소리에 눈을 떴다. 천장이 축 처져서 내려앉은 ㉣방 안은 더욱 답답하고 어두웠다. 그는 어머니 앞으로 조용히 다가가서 꿇어앉았다. 고개를 약간 모로 눕히면서 아들 모습을 더듬어 가고 있는 그 눈빛은 다 꺼져 가는 모닥불처럼 희미하게 등잔불 빛에 반사되어 빛나고 있었다.
　　"어머니……."

　　노파는 아들의 음성을 알아들었는지 고개를 간신히 흔들어 보이는 것 같았다.
　　"어머니, 의사가 왔댔어요?"
　　그러나 노파는 가만히 있었다. 그는 어머니가 말귀를 못 알아들었는가 하여 다시 한 번 어머니 귀 가까이에 입을 대고 물어보았다. 그리고 나서 어머니 표정을 조용히 지켰다. 험하게 주름져 간 입술이 움직거리는 것 같았다. 어머니 손이 무엇인가를 찾아 헤매는 듯하므로 그는 어머니의 손을 마주 잡으며 물었다.
　　"왜 그러세요?"
　　어머니는 아무 말 없이 아들의 손만을 꾹 움켜쥐는 것이었다. 어머니는 곧 아들의 손을 끌어당겨 자기 뺨 위로 가져갔다. 그리고 이미 시선과 손의 감각만으로써는 아들을 느껴 볼 수가 없는 듯이 아들의 손을 자기 입술에 가져다 대어 보는 것이었다. 그는 가슴이 뭉클 뜨거운 물결 속에 휩쓸려 들어가는 것 같았다. 그는 순간 며칠 전 집을 나갈 때 간신히 입을 열고 중얼거리던 어머니 말씀이 눈앞에 또렷이 아로새긴 것처럼 떠오르는 것이었다.
　　"언제 돌아오냐?"
　　"오늘은 못 돌아올 것 같아요. 저 옆집 아주머니한테 부탁을 했어요. 그리고 좀 돌봐 달라고 돈도 드렸으니까 근심 마세요. 의사도 이따 저녁에 다시 한번 들를 거예요."
　　"오냐."
　　그리고 나서 어머니는 잠시 멍하니 허공에 눈 주고 있다가 혼잣말처럼 이렇게 중얼거리는 것이었다.

[C]
　　"어머니는 아들만을 위해서 있단다. 나이 들면 들어 갈수록……. 그러나 아들이야 그럴 수 있겠니, 제 할 일이 더 중한데……."

　　그 말을 듣는 순간 노쇠한 어머니의 애틋한 기대를 깨닫지 못하는 바 아니었으나 그는 자리에서 일어섰던 것이었다.
　　그는 지금 이러한 생각에 사로잡힌 채 자기 손을 끌어당겨다 입술 위에 대고 어루만지고 있는 어머니의 모습을 잠시 지켜보고 있었다. 얼마 후 자기 손을 어루만지던 어머니의 손은 맥없이 그대로 멈추어졌다. 그는 뼈만이 앙상한, 여윈 어머니의 손가락으로부터 어머니 눈 위로 시선을 옮겼다. 자기를 쳐다보고 있는 희미한 어머니의 눈빛, 마치 그것은 먼지 속에 퇴색하여 버린 ㉤유리알처럼 빛을 잃고 있었다. 그 순간 어머니는 지금 아들의 모습을 바라다보고 있는 것이 아니라, 다만 마음속에서 느끼고 있을 뿐이라는 생각이 그의 마음에 어두운 선을 그으며 지나갔다.
　　다음날 그는 밀회 시간을 어기고 그대로 어머니 곁에 있었다. 정오가 가까워서였다. 자동차의 엔진 소리가 요란하게 들리더니 집 앞에서 급히 브레이크 밟는 소리가 났다.

－ 오상원, 「모반」 －

1. 윗글의 서술상의 시간을 〈보기〉와 같이 정리했다. 이와 관련한 설명으로 적절하지 않은 것은?

〈보기〉

지금(1) → 그날 밤 → 며칠 전 → 지금(2) → 다음날

① '지금'(1)과 '지금'(2)는 공간적 배경이 다르다.
② '그날 밤'과 '지금'(2)는 시간적 배경이 동일하다.
③ '그날 밤'과 '며칠 전' 장면은 서술자의 시점이 서로 다르다.
④ 실제 시간 순으로 배열하면 '며칠 전'이 가장 먼저이다.
⑤ '다음날'에는 새로운 사건의 발생이 암시되어 있다.

2. ㉠~㉤ 중 〈보기〉에서 설명하는 '이것'에 해당하는 것은?

〈보기〉

'이것'은 주체와 타자, 주체와 세계를 연결하는 사회적 통로이다. '이것'을 매개로 주체는 타자와 세계에 대한 앎을 확장하며, 그럼으로써 자신이 처한 상황을 재인식하고 새로운 정체성을 구성하는 계기를 마련한다. 동시성과 공공성을 특징으로 하는 '이것'은 현대소설에서 중요한 서사적 기능을 갖는 장치로 활용된다.

① ㉠　　　② ㉡　　　③ ㉢　　　④ ㉣　　　⑤ ㉤

3. 〈보기〉의 ⓐ~ⓓ 중 [A]에서 확인할 수 있는 것만을 있는 대로 고른 것은?

〈보기〉

소설 읽기는 삶의 의미를 발견하기 위한 일종의 여행이다. 우리를 안내하는 작가는 여러 가지 방법으로 우리의 여행을 돕는다. 그는 ⓐ상황을 요약하여 제시해 줌으로써 우리의 수고를 덜어 주기도 하고, ⓑ개념적인 언어로 자신의 사상을 직접 피력하기도 한다. 그러나 집을 떠난 여행이 그렇듯이 소설을 읽는 여정 역시 순조롭지만은 않다. 작가는 ⓒ외부 사물의 묘사로 복잡한 심리 상태를 암시하기도 하고, ⓓ예상하지 못했던 극적인 반전으로 우리를 당황하게 하기도 한다.

① ⓐ, ⓑ　　　② ⓐ, ⓒ　　　③ ⓑ, ⓒ
④ ⓑ, ⓓ　　　⑤ ⓒ, ⓓ

4. [B]와 [C]에 대한 이해로 적절하지 않은 것은?

① [B]에서는 '그'가 중요한 임무를 맡고 있다는 것을 알 수 있어.
② [B]에서는 '비밀결사'가 '그'를 압박하고 있다는 것을 알 수 있어.
③ [C]에서는 '그'의 '할 일'에 대한 어머니의 불신을 읽을 수 있어.
④ [C]에서는 '그'를 만류하지 못하는 '어머니'의 안타까운 심정을 읽을 수 있어.
⑤ [B]와 [C]의 두 목소리 사이에서 갈등하는 '그'의 심리를 읽을 수 있어.

HOLSOO

홀로 공부하는 수능 국어 기출 문석

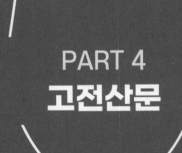

PART 4
고전산문

[1~3] 다음 글을 읽고 물음에 답하시오.

경자년(庚子年, 1600년) 늦봄, 최척(崔陟)은 주우(朱佑)*와 함께 배를 타고 이곳저곳을 돌아다니며 차(茶)를 팔다가 마침내 안남*에 이르게 되었다. 이때 일본인 상선(商船) 10여 척도 강어귀에 정박하여 10여 일을 함께 머물게 되었다.

날짜는 어느덧 4월 보름이 되어 있었다. 하늘에는 구름 한 점 없고 물은 비단결처럼 빛났으며, 바람이 불지 않아 물결 또한 잔잔하였다. 이날 밤이 장차 깊어 가면서 밝은 달이 강에 비치고 엷은 안개가 물 위에 어리었으며, 뱃사람들은 모두 깊은 잠에 빠지고 물새만이 간간이 울고 있었다. 이때 문득 일본인 배 안에서 염불하는 소리가 은은히 들려왔는데, 그 소리가 매우 구슬펐다. 최척은 홀로 선창에 기대어 있다가 이 소리를 듣고 자신의 신세가 처량하게 느껴졌다. 그래서 즉시 행장에서 피리를 꺼내 몇 곡을 불어서 가슴속에 맺힌 회한을 풀었다. 때마침 바다와 하늘은 고요하고 구름과 안개가 걷히니, 애절한 가락과 그윽한 흐느낌이 피리 소리에 뒤섞이어 맑게 퍼져 나갔다. 이에 수많은 뱃사람들이 놀라 잠에서 깨어났으며, 그들은 처연하게 앉아 피리 소리에 조용히 귀를 기울였다. 격분해서 머리가 곤추선 사람도 피리 소리에 분을 가라앉힐 정도였다.

잠시 후에 일본인 배 안에서 조선말로 칠언절구(七言絶句)를 읊었다.

왕자진*의 피리 소리에 달마저 떨어지려 하는데,
[王子吹簫月欲底]
바다처럼 푸른 하늘엔 이슬만 서늘하구나.
[碧天如海露凄凄]

시를 읊는 소리는 처절하여 마치 원망하는 듯, 호소하는 듯하였다. 시를 다 읊더니, 그 사람은 길게 한숨을 내쉬었다. 최척은 그 시를 듣고 크게 놀라서 피리를 땅에 떨어뜨린 것도 깨닫지 못한 채, 마치 실성한 사람처럼 멍하니 서 있었다. 이를 보고 주우가 말했다.

"어디 안 좋은 곳이라도 있는가?"

최척은 대답을 하고 싶었으나 목이 메고 눈물이 떨어져 말을 할 수 없었다. 시간이 조금 흐른 뒤에 최척은 기운을 차려 말했다.

"조금 전에 저 배 안에서 들려왔던 시구는 바로 내 아내가 손수 지은 것이라네. 다른 사람은 평생 저 시를 들어도 절대 알아내지 못할 것일세. 게다가 시를 읊는 소리마저 내 아내의 목소리와 너무 비슷해 절로 마음이 슬퍼진 것이라네. 하지만 어떻게 내 아내가 여기까지 와서 저 배 안에 있을 수 있겠는가?"

이어서 온 가족이 왜군에게 포로로 잡혀간 일을 말하자, 배 안에 있던 사람들 가운데 비탄에 젖지 않은 사람이 없었다. 그

가운데는 두홍(杜洪)*이라는 사람이 있었는데, 젊고 용맹한 장정이었다. 그는 최척의 말을 듣더니, 얼굴에 의기를 띠고 주먹으로 노를 치면서 분연히 일어나며 말했다.

"내가 가서 알아보고 오겠소."

주우가 저지하며 말했다.

"깊은 밤에 시끄럽게 굴면 많은 사람들이 동요할까 두렵네. 내일 아침에 조용히 물어보아도 늦지 않을 것일세."

주위 사람들이 모두 말했다.

"그럽시다."

최척은 앉은 채로 아침이 되기를 기다렸다. 동방이 밝아 오자, 즉시 강둑을 내려가 일본인 배에 이르러 조선말로 물었다.

"어젯밤에 시를 읊었던 사람은 조선 사람 아닙니까? 나도 조선 사람이기 때문에 한번 만나 보았으면 합니다. 멀리 다른 나라를 떠도는 사람이 비슷하게 생긴 고국 사람을 만나는 것이 어찌 그저 기쁘기만 한 일이겠습니까?"

옥영(玉英)도 어젯밤에 들려왔던 피리 소리가 조선의 곡조인 데다 평소에 익히 들었던 것과 너무나 흡사하여서 남편 생각에 감회가 일어 저절로 시를 읊게 되었던 것이다. 옥영은 자기를 찾는 사람의 목소리를 듣고는 황망하게 뛰어나와 최척을 보았다. 두 사람은 서로 마주 바라보고는 놀라서 소리를 지르며 끌어안고 모래밭을 뒹굴었다. 목이 메고 기가 막혀 마음을 안정할 수가 없었으며, 말도 할 수 없었다. 눈에서는 눈물이 다하자 피가 흘러내려 서로를 볼 수도 없을 지경이었다. 두 나라의 뱃사람들이 저잣거리처럼 모여들어 구경하였는데, 처음에는 단지 친척이나 잘 아는 친구인 줄로만 알았다. 뒤에 그들이 부부 사이라는 것을 알고 사람마다 서로 돌아보며 소리쳐 말했다.

"이상하고 기이한 일이로다! 이것은 하늘의 뜻이요, 사람이 이룰 수 있는 일이 아니로다. 이런 일은 옛날에도 들어 보지 못하였다."

최척은 옥영에게 그간의 소식을 물으며 말했다.

"산 속에서 붙들려 강가로 끌려갔다는데, 그때 아버님과 장모님은 어떻게 되었소?"

옥영이 말했다.

"날이 어두워진 뒤에 배에 오른 데다 정신이 없어 서로 잃어버리게 되었으니, 제가 두 분의 안위를 어찌 알 수 있었겠습니까?"

두 사람이 손을 붙들고 통곡하자, 옆에서 지켜보던 사람들도 슬퍼하며 눈물을 닦지 않는 이가 없었다.

주우는 돈우(頓于)*를 만나 백금 세 덩이를 주고 옥영을 사서 데려 오려고 하였다. 그러자 돈우가 얼굴을 붉히며 말했다.

"내가 이 사람을 얻은 지 이제 4년 되었는데, 그의 단정하고

고운 마음씨를 사랑하여 친자식처럼 생각해 왔습니다. 그래서 침식을 함께하는 등 잠시도 떨어진 적이 없었으나, 지금까지 그가 아낙네인 것을 몰랐습니다. 오늘 이런 일을 직접 겪고 보니, 이는 천지신명도 오히려 감동할 일입니다. 내가 비록 어리석고 무디기는 하지만 진실로 목석은 아닙니다. 그런데 차마 어떻게 그를 팔아서 먹고살 수 있겠습니까?"

돈우는 즉시 주머니 속에서 은자(銀子) 10냥을 꺼내어 전별금(餞別金)으로 주면서 말했다.

"4년을 함께 살다가 하루아침에 이별하게 되니, 슬픈 마음에 가슴이 저리기만 하오. 온갖 고생 끝에 살아남아 다시 배우자를 만나게 된 것은 실로 기이한 일이며, 이 세상에는 없었던 일일 것이오. 내가 그대를 막는다면 하늘이 반드시 나를 미워할 것이오. 사우(沙于)*여! 사우여! 잘 가시게! 잘 가시게!"

– 조위한, 「최척전(崔陟傳)」 –

*주우, 두홍: 최척과 함께 장사를 하는 중국인들.
*안남: 베트남.
*왕자진: 주나라 영왕의 태자로, 죄를 입어 서인이 되었음.
*돈우: 옥영을 데리고 장사를 하는 일본인.
*사우: 돈우가 옥영에게 붙여 준 이름.

1. 최척과 옥영의 재회에 대한 이해로 가장 적절한 것은?

① 타국에서 만난 동포의 도움을 통해 우연히 이루어진다.
② 두 인물이 공유하고 있는 과거의 기억을 매개로 하여 이루어진다.
③ 두 인물이 평소에 주변 사람들에게 베푼 자비로 인해 이루어진다.
④ 주변 사람들의 오해로 인해 우여곡절을 겪다가 기적적으로 이루어진다.
⑤ 주변 인물들 중 대다수에게는 환영을 받지만 일부에게는 의구심을 유발한다.

2. 윗글의 '밤'과 '아침'에 대한 설명으로 가장 적절한 것은?

① 밤은 주인공이 초월적 존재와 교감하고, 아침은 주인공이 현실적 문제와 대결하는 시간이다.
② 밤은 운명과의 대결을 통해 주인공이 위기에 처하고, 아침은 조력자의 등장으로 그 위기에서 벗어나는 시간이다.
③ 밤은 폐쇄적인 공간에서 새로운 계획이 구상되고, 아침은 개방적인 공간에서 그 계획을 실행할지 논의하는 시간이다.
④ 밤은 인물의 내면적 갈등이 점진적으로 심화되고, 아침은 그 내면적 갈등이 새로운 인물들 간의 갈등으로 비화되는 시간이다.
⑤ 밤은 주인공이 새로운 상황을 맞이하면서 서사적 긴장이 조성되고, 아침은 극적 장면이 펼쳐지면서 그 긴장이 해소되는 시간이다.

3. 〈보기〉를 참고하여 윗글을 감상한 내용으로 적절하지 않은 것은? [3점]

〈보기〉

임진왜란(1592~1598년) 등 16세기 말~17세기 초 동아시아에서 발생한 전쟁들은 각국 백성들의 삶에 심대한 수난을 초래했다. 이러한 역사를 반영한 대표적인 작품이 조위한의 「최척전」이다. 최척에게서 체험의 전말을 전해 듣고 이 작품을 썼다는 후기로 보면 이 작품이 실제 체험에 바탕을 둔 인물들의 이산(離散)과 귀향의 과정을 그린 유랑의 서사임을 알 수 있다. 특히 서사 공간이 조선을 포함하여 아시아 여러 국가에 걸쳐 있고 국가 간 갈등을 넘어선 개인 간의 인간적 배려 및 전쟁의 참상에 대해 각국 백성들이 보인 인류애적 연민의 모습도 형상화하고 있다는 점이 주목할 만하다.

① '경자년', '4년' 등은 최척과 옥영이 겪어야 했던 전란과 유랑 체험이 역사적 실제성을 지닌 것임을 알려 주는군.
② 처절하게 시를 읊고 한숨까지 내쉰 것은 시가 옥영 자신의 이산과 유랑 체험을 계기로 지어진 것임을 알려 주는군.
③ '조선말', '조선의 곡조' 등이 사건 전개에 중요한 역할을 하는 것은 최척 부부의 재회가 외국에서 이루어지고 있기 때문이겠군.
④ 최척 가족의 이산의 사연을 듣고 주변 사람들이 눈물 흘린 것은 전쟁의 참상에 대한 인류애적인 연민을 보여 준 사례이겠군.
⑤ 돈우가 백금을 받고 옥영을 파는 대신 오히려 옥영에게 전별금을 주며 안타까이 보낸 것은 국가 간 갈등을 넘어선 인간적 배려를 보여 주는 사례이겠군.

작자 미상, 「토끼전」

2016학년도 수능AB

해설 P.136

[1~3] 다음 글을 읽고 물음에 답하시오.

자라가 기막혀 우는 말이,

"㉠못 보겄네, 못 보겄네, 병든 용왕 못 보겄네. 나의 충성 부족던가, 나의 정성 부족던가? 객사 신세 자라 팔자, 이 아니 불쌍한가? 명천이 감동하와 백호를 죽여 주오, 애고애고 설운지고."

이렇듯이 슬피 우니 호랑이 듣더니,

"이놈, 무슨 내게 해로운 소리만 하느냐?"

자라 생각하되,

'왕명을 뫼와 만 리 밖에 나와 이 지경을 당하니 일사(一死)면 도무사(都無死)라. 무이불식(無以不食)이라, 모조리 먹는다 하니 내 한번 고기 값이나 하리라.'

하고 모진 마음을 굳게 먹고,

"어따, 네가 내 근본을 알려느냐?"

하며 호랑이 앞턱을 냅다 물고 매어 달리니, 호랑이가,

"애고, 놓아. 아니 먹으마."

자라 놓고 나앉으며 움처 든 목을 길게 빼어 염려 없이 기를 보이니, 호랑이 보더니,

"이크, 장사 갑주 속의 방망이 총 나온다."

하며 저마만치 물러앉으니, 자라 호랑이 질리는 기색을 알고,

"게서 내 근본을 자세히 아는가? 나는 수국 충신 간의대부 겸 시랑 별주부, 별나리라 하네."

호랑이 무식하여 자라 별자 몰라듣고 무수히 새겨,

"별나리, 별나리, 그저 나리도 무섭다 하되 별나리 더 무섭다. 생긴 모양보다는 직품은 높고 찬란한데, 그러면 목은 어찌 그리 되었으며, 이곳에는 어찌 나왔는가?"

자라 대답하되,

"이곳 나오고 목이 이리 된 근본을 알려나?"

"어디 좀 알아봅세."

"㉡우리 수궁이 퇴락하여 새로 다시 지은 후에 천여 개 기와를 내 손으로 이어갈 제, 추녀 끝에 돌아가다 한 발길 미끄러져 공중 뚝 떨어져 빙빙 돌아 나려오다 목으로 쩔꺽 나려 박혀 목이 이리 되었기로 명의더러 물어본즉 호랑이 쓸개가 약이 된다 하기에 벽력 장군 앞세우고 도로랑 귀신 잡아타고 호랑 사냥 나왔으니 게가 호랑이면 쓸개 한 보 못 주겠나. 도로랑 귀신 게 있느냐? 어서 급히 빨리 나와 용천검 드는 칼로 이 호랑이 배 갈라라, 도로랑!"

하고 달려드니 호랑이 깜짝 놀라 물똥을 와락 싸고, ㉢초가성중(楚歌聲中) 놀란 패왕 포위 뚫고 남쪽으로 달아나듯, 적벽강 불싸움에 패군장 위왕 조조 정욱 따라 도망하듯, 북풍에 구름 닫듯, 편전살 달아나듯, 왜물 조총 철환 닫듯, 녹수를 얼른 건너 동림(東林)을 헤치면서 쑤루쑤루 달아나 만첩청산 바위틈에 혼

자 앉아 장담하고 하는 말이,

"내 재주 아니런들 도로랑 귀신 피할손가? 하마터면 죽을 뻔하였구나."

(중략)

한창 이리 춤을 출 제, 대장 범치 토끼 옆에 섰다가,

"이크, 토끼 뱃속에 간이 촐랑촐랑하는고."

토끼 깜짝 놀라,

'어떤 게 간이라고? 뱃속에 물똥이 들어 촐랑거리는 걸 간이라 하것다. 아뿔싸, 낌새를 보아 떠나라고 하였거니 즉시 가는 것만 못할지고.'

이리할 제 별주부 연석에 참여하였다가 눈을 부릅떠 토끼를 보며 가만히 꾸짖어 왈,

"내 듣기에도 촐랑촐랑하는 것이 분명한 간인 듯하거든 네 저러한 꾀로 우리 대왕을 속이려 하느냐?"

토끼 마음에 분하여 파연(罷宴) 후에 왕께 주왈,

"소토 세상에서 약간 의서를 보았거니와 음허화동(陰虛火動)의 병에 원기 회복하옵기는 왕배탕이 제일 좋다 하오니 왕배는 곧 자라라. 오래 묵은 자라를 구하여 쓰면 기운 자연 회복하올 것이요, 그 다음에 소토의 간을 쓰면 병세 불일내(不日內) 평복(平復)하오리다."

왕이 이때 토끼 말이라 하면 지록위마(指鹿爲馬)라도 믿고 듣는지라. 즉시 하령하되,

"출세(出世)하였던 별주부 오래 묵은지라. 법을 좇아 잡아들이라."

하니 현의도독 거북이 아뢰되,

"㉣옛 말씀에 '토끼를 다 잡으면 사냥개를 삶아 먹고 높이 뜬 새 없어지면 좋은 활이 숨는다.' 하였사오니 선생 말씀이 옳사오나 주부는 만리타국의 정성을 다하여 공을 이루고 왔삽거늘 제후로 봉하기는 고사하고 죽이는 것은 불가사문어인국(不可使聞於隣國)*이라. 특별히 권도(權道)를 좇아 암자라로 대용하심을 바라나이다."

왕 왈,

"윤허하노라."

하시니.

이때 주부 천지 망극하여 집에 돌아와서 부부 서로 손을 잡고 통곡하다가 문득 생각하여 왈,

"내 일시 경솔한 말로 음해를 만나 무죄한 부인을 이 지경을 당하게 하였거니와 천 리 동행한 정분이 적지 아니하고 제 마음이 악독하여 고집스럽지 않으니 우리 정성을 다하여 빌면 다시 측은히 생각하여 구하리라."

하고, ⑩즉시 별당을 소쇄(掃灑)하고 잔치를 배설하여 토끼를 정으로 청하여 상좌에 앉히고 주부 내외 당하에 꿇어 백배 애걸하는 말이,

"오늘날 우리 양인(兩人) 목숨이 선생께 달렸으니 넓으신 도량으로 짐작하여 잔명을 구하여 주옵소서."

토끼 수염을 만작이며 웃어 왈,

"네 당초에 날 죽을 곳으로 유인함도 심장에 고이하거늘 하물며 없는 간을 있다 하여 기어이 죽이려 함은 무슨 일이며, 위태한 때에 이르러 애걸하는 것은 나를 조롱함이냐?"

― 작자 미상, 「토끼전」 ―

*불가사문어인국: 이웃 나라에 알려져서는 안 됨.

1. 윗글에 대한 이해로 가장 적절한 것은?

① 별주부가 호랑이 앞에서 고기 값이나 하겠다는 것은 죽음을 각오하고 상대에 맞서겠다는 의지를 드러낸 것이다.

② 호랑이가 별주부의 외양에서 떠올린 갑주와 방망이 총은 상대와 맞설 의지를 갖게 하는 것이다.

③ 호랑이가 바위틈에서 자기 재주를 장담하는 것은 패배를 설욕하려는 의지를 다지는 것이다.

④ 토끼가 낌새를 보아 떠나라는 말을 떠올리고 즉시 가야겠다고 생각하는 것은 용왕의 믿음을 저버릴 수 없다는 의지 때문이다.

⑤ 별주부가 부인이 대신 죽게 된 것을 자신의 경솔한 말과 음해 때문이라고 하는 것은 아내가 아니라 자신이 죽겠다는 의지를 가지고 있기 때문이다.

2. ㉠~㉤에 대한 설명으로 적절하지 않은 것은?

① ㉠: 유사한 어구의 반복과 대구를 통해 인물의 심경을 드러내고 있다.

② ㉡: 의태어를 활용하여 대상의 움직이는 모습을 생생하게 보여 주고 있다.

③ ㉢: 동일 행위에 대한 다양한 묘사를 통해 대상이 처한 긴박한 상황을 역동적으로 보여 주고 있다.

④ ㉣: 고사를 활용하여 상대에게 화자의 의견을 전달하고 있다.

⑤ ㉤: 편집자적 논평을 통해 인물의 행위에 대한 서술자의 시각을 보여 주고 있다.

3. 〈보기〉를 참고하여 윗글을 감상한 내용으로 적절하지 않은 것은? [3점]

〈보기〉

「토끼전」은 자신이 알고 있는 바를 적절히 활용하여 상대를 설득하거나 공박하는 지혜의 대결을 서사의 기초로 한다. 인물들은 상대가 모르거나 상대에게 불리한 화제로 대화를 이끄는 것 같은 방법을 통해 대결에서 우위를 점하려 하며, 불리한 국면에서는 제삼자를 끌어들이거나 대결을 회피하기도 한다.

① 별주부는 호랑이가 모르는 별주부 자신의 근본으로 화제를 이끌어 자신의 우위를 확보해 나가고 있군.

② 호랑이는 별나리에 대한 자신의 무지를 드러내어 별주부에게 자신을 공략할 빌미를 제공하고 있군.

③ 별주부는 범치가 토끼의 간에 대해 말한 바를 가지고 토끼를 회유하여 토끼와의 대결을 회피하고 있군.

④ 토끼는 용왕의 병과 관련하여 자신으로부터 별주부로 화제를 옮김으로써 불리한 상황을 벗어나려 하고 있군.

⑤ 토끼는 별주부가 자신을 유인했던 과거의 일을 화제로 끌어들여 자신의 우위를 강화하고 있군.

작자 미상, 「홍계월전」

2016학년도 6월 모평A

해설 P.140

[1~3] 다음 글을 읽고 물음에 답하시오.

여공이 물러 나오자 위공과 정렬 부인이 다시 일어나 칭찬하기를,

"어지신 덕택으로 계월을 구하사 친자식같이 길러 입신양명하게 하시니 은혜가 백골난망이로소이다."

하며 슬픈 감회를 금치 못하거늘 여공이 더욱 감사하며 공손히 응답하더라. ㉠평국과 보국이 또한 엎드려 먼 길에 평안히 행차하심을 치하하더라. 위공과 정렬 부인이며 기주후와 공렬 부인과 춘랑도 또한 자리에 참례하고 양윤이 또한 마음에 기꺼함을 헤아리지 못할지라. 이날 큰 잔치를 배설하고 삼 일을 즐기니라.

이때 천자 신하들을 돌아보고 이르기를,

"평국과 보국을 한 궁궐 안에 살게 하리라."

하시고, 종남산 아래에 터를 닦고 집을 지을새, 천여 칸을 불일성지(不日成之)*로 지으니, 그 장함을 헤아리지 못할지라. 집을 다 지은 후에 노비 천 명과 수성군 백 명씩 내려 주시고 또 채단과 보화를 수천 바리를 상으로 내려 주시니, 평국과 보국이 황은을 축수하고 한 궁궐 안에 침소를 정하고 거처하니 그 궁궐 안 넓이가 십 리가 남은지라 위의와 거동이 천자나 다름이 없더라.

이때 평국이 전장에 다녀온 후로 자연 몸이 곤하여 ㉡병이 침중하니 집안이 경동하여 주야 약으로 치료하니, 천자께서 이 말을 들으시고 매우 놀라사 명의를 급히 보내어,

"병세를 자세히 보고 오라. 만일 위중하면 짐이 친히 가 보리라."

하시고 어의(御醫)를 명하사 보내시니, 어의 황명을 받자와 평국의 침소에 와 병세를 진맥하니 병세 위중하지 아니한지라. 속히 약을 가르쳐 쓰라 하고 돌아와 천자께 사실을 아뢰더라.

어의 다녀와 아뢰기를,

"평국의 병세는 위중하지 아니하옵기로 약을 가르쳐 쓰라 하옵고 왔사오나 또한 괴이한 일이 있어 수상하여이다."

하더라. 천자 놀라 묻기를,

"무슨 연고가 있더냐."

어의 땅에 엎드려 아뢰기를,

[A] "평국의 맥을 보오니 남자의 맥이 아니오매 이상하여이다."

천자 그 말을 들으시고 이르기를,

"평국이 여자면 어찌 적진에 나가 적진 십만 대병을 소멸하고 왔으리오. 평국의 얼굴이 도화색(桃花色)이요, 체격이 작고 약하여 혹 미심하거니와 아직은 누설하지 말라."

하시고 자주 문병하시니라.

이때 평국이 병세 점점 나으매 생각하되,

'어의가 나의 맥을 보았으니 필시 본색이 탄로날지라 이제는

할 일 없이 되었으니, 여복을 갈아입고 규중에 몸을 숨어 세월을 보냄이 옳다.'

하고, 즉시 남복을 벗고 여복을 입고 ㉢부모 앞에 뵈어 느끼며 뺨에 두 줄기 눈물이 종횡하거늘 부모 또한 눈물을 흘리며 위로하더라.

[중략 부분의 줄거리] 이후 홍계월(평국)은 천자의 주선으로 보국과 혼인을 하게 되는데, 군영 및 집안에서의 사건 등으로 남편 보국과 갈등을 겪으면서 남편과 떨어져 홀로 지내게 된다.

각설. 이때 남관장이 장계(狀啓)*를 올리거늘 천자 즉시 뜯어 열어 보시니 하였으되,

[B] '오왕(吳王)과 초왕(楚王)이 반하여 지금 장안을 범하고자 하옵나이다. 오왕은 구덕지를 얻어 대원수를 삼고, 초왕은 장맹길을 얻어 선봉을 삼아 장수 천여 명과 군사 십만을 거느려 호주 북지 십여 성을 항복 받고 형주자사 완태를 베고 짓쳐오매 소장의 힘으로는 방비할 길이 없사와 감히 아뢰오니 엎드려 바라옵건대 황상은 어진 명장을 보내어 막으소서.'

하였거늘, 천자 보시고 크게 곤란하사 온 조정의 신하들을 모아 의논하시되 우승상 명연태 아뢰기를,

"이 도적을 좌승상 평국을 보내어 방비하올 것이니 급히 영을 내려 부르옵소서."

천자 들으시고 한참 뒤에,

"평국이 전일에는 출세하였기로 불러 국사를 의논하였거니와 ㉣지금은 규중 여자라 어찌 영으로 불러 들여 전장에 보내리오."

하시되 신하들이 아뢰기를,

"평국이 지금 규중에 처하오나 이름이 조야에 있삽고 또한 작록이 영구하오니 어찌 혐의하오리오."

하거늘, 천자 마지못하여 급히 평국을 영으로 부르시니라.

이때 평국이 규중에 홀로 있어 매일 시비를 데리고 장기와 바둑으로 세월을 보내더니 사관이 나와 천자가 부르는 명을 전하거늘, 평국이 크게 놀라 급히 여복을 벗고 조복으로 사관을 따라 어전에 엎드리니 천자 크게 기뻐하며 이르기를,

"㉤경이 규중에 처한 까닭에 오래 보지 못하여 주야로 사모하더니 이제 경을 보매 기쁘기 헤아릴 수 없거니와 짐이 덕이 없어 지금 오초 양국이 반하여 호주 북지를 항복 받고 남관을 넘어 황성을 범하고자 한다 하니 경은 마땅히 출사하여 사직을 안보하게 하라."

하시되 평국이 엎드려 아뢰기를,

"신첩이 외람하와 폐하를 속이옵고 공후 작록을 받자와 영화

로 지내옵기 황공하온데 죄를 사하시고 이토록 사랑하옵시니
신첩이 비록 우매하오나 힘을 다하여 폐하의 성은을 만분의
일이나 갚을까 하오니 근심하지 마옵소서."
하더라.

– 작자 미상, 「홍계월전」 –

*불일성지: 며칠 안 되어 일이 이루어짐.
*장계: 신하가 임금에게 올리는 일이나 문서.

1. [A]와 [B]에 대한 설명으로 가장 적절한 것은?

① [A]와 [B]는 모두 정황을 전달하는 주체에 대한 부정적인 태도가
나타나 있다.

② [A]는 대화를 통해, [B]는 요약적 제시를 통해 사건에 대한
정보를 제공하고 있다.

③ [A]는 인물의 외양 묘사를 통해, [B]는 과장된 표현을 통해
장면을 극대화하고 있다.

④ [A]와 [B]는 모두 여러 가지 사건이 동시에 발생하여 긴박한
분위기를 조성하고 있다.

⑤ [A]에는 문제를 즉각적으로 해결해야 할 상황이, [B]에는 문제
해결을 유보해야 할 상황이 제시되어 있다.

2. ㉠~㉤에 대한 이해로 적절하지 않은 것은?

① ㉠: 홍계월과 보국이 멀리서 온 여공에게 고마움을 표하는
모습을 보여 준다.

② ㉡: 홍계월이 병이 나자 집안사람들이 많이 놀라며 지극한
정성으로 치료하는 모습을 보여 준다.

③ ㉢: 홍계월이 부모 앞에서 울음을 터트리며 서러움을 드러내는
모습을 보여 준다.

④ ㉣: 천자가 조정에서 물러나 있는 홍계월을 다시 전쟁터로 보내야
하는지 고민하는 모습을 보여 준다.

⑤ ㉤: 천자가 집안일에 매달려 있는 홍계월을 오랫동안 보지
못해 그리워하는 모습을 보여 준다.

3. 〈보기〉를 참고하여 윗글을 감상한 내용으로 적절하지 않은 것은? [3점]

〈보기〉

「홍계월전」은 비범한 능력을 가진 여성 영웅 홍계월의 활약
상을 그린 작품이다. '고난 – 위기 – 극복'의 영웅 소설 구조를
유지하면서도 여성 영웅의 형상을 그려 낸다. 특히 주인공은
여러 차례 위기를 겪게 되는데, 어린 시절에 겪는 1차 위기에
서는 조력자의 도움으로 고난을 극복하게 된다. 2차 위기에서
는 여성에 대한 사회적 제약으로 인해 개인적 고난을 겪게 되
는데, 그런 중에 국가의 위기가 발생함으로써 모든 난관을 극
복할 수 있는 기회를 갖게 된다.

① 신하들이 나라의 위기를 해결할 인물로 홍계월을 적극 추천하는
것에서 홍계월의 뛰어난 능력을 짐작할 수 있군.

② 홍계월이 정체가 탄로 나면 나랏일을 할 수 없다고 판단한
것에서 여성의 사회적 참여에 제약이 따랐음을 짐작할 수 있군.

③ 홍계월이 궁궐에서 천자에 못지않은 생활을 하여 천자의 노여
움을 사게 된 것은 2차 위기의 빌미가 되었음을 알 수 있군.

④ 여공이 어린 홍계월을 구하여 입신양명하게 한 것에서 주인공이
1차 위기를 조력자의 도움으로 극복했음을 확인할 수 있군.

⑤ 홍계월이 천자의 부름을 받아 사직을 보전하라는 명을 받은
것에서 국가의 위기와 개인적 고난을 동시에 극복할 기회를 얻었
다는 사실을 알 수 있군.

작자 미상, 「소대성전」

2015학년도 수능A

해설 P.145

[1~4] 다음 글을 읽고 물음에 답하시오.

일일은 승상이 술에 취하시어 ⓐ책상에 의지하여 잠깐 졸더니 문득 봄바람에 이끌려 한 곳에 다다르니 이곳은 승상이 평소에 고기도 낚으며 풍경을 구경하던 조대(釣臺)*라. 그 위에 상서로운 기운이 어렸거늘 나아가 보니 청룡이 ⓑ조대에 누웠다가 승상을 보고 고개를 들어 소리를 지르고 반공에 솟거늘, 깨달으니 일장춘몽이라.

[A]

> 심신이 황홀하여 죽장을 짚고 월령산 ⓒ조대로 나아가니 나무 베는 아이가 나무를 베어 시냇가에 놓고 버들 그늘을 의지하여 잠이 깊이 들었거늘, 보니 의상이 남루하고 머리털이 흩어져 귀밑을 덮었으며 검은 때 줄줄이 흘러 두 뺨에 가득하니 그 추레함을 측량치 못하나 그 중에도 은은한 기품이 때 속에 비치거늘 승상이 깨우지 않으시고, 옷에 무수한 이를 잡아 죽이며 잠 깨기를 기다리더니, 그 아이가 돌아누우며 탄식 왈,
>
> "㉠형산백옥이 돌 속에 섞였으니 누가 보배인 줄 알아보랴. 여상의 자취 조대에 있건마는 그를 알아본 문왕의 그림자 없고 와룡은 남양에 누웠으되 삼고초려한 유황숙의 자취는 없으니 어느 날에 날 알아줄 이 있으리오."
>
> 하니 그 소리 웅장하여 산천이 울리는지라.

탈속한 기운이 소리에 나타나니, 승상이 생각하되, '영웅을 구하더니 이제야 만났도다.' 하시고, 깨우며 물어 왈,

"봄날이 심히 곤한들 무슨 잠을 이리 오래 자느냐? 일어앉으면 물을 말이 있노라."

"어떤 사람이관데 남의 단잠을 깨워 무슨 말을 묻고자 하는가? 나는 배고파 심란하여 말하기 싫도다."

아이 머리를 비비며 군말하고 도로 잠이 들거늘, 승상이 왈,

"네 비록 잠이 달지만 어른을 공경치 아니하느냐. 눈을 들어 날 보면 자연 알리라."

그 아이 눈을 뜨고 이윽히 보다가 일어앉으며 고개를 숙이고 잠잠하거늘, 승상이 자세히 보니 두 눈썹 사이에 천지조화를 갈무리하고 가슴속에 만고흥망을 품었으니 진실로 영웅이라. 승상의 ㉡명감(明鑑)*이 아니면 그 누가 알리오.

[중략 부분의 줄거리] 승상은 아이(소대성)를 자기 집에 묵게 하고 딸과 부부의 연을 맺도록 하지만, 승상이 죽자 그 아들들이 대성을 제거하려고 한다. 이에 대성은 영보산으로 옮겨 공부하다가 호왕이 난을 일으킨 소식에 산을 나가게 된다.

한 동자 마중 나와 물어 왈,

"상공이 해동 소상공 아니십니까?"

"동자, 어찌 나를 아는가?"

소생이 놀라 묻자, 동자 답 왈,

"우리 노야의 분부를 받들어 기다린 지 오랩니다."

"노야라 하시는 이는 뉘신고?"

"아이 어찌 어른의 존호를 알리이까? 들어가 보시면 자연 알리이다."

[B]

> 생이 동자를 따라 들어가니 청산에 불이 명랑하고 한 노인이 자줏빛 도포를 입고 금관을 쓰고 책상을 의지하여 앉았거늘 생이 보니 학발 노인은 청주 이 승상일러라. 생이 생각하되, '승상이 별세하신 지 오래이거늘 어찌 ⓓ이곳에 계신가?' 하는데, 승상이 반겨 손을 잡고 왈,
>
> "내 그대를 잊지 못하여 줄 것이 있어 그대를 청하였나니 기쁘고도 슬프도다."

하고 동자를 명하여 저녁을 재촉하며 왈,

"내 자식이 무도하여 그대를 알아보지 못하고 망령된 의사를 두었으니 어찌 부끄럽지 아니하리오. 하나 그대는 대인군자로 허물치 아니할 줄 알았거니와 모두 하늘의 뜻이라. 오래지 아니하여 공명을 이루고 용문에 오르면 딸과의 신의를 잊지 말라."

하고 갑주 한 벌을 내어 주며 왈,

"이 갑주는 보통 물건이 아니라 입으면 내게 유익하고 남에게 해로우며 창과 검이 뚫지 못하니 천하의 얻기 어려운 보배라. 그대를 잊지 못하여 정을 표하나니 전장에 나가 대공을 이루라."

생이 자세히 보니 쇠도 아니요, 편갑도 아니로되 용의 비늘 같이 광채 찬란하며 백화홍금포로 안을 대었으니 사람의 정신이 황홀한지라. 생이 매우 기뻐 물어 왈,

"이 옷이 범상치 아니하니 근본을 알고자 하나이다."

"이는 천공의 조화요, 귀신의 공역이라. 이름은 '보신갑'이니 그 조화를 헤아리지 못하리라. 다시 알아 무엇 하리오?"

승상이 답하시고, 차를 내어 서너 잔 마신 후에 승상 왈,

"이제 칠성검과 보신갑을 얻었으니 만 리 청총마를 얻으면 그대 재주를 펼칠 것이나, 그렇지 아니하면 당당한 기운을 걷잡지 못하리라. 하나 적을 가벼이 여기지 말라. 지금 적장은 천상 나타의 제자 익성이니 북방 호국 왕이 되어 중원을 침노하니 지혜와 용맹이 범인과 다른지라. 삼가 조심하라."

"만 리 청총마를 얻을 길이 없으니 어찌 공명을 이루리까?"

생이 묻자, 승상이 답 왈,

"동해 용왕이 그대를 위하여 이리 왔으니 내일 오시에 얻을 것이니 급히 공을 이루라. 지금 싸움이 오래되었으나 중국은 익성을 대적할 자 없으며 황제 지금 위태한지라. 머물지 말고 바삐 가라. 할 말이 끝없으나 밤이 깊었으니 자고 가라."

하시고 책상을 의지하여 누우시니 생도 잠깐 졸더니, 홀연 찬

바람, 기러기 소리에 깨달으니 승상은 간데없고 누웠던 자리에 갑옷과 투구 놓였거늘 좌우를 둘러보니 ⓔ소나무 밑이라.

– 작자 미상, 「소대성전」 –

*조대: 낚시터.
*명감: 사람을 알아보는 뛰어난 능력.

1. [A]와 [B]에 나타난 서술상 특징으로 가장 적절한 것은?

① [A]는 묘사를 통해 인물의 외양을, [B]는 발화를 통해 인물의 감회를 드러내고 있다.

② [A]와 달리, [B]는 대구적 표현을 통해 인물에 대한 부정적 인식을 드러내고 있다.

③ [B]와 달리, [A]는 요약적 서술을 통해 시대적 배경을 제시하고 있다.

④ [A]와 [B]는 모두 인물들 간의 대화를 통해 인물들 사이의 갈등을 제시하고 있다.

⑤ [A]와 [B]는 모두 과거 사건에 대한 회상을 통해 현재 사건의 원인을 제시하고 있다.

2. 윗글의 '승상'에 대한 감상으로 가장 적절한 것은?

① 곤히 잠든 '아이'를 깨우지 않고 이를 잡아 주며 기다리는 모습에서 따뜻한 인정을 느낄 수 있군.

② 나이 어린 '소생'에게 자신이 범한 과오를 시인하고 부끄러워하는 모습에서 자신을 비우고 낮추는 겸허함을 볼 수 있군.

③ '소생'에게 '딸과의 신의'를 잊지 않아야 공명을 이룰 수 있다고 당부하는 모습에서 신의를 중시하는 가치관을 볼 수 있군.

④ '청총마'를 이미 얻고 '동해 용왕'의 도움까지 얻은 '소생'에게 적을 가벼이 여기지 말라고 하는 모습에서 신중한 자세를 볼 수 있군.

⑤ 살아서는 '소생'을 도왔지만 죽은 몸으로 '소생'을 도울 수 없어 안타까워하는 모습에서 남을 도우려는 한결같은 성품을 느낄 수 있군.

3. <보기>를 참고할 때, ⓐ~ⓔ를 이해한 내용으로 적절하지 않은 것은? [3점]

〈보기〉

고전 소설에서 공간은 산속이나 동굴 등 특정 현실 공간에 초현실 공간이 겹쳐진 것으로 설정되기도 한다. 이 경우, 초현실 공간이 특정 현실 공간에 겹쳐지거나 특정 현실 공간에서 사라지는 것은 보통 초월적 존재의 등·퇴장과 관련된다. 한편 어떤 인물이 꿈을 꿀 때, 그는 현실의 어떤 공간에서 잠을 자고 있지만, 그의 정신은 꿈속 공간을 경험한다. 이 경우, 특정 현실 공간이 꿈에 나타나면 이 꿈속 공간은 특정 현실 공간에 근거하면서도 초현실 공간의 성격을 지니기도 한다.

① '승상'은 ⓐ에 몸을 의지하고 있지만 정신은 봄바람에 이끌려 ⓑ로 나아갔으니, 그는 현실의 한 공간에서 잠들어 꿈속 공간을 경험하고 있는 것이군.

② ⓑ는 ⓒ에 근거를 둔 꿈속 공간으로, ⓑ에서 본 '청룡'은 ⓒ에서 자고 있는 '아이'를 상징하는군.

③ ⓑ와 ⓓ는 모두 초현실 공간으로, ⓑ는 '승상'을 '아이'에게로 이끌기 위해, ⓓ는 '소생'과 초월적 존재인 '승상'의 만남을 위해 설정된 곳이군.

④ ⓒ는 '승상'의 정신이 경험하는 꿈속 공간이고, ⓔ는 '소생'이 자기 경험이 꿈이었음을 확인하는 공간이군.

⑤ '승상'이 '누웠던 자리'에 '갑옷과 투구'가 놓여 있는 것으로 보아, ⓔ에 ⓓ가 겹쳐져 있었지만 '승상'이 사라지면서 ⓓ도 함께 사라졌군.

4. ㉠의 화자에게 ㉡을 지닌 '승상'이 격려해 줄 말로 가장 적절한 것은?

① '굼벵이도 구르는 재주가 있다'라고 하듯이, 네 재주로도 할 일은 있을 터이니 너무 낙담하지 마라.

② '자루 속의 송곳'이라고 하듯이, 앞으로 너의 진가가 반드시 드러나 많은 사람이 너를 우러러 보게 될 거야.

③ '장마다 꼴뚜기가 나올까'라고 하듯이, 운수가 좋아야만 성공할 수 있으니 좋은 때가 오기를 기다려 보아라.

④ '차면 넘친다'라고 하듯이, 지금 너의 괴로움은 욕심이 지나쳐서 생기는 것이니 욕심을 줄이면 나아질 거야.

⑤ '하룻강아지 범 무서운 줄 모른다'라고 하듯이, 너의 용기는 무모하니 현실을 직시하면 성공할 날이 곧 올 거야.

작자 미상, 「숙향전」
2015학년도 수능B

해설 P.150

[1~3] 다음 글을 읽고 물음에 답하시오.

㉠산은 첩첩하고 물은 중중한데, 잠자려는 새들은 숲으로 들어가 객회(客懷)를 자아내니 숙향이 갈 데 없어서 앉아서 울고 있었다. 문득 파랑새가 꽃봉오리를 물고 손등에 앉거늘 숙향이 배고픔을 견디지 못해 꽃봉오리를 먹으니 눈이 맑아지고 배가 불러 정신이 상쾌하며 몸에 향내 진동하더라.

일어나서 ㉡파랑새가 가는 대로 따라 두어 고개를 넘어가니 산골짜기에 한 궁궐이 있는데, 그 새가 큰 문으로 들어가거늘 숙향이 따라 들어갔다. 한 계집이 마중 나와 숙향을 안고 들어가 큰 전각(殿閣) 앞에 놓으니 한 부인이 머리에 화관(花冠)을 쓰고 황금 의자에 앉아 있다가 숙향을 맞아 팔을 밀어 동편 백옥 의자에 앉기를 청하거늘 숙향이 어찌할 줄 모르고 다만 울 뿐이었다.

부인 왈,

"선녀께서 인간 세상에 내려와 더러운 물을 많이 먹었으니 정신이 바뀌어 전생 일을 모르나이다."

선녀에게 명해 경액(瓊液)*을 드리라 한대 선녀가 만호잔에 호박대를 받쳐 이슬 같은 것을 부어 드리거늘 숙향이 받아먹으니 맛은 젖맛 같고 매우 향기롭더라. ㉢먹은 후에 천상의 일과 인간 세상에 내려와 부모 잃고 헤매며 고생한 일을 일일이 알게 되니 몸은 비록 아이나 마음은 어른이라. 즉시 일어나 부인께 예를 표해 왈,

[A] "첩은 천상에 득죄(得罪)하여 인간 세상에 내려와 고초가 심하거늘 이다지도 불쌍히 여겨 대접하시니 지극히 감격하나이다."

"선녀께서는 저를 알아보시겠나이까?"

"인간 세상에 내려와 정신이 바뀌었사오니 자세히 아옵지 못하나이다."

"이 땅은 명사계(冥司界)요, 저는 후토 부인이니이다. 선녀께서 인간 세상에 내려와 고생을 겪으매 접때 잔나비와 황새를 보내 도와 드렸고 이번에는 파랑새를 보내었삽더니 보셨나이까?"

"다 보았사오나 부인의 하늘 같은 은혜를 갚을 길이 없사오니 부인의 시비나 되어 만분지일이나 갚사올까 바라나이다."

부인이 정색하고 왈,

[B] "저는 한낱 조그마한 신령이요, 그대는 월궁의 으뜸 선녀라. 비록 천상에서 지은 죄로 인간 세상에 내려와 일시 고생을 겪었으나 그런 말씀을 어찌 하시나이까? 선녀 가실 곳이 또한 머오니 그 사이에 고생을 많이 겪을 것이오매 쉬어 내일 가소서."

하고, 잔치를 배설하여 환대하니 음식과 보배 등이 극히 화려하더라.

숙향이 부인께 왈,

"첩이 전일 듣사오니 명사계는 시왕(十王)이 계신 데라 하더니 그러하오이까?"

"그러하여이다."

"그러하오면 시왕전이 어디오이까?"

"멀지 아니하오이다."

"인간 세상의 부모가 난중에 죽었으면 시왕전에 왔사올 것이니 반가이 만나 볼 수 있겠나이까?"

[C] "그대 부모는 인간 세상에 반석같이 계시고 그들도 원래 인간 세상 사람이 아니요, 봉래산 선관 선녀로서 인간 세상에 귀양 왔사오니 기한이 차면 봉래로 돌아갈 것이요, 이곳은 오지 아니하리이다."

(중략)

이선이 숙향이 보내 온 혈서를 보고 크게 놀라 통곡하고 그 편지를 숙모께 드리고 낙양 옥중에 가서 숙향과 함께 죽으려 하더니 숙부인 왈,

"아직 자세히 알지도 못하는데 성급히 굴지 마라."

하며 하인을 불러 할미 집에 가 보고 오라 하고, 그 고을의 이방 원통을 불러서 그 연고를 물으니 원통이 고하기를,

"㉣상서께서 명을 내리시어 숙향을 잡아다가 죽이라 하신 고로 원님이 상서 명을 거역하지 못하여 어젯밤에 숙향을 잡아다 죽이려고 큰 매로 치라 하되 집장 사령이 매를 들지 못하여 죽이지 못하였사오나 원님이 오늘 죽이려 하옵고 큰 칼을 씌워 옥에 가두었나이다."

숙부인이 듣고 크게 놀라 왈,

"선이 비록 상서의 아들이나 내가 양자로 들였으매 선과 숙향이 혼사를 치르도록 했거늘, 내게 묻지 아니하고 나를 과부라 업신여겨 이러하니 내 황성에 들어가 상서에게 일러 듣지 아니하면 황후께 아뢰어 황제께서 아시게 하리라."

하고 즉시 행장을 차려서 장안으로 가니라.

한편 이선은 집에 들어가 울며 숙향이 죽었으면 함께 죽으리라고 하더라.

이튿날 김전이 숙향을 올리라 하니 이때 낭자가 옥 같은 두 귀 밑에 흐르나니 눈물이라. ㉤연약한 몸이 큰칼 쓰고 여러 사람에게 붙들려 가니 반은 죽은 사람이라. 이를 보는 사람이 눈물 아니 짓는 이가 없더라.

김전이 왈,

"네 고향은 어디며 이름은 무엇이며 나이는 몇이나 되며 뉘 집 딸이라 하나뇨?"

낭자 왈,

"오 세에 부모를 난중에 잃고 사방에 유리(流離)하옵다가 겨우

의탁한 몸 되었사오니 고향과 부모의 성명은 모르오되 나이 찬 후에 혹 듣사오니 김 상서의 딸이라 하오며 이름은 숙향이요 나이는 십육 세로소이다."

김전의 아내 장 씨가 그 말을 듣고 눈물을 흘리며 김전에게 왈,
"그 여자의 얼굴을 보오니 죽은 우리 딸과 같삽고 연치(年齒) 또한 같사오되 다만 김 상서의 딸이라 하니 그 근본을 자세히 모르오나 이름도 같고 나이도 같으니 혹 죽은 자식이 살아서 돌아다니는지 마음이 자연 비창(悲愴)하오니 아직 죽이지 말고 상서께 기별하여 스스로 처치하게 하오소서."

김전이 부인의 말을 옳게 여겨 숙향을 도로 하옥하라 하고, 이 사연을 이 상서에게 회보(回報)하니라.

– 작자 미상, 「숙향전」 –

* 경액: 신선이 마신다는 신비로운 약물.

1. 윗글의 인물에 대한 이해로 적절하지 <u>않은</u> 것은?

① '후토 부인'은 '숙향'을 명사계로 인도하여 전생에서의 '숙향'의 정체를 깨닫게 해 주고 있다.

② '이선'은 '숙향'이 처한 상황을 알고서 '숙향'과 생사를 같이 하겠다고 다짐하고 있다.

③ '숙부인'은 '숙향'과 '이선'의 혼사가 이루어지도록 '이 상서'로 하여금 '황후'에게 아뢰게 하고 있다.

④ '김전'은 '장 씨'의 말을 수용하여 '숙향'에 대한 형 집행을 미루고 있다.

⑤ '장 씨'는 '숙향'을 보고서 자신의 딸을 떠올리며 '숙향'에게 연민을 느끼고 있다.

2. ㉠~㉤에 대한 이해로 적절하지 <u>않은</u> 것은?

① ㉠에서는 인물이 처한 힘든 상황을 나타내는 시공간적 배경을 제시하고 있다.

② ㉡에서는 인물이 현실의 경계를 넘어 초현실의 공간으로 진입해 가는 장면을 서술하고 있다.

③ ㉢에서는 인물에게 갑자기 일어난 변화를 서술자가 직접적으로 제시하고 있다.

④ ㉣에서는 인물의 발화를 통해 이전 사건을 요약적으로 제시하고 있다.

⑤ ㉤에서는 인물의 외양 묘사를 통해 그 인물의 심리를 드러내고 있다.

3. 〈보기〉를 참고하여 [A]~[C]를 감상한 내용으로 적절하지 <u>않은</u> 것은? [3점]

〈보기〉

고전 소설 중에는 '천상'과 '선계'를 포함하는 '천상계'와 인간 세상인 '지상계'가 인과응보의 원리에 의해 연결되어 서사가 진행되는 작품들이 많다. 이 원리는 '천상계 – 지상계 – 천상계'의 순환 구조를 기반으로 하여 천상계에서 죄를 지으면 지상계에서 벌을 받는 것으로 구현된다. 이 원리를 토대로 하여 인물에게 주어지는 처벌과 보상, 인물이 겪는 고난의 정도와 기한이 결정된다.

① [A]에는 지상계에서 고초를 겪게 되는 원인이 천상계에서 지은 죄에 있다는 생각이 드러나 있군.

② [B]에는 천상계에서 지은 죄의 대가를 지상계에서 모두 치르면 천상계의 신분이 변할 수 있다는 생각이 드러나 있군.

③ [B]에는 천상계에서 높은 신분인 인물이라도 죄를 지으면 지상계에 내려와 고난을 겪어야 한다는 생각이 드러나 있군.

④ [C]에는 지상계가 천상계에서 죄를 지은 자들의 귀양지라는 생각이 드러나 있군.

⑤ [C]에는 천상계에서 지은 죄의 대가를 지상계에서 치르는 인물은 이미 정해진 고난의 기한이 차야만 천상계로 돌아갈 수 있다는 생각이 드러나 있군.

[1~5] 다음 글을 읽고 물음에 답하시오.

이때 천자가 옥새*를 목에 걸고 항서*를 손에 든 채 진문 밖으로 나오다가 보니, 뜻밖에 호통 소리가 나며 어떤 한 대장이 적장 문걸의 머리를 베어 들고 중군으로 들어가거늘, 매우 놀라고 또 기뻐서 말하기를,

"적장 벤 장수 성명이 무엇이냐? 빨리 모시고 들어오라."

충렬이 말에서 내려 천자 앞에서 땅에 엎드리니, 천자 급히 물어 말하기를,

"그대는 뉘신데 죽을 사람을 살리는가?"

충렬이 부친 유심의 죽음과 어려서 홀로 된 자신을 길러 준 장인 강희주의 죽음을 몹시 원통하고 분하게 여겨 통곡하며 여쭈되,

[A]
"소장은 동성문 안에 살던 유심의 아들 충렬입니다. 사방을 떠돌아다니면서 빌어먹으며 만 리 밖에 있다가 아비의 원수를 갚으려고 여기 왔습니다. 폐하께서 정한담에게 핍박을 당하리라곤 꿈에도 생각지 못했습니다. 예전에 정한담과 최일귀를 충신이라 하시더니 충신도 역적이 될 수 있습니까? 그자의 말을 듣고 충신을 멀리 귀양 보내어 죽이고 이런 환난을 만나시니, 천지가 아득하고 해와 달이 빛을 잃은 듯합니다."

하고, 슬피 통곡하며 머리를 땅에 두드리니, 산천초목이 슬퍼하며 진중의 군사들도 눈물을 흘리지 않는 이가 없더라. 천자도 이 말을 들으시고 후회가 막급하나 할 말 없어 우두커니 앉아 있더라.

한편 적진에 잡혀갔던 태자는, 본진에서 문걸의 목을 베는 것을 보고 급히 도주해 와서 천자 곁에 앉아 있다가, 충렬의 말을 듣고 버선발로 내려와서 충렬의 손을 붙들고 말하였다.

[B]
"경이 이게 웬 말인가? 옛날 주나라 성왕도 관숙과 채숙의 말을 듣고 주공을 의심하다가 잘못을 깨닫고 스스로 꾸짖어 훌륭한 임금이 되었으니, 충신이 죽는 것은 모두 다 하늘에 달린 일이라. 그런 말을 말고 온 힘으로 충성을 다하여 천자를 도우시면, 태산 같은 그대 공로는 천하를 반분하고, 하해 같은 그 은혜는 죽은 뒤에라도 풀을 맺어 갚으리라."

충렬이 울음을 그치고 태자의 얼굴을 보니, 천자의 기상이 뚜렷하고 한 시대의 성군이 될 듯하여 투구를 벗어 땅에 놓고 천자 앞에 사죄하여 말하였다.

"소장이 아비의 죽음을 한탄하여 분한 마음이 있는 까닭에 격절한 말씀을 폐하께 아뢰었으니 죄가 무거워 죽어도 안타깝지 아니합니다. 소장이 죽을지언정 어찌 폐하를 돕지 아니하겠습니까?"

천자가 충렬의 말을 듣고 친히 계단 아래로 내려와서 투구를 씌우고 대원수를 명하며 손을 잡고 하는 말이,

"과인은 보지 말고 그대 선조의 입국 공업을 생각하여 나라를 도와주면, 태자가 말한 대로 그대의 공을 갚으리라."

[중략 부분의 줄거리] 유충렬은 남적의 선봉장이 된 정한담과의 대결에서 승리하고, 다시금 위기에 처했던 천자·황후·태후·태자를 구출한다. 이후, 유심과 강희주를 구하고 모친과 부인을 찾은 후 장안으로 돌아온다.

이때 장안의 온 백성들이 남적에게 잡혀갔던 며느리며 딸이며 동생들이 본국으로 돌아온다는 말을 듣고, 호산대 십 리 뜰에 빈틈없이 마중 나와 손과 치마를 부여잡고 그리던 마음 못내 즐거워하는지라, 이들의 울음소리가 공중에 뒤섞이어 호산대가 떠나갈 듯하였으며, 원수 유충렬과 모친 장 부인을 치사하는 소리 낭자하고 요란하였다.

금산성에 이르러 천자와 태후가 가마에서 바삐 내려 장막 밖으로 나오는지라, 원수가 갑옷과 투구를 갖추고 군사의 예로써 천자께 인사를 올리니, 천자와 태후가 원수의 손을 잡고 못내 치사하며 말하였다.

"과인의 수족을 만리타국에 보내고 밤낮으로 염려하였는데, 이렇듯 무사히 돌아오니 즐거운 마음을 어찌 다 말로 하겠는가. 옥문관으로 귀양 간 승상 강희주를 찾아 구하고 더불어 남적을 물리친 일과, 돌아오는 길에 그간 죽은 줄 알았던 그대의 모친과 부인 강 낭자를 만나 데려온 일은 모두 천추에 드문 일이다. 그대의 은혜는 죽어도 잊기 어려운지라, 입이 열 개라도 어떻게 그 말을 다 하리오."

태후가 유 원수를 치사한 후에 조카 강 승상을 부르시니, 강 승상이 바삐 들어와 땅에 엎드리는지라, 태후가 강 승상을 보고 하시는 말씀이야 어찌 말로 다 표현할 수 있으리오. 천자가 내려와 강 승상의 손을 잡고 위로하며 말하였다.

"과인이 현명하지 못하여 역적의 말을 듣고 충신을 먼 지방으로 귀양을 보내어 가족들과도 이별을 했으니, 무슨 면목으로 경을 대면하리오. 그러나 이미 지나간 일이니 잘잘못을 따지지 말기 바라오."

한편 이미 장안으로 돌아와 연왕이 된 유심은 장 부인이 온다는 소식을 듣고 마음이 공중에 떠서 충렬이 나오기를 고대하였다. 원수가 천자께 물러 나와 연왕 앞에 엎드려 아뢰기를,

"불효자 충렬이 남적을 소멸하고 오는 길에 회수에 와 모친을 기리는 제사를 지내다가, 천행인지, 뜻밖에도 죽은 줄 알았던 모친을 만나 모시고 왔습니다!"

하니, 연왕이 반가움을 ⊙이기지 못하여 말하였다.

"너의 모친이 어디 오느냐?"

이때 장 부인이 이미 휘장 밖에 있다가 남편 유심의 말소리를 듣고 반가운 마음을 어찌하지 못하고 미친 듯이 취한 듯이 들어가니, 연왕이 부인을 붙들고 말하였다.

"멀고 먼 황천길에 죽은 사람도 살아오는 법 있는가? 백골이 된 당신을 어떤 사람이 살려 왔느냐. 뉘 집 자손이 모셔 왔느냐. 충렬아, 네가 분명 살려 왔느냐? 간신의 모함으로 유배를 가게 된 내가 북방 천리만리 호국 일당에 잡히어 죽을 줄 알았더니, 십 년 전에 헤어진 부인을 다시 만나고, 일곱 살에 부모와 이별하여 갖은 고난을 겪은 충렬을 이렇듯이 다시 만나 영화를 볼 줄이야 꿈속에서나 생각할 수 있었겠는가!"

– 작자 미상, 「유충렬전」 –

*옥새: 옥으로 만든, 나라를 대표하는 도장.
*항서: 항복을 인정하는 문서.

1. 윗글에 대한 설명으로 가장 적절한 것은?

① 시간적 배경을 묘사하여 사건의 사실성을 높인다.
② 꿈과 현실을 교차하여 사건을 입체적으로 구성한다.
③ 초월적 공간을 설정하여 사건을 새로운 국면으로 전환한다.
④ 서술자의 개입과 인물의 발화를 통해 인물의 심리를 드러낸다.
⑤ 전쟁 장면의 구체적인 묘사를 통해 사건의 긴박감을 고조한다.

2. 윗글의 내용에 대한 이해로 적절하지 않은 것은?

① '천자'가 '장수'에게 "그대는 뉘신데 죽을 사람을 살리는가?"라고 말하는 것으로 보아, '천자'는 '장수'의 능력에 놀라움을 표하고 있다.
② '유충렬'이 '천자' 앞에서 '유심'이 죽었다며 원통해하는 것으로 보아, '유충렬'은 부친이 죽은 것으로 잘못 알고 있다.
③ '군사들' 중에 '유충렬'의 말을 듣고 '눈물을 흘리지 않는 이'가 없는 것으로 보아, '군사들'은 '유충렬'의 심정에 공감하고 있다.
④ '유충렬'이 '천자'를 도와 전쟁에 나가겠다고 약속하는 것으로 보아, '유충렬'은 '태자'의 말과 기상에 감화되어 스스로를 반성하고 있다.
⑤ '천자'가 '유충렬'에게 '과인은 보지 말고' 나라를 구하라고 권유하는 것으로 보아, '천자'는 '유심'의 귀양에 대한 자신의 과오를 인정하지 않고 있다.

3. [A], [B]에 대한 분석으로 적절하지 않은 것은?

① [A]에서는 자신의 정체를 밝히면서 상대방에 대한 원망을 드러낸다.
② [A]에서는 비유적 표현을 통해 상대방에게 자신의 심경을 토로한다.
③ [B]에서는 역사적인 사실을 근거로 하여 상대방의 견해를 옹호한다.
④ [B]에서는 보답의 의지를 표명하여 상대방의 태도 변화를 촉구한다.
⑤ [B]에서는 상대방에게 자신의 역할과 본분에 충실할 것을 강조한다.

4. 〈보기〉를 참고하여 윗글을 감상한 내용으로 적절하지 않은 것은? [3점]

〈보기〉

「유충렬전」에서 유충렬은 가족의 위기로 인해 두 차례의 시련을 겪는다. 그런데 첫 번째 시련은 충신인 부친 유심과 간신의 정치적 갈등이, 두 번째 시련은 충신인 장인 강희주와 간신의 정치적 갈등이 계기가 된다는 점에서, 가족의 위기는 국가의 위기와 관련된다. 이로 인해 유충렬은 가족의 위기와 국가의 위기를 모두 해결해야 하는 과업을 부여받게 되는데, 이 두 과업이 함께 해결되는가 하면 우연한 계기로 연이어 해결되기도 한다. 이러한 과정을 거쳐 유충렬은 영웅으로 귀환한다.

① 유충렬이 일곱 살에 부모와 이별하여 고난을 겪은 것에서, 유충렬의 첫 번째 시련은 '유심'의 유배로 인한 가족의 이산에서 비롯된 것임을 알 수 있군.
② '천자'가 '역적'의 말을 듣고 '충신'을 귀양 보낸 것에서, 유충렬의 두 번째 시련은 '역적'과의 정치적 갈등으로 인한 '강희주'의 유배에서 비롯된 것임을 알 수 있군.
③ 유충렬이 '강희주'를 구하고 더불어 '남적'을 물리친 것에서, 유충렬이 가족의 위기와 국가의 위기를 함께 해결하고 있음을 알 수 있군.
④ 유충렬이 '남적'을 소멸하고 오는 길에 '모친'을 만난 것에서, 우연한 계기에 가족 위기의 해소가 국가 위기의 해소로 이어지고 있음을 알 수 있군.
⑤ '남적'을 소탕하고 금의환향하는 유충렬을 백성들이 환대하는 것에서, 유충렬이 영웅으로 귀환하고 있음을 알 수 있군.

5. ㉠의 문맥적 의미와 가장 가까운 것은?

① 나는 분을 <u>이기지</u> 못하고 울음을 터뜨렸다.

② 친구는 제 몸을 <u>이기지</u> 못하고 비틀거렸다.

③ 형은 온갖 역경을 <u>이기고</u> 마침내 성공했다.

④ 우리 팀이 상대를 큰 차이로 <u>이기고</u> 우승했다.

⑤ 삼촌은 병을 <u>이기고</u> 마침내 건강을 회복하였다.

MEMO

MEMO

남영로, 「옥루몽」
2014학년도 수능B

해설 P.160

[1~4] 다음 글을 읽고 물음에 답하시오.

[앞부분의 줄거리] 천상에서 벌을 받은 문창성은 꿈을 꾸어 인간 세상에 양창곡으로 다시 태어난다. 천상에 함께 있었던 제방옥녀, 천요성, 홍란성, 제천선녀, 도화성도 인간 세상에서 윤 소저, 황 소저, 강남홍, 벽성선, 일지련으로 다시 태어나 양창곡과 결연을 맺는다. 양창곡은 벼슬하고 공을 세워 연왕에 오른다. 그 뒤 부친 양현, 모친 허 부인, 다섯 아내, 자식들과 영화로운 삶을 살게 된다.

이날 밤에 강남홍이 취하여 취봉루에 가 의상을 풀지 아니하고 책상에 ㉠의지하여 잠이 들었더니 홀연 정신이 황홀하고 몸이 정처 없이 떠돌아 일처에 이르매 한 명산이라. 봉우리가 높고 험준하거늘 강남홍이 가운데 봉우리에 이르니 한 보살이 눈썹이 푸르며 얼굴이 백옥 같은데 비단 가사를 걸치고 석장(錫杖)을 짚고 있다가 웃으며 강남홍을 맞아 왈,

"강남홍은 인간지락(人間之樂)이 어떠한가?"

강남홍이 ㉡망연히 깨닫지 못하여 왈,

"도사는 누구시며 인간지락은 무엇을 이르시는 것입니까?"

보살이 웃고 석장을 공중에 던지니 한 줄기 무지개 되어 하늘에 닿았거늘 보살이 강남홍을 ㉢인도하여 무지개를 밟아 공중에 올라가더니 앞에 큰 문이 있고 오색구름이 어리었는지라. 강남홍이 문 왈,

"이는 무슨 문입니까?"

보살 왈,

"남천문이니 그대는 문 위에 올라가 보라."

강남홍이 보살을 따라 올라 한 곳을 바라보니 일월(日月) 광채 ㉣휘황한데 누각 하나가 허공에 솟았거늘 백옥 난간이며 유리 기둥이 영롱하여 눈이 부시고 누각 아래 푸른 난새와 붉은 봉황이 쌍쌍이 ㉤배회하며 몇몇 선동(仙童)과 서너 명의 시녀가 신선 차림으로 난간머리에 섰으며 누각 위를 바라보니 한 선관과 다섯 선녀가 난간에 의지하여 취하여 자는지라. 보살께 문 왈,

"이곳은 어느 곳이며 저 선관, 선녀는 어떠한 사람입니까?"

보살이 미소 지으며 왈,

"이곳은 백옥루요 제일 위에 누운 선관은 문창성(文昌星)이요 차례로 누운 선녀는 제방옥녀(諸方玉女)와 천요성(天妖星)과 홍란성(紅鸞星)과 제천선녀(諸天仙女)와 도화성(桃花星)이니, 홍란성은 즉 그대의 전신(前身)이니라."

강남홍이 속으로 놀라 왈,

"저 다섯 선녀는 다 천상에서 입도(入道)한 선관이라. 어찌 저다지 취하여 잠을 잡니까?"

보살이 홀연 서쪽을 보며 합장하더니 시 한 구를 외워 왈,

정이 있으면 인연이 생기고
인연이 있으면 정이 생기도다.

정이 다하고 인연이 끊어지면
만 가지 생각이 함께 텅 비는구나.

강남홍이 듣고 정신이 상쾌하여 문득 깨달아 왈,

"나는 본디 천상의 별인데 인연을 맺어 잠깐 하계(下界)에 내려온 것이로다."

(중략)

강남홍 왈,

"그러하면 저도 또한 천상의 별이라, 이미 여기 왔으니 다시 인간 세상에 돌아갈 마음이 없나이다."

보살이 웃으며 왈,

"하늘이 정한 인연을 인력으로 할 바 아니다. 그대 인간 인연을 마치지 못하였으니 빨리 돌아가라. 사십 년 후에 다시 와 옥황상제께 조회하고 천상지락(天上之樂)을 누릴지어다."

강남홍이 문 왈,

"보살은 뉘십니까?"

보살이 웃으며 왈,

"빈도(貧道)는 남해 수월암 관세음보살이라. 부처의 명을 받아 그대를 지도하러 왔노라."

보살이 말을 마치고 석장을 공중에 던지니 오색 무지개 일어나며 홀연 우렛소리 울리거늘 강남홍이 놀라 깨어 보니 몸이 취봉루 책상 앞에 누웠는지라.

강남홍은 꿈속 일이 의아하여 연왕과 윤 부인, 황 부인, 벽성선, 일지련에게 낱낱이 말하니 그들 또한 같은 꿈을 꾸었는지라. 서로 탄식하며 의아해 하더니 허 부인이 듣고 강남홍더러 왈,

"내 고향에 있을 적 늦도록 무자(無子)하여 옥련봉 돌부처에게 기도하고 연왕을 낳았으니 그 돌부처가 곧 관세음보살이라. 그 한량없는 공덕을 갚지 못하였더니 이제 너의 꿈에 나타나 불사(佛事)를 권하는 것이 아니겠느냐? 듣자 하니 벽성선의 부친 보조국사께서 자개봉 대승사에 계신데 불법(佛法)에 정통하다 하니 청하여 옥련봉 돌부처를 위하여 일개 암자를 짓고 한편으로 대승사에 백일 동안 재(齋)를 올려 관세음보살의 자비로운 공덕을 갚고자 하노라."

벽성선이 크게 기뻐하며 즉시 보조국사를 청하여 재 올리기를 시작하고 재물을 후히 보내어 옥련봉에 암자를 창건하였더니, 과연 그 후 사십 년을 부귀를 누리다가 양현과 허 부인은 수(壽)를 팔십여 세 하고, 연왕은 다시 출장입상하여 또한 수를 팔십을 하고, 윤 부인 삼자 이녀(三子二女)에 수 칠십이요, 황 부인은 이자 일녀에 수 육십을 넘기고, 강남홍은 오자 삼녀에 수 칠십이요, 벽성선, 일지련은 각각 삼자 이녀에 수를 또한

칠십 세를 하니, 연왕의 자녀 합 이십육에 아들 십육 인은 각각 입신양명하여 부귀영화를 누리고 딸 십 인은 왕공 부인이 되어 다자 다복(多子多福)하더라.

– 남영로, 「옥루몽」 –

1. 윗글의 서술상 특징으로 가장 적절한 것은?

① 서술자가 개입하여 앞으로 일어날 사건을 예고하고 있다.

② 대립적인 두 인물을 배치하여 인물 간 갈등을 구체화하고 있다.

③ 순간적으로 장면을 전환하여 사건의 환상적 면모를 부각하고 있다.

④ 내적 독백을 활용하여 난관을 극복하고자 하는 의지를 표현하고 있다.

⑤ 인물의 외양을 묘사하여 인물의 혼란스러운 심리 상태를 드러내고 있다.

2. 윗글에 대한 이해로 적절하지 않은 것은?

① '강남홍'은 '명산'에서 '보살'을 처음 만났다.

② '보살'은 '석장'을 이용하여 '남천문'에 당도하였다.

③ '강남홍'은 선관, 선녀들과 '남천문'에서 재회하였다.

④ '보살'은 '강남홍'이 천상의 존재였음을 알려 주었다.

⑤ '허 부인'은 '옥련봉 돌부처'에게 기도하여 '양창곡'을 낳았다.

3. 〈보기〉를 참고하여 윗글을 감상한 내용으로 적절하지 않은 것은? [3점]

〈보기〉

「옥루몽」의 환몽(幻夢) 구조는 독특하다. 천상계에서 꿈을 통해 속세로 진입한 남녀 주인공들은 속세에서 다시 꿈을 꾸어 천상계를 경험하는데, 이때 신이한 존재에 의해 자신의 정체를 깨달으며 꿈에서 깨어나게 된다. 꿈에서 깨어난 남녀 주인공들은 속세로 돌아와 천수를 누린 뒤에야 천상계에 복귀한다.

① '강남홍'이 '취봉루'에서 꿈에 드는 것으로 보아, '취봉루'는 천상계에서 속세로 입몽하는 공간이군.

② '강남홍'이 '백옥루'를 보며 자신의 정체를 깨닫는 것으로 보아, '백옥루'는 속세에서의 입몽을 통해 자신의 정체를 깨닫게 되는 천상계의 공간이군.

③ '보살'이 '강남홍'에게 인간 세상의 인연이 끝나지 않았다고 하는 것으로 보아, '보살'은 천상계에서 속세로의 각몽을 유도하는 신이한 존재이군.

④ '허 부인'이 '보살'을 '옥련봉 돌부처'와 연관 짓는 것으로 보아, '암자'를 창건한 것은 신이한 존재에 대한 속세에서의 보답이군.

⑤ '양창곡' 일가가 속세에서 천수를 누리고 일생을 마무리하는 것으로 보아, 이 작품은 주인공이 속세에서 연을 다한 후 천상계로 복귀하는 구조로 이루어졌군.

4. 문맥상 ㉠~㉤과 바꿔 쓰기에 적절하지 않은 것은?

① ㉠: 기대어

② ㉡: 멍하니

③ ㉢: 이끌어

④ ㉣: 눈부신데

⑤ ㉤: 어울리며

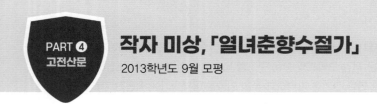

[1~4] 다음 글을 읽고 물음에 답하시오.

[A]
"여보 장모! 춘향이나 좀 보아야제?"
"그러지요. 서방님이 춘향을 아니 보아서야 인정이라 하오리까?"

향단이 여짜오되,

"지금은 문을 닫았으니 바라를 치거든 가사이다."

이때 마침 바라를 뎅뎅 치는구나. 향단이는 미음상 이고 등롱 들고 어사또는 뒤를 따라 옥문간 당도하니 인적이 고요하고 사정이도 간곳없네.

이때 춘향이 비몽사몽간에 서방님이 오셨는데, 머리에는 금관(金冠)이요 몸에는 홍삼(紅衫)이라. 상사일념(相思一念) 끝에 만단정회(萬端情懷)하는 차라,

"춘향아." 부른들 대답이나 있을쏘냐. 어사또 하는 말이,

"크게 한번 불러 보소."

"모르는 말씀이오. 예서 동헌이 마주치는데, 소리가 크게 나면 사또 염문(廉問)할 것이니, 잠깐 지체하옵소서."

"무어 어때, 염문이 무엇인고? 내가 부를게 가만있소! 춘향아!"

부르는 소리에 깜짝 놀라 일어나며,

[B]
"허허, 이 목소리, 잠결인가, 꿈결인가? 그 목소리 괴이하다."

어사또 기가 막혀 "내가 왔다고 말을 하소."

"왔단 말을 하게 되면 기절담락(氣絶膽落)할 것이니, 가만히 계시옵소서."

춘향이 저의 모친 음성 듣고 깜짝 놀라,

[C]
"어머니, 어찌 와 계시오? 몹쓸 딸자식을 생각하와 천방지방(天方地方) 다니다가 낙상(落傷)하기 쉽소. 이훌랑은 오실라 마옵소서."

"날랑은 염려 말고 정신을 차리어라. 왔다."

"오다니 누가 와요?"

"그저 왔다."

"갑갑하여 나 죽겠소! 일러 주오. 꿈 가운데 임을 만나 만단정회하였더니, 혹시 서방님께서 기별 왔소? 언제 오신단 소식 왔소? 벼슬 띠고 내려온단 노문(路文) 왔소? 애고, 답답하여라!"

[D]
"너의 서방인지 남방인지, 걸인 하나 내려왔다!"

"허허, 이게 웬 말인가? 서방님이 오시다니 몽중에 보던 임을 생시에 본단 말가?"

문틈으로 손을 잡고 말 못하고 기색하며,

"허허, 이게 누구시오? 아마도 꿈이로다. 상사불견(相思不見) 그린 임을 이리 쉬이 만날쏜가? 이제 죽어 한이 없네. 어찌 그리 무정한가? 박명하다, 나의 모녀. 서방님 이별 후에 ⓐ자나 누우나 임 그리워 일구월심(日久月深) 한(恨)일러니, 이내 신세

이리 되어 매에 감겨 죽게 되니, 날 살리러 와 계시오?"

한참 이리 반기다가 임의 형상 자세 보니, 어찌 아니 한심하랴.

[E]
"여보 서방님, 내 몸 하나 죽는 것은 설운 마음 없소마는 서방님 이 지경이 웬일이오?"

"오냐 춘향아, 설워 마라. 인명이 재천인데 설만들 죽을쏘냐?"

춘향이 저의 모친 불러,

"한양성 서방님을 칠 년의 큰 가뭄에 백성들이 비 기다린들 나와 같이 자진(自盡)턴가. 심은 나무 꺾어지고 공든 탑이 무너졌네. 가련하다, 이내 신세, 하릴없이 되었구나. 어머님, 나 죽은 후에라도 원이나 없게 하여 주옵소서. (중략) 만수운환(漫垂雲鬢) 흐트러진 머리 이렁저렁 걷어 얹고 이리 비틀 저리 비틀 들어가서 매 맞아 죽거들랑, 삯군인 척 달려들어 둘러 업고 우리 둘이 처음 만나 놀던 ㉠부용당(芙蓉堂)의 적막하고 요적한 데 뉘어 놓고 서방님 손수 염습(殮襲)하되, 나의 혼백 위로하여 입은 옷 벗기지 말고 양지 끝에 묻었다가, 서방님 귀히 되어 청운에 오르거든 일시도 둘라 말고 육진장포(六鎭長布) 다시 염하여 조촐한 상여 위에 덩그렇게 실은 후에 북망산천 찾아갈 제, 앞 남산 뒤 남산 다 버리고 한양으로 올려다가 ㉡선산(先山)발치에 묻어 주고, 비문에 새기기를, '수절원사(守節寃死)* 춘향지묘(春香之墓)'라 여덟 자만 새겨 주오. 망부석이 아니 될까. 서산에 지는 해는 내일 다시 오련마는 불쌍한 춘향이는 한번 가면 어느 때 다시 올까. 신원(伸寃)*이나 하여 주오. 애고 애고, 내 신세야."

― 작자 미상, 「열녀춘향수절가」 ―

*수절원사: 절개를 지키다 원통하게 죽음.
*신원: 가슴에 맺힌 원한을 풀어 버림.

1. 윗글에 대한 설명으로 가장 적절한 것은?

① 꿈의 삽입을 통해 환상적 분위기를 조성하고 있다.

② 서술자의 직접 개입으로 인물의 성격을 희화화하고 있다.

③ 순차적 사건 진행으로 갈등이 해소되었음을 보여 주고 있다.

④ 우의적 소재를 활용하여 사건 해결의 실마리를 제공하고 있다.

⑤ 인물 간의 대화를 통해 주인공이 처한 상황과 내면을 드러내고
있다.

**2. 〈보기〉를 참고하여 ㉠, ㉡에 대해 토의하였다. 토의한 내용
으로 적절하지 않은 것은?**

〈보기〉

「춘향전」은 춘향과 이몽룡의 신분을 초월한 사랑 이야기를
중심으로 여성의 정절 및 신분 상승의 문제를 다루면서 당대
사회에 대한 비판 의식을 드러내고 있다.

① ㉠은 춘향과 어사또의 사랑이 싹튼 곳이니까 두 사람의 추억이
어린 공간이라 할 수 있어.

② ㉠을 춘향의 혼백이 위로받는 장소로 본다면 춘향이 어사또의
사랑을 다시 확인받고자 하는 공간이라 할 수 있어.

③ ㉡은 수절원사라는 표현으로 보아 춘향의 정절에 대한 보상이
이루어지는 공간이라 할 수 있어.

④ ㉡은 춘향의 한이 풀어지는 장소이자 신분 상승을 상징하는
공간이라 할 수 있어.

⑤ ㉡은 춘향에게 정절을 강요하는 당대 사회에 대한 춘향의 비판
의식이 투영된 공간이라 할 수 있어.

3. [A]~[E]를 이해한 것으로 적절한 것은?

① [A]: '어사또'와 '춘향 모친'은 높임말로 서로에게 존대하고 있다.

② [B]: '춘향'은 자책하는 말로 '어사또'에 대한 그리움을 드러내고
있다.

③ [C]: '춘향'은 불평하는 말로 '모친'에 대한 원망(怨望)을 드러
내고 있다.

④ [D]: '춘향 모친'은 비꼬는 말로 '어사또'에 대한 불편한 심기를
나타내고 있다.

⑤ [E]: '춘향'은 자문자답하는 말로 '어사또'에 대한 믿음을 드러
내고 있다.

4. ⓐ의 상황을 나타내는 말로 가장 적절한 것은?

① 동병상련(同病相憐)

② 오매불망(寤寐不忘)

③ 이심전심(以心傳心)

④ 조변석개(朝變夕改)

⑤ 풍수지탄(風樹之嘆)

작자 미상, 「조웅전」

2009학년도 6월 모평

해설 P.169

[1~4] 다음 글을 읽고 물음에 답하시오.

세월이 물같이 흘러 웅의 나이 15세라. 골격이 웅장하고 기운이 뛰어나더라. 하루는 웅이 모친께 청했다.

"소자 지금 나이 15세요, 이곳이 선경(仙境)인지라 가히 살만한 곳이지만, 대장부 세상에 처하매 한곳에서 늙을 것이 아니옵니다. 신선도 두루 돌아다녀 박람(博覽)*한다 하거늘 소자가 슬하를 잠시 떠나 산 밖에 나가 세상을 구경하고 황성 소식도 듣고자 하나이다."

왕 부인이 매우 놀라며 말했다.

"천리 타향에 너는 나만 믿고 나는 너만 믿어 서로 의지하며 살아가거늘 네 일시인들 내 슬하를 떠나며, 내 어찌 너를 내어 보내고 일시인들 잊을쏘냐. 네 어디를 갈 양이면 한가지로 할 것이라. 차후는 그런 마음 두지 말라. 매우 놀랍도다."

웅이 다시 아뢰지 못하여 물러 나와 월경 대사와 의논했다.

"내 이제 세상에 나가도 남에게 화를 입지 않을 것이옵니다. 또한 내 몸이 중이 아니라 오래 산 속에 있사오니 황성 소식도 모르고 나의 심중에 품은 일도 아득하와, 일전에 모친께 사정을 고하오니 도리어 꾸중하시는 바람에 다시 거역하지 못하였삽거니와, 대사께서는 저를 위하여 모친의 마음을 돌려 저의 뜻을 펴게 함이 어떠하오리까?"

대사가 말했다.

"공자의 말은 반반한 장부의 말이로다."

하고 부인 앞에 가서 고금의 일을 이야기하다가 공자의 품은 큰 뜻을 여쭈니 부인이 말했다.

"말은 당연하나 만리타국에 보내고 어찌 이 적막강산 사고무친한 곳에서 잠시라도 잊을 수 있으며 또한 저의 나이 어리고 세상사에 어리석은지라, 어지러운 세상에 나가 어찌 될 줄 알리오."

"부인의 말씀도 일리가 있사옵니다. 그러나 이제 공자를 어리다 하시거니와, 천병만마에 시석(矢石)*이 비 오듯 하여 살기(殺氣)가 충천한 곳에 넣어도 조금도 걱정할 바가 없을 것이니 부인은 어찌 사람의 운명을 의심하십니까? 홍문연 살기 중에 패공이 살아나고, 파강산 천경사의 부인이 살아났으니 어찌 천명을 근심하리오. 소승 또한 공자의 환란을 짐작하지 못하오면 어찌 출세함을 권하며, 공자 세상에 나가도 부인은 이곳에 계시오면 무슨 근심이 있으리까?"

이렇게 설득하니 부인이 한동안 생각하다가 말했다.

㉠"만일 존사의 말씀과 같지 못하면 어찌하리오?"

"공자의 평생 영욕(榮辱)을 다 알았사오니 조금도 염려 마옵소서."

부인이 마지못해 허락하니 대사와 웅이 기뻐 이튿날 길을 떠났다.

(중략)

"십 년을 정성 들여 선생을 찾아왔는데 뵙지 못하오니, 바라옵건대 동자는 가신 곳을 가르쳐 주소서."

동자가 웃으며 말했다.

"나무꾼이 기러기를 쏘아 맞히지 못하매 제 공부 부족함을 깨닫지 못하고 활과 살을 꺾어 버리니 그대도 나무꾼과 같도다. 그대 정성이 부족한 줄 깨닫지 못하고 도리어 주인이 없음을 원망하니 매우 우습도다. 다만 선생께서는 이 산중에 계시건만 산세가 워낙 험하니 그 종적을 어찌 알리오?"

다시 반나절을 기다렸으나 종적이 묘연한지라. 울적한 마음을 이기지 못해 붓을 잡아, 못 보고 가는 뜻을 글로 쓰고 동자를 불러 하직하고 나오니 마음을 헤아리지 못할러라.

이때 철관 도사가 산중에 그윽이 앉아 웅의 거동을 보더니 벽에 글을 쓰고 가는 것을 보고 불쌍히 여겨 급히 내려와 벽의 글을 보니 다음과 같았다.

[A]
십 년을 지내 온 나그네가
만 리 밖에서 찾아오도다.
못에서 용이 날아오르려 하거늘
이 또한 정성이 모자람이라.

도사가 보기를 다하고 크게 놀라 급히 동자를 산 밖에 보내 웅을 청하니 웅이 동자를 보고 물었다.

"선생이 왔더니까?"

"이제야 오셔서 청하시나이다."

웅이 반겨 동자를 따라 들어가니 도사가 사립문에 나와 웅의 손을 잡고 기뻐하며 말했다.

"험한 산길에 여러 번 고생하였도다."

하고 동자를 시켜 저녁밥을 재촉하여 주거늘 웅이 먹은 후 감사하며 말했다.

"여러 날 굶주린 배에 좋은 밥을 많이 먹으니 향기가 뱃속에 가득한지라 감사하여이다."

"그대의 먹는 양을 어찌 알아 권하였으리오?"

하고 책 두 권을 주며,

"이 글을 보아라."

하거늘, 웅이 무릎을 꿇고 펼쳐 보니 성현(聖賢)들이 쓴 책이라. 웅이 다 본 후에 다른 책을 청하니, 도사가 웃고 『육도삼략』을 주거늘 받아 큰 소리로 읽었다. 도사가 더욱 기특하게 여겨 『천문도』 한 권을 주거늘 받아 보니 기묘한 법이 많은지라. 도사가 가르치는 술법을 배우니 뜻이 넓어지고 눈앞의 일을 모를 것이 없더라.

– 작자 미상, 「조웅전」 –

*박람: 사물을 널리 봄.
*시석: 전쟁에 쓰던 화살과 돌.

1. 윗글의 등장인물에 대한 설명으로 가장 적절한 것은?

① 철관 도사는 조웅의 자질을 의심하고 있다.

② 왕 부인은 조웅의 입신양명을 희망하고 있다.

③ 동자는 조웅의 판단을 혼란스럽게 하고 있다.

④ 월경 대사는 조웅의 장래에 대해 불안해하고 있다.

⑤ 조웅은 어머니의 입장보다 자신의 포부를 앞세우고 있다.

2. [A]의 서사적 기능을 〈보기〉에서 골라 바르게 묶은 것은?

〈보기〉

ㄱ. 주인공의 예언 능력을 보여 준다.

ㄴ. 주인공의 심리적 정황을 제시한다.

ㄷ. 주인공의 위기를 예고하는 복선이 된다.

ㄹ. 주인공의 고민을 해소하는 계기가 된다.

① ㄱ, ㄴ   ② ㄱ, ㄷ   ③ ㄴ, ㄷ

④ ㄴ, ㄹ   ⑤ ㄷ, ㄹ

3. 〈보기〉를 바탕으로 윗글을 이해할 때, 〈보기〉의 ⓐ에 대한 설명으로 가장 적절한 것은?

〈보기〉

소대성: 나는 「소대성전」의 주인공이야. 외세의 침입으로부터 나라를 구해 영웅이 되었지. 그런데 네가 영웅이 된 과정은 나와 다르더군.

조웅: 나는 태어나면서부터 간신의 박해를 받아 고생을 했고, 그 간신이 일으킨 반란을 평정해서 영웅이 되었지. 태어나면서 부귀영화를 누리기까지 줄곧 적과 싸움을 한 셈이야.

소대성: 나도 부모를 잃어 고생한 적은 있었어. 하지만 선천적으로 무예와 도술을 지니고 있었기 때문에 특별한 수련의 과정이 필요 없었어.

조웅: 그렇구나. 나는 너와 달리 스승을 찾아야 했고. 참으로 긴 수련의 과정이 필요했어.

소대성: 그래서 너의 이야기에는 나의 이야기와 다른 ⓐ특징이 있구나.

① 등장인물의 수를 늘려 설정된 사건을 보다 다양한 시각에서 조망할 수 있게 한다.

② 주인공의 영웅성과 함께 대사나 도사의 신비한 능력을 부각시켜 환상적 분위기를 연출한다.

③ 스승의 존재를 부각시킴과 동시에 공부에 대한 강한 신념을 드러내어 소설의 교훈성을 부각시킨다.

④ 주인공의 시련을 좀 더 단계적으로 설정하여 사건의 전개 속도를 빠르게 하는 한편 주제를 심화시킨다.

⑤ 선천적으로 초월적 힘이 주어진 경우보다 고난 극복에 대한 주인공의 현실적이고 강인한 의지를 부각시킨다.

4. 문맥으로 보아 ⊙에 대한 독자의 반응으로 가장 적절한 것은?

① 왕 부인은 '선견지명(先見之明)'이 있군.

② 왕 부인은 '노심초사(勞心焦思)'하고 있군.

③ 왕 부인은 '식자우환(識字憂患)'에 해당하는군.

④ 왕 부인은 '시시비비(是是非非)'를 가리고 있군.

⑤ 왕 부인은 '적반하장(賊反荷杖)'의 말을 하고 있군.

HOLSOO

홀로 공부하는 수능 국어 기출 분석

PART 5
갈래 복합

[1~5] 다음 글을 읽고 물음에 답하시오.

(가)

   산과 산이 마주 향하고 믿음이 없는 얼굴과 얼굴이 마주 향한
항시 어두움 속에서 꼭 한 번은 **천동 같은 화산**이 일어날 것을
알면서 요런 자세로 꽃이 되어야 쓰는가.

   저어 서로 응시하는 쌀쌀한 풍경. 아름다운 풍토는 이미 고구려
같은 정신도 신라 같은 이야기도 없는가. **별들이 차지한 하늘**은
끝끝내 하나인데 …… 우리 무엇에 불안한 얼굴의 의미는 여기
에 있었던가.

   모든 **유혈**(流血)은 꿈같이 가고 지금도 나무 하나 안심하고
서 있지 못할 광장. 아직도 **정맥**은 끊어진 채 휴식인가 야위어
가는 이야기뿐인가.

   언제 한 번은 불고야 말 독사의 혀같이 **징그러운 바람**이여.
너도 이미 아는 모진 겨우살이를 또 한 번 겪으려는가 아무런
죄도 없이 피어난 꽃은 시방의 자리에서 얼마를 더 살아야 하는
가 아름다운 길은 이뿐인가.

   산과 산이 마주 향하고 믿음이 없는 얼굴과 얼굴이 마주 향한
항시 어두움 속에서 꼭 한 번은 천동 같은 화산이 일어날 것을
알면서 **요런 자세로 꽃**이 되어야 쓰는가.

                                          – 박봉우, 「휴전선」 –

(나)

   득음은 못하고, 그저 시골장이나 떠돌던
   소리꾼이 있었다, 신명 한 가락에
   막걸리 한 사발이면 그만이던 흰 두루마기의 그 사내
   꿈속에서도 폭포 물줄기로 내리치는
   한 대목 절창을 찾아 떠돌더니
   오늘은, 왁새* 울음 되어 우항산 솔밭을 다 적시고   ⌉ [A]
   우포늪 둔치, 그 눈부신 봄빛 위에 자운영 꽃불 질러 놓는다 ⌋
   살아서는 근본마저 알 길 없던 혈혈단신   ⌉ [B]
   텁텁한 얼굴에 달빛 같은 슬픔이 엉켜 수염을 흔들곤 했다 ⌋
   늙은 고수라도 만나면
   어깨 들썩 산 하나를 흔들었다
   필생 동안 그가 찾아 헤맸던 소리가   ⌉ [C]
   적막한 늪 뒷산 솔바람 맑은 가락 속에 있었던가   ⌋

   소목 장재 토평마을 양파들이 시퍼런 물살 몰아칠 때   ⌉
   일제히 깃을 치며 동편제* 넘어가는   [D]
   저 왁새들   ⌋
   완창 한 판 잘 끝냈다고 하늘 선회하는   ⌉
   그 소리꾼 영혼의 심연이   [E]
   우포늪 꽃잔치를 자지러지도록 무르익는다   ⌋

                                    – 배한봉, 「우포늪 왁새」 –

*왁새: 왜가리의 별명.
*동편제: 판소리의 한 유파.

(다)

   그 바위를 가리켜 어느 건방진 옛사람이 오심암(吾心岩)이라고
이름을 지어 주었다 한다. 그보다도 조금 겸손한 누구는 세심암
(洗心岩)이라고 불렀다 한다.

   기운차게 일어선 산발이 이곳에 이르러 오심암의 절경을 남기
기 위하여 한 둥근 골짜기를 이루어 놓고 다시 다물어졌다.

   짙은 단풍 빛에 붉게 누렇게 물든 **검은 절경**의 성장(盛裝), 그
것을 선을 두른 동해보다도 더 푸른 하늘빛, 천사가 흘리고 간 형
겊인 듯 봉우리 위에 가볍게 비낀 백옥보다도 흰 엷은 구름 조각.

   이것은 분명히 자연이 흘려 놓은 예술의 극치다. 그러나 겸손
한 자연은 그의 귀한 예술이 홍진(紅塵)에 물들 것을 염려하여
그것을 이 깊은 산골짜기에 감추었던 것인가 보다.

   어귀까지 '버스'를 불러오고 이곳까지 2등 도로를 끌어 오는
것은 본래부터 그의 뜻은 아니었을 게다. 오직 사람만이 장하지
도 아니한 그들의 예술을 천하에 뽐낼 기회만 엿보나 보다.

   둘러보건대 이 골짜기에는 일찍이 먼지를 품은 **미친 바람**과
같은 것은 지나가 본 일이 아주 없었나 보아서 **아득히 쳐다보이
는 높은 하늘 아래** 티끌을 품은 듯한 아무것도 없다. 잠깐 내 자
신을 굽어보니 허옇게 먼지 낀 의복, 그 밑에 숨은 먼지 낀 내
몸뚱어리, 그리고 또 그 속에 엎드린 먼지 낀 내 마음, 나는 그
틋기 모르는 순결한 자연 속에 쓰레기처럼 동떨어진 내 몸의 더
러움을 새삼스럽게 부끄러워하였다.

                                           (중략)

   차디찬 **바위** 위에 신발을 벗고 모자를 던지고 외투를 벗어 팽
개치고 반듯이 누워서 눈을 감으니 인생도 예술도 다 어디로 사
라지고 오직 끝없는 **망각**이 내 마음을 아니 우주를 채우며 온다.

그러나 몸을 식히며 스며드는 **찬기**는 어느새 거리에서 멀리 떨어진 우리들의 위치를 깨닫게 한다. 우리는 채 씻기지 않은 마음을 거두어 가지고 잠시나마 정을 들인 오심암을 두 번 세 번 돌아다보면서 간 길을 다시 내려오기 시작하였다. 좋은 벗 떠나기란 싫은 것처럼, 좋은 자연에도 석별의 정은 마찬가진가 보다. 또한 좋은 음식을 만났을 때 벗을 생각하는 것이 자연스러운 것처럼 떠나고 싶지 않은 자연을 앞에 두고는 멀리 있는 벗들이 갑자기 그리웁다. 나는 마음속으로 어느새 오심암에게 무언(無言)의 약속을 주어 버렸다.

'내년에는 벗을 데리고 또 찾아오마'고.

– 김기림, 「주을온천행」 –

1. (가)~(다)의 공통점으로 가장 적절한 것은?

① 인간의 삶과 공간의 의미를 연결 지어 주제 의식을 구체화하고 있다.

② 갈등과 대립이 없는 화합의 세계를 보여 줌으로써 희망적인 미래를 예견하고 있다.

③ 역사적 상황을 직시함으로써 부정적 현실을 극복하려는 참여 의식을 표방하고 있다.

④ 자연이 인간에게 미친 긍정적인 영향을 강조함으로써 사물에 대한 예찬적 태도를 드러내고 있다.

⑤ 특정한 장소에 대한 직접적인 경험을 바탕으로 인간의 교만한 태도에 대한 비판을 이끌어 내고 있다.

2. (가), (나)에 대한 설명으로 적절하지 않은 것은?

① (가)는 설의적 표현으로 현실에 대한 화자의 안타까움을 드러내고 있다.

② (나)는 청각의 시각화를 통해 소재의 생동감을 부각하고 있다.

③ (가)는 시간의 흐름에 따라, (나)는 시선의 이동에 따라 시상을 전개하고 있다.

④ (가)는 동일한 시구를 반복하여, (나)는 인물에 대한 이야기를 활용하여 주제 의식을 강조하고 있다.

⑤ (가)와 (나)는 모두 화자의 인식을 자연물에 투영하여 시적 정서를 환기하고 있다.

3. (가)와 (다)에 대한 감상으로 가장 적절한 것은?

① (가)의 '천동 같은 화산'은 신뢰를 잃은 상황이 초래한 불안한 현실을, (다)의 '검은 절경'은 아름다움을 잃은 풍경에서 느껴지는 암울한 심정을 드러내고 있다.

② (가)의 '별들이 차지한 하늘'은 하나로 이어진 세계를, (다)의 '아득히 쳐다보이는 높은 하늘 아래'는 흠결 없는 세계를 그려 내고 있다.

③ (가)의 끊어진 '정맥'은 '유혈'을 이겨낸 삶의 의지를, (다)의 엄습하는 '찬기'는 정든 곳을 떠나야 하는 절망감을 환기하고 있다.

④ (가)의 '징그러운 바람'은 미래에 닥칠지 모를 모진 상황을, (다)의 '미친 바람'은 삶에서 지켜야 할 소중한 존재를 상징하고 있다.

⑤ (가)의 '꽃'은 죄 없이 '요런 자세'로 삶에 순응하는 존재를, (다)의 '바위'는 지나온 과거를 '망각'하며 삶을 회의하는 존재를 표현하고 있다.

4. 〈보기〉를 참고하여 [A]~[E]를 이해한 내용으로 적절하지 않은 것은?

〈보기〉

　이 시의 화자는 '우포늪'에서 왁새 울음소리를 들으며, 득음을 못한 채 생을 마감했던 한 '소리꾼'을 상상적으로 떠올리고 있다. 화자는 왁새 울음소리에서 고단하고 외로웠던 소리꾼이 평생을 추구했던 절창을 연상함으로써, 우포늪의 생명력이 소리꾼의 영혼을 절창으로 이끌었음을 표현하고자 했다. 자연과 인간이 어우러진 세계에서 창조되는 예술의 경지와 우포늪의 아름다움을 조화롭게 형상화한 것이다.

① [A]: 화자는 왁새 울음소리와 우포늪의 풍경을 연결 지어 소리꾼이 추구했던 절창을 상상적으로 떠올리고 있다.

② [B]: 득음의 경지를 찾아 떠돌았던 소리꾼의 얼굴에 묻어나는 삶의 비애를 감각적으로 표현하고 있다.

③ [C]: 소리꾼이 평생 추구했던 절창을 우포늪에서 찾아낸 화자의 정서를 드러내고 있다.

④ [D]: 화자가 상상적으로 떠올린 세계를 우포늪 일대의 현실적 공간과 결부하고 있다.

⑤ [E]: 날아가는 왁새와 완창을 한 소리꾼을 대비하여 자연과 인간이 통합된 예술의 형상을 사실적으로 보여 주고 있다.

5. 〈보기〉는 '선생님'의 안내에 따라 학생들이 (다)를 감상한 내용이다. ⓐ~ⓔ 중 적절하지 <u>않은</u> 것은? [3점]

〈보기〉

선생님: 수필은 글쓴이의 성찰을 보여 준다는 점에서 반성적이고, 깨달음을 전한다는 점에서 교훈적이며, 인생과 사회에 대한 인식과 판단을 드러낸다는 점에서 비판적인 특징을 갖습니다. 글쓴이의 발상과 통찰은 제재에서 새로운 의미를 이끌어 내고, 글쓴이의 문체는 내용을 효과적으로 표현하는 데 활용되지요. 그러면 이 작품에 드러난 수필의 특징을 확인해 봅시다.

학생 1: 가을의 풍경을 효과적으로 그려 내기 위해 감각적인 문체를 활용하고 있음을 알 수 있어요. ·················· ⓐ

학생 2: '예술의 극치'와 '장하지도 아니한' 예술을 대비하는 데에서, 인간에 대한 비판적 인식을 엿볼 수 있어요. ······ ⓑ

학생 3: '오심암'의 경치에서 '겸손한 자연', '순결한 자연'을 이끌어 내는 데에서, 대상의 새로운 의미에 대한 통찰을 엿볼 수 있어요. ························· ⓒ

학생 4: 인간의 삶에서 자연이 '티끌'처럼 작아 보인다고 한다는 점에서, 사색을 통해 교훈을 얻는 수필의 특성을 확인할 수 있어요. ························· ⓓ

학생 5: '먼지 낀 의복'을 보고 '몸뚱어리'와 '마음'에 대한 부끄러움을 떠올린 데에서, 스스로를 돌아보는 반성적인 태도를 확인할 수 있어요. ························· ⓔ

---

① ⓐ   ② ⓑ   ③ ⓒ   ④ ⓓ   ⑤ ⓔ

MEMO

[1~5] 다음 글을 읽고 물음에 답하시오.

(가)

[A]

만금 같은 너를 만나 백년해로하잤더니, 금일 이별 어이하리! 너를 두고 어이 가잔 말이냐? 나는 아마도 못 살겠다! 내 마음에는 어르신네 공조참의 승진 말고, 이 고을 풍헌(風憲)만 하신다면 이런 이별 없을 것을, 생눈 나올 일을 당하니, 이를 어이한단 말인고? 귀신이 장난치고 조물주가 시기하니, 누구를 탓하겠냐마는 속절없이 춘향을 어찌할 수 없네! 네 말이 다 못 될 말이니, 아무튼 잘 있거라!

춘향이 대답하되, 우리 당초에 광한루에서 만날 적에 내가 먼저 도련님더러 살자 하였소? 도련님이 먼저 나에게 하신 말씀은 다 잊어 계시오? 이런 일이 있겠기로 처음부터 마다하지 아니하였소? 우리가 그때 맺은 금석 같은 약속 오늘날 다 허사로세! 이리해서 분명 못 데려가겠소? 진정 못 데려가겠소? 떠보려고 이리하시오? 끝내 아니 데려가시려 하오? 정 아니 데려가실 터이면 날 죽이고 가오!

그렇지 않으면 광한루에서 날 호리려고 ㉠명문(明文) 써 준 것이 있으니, ㉡소지(所志) 지어 가지고 본관 원님께 이 사연을 하소연하겠소. 원님이 만일 당신의 귀공자 편을 들어 패소시키시면, 그 소지를 덧붙이고 다시 글을 지어 전주 감영에 올라가서 순사또께 소장(訴狀)을 올리겠소. 도련님은 양반이기에 ㉢편지 한 장만 부치면 순사또도 같은 양반이라 또 나를 패소시키거든, 그 글을 덧붙여 한양 안에 들어가서, 형조와 한성부와 비변사까지 올리면 도련님은 사대부라 여기저기 청탁하여 또다시 송사에서 지게 하겠지요. 그러면 그 ㉣판결문을 모두 덧보태어 똘똘 말아 품에 품고 팔만장안 억만가호마다 걸식하며 다니다가, 돈 한 푼씩 빌어 얻어서 동이전에 들어가 바리뚜껑 하나 사고, 지전으로 들어가 장지 한 장 사서 거기에다 언문으로 ㉤상언(上言)을 쓸 때, 마음속에 먹은 뜻을 자세히 적어 이월이나 팔월이나, 동교(東郊)로나 서교(西郊)로나 임금님이 능에 거둥하실 때, 문 밖으로 내달아 백성의 무리 속에 섞여 있다가, 용대기(龍大旗)가 지나가고, 협연군(挾輦軍)의 자개창이 들어서며, 붉은 양산이 따라오며, 임금님이 가마나 말 위에 당당히 지나가실 제, 왈칵 뛰어 내달아서 바리뚜껑 손에 들고, 높이 들어 땡땡하고 세 번만 쳐서 억울함을 하소연하는 격쟁(擊錚)을 하오리다! 애고애고 설운지고!

그것도 안 되거든, 애쓰느라 마르고 초조해하다 죽은 후에 넋이라도 삼수갑산 험한 곳을 날아다니는 제비가 되어 도련님 계신 처마에 집을 지어, 밤이 되면 집으로 들어가는 체하고 도련님 품으로 들어가 볼까! 이별 말이 웬 말이오?

이별이란 두 글자 만든 사람은 나와 백 년 원수로다! 진시황이 분서(焚書)할 때 이별 두 글자를 잊었던가? 그때 불살랐다면 이별이 있을쏘냐? 박랑사(博浪沙)*에서 쓰고 남은 철퇴를 천하장사 항우에게 주어 힘껏 둘러메어 이별 두 글자를 깨치고 싶네! 옥황전에 솟아올라 억울함을 호소하여, 벼락을 담당하는 상좌가 되어 내려와 이별 두 글자를 깨치고 싶네!

– 작자 미상, 「춘향전」 –

*박랑사: 중국 지명. 장량이 진시황을 암살하려 했던 곳.

(나)

[B]

이별이라네 이별이라네 이 도령 춘향이가 이별이로다
춘향이가 도련님 앞에 바짝 달려들어 눈물짓고 하는 말이
도련님 들으시오 나를 두고 못 가리다
나를 두고 가겠으면 홍로화(紅爐火) 모진 불에
다 사르겠으면 사르고 가시오
날 살려 두고는 못 가시리라
잡을 데 없으시면 ⓐ삼단같이 좋은 머리를
휘휘칭칭 감아쥐고라도 날 데리고 가시오
살려 두고는 못 가시리다
날 두고 가겠으면 용천검(龍泉劍) 드는 칼로다
요 내 목을 베겠으면 베고 가시오
날 살려 두고는 못 가시리라
두어 두고는 못 가시리다
날 두고 가겠으면 ⓑ영천수(潁川水) 맑은 물에다
던지겠으면 던지고나 가시오
날 살려 두고는 못 가시리다

이리 한참 힐난하다 할 수 없이 도련님이 떠나실 때
방자 놈 분부하여 나귀 안장 고이 지으니
도련님이 나귀 등에 올라앉으실 때
춘향이 기가 막혀 미칠 듯이 날뛰다가
우르르 달려들어 나귀 꼬리를 부여잡으니
ⓒ나귀 네 발로 동동 굴러 춘향 가슴을 찰 때
안 나던 생각이 절로 나
그때에 이별 별(別) 자 내인 사람 나와 한백 년 대원수로다
깨치리로다 깨치리로다 박랑사 중 쓰고 남은 철퇴로
천하장사 항우 주어 이별 두 자를 깨치리로다
할 수 없이 도련님이 떠나실 때
향단이 준비했던 주안을 갖추어 놓고
풋고추 겨리김치 문어 전복을 곁들여 놓고
잡수시오 잡수시오 이별 낭군이 잡수시오
언제는 살자 하고 화촉동방(華燭洞房) 긴긴 밤에

청실홍실로 인연을 맺고 백 년 살자 언약할 때

물을 두고 맹세하고 산을 두고 증삼(曾參)* 되자더니

ⓓ산수 증삼은 간 곳이 없고

이제 와서 이별이란 웬 말이오

잘 가시오

잘 있거라

산첩첩(山疊疊) 수중중(水重重)한데 부디 편안히 잘 가시오

나도 ⓔ명년 양춘가절*이 돌아오면 또다시 상봉할까나

　　　　　　　　　　　　 – 작자 미상, 「춘향이별가」 –

*증삼: 공자의 제자. 고지식하여 약속을 반드시 지킴.

*양춘가절: 따뜻하고 좋은 봄철.

1. (가)에 대한 이해로 적절하지 않은 것은?

① '도련님'은 이별의 상황이 자신의 입장에서는 불가피한 것임을 드러내고 있다.

② '춘향'은 '도련님'을 처음 만날 때부터 이별의 상황을 우려하였음을 말하고 있다.

③ '춘향'은 '도련님' 곁에 머물고 싶은 마음을 자연물에 의탁하여 드러내고 있다.

④ '춘향'은 고사를 활용하여 자신의 상황이 역사적 사건과 관련되어 있음을 말하고 있다.

⑤ '춘향'은 천상의 존재에게 억울함을 전하는 상황을 설정하여 자신의 감정을 드러내고 있다.

2. ㉠~㉤에 대한 설명으로 가장 적절한 것은?

① ㉠: '도련님'의 마음을 확인하고자 '춘향'이 쓴 글이다.

② ㉡: '도련님'이 자신의 무고함을 밝히는 내용이 담길 것이다.

③ ㉢: '춘향'과의 친밀감을 강화하려는 '도련님'의 마음을 전하는 내용이 담길 것이다.

④ ㉣: '도련님'에게는 약속 파기의 책임을 물을 수 없음을 밝히는 내용이 담길 것이다.

⑤ ㉤: '춘향'이 '순사또'의 힘을 빌려 '임금'에게 자신의 입장을 전하는 내용이 담길 것이다.

3. ⓐ~ⓔ에 대한 설명으로 가장 적절한 것은?

① ⓐ는 인물이 지닌 자부심을 환기하여 좌절감을 완화하는 소재이다.

② ⓑ는 초월적 공간에 대한 지향을 드러내어 현재의 고통과 대비하기 위한 소재이다.

③ ⓒ는 부정적인 상황을 희화화함으로써 당면한 현실을 풍자하는 표현이다.

④ ⓓ는 기대가 어긋나 버린 사정을 부각하여 비애감을 심화하는 표현이다.

⑤ ⓔ는 미래에 대한 전망을 바탕으로 대상과의 재회를 확신하는 표현이다.

4. 〈보기〉를 바탕으로 (가), (나)를 이해한 내용으로 적절하지 않은 것은?

〈보기〉

　여러 작품에서 '춘향'은 다양한 면모를 지닌 인물로 형상화되었다. '춘향'은 원치 않는 상황을 받아들이는 수용적 면모를 보이기도, 목표를 이루려 단호하게 행동하는 적극적 면모를 보이기도 한다. 신세를 한탄하며 절규하는 격정적 면모를 드러내는가 하면, 문제를 숙고하여 대응책을 모색하는 치밀한 면모를 표출하기도 한다. 한편 '춘향'은 당대 민중의 시각을 대변하는 면모를 지니기도 한다.

① (가)에서 양반들이 한통속이어서 '도련님'을 두둔할 것이라고 언급하는 모습을 통해, 민중의 입장을 취하는 '춘향'의 면모를 확인할 수 있다.

② (가)에서 구걸하고 다니면서라도 자신의 상황을 알리겠다는 모습을 통해, 뜻한 바를 성취하려는 '춘향'의 적극적 면모를 확인할 수 있다.

③ (나)에서 이별 후 자신이 겪을 고난을 말하며 '도련님'의 마음을 돌리려는 모습을 통해, 문제 해결책을 강구하는 '춘향'의 치밀한 면모를 확인할 수 있다.

④ (나)에서 '도련님'에게 주안을 올리며 어쩔 수 없이 이별을 받아들이는 모습을 통해, 서글픈 현실을 감내하려는 '춘향'의 수용적 면모를 확인할 수 있다.

⑤ (가), (나)에서 '이별'이라는 두 글자를 철퇴로 깨뜨리고자 하는 모습을 통해, 북받친 감정을 토로하면서 탄식하는 '춘향'의 격정적 면모를 확인할 수 있다.

5. 〈보기〉를 바탕으로 [A], [B]를 감상한 내용으로 적절하지
   않은 것은? [3점]

> ───────────〈보기〉───────────
>
> 　조선 후기에 책을 대여하고 값을 받는 세책업자는 「춘향전」
> 을 (가)와 같은 세책본 소설로, 유흥적 노래를 지은 잡가의 담
> 당층은 「춘향전」의 대목을 (나)와 같은 잡가로 제작했다. 세책
> 업자는 과장되고 재치 있는 표현을 활용하여 흥미를 높이거
> 나 특정 부분의 분량을 늘려 이윤을 얻으려 했다. 잡가의 담
> 당층은 노래의 내용을 단시간에 전달하기 위해 상황을 집약
> 해 설명하고 인물의 감정을 드러내는 가사를 반복해 청중의
> 공감을 끌어냈다. 연속되지 않은 장면들을 엮어 노래를 구성
> 할 때에는 작품 속 화자의 역할이 바뀌기도 하였다.

① [A]에서 '생눈 나올 일'이라는 과장된 표현을 쓴 것은 작품의
   흥미를 높이려는 취지와 관련되겠군.

② [A]에서 '도련님'에게 거듭하여 묻는 형식을 사용한 것은 분량을
   늘리려는 의도와 관련되겠군.

③ [B]에서 첫 행에 작품의 상황을 제시한 것은 청중을 작품의
   내용에 빠르게 끌어 들이려는 전략과 관련되겠군.

④ [B]에서 '못 가시리다'라는 구절을 반복하여 인물의 감정을 강조한
   것은 청중의 공감을 유발하려는 목적과 관련되겠군.

⑤ [B]에서 화자가 해설자에서 인물로 역할을 바꾸는 것은 연속
   되지 않은 장면들이 엮여 작품이 구성되었음을 알게 해 주는
   단서이겠군.

[1~4] 다음 글을 읽고 물음에 답하시오.

(가)

비로봉 상상두(上上頭)의 올라 보니 긔 뉘신고
동산(東山) 태산(泰山)이 어느야 놉돗던고
㉠노국(魯國) 조븐 줄도 우리는 모르거든
넙거나 넙은 천하 엇찌ᄒᆞ야 젹닷 말고
㉡어와 뎌 디위를 어이ᄒᆞ면 알 거이고
오르디 못ᄒᆞ거니 ᄂᆞ려가미 고이ᄒᆞᆯ가
원통골 ᄀᆞᄂᆞᆫ 길로 사자봉을 ᄎᆞ자가니
그 알피 너러바회 화룡(化龍)쇠 되여셰라
천 년 노룡(老龍)이 구비구비 서려 이셔
주야의 흘녀내여 창해(滄海)예 니어시니
㉢풍운(風雲)을 언제 어더 삼일우(三日雨)를 디련ᄂᆞᆫ다
음애(陰崖)예 이온 풀을 다 살와 내여ᄉᆞ라

㉣마하연(摩訶衍) 묘길샹(妙吉祥) 안문(雁門)재 너머 디여
[A]
외나모 쎠근 ᄃᆞ리 불정대(佛頂臺) 올라ᄒᆞ니
천심(千尋) 절벽을 반공(半空)애 셰여 두고
은하수 한 구비를 촌촌이 버혀 내여
실ᄀᆞ티 플텨이셔 뵈ᄀᆞ티 거러시니

도경(圖經) 열두 구비 내 보매ᄂᆞᆫ 여러히라
이적선(李謫仙)이 이제 이셔 고텨 의논ᄒᆞ게 되면
여산(廬山)이 여긔도곤 낫단 말 못ᄒᆞ려니
산중을 ᄆᆡ양 보랴 동해로 가쟈ᄉᆞ라
㉤남여(籃輿) 완보(緩步)ᄒᆞ야 산영루(山映樓)의 올나ᄒᆞ니
영롱벽계(玲瓏碧溪)와 수성제조(數聲啼鳥)ᄂᆞᆫ 이별을 원(怨)ᄒᆞ
ᄂᆞᆫ 둣

– 정철, 「관동별곡」 –

(나)

얼마 후 검은 안개가 몰려오더니 서쪽에서 동쪽으로 산등성이를 휘감았다. 나는 괴이하게 여겼지만, 이곳에까지 와서 한라산의 진면목을 보지 못한다면 이는 바로 산을 쌓는 데 아홉 길의 흙을 쌓고도 한 삼태기의 흙을 얹지 못해 완성하지 못하는 것이 되어, 섬사람들의 웃음거리가 되지 않을까 하는 생각이 들었다.

마음을 굳게 먹고 곧장 수백 보를 전진해 북쪽 가의 오목한 곳에 당도하여 굽어보니, 상봉이 여기에 이르러 갑자기 가운데가 터져 구덩이를 이루었는데 이것이 바로 백록담이었다. 주위가 1리 남짓하고 수면이 담담한데 반은 물이고 반은 얼음이었다. 홍수나 가뭄에도 물이 줄거나 불지 않는데, 얕은 곳은 무릎에, 깊은 곳은 허리에 찼으며 맑고 깨끗하여 조금의 먼지 기운

도 없으니 은연히 신선이 사는 듯하였다. 사방을 둘러싼 봉우리들도 높고 낮음이 모두 균등하니 참으로 천부의 성곽이었다.

석벽에 매달려 백록담을 따라 남쪽으로 내려가다가 털썩 주저앉아 잠깐 휴식을 취했다. 일행은 모두 지쳐서 남은 힘이 없었지만 서쪽의 가장 높은 봉우리가 최고봉이었으므로 조심스럽게 조금씩 올라갔다. 그러나 따라오는 자는 겨우 세 명뿐이었다.

[B]
최고봉은 평평하게 퍼지고 넓어서 그리 아찔해 보이지는 않았으나, 위로는 별자리에 닿을 듯하고 아래로는 세상을 굽어보며, 좌로는 부상(扶桑)*을 돌아보고 우로는 서쪽 바다를 접했으며, 남으로는 소주와 항주를 가리키고 북으로는 내륙을 끌어당기고 있었다. 그리고 옹기종기 널려 있는 섬들이 큰 것은 구름 조각 같고 작은 것은 달걀 같아 놀랍고 괴이한 것들이 천태만상이었다.

『맹자』의 "바다를 본 자에게는 다른 물이 물로 보이지 않으며 태산에 오르면 천하가 작게 보인다."라는 말에 담긴 성현의 역량을 이로써 가히 상상할 수 있다. 또 소동파에게 당시에 이 산을 먼저 보게 하였다면 그의 이른바, "허공에 떠 바람을 다스리고 신선이 되어 하늘에 오른다."라는 시구가 적벽에서만 알맞지는 않았을 것이다.

이어서 "낭랑하게 읊조리며 축융봉을 내려온다."라는 주자의 시구를 읊으며 백록담 가로 되돌아오니, 하인들이 이미 정성스럽게 밥을 지어 놓았다.

– 최익현, 「유한라산기」 –

*부상: 해가 뜨는 동쪽 바다.

1. ㉠~㉤에 대한 이해로 가장 적절한 것은?

① ㉠: 여행에 대한 경륜과 많은 지식을 가지고 있음을 반어적으로 표현하고 있다.

② ㉡: 정치적 포부를 펼칠 만큼 높은 지위에 이르지 못한 데 대한 불만을 우회적으로 드러내고 있다.

③ ㉢: 자신에게 험난한 역경이 다가오고 있음을 자연현상에 비유하여 표현하고 있다.

④ ㉣: 거쳐 온 곳을 열거하면서 행위를 나타내는 서술어를 최소화하여 여정을 압축적으로 표현하고 있다.

⑤ ㉤: 이동하는 모습을 과장되게 묘사하여 자신의 권위를 강조하고 있다.

2. (나)에 대한 설명으로 적절하지 <u>않은</u> 것은?

① 기상 상황이 좋지 않음에도 불구하고 등정을 계속하려는 이유를 제시하고 있다.

② 객관적인 사실에 자신의 소감을 추가하여 백록담의 모습을 나타내고 있다.

③ 일행 중 낙오한 이들이 있었음을 밝혀 등정 과정이 힘들었음을 드러내고 있다.

④ 최고봉에서 백록담으로 내려오는 과정을 등정 과정에 비해 간략하게 제시하고 있다.

⑤ 시구를 낭송하는 모습을 통해 등정 과정에서 있었던 일행들 사이의 갈등이 해소되었음을 함축적으로 표현하고 있다.

3. 〈보기〉는 (가) 작품의 다른 부분이다. 〈보기〉와 [A], [B]를 비교한 내용으로 가장 적절한 것은?

〈보기〉

천근(天根)을 못내 보와 망양정(望洋亭)의 올은말이
바다 밧근 하놀이니 하놀 밧근 므서신고
굿득 노혼 고래 뉘라셔 놀내관디
블거니 쏨거니 어즈러이 구눈디고
은산(銀山)을 것거 내여 육합(六合)의 누리눈 듯
오월(五月) 장천(長天)의 백설(白雪)은 므스 일고

① [A]와 〈보기〉는 모두 자연이 시간의 흐름에 따라 변화하는 모습을 표현하고 있다.

② [A]는 지상의 자연물을 천문 현상에 비유하고, 〈보기〉는 천문 현상을 지상의 자연물에 비유하고 있다.

③ [B]와 〈보기〉는 모두 인간의 접근을 허용하지 않는 자연의 냉혹함을 드러내고 있다.

④ [B]는 자연물을 의인화하여 제시하고, 〈보기〉는 자연물의 움직임을 비유적으로 표현하고 있다.

⑤ [A]와 [B]에서는 자연의 모습을 관조하고 있고, 〈보기〉에서는 자연을 통해 자신을 반성하고 있다.

4. 〈보기〉를 참조하여 (가), (나)를 감상한 내용으로 적절하지 <u>않은</u> 것은? [3점]

〈보기〉

선비들의 산수 유람에는 와유(臥遊)와 원유(遠遊)가 있다. 와유는 일상에서 산수화나 산수 유람의 글 등을 감상하며 국내외의 여러 경치를 간접적인 방식으로 즐기는 것을 말한다. 이와 달리 원유는 이름난 경치를 직접 찾아가 실제의 자연을 즐기는 흔치 않은 체험으로, 유교에서 강조하는 호연지기를 기르는 기회가 되기도 하였다.

① (가)의 화자가 '화룡소'를 보고 감상한 부분은 다른 이들이 같은 장소를 와유할 때 활용될 수 있겠군.

② (가)의 화자는 와유를 통해 상상하던 '여산'의 모습과 원유를 통해 실제로 바라본 '여산'의 모습을 비교하며 와유의 가치를 확인하고 있군.

③ (나)의 글쓴이는 원유를 통해 '백록담'에서 실감한 자연의 형세를 묘사하고 있군.

④ (나)의 글쓴이가 정상에 올라 '성현'의 호연지기를 상상하는 데서 원유가 호연지기를 기르는 기회가 될 수 있음을 알 수 있군.

⑤ (나)의 글쓴이는 '소동파'의 시를 통해 와유했던 적벽의 모습과 원유를 통해 확인한 한라산의 모습을 비교하여 한라산의 아름다움을 강조하고 있군.

[1~4] 다음 글을 읽고 물음에 답하시오.

(가)

버스의 덜커덩거림이 좀 덜해졌다. 버스의 덜커덩거림이 더하고 덜하는 것을 나는 턱으로 느끼고 있었다. 나는 몸에서 힘을 빼고 있었으므로 버스가 자갈이 깔린 시골길을 달려오고 있는 동안 내 턱은 버스가 껑충거리는 데 따라서 함께 덜그럭거리고 있었다. 턱이 덜그럭거릴 정도로 몸에서 힘을 빼고 버스를 타고 있으면, 긴장해서 버스를 타고 있을 때보다 피로가 더욱 심해진다는 것을 알고 있었지만 그러나 열린 차창으로 들어와서 나의 밖으로 드러난 살갗을 사정없이 간지럽히고 불어 가는 유월의 ⓐ바람이 나를 반수면 상태로 끌어넣었기 때문에 나는 힘을 주고 있을 수가 없었다. 바람은 무수히 작은 입자(粒子)로 되어 있고 그 입자들은 할 수 있는 한 욕심껏 수면제를 품고 있는 것처럼 내게는 생각되었다. 그 바람 속에는 신선한 햇살과 아직 사람들의 땀에 밴 살갗을 스쳐보지 않았다는 천진스러운 저온(低溫), 그리고 지금 버스가 달리고 있는 길을 에워싸며 버스를 향하여 달려오고 있는 산줄기의 저편에 바다가 있다는 것을 알리는 소금기, 그런 것들이 이상스레 한데 어울리면서 녹아 있었다. 햇빛의 신선한 밝음과 살갗에 탄력을 주는 정도의 공기의 저온, 그리고 해풍(海風)에 섞여 있는 정도의 소금기, 이 세 가지만 합성해서 수면제를 만들어 낼 수 있다면 그것은 이 지상(地上)에 있는 모든 약방의 진열장 안에 있는 어떠한 약보다도 가장 상쾌한 약이 될 것이고 그리고 나는 이 세계에서 가장 돈 잘 버는 제약회사의 전무님이 될 것이다. 왜냐하면 사람들은 누구나 조용히 잠들고 싶어 하고 조용히 잠든다는 것은 상쾌한 일이기 때문이다.

그런 생각을 하자 나는 ⓑ쓴웃음이 나왔다. 동시에 무진이 가까웠다는 것이 더욱 실감되었다. 무진에 오기만 하면 내가 하는 생각이란 항상 그렇게 엉뚱한 공상들이었고 뒤죽박죽이었던 것이다. 다른 어느 곳에서도 하지 않았던 엉뚱한 생각을 나는 무진에서는 아무런 부끄럼 없이, 거침없이 해내곤 했던 것이다. 아니 무진에서는 내가 무엇을 생각하고 어쩌고 하는 게 아니라 어떤 생각들이 나의 밖에서 제멋대로 이루어진 뒤 나의 머릿속으로 밀고 들어오는 듯했었다.

"당신 안색이 아주 나빠져서 큰일 났어요. 어머님의 산소에 다녀온다는 핑계를 대고 무진에 며칠 동안 계시다가 오세요. ⓒ주주 총회에서의 일은 아버지하고 저하고 다 꾸며 놓을게요. 당신은 오랜만에 신선한 공기를 쐬고 그리고 돌아와 보면 대회생제약회사의 ⓓ전무님이 되어 있을 게 아니에요?"라고, 며칠 전날 밤, 아내가 나의 파자마 깃을 손가락으로 만지작거리며 나에게 ⓔ진심에서 나온 권유를 했을 때 가기 싫은 심부름을 억지로 갈 때 아이들이 불평을 하듯이 내가 몇 마디 입안엣소리로 투덜댄 것도 무진에서는 항상 자신을 상실하지 않을 수 없었던 과

거의 경험에 의한 조건반사였다.

내가 나이가 좀 든 뒤로 무진에 간 것은 몇 차례 되지 않았지만 그 몇 차례 되지 않은 무진행이 그러나 그때마다 내게는 서울에서의 실패로부터 도망해야 할 때거나 하여튼 무언가 새 출발이 필요할 때였다. 새 출발이 필요할 때 무진으로 간다는 그것은 우연이 결코 아니었고 그렇다고 무진에 가면 내게 새로운 용기라든가 새로운 계획이 술술 나오기 때문도 아니었다.

― 김승옥, 「무진기행」 ―

(나)

S#4. 윤기준의 방 안 (저녁) (현재)

여행용 케이스에 화사한 남성용 의류와 세면도구 등이 차곡차곡 담겨진다. 챙겨 넣는 손, 잠깐 사라졌다가 다시 담겨지곤 하던 중 액자에 든 남녀 사진 한 틀. (인서트*) 의젓하고 여유 있어 보이는 아내와 윤기준의 나란한 사진. 방에 붙은 욕실에서 나오는 윤기준, 로우브*를 벗는다. 넥타이를 매어 주는 아내의 손에 맡기고 목을 길게 하고 있는 윤기준의 상반신.

윤기준: 하필 무진에서 쉬어야 하나? 원…….

아내: ⓔ* 당신 요즘 안색 보면 제가 바싹바싹 마르는 것 같아요. 어머님 성묘도 하실 겸 좋지 않아요? 저도 같이 갔으면 좋겠지만 이번 주주 총회 작전에는 아버님 옆에 제가 꼭 붙어서 다녀야 할 것 같으니……. 푹 쉬시다 오시면 대회생제약주식회사의 전무이사님 자리가 기다리구 있을 테구…….

S#5. 같은 방 창밖 풍경 (저녁) (현재)

가로등이 일제히 켜지고 집집마다 불이 켜진 아름다운 저녁 풍경.

(중략)

S#11. 시골 자동차길 (낮) (현재)

도망하듯이 시골의 자갈길을 달리고 있는 버스.

S#12. 버스 안 (낮) (현재)

버스 차창에서 내다보이는 풍경이 주마등 같다. 가로수와 논, 밭 등을 뒤로 획획 보낸다. 산 틈으로 지저분한 바다가 보인다.

― 김승옥, 「안개」* ―

*인서트(Insert): 삽입된 장면. 장면과 장면 사이에 신문이나 편지, 사진 등이 끼이는 것.
*로우브: 길고 품이 넓은 겉옷. 여기서는 목욕 가운.

*ⓔ: 효과음(Effect). 주로 화면 밖에서의 음향이나 대사에 의한 효과를 말함.

*「안개」: 「무진기행」을 각색한 시나리오임.

1. (가)의 서술상 특징으로 가장 적절한 것은?

① 내면 의식의 서술을 통해 주인공의 성격을 드러내고 있다.

② 인물 간의 대화를 빈번히 제시하여 갈등을 해소시키고 있다.

③ 간결한 문체를 사용하여 중심 사건의 긴장감을 높이고 있다.

④ 역사적인 사건을 회고적으로 서술하여 시대 배경을 부각시키고 있다.

⑤ 장면의 잦은 전환을 통해 인물의 가치관이 달라지고 있음을 드러내고 있다.

2. ⓐ～ⓔ에 대한 이해로 적절하지 않은 것은?

① ⓐ: '나'에게 긴장을 풀고 공상에 빠지게 하는 존재이다.

② ⓑ: 엉뚱한 공상을 하던 '나'에 대해 자조하는 모습이 엿보인다.

③ ⓒ: '나'의 무진행의 계기 중 하나로 작용한다.

④ ⓓ: '나'에게 기대하는 '아내'의 욕망이 드러나고 있다.

⑤ ⓔ: '아내'의 말을 긍정하며 그녀의 말을 적극적으로 수용하는 '나'의 태도를 드러낸다.

3. (나)는 (가)를 각색한 시나리오다. (가)와 (나)에 대한 설명으로 적절하지 않은 것은?

① (가)에서는 서사 진행을 시간 순서대로 서술하고 있는 데 비해, (나)에서는 회상의 방식으로 보여 주고 있다.

② (가)에서는 '아내'에 대한 주인공의 반응을 비유적 표현으로 서술한 데 비해, (나)에서는 대사로 처리하여 전달하고 있다.

③ (가)에서는 '아내'의 말을 인용하여 서술하고 있는 데 비해, (나)에서는 '아내'의 말을 효과음으로 처리하여 보여 주고 있다.

④ (가)에서는 공간의 변화를 서술하여 제시하는 데 비해, (나)에서는 '윤기준의 방 안', '시골 자동차길', '버스 안'으로 구분하여 제시하고 있다.

⑤ (가)는 버스의 덜컹거림이 주는 느낌을 서술자가 직접 서술해 주는 데 비해, (나)는 그 느낌을 버스가 자갈길을 달리는 모습을 보여 줌으로써 전달하고 있다.

4. 〈보기〉를 참고하여 (나)를 이해한 내용으로 가장 적절한 것은? [3점]

〈보기〉

　　장면(scene)은 시나리오를 이루는 기본 단위로 일정한 시간과 공간 속에서 일어나는 일련의 행동을 뜻한다. 장면은 주로 시간이나 공간이 변할 때 나뉜다. 구분된 장면들은 서로 연결되면서 행동의 연속성이나 카메라의 위치에 따른 시선의 변화를 통해 영화의 내용을 담아내게 된다. 장면 속에 담긴 여러 표현들은 영상을 구성하는 요소와 의도를 나타내기도 한다.

① S#4에서 인서트된 사진은 인물의 분열된 의식을 보여 주기 위해 선택된 요소이다.

② S#4에서 등장하는 공간과 소품들은 주인공의 경제적 수준을 고려하여 선택된 요소들이다.

③ S#5의 창밖 풍경은 S#4의 공간과 대조되어 인물 간의 갈등을 강화시키고 있다.

④ S#4에서 S#5로의 전환은 방 안의 우울한 분위기가 도시 전체로 확대되고 있음을 보여 준다.

⑤ S#11에서 S#12로의 전환은 카메라의 시선이 버스의 내부에서 외부로 바뀌고 있음을 보여 준다.

[1~5] 다음 글을 읽고 물음에 답하시오.

(가)

　강호 한 꿈을 꾼 지도 오래러니
　입과 배가 누가 되어 어즈버 잊었도다
　저 물을 바라보니 푸른 대도 하도 할샤
　훌륭한 군자들아 낚대 하나 빌려스라
　갈대꽃 깊은 곳에 명월 청풍 벗이 되어
　임자 없는 풍월 강산 에 절로절로 늙으리라
　무심한 백구(白鷗)야 오라 하며 말라 하랴
　다툴 이 없을 건 다만 이건가 여기노라
　이제는 소 빌 이* 맹세코 다시 말자
　무상한 이 몸에 무슨 지취(志趣) 있으련만
　두세 이랑 밭 논을 다 묵혀 던져두고
　있으면 죽 이요 없으면 굶을망정
　남의 집 남의 것은 전혀 부러워 말겠노라
　내 빈천 싫게 여겨 손을 저어 물러 가며
　남의 부귀 부럽게 여겨 손을 친다고 나아오랴
　인간 어느 일이 명(命) 밖에 생겼으리
　　　　　　　　[A]
　빈이무원(貧而無怨)*을 어렵다 하건마는
　내 생애 이러하되 설운 뜻은 없노매라
　　　　　　　　　　　　　－ 박인로, 「누항사(陋巷詞)」 －

*소 빌 이: 소 빌리는 일.
*빈이무원: 가난해도 원망하지 않음.

(나)

　천심절벽(千尋絕壁) 섯난 아래 일대 장강(一帶長江) 흘러 ⎤
간다.　　　　　　　　　　　　　　　　　　　　　　　 │
　백구(白鷗)로 벗을 삼아 어조 생애(漁釣生涯)* 늙거가니　 ⎬ [B]
　두어라 세간 소식(世間消息) 나는 몰라 하노라.　　　 ⎦
　　　　　　　　　　　　　　　　　　　　　　　〈제2곡〉

　공산리(空山裏) 저 가는 달에 혼자 우는 저 두견(杜鵑)아. ⎤
　낙화 광풍 (落花狂風)에 어느 가지 의지하리.　　　　　 ⎬ [C]
　백조(百鳥)*야 한(恨)하지 말아 내곳* 설워 하노라.　 ⎦
　　　　　　　　　　　　　　　　　　　　　　　〈제4곡〉
　　　　　　　　　　　　　　　　　　－ 권구, 「병산육곡(屛山六曲)」 －

*어조 생애: 물고기 잡으며 살아가는 생활.
*백조: 모든 새.
*내곳: 내가.

(다)

　세상일이란 모조리 그러한 것이리라. 아무리 내 재주가 서툴 기로서니 개구리나 방게란 놈들도 염치가 있지 속어에 이르기를 숭어가 뛰니 망둥이도 뛴다는 셈으로 나는 나대로 제법 강상(江上) 의 어객인 양하고 나선 판에 그래도 그럴 듯 미끈한 잉어까지야 못 물린다손 치더라도 고기도 체면은 알 법한지라 하다못해 붕 어 새끼쯤이야 안 물리랴 하는 판에, 얼토당토않은 구역질 나는 놈들이 제가 젠체하고 가다듬은 내 마음을 더럽힐 줄 어찌 알았 으랴.
　세상이 하도 뒤숭숭하니 고요히 서재나 지켜 한묵(翰墨)*의 유희로 푹 박혀 있자는 것도 말처럼 쉽사리 되는 것은 아니다. 그렇다고 거리로 나가 성격 파산자처럼 공연스레 왔다 갔다 하 기도 부질없고 보이는 것 들리는 것이 모조리 심사 틀리는 소식 밖엔 없어 그래도 죄 없는 곳은 내 서재라 하여 며칠만 들어박 혀 있으면 그만 속에서 울화가 터져 나온다.

　　　　　　　　　　　　　(중략)

　하도 답답하여 혹시 틈을 내어 강상의 어별(魚鼈)로 벗이나 삼을까 하여 틀에 어울리지 않는 낚싯대를 둘러메고 나가는 날이 면 기껏해야 이따위 봉욕(逢辱)이나 당하고 돌아오기가 일쑤다.
　예부터 지금까지 세상이란 언제나 이러한 것인가? 개구리까 지도 망둥이까지도 나를 멸시하는 아니 그 더러운 멸시를 받고 도 꼼짝달싹할 수 없는 세상이란 원래 이러한 것인가.
　아아!
　잉어가 보고 싶다. 그 희멀건 눈을 번뜩거리며 깨끗한 신사의 체구를 가진 잉어가, 연잎과 연잎 사이로 자유스럽게 유유히 왕 래하는 현명한 신사 잉어 가 보고 싶다.
　　　　　　　　　　　　　　　　　－ 김용준, 「조어삼매(釣魚三昧)」 －

*한묵: 문한(文翰)과 필묵(筆墨)이라는 뜻으로, 글을 짓거나 쓰는 것을 이르는 말.

1. (가)~(다)에 대한 설명으로 적절한 것은?

① (가)는 풍자의 기법을 활용하여 대상을 조롱하고 있다.

② (나)는 정중한 어조로 절대자에 대한 귀의를 다짐하고 있다.

③ (다)는 의인화된 대상을 통해 세태를 비판하고 있다.

④ (가)와 (나)는 선경후정의 구조를 통해 삶에 대한 회의를 드러내고 있다.

⑤ (나)와 (다)는 감정을 절제한 표현으로 서정적 분위기를 조성하고 있다.

2. (가)~(다)의 소재에 대한 이해로 적절하지 않은 것은?

① (가)의 '죽'은 화자의 궁핍한 생활을 나타내는 소재이다.

② (나)의 '백구'는 화자가 긍정적 가치를 부여하는 대상이다.

③ (다)의 '잉어'는 고상하고 순결한 존재를 의미한다.

④ (가)의 '풍월 강산'과 (나)의 '세간'은 풍류의 공간이다.

⑤ (나)의 '광풍'과 (다)의 '소식'은 화자를 번민하게 한다.

3. [A] 부분에 〈보기〉의 내용이 들어 있는 이본(異本)이 있다. 〈보기〉가 추가됨으로써 나타나는 효과로 가장 적절한 것은? [3점]

〈보기〉

가난타 이제 죽으며 부유하다 백년 살랴
원헌(原憲)*이는 몇 날 살고 석숭(石崇)*이는 몇 해 살았나

*원헌: 춘추 시대에 청빈(淸貧)하게 산 학자.
*석숭: 진(晉)나라 때의 큰 부자.

① 여러 인물을 등장시켜 대화 상황으로 전환하고 있다.

② 새로운 공간을 더하여 사건의 선후 관계를 짐작하게 한다.

③ 이질적인 이야기를 삽입하여 새로운 갈등을 유발하고 있다.

④ 구체적인 단서를 제공하여 인물 간의 심리적 거리를 드러내고 있다.

⑤ 역사 속 인물을 끌어와 화자의 삶에 대해 독자의 공감을 이끌어 내고 있다.

4. [B]와 [C]에 대한 감상으로 적절하지 않은 것은?

① [B]의 초장은 수직과 수평 이미지를 통해 공간을 묘사하고 있다.

② [B]의 중장은 대상에게 말을 건네는 방식을 사용하여 자연과의 일체감을 강조하고 있다.

③ [C]의 초장은 시각과 청각 이미지를 통해 애상적 분위기를 자아내고 있다.

④ [C]의 중장은 설의적 표현을 사용하여 대상의 처지를 드러내고 있다.

⑤ [B]와 [C]의 종장은 화자가 직접 등장하여 내면을 드러내고 있다.

5. 〈보기〉를 바탕으로 '어옹'과 (다)의 화자를 비교할 때, 가장 적절한 것은?

〈보기〉

「한암조어(寒巖釣魚)」

이 그림은 바위에 앉아 낚시하고 있는 어옹(漁翁)을 그린 것이다. 어옹은 물고기를 잡겠다는 생각으로 낚시를 하고 있는 것 같지는 않다. 세상사를 넘어서서 홀로 자연 속의 한가로움을 즐기고 있다. 그래서 이 어옹은 세속의 명리(名利)를 떠나 자연 속에서 초연한 삶을 살아가는 선비를 떠올리게 한다.

① (다)의 화자는 '어옹'과 달리 현실의 고뇌에서 벗어나지 못하고 있다.

② (다)의 화자는 '어옹'과 달리 고기잡이를 통해 생계의 문제를 해결하려 한다.

③ (다)의 화자와 '어옹'은 모두 잡으려는 대상에 대해 집착하고 있다.

④ (다)의 화자와 '어옹'은 모두 자신의 부족한 능력으로 인해 괴로워하고 있다.

⑤ (다)의 화자와 '어옹'은 모두 자연 속에서 함께 풍류를 즐길 벗을 원하고 있다.

[1~6] 다음 글을 읽고 물음에 답하시오.

(가)

　　바람도 없는 공중에 수직의 파문을 내이며 고요히 떨어지는 오동잎은 ㉠누구의 발자취입니까

　　지리한 장마 끝에 서풍에 몰려가는 ㉡무서운 검은 구름의 터진 틈으로 언뜻언뜻 보이는 푸른 하늘은 누구의 얼굴입니까

　　꽃도 없는 깊은 나무에 푸른 이끼를 거처서 옛 탑 위의 고요한 하늘을 스치는 ㉢알 수 없는 향기는 누구의 입김입니까

　　근원은 알지도 못할 곳에서 나서 돌뿌리를 울리고 가늘게 흐르는 작은 시내는 구비구비 누구의 노래입니까

　　연꽃 같은 발꿈치로 가이없는 바다를 밟고 옥 같은 손으로 ㉣끝없는 하늘을 만지면서 떨어지는 날을 곱게 단장하는 저녁놀은 누구의 시입니까

　　타고 남은 재가 다시 기름이 됩니다 그칠 줄을 모르고 타는 나의 가슴은 누구의 밤을 지키는 ㉤약한 등불입니까

　　　　　　　　　　　　　　　　　　　　 – 한용운, 「알 수 없어요」 –

(나)

아무 소리도 없이 말도 없이
등 뒤로 털썩
밧줄이 날아와 나는
뛰어가 밧줄을 잡다가 배를 맨다
아주 천천히 그리고 조용히
배는 멀리서부터 닿는다

사랑은,
호젓한 부둣가에 우연히,
별 그럴 일도 없으면서 넋 놓고 앉았다가
배가 들어와
던져지는 밧줄을 받는 것
그래서 어찌할 수 없이
배를 매게 되는 것

잔잔한 바닷물 위에
구름과 빛과 시간과 함께
떠 있는 배

배를 매면 구름과 빛과 시간이 함께 　┐
매어진다는 것도 처음 알았다 　　　　　│ [A]
사랑이란 그런 것을 처음 아는 것 　　┘

빛 가운데 배는 울렁이며
온종일을 떠 있다

　　　　　　　　　　　　　　　　　　 – 장석남, 「배를 매며」 –

(다)

　　동풍이 건듯 불어 적설을 헤쳐 내니 창밖에 심은 매화 두세 가지 피었어라. 가뜩 냉담한데 암향(暗香)은 무슨 일고. 황혼에 달이 좇아 베개 맡에 비치니 흐느끼는 듯 반기는 듯 임이신가 아니신가. 저 매화 꺾어 내어 임 계신 데 보내고져. 임이 너를 보고 어떻다 여기실꼬.

　　꽃 지고 새 잎 나니 녹음이 깔렸는데 나위(羅幃) 적막하고 수막(繡幕)이 비어 있다. 부용(芙蓉)을 걷어 놓고 공작(孔雀)을 둘러 두니 가뜩 시름 많은데 날은 어찌 길던고. 원앙금(鴛鴦錦) 베어 놓고 오색선 풀어 내어 금자에 겨누어서 임의 옷 지어 내니 수품(手品)은 물론이고 제도(制度)도 갖출시고. 산호수 지게 위에 백옥함에 담아 두고 임에게 보내려 임 계신 데 바라보니 산인가 구름인가 험하기도 험하구나. 천리만리 길에 뉘라서 찾아갈꼬. 가거든 열어 두고 나인가 반기실까.

　　하룻밤 서리 기운에 기러기 울어 옐 제 위루(危樓)에 혼자 올라 수정렴(水晶簾) 걷으니 동산에 달이 나고 북극에 별이 뵈니 임이신가 반기니 눈물이 절로 난다. 청광(清光)을 쥐어 내어 봉황루(鳳凰樓)에 부치고져. 누 위에 걸어 두고 팔황(八荒)에 다 비추어 심산궁곡(深山窮谷) 한낮같이 만드소서.

　　건곤이 얼어붙어 백설이 한 빛인 때 사람은 물론이고 나는 새도 그쳐 있다. 소상남반(蕭湘南畔)도 추위가 이렇거늘 옥루고처(玉樓高處)야 더욱 일러 무엇 하리. 양춘(陽春)을 부쳐 내어 임 계신 데 쏘이고져. 초가 처마 비친 해를 옥루에 올리고져. 홍상(紅裳)을 여미며 입고 푸른 소매 반만 걷어 해 저문 대나무에 생각도 많고 많다. 짧은 해 쉬이 지고 긴 밤을 꼿꼿이 앉아 청등 걸어 둔 곁에 공후를 놓아 두고 꿈에나 임을 보려 턱 받치고 기대니 앙금(鴦衾)*도 차도 찰샤 이 밤은 언제 샐꼬.

　　　　　　　　　　　　　　　　　　　　　　 – 정철, 「사미인곡」 –

*앙금: 원앙을 수놓은 이불. 혹은 부부가 함께 덮는 이불.

1. (가)~(다)의 공통점으로 가장 적절한 것은?

① 자연물에 인격을 부여하여 대화의 상대로 삼고 있다.

② 대화체와 독백체를 교차하여 극적 효과를 높이고 있다.

③ 색채어를 활용하여 시의 분위기를 다채롭게 조성하고 있다.

④ 소재에 상징적 의미를 부여하여 주제 의식을 부각하고 있다.

⑤ 의성어와 의태어를 구사하여 화자의 상황을 구체화하고 있다.

2. (가)와 (나)의 시상 전개에 대한 설명으로 가장 적절한 것은?

① (가)는 구조가 유사한 문장을 반복적으로 제시하여 시상에 통일성을 부여하고 있다.

② (나)는 화자의 시선이 자신의 내면에서 외부 세계로 이동하면서 시상이 전개되고 있다.

③ (가)는 제5행에서, (나)는 제3연에서 시상의 흐름이 전환되고 있다.

④ (가)와 (나) 모두 화자의 현재 상황을 자연 현상과 대비하며 시상을 이끌어 내고 있다.

⑤ (가)와 (나) 모두 수미상관의 방식으로 시상을 완결하여 구조적 안정감을 얻어 내고 있다.

3. 〈보기〉를 참고하여 ㉠~㉤을 이해한 내용으로 적절하지 않은 것은? [3점]

〈보기〉

「알 수 없어요」를 비롯한 한용운의 시는 '절대자'라는 궁극적 존재를 탐구하는 시이다. 동시에 그것은 역설에 의한 구도자로서의 자기 정립 또는 자기 극복의 시이기도 하다. 「알 수 없어요」에서는 이런 점이 물음의 방식을 통해 강화되어 나타난다.

① ㉠: '바람도 없는~오동잎'의 이미지와 결합되어, '누구'로 표현된 절대자의 존재 방식을 알려 주는군.

② ㉡: '푸른 하늘'과 대조되는 것으로, 화자와 절대자 사이의 만남을 가로막는 번뇌와도 같은 것이군.

③ ㉢: '꽃도 없는 깊은 나무'에서 만들어진 것으로, 절대자의 존재에 대한 화자의 회의적 태도를 드러내는군.

④ ㉣: '가이없는 바다를 밟고'와 짝을 이루어, 무한 공간에 걸쳐 있는 절대자의 면모를 드러내는군.

⑤ ㉤: '타고 남은~됩니다'와 관련되면서, 구도자로서의 자기 정립에 대한 화자의 열망을 역설적으로 드러내는군.

4. [A]에 대한 감상으로 가장 적절한 것은?

① 사랑을 갈구하는 화자의 행동이 생생하게 그려져 있어.

② 사랑의 덧없음을 인정하는 화자의 고백이 나타나고 있어.

③ 배를 매는 행위의 의미가 사랑임이 비로소 드러나고 있어.

④ 사랑의 운명적 면모가 자연의 섭리를 통해 제시되고 있어.

⑤ 사랑의 속성에 대한 화자의 심화된 인식이 나타나고 있어.

5. (나)의 '부둣가'와 (다)의 '수막'을 비교한 내용으로 가장 적절한 것은?

① '부둣가'는 이별과 만남이 반복되는 시련의 공간, '수막'은 이별 후에 정착한 도피의 공간이다.

② '부둣가'는 익명의 타인들과 어울리는 공동체적 공간, '수막'은 타인들로부터 은폐된 개인적 공간이다.

③ '부둣가'는 화자가 회귀하고자 하는 과거의 공간, '수막'은 화자가 벗어나고자 하는 현재의 공간이다.

④ '부둣가'는 사랑하는 대상이 화자를 기다리는 공간, '수막'은 화자가 사랑하는 대상을 기다리는 공간이다.

⑤ '부둣가'는 화자가 사랑에 대한 깨달음을 얻는 공간, '수막'은 사랑하는 사람의 부재를 확인하는 공간이다.

6. 〈보기〉를 바탕으로 (다)를 이해할 때, 적절하지 않은 것은?

〈보기〉

남성 작가가 자신의 분신으로 여성 화자를 내세우는 방식은 우리 시가의 한 전통이다. 궁궐을 떠난 신하가 임금을 그리워하면서 지은 「사미인곡」도 이 전통을 잇고 있다.

① '옷'을 지어 '백옥함'에 담아 임에게 보내려 하는 것은 임금에 대한 신하의 정성과 그리움을 드러내는 행위이다.

② 지상의 화자가 천상의 '달'과 '별'을 매개로 임을 떠올린 것은 군신 사이의 수직적 관계를 반영한 것으로 볼 수 있다.

③ '청광'을 보내고자 염원하는 이유에서 시적 화자와 청자가 실제로는 신하와 임금의 관계임을 감지할 수 있다.

④ 추운 날씨에 '초가 처마'에 비친 해는 임금의 자애로운 은혜가 신하가 머물고 있는 곳까지 미치고 있음을 암시한 것이다.

⑤ 긴긴 겨울밤을 배경으로 차가운 '앙금'을 통해 외로운 처지를 표현한 것은 군신 관계를 남녀 관계로 치환한 결과이다.

[1~6] 다음 글을 읽고 물음에 답하시오.

(가)

차례를 지내고 돌아온
구두 밑바닥에
고향의 저문 강물 소리가 묻어 있다
겨울 **보리** 파랗게 꽂힌 강둑에서
살얼음만 몇 발자국 밟고 왔는데   [A]
쑥골 상엿집 흰 눈 속을 넘을 때도
골목 앞 보세점 흐린 불빛 아래서도
찰랑찰랑 강물 소리가 들린다
내 귀는 얼어
한 소절도 듣지 못한 강물 소리를   [B]
구두 혼자 어떻게 듣고 왔을까
구두는 지금 황혼
뒤축의 **꿈**이 몇 번 수습되고
지난 가을 터진 가슴의 어둠 새로   [C]
누군가의 살아 있는 오늘의 부끄러운 촉수가
싸리 유채 꽃잎처럼 꿈틀댄다
고향 텃밭의 허름한 꽃과 어둠과   [D]
구두는 초면 나는 구면
건성으로 겨울을 보내고 돌아온 내게
고향은 꽃잎 하나 바람 한 점 꾸려 주지 않고   [E]
영하 속을 흔들리며 떠나는 내 낡은 구두가
저문 고향의 **강물 소리**를 들려준다.
출렁출렁 아니 덜그럭덜그럭.

— 곽재구, 「구두 한 켤레의 시」 —

(나)

〈1〉
산 너머 남촌에는 누가 살길래
해마다 봄바람이 남으로 오네

꽃 피는 사월이면 진달래 향기
밀 익는 오월이면 **보리** 내음새

어느 것 한 가진들 실어 안 오리
남촌서 **남풍** 불 제 나는 좋데나

〈2〉
산 너머 남촌에는 누가 살길래
저 하늘 저 빛깔이 저리 고울까

금잔디 너른 벌엔 호랑나비 떼
버들밭 실개천엔 종달새 노래

어느 것 한 가진들 들려 안 오리
남촌서 남풍 불 제 나는 좋데나

〈3〉
산 너머 남촌에는 배나무 있고
배나무꽃 아래엔 누가 섰다기,

그리운 생각에 영(嶺)*에 오르니
구름에 가리어 아니 보이나

끊었다 이어 오는 가는 **노래**
바람을 타고서 고이 들리데

— 김동환, 「산 너머 남촌에는」 —

*영: 고개.

(다)

앉은 곳에 ⊙해가 지고 누운 자리 밤을 새워
잠든 밧긔 한숨이오 한숨 끝에 눈물일세
밤밤마다 꿈에 뵈니 **꿈**을 둘너 상시(常時)과저*
학발자안(鶴髮慈顏)* 못 뵈거든 안족서신(雁足書信)* 잦아짐에
기다린들 기별 올까 오노라면 ⓒ달이 넘네
못 본 제는 기다리나 보게 되면 시원할까
노친(老親) 소식 나 모를 제 내 소식 노친 알까
ⓒ산과 강물 막힌 길에 일반고사(一般苦思)* 뉘 헤올고
묻노라 밝은 달아 두 곳에 비추는가
따르고저 뜨는 **구름** 남천(南天)으로 닫는구나
흐르는 ⓔ내가 되어 집 앞에 두르고저
나는 듯 ⓜ새나 되어 창가에 가 노닐고저
내 마음 헤아리려 하니 노친 정사(情思) 일러 무삼
여의(如意) 잃은 용이오 키 없는 배 아닌가
추풍의 낙엽같이 어드메 가 머무를꼬

— 이광명, 「북찬가(北竄歌)」 —

*꿈을 둘너 상시과저: 꿈을 가져다 현실로 삼고 싶구나.
*학발자안: 머리가 하얗게 센 자애로운 얼굴. 어머니를 가리킴.
*안족서신: 기러기 발목에 매달아 보낸 편지.
*일반고사: 괴롭거나 고통스러운 모든 생각.

1. (가)∼(다)의 공통점으로 가장 적절한 것은?

① 자연물을 통해 현실의 부정적 측면을 부각하고 있다.

② 대조적 소재의 열거를 통해 시적 긴장감을 높이고 있다.

③ 과거와 현재의 대비를 통해 그리움의 정서를 표현하고 있다.

④ 일상생활의 관찰을 통해 사물에서 삶의 교훈을 얻어 내고 있다.

⑤ 친숙한 사물을 통해 화자의 마음이 향하는 공간을 환기하고 있다.

2. (가)∼(다)의 시어를 비교하여 이해한 내용으로 가장 적절한 것은?

① (가)의 '보리'와 (나)의 '보리'는 두 작품의 계절적 배경이 동일함을 알려 준다.

② (가)의 '꿈'과 (다)의 '꿈'은 출세하고자 하는 화자의 의지를 표현한다.

③ (가)의 '강물 소리'와 (나)의 '노래'는 대상에 대한 화자의 긍정적 태도를 드러낸다.

④ (나)의 '남풍'과 (다)의 '추풍'은 화자가 동경하는 세계와 화자를 매개한다.

⑤ (나)의 '구름'과 (다)의 '구름'은 자유로운 소통의 가능성을 차단한다.

3. (가)와 (나)의 표현상 특징에 대한 설명으로 적절하지 않은 것은?

① (가), (나) 모두 감각적 이미지를 빈번히 사용하여 시상을 전개하고 있다.

② (가)는 (나)와 달리 의성어의 변화로 화자의 심리를 표현하고 있다.

③ (가)는 (나)와 달리 연을 구분하지 않고 성찰적 어조를 드러내고 있다.

④ (나)는 (가)와 달리 새로운 소재가 추가될 때마다 어조에 변화를 주고 있다.

⑤ (나)는 (가)에 비해 대구와 부드러운 어감의 표현을 효과적으로 사용하고 있다.

4. 〈보기〉의 '하이데거'의 관점에서 (가)를 감상한 내용으로 가장 적절한 것은? [3점]

〈보기〉

하이데거에게 예술은 '존재자의 존재'를 드러내 준다. 그에 따르면 고흐의 '구두' 그림에는 단순히 도구로서의 구두[=존재자]만 있는 것이 아니다. 그림 속의 구두에는 들일을 나서는 농부의 고단한 삶, 해질 무렵 들길을 걷는 그의 고독이 드러나 있으며, 아울러 대지의 습기와 다 익은 곡식의 풍요로움이 실려 있다. 우리는 이 그림을 통해 구두에 감추어진 '존재'가 눈앞에 펼쳐지는 체험을 하게 된다.

① [A]: 구두 밑바닥에 녹아드는 살얼음으로 봄을 맞이하는 화자의 기쁨을 표현하고 있군.

② [B]: 귀가 얼어붙을 정도의 추위를 강조하여 구두에 대한 화자의 연민을 드러내고 있군.

③ [C]: 여러 번의 수선을 거친 구두에는 구두의 도구성에 대한 화자의 비판적 견해가 나타나 있군.

④ [D]: 고향 텃밭의 허름함과 헌 구두를 비교하여 초면과 구면 사이에 차이가 없음을 말하고 있군.

⑤ [E]: 고향에 대해 무심했던 삶 속에서도 고향이 화자의 내면에 자리 잡고 있었음이 낡은 구두에서 드러나고 있군.

5. (나)의 구조에 대한 설명으로 적절하지 않은 것은?

① 〈1〉, 〈2〉, 〈3〉 모두 세 연씩으로, 각 연은 두 행씩으로 구성되어 형식적 통일성을 갖추고 있다.

② '산 너머 남촌에는'이 〈1〉, 〈2〉, 〈3〉의 1연마다 반복되어 시 전체의 유기적 연관성을 강화하고 있다.

③ 〈1〉, 〈2〉, 〈3〉의 각 3연이 동일한 형태로 반복되어 후렴구로 기능하고 있다.

④ 시어와 표현 면에서 〈1〉과 〈2〉는 유사성이 크지만, 〈3〉은 상대적으로 차이를 보인다.

⑤ 〈1〉의 2연은 문장 구조가 같은 두 행이 짝을 이루고 있는데, 이는 〈2〉의 2연도 마찬가지이다.

6. (다)의 ㉠∼㉤ 중 함축하는 의미가 동일한 것끼리 바르게 묶은 것은?

① ㉠, ㉢   ② ㉠, ㉣

③ ㉡, ㉤   ④ ㉢, ㉤

⑤ ㉣, ㉤

[1~5] 다음 글을 읽고 물음에 답하시오.

(가)

[1] 풀은 ㉠바람이 동쪽으로 불면 동쪽으로 향하고 바람이 서쪽으로 불면 서쪽으로 향한다. 다들 바람 부는 대로 쏠리는데 굳이 따르기를 피하려 할 이유가 있겠는가? 내가 걸으면 그림자가 내 몸을 따르고 내가 외치면 메아리가 내 소리를 따른다. 그림자와 메아리는 내가 있기에 생겨난 것이니 따르기를 피할 수 있겠는가? 아무것도 따르지 않은 채 혼자 가만히 앉아서 한평생을 마칠 수 있을까? 그럴 수는 없는 법이다.

[2] 어째서 상고 시대의 의관을 따르지 않고 오늘날의 복식을 따르며, 중국의 언어를 따르지 않고 각기 자기 나라의 발음을 따르는 것일까? 이는 ㉡수많은 별들이 각자의 경로대로 움직이며 하늘의 법칙을 따르고, 온갖 냇물이 각자의 모양대로 흐르며 땅의 법칙을 따르는 것과 같은 도리이다.

[3] 물론 일반적인 추세를 따르지 않고 자신의 천성과 사명을 견지하는 경우도 있다. 천하가 모두 주나라를 새로운 천자의 나라로 섬기게 되었음에도 백이와 숙제는 그것을 부끄럽게 여겼고, 모든 풀과 나무가 가을이면 시들어 떨어짐에도 소나무와 잣나무는 여전히 푸른 것이 바로 그런 경우이다. 그렇지만 우임금도 방문하는 나라의 풍속에 따라 일시적으로 자신의 복식을 바꾸셨고, 공자도 사냥한 짐승을 서로 비교하는 노나라 관례를 따르시지 않았던가! 성인(聖人)도 모두가 함께 하는 부분을 위배할 수는 없었던 것이다.

[4] 그렇다면 많은 사람이 하는 대로 따르기만 하면 되는 것인가? 아니다! 이치를 따라야 한다. 이치는 어디에 있는가? 마음에 있다. 무슨 일이든지 반드시 자기 마음에 물어보라. 마음에 거리낌이 없으면 이치가 허락한 것이요, 마음에 거리낌이 있으면 이치가 허락하지 않은 것이다. 이렇게만 한다면 무엇을 따르든 모두 올바르고 하늘의 법칙에 절로 부합할 것이며, 어떤 상황에서든 마음만 따르다 보면 운명과 귀신도 모두 그 뒤를 따르게 될 것이다.

– 이용휴, 「수려기(隨廬記)*」 –

*수려기: '따르며 살리라'라는 이름을 붙인 집에 대한 글.

(나)

내 팔자가 사는 대로 내 고생이 닫는 대로
㉢좋은 일도 그뿐이요 그른 일도 그뿐이라
춘삼월 호시절에 화전놀음 와서들랑
꽃빛일랑 곱게 보고 새소리는 좋게 듣고
밝은 달은 예사 보며 맑은 바람 시원하다

좋은 동무 좋은 놀음에 서로 웃고 놀아 보소
㉣사람 눈이 이상하여 제대로 보면 관계찮고
고운 꽃도 새겨 보면 눈이 캄캄 안 보이고
귀도 또한 별일이지 그대로 들으면 괜찮은걸
새소리도 고쳐 듣고 슬픈 마음 절로 나네
마음 심 자가 제일이라 단단하게 맘 잡으면
꽃은 절로 피는 거요 새는 예사 우는 거요
달은 매양 밝은 거요 바람은 일상 부는 거라
마음만 예사 태평하면 예사로 보고 예사로 듣지
보고 듣고 예사하면 고생될 일 별로 없소
앉아 울던 청춘과부 황연대각* 깨달아서
덴동어미 말 들으니 말씀마다 개개 옳아
이내 수심 풀어내어 이리저리 부쳐 보세
이팔청춘 이내 마음 봄 춘 자로 부쳐 보고
화용월태* 이내 얼굴 꽃 화 자로 부쳐 두고
술술 나는 긴 한숨은 세류춘풍 부쳐 두고
밤이나 낮이나 숱한 수심 우는 새나 가져가게
일촌간장 쌓인 근심 도화유수로 씻어 볼가
천만 첩이나 쌓인 설움 웃음 끝에 하나 없네
구곡간장 깊은 설움 그 말끝에 슬슬 풀려
삼동설한 쌓인 눈이 봄 춘 자 만나 슬슬 녹네 ⎤ [A]

– 작자 미상, 「덴동어미화전가」 –

*황연대각: 환하게 모두 깨달음.
*화용월태: 아름다운 여인의 얼굴과 맵시를 이르는 말.

(다)

이런들 어떠하며 저런들 어떠하리
㉤초야우생*이 이렇다 어떠하리
하물며 천석고황을 고쳐 무엇 하리

고인(古人)도 날 못 보고 나도 고인 못 뵈
고인을 못 뵈도 가던 길 앞에 있네
가던 길 앞에 있거든 아니 가고 어찌할꼬

청산은 어찌하여 만고에 푸르르며
유수는 어찌하여 주야에 그치지 아니한고 ⎤ [B]
우리도 그치지 말아 만고상청(萬古常靑)하리라

– 이황, 「도산십이곡」 –

*초야우생 : 시골에 묻혀 사는 자신을 낮추어 이르는 말.

1. (가)~(다)의 공통점으로 가장 적절한 것은?

① 학문에 대한 관점을 보여 주고 있다.

② 삶의 자세에 대한 견해를 드러내고 있다.

③ 대상과 합일하고자 하는 의지를 드러내고 있다.

④ 이상을 추구하면서 사회의 모순을 비판하고 있다.

⑤ 현실에서 벗어나고자 하는 심리를 보여 주고 있다.

2. (가)에 대한 설명으로 적절하지 않은 것은?

① [1]에서는 풀, 그림자, 메아리 같은 자연 현상으로부터 사람 역시 아무것도 따르지 않고 살 수는 없음을 유추했다.

② [2]에서는 시대와 지역에 따라 '따름'의 대상이 다른 것은 당연한 일이고, 이것이 결국은 천지의 법칙을 따르는 것임을 별의 운행과 냇물의 흐름을 들어서 밝혔다.

③ [3]에서는 우임금과 공자 같은 권위 있는 인물의 사례를 제시하여 관습을 전혀 따르지 않고 살 수는 없다는 사실을 강조하였다.

④ [4]에서는 자문자답을 반복하는 형식을 취하여 마음에 거리낌이 있더라도 하늘의 법칙을 따라야 함을 깨닫게 하였다.

⑤ 글의 중간 중간에 '따름'의 여러 측면을 반복적으로 언급함으로써 주제를 부각하였다.

3. (나)의 인물에 대한 이해로 가장 적절한 것은?

① 덴동어미는 계획적인 삶이 중요하다고 생각하고 있군.

② 덴동어미는 본격적으로 화전놀이를 떠날 채비를 하겠군.

③ 덴동어미는 청춘과부에게 생명력을 불어넣는 역할을 하는군.

④ 청춘과부는 자연의 변화에 무감각한 사람이 되어 버렸군.

⑤ 청춘과부는 가난이 사람을 성숙하게 만드는 것이라고 믿게 되었군.

4. [A]와 [B]의 표현상 특징으로 적절한 것은?

① [A]는 감정 이입을 통해 정적인 분위기를 만들어 내고 있다.

② [A]는 대화를 통하여 인물의 성격을 분명히 보여 주고 있다.

③ [B]는 자연물의 속성에 빗대어 화자의 의지를 드러내고 있다.

④ [B]는 의문형 어구를 반복하여 심리적 갈등을 드러내고 있다.

⑤ [A]와 [B] 모두 반어적 표현으로 주제 의식을 강조하고 있다.

5. ㉠~㉤에 대한 설명으로 적절한 것은?

① ㉠은 정처 없이 떠도는 인간의 운명을 의미한다.

② ㉡은 하늘의 별이 지상의 존재들에게 등불이 되어 준다는 의미이다.

③ ㉢은 마음이 상황에 따라 동요하지 않는다는 의미이다.

④ ㉣은 성숙한 인간이 가진 안목을 의미한다.

⑤ ㉤은 화자가 자신의 선택에 대해 회의하고 있음을 의미한다.

[1~6] 다음 글을 읽고 물음에 답하시오.

(가)

조국을 언제 떠났노,
파초*의 꿈은 가련하다.

남국을 향한 불타는 향수,
너의 넋은 수녀보다도 더욱 외롭구나.

소낙비를 그리는 너는 정열의 여인,   ┐
나는 샘물을 길어 네 발등에 붓는다.   [A]
                                    ┘

이제 밤이 차다,
나는 또 너를 내 머리맡에 있게 하마.

나는 즐겨 너를 위해 종이 되리니,
너의 그 드리운 치맛자락으로 우리의 겨울을 가리우자.

— 김동명, 「파초」 —

*파초: 잎이 긴 타원형이며 키가 큰 여러해살이풀.

(나)

산비탈엔 들국화가 환—하고 누이동생의 무덤 옆엔 밤나무 하나가 오뚝 서서 바람이 올 때마다 아득—한 공중을 향하여 여윈 가지를 내어 저었다. 갈 길을 못 찾는 영혼 같애 절로 눈이 감긴다. 무덤 옆엔 작은 시내가 은실을 긋고 등 뒤에 서걱이는 떡갈나무 수풀 앞에 차단—한 비석이 하나 노을에 젖어 있었다. 흰나비처럼 여윈 모습 아울러 어느 무형(無形)한 공중에 그 체온이 꺼져 버린 후 밤낮으로 찾아 주는 건 비인 묘지의 물소리와 바람 소리뿐. 동생의 가슴 우엔 비가 나리고 눈이 쌓이고 적막한 황혼이면 별들은 이마 우에서 무엇을 속삭였는지. 한 줌 흙을 헤치고 나즉—히 부르면 함박꽃처럼 눈뜰 것만 같애 서러운 생각이 옷소매에 스몄다.

— 김광균, 「수철리(水鐵里)*」 —

*수철리: 공동묘지가 있던 서울의 한 마을.

(다)

슬프나 즐거오나 옳다 하나 외다 하나
내 몸의 해올 일만 닦고 닦을 뿐이언정
그 밧긔 여남은 일이야 분별할 줄 이시랴.   〈제1수〉

내 일 망령된* 줄을 내라 하여 모를손가
이 마음 어리기도 임 위한 탓이로세
아무가 아무리 일러도 임이 헤여 보소서.   〈제2수〉

추성(楸城) 진호루(鎭胡樓)* 밧긔 울어 예는   ┐
저 시내야   [B]
므음 호리라* 주야에 흐르는다   │
임 향한 내 뜻을 조차 그칠 뉘를 모르다.   ┘ 〈제3수〉

뫼흔 길고 길고 물은 멀고 멀고
어버이 그린 뜻은 많고 많고 하고 하고
어디서 외기러기는 울고 울고 가느니.   〈제4수〉

어버이 그릴 줄을 처음부터 알아마는
임금 향한 뜻도 하늘이 삼겨시니
진실로 임금을 잊으면 긔 불효인가 여기노라.   〈제5수〉

— 윤선도, 「견회요(遣懷謠)」 —

*망령된: 언행이 상식에서 벗어나 주책이 없는.
*추성 진호루: 함경북도 경원에 있는 누각.
*므음 호리라: 무엇을 하려고.

1. (가)~(다)에 대한 설명으로 가장 적절한 것은?

① (가)와 (나)에서는 현실과 이상의 괴리가 심화되고 있다.

② (가)와 (다)는 자연의 섭리를 깨닫는 과정을 보여 주고 있다.

③ (나)와 (다)에는 화자가 대상을 만날 수 없는 정황이 나타나 있다.

④ (가)~(다)에는 대립적 가치가 첨예하게 표출되고 있다.

⑤ (가)~(다)에서는 시간의 변화를 중심으로 시상이 전개되고 있다.

2. 시적 화자의 태도를 중심으로 (가)와 (나)를 비교한 것으로 가장 적절한 것은?

① (가)에는 대상에 대한 유화적인 태도가, (나)에는 독단적인 태도가 드러난다.

② (가)에는 대상에 대한 단정적인 태도가, (나)에는 회의적인 태도가 드러난다.

③ (가)에는 대상과의 관계 단절을 두려워하는 태도가, (나)에는 관계 형성을 열망하는 태도가 나타난다.

④ (가)에는 현실 상황에 대한 낙천적인 태도가, (나)에는 비관적인 태도가 드러난다.

⑤ (가)에는 현실 상황의 변화를 기대하는 태도가, (나)에는 변화될 수 없는 현실 상황을 안타까워하는 태도가 나타난다.

3. [A]와 [B]에 나타난 공통된 표현 효과로 가장 적절한 것은?

① 문답 형식을 통해 친밀감을 드러내고 있다.

② 감각적 이미지를 통해 정서를 구체화하고 있다.

③ 대구를 통해 안정적인 운율감을 조성하고 있다.

④ 반어적 표현을 통해 시적 긴장감을 고조하고 있다.

⑤ 어조 변화를 통해 정적인 분위기를 강화하고 있다.

4. (가)를 감상한 내용으로 적절하지 않은 것은?

① 파초를 '또' 머리맡에 둔다고 한 것을 보니, 계속해서 파초를 돌보겠다는 의지를 알 수 있군.

② 파초를 위해 '종'이 된다고 한 것을 보니, 파초를 아끼는 마음을 알 수 있군.

③ 파초의 잎을 '치맛자락'으로 비유한 것을 보니, 파초는 '나'에게 모성적 존재임을 알 수 있군.

④ '나'와 파초를 '우리'로 묶어 표현한 것을 보니, '나'는 파초에 대해서 일체감을 느끼고 있음을 알 수 있군.

⑤ 파초와 '나'가 처한 상황이 차가운 겨울밤인 것을 보니, 시련과 고난의 상황에 놓여 있음을 알 수 있군.

5. (나)의 시어에 대한 설명으로 적절하지 않은 것은?

① '환—하고', '아득—한' 등의 '—'는 시어의 느낌을 풍부하게 한다.

② '밤나무'의 '여윈 가지'는 쓸쓸한 시적 분위기를 형성한다.

③ '흰나비'는 '누이동생'의 여윈 모습을 연상시킨다.

④ '묘지'는 화자가 죽은 누이를 떠올리는 공간이다.

⑤ '비', '눈', '별' 등은 화자의 의지를 상징한다.

6. (다)의 각 수를 연결하여 이해할 때, 적절하지 않은 것은?

[3점]

① 제1수의 '옳다 하나 외다 하나'는 제2수의 '아무가'의 행위로 볼 수 있다.

② 제2수의 망령된 '내 일'은 제3수의 '내 뜻'에 상반되는 것으로 이해할 수 있다.

③ 제3수의 '추성'은 제4수의 '뫼'와 '물'에 의해 그리움의 대상으로부터 먼 공간으로 인식될 수 있다.

④ 제4수의 '뜻'은 제5수의 '뜻'에 와서 더욱 확대되어 표출된 것으로 볼 수 있다.

⑤ 제5수의 '임금 향한 뜻'은 제1수의 '내 몸의 해올 일'을 직접적으로 제시한 것으로 볼 수 있다.

[1~5] 다음 글을 읽고 물음에 답하시오.

(가)

홍진(紅塵)에 묻힌 분네 이 내 생애 어떠한고
옛사람 풍류를 미칠까 못 미칠까.
천지간 남자 몸이 나만한 이 많건마는
㉠산림에 묻혀 있어 지락(至樂)을 모를 것인가.
수간모옥(數間茅屋)*을 벽계수(碧溪水) 앞에 두고
송죽(松竹) 울울리(鬱鬱裏)*에 풍월주인(風月主人) 되었어라.
엊그제 겨울 지나 새 봄이 돌아오니
도화행화(桃花杏花)는 석양리(夕陽裏)에 피어 있고
녹양방초(綠楊芳草)는 세우(細雨) 중에 푸르도다.
칼로 말라냈나 붓으로 그려냈나   [A]
조화신공(造化神功)이 물물(物物)마다 헌사롭다.
수풀에 우는 새는 춘기(春氣)를 못내 겨워
소리마다 교태로다.
㉡물아일체(物我一體)어니 흥이야 다를쏘냐.

– 정극인,「상춘곡(賞春曲)」–

*수간모옥: 몇 칸 초가집.
*울울리: 우거진 속.

(나)

뒷집의 술쌀을 꾸니 거친 보리 한 말 못 찼다
주는 것 마구 찧어 쥐어 빚어 괴어 내니   [B]
여러 날 주렸던 입이니 다나 쓰나 어이리.

어와 저 백구(白鷗)야 무슨 수고 하느냐
㉢갈 숲으로 서성이며 고기 엿보기 하는구나
나같이 군마음 없이 잠만 들면 어떠리.

삼공(三公)이 귀하다 한들 강산과 바꿀쏘냐
조각배에 달을 싣고 낚싯대를 흩던질 제
㉣이 몸이 이 청흥(淸興) 가지고 만호후(萬戶侯)*인들 부러우랴.

헛글고 싯근* 문서 다 주어 내던지고
필마(匹馬) 추풍에 채찍을 쳐 돌아오니
㉤아무리 매인 새 놓인다 한들 이토록 시원하랴.

동풍이 건듯 불어 적설(積雪)을 다 녹이니
사면(四面) 청산이 옛 모습 나노매라   [C]
귀밑의 해묵은 서리는 녹을 줄을 모른다.

– 김광욱,「율리유곡(栗里遺曲)」–

*만호후: 재력과 권력을 겸비한 제후 또는 세도가.
*헛글고 싯근: 흐트러지고 시끄러운.

(다)

ⓐ군이 내가 소유하지 않아도 즐기는 데 방해를 받지 않는다는 것이 오로지 원림(園林)이나 누정(樓亭)뿐이겠는가? 천하의 사물 가운데 그렇지 않은 것은 아무것도 없다. 다만 원림이나 누정의 경우가 특별히 더 그런 것뿐이다.

서울에서 수십 리 이내의 가까운 지역에는 사람들이 조성한 별장과 농장이 많다. 어떤 것은 강가를 따라 있고, 어떤 것은 시내를 내려다보고 있으며, 어떤 것은 산을 등지고 계곡에 걸쳐 있기도 하다. 제각기 멋진 풍경 하나쯤은 갖추고 있다. 그러나 산수(山水)를 평가하고 논하는 사람들이 걸핏하면 저쪽 경치를 들어다 이쪽 경치와 비교하면서 앞다퉈 제가 본 풍경을 자랑하는 것을 많이 보았다. 정말 웃을 노릇이다.

빼어난 경관과 아름다운 풍경을 뽐내는 천하의 명소가 어디 한두 군데에 불과하랴? 또한 그 고정된 견해와 평가가 있겠는가? 발걸음을 옮길 때마다 보이는 풍경이 바뀌고, 지경(地境)의 변화에 따라 느낌이 달라진다. 또 같은 장소라 해도 경관이 차이가 나고, 같은 풍경이라도 때에 따라 변모한다. 그럼에도 불구하고 어느 것이 낫고 어느 것이 모자라다며 제각기 자랑하고, 어느 것이 뛰어나고 어느 것이 뒤진다며 제각기 평을 내린다면, 이것은 맛 좋은 술에게 소금처럼 짜지 않고 왜 맛이 좋으냐고 혼내는 격이요, 양고기와 돼지고기에게 채소와 과일처럼 담박한 맛을 내지 않고 왜 그렇게 기름진 맛을 내느냐고 화를 내는 격이다. ⓑ이러한 생각에 사로잡힌 사람은 천하의 이름난 산과 빼어난 승경(勝景)을 모조리 자기가 소유한 뒤에라야 비로소 흡족해할 것이다. 그러면 작은 볼거리에 구속되어 큰 볼거리를 놓치는 사람이 되지나 않을까?

– 박규수,「범희문회서도원림(范希文懷西都園林)」–

1. (가)~(다)에 대한 설명으로 적절한 것은?

① (가)와 (나)는 설의적 표현을 통해 화자의 자족감을 표출하고 있다.

② (가)와 (다)는 색채의 대비를 통해 표현 효과를 높이고 있다.

③ (나)와 (다)는 감각적 이미지를 활용하여 계절감을 드러내고 있다.

④ (가)~(다)는 풍자적 표현을 활용하여 주제를 드러내고 있다.

⑤ (가)~(다)는 시간의 흐름을 통해 사물의 속성을 드러내고 있다.

2. 〈보기〉를 참고할 때, ㉠~㉤ 중 @의 관점과 거리가 먼 것은?

〈보기〉

(다)는 범희문이라는 사람이 화려한 저택을 거부하고 겸허한 삶을 살고자 했던 사연을 바탕으로 창작되었다. 작가는 세속적 소유를 거부한 범희문의 태도에 기대어 당대 사대부들의 삶에 드러난 속물적 태도를 비판한다. 나아가 대상과 인간의 관계에 대한 통찰을 이끌어 내고 있다.

① ㉠: 산림에 묻혀서 지락을 아는 것

② ㉡: 물아일체 속에서 흥을 느끼는 것

③ ㉢: 갈대숲을 서성이며 고기를 엿보는 것

④ ㉣: 만호후를 부러워하지 않고 청흥을 느끼는 것

⑤ ㉤: 구속에서 벗어나 시원함을 느끼는 것

3. [A]와 [C]를 비교한 내용으로 가장 적절한 것은?

① [A]와 [C]에서 봄은 모두 인간의 유한성을 상징한다.

② [A]는 [C]와 달리 봄을 겨울과 대조하여 표현하고 있다.

③ [C]는 [A]와 달리 의인화를 통해 봄의 속성을 강조하고 있다.

④ [A]의 봄은 흥겨움을, [C]의 봄은 서글픔을 불러일으킨다.

⑤ [A]는 근경에서 원경으로, [C]는 원경에서 근경으로 봄을 묘사하고 있다.

4. [B]를 이해한 내용으로 가장 적절한 것은?

① 조촐하고 소박한 삶의 모습이 나타나 있다.

② 사회적 규범을 따르는 자세가 드러나 있다.

③ 농가와 자연을 분리하려는 의지가 보인다.

④ 공동체를 위한 헌신적 삶이 드러나 있다.

⑤ 숭고한 삶에 대한 지향이 드러나 있다.

5. ⓑ와 같은 사람의 태도로 보기 어려운 것은?

① 휴양림을 늘 내 곁에 두고 보고 싶으니 집에 작은 정원을 만들어야겠어.

② 주말에 지리산에 갔는데 갈 때마다 모습도 다르고 느낌도 달라서 참 좋았어.

③ 가족 여행 때 다녀온 강릉 경포대의 진면목을 알려면 「관동별곡」을 읽어야 해.

④ 단풍은 설악산이 최고라 하니 단풍을 구경하려면 당연히 설악산으로 가야 해.

⑤ 내가 한라산을 가 보고 싶은 이유는 유명한 산악인들이 추천하는 명산이기 때문이야.

[1~6] 다음 글을 읽고 물음에 답하시오.

(가)

님은 갔습니다. **아아,** 사랑하는 나의 님은 갔습니다.

푸른 산빛을 깨치고 단풍나무 숲을 향하여 난 작은 길을 걸어서, 차마 떨치고 갔습니다.

황금의 꽃같이 굳고 빛나던 옛 맹서는 **차디찬 티끌**이 되어서 한숨의 미풍에 날아갔습니다.

날카로운 첫 키스의 추억은 나의 운명의 지침을 돌려놓고, 뒷걸음쳐서 사라졌습니다.

나는 향기로운 님의 말소리에 귀먹고, **꽃다운 님의 얼굴**에 눈멀었습니다.

사랑도 사람의 일이라, 만날 때에 미리 떠날 것을 염려하고 경계하지 아니한 것은 아니지만, 이별은 뜻밖의 일이 되고, 놀란 가슴은 새로운 슬픔에 터집니다.

그러나 이별을 쓸데없는 **눈물**의 원천을 만들고 마는 것은 스스로 사랑을 깨치는 것인 줄 아는 까닭에, ㉠걷잡을 수 없는 슬픔의 힘을 옮겨서 새 희망의 정수박이에 들어부었습니다.

우리는 만날 때에 떠날 것을 염려하는 것과 같이, 떠날 때에 **다시 만날 것**을 믿습니다.

아아, 님은 갔지마는 나는 님을 보내지 아니하였습니다.

ⓐ제 곡조를 못 이기는 사랑의 노래는 님의 침묵을 휩싸고 돕니다.

– 한용운, 「님의 침묵」 –

(나)

크낙산 골짜기가 온통
연록색으로 부풀어 올랐을 때
그러니까 신록이 우거졌을 때
그곳을 지나가면서 나는
미처 몰랐었다

뒷절로 가는 길이 온통
주황색 단풍으로 물들고 나뭇잎들
무더기로 바람에 떨어지던 때
그러니까 낙엽이 지던 때도
그곳을 거닐면서 나는
느끼지 못했었다

이렇게 한 해가 다 가고
눈발이 드문드문 흩날리던 날
앙상한 대추나무 가지 끝에 매달려 있던

㉡나뭇잎 하나
문득 혼자서 떨어졌다

저마다 한 개씩 돋아나
여럿이 모여서 한여름 살고
마침내 저마다 한 개씩 떨어져
그 많은 나뭇잎들
사라지는 것을 보여 주면서

– 김광규, 「나뭇잎 하나」 –

(다)

삼경에 못 든 잠을 사경 말에 비로소 들어
상사(相思)하던 우리 님을 꿈 가운데 해후하니
시름과 한(恨) 못다 일러 한바탕 꿈 흩어지니
아리따운 고운 얼굴 곁에 얼핏 앉았는 듯
어화 아뜩하다 꿈을 생시 삼고지고
잠 못 들어 탄식하고 바삐 일어나 바라보니
구름산은 첩첩하여 천리몽(千里夢)을 가려 있고
흰 달은 창창하여 두 마음을 비추었다
좋은 기약 막혀 있고 세월이 하도 할사
엊그제 꽃이 버들 곁에 붉었더니
그 결에 훌훌하여* 잎에 가득 가을 소리라
새벽 서리 지는 달에 외기러기 슬피 울 제
반가운 님의 소식 행여 올까 바라더니
아득한 구름 밖에 빈 소리뿐이로다
지리하다 이 이별이 언제면 다시 볼까
어화 내 일이야 나도 모를 일이로다
이리저리 그리면서 어이 그리 못 가는고
약수(弱水)* 삼천 리 멀단 말이 이런 곳을 일렀구나
산 머리에 조각달 되어 님의 낯에 비추고자 ┐
바위 위에 오동 되어 님의 무릎 베고자 │
빈산에 잘새 되어 북창(北窓)에 가 울고자   [A]
지붕 위 아침 햇살에 제비 되어 날고지고 │
옥창(玉窓)의 앵두화에 나비 되어 날고지고 ┘
태산이 평지 되도록 금강이 다 마르도록
평생 슬픈 회포 어디에 견주리오

– 작자 미상, 「춘면곡(春眠曲)」 –

*훌훌하여: 시간이 빨리 지나가서.
*약수: 신선이 사는 땅에 있다는 강 이름.

1. (가)~(다)의 공통점으로 가장 적절한 것은?

① 과거의 상황을 환기하며 화자의 정서를 드러낸다.

② 자연의 변화를 표현하여 화자의 미래를 암시한다.

③ 감각적 이미지를 활용하여 시적 대상을 예찬한다.

④ 관조적인 자세로 대상이 지닌 의미를 새롭게 발견한다.

⑤ 섬세하고 부드러운 어조로 애상적 분위기를 고조시킨다.

2. ㉠과 ㉡에 대한 설명으로 가장 적절한 것은?

① ㉠과 ㉡에서는 시상이 확산되고 있다.

② ㉠과 ㉡ 모두 감정을 직설적으로 표출하고 있다.

③ ㉠은 ㉡과 달리 화자의 의지가 투영되어 있다.

④ ㉡은 ㉠에 비해 역동적인 느낌이 두드러진다.

⑤ ㉠은 사실의 기술이, ㉡은 관념의 표현이 부각된다.

3. (가)와 (다)를 대응시켜 감상한 내용으로 적절하지 <u>않은</u> 것은?

① (가)의 첫 번째 '아아'와 (다)의 두 번째 '어화'는 부정적 상황에 대한 비탄의 표현으로 볼 수 있군.

② (가)의 '차디찬 티끌'과 (다)의 '새벽 서리'는 허무하게 깨진 인연을 상징한다는 점에서 통하네.

③ (가)의 '꽃다운 님의 얼굴'과 (다)의 '아리따운 고운 얼굴'은 화자가 사랑하는 대상의 모습을 나타내고 있어.

④ (가)의 '눈물'과 (다)의 '시름과 한'은 이별로 인해 생겨난 슬픔이라 할 수 있어.

⑤ (가)의 '다시 만날 것'과 (다)의 '좋은 기약'은 '님'과 만나고 싶은 소망과 관련되겠군.

4. 〈보기〉를 바탕으로 ⓐ를 이해한 내용으로 가장 적절한 것은?

> ───────〈보기〉───────
>
> 「님의 침묵」에서 '노래'와 '침묵'은 화자와 '님'의 관계를 이해하는 데 핵심이 되는 시어이다. 한용운은 시 「반비례」에서 "당신이 노래를 부르지 아니하는 때에 당신의 노랫가락은 역력히 들립니다그려 / 당신의 소리는 침묵이에요"라고 했다. 침묵이라는 부재의 상태에서 '님'의 실재를 본 것이다. 화자는 '님'을 향해 '노래'를 부르는데, 시 「나의 노래」에서 "나의 노래가 산과 들을 지나서 멀리 계신 님에게 들리는 줄"을 안다고 했다. 이는 화자가 자신의 노래에 '님'과 근원적으로 소통할 수 있는 힘을 부여한 것으로 볼 수 있다.

① 노래가 제 곡조를 못 이긴다는 것은 '님'이 침묵하는 상황을 화자가 감당하지 못한다는 뜻이야.

② 노래가 '님'의 침묵을 휩싸고 돈다는 것은 화자가 부재 속에 실재하는 '님'과 깊이 교감한다는 뜻이야.

③ '나의 노래'가 산과 들을 지나서 멀리 나아간다고 한 데서 '사랑의 노래'가 자연 친화적임을 알 수 있어.

④ 침묵을 휩싸고 도는 노래가 '사랑의 노래'라는 것은 침묵이 끝나야 사랑이 비로소 시작되리라는 것을 말하고 있어.

⑤ 침묵하는 '님'에게서 노랫가락을 역력히 듣는다는 데서 '사랑의 노래'가 화자의 노래가 아니라 '님'의 노래임을 알 수 있어.

5. (나)에 대한 설명으로 적절하지 <u>않은</u> 것은? [3점]

① 1연, 2연에서 유사한 구조의 문장을 사용함으로써 대상의 의미를 깨닫지 못했던 화자의 모습을 강조하고 있다.

② 1~3연에서 '골짜기'→'길'→'대추나무'→'나뭇잎 하나'로 시적 대상이 바뀌면서 화자와 대상의 거리가 가까워지고 있다.

③ 1~4연에서 '그러니까', '문득', '마침내'와 같은 부사는 독자로 하여금 화자의 인식에 주목하게 하고 있다.

④ 4연에서 '저마다 한 개씩'이라는 시구를 반복함으로써 세상과 화합할 수 없는 존재의 고뇌를 강조하고 있다.

⑤ 4연에서 화자는 생성에서 소멸에 이르는 자연물의 변화 과정을 통해 인간의 삶을 이해하고 있다.

6. 〈보기〉를 참고하여 [A]를 감상한 내용으로 적절하지 <u>않은</u> 것은?

─〈보기〉─

　　시조나 가사에는, 임과 헤어져 있는 화자가 어떤 특정한 자연물로 다시 태어나서 임의 곁에 머물고 싶다는 진술이 흔히 나타난다. 이러한 진술은 화자의 소망을 강조하기 위한 관습적 표현인데, 그 속에는 당대인들의 세계관이 투영되어 있다. 인간과 자연이 깊은 관련을 맺으며 조화를 이룬다는 인식, 현세의 인연이 후세로 이어질 수 있다는 순환적 인식 등이 그것이다. 시가에 담긴 이러한 인식은 화자가 현실의 고난이나 결핍을 극복하는 데 도움을 준다.

① 관습적인 표현을 활용한 것은 개인적 정서를 보편적인 것으로 느끼게 하는 데 효과적이었겠어.

② 비슷한 의미 구조를 지니는 구절을 거듭 제시함으로써 화자의 소망이 간절함을 강조하고 있어.

③ '오동', '제비', '나비' 등이 사용된 데서, 인간과 자연이 관련되어 있다는 화자의 인식을 엿볼 수 있어.

④ '조각달'이나 '잘새' 같은 소재에는 '님'과 함께 크고 넓은 세계로 도약하려는 화자의 희망이 담겨 있어.

⑤ 자연물로 변해서라도 '님'과 만나려 하는 것을 보니 화자가 '님'과 만나기 어려운 상황에 놓여 있음을 알 수 있어.

HOLSOO

홀로 공부하는 수능 국어 기출 분석

PART 6

[1~2] 다음 글을 읽고 물음에 답하시오.

남자: 마침내 그 젊은 사기꾼의 소망은 이루어졌습니다. 정원이 있는 최고급 저택, 모자와 넥타이, 호사스러운 의복, 그리고 이 건장한 하인까지 빌렸던 것입니다. 단, 조건이 있었습니다. 이 저택은 사십오 분 동안만 그가 주인이며 다음엔 되돌려 줘야 합니다. 넥타이는 이십팔 분, 모자는 십구 분 오십 초, 그 밖에 다른 물건에도 제각기 정해진 시간이 있었습니다. 그러나 젊은 사기꾼은 매우 만족했습니다. 그래서 즉시 여성 잡지를 뒤져 사교란에 주소를 낸 여자에게 전보를 쳤습니다. 여자로부터 즉각 답신이 왔습니다. 맞선을 볼 의향이 있다는 것입니다. 바로 그것은 이쪽이 바라는 바이기도 했습니다. (혼잣말처럼) 왜 아직 안 온담? (다시 책을 낭독한다.) 오겠다 약속한 시간이 벌써 지났습니다. (하인, 시계를 본 채 손가락 다섯 개를 펼친다.) 딱 오 분 지났습니다. 그는 초조해졌습니다. 책을 읽어 마음을 달래보려 하였으나 초조해지기만 했습니다.

(㉠하인, 아무 말 없이 책을 빼앗아 버린다. 감정이 전혀 나타나지 않는 사무적인 동작이다. ㉡남자가 항의하려 하자 하인은 무뚝뚝하게 자기의 회중시계를 내밀어 보일 뿐이다. 그리고는 남자가 미처 수긍하기도 전에 돌아서더니 빼앗은 물건을 가지고 나간다. 잠시 후, 하인은 돌아와서 남자 곁에 서서 부동자세를 취한다.)

(중략)

여자: (악의적인 느낌이 없이) 당신은 사기꾼이에요.

남자: 그래요, 난 사기꾼입니다. 이 세상 것을 잠시 빌렸었죠. 그리고 시간이 되니까 하나 둘씩 되돌려 줘야 했습니다. 이제 난 본색이 드러나 이렇게 빈털터리입니다. 그러나 덤, 여기 있는 사람들에게 물어봐요. 누구 하나 자신 있게 이건 내 것이다, 말할 수 있는가를. 아무도 없을 겁니다. 없다니까요. 모두들 덤으로 빌렸지요. 언제까지나 영원한 것이 아닌, 잠시 빌려가진 거예요. (누구든 관객석의 사람을 붙들고 그가 가지고 있는 물건을 가리키며) 이게 당신 겁니까? 정해진 시간이 얼마지요? 잘 아꼈다가 그 시간이 되면 돌려주십시오. 덤, 이젠 알겠어요?

(ⓒ여자, 얼굴을 외면한 채 걸어 나간다. 하인, 서서히 그 무서운 구둣발을 이끌고 남자에게 다가온다. 남자는 뒷걸음질을 친다. 그는 마지막으로 절규하듯이 여자에게 말한다.)

남자: 덤, 난 가진 것 하나 없습니다. 모두 빌렸던 겁니다. 그런데 덤, 당신은 어떻습니까? 당신이 가진 건 뭡니까? 무엇이

정말 당신 겁니까? (ⓔ넥타이를 빌렸었던 남성 관객에게) 내 말을 들어보시오. 그럼 당신은 나를 이해할거요. 내가 당신에게서 넥타이를 빌렸을 때, 그때 내가 당신 물건을 어떻게 다뤘소? 마구 험하게 했었소? 어딜 망가뜨렸소? 아니요, 그렇진 않았습니다. 오히려 빌렸던 것이니까 소중하게 아꼈다간 되돌려 드렸지요. 덤, 당신은 내 말을 듣고 있어요? 여기 증인이 있습니다. 이 증인 앞에서 약속하지만, 내가 이 세상에서 덤 당신을 빌리는 동안에, 아끼고, 사랑하고, 그랬다가 언젠가 끝나는 그 시간이 되면 공손하게 되돌려 줄 테요. 덤! 내 인생에서 당신은 나의 소중한 덤입니다. 덤! 덤! 덤!

(남자, 하인의 구둣발에 걷어차인다. ⓜ여자, 더 이상 참을 수 없다는 듯 다급하게 되돌아와서 남자를 부축해 일으키고 포옹한다.)

– 이강백, 「결혼」 –

1. **[A]를 참고하여 ㉠~ⓜ을 감상한 내용으로 적절하지 않은 것은?**

① ㉠: 우리 삶의 모든 것이 빌린 것이며 정해진 시간이 되면 되돌려 줘야 하는 것임을 보여 주는군.

② ㉡: 누구도 물건을 영원히 소유할 수 없음을 상기시키고 있군.

③ ⓒ: 남자가 소유한 모든 것이 사실은 빌린 것이라는 말을 듣고도 그 말을 거짓이라 생각하여 받아들이려 하지 않는군.

④ ⓔ: 자신이 빌린 것을 소중히 아끼듯이 여자도 아끼고 사랑하겠다는 마음을 여자에게 전하는 데에 관객을 증인으로 삼고 있군.

⑤ ⓜ: 하인의 폭력적인 행동에 무기력하게 당하는 남자를 외면하지 않음으로써 빈털터리가 된 남자에 대한 연민을 드러내는군.

2. 〈보기〉를 바탕으로 윗글을 이해한 내용으로 적절하지 <u>않은</u> 것은?

MEMO

〈보기〉

일반적으로 희곡은 무대화를 전제로 창작된다. 작가는 무대의 제약을 고려하여 관객의 눈앞에 드러나는 무대 공간을 중심으로 극중 사건을 전개하고 무대 위에서 보여 줄 수 없거나 보여 주지 않아도 되는 사건은 무대 밖의 공간에서 일어나는 것으로 처리한다. 인물의 등퇴장은 이 두 공간을 연결하여 무대 공간에서의 사건 전개에 영향을 미친다. 현대극에서는 무대 공간과 관객석의 경계를 허물고 관객석까지 무대 공간으로 설정하여 표현하는 경우도 있다.

① 남자가 여자에게 전보를 치는 행동은 현재의 무대 공간에서 인물의 대사를 통해서 제시된다.

② 하인의 등퇴장은 남자가 빌린 물건들이 하나 둘씩 없어지는 사실과 결부되어 남자의 초조함을 고조시킨다.

③ 무대 공간을 벗어난 하인이 잠시 후 되돌아오는 것은 무대에서 보여 주지 않는 공간이 있음을 알려 준다.

④ 남자는 관객들을 극중 사건 진행으로 끌어 들임으로써 관객석과 무대 공간의 경계를 허문다.

⑤ 남자와 하인만 있던 무대 공간에 여자가 등장함으로써 사건의 전개에 영향을 미쳐 남자와 하인 사이에 조성된 갈등이 해소된다.

이근삼, 「원고지」

2014학년도 9월 모평AB

해설 P.245

[1~2] 다음 글을 읽고 물음에 답하시오.

장남: 전 이 집 장남입니다. 이쪽 높은 방은 저하고 누이동생이 생활하는 곳입니다. 아버지를 소개하기 전에 행복한 가정을 이룰 수 있는 비결을 말씀드리겠습니다. 아주 간단합니다. 부모는 자식들에게 맡은 바 책임을 다하면 됩니다. 밥 세 끼도 제대로 못 먹이고, 학비도 제대로 못 주는 부모들이 아들딸이 결혼할 때가 되면 아주 귀찮게 간섭을 한단 말입니다. 우리는 이런 버릇을 버려야 합니다. 우리 집이 비교적 행복한 것도 우리 부모의 열렬한 책임감 때문입니다. (자기 손목시계를 보며) 지금이 저녁 일곱 시 반이니 아마 아버지가 곧 돌아올 것입니다. 아버지는 늘 쾌활한 얼굴에다 발걸음은 참새처럼 가볍지요.

졸음이 오는 **지루한 음악**과 더불어 철문 도어가 무겁게 열리며 교수 등장. 아래위 **양복**이 원고지를 덧붙여 만든 것처럼 이것도 **원고지 칸투성이**다. 손에는 큼직한 낡은 가방을 들고 있다. 허리에 쇠사슬을 두르고 있는데 허리를 돌고 남은 줄이 마루에 줄줄 끌려 다닌다. 쇠사슬이 도어 밖까지 나가 있어 끝이 없다. 도어를 닫고 소파에 힘들게 앉는다. 여전히 쇠사슬을 끌고 다니면서 가방은 자기 옆에 놓고 처음으로 전면을 바라본다. 중년에 퍽 마른 얼굴, 이마에는 주름살이 가고 찌푸린 얼굴은 돌 모양 변화가 없다. 잠시 후 피곤하다는 듯이 두 손을 옆으로 뻗치면서 크게 기지개를 한다. '아아' 하고 토하는 큰 하품은 무엇에 두들겨 맞아 죽는 **비명**같이 비참하게 들려 오히려 관객들을 놀라게 한다. 장녀가 플랫폼에 나타난다.

장녀: 저의 아버지랍니다. 밖에서 돌아오시면 늘 이렇게 **달콤한 하품**을 하신답니다. (교수는 머리를 기대고 잠을 자고 있다. 코를 고는데 흡사 고양이 우는 소리다.) 인제 어머님이 돌아오셔요. 어머님은 늘 아버지의 건강을 염려하세요.

적당한 곳에서 처가 나타난다. 과거에는 살도 쪘지만 현재는 몸이 거의 헝클어져 있다. 퇴색한 옷을 입고 있다. 소리를 안 내고 들어와 잠자는 교수의 주머니를 샅샅이 턴다. 돈을 한 주먹 쥐고 이어 교수의 가방을 턴다. 돈 부스러기를 몇 장 찾아내고 그 액수가 적음에 실망을 한다. 잠시 후 교수를 흔들어 깨운다.

장녀: 제 말이 맞았지요?

플랫폼 방 불이 서서히 꺼진다.

처: 여보, 여기서 그냥 주무시면 어떡해요. 옷도 안 갈아입으시고.

교수: 깜빡 잠이 들었군.

교수 일어선다.

처: 어서 옷을 갈아입으세요. (처는 교수 허리에 칭칭 감긴 **철쇄**를 풀어 헤치고 소파 뒤의 막대기에 감겨 있는 또 하나의 굵은 줄을 풀어 교수 허리에 다시 감아 준다.) 옷을 갈아입으시니 한결 시원하시지 않아요?

교수: 난 잘 모르겠어.

– 이근삼, 「원고지」 –

1. 윗글에 대한 이해로 적절하지 <u>않은</u> 것은?

① '지루한 음악'을 삽입하여 장남의 말과 배치되는 극의 분위기를 조성하고 있다.

② '원고지 칸투성이'인 '양복'을 제시하여 교수가 처한 상황과 교수의 신분을 관객이 인지하도록 유도하고 있다.

③ 교수의 '비명' 같은 하품을 '달콤한 하품'이라고 말하는 장녀의 대사를 통해 가족 간 소통이 원활하지 않음을 드러내고 있다.

④ '플랫폼 방 불'이 서서히 꺼지는 효과를 활용하여 관객의 시선을 교수와 처의 연기에 집중시키고 있다.

⑤ '철쇄'를 풀어 주는 처의 행위를 통해 교수가 자율성을 회복했음을 강조하고 있다.

2. 〈보기〉를 바탕으로 윗글을 해석한 내용으로 적절한 것은?

〈보기〉

이근삼 희곡에는 극중 배역에서 일시적으로 빠져나와 관객에게 직접 발화하는 '해설자'가 빈번하게 등장한다. 해설자는 관객들에게 인물·사건·배경에 관한 정보를 제공하고, 무대에서 배우의 연기를 지시하거나 설명하는 역할을 수행한다. 따라서 해설자는 기본적으로 관객들을 극중 상황으로 자연스럽게 인도하는 매개자 역할을 하지만, 관객들이 극중 상황에 몰입하는 것을 차단하는 효과를 유발하기도 한다.

① 장남의 대사는 처의 극중 행동을 설명하는 기능을 수행한다.

② 장남은 극중 인물과의 대화를 통해 다른 인물의 등장을 예고한다.

③ 장녀는 직접적인 발화를 통해 관객들에게 시·공간적 배경을 명시적으로 알려 준다.

④ 장녀는 해설자 역할을 효과적으로 수행하기 위해 교수·처와 분리된 공간에 위치한다.

⑤ 장녀는 관객들에게 객관적 정보를 제공하여 관객들이 이를 의심 없이 수용하고 극중 상황에 몰입하도록 인도한다.

MEMO

함세덕, 「산허구리」
2012학년도 수능

해설 P.248

[1~3] 다음 글을 읽고 물음에 답하시오.

이때 ㉠동리 사람들, 들것에 복조 송장을 태워 들어온다. 물이 뚝뚝 떨어진다. 복실과 분 어미, 의아하여 잠시 보고 있더니 달려들어 목 놓고 운다. 동리 사람들, 소리를 낮춰 힐끽힐끽 운다.

간(間)

처: (부엌에서 나오며) 왜들 우니?

분 어미와 복실: 어머니, 복조예요.

동리 사람 3: ㉡쇠뿌리로 배 내다가 보니 범바위 틈에 꼈습니다.

처: 물에서 죽은 놈이 복조뿐인가? 어떻게 복조라고 장담해. (아무 관계없는 듯이 부엌으로 들어간다.)

(노어부를 석이와 윤 첨지가 양편에서 꽉 붙들고 들어온다.)

노어부: 놔. 두고 볼 거 아니야.

윤 첨지: 참어. 참는 데 복이 있다네. 그저 참는 것이 제일이야. 참을 인(忍) 자가 셋이면 사람 하나 살린다는 말이 있지 않나.

석이: (그제야 들것과 사람들을 보고) 누나, 이것이 작은형이요? (붙들고 운다.)

윤 첨지: 찾었으니 다행이군. (눈물을 씻는다.)

노어부: (한참 바라보고 있더니 눈물을 닦으며 서러운 소리로 똑똑히) 몇 해 전에는 배도 서너 척 있었고, 그물도 동리에 뛰어나게 가졌드랬지. 배 팔고 그물 팔고 나머지는 뭐냐? 내 살덩이밖에 없었어. 그것도 다― 못해서 다리 한쪽 뺏겼지. 고기잡이 3년에 자식 다― 잡어먹는다는 것은, 윤 첨지…….

윤 첨지: …….

[A]
┌
노어부: 나를 두고 하는 말이야. 두고 보고 바랄 것이 인제는 하나도 없어. (별안간 부엌 뒤로 퇴장. 들어가더니 [괭이]를 들고 나온다. 뒤따라 처가 미친 듯이 달려들어 부지깽이로 노어부의 머리를 후려 때린다. 노어부 쓰러진다.)

처: (괭이를 잡아 뺏으며) 이 괭이가 무슨 괭인 줄 알어?

노어부: (덤비려다가 처의 너무도 핼쑥한 얼굴을 보고 고개를 돌려 복조를 붙들고 운다.)

처: 내가 맑은 물 떠 놓고 수신께 빌었거든. 이것은 우리 복조 아니야. 내 정성을 봐서라도 이렇게 전신을 파먹히게 안 했을 거야. 지금쯤은 너구리섬 동녘에 있는 시퍼런 깊은 물속에. 참 거기는 미역 냄새가 향기롭지. 그리고 백옥 같은 모래가 깔렸지. 거기서 팔다리 쭉― 뻗고 눈감었을 거야. 나는 지금 눈에 완연히 보이는걸. 복조 배 위로 무지갯빛 같은 고기가 쑥― 지나갔어. (눈앞에 보이는 환영을 물리치는 듯이 손으로 앞을 가리며) 눈감은 얼굴이 너무도 쓸쓸하군. 이렇―게 (시늉을 하며) 원망스러운 얼굴이야. 불만스러운 얼굴이야. 다문 입이 너무도 쓸쓸해.
└

간(間), 울음소리

┌
통창으로 가야지. 서남풍이 자고, 동풍이 불면 나를 만나러 올지도 몰라. 아니야 꼭 올 거야. 저녁물 아니면 내일 아침물 그도 아니면 모레 아침물. 산수자리를 골라 놓고 동쪽을 보고 기대려야지. (일동을 보고 픽 웃으며) 뭣 때문에 울어들? (괭이를 들고 밖으로 뛰어 나간다.)
└

석이: 어머니, 어머니, 어머니. (속이 타서 발을 구르며) 아버지, 얼른 가서 어머니 좀 붙드세요. 얼른 얼른 아버지.

노어부: 내 알 것 아니야.

석이: (어머니, 어머니 부르며 뒤따라 퇴장)

㉢(멀리서 처의 웃는 소리 우는 소리 번갈아 들린다.)

노어부: (일어서며) 윤 첨지, 북망산으로 가지.

복실: 촛불 하나 안 키고 관도 없이 어델 가요?

분 어미: 사람 목숨이 이렇게도 싼가. 뒤란에 검부락지 쓸어 가듯 휙 쓸어 가면 고만이야.

윤 첨지: 장성한 사람을 그럴 수 있나.

분 어미: (일어서며) 난 항구로 가겠다. 더 있는댔자 가슴만 졸이지. 울며 웃으며 한세상 살다 그럭저럭 죽을 때 되면 죽지. (언덕을 넘어 퇴장)

노어부: (뒷모양을 바라보다가) 왜, 과부 수절하기가 싫으냐?

석이: (울면서 등장) ㉣어머니가 갯가에서 괭이로 물을 파며 통곡을 하시다가는 별안간 허파가 끊어진 것처럼 웃으며 (복실의 가슴에 안겨) 누나야. 어머니는 한세상 참말 헛사셨다. 왜 우리는 밤낮 울고불고 살아야 한다든?

복실: (머리를 쓰다듬으며) 굴뚝에 연기 한 번 무럭무럭 피어오른 적도 없었지.

석이: (울음 섞인 소리로, 그러나 한 마디 한 마디 똑똑히) 왜 그런지를 난 생각해 볼 테야. 긴긴 밤 갯가에서 조개 잡으며, 긴긴 낮 신작로 오가는 길에 생각해 볼 테야.

복실: (바다를 보고) 인제 물결이 자는구나.

윤 첨지: ㉤먼동이 트는군. (나가면서)

(노어부를 보고) 사람 삼키더니 물결이 얼음판 같어졌지. 자네 한 잔 쭉― 들이키고 수염 닦는 듯이. 어서 초상 준비나 하게. 상엿집에 횡하니 다녀올 테니.

― 막 ―

― 함세덕, 「산허구리」 ―

1. 윗글의 등장인물에 대한 이해로 적절한 것은?

① '복조'와 '복실'은 평소에 친했던 이웃이다.

② '석이'는 형의 죽음을 차분하게 받아들이고 있다.

③ '윤 첨지'는 '노어부'의 처지에 대해 공감하고 있다.

④ '분 어미'는 친정이 있는 항구로 돌아가려 하고 있다.

⑤ '복실'은 행복하기만 했던 어린 시절을 그리워하고 있다.

MEMO

2. ㉠~㉤을 통해 무대 밖에서 일어난 사건이 관객에게 전달된다고 할 때, 그에 대한 설명으로 적절하지 않은 것은?

① ㉠은 무대 밖에서 이미 일어난 사건을 추후에 시각적 효과를 활용하여 알려 주고 있다.

② ㉠과 상반된 ㉡의 정보로 인해, ㉡에 대한 관객들의 의심이 증폭되고 있다.

③ ㉢은 무대 밖에서 현재 진행되고 있는 사건을 청각적 효과를 활용하여 전달하고 있다.

④ ㉣은 무대 밖에서 이미 일어난 사건을 추후에 알려 주지만, ㉢과 연관되면서 무대 밖에서 동시에 진행되는 사건을 환기하기도 한다.

⑤ 관객은 ㉤을 통해 시간의 경과를 분명하게 인지하여 새로운 아침이 시작되었다는 것을 알 수 있다.

3. 〈보기〉의 ⓐ~ⓔ 중 [A]의 괭이에 대한 해석으로 적절하지 않은 것은?

─〈보기〉─

괭이는 '복조'가 사용하던 것으로, 사건 진행과 인물의 정서적 변화에 중요한 역할을 하는 소도구이다. 처음에 괭이는 관객이 볼 수 없는 부엌 뒤에 놓여 있었는데, ⓐ'노어부'가 무대로 가지고 들어오면서 관객들의 주목을 끌게 된다. 이후 괭이는 ⓑ'처'가 '노어부'를 뒤따라 움직이는 계기를 제공하고, ⓒ'처'가 '노어부'와 충돌하게 만드는 매개체 구실을 하며, ⓓ'처'가 내면 심경을 직접 토로하지 못하도록 억제하는 기능을 순차적으로 수행한다. ⓔ관객들은 괭이에 대한 '처'의 집착을 지켜보면서 '처'의 내면을 엿볼 수 있게 된다.

① ⓐ   ② ⓑ   ③ ⓒ   ④ ⓓ   ⑤ ⓔ

[1~3] 다음 글을 읽고 물음에 답하시오.

#89. 불이의 집(낮)

누군가 대문을 두드린다. 들어낸 짐을 정리하면서 어머니 돌아본다. 영희냐 하고 달려가 문을 열면 얼굴이 부은 영호와 영수가 들어온다.

영호: 엄마 영흰 돌아오지 않을 거예요.

어머니: ……

영호: 엄마 우리 파티를 하죠. 불고기 파티를……. 이거 고깁니다.

하고는 어머니에게 준다. 말없이 보다가 가져가는 어머니.

불이: 얼굴은 왜 다쳤니.

영호: (빙긋 웃고) ……덕분에 고기를 얻었어요. 얘기가 좀 복잡해요.

하고 함께 마당으로 나간다.

#90. 고급 레스토랑

비프스테이크가 만들어지고 있다. 우철이 다소곳한 영희에게 다정한 이야기를 하고 있다.

#91. 불이의 집 마당

풍로에 불을 지피고 있는 불이. 어머니는 고기에 양념을 친다. 보고 있는 영수와 영호.

영호: 다운*은 됐지만 많은 걸 배운 것 같아요.

영수 말없이 앞만 본다.

#92. 레스토랑

영희가 접시의 고기를 서툴게 썰고 있다. 지켜보던 우철이 접시를 가져다 익숙한 솜씨로 고기를 잘라 소스까지 쳐 준다. 약간 화가 나 지켜보는 영희.

#93. 불이의 집 마당

익고 있는 고기. 식구들이 둘러앉아 고기를 먹는다. 먼 곳으로부터 들려오는 집 부수는 소리. 해머 소리.

#94. 몽타주*

영희와 우철이 고기를 먹고 있다.
영희를 뺀 가족이 고기를 씹고 있다.
이들의 면모가 다양하고 자세하게 묘사되며 몽타주된다.

#95. 불이의 집

㉠꽝꽝 하고 소리 나며 흔들리면 담벽에 큰 구멍이 난다. ㉡커다란 해머가 구멍을 넓혀 온다. ㉢구멍으로 안의 전경이 보인다. 태연히 앉아 고기를 구워 먹는 난쟁이 식구들이 보인다.

㉣담벽이 크게 무너지며 먼지가 인다. 지켜보는 인부들. 가라앉는 먼지의 마당. ㉤식구들이 말없이 먹기를 계속한다. 인부의 대장이 눈짓을 하면 인부들이 흩어져 앉으며 땀을 닦는다. 마지막 파티를 하는 난쟁이 일가를 기다리는 인부들. 인부들도 즐거운 낯이 아니다. 어머니가 익은 고기를 접시에다 주섬주섬 담는다. 일어나는 어머니, 식구들이 의아하여 본다. 어머니가 고기 접시를 들고 인부들에게 간다. 어리둥절하다가 담뱃불을 끄는 인부들.

어머니: (담담하다) 고기가 얼마 남지 않았군요. 한 점씩이라도 드세요.

하며 고기 한 점을 집어 대장부터 내어 민다. 멍하니 보다가 황급히 손바닥으로 받아먹는 대장. 말없이 지켜보는 대장. 영호만이 턱을 악물고 눈물이 글썽한다. 어머니는 계속하여 고기 한 점씩 인부들에게 나누어준다.

어머니: 아저씨들을 원망하지 않아요. 아저씨들이라고 좋아서 하겠어요. 우리의 처지와 다를 것도 없을 텐데……. 집은 헐리더라도 오늘 하루 여기서 자야 해요. 딸이…… 집 나간 딸이 돌아오지 않았어요.

#96. 고급 맨션 앞

우철이 승용차를 몰아와 아파트로 진입하고 있다. 다소곳이 앉아 있는 영희의 모습.

#97. 불이의 집

일거에 폭삭 무너지는 담. 방문을 열고 나와 선 식구들 앞서 뽀얗게 먼지가 인다. "명희 언니는 큰오빠를 좋아해"라 쓰인 장독대가 큰 해머에 의해 부서진다. 파괴되어 가는 과정이 다각도로 보여진다.

– 홍파 각색, 「난쟁이가 쏘아 올린 작은 공」 –

*다운: 권투 시합에서 상대방의 공격으로 쓰러진 상태.
*몽타주: 넓은 의미로는 편집 작업을, 좁은 의미로는 서로 다른 화면을 결합하는 방식을 가리킴.

1. 윗글로 미루어 알 수 있는 것은?

① 인부들은 불이의 집을 허무는 일에 대해 기꺼워하지는 않았다.

② 영수는 무너지는 집을 바라보며 지나간 기억을 반추하고 있다.

③ 어머니는 영희에 대해 무관심한 아들들의 태도에 불만을 나타내고 있다.

④ 불이는 영호의 상처에 대해 물었지만 영호는 불이의 질문에 대답하지 않았다.

⑤ 영희는 우철의 다정한 태도에 호감을 느껴 자신의 현재 처지에 만족하고 있다.

2. 학생들이 모둠 활동을 통해 '#95'를 지문 내용에 충실하게 촬영하려고 한다. ㉠~㉤에 대한 의견으로 적절하지 않은 것은?

① ㉠: 해머 소리를 음향 효과로 제시하면서 흔들리는 담벽을 보여 준 후에 담벽에 난 구멍을 보여 준다면, 상황이 실감 나게 전달될 수 있을 거야.

② ㉡: 담벽의 구멍을 보여 준 이후 그 구멍으로 해머가 모습을 드러내도록 촬영하면, 카메라가 인부들의 시선을 대변할 수 있을 거야.

③ ㉢: 담벽에 난 구멍을 통해 난쟁이 일가의 모습을 포착하려면, 카메라는 담벽 바깥쪽에 위치해야 할 거야.

④ ㉣: 담벽이 무너지고 인부들이 지켜보는 가운데 먼지가 서서히 가라앉도록 촬영하면, 난쟁이 일가가 겪을 사태가 구체화되는 시각적 효과를 살릴 수 있을 거야.

⑤ ㉤: 난쟁이 일가가 식사하는 장면을 다시 화면에 담는다면, 철거 위협에도 아무렇지도 않은 듯 행동하는 난쟁이 일가의 태도를 부각할 수 있을 거야.

3. 〈보기〉를 바탕으로 윗글을 감상한 내용으로 적절하지 않은 것은? [3점]

> 〈보기〉
>
> 시나리오에서 두 개 이상의 이야기가 동시에 진행될 때, 중심이 되는 이야기를 '주 플롯'이라 하고 부수적인 이야기를 '부 플롯'이라 한다. 주 플롯에 해당하는 장면을 M_1, M_2, …, M_k, …, M_n이라 하고, 부 플롯에 해당하는 장면을 S_1, S_2, …, S_k, …, S_n이라 할 때, 전체 구조는 $M_1 \rightarrow S_1 \rightarrow M_2 \rightarrow S_2 \rightarrow$ … $\rightarrow M_k \rightarrow S_k \rightarrow$ … $\rightarrow M_n \rightarrow S_n$의 순서를 따르는데, 이러한 정렬 방식을 '교차편집'이라고 한다. M_k에서 S_k로 전환될 때 두 장면 사이의 유사성이나 대조점을 활용하면 장면 연계가 매끄럽게 이루어질 것이며, M_k와 S_k가 한 장면 내에서 만날 때 나뉘어 있던 두 플롯이 더욱 긴밀하게 연관될 것이다.

① #90, #92, #96은 부 플롯에 해당하는 장면들이다.

② 주 플롯에 해당하는 장면들은 시간의 흐름에 따라 진행되고 있다.

③ 주 플롯과 부 플롯은 #94에서 만나 동일한 공간적 배경을 갖게 된다.

④ '고기'는 주 플롯과 부 플롯을 자연스럽게 연계하는 유사성으로 활용된다.

⑤ 고급 아파트와 낡고 무너진 집의 대조를 통해 두 플롯을 연계한 대목이 있다.

이강백, 「파수꾼」

2009학년도 9월 모평

[1~3] 다음 글을 읽고 물음에 답하시오.

[A]

파수꾼 가: 이리 떼다, 이리 떼! 이리 떼가 몰려온다!

　　'파수꾼 나'는 확신 있게 양철북을 두드린다. '파수꾼 다'는 여느 때와는 달리 침착하게 일어선다. 그리고 담요를 벗어 네모반듯하게 갠 다음 식탁 위에 놓는다. 그는 북을 두드리는 '파수꾼 나'를 바라보면서 몹시 안타까운 표정이 된다.

파수꾼 가: 북소리 중지! 이리 떼는 물러갔다.
파수꾼 다: 정말 이리가 있다구 믿으세요?
파수꾼 나: 보렴, 방금도 이리 떼가 오질 않니? 그렇지 않다면 내가 왜 양철북을 치며 평생을 보냈겠느냐? 서운하다. 아무리 아픈 애라지만 너무 심한 말을 하는구나.
파수꾼 다: 죄송해요. 하지만 어쩜 그 많은 나날을 단 한 번도 의심 없이 보내셨어요?
파수꾼 나: 넌 그렇게도 무섭니, 이리가?
파수꾼 다: 오히려 이리가 있다구 믿었던 때가 좋았던 것 같아요. 그땐 숨기라도 했으니까요. 땅에 엎드리면 아늑하게 느껴졌어요. 지금은요, 이리가 없으니 땅에 엎드려야 아무 소용 없구요, 양철북도 쓸모가 없게 됐어요. 오직 이제는 제가 본 그 사실만을 말하고 싶어요.

　　해설자, 촌장이 되어 등장. 검은 옷차림. 이해심이 많아 보이는 얼굴과 정중한 태도. 낮고 부드러운 음성으로 말한다.

(중략)

촌장: 오다 보니까 저쪽 덫에 이리가 치어 있습디다.
파수꾼 나: 이리요? 어느 쪽이죠?
촌장: 저쪽요, 저쪽. 찔레 덩굴 밑이던가요…….
파수꾼 나: 드디어 잡는군요!

　　'파수꾼 나' 퇴장. 촌장은 편지를 꺼내 '파수꾼 다'에게 보인다.

촌장: 이것, 네가 보낸 거니?
파수꾼 다: 네, 촌장님.
촌장: 나를 이곳에 오도록 해서 고맙다. 한 가지 유감스러운 건, 이 편지를 가져온 운반인이 도중에서 읽어 본 모양이더라. '이리 떼는 없구, 흰 구름뿐.' 그 수다쟁이가 사람들에게 떠벌리고 있단다. 조금 후엔 모두들 이곳으로 몰려올 거야. 물론 네 탓은 아니다. 넌 나 혼자만을 와 달라구 하지 않았니? 몰려오

는 사람들은, 말하자면 불청객이지. 더구나 어떤 사람은 도끼까지 들고 온다더라.
파수꾼 다: 도끼는 왜 들고 와요?
촌장: 망루를 부순다고 그런단다. '이리 떼는 없구, 흰 구름뿐.' 이것이 구호처럼 외쳐지고 있어. 그 성난 사람들만 오지 않는다면 난 너하고 딸기라도 따러 가고 싶다. 난 어디에 딸기가 많은지 알고 있거든. 이리 떼를 주의하라는 팻말 밑엔 으레히 잘 익은 딸기가 가득하단다.
파수꾼 다: 촌장님은 이리가 무섭지 않으세요?
촌장: 없는 걸 왜 무서워하겠니?
파수꾼 다: 촌장님도 아시는군요?
촌장: 난 알고 있지.
파수꾼 다: 아셨으면서 왜 숨기셨죠? 모든 사람들에게, 저 덫을 보러 간 파수꾼에게, 왜 말하지 않는 거예요?
촌장: 말해 주지 않는 것이 더 좋기 때문이다.
파수꾼 다: 거짓말 마세요, 촌장님! 일생을 이 쓸쓸한 곳에서 보내는 것이 더 좋아요? 사람들도 그렇죠! '이리 떼가 몰려온다.' 이 헛된 두려움에 시달리는데 그게 더 좋아요?
촌장: 얘야, 이리 떼는 처음부터 없었다. 없는 걸 좀 두려워한다는 것이 뭐가 그렇게 나쁘다는 거냐? 지금까지 단 한 사람도 이리에게 물리지 않았단다. 마을은 늘 안전했어. 그리고 사람들은 이리 떼에 대항하기 위해서 단결했다. 그들은 질서를 만든 거야. 질서, 그게 뭔지 넌 알기나 하니? 모를 거야, 너는. 그건 마을을 지켜 주는 거란다.

– 이강백, 「파수꾼」 –

1. 윗글에 대한 설명으로 가장 적절한 것은?

① 극중 시간의 흐름이 전환되고 있다.
② 공간적 배경은 황야에 위치한 마을이다.
③ 무대 밖의 사건이 무대 내의 사건에 영향을 준다.
④ 등장인물들은 서로에게 협력하는 태도를 드러낸다.
⑤ 중심 갈등은 '파수꾼 나'와 '파수꾼 다' 사이에 나타난다.

MEMO

2. 〈보기〉를 참조하여 [A]를 서사극으로 공연하기 위한 의견으로 적절한 것은?

〈보기〉

정통 연극은 무대의 모든 사건과 인물이 현실 그대로라는 것을 강조한다. 무대 위의 햄릿은 진짜 햄릿이지 특정한 배우가 아니며 무대 위의 상황도 현실의 상황인 것처럼 보여야 한다. 하지만 서사극은 현실과 극중 상황을 분리하여 관객을 관찰자로 만든다. 관객에게 무대에서 이루어지는 모든 것은 '연극'일 뿐이다. 그리고 그 비판적 거리를 유지하기 위해 서사극에서는 '낯설게 하기'의 기법을 활용하여, 일부러 무대 장치를 노출하기도 하고 배우가 관객에게 극중 상황을 설명하기도 한다.

① 무대의 배경 그림이나 망루를 실감 나게 제작한다.

② 배우들의 표정에서 내면이 잘 드러나도록 조명을 활용한다.

③ '촌장'이 해설자의 역할도 맡고 있다는 점을 관객이 알게 한다.

④ 파수꾼들에게 각각 고유한 이름을 부여하여 개성을 드러낸다.

⑤ '파수꾼 다'는 역할에 어울리는 연기로 관객의 연민을 이끌어낸다.

3. 윗글의 '팻말'과 '딸기'에 대한 해석으로 가장 적절한 것은?

① '딸기'는 본연의 직무에 충실한 파수꾼에게 촌장이 제공하는 보상을 뜻한다.

② '팻말'은 촌장이 지난날을 돌아보며 자신의 가치관을 바꾸도록 하는 기능을 한다.

③ '팻말'은 명분 뒤에 숨겨진 '딸기'라는 실리를 촌장이 차지하게 하는 수단이 된다.

④ '팻말'은 이리 떼라는 위협으로부터 '딸기'라는 공동체적 가치를 보호하는 기능을 한다.

⑤ '딸기'는 '팻말'이라는 금기와 이리 떼라는 위협 아래에서도 사라지지 않는 희망을 나타낸다.

혼자서도 제대로, **빈틈없이** 공부할 수 있는 도서출판 홀수의

수능 국어 교재 시리즈

홀수 약점 CHECK 모의고사

[실력 점검 및 약점 진단]

홀수 기출 분석서

[사고력 강화 및 약점 보완]

홀수 옛 기출 분석서

[평가원의 관점 체화]

기본기 강화 교재

일등급을 만드는 국어 공부 전략 (독서, 문학)

[독서 · 문학 개념과 공부법]

독해력 증진 어휘집

[필수 어휘 20일 완성]

고전을 면하다

[고전시가 해석 풀이집]

국어 문법 FAQ

[문법 개념 학습]

영역별 집중 학습 교재

하루 30분, 독해 트레이닝

[이상적인 독해 과정의 체화]

하루 30분, 문학 트레이닝

[빠르고 정확한 선지 판단 훈련]

문법백제 PLUS

[문법 모의고사]

* 교재에 대한 상세한 정보는 도서출판 홀수 홈페이지를 통해 확인할 수 있습니다.

새로운 수능 국어 학습 이지스 프로그램 기출 분석 시리즈

가장 실전적이고 체계적인 수능 국어 기출 분석의 모형을 담은
홀수 기출 분석 시리즈로 수능 국어를 빈틈없이 대비할 수 있습니다.

홀수 기출 1년 학습 PLAN			
12월 ~ 3월	4월 ~ 5월	6월 ~ 8월	9월 ~ 11월
취약 영역 진단 및 보완 약점 CHECK 모의고사 + 기출 분석서 1회독	핵심 출제 요소 학습 옛 기출 분석서	취약 지문 영역 집중 강화 기출 분석서 2회독	취약 문제 유형 집중 강화 기출 분석서 3회독

← ──── 옛 기출 분석서 활용 가능 ──── →

🛡 홀수 약점 CHECK 모의고사

- 최신 6개년 평가원 기출 국어 공통과목(문학, 독서) 문제를 시험지 형태 그대로 구성
- 빠른 정답 및 회차별 OMR 카드 제공
- 약점 CHECK 분석표를 통해 학습 상황 점검 및 취약점 진단 가능

🛡 홀수 기출 분석서 (문학, 독서)

- 박광일 선생님의 2025학년도 수능 총평 및 지문별 CHECK POINT 수록
- 최신 6개년 평가원 기출 국어 공통과목(문학, 독서) 지문을 영역별로 수록하여 집중 학습 가능
- 지문 분석 장치, 심화 해설 장치 등을 통해 '분석하는 기출'의 모형 제시

🛡 홀수 옛 기출 분석서 (문학, 독서)

- 박광일 선생님이 엄선한 평가원 필수 옛 기출 지문으로 구성
- 각 지문의 분석 포인트와 상세한 해설 제공
- 평가원에서 반복적으로 묻는 핵심 요소를 파악하여 평가원의 관점을 체화

도서출판 홀수 YouTube
홀수 교재 활용법 보러 가기

편저 **박광일**

AEGIS

2026학년도 수능 대비

홀수

옛 기출 분석서

문학 해설

평가원 옛 기출(2009~2019학년도) 지문을 엄선하여 수록

수능 반복 출제 요소를 짚어 주는 박광일의 VIEWPOINT 제공

수능식 사고 과정을 체화할 수 있는 풍부한 해설 제공

편저 **박광일**

새로운 수능 국어 학습 **이 / 지 / 스 프로그램**

홀수 옛 기출 분석서

박광일 선생님께서 엄선한
옛 기출 문학, 독서 지문을
영역별로 분류하여 수록함으로써
보다 집중적인 학습을 돕습니다.

효과적인 지문 분석 방법과
정확한 정답을 찾을 수 있도록
안내하는 다양한 장치를 통해
심화된 해설을 제공합니다.

새로운 수능 국어 학습
'이지스 프로그램'의 기출 분석 시리즈로
수능 국어를 빈틈없이 준비해 보세요.

도서출판 홀수 홈페이지가 **새로워진 모습**으로 수험생과 함께합니다.

? 모르는 것은 꼭 **질문**하세요.

홀수에서는 수험생들의 질문을 분석하여 교재에 반영합니다.
궁금한 점이 생기면 언제든
도서출판 홀수 홈페이지
'질문과 답변' 게시판에 글을 남겨 주세요.
빠르고 정확한 답변으로 공부를 도와드리겠습니다.

필요한 것은 요청하세요.

저희 홀수는 수험생이라면 누구나
효과적으로 공부할 수 있는 콘텐츠를 만듭니다.
필요한 자료나 서비스가 있다면
도서출판 홀수 홈페이지 게시판에 글을 남겨 주세요.
충분한 검토를 거쳐 수험생에게 가장 유용한 콘텐츠를 제공하겠습니다.

인스타그램에서 홀수 소식을 확인하세요.

도서출판 홀수 인스타그램을 통해 교재 출간/개정 안내 및 이벤트 진행 등
홀수의 새 소식을 빠르게 확인할 수 있습니다.

노력하는 수험생을 도와드립니다.

도서출판 홀수에서는 문화누리카드를 사용할 수 있습니다.
자세한 방법은 도서출판 홀수 홈페이지 공지사항을 참고하세요.

 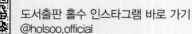
도서출판 홀수 인스타그램 바로 가기
@holsoo.official

도서출판 홀수 홈페이지 바로 가기
www.holsoo.com

2026 학년도 수능 대비

홀수

옛 기출 분석서

국어 | 문학

목차

		기출 연도		문제 책	해설 책
PART 1 **현대시**	• 이육사, 「강 건너간 노래」 / 김광규, 「묘비명」 / 삶의 반영으로서의 시	2018학년도	수능	P.012	P.006
	• 오장환, 「고향 앞에서」 / 최두석, 「낡은 집」	2015학년도	수능B	P.014	P.010
	• 유치환, 「생명의 서·일장」 / 신경림, 「농무」	2014학년도	9평B	P.016	P.014
	• 김수영, 「폭포」 / 오규원, 「살아 있는 것은 흔들리면서 – 순례 11」 / 이시영, 「마음의 고향 6 – 초설」	2013학년도	수능	P.018	P.018
	• 윤동주, 「또 다른 고향」 / 오세영, 「자화상·2」 / 김기택, 「멸치」	2013학년도	9평	P.020	P.022
	• 박남수, 「새 1」 / 정일근, 「어머니의 그륵」 / 최두석, 「노래와 이야기」	2012학년도	9평	P.022	P.027
	• 윤동주, 「자화상」 / 고은, 「선제리 아낙네들」 / 김명인, 「그 나무」	2011학년도	수능	P.024	P.031
	• 백석, 「여승」 / 나희덕, 「못 위의 잠」 / 이수익, 「결빙의 아버지」	2009학년도	6평	P.026	P.036
PART 2 **고전시가**	• 홍순학, 「연행가」	2017학년도	수능	P.030	P.042
	• 신계영, 「전원사시가」	2016학년도	9평B	P.032	P.045
	• 박인로, 「상사곡」	2015학년도	수능A	P.034	P.049
	• 조위, 「만분가」	2015학년도	9평B	P.036	P.053
	• 이황, 「도산십이곡」	2015학년도	6평B	P.038	P.057
PART 3 **현대소설**	• 오정희, 「옛우물」	2016학년도	9평B	P.042	P.064
	• 현진건, 「무영탑」	2015학년도	수능AB	P.044	P.068
	• 김정한, 「모래톱 이야기」	2015학년도	6평AB	P.048	P.075
	• 이청준, 「소문의 벽」	2014학년도	수능B	P.052	P.080
	• 염상섭, 「만세전」	2014학년도	6평B	P.054	P.084
	• 박태원, 「천변풍경」	2013학년도	수능	P.056	P.088
	• 김동리, 「역마」	2013학년도	9평	P.058	P.092
	• 황석영, 「가객」	2013학년도	6평	P.060	P.097
	• 오영수, 「화산댁이」	2012학년도	6평	P.062	P.102
	• 김원일, 「잠시 눕는 풀」	2011학년도	9평	P.064	P.107
	• 이청준, 「잔인한 도시」	2010학년도	9평	P.066	P.111
	• 신경숙, 「외딴 방」	2010학년도	6평	P.068	P.116
	• 김승옥, 「역사」	2009학년도	수능	P.070	P.120
	• 오상원, 「모반」	2009학년도	9평	P.072	P.124

		기출 연도		문제 책	해설 책
PART 4 **고전산문**	· 조위한, 「최척전」	2017학년도	6평	P.076	P.132
	· 작자 미상, 「토끼전」	2016학년도	수능AB	P.078	P.136
	· 작자 미상, 「홍계월전」	2016학년도	6평A	P.080	P.140
	· 작자 미상, 「소대성전」	2015학년도	수능A	P.082	P.145
	· 작자 미상, 「숙향전」	2015학년도	수능B	P.084	P.150
	· 작자 미상, 「유충렬전」	2015학년도	9평AB	P.086	P.155
	· 남영로, 「옥루몽」	2014학년도	수능B	P.090	P.160
	· 작자 미상, 「열녀춘향수절가」	2013학년도	9평	P.092	P.165
	· 작자 미상, 「조웅전」	2009학년도	6평	P.094	P.169
PART 5 **갈래 복합**	· 박봉우, 「휴전선」 / 배한봉, 「우포늪 왁새」 / 김기림, 「주을온천행」	2019학년도	6평	P.098	P.176
	· 작자 미상, 「춘향전」 / 작자 미상, 「춘향이별가」	2018학년도	9평	P.102	P.182
	· 정철, 「관동별곡」 / 최익현, 「유한라산기」	2015학년도	수능B	P.106	P.189
	· 김승옥, 「무진기행」 / 김승옥, 「안개」	2015학년도	9평A	P.108	P.194
	· 박인로, 「누항사」 / 권구, 「병산육곡」 / 김용준, 「조어삼매」	2013학년도	9평	P.110	P.198
	· 한용운, 「알 수 없어요」 / 장석남, 「배를 매며」 / 정철, 「사미인곡」	2013학년도	6평	P.112	P.203
	· 곽재구, 「구두 한 켤레의 시」 / 김동환, 「산 넘어 남촌에는」 / 이광명, 「북찬가」	2012학년도	수능	P.114	P.210
	· 이용휴, 「수려기」 / 작자 미상, 「덴동어미화전가」 / 이황, 「도산십이곡」	2012학년도	9평	P.116	P.216
	· 김동명, 「파초」 / 김광균, 「수철리」 / 윤선도, 「견회요」	2012학년도	6평	P.118	P.221
	· 정극인, 「상춘곡」 / 김광욱, 「율리유곡」 / 박규수, 「범희문회서도원림」	2011학년도	수능	P.120	P.227
	· 한용운, 「님의 침묵」 / 김광규, 「나뭇잎 하나」 / 작자 미상, 「춘면곡」	2009학년도	수능	P.122	P.233
PART 6 **극**	· 이강백, 「결혼」	2016학년도	6평AB	P.128	P.242
	· 이근삼, 「원고지」	2014학년도	9평AB	P.130	P.245
	· 함세덕, 「산허구리」	2012학년도	수능	P.132	P.248
	· 홍파 각색, 「난쟁이가 쏘아 올린 작은 공」	2009학년도	수능	P.134	P.252
	· 이강백, 「파수꾼」	2009학년도	9평	P.136	P.256

HOLSOO

홀로 공부하는 수능 국어 기출 분석

PART 1
현대시

문제 책 PAGE	해설 책 PAGE	지문명	문제 번호 & 정답			
P.012	P.006	이육사, 「강 건너간 노래」 / 김광규, 「묘비명」 / 삶의 반영으로서의 시	1. ③	2. ④	3. ⑤	
P.014	P.010	오장환, 「고향 앞에서」 / 최두석, 「낡은 집」	1. ①	2. ③	3. ①	
P.016	P.014	유치환, 「생명의 서·일장」 / 신경림, 「농무」	1. ④	2. ③	3. ③	
P.018	P.018	김수영, 「폭포」 / 오규원, 「살아 있는 것은 흔들리면서~」 / 이시영, 「마음의 고향 6~」	1. ⑤	2. ③	3. ③	4. ①
P.020	P.022	윤동주, 「또 다른 고향」 / 오세영, 「자화상·2」 / 김기택, 「멸치」	1. ③	2. ⑤	3. ②	4. ④
P.022	P.027	박남수, 「새 1」 / 정일근, 「어머니의 그릇」 / 최두석, 「노래와 이야기」	1. ⑤	2. ④	3. ⑤	4. ④
P.024	P.031	윤동주, 「자화상」 / 고은, 「선제리 아낙네들」 / 김명인, 「그 나무」	1. ④	2. ④	3. ②	4. ④
P.026	P.036	백석, 「여승」 / 나희덕, 「못 위의 잠」 / 이수익, 「결빙의 아버지」	1. ②	2. ②	3. ⑤	4. ④

[1~3] 다음 글을 읽고 물음에 답하시오.

(가)

섣달에도 보름께 달 밝은 밤
㉠앞내강 쨍쨍 얼어 조이던 밤에
내가 부른 노래는 강 건너 갔소

㉡강 건너 하늘 끝에 사막도 닿은 곳
내 노래는 제비같이 날아서 갔소

못 잊을 계집애 집조차 없다기에
가기는 갔지만 어린 날개 지치면
㉢그만 어느 모래불에 떨어져 타서 죽겠죠.

사막은 끝없이 푸른 하늘이 덮여
㉣눈물 먹은 별들이 조상* 오는 밤

㉤밤은 옛일을 무지개보다 곱게 짜내나니
한 가락 여기 두고 또 한 가락 어디멘가
내가 부른 노래는 그 밤에 강 건너 갔소.

— 이육사, 「강 건너간 노래」 —

*조상: 남의 죽음에 대하여 슬퍼하는 뜻을 드러내어 위문함.

(나)

한 줄의 시(詩)는커녕
단 한 권의 소설도 읽은 바 없이
그는 한평생을 행복하게 살며
많은 돈을 벌었고
높은 자리에 올라
이처럼 훌륭한 비석을 남겼다
그리고 어느 유명한 문인이
그를 기리는 묘비명을 여기에 썼다
비록 이 세상이 잿더미가 된다 해도
불의 뜨거움 꿋꿋이 견디며
이 묘비는 살아 남아
귀중한 사료(史料)*가 될 것이니
역사는 도대체 무엇을 기록하며
시인(詩人)은 어디에 무덤을 남길 것이냐

— 김광규, 「묘비명(墓碑銘)」 —

화자와 대상의 관계	세속적 가치만을 추구하는 세상을 비판적으로 바라보는 사람
상황?	그는 시나 소설을 모르고 살았지만 행복하게 살며 돈과 지위를 얻음 → 유명한 문인이 그를 기리는 묘비명을 씀 → 역사와 시인이 지향해야 할 바를 생각함

이것만은 챙기자

*사료: 역사 연구에 필요한 문헌이나 유물. 문서, 기록, 건축, 조각 따위를 이른다.

화자와 대상의 관계	밤에 자신의 노래가 강을 건너간 일을 떠올리는 '나'
상황?	추운 겨울밤에 '나'의 노래가 강을 건너감 → 노래가 갔지만 지치면 사라질 수도 있음 → 사막에 별들이 조상을 옴 → 내가 계집애에게 보낸 노래가 강을 건너간 그 밤을 떠올림

(다)

> [A]
> 　　시는 인간의 삶을 반영한다. 시에서 반영은 현실과 인생을 모방한다는 의미에서 외부 현실을 시 속에 담아내는 것으로, 역사와 현실의 상황을 시를 통해 어떻게 재현할 것인가에 초점을 둔다. _{시에서 반영이 어떤 의미인지를 설명해 주고 있어.} 여기서 반영은 '있는 그대로의 현실'로서의 반영과 '있어야 하는 현실'로서의 반영으로 구분할 수 있다. 전자('있는 그대로의 현실'로서의 반영)는 역사와 현실의 모습을 사실 그대로 보여 주는 일상적 진실을 반영하는 것을 말하고, 후자('있어야 하는 현실'로서의 반영)는 일상적 현실을 넘어 화자가 지향하는 당위적* 진실을 반영하는 것을 말한다. _{시에서 반영은 역사와 현실의 상황을 사실 그대로 담아내는 것과 화자가 지향하는 바를 담아내는 것으로 나눌 수 있군!}

한편 '시에 대한 시 쓰기'라는 형식을 통해 시 그 자체를 반영하는 특수한 경우도 있다. 이때 반영의 대상은 외부 현실이 아니라 시 쓰기 상황이나 시를 쓰는 시인이 된다. 이 경우 시는 그 자체로 시론 혹은 시인론의 성격을 지닌다. _{반영의 대상이 시 쓰기 상황이나 시인이 될 경우, 시는 시론이나 시인론의 성격을 갖게 되겠네.} 이러한 성격의 작품에서 시는 노래나 기타 여러 갈래의 글로 표상*되기도 한다.

_{전환! 앞서 제시되지 않은 화제를 제시할 거야.}

　　이처럼 시인들은 시 속에 형상화된 세계를 통해 인간이 지향해야 할 바람직한 삶의 방향을 모색한다. 이를 통해 시는 무엇을 말해야 하고, 시인은 어떤 존재로 살아가야 하는가에 대한 자기 성찰의 태도를 드러내는 것이다. _{시인은 반영을 통해 인간이 지향해야 할 바람직한 삶의 방향을 드러내는구나.}

이것만은 챙기자

* **당위적**: 마땅히 그렇게 하거나 되어야 하는.
* **표상**: 추상적이거나 드러나지 아니한 것을 구체적인 형상으로 드러내어 나타냄.

| 작품 간의 공통점 파악 | 정답률 **59**

1. (가)와 (나)의 공통점으로 가장 적절한 것은?

✅ 정답풀이

③ 시적 대상에 생명력을 부여하여 의지를 지닌 존재로 나타내고 있다.

> (가)의 화자는 자신이 '노래'를 보냈다고 표현하지 않고, 자신이 부른 '노래'가 날아서 강을 건너갔다고 표현하여 '노래'에 생명력을 부여하고 있다. 또한 (나)의 화자는 '불의 뜨거움 꿋꿋이 견디며 / 이 묘비는 살아 남아'라고 표현함으로써 '묘비'에 생명력을 부여하여 살아남겠다는 의지를 지닌 존재로 나타내고 있다.

❌ 오답풀이

① 청자를 명시적으로 설정하여 풍자적으로 비판하고 있다.
　　(나)에서는 시나 소설도 읽지 않고 살았지만 '훌륭한 비석'을 남'긴 '그'에 대한 풍자적 태도가 드러나지만, (가)에서는 특정 대상을 풍자적으로 비판하는 내용이 나타나지 않는다. 또한 (가)와 (나) 모두 청자를 명시적으로 설정하지 않았다.

② 유사한 시구를 반복함으로써 화자의 의지를 강조하고 있다.
　　(가)에서는 '내가 부른 노래는 강 건너 갔소'와 '내가 부른 노래는 그 밤에 강 건너 갔소'에서 유사한 시구가 반복되고 있다. 그러나 (나)에서는 유사한 시구가 반복되는 구절을 찾을 수 없다.

④ 다양한 이미지를 통해 자연의 모습을 감각적으로 드러내고 있다.
　　(가)는 '달 밝은 밤', '앞내강 쨍쨍 얼어 조이던 밤', '모래불', '푸른 하늘' 등에서 시각적 이미지를 활용하여 자연의 모습을 나타내고 있다. (나)의 '잿더미', '불의 뜨거움' 등에서 시각적, 촉각적 이미지가 드러나지만, 이는 부정적 현실과 묘비를 비유한 것일 뿐 자연의 모습을 감각적으로 드러내기 위한 표현이 아니다.

⑤ 반어적 어조를 활용하여 현실에 대한 비관적 태도를 드러내고 있다.
　　(나)는 '그는 한평생을 행복하게 살며', '훌륭한 비석' 등에서 반어적 표현을 사용하여 현실에 대한 비관적 태도를 드러낸다고 볼 수 있다. (가)에서는 '어린 날개 지치면 / 그만 어느 모래불에 떨어져 타서 죽겠죠.'에서 비관적 태도가 드러나지만, 반어적 어조는 활용되지 않았다.

🌱 기틀잡기

> ① **명시적**: 내용이나 뜻을 분명하게 드러내 보이는 것.
> **풍자**: 현실의 부정적 현상이나 모순 따위를 다른 사물이나 상황에 빗대어 간접적으로 비판함으로써 그 병폐를 깨닫도록 하는 것.
> ⑤ **반어**: 말하고자 하는 바와 반대로 표현하여 그 의미를 강화하는 것.
> **비관적**: 인생을 어둡게만 보아 슬퍼하거나 절망스럽게 여기는 것. 앞으로의 일이 잘 안될 것이라고 보는 것.

모두의 질문

・1-②번

Q: (가)에서 유사한 시구를 반복하여 <u>화자의 의지</u>를 강조하고 있는 것 아닌가요?

A: (가)에서 유사한 시구의 반복은 나타나지만, 작품만으로 화자의 의지를 강조하고 있다고 판단하기는 어렵다.

학생 수준에서 화자의 의지를 강조했다고 판단할 수 있으려면, 화자의 의지가 드러나는 표현이 나타나거나, 화자의 의지적 태도가 작품 속에서 분명히 드러나야 한다. 예를 들면 2014학년도 9월 모의평가 (B형)에 출제된 유치환의 시 「생명의 서 · 일장」에서는 '그 원시의 본연한 자태를 다시 배우지 못하거든 / 차라리 나는 어느 사구에 회한 없는 백골을 쪼이리라'라는 구절에 '생명을 회복하려는 화자의 의지'가 담겨 있다는 선지가 적절한 것으로 출제되었다. 이처럼 '~하리라', '~하겠다', '~하려 한다' 등의 구체적인 표현이 나타나거나, 작품 전반에서 화자의 의지적 태도가 분명히 드러날 때, 이를 근거로 화자의 의지가 강조되었다고 판단할 수 있을 것이다. 결론적으로 (가)의 '내가 부른 노래는 강 건너 갔소'와 '내가 부른 노래는 그 밤에 강 건너 갔소.' 등에서는 화자의 의지와 관련된 구체적 표현이나, 화자의 의지적 태도를 찾기 어려우므로, 작품만 보고 화자의 의지가 강조되었다고 판단하기 어렵다. 이렇게 공통점을 묻는 문제에서 선지 일부분에 대한 설명이 특정 작품에 부합하는지 판단하기 어려울 경우에는 출제자들이 다른 부분에서 명확히 판단할 수 있도록 출제할 것이므로, 너무 깊게 고민하지 말고 정 · 오답을 판단하는 데 조금 더 확실한 근거를 찾는 것에 집중하면 된다.

📋 **문제적 문제**

・1-⑤번

학생들이 정답 이외에 가장 많이 고른 선지가 ⑤번이다. (가)와 (나)에서 모두 반어적 어조를 통해 현실에 대한 비관적 태도를 나타냈다고 본 것이다. 결론적으로 (가)에서는 반어적 어조가 나타나지 않았다. 반어란 말하고자 하는 바와 반대로 표현하여 그 의미를 강화하는 표현법이므로, 시에서 반어적 어조는 주로 화자가 어떤 대상을 비판하거나 냉소할 때, 혹은 못마땅한 상황에 대한 반응으로 나타난다. 그런데 (가)의 화자가 자신이 말하고자 하는 바와 반대로 표현한 부분은 없으며, 어떤 대상을 비판하거나 냉소하는 태도도 나타나지 않는다. (나)에서 반어적 어조가 확실히 나타났고, (가)는 상징적인 시어가 많아 해석이 어려웠기 때문에 ⑤번 선지에 현혹된 학생들이 많았던 듯하다. 문학에서 표현상의 특징을 묻는 문제는 아주 익숙한 문제 유형이므로 쉽게 풀릴 수도 있지만, 개념어에 대한 이해가 부족하거나 해석 자체가 어려운 지문이 나오면 쉽게 함정에 빠질 수 있다. 자주 출제되는 개념어에 대한 학습은 기본적으로 해 두고, 시 해석을 완벽하게 하지 못하더라도 화자와 대상의 관계, 시적 상황을 파악한다면 선지의 옳고 그름을 판단할 수 있다.

정답률 분석

		정답		매력적 오답
①	②	③	④	⑤
4%	3%	59%	5%	29%

| 시어·시구의 의미 및 기능 파악 | 정답률 **89**

2. [A]의 관점에서 ㉠~㉤을 이해한 내용으로 적절하지 <u>않은</u> 것은?

㉠: 앞내강 쨍쨍 얼어 조이던 밤에
㉡: 강 건너 하늘 끝에 사막도 닿은 곳
㉢: 그만 어느 모래불에 떨어져 타서 죽겠죠.
㉣: 눈물 먹은 별들이 조상 오는 밤
㉤: 밤은 옛일을 무지개보다 곱게 짜내나니

✔ **정답풀이**

④ ㉣: 자연물에 대한 화자의 태도 변화를 통해, 일상적 현실이 희망적으로 바뀌었음을 보여 주고 있다.

> [A]에서 시는 '화자가 지향하는 당위적 진실을 반영'한다고 했다. ㉣에서 자연물인 '별들'에 대한 화자의 태도가 변화하는 모습은 나타나지 않는다. 또한 '눈물 먹은 별들'이 '조상'을 오는 '밤'은 현실에 대한 부정적 인식을 보여 주는 것으로, 일상적 현실이 희망적으로 바뀌었음을 보여 준다고 볼 수 없다.

✖ **오답풀이**

① ㉠: 극한의 추위를 드러내는 시간적 배경을 제시하여, 화자나 인물이 처한 상황을 드러내고 있다.
[A]에서 시는 '현실의 상황'을 재현한다고 하였다. (가)의 '섣달', '앞내강 쨍쨍 얼어 조이던 밤'을 통해 시의 배경이 아주 추운 겨울밤이라는 것을 알 수 있다. 이처럼 화자는 극한의 추위를 드러내는 배경을 제시하여 자신과 자신의 노래가 시련의 상황에 처해있음을 드러내고 있다.

② ㉡: 현실의 모습을 사막으로 표상하여, 화자나 인물이 직면하게 될 공간적 배경을 드러내고 있다.
[A]를 통해 시는 '외부 현실'을 담아내고 있음을 알 수 있다. (가)의 ㉡에서는 화자의 노래가 간 '강 건너'의 끝은 '사막도 닿은 곳'이라고 표현함으로써 현실의 모습을 사막으로 표상하고 있다. 또한 3연에서 화자의 노래가 '모래불' (사막)에 떨어져 죽을 수도 있다고 한 것을 통해, 화자나 화자의 노래가 직면하게 될 공간적 배경(계집애가 있는 공간)이 사막과 같이 삭막하고 가혹한 공간임을 드러내고 있다.

③ ㉢: 죽음의 상황을 가정하여, 화자에게 닥친 일상적 현실이 절망적인 상황임을 노래에 투영하여 드러내고 있다.
[A]에서 시는 '역사와 현실의 모습을 사실 그대로 보여 주는 일상적 진실을 반영'한다고 하였다. (가)의 ㉢에서는 화자가 부른 '노래'의 '어린 날개'가 지치면 '모래불에 떨어져 타서 죽'을 것이라고 죽음의 상황을 가정하여 표현함으로써 화자가 처한 절망적 상황을 드러내고 있다.

⑤ ⓑ: 밤과 무지개의 이미지를 대응시켜, 화자가 추구하는 당위적 진실에 대한 소망을 담아내고 있다.

[A]에서 시는 '일상적 현실을 넘어 화자가 지향하는 당위적 진실을 반영'한다고 하였다. ⓑ에서는 '밤'이 '무지개보다' 고운 '옛일'을 짜낸다고 하여 어두운 '밤'과 여러 빛깔의 '무지개'의 이미지를 대응시키고 있다. '밤'이 짜낸 '옛일'이 '무지개'보다도 곱다고 표현하였으므로, '옛일'은 화자가 지향하는 것으로서 긍정적 가치를 지닌 시어라고 볼 수 있다. 따라서 ⓑ은 '밤'과 '무지개'의 이미지를 대응시켜 화자가 지향하는 것을 보여 줌으로써 화자가 추구하는 당위적 진실에 대한 소망을 담아내고 있다고 할 수 있다.

| 시어·시구의 의미 및 기능 파악 | 정답률 78

3. (다)를 참고하여, (가)의 노래 와 (나)의 묘비명 을 이해한 것으로 적절하지 않은 것은? [3점]

✔ 정답풀이

⑤ '묘비명'이 시를 표상한다면, 이 '묘비명'은 한 줄의 시조차 읽지 않아도 '행복하게 살' 수 있다는, (나)를 쓴 시인의 관점을 드러내는 소재라 할 수 있겠군.

'묘비명'은 한 줄의 시, 단 한 권의 소설도 읽지 않고 세속적인 가치를 위해 살았던 '그'를 위해 '어느 유명한 문인'이 쓴 것이다. (나)의 화자는 이를 두고 '훌륭한 비석'이라고 표현하였으나, 마지막 두 행에서 '역사'와 '시인'의 역할에 대해 묻는 것을 고려했을 때, 이는 반어적 표현이라 할 수 있다. 그렇기에 (나)를 쓴 시인은 한 줄의 시조차 읽지 않아도 행복하게 살 수 있다고 생각하지는 않을 것이며 '묘비명'은 시인의 관점에서 비판의 대상이 되는 소재라 할 수 있다.

✖ 오답풀이

① '노래'가 시를 표상한다면, 이 '노래'는 (가)를 쓴 시인 자신이 추구하는 바람직한 삶의 방향을 반영하고 있다고 할 수 있겠군.

(다)에서는 시 그 자체를 반영하는 시에서 '시는 노래나 기타 여러 갈래의 글로 표상되기도 한다.'라고 하였다. 또한 이러한 시를 통해 '시는 무엇을 말해야 하고, 시인은 어떤 존재로 살아가야 하는가에 대한 자기 성찰의 태도'가 드러난다고 하였다. 이를 참고하면 (가)의 '노래'도 시를 표상한 것으로 해석할 수 있으며, 이는 시인이 추구하는 바람직한 삶의 방향을 반영하고 있다고 할 수 있다.

② '노래'가 시를 표상한다면, 이 '노래'는 시가 '집조차 없'는 처지에 있는 이의 삶에 다가서야 한다는, (가)를 쓴 시인의 관점을 드러내고 있겠군.

(다)에서는 "시에 대한 시 쓰기'라는 형식을 통해 '시 그 자체를 반영하는' 시에서 '시는 노래나 기타 여러 갈래의 글로 표상되기도 한다.'라고 하였으므로, 이를 참고하면 (가)의 '노래'도 시를 표상한 것으로 해석할 수 있다. (가)에서 이 '노래'가 '못 잊을 계집애 집조차 없다기에' 강 건너로 갔다고 하였으므로, 이는 시가 어려운 이들의 삶에 가까이 다가서야 한다는 (가)를 쓴 시인의 관점을 드러내는 것으로 볼 수 있다.

③ '묘비명'이 시를 표상한다면, 이 '묘비명'은 (나)를 쓴 시인 자신이 추구하는 삶과는 거리가 있는 사람의 인생을 반영하고 있겠군.

(다)에서 '시는 노래나 기타 여러 갈래의 글로 표상되기도 한다.'라고 하였으므로, 이를 참고하면 (나)의 '묘비명(글)'이 시를 표상한다고 해석할 수 있다. 그런데 이는 세속적인 가치를 위해 살았던 '그'를 위해 '어느 유명한 문인'이 쓴 것이다. (나)의 '역사는 도대체 무엇을 기록하며 / 시인은 어디에 무덤을 남길 것이냐'에서 역사와 시인의 역할을 성찰하고 있음을 고려할 때, 이는 (나)의 시인이 추구하는 삶과는 거리가 있는 사람의 세속적 인생을 반영한다고 할 수 있다.

④ '묘비명'이 시를 표상한다면, 이 '묘비명'은 (나)를 쓴 시인이 시 쓰기를 통해 '무엇을 기록'해야 하는지에 대해 자기 성찰을 하게 되는 계기라 할 수 있겠군.

(다)에서 시 그 자체를 반영하는 시에서 '시는 노래나 기타 여러 갈래의 글로 표상되기도 한다.'라고 하였으므로, 이를 참고하면 (나)의 '묘비명(글)'이 시를 표상한다고 해석할 수 있다. (나)의 화자는 '묘비명'에 대해 반어적 표현을 사용함으로써 그것을 풍자하고 있으며, 마지막 두 행에서 '역사'와 '시인'이 무엇을 기록하고 남겨야 하는가에 대해 질문하고 있다. 이를 통해 (나)를 쓴 시인은 '묘비명'을 계기로 시가 말해야 하는 것, 시인이 살아가야 할 방향에 대해 고뇌하며 자기 성찰을 하고 있다고 볼 수 있다.

[1~3] 다음 글을 읽고 물음에 답하시오.

(가)

흙이 풀리는 내음새
강바람은
산짐승의 우는 소릴 불러
㉠다 녹지 않은 얼음장 울멍울멍 떠내려간다.

진종일
나룻가에 서성거리다
행인의 손을 쥐면 따듯하리라.

고향 가차운 주막에 들러
㉡누구와 함께 지난날의 꿈을 이야기하랴.
양귀비 끓여다 놓고
주인집 늙은이는 공연히 눈물지운다.

간간이 잰나비 우는 산기슭에는
아직도 무덤 속에 조상이 잠자고
설레는 바람이 가랑잎을 휩쓸어간다.

예제로* 떠도는 장꾼들이여!
상고(商賈)하며 오가는 길에
㉢혹여나 보셨나이까.

전나무 우거진 마을
집집마다 누룩*을 디디는 소리, 누룩이 뜨는 내음새……

　　　　　　　　　　　　　– 오장환, 「고향 앞에서」 –

*예제로: 여기저기로.

(나)

　귀향이라는 말을 매우 어설퍼하며 마당에 들어서니 다리를 저는 오리 한 마리 유난히 허둥대며 두엄자리로 도망간다. ㉣나의 부모인 농부 내외와 그들의 딸이 사는 슬레이트* 흙담집, 겨울 해어름의 ㉤집 안엔 아무도 없고 방바닥은 선뜩한* 냉돌이다. 여덟 자 방구석엔 고구마 뒤주가 여전하며 벽에 메주가 매달려 서로 박치기한다. 허리 굽은 어머니는 냇가 빨래터에서 오셔서 콩깍지로 군불을 피우고 동생은 면에 있는 중학교에서 돌아와 반가워한다. 닭똥으로 비료를 만드는 공장에 나가 일당 서울 광주 간 차비 정도를 버는 아버지는 한참 어두워서야 귀가해 장남의 절을 받고, 가을에 이웃의 텃밭에 나갔다 팔매질* 당한 다리 병신 오리를 잡는다.

　　　　　　　　　　　　　– 최두석, 「낡은 집」 –

화자와 대상의 관계	고향에 돌아와 가족을 만나는 '나'
상황?	귀향을 어설퍼하며 고향집에 돌아옴 → 낡고 허름한 고향집과 고된 삶을 사는 가족들을 마주함 → 가족들의 환대를 받음

이것만은 챙기자

*슬레이트: 시멘트와 석면을 물로 개어 센 압력으로 눌러서 만든 얇은 판. 지붕을 덮거나 벽을 치는 데 쓰인다.
*선뜩하다: 갑자기 서늘한 느낌이 있다.
*팔매질: 작고 단단한 돌 따위를 손에 쥐고, 팔을 힘껏 흔들어서 멀리 내던지는 짓.

화자와 대상의 관계	고향 앞에서 옛 고향의 기억을 떠올리는 사람
상황?	나룻가를 서성거리며 고향을 그리워함 → 고향 가까운 주막에 들름 → 장꾼들에게 고향에 대해 물음

이것만은 챙기자

*누룩: 술을 빚는 데 쓰는 발효제. 밀이나 찐 콩 따위를 굵게 갈아 반죽하여 덩이를 만들어 띄워서 누룩곰팡이를 번식시켜 만든다.

1. (가), (나)에 대한 이해로 가장 적절한 것은?

✅ 정답풀이

① (가)의 화자는 낯선 행인에게서 친근감을 기대하고 있고, (나)의 화자는 익숙했던 공간에 들어서며 낯선 느낌을 받는다.

> (가)의 '행인의 손을 쥐면 따듯하리라.'에서 낯선 행인에게서 친근감을 느끼고 싶어 하는 화자의 기대감을 확인할 수 있다. 한편 (나)의 화자는 오랜만에 고향에 돌아왔지만 '귀향'을 '어설퍼'한다. 마당에 들어서면서 화자의 눈에 들어온 것은 '다리를 저는 오리', '슬레이트 흙담집', '아무도 없고 방바닥은 선뜩한 냉돌'이며, 화자는 집을 '농부 내외와 그들의 딸이 사는' 곳이라고 설명하면서 가족을 마치 남을 대하듯 언급하고 있다. 따라서 화자는 익숙했던 공간인 고향집에 들어서며 낯선 느낌을 받았다고 볼 수 있다.

❌ 오답풀이

② (가)의 화자는 아직도 조상의 권위가 지속되는 공간을, (나)의 화자는 여전히 가난이 지속되는 공간을 벗어나고자 한다.
(가)에서 화자는 조상의 무덤이 있는 고향을 그리워할 뿐, 조상의 권위가 지속되는 공간에서 벗어나려 하지 않는다. 한편 (나)의 집안 모습 묘사와 아버지에 대한 언급을 통해 화자가 고향을 가난이 지속되는 공간으로 인식하고 있음은 알 수 있지만, 그곳을 벗어나고자 하는지는 알 수 없다.

③ (가)의 화자는 세상이 변해도 각박한 인심이 여전함에 좌절하고 있고, (나)의 화자는 세상이 변해도 인심은 변하지 않기를 바라고 있다.
(가)에서 화자는 낯선 행인에게서 따뜻함을 느끼기를 바랄 뿐, 각박한 인심이 여전함에 좌절하고 있지 않다. 또한 (나)에서 세상이나 인심의 변화에 대한 내용은 찾아볼 수 없다.

④ (가)의 화자는 떠돌아다니는 자신의 처지를 통해, (나)의 화자는 공장 노동자로 전락한 농민의 처지를 통해 삶의 무상함을 드러내고 있다.
(가)의 '예제로 떠도는 장꾼들이여!'에서 '장꾼들'이 떠돌아다니는 처지인 것은 알 수 있지만, 화자가 떠돌아다니는 처지인지는 알 수 없으며 삶의 무상함도 드러나지 않는다. (나)에서는 '나의 부모인 농부 내외', '닭똥으로 비료를 만드는 공장에 나가 일당 서울 광주 간 차비 정도를 버는 아버지'라는 구절로 보아 농부였던 화자의 아버지가 지금은 공장에서 일을 하고 있는 상황임을 알 수 있다. 그런데 아버지가 '공장 노동자로 전락'했다고 볼 수 있으려면, 공장 노동일 때보다 농민일 때 더 나은 처지였음이 드러나야 한다. 그러나 화자는 아버지의 현재 처지에 대한 연민을 드러낼 뿐, 이전의 처지가 어떠했을지 알 수 없으며 삶의 무상함을 드러내고 있다고 보기도 어렵다.

⑤ (가)의 화자는 자연과 조화를 이루는 농촌의 모습이 보존되기를 희망하고, (나)의 화자는 산업화를 통해 농촌의 모습이 변화되기를 희망한다.
(가)의 마지막 연은 고향의 옛 모습을 그린 것으로, 화자는 이러한 고향의 모습을 그리워하고 있는 것이지 자연과 조화를 이루는 농촌의 모습이 보존되기를 희망하고 있는 것이 아니다. (나)의 화자는 산업화의 상징이라고 할 수 있는 '공장'에 나가 일하는 아버지를 안타깝게 바라보고 있으므로 산업화를 통해 농촌의 모습이 변화되기를 희망한다고 볼 수 없다.

✏️ 모두의 질문 ・ 1-①번

Q: (나)에서 화자가 낯선 느낌을 받았다고 어떻게 알 수 있나요? 시의 중반 이후에서도 화자가 계속해서 낯선 느낌을 받은 것인가요?

A: (나)를 정서상의 변화를 기준으로 반으로 나누어 보면 둘째 문장까지가 시의 전반부일 것이다. '다리를 저는 오리', '슬레이트 흙담집', '아무도 없고 방바닥은 선뜩한 냉돌' 등에서 오랜만에 고향에 돌아온 '나'의 낯섦이 느껴진다. 즉 고향집에 들어선 직후 (나)의 화자는 고향의 따뜻함, 늘 보던 익숙함, 가족의 포근함 대신에 뭔가 어색하고 낯설고 차고 썰렁한 느낌을 받았다고 볼 수 있다. 이후에는 방구석에 여전히 있는 '고구마 뒤주'부터 시작해서 익숙함을 느끼고, 한 명씩 돌아오며 반기는 가족들 사이에서 조금씩 고향을 익숙하게 느끼게 된다. 하지만 선지에서는 '익숙했던 공간에 들어서며', 즉 고향집에 들어서는 순간 화자의 느낌을 물어본 것이지 시 전체의 분위기를 물어본 것이 아니다.

✏️ 모두의 질문 ・ 1-④번

Q: (가)의 '진종일 / 나룻가에 서성거리다'라는 구절을 통해 화자가 떠돌아다니는 처지라는 것을 알 수 있지 않나요?

A: (가)의 '진종일 / 나룻가에 서성거리다'라는 구절은 화자가 그날 하루 종일 '나룻가'라는 공간에 있었음을 나타내는 것일 뿐, 화자의 삶 자체가 '떠돌이'임을 나타내지는 않는다. 따라서 이 구절을 (가)의 화자가 계속해서 떠돌아다니는 처지에 처해 있음을 판단할 수 있는 근거로 보기는 어렵다.

2. ㉠~㉤에 대한 이해로 적절하지 <u>않은</u> 것은?

> ㉠: 다 녹지 않은 얼음장 울멍울멍 떠내려간다.
> ㉡: 누구와 함께 지난날의 꿈을 이야기하랴.
> ㉢: 혹여나 보셨나이까.
> ㉣: 나의 부모인 농부 내외와 그들의 딸
> ㉤: 집 안엔 아무도 없고 방바닥은 선뜩한 냉돌이다.

❤ 정답풀이

③ ㉢: 이리저리 떠돌며 고향에 가지 못하는 장꾼들의 설움을 독백조로 토로하고 있다.

> ㉢은 장꾼들에게 말을 건네는 방식을 활용하여 화자가 느끼는 고향에 대한 그리움을 표현한 것이지 장꾼들의 설움을 토로한 것이 아니다.

❌ 오답풀이

① ㉠: 계절이 바뀌면서 얼음이 풀리는 강변 풍경을 시각적으로 묘사하고 있다.
  봄이 되어 얼음이 풀리는 강변 풍경을 '울멍울멍 떠내려간다.'라고 하여 시각적으로 묘사하고 있다.

② ㉡: 꿈이 있던 시절을 함께 회상할 사람이 없는 아쉬움을 설의적으로 드러내고 있다.
  '누구와 함께 지난날의 꿈을 이야기하랴.'라는 설의적 표현을 통해 꿈이 있던 시절 고향에서의 추억을 함께 떠올릴 사람이 없어 아쉽고 안타까운 마음을 드러내고 있다.

④ ㉣: 가족의 일원이면서도 자신의 가족을 객관화하여 지칭하고 있다.
  자신의 가족을 마치 제3자의 입장에서 바라보는 듯이 '농부 내외와 그들의 딸'로 객관화하여 지칭하고 있다.

⑤ ㉤: 썰렁한 집 안의 정경 묘사를 통해 화자가 느끼는 심정을 간접적으로 드러내고 있다.
  '집 안엔 아무도 없고 방바닥은 선뜩한 냉돌'에서 초라하고 썰렁한 집 안의 정경을 묘사하여 궁핍한 처지에 대한 화자의 인식과 집을 낯설어 하는 심정을 간접적으로 드러낸다.

🌱 기틀잡기

> ② **설의**: 이미 답이 분명한 내용을 일부러 의문문의 형식으로 표현하여 독자가 스스로 판단하게 하는 방법.
> ③ **독백조**: 화자 혼자 중얼거리는 식의 말투.

---

3. 〈보기〉를 참고하여, (가)와 (나)를 감상한 학생들의 반응으로 적절하지 <u>않은</u> 것은? [3점]

> ───── 〈보기〉 ─────
>
> 고향을 떠난 사람들이 고향을 각박하고 차가운 현실과 대비되는 공간으로 인식하고, 그곳으로 복귀하려는 것을 귀향 의식이라고 한다. 이때 고향은 공동체의 인정과 가족애가 살아 있는 따뜻한 공간으로 표상된다. 이들의 기억 속에서 고향은 평화로운 이상적 공간으로 남아 있기도 하다. 그러나 고향으로 돌아가더라도 고향이 변해 있거나 고향이 고향처럼 느껴지지 않을 때 귀향은 미완의 형태로 남게 된다.

🔍 보기 분석

> • 귀향 의식
>   – 공동체의 인정과 가족애가 살아있는 따뜻한 고향으로 복귀하려는 것(이때의 고향은 평화롭고 이상적인 공간)
>   – 고향이 변했거나, 고향처럼 느껴지지 않을 때 귀향은 미완의 형태로 남게 됨

❤ 정답풀이

① (가)에서 주인집 늙은이의 슬픔에 공감하는 것을 보니, 화자는 타인과의 조화를 통해서 현실을 따뜻한 공간으로 만들어 귀향을 완성하려 하겠군.

> (가)에서는 주인집 늙은이가 눈물을 흘리는 모습만 제시될 뿐, 화자가 주인집 늙은이의 슬픔에 공감하는 모습은 나타나지 않는다. 또한 (가)의 화자는 타인에게서 고향에 대한 이야기를 듣고 싶어 할 뿐, 타인과의 조화를 통해 현실을 따뜻한 공간으로 만들려 하지 않는다.

❌ 오답풀이

② (가)에서 전나무가 울창하고 집집마다 술을 빚고 있는 모습으로 고향을 묘사한 것을 보니, 화자의 의식 속에서 고향은 평화로운 공간으로 기억되고 있겠군.
  〈보기〉에서 고향을 떠난 사람들의 '기억 속에서 고향은 평화로운 이상적 공간으로 남아 있기'도 한다고 하였다. (가)에서 화자는 고향을 '전나무 우거진 마을 / 집집마다 누룩을 디디는 소리'로 묘사하고 있으며, 이는 평화로운 고향의 모습을 잘 드러내고 있다.

③ (나)에서 고향의 가족들이 궁핍한 삶을 살고 있는 것을 본 화자는 현재의 고향을 이상적인 공간이라고 생각하지 않겠군.
  〈보기〉에서 '고향으로 돌아가더라도 고향이 변해 있거나 고향이 고향처럼 느껴지지 않을' 수 있음을 말하고 있다. (나)에서 '허리 굽은 어머니'가 빨래터에서 돌아와 불을 피우는 모습이나, '일당 서울 광주 간 차비 정도를 버는 아버지'가 늦게 귀가한 모습 등에서 가족들의 궁핍한 삶을 짐작할 수 있으며, 화자가 이러한 모습을 이상적으로 여기지 않고 있음을 알 수 있다.

④ (나)에서 어머니가 군불을 피우고 아버지가 오리를 잡아 주는 것을 본 화자는 고향에 와서 가족애를 느낄 수 있겠군.

(나)에서 어머니가 군불을 피우고 아버지가 오리를 잡는 것은 자식인 화자를 위하는 부모의 마음을 의미하므로, 화자는 이를 통해 가족애를 느낄 수 있을 것이다.

⑤ (가)에서는 고향을 앞에 두고도 고향 근처 주막에 머물고 있고 (나)에서는 고향에 와서도 마음이 편치 않아 보인다는 점에서, 화자의 귀향이 완성되었다고 보기 어렵겠군.

〈보기〉에서 '고향이 변해 있거나 고향이 고향처럼 느껴지지 않을 때 귀향은 미완의 형태로 남'는다고 했다. (가)의 화자는 '고향 앞'까지만 갔고, (나)의 화자 또한 고향을 낯설게 느끼고 있으므로 이상적인 모습의 고향에 복귀한 것은 아니다. 따라서 (가)와 (나) 모두 화자의 귀향이 완성되었다고 보기 어렵다.

모두의 질문
· 3-③번

Q: (나)의 화자는 고향에 와서 가족의 환대를 받고 가족애를 느끼고 있습니다. 비록 가족들의 삶이 가난하고 궁핍하더라도 화자의 <u>고향은 가족애를 느낄 수 있는 공간이므로 이상적인 공간</u>으로 생각한다고 볼 수 있지 않나요?

A: <u>〈보기〉에서 '고향이 고향처럼 느껴지지 않을 때 귀향은 미완의 형태로 남게 된다.'라고 했고, (나)의 화자는 고향에 돌아온 것을 어설프고 낯설게 느끼고 있으므로 귀향이 완성된 것으로 볼 수 없다.</u> 또한 가난한 와중에도 가족들이 소박하고 행복한 생활을 영위할 수 있는 상황이라면 문제될 것이 없지만, 어머니는 허리가 굽고, 아버지는 차비 정도 버는 공장에서 일하는 상황이므로 고향을 이상적인 공간이라고 볼 수는 없다.

[1~3] 다음 글을 읽고 물음에 답하시오.

(가)

나의 지식이 독한 회의*를 구하지 못하고
내 또한 삶의 애증을 다 짐지지 못하여
㉠병든 나무처럼 생명이 부대낄 때
저 머나먼 아라비아의 사막으로 나는 가자

거기는 한번 뜬 백일(白日)이 불사신같이 작열*하고
일체가 모래 속에 사멸한 ㉡영겁의 허적(虛寂)*에
오직 알라의 신만이
밤마다 고민하고 방황하는 열사(熱沙)*의 끝

그 ㉢열렬한 고독 가운데
옷자락을 나부끼고 호올로 서면
운명처럼 반드시 '나'와 대면케 될지니
하여 '나'란 나의 생명이란
그 ㉣원시의 본연한 자태를 다시 배우지 못하거든
차라리 나는 어느 사구(沙丘)*에 ㉤회한(悔恨) 없는 백골을 쪼이
리라

– 유치환, 「생명의 서·일장(一章)」 –

*허적: 아무것도 없이 적막함.

(나)

징이 울린다 막이 내렸다   ┐
오동나무에 전등이 매어달린 가설 무대   │
구경꾼이 돌아가고 난 텅빈 운동장   │
우리는 분이 얼룩진 얼굴로   ├ [A]
학교 앞 소줏집에 몰려 술을 마신다   │
ⓐ답답하고 고달프게 사는 것이 원통하다   ┘
꽹과리를 앞장세워 장거리로 나서면   ┐
따라붙어 악을 쓰는 건 쪼무래기*들뿐   │
처녀애들은 기름집 담벽에 붙어 서서   │
철없이 킬킬대는구나   │
보름달은 밝아 어떤 녀석은   ├ [B]
꺽정이처럼 울부짖고 또 어떤 녀석은   │
서림이처럼 해해대지만 ⓑ이까짓   │
산구석에 처박혀 발버둥 친들 무엇하랴   ┘
비료 값도 안 나오는 농사 따위야   ┐
아예 여편네에게나 맡겨 두고   │
쇠전*을 거쳐 도수장* 앞에 와 돌 때   │
우리는 점점 신명이 난다   ├ [C]
ⓒ한 다리를 들고 날나리를 불꺼나   │
고갯짓을 하고 어깨를 흔들꺼나   ┘

– 신경림, 「농무」 –

화자와 대상의 관계	생명에 대해 생각하고 있는 '나'
상황?	삶에 대한 회의를 느낄 때 사막으로 가고자 함 → 사막은 극한의 공간임 → 그 극한의 공간에서 생명의 본질을 다시 배우고자 함

이것만은 챙기자

*회의: 의심을 품음. 또는 마음속에 품고 있는 의심.
*작열: 불 따위가 이글이글 뜨겁게 타오름.
*열사: 햇볕 때문에 뜨거워진 모래.
*사구: 해안이나 사막에서 바람에 의하여 운반·퇴적되어 이루어진 모래
언덕.

화자와 대상의 관계	분이 얼룩진 얼굴로 술을 마시고 춤을 추고 있는 우리
상황?	공연이 끝난 후 술을 마심 → 농촌의 현실에 대한 울분을 느낌 → 농무를 통해 서러움을 달래고자 함

이것만은 챙기자

*쪼무래기: 조무래기. 어린아이들을 낮잡아 이르는 말.
*쇠전: 소를 사고파는 장.
*도수장: 고기를 얻기 위하여 소나 돼지 따위의 가축을 잡아 죽이는 곳.

1. (가), (나)에 대한 설명으로 가장 적절한 것은?

✓ 정답풀이

④ (나)는 (가)와 달리 대구의 방식으로 시상을 마무리하면서 여운을 강화한다.

> (나)의 '한 다리를 들고 날나리를 불꺼나 / 고갯짓을 하고 어깨를 흔들꺼나'에서 대구의 방식을 통해 여운을 강화하고 있다. 하지만 (가)에서는 대구의 방식을 확인할 수 없다.

✕ 오답풀이

① (가)는 계절을 드러내는 시어를 사용하여 분위기를 조성한다.
(가)에서 '백일', '작열', '열사' 등 뜨거움을 나타내는 시어가 등장하지만, 이는 계절을 드러내기 위해서가 아니라 사막이라는 공간을 드러내기 위해 사용된 것이다. 따라서 계절을 드러내는 시어를 사용하여 시의 분위기를 조성했다고 볼 수는 없다.

② (나)는 밤에서 낮으로의 시간 변화를 통해 대상의 이면을 보여 준다.
(나)의 '보름달' 등의 시어를 통해 시간적 배경이 '밤'임을 알 수 있으나, 밤에서 낮으로의 시간 변화나 그것을 통해 대상의 이면을 보여 주는 모습은 나타나지 않는다.

③ (가)는 (나)와 달리 청각적 심상을 활용하여 사물의 속성을 표출한다.
(가)에서는 청각적 심상이 나타나 있지 않다. (나)에서는 '징이 울린다', '킬킬대는구나', '해해대지만' 등에서 청각적 심상을 확인할 수 있지만, 킬킬대는 '처녀애들', 해해대는 '어떤 녀석'은 사물에 해당하지 않는다.

⑤ (가), (나)는 모두 시적 공간의 탈속성을 내세워 이상향에 대한 화자의 동경을 드러낸다.
(가)에서 '아라비아의 사막'을 탈속적 공간으로 보기 어렵다. 속세와 대비되는 공간으로서 탈속성이 나타난다고 할 수 있으려면, 우선 주체의 입장에서 속세가 부정적인 곳으로, 탈속성이 나타나는 공간은 긍정적인 곳으로 그려져야 한다. 즉 부정적 공간인 속세에서 벗어나기 위해 속세가 아닌 긍정적 공간을 상정해야 탈속적 공간이라고 할 수 있다. 그런데 (가)에 나타나는 공간은 백일이 작열하고 일체가 모래 속에 사멸하는 극한의 공간이지 탈속성을 가지는 긍정적 공간이 아니며, (가)에 이상향에 대한 화자의 동경은 나타나 있지 않다. 또한 (나)에도 이상향에 대한 화자의 동경은 나타나 있지 않다.

🌱 기틀잡기

> ④ **대구**: 비슷한 어조나 구조를 가진 구절이나 문장 두 개를 짝지어 배치하는 표현 기법.

---

2. (가)의 '나'와 ㉠~㉤의 관련성을 이해한 내용으로 적절하지 않은 것은?

> ㉠: 병든 나무
> ㉡: 영겁의 허적(虛寂)
> ㉢: 열렬한 고독
> ㉣: 원시의 본연한 자태
> ㉤: 회한(悔恨) 없는 백골

✓ 정답풀이

③ ㉢은 절대적 고독을 나타낸 것으로, 화자가 그 절대적 고독에서 벗어남으로써 '나'에 도달할 수 있음을 알려 준다.

> '그 열렬한 고독 가운데 / 옷자락을 나부끼고 호올로 서면'에서 ㉢은 화자의 절대적인 고독으로 해석이 가능하다. 그러나 그 고독 '가운데' '호올로 서면'이라고 했으므로 화자는 열렬한 고독에서 벗어나는 것이 아니라 그 한가운데 서서 '나'를 대면하게 됨을 알 수 있다. 즉 절대적 고독은 오히려 화자가 처하고자 하는 상황으로 봐야 한다.

✕ 오답풀이

① ㉠은 화자가 극복해야 할 자신의 모습을 빗대어 표현한 것으로, '나'와는 대비되는 표상이다.
㉠은 '독한 회의'와 '삶의 애증'으로 인해 생명력과 진정한 자아를 상실한 화자의 모습을 비유한 표현이므로 '원시의 본연한 자태'를 배우고자 하는 '나'의 모습과 대비된다고 할 수 있다.

② ㉡은 어떤 것도 존재하지 못하는 극한 상태로, 화자가 '나'와 대면할 수 있는 조건에 해당한다.
㉡은 '일체가 모래 속에 사멸한' 공간이므로 어떤 것도 존재하지 못하는 극한 상태이며, '아라비아의 사막'과 유사한 의미로 볼 수 있다. 따라서 극한의 상황에서 '나' 자신과 대면할 수 있는 조건에 해당한다.

④ ㉣은 생명이 본래적으로 존재하는 모습을 가리키는 것으로, '나'가 원시적 생명력을 지닌 존재임을 보여 준다.
㉣은 생명 본래의 모습으로 이해할 수 있다. 그리고 '나'는 '나의 생명'이며 '그 원시의 본연한 자태'를 '다시' 배워야 한다고 했으므로, '나'는 원시적인 생명력을 지닌 존재임을 알 수 있다.

⑤ ㉤은 죽음에 대한 화자의 태도를 드러내는 것으로, '나'를 통해 생명을 회복하려는 화자의 의지를 담아낸 표현이다.
'원시의 본연한 자태를 다시 배우지 못하거든~백골을 쪼이리라'라는 시구를 통해 이상적인 자아, 원시적인 생명력을 회복하지 못한다면 차라리 죽음을 택하겠다는 화자의 의지를 확인할 수 있다.

문제적 문제 · 2-⑤번

학생들이 정답 이외에 가장 많이 고른 선지가 ⑤번이다. 작품 속에서 '백골'은 죽음을 뜻한다. 따라서 죽음을 뜻하는 '백골'과 ⑤번의 '생명을 회복하려는 화자의 의지'가 서로 맞지 않는다고 생각해서 ⑤번을 답으로 고른 것이다. 하지만 문제는 단순히 시어의 뜻을 묻는 것이 아니라 '나'와의 관련성을 묻고 있다. 즉 화자의 입장에서 '백골'은 단순한 죽음을 의미하는 것이 아닌, '원시의 자태를 배우지 못하겠거든 죽음을 택하겠다.'라는 의지가 내포된 시어라고 볼 수 있다. 시어의 상징적인 의미만을 파악하여 문제에 대입하지 말고, 발문을 정확하게 읽고 작품을 근거로 선지를 판단할 수 있어야 한다.

정답률 분석

	①	②	정답 ③	④	매력적 오답 ⑤
	4%	5%	66%	5%	20%

3. 〈보기〉를 참고하여 (나)를 감상한 내용으로 적절하지 않은 것은? [3점]

ⓐ: 답답하고 고달프게 사는 것이 원통하다
ⓑ: 이까짓 / 산구석에 처박혀 발버둥 친들 무엇하랴
ⓒ: 한 다리를 들고 날나리를 불꺼나 / 고갯짓을 하고 어깨를 흔들꺼나

〈보기〉

시 「농무」는 1970년 전후의 농촌의 실상과 농민들의 정서를 잘 담아낸 작품이다. 당시 우리 사회는 산업화와 도시화에 힘을 기울였는데, 이로 인해 농촌이 도시와는 다르게 피폐해져 감으로써 삶의 터전을 도시로 옮긴 농민들이 적지 않았다. 이러한 상황에서 시인은 농촌에서 농민들이 삶의 활력과 신명을 얻기 위해 집단적으로 추는 '농무'를 소재로 하여 현실의 암울함을 역설적으로 드러내는 한편, 농촌 공동체의 소중함을 독자들에게 일깨워 주었다.

보기 분석

• 시 「농무」의 사회·문화적 배경
  – 1970년 전후 농촌을 배경으로 하였고, 당시 우리 사회는 산업화와 도시화에 힘썼음
  – 농촌의 몰락, 농민들이 농촌을 떠나 도시로 향함
  – 신명을 얻기 위해 추는 '농무'를 소재로 하여 암울한 현실을 역설적으로 드러냄

정답풀이

③ [C]에서 화자가 신명을 느끼는 것은 농무의 신명에 힘입어 농촌 현실의 문제를 극복하고자 하는 농민들의 태도를 잘 보여 줘.

〈보기〉에서는 신명 나는 농무를 소재로 암울한 현실을 역설적으로 드러낸다고 했을 뿐, 현실을 극복하려는 의지에 대해서는 언급하지 않았다. '우리는 점점 신명이 난다 / 한 다리를 들고 날나리를 불꺼나 / 고갯짓을 하고 어깨를 흔들꺼나' 등은 현실에 대한 불만과 울분을 풀 수 있는 유일한 수단인 춤을 통해 고뇌를 잊고자 하는 화자의 모습이 드러난 시구이다. 그러므로 '신명을 느끼는 것'이 농촌 현실의 문제를 극복하고자 하는 태도를 보여 준다고 할 수는 없다.

오답풀이

① [A]에서 화자는 농무를 통해 활력을 얻기보다 오히려 무력감을 느끼고 있는 것 같아.

〈보기〉에서 시인은 '농무'를 통해 '현실의 암울함'을 드러낸다고 하였다. 또한 [A]에서 화자가 술을 마시며 '답답하고 고달프게 사는 것이 원통하다'라고 한 것을 통해 화자는 농무를 통해 무력감을 느끼고 있음을 알 수 있다.

② [B]에서 '악을 쓰는', '킬킬대는구나', '울부짖고', '해해대지만' 등은 화자가 농무를 흥겨운 축제로 대하지는 못하고 있음을 드러내 줘.
〈보기〉에서 시인은 '농무'를 통해 '현실의 암울함'을 드러낸다고 하였다. 또한 [B]에서 '악을 쓰는 건 쪼무래기들뿐', '철없이 킬킬대는구나', '울부짖고', '해해 대지만'이라고 표현한 것은 농무를 구경하는 사람들에 대한 반응과 농무를 추는 사람들의 모습을 부정적으로 나타낸 것이다. 이를 통해 화자가 농무를 흥겨운 축제로 대하지 못하고 있음을 알 수 있다.

④ ⓐ와 ⓑ를 통해 당시의 농민들이 도시로 떠날 수밖에 없었던 사정을 어느 정도 감지할 수 있어.
〈보기〉를 통해 농촌의 몰락과 산업화가 가속화되고 있는 상황을 알 수 있으며, ⓐ와 ⓑ를 살펴보면 농민들이 농촌의 현실을 '답답하고 고달프'게 여기며, '산구석에 처박혀 발버둥' 치는 것으로 여기고 있음을 알 수 있다. 이를 통해 농민들이 도시로 떠날 수밖에 없었던 사정을 느낄 수 있다.

⑤ ⓒ에서 화자의 물음은 앞날을 낙관하지 못하는 농촌 사람들이 던지는 자조적 물음으로도 이해될 수 있어.
〈보기〉에서 (나)는 농촌 사람들이 '활력과 신명을 얻기 위해' 추는 농무를 통해 피폐해진 농촌의 암울한 상황을 드러내고 있다고 했다. 즉 ⓒ는 '도시와 는 다르게 피폐해져' 가는 농촌에서 앞날에 대해 낙관할 수 없는 농촌 사람들의 심정을 역설적으로 드러낸 부분이므로 자조적인 태도가 나타난다고 할 수 있다.

🖋 모두의 질문   • 3-④번

Q: ⓐ와 ⓑ에는 농촌의 힘든 현실에 대한 화자의 생각이 나타나 있을 뿐 도시로 떠날 수밖에 없었던 사정은 나타나지 않은 것 아닌가요?

A: 3번 문제는 〈보기〉를 바탕으로 시를 해석하는 문제이다. 〈보기〉에서 1970년 전후는 '산업화와 도시화에 힘을 기울였는데 이로 인해 농촌 이 도시와는 다르게 피폐해져 감으로써 삶의 터전을 도시로 옮긴 농 민들이 적지 않았다.'라고 했다. 이를 참고하여 (나)를 감상하면 ⓐ와 ⓑ에 드러난 농민들의 울분, 피폐한 농촌 현실에 대한 비판적인 태도 를 통해 당시의 농민들이 도시로 떠날 수밖에 없었던 사정을 짐작할 수 있다.

MEMO

[1~4] 다음 글을 읽고 물음에 답하시오.

(가)

폭포는 곧은 절벽을 무서운 기색도 없이 떨어진다

규정할 수 없는 물결이
무엇을 향하여 떨어진다는 의미도 없이
㉠계절과 주야를 가리지 않고
고매한* 정신처럼 쉴 사이 없이 떨어진다

금잔화도 인가도 보이지 않는 밤이 되면
폭포는 곧은 소리를 내며 떨어진다

곧은 소리는 소리이다
곧은 소리는 곧은
소리를 부른다

번개와 같이 떨어지는 물방울은
취할 순간조차 마음에 주지 않고
㉡나타(懶惰)와 안정(安定)을 뒤집어 놓은 듯이
높이도 폭도 없이
떨어진다

– 김수영, 「폭포」 –

화자와 대상의 관계	떨어지는 폭포를 관찰하는 사람
상황?	폭포가 떨어짐 → 계절과 주야를 가리지 않고 곧은 소리를 내며 폭포가 떨어짐 → 나타(나태)와 안정을 뒤집어 놓은 듯이 떨어짐

이것만은 챙기자

*고매하다: 인격이나 품성, 학식, 재질 따위가 높고 빼어나다.

(나)

살아 있는 것은 흔들리면서
튼튼한 줄기를 얻고
잎은 흔들려서 스스로
살아 있는 몸인 것을 증명한다.

바람은 오늘도 분다.
수만의 잎은 제각기
몸을 엮는 하루를 가누고
들판의 슬픔 하나 들판의 고독 하나
들판의 고통 하나도
다른 곳에서 바람에 쓸리며
자기를 헤집고 있다.

피하지 마라
㉢빈 들에 가서 깨닫는 그것
우리가 늘 흔들리고 있음을.

– 오규원, 「살아 있는 것은 흔들리면서 – 순례 11」 –

화자와 대상의 관계	바람이 불어 '살아 있는 것'('잎')이 흔들리고 있음을 보고 있는 우리
상황?	살아 있는 것은 흔들림 → 바람이 불면 잎은 바람에 쓸리며 자기를 헤집음 → 살아 있는 것은 흔들리고 있음을 깨달음

(다)

내 마음의 고향은 이제
참새 떼 왁자히 내려앉는 대숲 마을의
노오란 초가을의 초가지붕에 있지 아니하고
내 마음의 고향은 이제
토란 잎에 후두둑 빗방울 스치고 가는
여름날의 ㉣고요 적막한 뒤란에 있지 아니하고
내 마음의 고향은 이제
추수 끝난 빈 들판을 쿵쿵 울리며 가는
서늘한 뜨거운 기적 소리에 있지 아니하고
내 마음의 고향은 이제
빈 들길을 걸어 걸어 흰 옷자락 날리며
서울로 가는 순이 누나의 파르라한 옷고름에 있지 아니하고
내 마음의 고향은 이제
아늑한 상큼한 짚벼늘에 파묻혀
나를 부르는 소리도 잊어버린 채
까닭 모를 굵은 눈물 흘리던 그 어린 저녁 무렵에도 있지 아니하고
내 마음의 마음의 고향은
싸락눈 홀로 이마에 받으며
내가 그 어둑한 신작로 길로 나섰을 때 끝났다
눈 위로 막 얼어붙기 시작한
작디작은 ㉤수레바퀴 자국을 뒤에 남기며

         – 이시영, 「마음의 고향 6 – 초설」 –

화자와 대상의 관계	마음속 고향의 모습을 떠올리는 '나'
상황?	내 마음속 고향은 어린 시절의 고향 마을에 있지 않다고 생각함 → 홀로 어둑한 신작로 길로 나섰을 때 내 마음속 고향을 잃어버림

1. (가)~(다)의 공통점으로 가장 적절한 것은?

◆ 정답풀이

⑤ 유사한 어구를 반복하여 시적 상황을 부각한다.

> (가)는 '~없이 떨어진다'와 '곧은 소리'의 반복을 통해 폭포가 곧게 떨어지는 모습을 부각하고 있으며, (나)는 '살아 있는', '들판의~하나'를 반복하여 살아 있는 것은 흔들릴 수밖에 없다는 주제를 부각하고 있다. 또한 (다)는 '내 마음의 고향은 이제', '~에 있지 아니하고'를 반복하여 마음의 고향을 상실한 상황을 부각하고 있다.

❌ 오답풀이

① 도치의 방식으로 시상을 마무리하여 주제 의식을 드러낸다.
(나)는 '피하지 마라 / 빈 들에 가서 깨닫는 그것 / 우리가 늘 흔들리고 있음.'이라는 도치의 방식으로 주제 의식을 강조하며 시상을 마무리하였다. 그리고 (다)도 '끝났다 / ~수레바퀴 자국을 뒤에 남기며'로 어순을 뒤바꾼 도치의 방식으로 시상을 마무리하여 주제 의식을 드러낸다. 그러나 (가)에는 어순이 뒤바뀐 표현이 나타나지 않는다.

② 명령적 어조를 활용하여 화자의 강한 의지를 표출한다.
(가)와 (다)는 누군가에게 명령하는 상황도 아니고, 명령적 어조도 사용하지 않았다. 다만 (나)는 '피하지 마라'에서 명령형 어미를 사용했다.

③ 색채의 선명한 대조를 통해 시적 분위기를 환기한다.
(다)는 '흰 옷자락'과 '파르라한 옷고름'이 색채의 대조를 이루고 있지만, (가)와 (나)에는 색채의 대조가 드러나지 않는다.

④ 영탄법을 사용하여 화자의 고조된 감정을 나타낸다.
(가), (나), (다)는 모두 영탄법을 사용하지 않았다.

🌱 기틀잡기

① **도치**: 문장 성분의 정상적인 배열 순서를 바꾸어 놓는 표현 기법. 이를 통한 강조의 효과가 있음.
③ **색채 대조**: 서로 다른 색채의 뚜렷한 대조를 통해 시각적으로 강렬한 인상을 주는 표현 방법.
④ **영탄**: 감정을 억누르지 않고 그대로 표출하는 표현 방법. 감탄사와 감탄 어미를 사용하거나 호칭어를 사용하고, 명령이나 권유, 설의의 형식을 취하는 것까지도 영탄법으로 볼 수 있음.

✒ 모두의 질문

• 1–②번

Q: (나)의 마지막 연의 '피하지 마라'는 화자가 피하지 않겠다는 의지를 드러내는 것이 아니라, 피하지 말라고 명령하는 표현 아닌가요?
A: 화자는 '그것'을 피하지 말라고 했는데 '그것'은 '우리가 늘 흔들리고 있음'이다. 이때 '우리'는 듣는 이와 자신을 포함하는 말이므로, '피하지 마라'는 화자 스스로에게도 하는 말로 피하지 않겠다는 의지를 드러내는 표현이라고 할 수 있다.

2. 〈보기〉를 참고하여 (가), (나)를 감상한 내용으로 적절하지 않은 것은? [3점]

───────────〈보기〉───────────

김수영은 한때 자유를 이상으로 내세우면서 생활인으로서의 자신을 뛰어넘으려고 했고, 오규원은 '순례' 연작시에서 생성과 변화를 중시하면서 사물에 대한 고정된 인식이나 관념에서 탈피하려고 했다. 오규원에게는 그것이 자유를 추구하는 일이었다. 이와 관련하여 김수영은 위대성에 주목하면서 대상의 숭고한 면이나 뛰어난 점을 발견하려 했고, 오규원은 구체적 언어에 주목하여 대상의 동적 이미지와 몸의 이미지를 포착하려 했다.

🔍 보기 분석

김수영	오규원
생활인으로서의 자신을 뛰어넘으려 함	생성과 변화를 중시, 사물에 대한 고정 관념에서 탈피하려 함
위대성에 주목, 대상의 숭고한 면이나 뛰어난 점을 발견	구체적 언어에 주목, 대상의 동적 이미지와 몸의 이미지 포착
자유를 이상으로 내세우고 추구함	

✓ 정답풀이

③ (가)의 '소리'와 (나)의 '바람'은 자유의 의미와 대비되는 소재들로서, 화자는 이에 부정적 의미를 부여하고 있어.

> (가)의 '소리'는 '곧은 소리'이므로 폭포의 위대성, 숭고한 면을 드러내는 것이지 자유와 대비되는 소재가 아니다. (나)의 '바람'은 잎을 흔드는 요소로 존재에게 고통이나 아픔을 가져다 주지만 이를 통해 존재가 살아 있음을 증명하며 성숙한다는 점에서 부정적인 시어라고 단정할 수만은 없다. 또한 〈보기〉에서 자유를 추구하는 일과 관련하여 김수영은 '위대성에 주목하면서 대상의 숭고한 면'을 발견하려 했고, 오규원은 '대상의 동적 이미지'를 포착하려 했다고 한 것을 고려할 때, '소리'와 '바람'은 자유의 의미와 대비된다고 볼 수 없다.

✗ 오답풀이

① (가)의 '고매한 정신처럼'에서는, 생활인으로서 시인이 지녔던 고뇌와 대비되는 대상의 위대성을 느낄 수 있어.
시적 대상인 폭포를 두고 '고매'하다고 했으므로 이는 대상의 위대성을 보여 주는 것이다. 〈보기〉를 참고한다면 김수영은 '생활인으로서의 자신을 뛰어넘'기 위해 자신을 초월한 위대한 대상인 폭포를 노래했다고 볼 수 있다.

② (나)의 '슬픔 하나', '고독 하나', '고통 하나'가 '자기를 헤집고 있다'는 것에서는, 몸의 이미지를 통해 관념에서 탈피하려는 화자의 태도를 느낄 수 있어.
추상적 개념인 '슬픔', '고독', '고통'이 '바람에 쏠리'고, '자기를 헤집'는다는 표현은 〈보기〉의 '대상의 동적 이미지와 몸의 이미지를 포착'한 것에 해당한다. '몸의 이미지'는 꼭 구체적인 신체를 의미하는 것이 아니라, 구체적 형상이 없는 추상적 대상이 몸을 지닌 존재처럼 표현되는 것도 포함한다. 또한 〈보기〉에서 이러한 표현을 통해 시인이 '사물에 대한 고정된 인식이나 관념에서 탈피'하려 했다고 설명하고 있으므로 적절하다.

④ (가)에 비해 (나)의 화자는 흔들리는 현상을 바탕으로 자신을 대상과 동일시하고 있어.
(가)는 화자 자신을 폭포와 동일시하지 않았다. 〈보기〉를 참고한다면 화자는 오히려 폭포를 '생활인으로서의 자신'의 모습과 대비되는 위대한 것으로 보고 있다. 이와 달리 (나)의 화자는 처음에는 흔들리는 '잎'을 이야기하고, 마지막 연에서 '우리'가 흔들린다고 함으로써 자신을 '잎'과 동일시하고 있다.

⑤ (가)의 대상이 지닌 숭고한 면모와, (나)의 대상이 지닌 동적인 속성은 자유와 관련하여 그 의미를 해석할 수 있어.
(가)의 대상인 '폭포'는 '고매한 정신처럼' 떨어지므로 숭고한 면모를 지녔고, (나)의 대상인 '잎'은 바람에 계속 흔들리는 동적인 속성을 지녔다. 〈보기〉에서 김수영은 대상의 '숭고한 면'을 통해, 오규원은 '동적 이미지'를 통해 자유를 추구한다고 했으므로 적절하다.

3. (다)를 이해한 내용으로 적절하지 <u>않은</u> 것은?

✅ 정답풀이

③ 고향의 특정 인물에 대한 기억을 떠올리면서 시상을 반전시키고 있다.

> (다)에서는 고향의 특정 인물(순이 누나)에 대한 기억을 떠올리고는 있지만 이후에도 비슷한 구조로 시의 내용이 전개되며 화자의 정서가 처음부터 끝까지 일관되게 이어지고 있으므로 시상이 반전되었다고 할 수는 없다.

❌ 오답풀이

① 고향에서의 삶과 관련된 소재들을 열거하고 있다.
(다)에서는 '초가지붕', '뒤란', '기적 소리', '순이 누나' 등 고향을 떠올릴 수 있는 소재들을 열거하고 있다.

② 감각적 심상을 활용하여 화자의 정서를 드러내고 있다.
(다)에서는 '참새 떼 왁자히(청각적 이미지)', '노오란 초가을(시각적 이미지)', '후두둑(청각적 이미지)', '서늘한 뜨거운 기적 소리(공감각적 이미지)' 등 다양한 감각적 심상을 활용하여 고향에 대한 그리움을 드러내고 있다.

④ 고향을 떠나올 때의 장면으로 시상을 마무리하면서 시적 여운을 남기고 있다.
(다) 시의 마지막 부분에서 '내가 그 어둑한 신작로 길로 나섰을 때 끝났다~ 수레바퀴 자국을 뒤에 남기며'라고 하여 고향을 떠나올 때의 장면으로 마무리하면서 시적 여운을 남기고 있다.

⑤ 고향에 대한 상실감을 내세워 고향에 대한 화자의 그리움을 담아내고 있다.
(다)에서는 '내 마음의 고향'이 '노오란 초가을의 초가지붕', '여름날의 고요 적막한 뒤란', '서늘한 뜨거운 기적 소리', '순이 누나의 파르라한 옷고름', '그 어린 저녁 무렵'에 '있지 아니하'다는 말을 반복하여 고향에 대한 상실감을 드러내며 앞에서 형성한 고향에 대한 화자의 그리움을 부각하고 있다.

4. ㉠~㉤에 대한 설명으로 적절한 것은?

> ㉠: 계절과 주야를 가리지 않고
> ㉡: 나태(懶怠)와 안정(安定)
> ㉢: 빈 들
> ㉣: 고요 적막한 뒤란
> ㉤: 수레바퀴 자국

✅ 정답풀이

① ㉠: '폭포'의 낙하가 지닌 항상성을 나타낸다.

> ㉠은 '폭포'가 계절과 밤낮을 가리지 않고 쉴 사이 없이 떨어진다는 의미로, '폭포'의 낙하가 계속해서 이루어진다는 항상성을 나타내고 있다.

❌ 오답풀이

② ㉡: '폭포'가 지닌 긍정적 속성들이다.
㉡은 '폭포'가 뒤집어 놓으려는 부정적 속성이다.

③ ㉢: 화자와 공동체가 화합을 이루는 공간이다.
㉢은 잎이 바람에 흔들리는 모습을 화자가 목격하고 깨달음을 얻는 공간이다. 화자와 공동체의 화합과는 관계가 없다.

④ ㉣: 화자의 절망적인 상황을 드러낸다.
㉣은 화자의 마음속에 있는 여름날 고향의 모습으로, 이에 대한 추억과 상실감은 드러나지만 ㉣이 화자의 절망적인 상황을 드러내지는 않는다.

⑤ ㉤: 화자가 지향하는 미래를 표상한다.
화자는 고향을 떠나올 때 '수레바퀴 자국'을 뒤에 남겼다. 그러므로 ㉤은 고향에 대한 상실감을 불러일으킨다고 볼 수는 있지만 화자가 지향하는 미래를 표상한다고 볼 수는 없다.

🖋 모두의 질문   · 4-③번

Q: '화자와 공동체가 화합을 이루는 공간이다.'가 틀린 이유가 뭔가요? 3연에서 '우리'라는 표현을 쓰면서 그 전까지 흔들리고 있던 대상들 (수만의 잎, 들판의 슬픔, 고독, 고통)과 화자가 같이 등장하게 되는 곳이 '빈 들' 아닌가요?

A: 공동체가 화합을 이루려면 먼저 공동체 구성원이 등장하여 합일된 소통이 이루어져야 한다. 그런데 (나)에서는 '우리'라는 시어가 사용되기는 했지만, '빈 들'에서 우리끼리 뭉쳐 화합을 이루고자 하는 것은 아니다. '빈 들'은 '우리가 늘 흔들리고 있음'을 깨닫는 공간으로, '우리'라는 표현은 모든 살아있는 존재들이 그러하다는 것을 말하기 위해서지 공동체의 화합을 말하기 위해서가 아니다. 따라서 ㉢은 공동체가 화합을 이루는 공간으로 볼 수 없다.

[1~4] 다음 글을 읽고 물음에 답하시오.

(가)

고향에 돌아온 날 밤에
내 백골이 따라와 한방에 누웠다.

어둔 방은 우주로 통하고
하늘에선가 소리처럼 바람이 불어온다.

어둠 속에 곱게 풍화작용하는
백골을 들여다보며
눈물짓는 것이 내가 우는 것이냐
백골이 우는 것이냐
아름다운 혼이 우는 것이냐

지조 높은 개는
밤을 새워 어둠을 짖는다.

어둠을 짖는 개는
나를 쫓는 것일 게다.

가자 가자
쫓기우는 사람처럼 가자
백골 몰래
아름다운 또 다른 고향에 가자.

　　　　　－ 윤동주, 「또 다른 고향(故鄕)」 －

(나)

전신이 검은 까마귀,
까마귀는 까치와 다르다.
마른 가지 끝에 높이 앉아
먼 설원을 굽어보는 저
형형한* 눈,
고독한 이마 그리고 날카로운 부리.
얼어붙은 지상에는
그 어디에도 낟알 한 톨 보이지 않지만
그대 차라리 눈발을 뒤지다 굶어 죽을지언정
결코 까치처럼
인가의 안마당을 넘보진 않는다.
검을 테면
철저하게 검어라. 단 한 개의 깃털도
남기지 말고……
겨울 되자 온 세상 수북이 ㉠눈은 내려
저마다 하얗게 하얗게 분장하지만
나는
빈 가지 끝에 홀로 앉아
말없이
먼 지평선을 응시하는 한 마리
검은 까마귀가 되리라.

　　　　　－ 오세영, 「자화상 · 2」 －

*형형한: 광채가 반짝반짝 빛나며 밝은.

화자와 대상의 관계	백골 몰래 또 다른 고향에 가고자 하는 '나'
상황?	고향에 돌아온 날 밤에 백골이 따라와 누움 → 어둔 방에 누워 고뇌함 → 지조 높은 개가 '나'를 일깨운다고 생각함 → 백골 모르게 또 다른 고향에 가기를 다짐함

화자와 대상의 관계	검은 까마귀가 되고자 하는 '나'
상황?	고독한 모습으로 굶어 죽을지언정 인가의 안마당을 넘보지 않는 까마귀의 모습을 떠올림 → 검은 까마귀가 되고자 함

(다)

[A]
　굳어지기 전까지 저 딱딱한 것들은 물결이었다
　파도와 해일이 쉬고 있는 바닷속
　지느러미의 물결 사이에 끼어
　유유히 흘러 다니던 무수한 갈래의 길이었다

[B]
　그물이 물결 속에서 멸치들을 떼어냈던 것이다
　햇빛의 꼿꼿한 직선들 틈에 끼이자마자
　부드러운 물결은 팔딱거리다 길을 잃었을 것이다

[C]
　바람과 햇볕이 달라붙어 물기를 빨아들이는 동안
　바다의 무늬는 뼈다귀처럼 남아
　멸치의 등과 지느러미 위에서 딱딱하게 굳어갔던 것이다
　모래 더미처럼 길거리에 쌓이고
　건어물집의 푸석한 공기에 풀리다가
　기름에 튀겨지고 접시에 담겨졌던 것이다

[D]
　지금 젓가락 끝에 깍두기처럼 딱딱하게 집히는 이 멸치에는
　두껍고 뻣뻣한 공기를 뚫고 흘러가는
　바다가 있다 그 바다에는 아직도
　지느러미가 있고 지느러미를 흔드는 물결이 있다

[E]
　이 작은 물결
　지금도 멸치의 몸통을 뒤틀고 있는 이 작은 무늬가
　파도를 만들고 해일을 부르고
　고깃배를 부수고 그물을 찢었던 것이다

　　　　　　　　　　　　　　　　　　－ 김기택, 「멸치」 －

화자와 대상의 관계	마른 멸치를 보고 바다에 살던 멸치가 잡혀 접시에 담겨지기까지의 과정을 생각하는 사람
상황?	마른 멸치의 무늬를 보고 바다의 물결을 떠올림 → 바닷속 멸치들이 그물에 잡혀 햇볕에 마르고 굳어지는 모습을 떠올림 → 멸치가 본래 지녔던 생명력에 대해 생각함

1. (가)~(다)의 공통점으로 가장 적절한 것은?

✓ 정답풀이

③ 공간의 대비를 통해 지향하는 가치를 드러내고 있다.

> (가)는 부정적 존재인 '백골'이 누운 '고향'의 '어둔 방'과 화자가 가고자 하는 '또 다른 고향'이라는 공간의 대비를 통해 이상을 추구하려는 화자의 의지를 드러내고 있다. (나)도 부정적 존재인 '까치'가 넘보는 '인가의 안마당'과 화자가 되고자 하는 존재인 '까마귀'가 굽어보는 '먼 설원', '먼 지평선'의 대비를 통해 바람직한 삶에 대한 화자의 의지를 드러내고 있다. 또한 (다)는 멸치가 생명력을 잃은 '건어물집'과 생명력을 가지고 있었던 '바다'의 대비를 통해 생명력에 대한 화자의 지향을 드러내고 있다.

✗ 오답풀이

① 영탄법을 활용하여 화자의 정서를 표출하고 있다.
(가)의 '~것이냐', '~가자'와 (나)의 '검은 까마귀가 되리라.'에서 화자는 자신의 감정을 표출하고 있으므로, 넓은 의미의 영탄법으로 볼 수 있으나 (다)에서는 영탄법이 나타나지 않는다.

② 동일한 시행의 반복을 통해 운율감을 자아내고 있다.
(가)에서 '가자'라는 '동일한 시어'의 반복만 나타날 뿐 (가), (나), (다) 모두 '동일한 시행'을 반복한 부분은 없다.

④ 과거에 대한 회상을 통해 그리움의 정서를 환기하고 있다.
(가), (나), (다) 모두 과거에 대한 회상과 그리움의 정서가 나타나지 않는다. (다)에서 화자가 멸치가 살아있던 시절을 상상하고 있는 것은 과거에 대한 회상이라고 보기 어렵고, 이를 통해 그리움의 정서를 불러일으키지도 않았다.

⑤ 반어적 표현을 활용하여 현실에 대한 비판적 태도를 드러내고 있다.
(가), (나), (다) 모두 반어적 표현을 활용하지 않았다. 그리고 (가)에서 현실을 부정적으로 보고 있으나 이에 대한 비판적 태도보다는 자신의 고뇌와 성찰, 의지를 드러내고 있다.

🌱 기틀잡기

① 영탄: 감정을 억누르지 않고 그대로 표출하는 표현 방법. 감탄사와 감탄어미를 사용하거나 호칭어를 사용하고, 명령이나 권유, 설의의 형식을 취하는 것까지도 영탄법으로 볼 수 있음.
③ 대비: 두 가지의 차이를 밝히기 위하여 서로 맞대어 비교함.
⑤ 반어: 말하고자 하는 바와 반대로 표현하여 그 의미를 강화하는 것.

모두의 질문
• 1-①번

Q: 어디까지 영탄법이 활용된 것으로 봐야 하는지 잘 모르겠어요.

A: 영탄법의 사전적 의미는 감탄사나 감탄형 어미 따위를 이용하여 기쁨·슬픔·놀라움과 같은 감정을 강하게 나타내는 수사법이라고 되어 있다. 하지만 단순하게 감탄사나 종결 어미만 보고 영탄을 판단할 수는 없다. 영탄의 핵심은 '감정을 강하게' 나타내는 것에 있기 때문이다.

따라서 ①감탄사(아!, 오!)나 감탄형 어미(-구나, -도다, -어라/-아라)가 사용되면 무조건 영탄, ②명령, 청유, 의문이라도 감정이 강하게 동반된다면 넓은 의미의 영탄이라 할 수 있다.

이를 기준으로 할 때, (가)는 3연의 절규에 가까운 의문들, 6연의 '가자'라는 외침의 연속에서 '영탄을 통해 고조된 감정을 드러낸다'고 할 수 있다. (나)의 '검은 까마귀가 되리라'는 의지적 표현으로 끝맺고 있으나 시 전체의 성찰적인 분위기로 볼 때, 지향하는 가치에 대한 강한 감정이 동반되었기 때문에 넓은 의미의 영탄이라고 볼 수 있다. 그러나 (나)는 보는 관점에 따라 판단이 다를 수 있으므로 정·오답을 판별하는 핵심은 (다)가 확실히 영탄법이 활용되지 않았다는 점에 있다.

모두의 질문
• 1-⑤번

Q: 부정적 현실을 보여 주면 비판적 태도가 나타난 것이 아닌가요? 부정적 태도와 비판적 태도의 차이가 무엇인가요?

A: 부정적 태도는 현실을 바람직하지 못하다고 보는 것, 즉 부정적 시각으로 보는 것을 의미한다. 한편 비판적 태도는 이에서 그치지 않고 옳지 않은 것의 원인이나 부조리를 좀 더 노골적, 적극적으로 드러내는 것이다. 다시 말해 비판적 태도는 대상의 옳고 그름을 판단해 밝히고 그에 대한 자신의 주관을 드러내는 것(잘못된 부분을 드러내 지적하는 것)을 의미한다. 사실 비판적이라는 개념은 작품에서 다양한 모습으로 구체화되기 때문에 어디까지가 비판적 태도인지 명확한 기준을 정하기는 어렵다. 하지만 위 작품들에서는 잘못된 원인, 부조리를 노골적으로 드러냈다고 보기 어려우므로 비판에 해당하지 않는다고 판단할 수 있다.

2. 〈보기〉를 참고하여 (가)와 (나)를 감상한 내용으로 적절하지 않은 것은? [3점]

> **〈보기〉**
>
> 자아 성찰의 주제를 담은 현대시에서는 시적 자아가 분열된 모습으로 등장하는 경우가 많다. (가)와 (나)의 화자는 자아 성찰을 통해 자아의 부정적인 모습과 단절하고 새로운 존재로 거듭나려 한다는 점에서 공통적이다. 하지만 (가)의 화자는 시선을 자신의 내면으로 돌려 자아의 부정적, 긍정적 면모를 발견한 후 이들을 상징적 시어로 표현하고 있고, (나)의 화자는 시선을 바깥으로 돌려 자신의 삶의 태도를 외부의 상징적 존재에 투영하여 표현하고 있다.

보기 분석

- (가)와 (나) 화자의 공통점: 자아 성찰을 통해 자아의 부정적 모습과 단절하고 새로운 존재로 거듭나려 함
- (가)와 (나) 화자의 시선

(가) → 내면	자아의 부정적 / 긍정적 면모
(나) → 외부	자신의 삶의 태도를 외부 존재에 투영

✓ 정답풀이

⑤ (가)의 '방'은 화자의 어두운 내면을, (나)의 '먼 지평선'은 화자가 처한 부정적 현실을 상징하는군.

> 〈보기〉에 따르면, (가)의 화자는 '시선을 자신의 내면으로 돌'리고, (나)의 화자는 '시선을 바깥으로 돌'린다고 했다. (가)의 '방'은 부정적 자아인 '백골'이 누워 있는 곳이다. 따라서 화자의 어두운 내면이 나타나 있다고 볼 수 있다. 하지만 (나)의 '먼 지평선'은 4행에 제시된 '먼 설원'과 함께 화자가 되고자 하는 '까마귀'가 응시하는 곳이다. 따라서 부정적 현실을 상징한다고 볼 수 없다.

✗ 오답풀이

① (가)의 '들여다보며'에서는 '백골'로 상징화된 부정적 자아를 향한 화자의 내면의 시선을 확인할 수 있군.

〈보기〉에 따르면, (가)의 화자는 '시선을 자신의 내면으로 돌려 자아의 부정적, 긍정적 면모를 발견'하여 이를 표현한다. '백골'은 '어둠 속에 곱게 풍화 작용'하고 있다. 즉 '백골'은 어두운 현실에 무기력하게 안주하고 있는 부정적 자아이므로 이를 '들여다보'는 것은 화자가 자신의 내면으로 시선을 돌려 자아의 부정적 면모를 발견하는 것으로 볼 수 있다.

② (가)의 '지조 높은 개'는 자아의 부정적인 모습과 대비되어 화자를 새로운 존재로 거듭나게 하는군.

〈보기〉에 따르면, (가)의 화자는 자아의 부정적 면모를 발견한 후 이들을 상징적 시어로 표현한다. 어둠을 짖는 '지조 높은 개'는 화자의 부정적 자아인 '나'를 쫓는데, 이로 인해 '나'는 개에게 쫓기우는 사람처럼 '아름다운 또 다른 고향'으로 향한다. 따라서 '지조 높은 개'는 화자의 부정적 자아와 대비되며 화자를 새로운 존재로 거듭나게 한다고 할 수 있다.

③ (나)에서 먼 설원을 굽어보는 '형형한 눈'은 바람직한 삶을 지향하는 화자의 태도를 떠올리게 하는군.

〈보기〉에 따르면, (나)의 화자는 '자신의 삶의 태도를 외부의 상징적 존재에 투영하여 표현'한다. (나)에서 화자는 외부의 존재인 '까마귀'에 지향하는 삶의 모습을 투영하고 있다. 따라서 까마귀의 '형형한 눈'은 바람직한 삶을 지향하는 화자의 태도를 떠올리게 한다.

④ (나)에서 인가의 안마당을 넘보는 '까치'는 화자가 단절하고자 하는 삶의 태도를 나타내는군.

〈보기〉에 따르면, (나)의 화자는 '자신의 삶의 태도를 외부의 상징적 존재에 투영하여 표현'한다. (나)의 화자는 '까마귀'와 '까치'가 다르다고 말하며, '인가의 안마당'을 넘보는 '까치'를 부정적인 존재로 보고 있다. 따라서 '까치'는 화자가 단절하고자 하는 삶의 태도를 나타낸다고 볼 수 있다.

3. (나)의 ㉠에 대한 설명으로 가장 적절한 것은?

> ㉠: 눈

✔ 정답풀이

② 본질을 가리는 속성을 통해 세상의 허위를 암시한다.

> (나)의 '눈은 내려 / 저마다 하얗게 하얗게 분장하지만'에서 '눈'은 진실을 가리고 꾸미는 존재를 의미한다고 볼 수 있다. 화자는 '까마귀'가 되기를 원하며 '철저하게 검어라'라고 하였으므로 이와 대비되어 세상을 하얗게 분장하는 '눈'은 본질을 가리는 세상의 허위를 암시한다고 볼 수 있다.

✖ 오답풀이

① 충만한 느낌을 통해 평온한 삶을 드러낸다.

(나)에서 화자는 '눈'이 세상을 하얗게 분장하는 것을 부정적으로 인식하고 있으므로 '눈'을 통해 충만한 느낌을 느낄 수 없고, 평온한 삶을 드러내는 것도 아니다.

③ 색채 이미지를 통해 화자의 순결한 정신을 드러낸다.

(나)에서 '하얗'다는 색채 이미지를 활용한 것은 맞지만, '눈'은 진실을 가리는 부정적 존재이므로 이를 통해 순결한 정신을 드러낸 것은 아니다.

④ 하강 이미지를 통해 화자가 연약한 존재임을 보여 준다.

(나)의 '눈은 내려'라는 표현의 '눈'은 하강 이미지를 드러낸 것으로 볼 수 있지만, 화자는 '검은 까마귀'가 되려는 의지를 지닌 존재이므로 연약한 존재와는 거리가 멀다.

⑤ 역동적 이미지를 통해 미래에 대한 화자의 소망을 나타낸다.

(나)의 '눈'은 세상의 진실을 '분장'하는 부정적 존재이므로 미래에 대한 화자의 소망과 거리가 멀고, 역동적 이미지와도 관계가 없다.

🌱 기틀잡기

③ **색채 이미지**: '빨간, 하얀' 등 빛깔을 연상시키는 것.
④ **하강 이미지**: 아래로 향해 움직이는 모습이 나타나거나 그러한 느낌을 불러일으키는 것.
⑤ **역동적**: 격렬하고 활기차게 움직이는 느낌을 불러일으키는 것.

4. 〈보기〉를 바탕으로 (다)의 시상 전개를 이해할 때, 적절하지 <u>않은</u> 것은?

〈보기〉

[A] → [B] → [C] → [D] → [E]

[A]	[B]	[C]	[D]	[E]
바닷속의 멸치 떼	건져 올린 멸치	굳어진 멸치	멸치 몸의 무늬	멸치와 바다

🔍 보기 분석

- [A]: 생명력을 잃기 전 바닷속 멸치 떼의 모습
- [B]: 그물에 걸려 건져 올려진 멸치의 모습
- [C]: 생명력을 잃고 굳어져 가는 멸치의 모습
- [D]: 멸치의 몸에 무늬로 남은 바다의 흔적
- [E]: 멸치와 바다의 생명력

⊘ 정답풀이

④ [D]는 바다 물결의 실제 움직임을 사실적으로 묘사하여 마른 멸치의 몸에 남은 무늬에 시선을 집중시키고 있다.

> [D]는 이미 죽어 생명력을 잃은 멸치의 모습에서 바다에서 헤엄치던 멸치의 생명력을 상상하여 묘사하고 있다. 따라서 [D]가 바다 물결의 실제 움직임을 사실적으로 묘사했다고 볼 수 없다.

⊗ 오답풀이

① [A]에서 멸치 떼의 유유한 움직임은 '무수한 갈래의 길'과 연결되어 바닷속의 자유로운 분위기를 보여 주고 있다.
[A]에서 '저 딱딱한 것들은 물결이었다', '유유히 흘러 다니던 무수한 갈래의 길이었다'라고 하였으므로 이를 통해 멸치가 생명력을 잃고 굳어지기 이전의 자유로운 모습, 바닷속의 자유로운 분위기를 보여 준다고 할 수 있다.

② [B]에서 '그물', '햇빛의 꼿꼿한 직선들'은 멸치의 생명을 앗아가려는 외부 세계의 폭력성을 환기하고 있다.
[B]에서 물결 사이를 유유히 흘러 다니던 멸치들을 바다와 떼어 놓은 것은 '그물'이다. 또한 햇빛의 '꼿꼿한' 직선들 틈에 끼이자 '부드러운' 물결은 길을 잃었을 것이라고 하였다. 따라서 '그물'과 '햇빛의 꼿꼿한 직선들'은 멸치의 생명을 앗아가려는 외부 세계의 폭력성을 떠올리게 한다.

③ [C]는 멸치가 본래의 속성을 잃어 가는 과정을 순차적으로 보여 주고 있다.
[C]에서 멸치가 생명력을 잃어 가는 과정이 '바람과 햇볕에 의해 딱딱하게 굳어짐 → 길거리에 쌓임 → 건어물집에서 풀림 → 기름에 튀겨져 접시에 담겨짐'으로 순차적으로 드러나고 있다.

⑤ [E]는 '파도'와 '해일'의 움직임을 통해 멸치가 본래 지녔던 생명력을 환기하며 시상을 마무리하고 있다.
[E]에서 멸치의 작은 무늬가 파도를 만들고, 해일을 부르고, 고깃배를 부수고, 그물을 찢는다고 했다. 이는 멸치의 무늬가 더 큰 생명력인 '파도'와 '해일'을 만들며, 그 움직임이 고깃배를 부수고 그물을 찢을 정도의 힘을 가지고 있음을 보여 준다고 할 수 있다. 따라서 '파도'와 '해일'의 움직임이 멸치의 강인한 생명력을 환기한다고 볼 수 있다.

🖊 모두의 질문
• 4-④번

Q: [D]는 바다 물결의 실제 움직임을 사실적으로 묘사한 것 아닌가요?

A: 〈보기〉를 통해 [D]에서는 '멸치 몸의 무늬'에 주목하고 있음을 확인할 수 있다. [D]에서 화자는 '멸치 몸의 무늬'를 보고, 이를 바다의 움직임에 빗대어 표현하고 있는 것이다. 즉 '멸치 몸의 무늬'가 묘사의 대상인 것이다. 선지에서는 '바다 물결의 실제 움직임을 사실적으로 묘사'했다고 하였는데, (다)에서 화자는 '바다 물결'을 보고 묘사한 것이 아니라, '멸치 몸의 무늬'를 보고 바다를 상상하여 떠올리고 있다. 따라서 '바다 물결의 실제 움직임을 사실적으로 묘사'했다고 보기 어렵다.

[1~4] 다음 글을 읽고 물음에 답하시오.

(가)

1

㉠하늘에 깔아 논
바람의 여울터에서나
속삭이듯 서걱이는
나무의 그늘에서나, 새는
노래한다. 그것이 노래인 줄도 모르면서
새는 그것이 사랑인 줄도 모르면서
두 놈이 부리를
서로의 쭉지에 파묻고
다스한 체온을 나누어 가진다.

2

새는 울어
뜻을 만들지 않고,
지어서 교태로
사랑을 가식하지 않는다.

3

─포수는 한 덩이 납으로
그 순수를 겨냥하지만,
매양 쏘는 것은
피에 젖은 한 마리 상한 새에 지나지 않는다.

– 박남수, 「새 1」 –

(나)

어머니는 그륵이라 쓰고 읽으신다
그륵이 아니라 그릇이 바른 말이지만
어머니에게 그릇은 그륵이다
물을 담아 오신 ㉡어머니의 그륵을 앞에 두고
그륵, 그륵 중얼거려 보면
그륵에 담긴 물이 편안한 수평을 찾고
어머니의 그륵에 담겨졌던 모든 것들이
사람의 체온처럼 따뜻했다는 것을 깨닫는다
나는 학교에서 그릇이라 배웠지만
어머니는 인생을 통해 그륵이라 배웠다   [A]
그래서 내가 담는 한 그릇의 물과
어머니가 담는 한 그륵의 물은 다르다
말 하나가 살아남아 빛나기 위해서는
말과 하나가 되는 사랑이 있어야 하는데   [B]
어머니는 어머니의 삶을 통해 말을 만드셨고
나는 사전을 통해 쉽게 말을 찾았다
무릇 시인이라면 하찮은 것들의 이름이라도
뜨겁게 살아 있도록 불러 주어야 하는데
두툼한 개정판 ㉢국어사전을 자랑처럼 옆에 두고
서정시를 쓰는 내가 부끄러워진다

– 정일근, 「어머니의 그륵」 –

화자와 대상의 관계	새의 속성에 대해 말하는 사람
상황?	새들은 그것이 노래인 줄도 모르면서 노래하고 사랑인 줄도 모르면서 체온을 나눔 → 새는 가식하지 않음 → 포수가 새를 쏘아도 새의 순수함은 취할 수 없음

화자와 대상의 관계	어머니의 '그륵'을 생각하며 부끄러움을 느끼는 '나'
상황?	어머니가 '그륵'이라고 쓰고 읽음 → '그륵, 그륵' 중얼거려 봄 → 어머니의 '그륵'의 의미를 깨달음 → 시인으로서 부끄러움을 느낌

(다)

노래는 심장에, 이야기는 뇌수에 박힌다
처용이 밤늦게 돌아와, 노래로써
아내를 범한 귀신을 꿇어 엎드리게 했다지만
막상 목청을 떼어 내고 ㉣남은 가사는
베개에 떨어뜨린 머리카락 하나 건드리지 못한다
하지만 처용의 이야기는 살아남아
㉤새로운 노래와 풍속을 짓고 유전해 가리라
정간보가 오선지로 바뀌고
이제 아무도 시집에 악보를 그리지 않는다 ⎤[C]
노래하고 싶은 시인은 말 속에
은밀히 심장의 박동을 골라 넣는다 ⎤[D]
그러나 내 격정의 상처는 노래에 쉬이 덧나
다스리는 처방은 이야기일 뿐
이야기로 하필 시를 쓰며 ⎤[E]
뇌수와 심장이 가장 긴밀히 결합되길 바란다.

– 최두석, 「노래와 이야기」 –

화자와 대상의 관계	노래와 이야기가 긴밀히 결합되길 바라는 '나'
상황?	노래는 심장에, 이야기는 뇌수에 박힘 → 목청이 없어진 가사는 힘이 없음 → 현재는 아무도 시집에 악보를 그리지 않아 노래하고 싶은 시인은 심장의 박동을 말 속에 은밀히 넣음 → 이야기로 시를 쓰며 뇌수와 심장이 긴밀히 결합되기를 바람

1. (가)~(다)의 공통점으로 가장 적절한 것은?

◇ 정답풀이

⑤ 시적 대상의 의미를 대비하여 주제를 드러내고 있다.

> (가)는 '새'와 '포수'를 대비하여 순수에 대한 지향을, (나)에서는 '그릇'과 '그릇'을 대비하여 삶의 본질이 담긴 언어에 대한 고찰과 시인으로서의 부끄러움을, (다)에서는 '노래'와 '이야기'의 의미를 대비하여 노래와 이야기가 조화되는 시를 쓰고 싶다는 바람을 드러내고 있다. (가)는 '새'와 '포수', (나)에서는 '그릇'과 '그릇', (다)에서는 '노래'와 '이야기'의 의미를 대비하여 주제를 드러내고 있다.

✕ 오답풀이

① 시간의 경과에 따라 시상을 전개하고 있다.
(가), (나)에서는 시간의 경과가 드러나지 않는다. (다)에서는 '정간보'가 조선 시대의 악보이고 '오선지'는 현대의 악보이므로 '정간보가 오선지로 바뀌고'에서 시간의 흐름이 나타난 것으로 볼 수 있다. 하지만 시간의 경과에 따라 시상을 전개하고 있다고 보기는 어렵다. 즉 시간의 흐름을 느낄 수 있는 시구가 있을 뿐, 전체 시상 전개는 시간의 흐름을 따르고 있지 않다.

② 동일한 구절의 반복을 통해 리듬감을 주고 있다.
(가)는 '~줄도 모르면서'와 같은 동일한 구절의 반복이 나타나고 (나)는 '어머니의 그릇'이라는 구절이 반복된다. 그러나 (다)에서는 동일한 구절의 반복이 나타나지 않는다.

③ 역설적 표현을 통해 시적 의미를 강조하고 있다.
(가), (나), (다) 모두 역설적인 표현이 나타나지 않는다. 역설적인 표현은 표면적으로는 모순되거나 부조리한 것 같지만 그 표면적 진술 너머에서 진실을 드러내야 한다.

④ 영탄적 어조를 통해 고조된 감정을 표현하고 있다.
(가), (나), (다) 모두 영탄적 어조를 확인할 수 없다. 영탄적 어조는 주로 감탄사와 감탄 어미, 혹은 설의적 형식을 통해 감정을 강하게 드러낸 것이다.

🌱 기틀잡기

> ④ **영탄:** 감정을 억누르지 않고 그대로 표출하는 표현 방법. 감탄사와 감탄 어미를 사용하거나 호칭어를 사용하고, 명령이나 권유, 설의의 형식을 취하는 것까지도 영탄법으로 볼 수 있음.
> ⑤ **대비:** 두 가지의 차이를 밝히기 위하여 서로 맞대어 비교함.

Q: ③번 선지의 '역설적 표현'이 (나)에는 해당되는 말인가요? '어머니에게 그릇은 그륵이다'라고 한 게 역설인지 아닌지 잘 모르겠어요.

A: 흔하게 쓰이지 않는 표현이거나 '이게 무슨 소리지?' 하는 의문이 든다고 해서 다 역설인 것은 아니다. '외로운 황홀한 심사이어니'라는 시구의 경우 표면상으로는 '외로운'과 '황홀한'이 동시에 있으므로 확실하게 모순되어 있지만, 잘 음미해 보면 그 속에 나름대로의 의미를 담고 있으므로 역설이다. 이에 비해 '어머니에게 그릇은 그륵이다'는 '그릇'이 표준어이기는 하지만 어머니에게 그릇을 가리키는 말은 '그륵'이고, 그 안에는 어머니만의 언어와 의미가 담겨 있다는 함축적인 표현이다. 즉 표현에 모순이나 부조리가 담겨 있지 않으므로 이는 역설적 표현이라 할 수 없다.

2. ⊙~⊚ 중 〈보기〉 ㉮의 문맥적 의미와 가까운 것만을 고른 것은? [3점]

> ⊙: 하늘
> ⓒ: 어머니의 그륵
> ⓒ: 국어사전
> ⓔ: 남은 가사
> ⊚: 새로운 노래

〈보기〉

마을의 한 아이에게 천자문을 주어 읽게 했더니 그 녀석이 읽기를 싫증 내고 짜증을 부리며 "하늘은 푸르고 푸른데 하늘을 나타내는 ㉮'천(天)'이라는 글자는 푸르지 않으니 읽기에 싫증이 나는 것이죠."라고 합디다. 이 아이의 총명함은 한자를 처음 만들었다는 창힐(蒼頡)을 애타고 괴롭게 만듭니다.

– 박지원, 「창애(蒼厓)에게」 –

보기 분석

• '천(天)'이라는 글자: 푸르지 않음
• 하늘의 속성: 푸름
  – 글자가 하늘의 속성을 담지 못함

정답풀이

④ ⓒ, ⓔ

〈보기〉는 '천(天)이라는 글자'가 하늘의 푸르름을 담지 못하고 있다는 내용이므로, ㉮는 '어떤 본질, 의미를 제대로 담고 있지 못한 것'을 의미한다고 볼 수 있다. ⓒ은 어머니의 '그륵'과 대비되는 것으로 삶의 체취를 담지 못한 객관적인 언어를 상징하므로 본질을 제대로 담지 못한 ㉮와 의미가 상통한다. 또한 ⓔ은 목청을 떼어 내고 남은 것이라 머리카락 하나 건들지 못한다고 했으므로 목청이 제거되어 감동을 주지 못하는 가사라고 해석할 수 있다. 즉 문맥적 의미가 ㉮와 유사하다고 할 수 있다.

오답풀이

⊙
'하늘'은 화자가 관찰하는 새들이 있는 단순한 공간적 배경일 뿐이다. ㉮에서는 본질을 담지 못한 것을 말하고 있는데, (가)에서는 ⊙에 본질이 담겨 있는지 담겨 있지 않은지 판단할 근거가 전혀 나타나지 않는다.

ⓒ
어머니의 사랑과 삶이 담긴 말로 ㉮와 달리 본질적 의미를 담고 있다.

⊚
살아남은 '이야기'에서 발생한 '새로운 노래'이므로 '이야기'보다 더 많은 의미를 내포한다. 따라서 의미를 제대로 담지 못한 것을 가리키는 ㉮와는 관련이 없다.

3. (가)와 (나)에 대한 설명으로 적절하지 <u>않은</u> 것은?

✔ 정답풀이

⑤ (가)와 (나) 모두 환상의 세계에 대한 동경 의식이 나타나 있다.

> 환상의 세계는 현실과 동떨어진 초월적, 비현실적 세계를 의미한다. 그런데 (가)는 자연의 순수함을 긍정하고 있고 (나)는 자신을 반성하며 시인으로서 부끄러움을 느낄 뿐, (가)와 (나)의 화자가 환상의 세계를 동경하고 있지는 않다.

✘ 오답풀이

① (가)는 인위적이고 가식적인 것에 대한 비판 의식을 담고 있다.
(가)의 2연에서 화자가 긍정하고 있는 '새'는 '울어 / 뜻을 만들지 않고, / 지어서 교태로 / 사랑을 가식하지 않는다.'라고 했다. 따라서 인위적이고 가식적인 것에 대한 비판 의식을 담고 있다고 볼 수 있다.

② (나)는 일상생활에서 시의 발상을 얻고 있다.
(나)의 '그륵이 아니라 그릇이 바른 말이지만 / 어머니에게 그릇은 그륵이다'를 통해 일상생활에서 어머니가 사용하는 말에서 시의 발상을 얻고 있음을 확인할 수 있다.

③ (가)는 (나)와 달리 연을 구분하여 시상의 흐름을 조절하고 있다.
(나)는 연을 구분하지 않고 행 구분만 하여 시상의 흐름을 나타내지만 (가)는 연이 '1', '2', '3'으로 구분되어 시상의 흐름을 조절하고 있다.

④ (나)는 (가)와 달리 시적 화자가 표면에 드러나 있다.
(가)의 화자는 표면에 직접적으로 드러나지 않지만 (나)의 화자는 '나'로 표면에 드러나 있다.

4. [A]~[E]에 대한 감상으로 가장 적절한 것은?

✔ 정답풀이

④ [D]: 말에 생명을 불어넣어 감동을 주는 시를 쓰고자 하는 바람을 표현하고 있군.

> [D]에서 시인이 말 속에 심장의 박동을 넣는다고 한 것은 말에 생명을 불어 넣는 것으로 볼 수 있다. 이는 '노래'에서 목청이 제거되면서 사라진 '감동'을 넣고자 하는 것으로 이해할 수 있다.

✘ 오답풀이

① [A]: '그륵'보다는 '그릇'이 훨씬 풍부하고 다채로운 의미를 담고 있다는 뜻이군.
[A]에서 어머니는 인생을 통해 '그륵'을 배웠기 때문에 어머니가 담는 '한 그륵의 물'은 내가 담는 것과는 다르다고 했다. 따라서 '그륵'이 '그릇'보다 훨씬 풍부하고 다채로운 의미를 담고 있다고 볼 수 있다.

② [B]: '그릇'이라는 말은 창조된 것이고 '그륵'이라는 말은 발견된 것이라는 뜻이군.
[B]에서 '어머니는 어머니의 삶을 통해 말을 만드셨고 / 나는 사전을 통해 쉽게 말을 찾았다'라고 했다. 즉 '그륵'이 창조된 것이고, '그릇'이 발견된 것이라고 해야 적절하다.

③ [C]: 시와 음악의 분리를 비판하는 것으로 보아 자유시보다 정형시를 선호하는군.
[C]에서 '정간보가 오선지로' 바뀐 이후에 '이제 아무도 시집에 악보를 그리지 않는다'라는 것은 시간이 흘러 시와 음악이 분리된 상황에 대해 언급한 것일 뿐, 자유시보다 정형시를 선호하는 화자의 인식을 드러낸 것은 아니다.

⑤ [E]: 덧난 상처를 '이야기'로 치유한다면 상처의 원인은 '노래'에 있다는 뜻이군.
[E]에서 '격정의 상처는 노래에 쉬이 덧나 / 다스리는 처방은 이야기일 뿐'은 감정이 지나친 상태가 되어(격정) 생기는 상처는 노래에 쉬이 덧날 수 있는데(상처가 노래로 표현되어 더 깊어질 수 있는데), 이는 이야기로 치유할 수 있다는 의미이다. 즉 이 '상처'는 무엇인가에 대한 '격정'에서 온 것이고, 노래로 인해 상처가 더 '심화'되는 상황인 것이지 '노래'가 상처의 '원인'인 것은 아니다.

[1~4] 다음 글을 읽고 물음에 답하시오.

(가)

산모퉁이를 돌아 논가 외딴 우물을 홀로
찾아가선 가만히 들여다봅니다.

우물 속에는 달이 밝고 구름이 흐르고
하늘이 펼치고 파아란 바람이 불고 가을이 있습니다.

그리고 한 사나이가 있습니다.
어쩐지 그 사나이가 미워져 돌아갑니다.

돌아가다 생각하니 그 사나이가 가엾어집니다. 도로 가 들여다
보니 사나이는 그대로 있습니다.

다시 그 사나이가 미워져 돌아갑니다.
돌아가다 생각하니 그 사나이가 그리워집니다.

우물 속에는 달이 밝고 구름이 흐르고 하늘이 펼치고 파아란
바람이 불고 가을이 있고 추억처럼 사나이가 있습니다.

– 윤동주, 「자화상(自畵像)」 –

화자와 대상의 관계	우물 속을 들여다보며 자신을 되돌아보는 사람
상황?	혼자 우물을 가만히 들여다봄 → 우물 속 사나이의 모습을 미워함 → 사나이를 가여워함 → 사나이를 미워하다가 그리워함

(나)

먹밤중 한밤중 새터 중뜸 개들이 시끌짝하게 짖어댄다 ⌉
이 개 짖으니 저 개도 짖어
들 건너 갈메 개까지 덩달아 짖어댄다
이런 개 짖는 소리 사이로
언뜻언뜻 까 여 다 여 따위 말끝이 들린다
밤 기러기 드높게 날며   [A]
추운 땅으로 떨어뜨리는 소리하고 남이 아니다
앞서거니 뒤서거니 의좋은 그 소리하고 남이 아니다 ⌋
콩밭 김칫거리
아쉬울 때 마늘 한 접 이고 가서
군산 묵은장 가서 팔고 오는 선제리 아낙네들
팔다 못해 파장떨이*로 넘기고 오는 아낙네들
㉠시오릿길* 한밤중이니
십릿길 더 가야지
빈 광주리야 가볍지만
빈 배 요기*도 못하고 오죽이나 가벼울까
그래도 이 고생 혼자 하는 게 아니라
못난 백성
못난 아낙네 끼리끼리 나누는 고생이라
얼마나 ㉡의좋은 한세상이더냐
그들의 말소리에 익숙한지
어느새 개 짖는 소리 뜸해지고
밤은 내가 밤이다 하고 말하려는 듯 어둠이 눈을 멀뚱거린다

– 고은, 「선제리 아낙네들」 –

화자와 대상의 관계	귀가하는 선제리 아낙네들의 모습을 전달하는 사람
상황?	선제리 아낙네들이 한밤중 군산 장에서 마늘을 팔고 돌아옴 → 선제리 아낙네들의 모습이 의좋아 보임

이것만은 챙기자

*파장떨이: 시장 따위가 끝나는 무렵 팔다 조금 남은 물건을 싸게 파는 일.
*시오릿길: 15리(약 6Km) 정도의 먼 길.
*요기: 시장기(배가 고픈 느낌)를 겨우 면할 정도로 조금 먹음.

(다)

> 한 해의 꽃잎을 며칠 만에 활짝 피웠다 지운
> 벚꽃 가로 따라가다가
> 미처 제 꽃 한 송이도 펼쳐 들지 못하고 멈칫거리는
> 늦된 그 나무 발견했지요.
> 들킨 게 부끄러운지, 그 나무   [B]
> 시멘트 개울 한 구석으로 비틀린 뿌리 감춰놓고
> 앞줄 아름드리 그늘 속에 반쯤 숨어 있었지요.
> 봄은 그 나무에게만 더디고 더뎌서
> 꽃철 이미 지난 줄도 모르는지,
> 그래도 여느 꽃나무와 다름없이
> 가지 가득 매달고 있는 멍울 어딘가 안쓰러웠지요.
> 늦된 나무가 비로소 밝혀드는 ©꽃불 성화,
> 환하게 타오를 것이므로 나도 이미 길이 끝난 줄
> 까마득하게 잊어버리고 한참이나 거기 멈춰 서 있었지요.
> 산에서 내려 두 달거리나 제자릴 찾지 못해
> 헤매고 다녔던 저 ②난만한 봄길 어디,
> 늦깎이 깨달음 함께 얻으려고 한나절
> 나도 병든 그 나무 곁에서 서성거렸지요.
> 이 봄 가기 전 저 나무도 푸릇한 잎새 매달까요?
> 무거운 청록으로 여름도 지치고 말면
> 불타는 소신공양* 틈새 ⑩가난한 소지(燒紙)*,
> 저 나무도 가지가지마다 지펴 올릴 수 있을까요?
>
> — 김명인, 「그 나무」 —

*소지: 부정을 없애고 신에게 소원을 빌기 위하여 태워서 공중에 올리는
종이.

화자와 대상의 관계	늦된 그 나무를 발견하고 그 곁을 서성거리는 '나'
상황?	꽃을 제대로 피우지 못한 그 나무를 발견함 → 꽃철이 지났음에도 꽃 멍울을 매달고 있는 그 나무를 안쓰러워함 → 방황했던 자신의 모습을 떠올림 → 나무에 대한 기대감

이것만은 챙기자

소신공양: 자기 몸을 태워 부처 앞에 바침. 또는 그런 일.

---

1. (가)~(다)의 공통점으로 가장 적절한 것은?

✓ 정답풀이

④ 대상을 딱하게 여기는 화자의 마음이 드러난다.

> (가)에서 화자는 '사나이'가 미워져 돌아가지만 다시 가엾어져 돌아온다고
> 했고, (나)에서 화자는 선제리 아낙네들이 한밤중에 집으로 돌아오는 모습
> 을 그리면서 '빈 배 요기도 못하고 오죽이나 가벼울까'라며 딱하게 여기고
> 있다. (다)에서 화자는 '늦된 그 나무'를 바라보며 '어딘가 안쓰러웠지요.'
> 라고 말하고 있다. 따라서 (가), (나), (다) 모두 대상을 딱하게 여기는 화
> 자의 마음이 드러난다.

✗ 오답풀이

① 대상의 현재 상황에 대한 화자의 비판적 태도가 드러난다.
　(가)에서 화자는 '사나이'가 미워져 돌아가지만 가엾고 그리워 다시 돌아온
　다고 했고, (나)에서 화자는 '선제리 아낙네들'이 파장떨이로 물건을 팔고
　빈 배 요기도 못하고 돌아오는 모습을 안쓰러워한다. 그리고 (다)에서 화자
　는 '늦된 그 나무'가 어딘가 안쓰럽다고 했으므로 (가), (나), (다) 모두 대상
　의 현재 상황을 딱하게 여기는 마음이 드러날 뿐 비판적 태도는 드러나지
　않는다.

② 대상의 미래에 대한 화자의 낙관적 전망이 드러난다.
　(가)에서는 '사나이'의 현재의 상황만 제시되어 있을 뿐 미래에 대한 전망
　은 나타나 있지 않고, (나)에서는 '선제리 아낙네들'의 고달픈 삶을 의좋은
　모습으로 그리며 긍정적으로 나타내고 있지만 '선제리 아낙네들'의 미래가
　낙관적일 것이라는 내용은 나타나지 않는다. 한편 (다)의 화자는 '늦된 그
　나무'가 '꽃불 성화'를 밝히며 환하게 타오를 것이라고 기대하고 있으므로
　(다)에서는 대상의 미래에 대한 화자의 낙관적 전망이 드러난다고 볼 수 있다.

③ 대상과 일체가 되려는 화자의 의지가 드러난다.
　(가)의 제목이 '자화상'이라는 점을 고려할 때 화자가 '사나이'일 것으로 짐
　작할 수 있지만, '사나이'와 하나가 되고 싶다는 화자의 의지가 드러나지는
　않는다. (나)에서도 화자는 '선제리 아낙네들'을 불쌍히 여기고 있을 뿐 그
　들과 하나가 되려는 의지를 나타내고 있지는 않다. 또한 (다)에서 화자는
　'늦깎이 깨달음 함께 얻으려고' 그 나무 곁을 서성거리는 모습을 보이지만
　이를 대상과 하나가 되려는 화자의 의지라고 볼 수는 없다.

⑤ 대상에 대한 화자의 대결 의식이 드러난다.
　(가)는 대상에 대한 성찰적 태도가 나타나고 (나)는 대상에 대한 연민과 안
　타까움이 나타나 있다. (다) 또한 대상에 대한 안쓰러움을 드러내고 있으므
　로 (가), (나), (다) 모두 대상과의 대결 의식은 나타나지 않는다.

2. 〈보기〉를 참고하여 (가)를 이해한 내용으로 적절하지 <u>않은</u> 것은? [3점]

〈보기〉

「자화상(自畵像)」은 1941년 『문우(文友)』에는 '우물 속의 자상화(自像畵)'라는 제목으로 게재되었다. 이 제목에서는 '우물'과 '그림'이 부각되어 있다. 상징적 관점에서 볼 때, 우물은 <u>자신의 모습을 투영해 볼 수 있는 사물</u>이고, 하늘을 향해 있는 동굴이며, 그 동굴의 원형인 <u>모태(母胎)</u>를 떠올리게 하는 공간이다. 이 점에서 보면, 이 시에서 <u>우물 속의 자상화는 자신의 존재에 대한 화자의 인식과 태도를 다층적으로 담아내고 있는 그림</u>이다.

🔍 **보기 분석**

- '우물'의 상징
  - 자신의 모습을 투영해 볼 수 있는 사물
  - 하늘을 향해 있는 동굴
  - 모태(어머니의 자궁 → 원래 있었던 곳, 과거의 자아가 있던 곳)를 떠올리게 하는 공간
- 우물 속의 자상화: 자신의 존재에 대한 화자의 인식과 태도를 다층적으로 담아내고 있는 그림

✅ **정답풀이**

④ 제6연에서 자연과 '사나이'가 함께 나타나는 것은, 우물 속의 자상화를 들여다보는 화자가 존재 탐구를 끝냈음을 의미하겠군.

〈보기〉에서 '우물은 자신의 모습을 투영해 볼 수 있는 사물'이고 그 우물 속에 비친 그림, 즉 '우물 속의 자상화는 자신의 존재에 대한 화자의 인식과 태도를 다층적으로 담아내고 있는 그림'이라고 했다. '탐구'는 대상을 조사하여 찾아내거나 깊이 파고들어 연구하는 것, 즉 나 자신에 대해 알고자 하는 행위를 의미하는데, (가)의 화자는 자신의 존재에 대한 탐구를 이미 마치고 우물을 바라보며 자신의 존재에 대한 인식과 태도를 드러냈다고 볼 수 있다. 따라서 제6연에 이르러 화자의 존재 탐구가 끝난 것이 아니며, 제6연에서 자연과 사나이가 함께 나타난 것은 자연과 사나이와의 화해를 보여 주는 것이지 존재 탐구의 시작이나 끝과는 관련이 없다.

❌ **오답풀이**

① 제1연에서 '외딴', '홀로', '가만히', '들여다봅니다' 등으로 보아, '우물'은 화자의 모습을 투영해 볼 수 있는 내밀한 공간이겠군.

〈보기〉에서 '우물은 자신의 모습을 투영해 볼 수 있는 사물'이라고 했고, 제1연에서 화자는 외딴 우물을 홀로 가만히 들여다보고 있으므로, 우물은 화자의 모습을 투영해 볼 수 있는 내밀한 공간이다.

② 제2연에서 '우물 속'에 들어 있는 자연은 하늘을 향해 있는 우물 속의 그림이므로, 화자가 지향해 온 바를 담고 있겠군.

〈보기〉에서 '우물'은 '하늘을 향해 있는 동굴'을 상징한다고 했다. 제2연에서 '우물 속에는 달이 밝고 구름이 흐르고 / 하늘이' 펼쳐져 있다고 했는데 이러한 모습은 순수하고 평화로운 자연의 모습이므로, 하늘을 향해 있는 우물 속의 자연의 모습은 화자가 지향해 온 바를 담고 있다고 볼 수 있다.

③ 제3연~제5연에서 '한 사나이'에 대한 화자의 반응들로 보아, 화자는 자신을 성찰하는 자세를 지니고 있겠군.

〈보기〉에서 '우물 속의 자상화는 자신의 존재에 대한 화자의 인식과 태도를 다층적으로 담아내고 있는 그림'이라고 했고, 제3연~제5연에서 화자는 우물에 비친 '사나이'를 보면서 미워하다가 가엾어 하고 그리워하는 등 다양한 자기 인식을 보이며 자신을 성찰하는 태도를 보이고 있다.

⑤ 제6연에서 '추억처럼'에는 고향과 같은 모태적 공간을 통해서 자신을 바라보려는 화자의 태도가 내포되어 있겠군.

〈보기〉에서 '우물'은 '모태를 떠올리게 하는 공간'을 상징한다고 했다. 모태는 원래 있었던 곳, 과거의 자신이 있었던 곳을 의미하므로 화자는 우물을 통해 과거의 자신을 떠올리게 된 것이라 할 수 있다. 제6연에서 우물 속에 평화롭고 순수한 자연과 함께 '추억처럼' 사나이가 있다고 한 것은 모태를 떠올리게 하는 공간인 우물을 통해 과거의 순수했던 자신을 바라보려는 화자의 태도가 내포되어 있다고 볼 수 있다.

📋 **문제적 문제**   • 2-②번

학생들이 정답 이외에 가장 많이 고른 선지가 ②번이다. 〈보기〉에서 우물이 '하늘을 향해 있는 동굴'을 상징한다고는 했으나 그것이 곧 지향해 온 바를 의미한다고 나타나 있지 않아서 ②번을 택한 경우가 많을 것이다. 그러나 〈보기〉와 시를 함께 놓고 보면, 하늘을 향해 있는 동굴인 <u>우물 속에는 '달이 밝고 구름이 흐르고 하늘이' 펼쳐져 있는 순수한 자연의 모습이 담겨져 있다</u>. 시에서 하늘은 일반적으로 우러러보는 대상으로 나타난다. 물론 무조건 '하늘'을 지향하는 대상으로 봐야 한다고는 할 수 없지만, 이 시의 맥락을 고려할 때에도 '하늘'은 평화롭고 순수한 자연의 모습으로 나타나고 있으므로 긍정적 대상임에는 틀림이 없다. 따라서 우물 속에 들어 있는 하늘은 화자가 지향해 온 바를 담고 있다고 해석할 수 있다.

정답률 분석

	매력적 오답		정답	
①	②	③	④	⑤
1%	13%	5%	75%	6%

3. [A]와 [B]를 비교한 내용으로 가장 적절한 것은?

정답풀이

② [A]는 [B]와 달리 유사한 구절을 병치하여 운율감을 조성한다.

> [A]는 '이 개 짖으니 저 개도 짖어'와 '떨어뜨리는 소리하고 남이 아니다 ~의좋은 그 소리하고 남이 아니다'와 같이 유사한 구절을 나란히 놓아 운율감을 조성하고 있다. 그러나 [B]는 [A]와 달리 유사한 구절의 병치가 나타나지 않는다. 참고로 '–지요'가 반복되는 것은 구절의 반복에 해당하지 않는다. 구절은 최소 둘 이상의 단어가 모여 절이나 문장의 일부분을 이루어야 한다.

오답풀이

① [A]는 [B]와 달리 대조를 통해 주제 의식을 강조한다.
[A]에는 대조가 나타나지 않는다. 한편 [B]에서는 '활짝 피웠다 지운 / 벚꽃'과 '제 꽃 한 송이도 펼쳐 들지 못하고 멈칫거리는 / 늦된 그 나무'가 대조를 이루며 늦된 나무에 대한 연민이 강조되고 있다.

③ [B]는 [A]와 달리 공감각적 심상을 통해 입체감을 부여한다.
[A]에는 '떨어뜨리는 소리'라는 표현에서 청각의 시각화가 나타난다. 즉 보이지 않는 소리를 떨어지는 모습으로 표현한 공감각적 심상이 나타난 것이다. 반면 [B]에는 공감각적 심상이 나타나지 않는다.

④ [B]는 [A]와 달리 현재 시제를 사용하여 현장감을 부각한다.
[B]가 아니라 [A]에서 '짖어댄다', '들린다'와 같은 현재 시제가 사용되고 있다. 현재 시제를 사용하면 현장감, 생동감을 부각할 수 있다. [B]에서는 '발견했지요', '있었지요'와 같이 과거 시제를 사용하고 있다.

⑤ [B]는 [A]와 달리 의성어를 통해 구체적인 생동감을 부여한다.
[A]와 [B] 모두 의성어가 나타나지 않는다. [A]의 '언뜻언뜻'은 의성어가 아닌 의태어이며 '개 짖는 소리'나 아낙네들의 '까 여 다 여 따위' 또한 의성어가 아니다. 의성어는 '멍멍, 우당탕' 등과 같이 사람이나 사물의 소리를 흉내 낸 말이다.

🌱 기틀잡기

> ① **대조**: 둘 이상인 대상의 내용을 맞대어 같고 다름을 검토함. 서로 달라서 대비가 됨.
> ② **병치**: 두 가지 이상의 것을 한곳에 나란히 제시함.
> ③ **공감각적 심상**: 하나의 감각이 다른 감각으로 옮겨가는 것.

4. ㉠~㉤에 대한 설명으로 적절하지 <u>않은</u> 것은?

> ㉠: 시오릿길
> ㉡: 의좋은 한세상
> ㉢: 꽃불 성화
> ㉣: 난만한 봄길
> ㉤: 가난한 소지(燒紙)

정답풀이

④ ㉣: '벚꽃'이 흐드러지게 피어 있는 '봄길'로, 일탈적 삶에 대한 화자의 갈망이 간절한 것이었음을 나타낸다.

> ㉣은 화자가 '제자릴 찾지 못해 / 헤메고 다녔던' 길이다. 그리고 화자는 방황하던 삶에서 벗어나 '늦깎이 깨달음'을 얻기 위해 '병든 그 나무 곁에서' 서성거리고 있으므로, ㉣에서 일탈적 삶에 대한 화자의 갈망이 드러난다고 볼 수 없다. 화자는 '일탈적 삶'을 갈망하는 것이 아니라 '깨달음'을 갈망하고 있다.

오답풀이

① ㉠: '군산 묵은장'과 '선제리' 사이의 거리로, '한밤중', '십릿길'과 더불어 '아낙네들'이 처한 상황을 구체적으로 나타낸다.
㉠은 '한밤중'에 선제리 아낙네들이 '십릿길'을 더 가야하는 상황을 구체적으로 나타낸 말이다. 즉 선제리 아낙네들은 한밤중에 군산 묵은장에서 선제리까지 한참 걸어가야 하는 상황에 처해 있다.

② ㉡: '끼리끼리'와 상관되는 것으로, 공동체적 삶에 공감하는 화자의 태도가 내포되어 있다.
㉡은 아낙네들의 고생이 '혼자 하는 게 아니라' '끼리끼리 나누는 고생'이기에 '의좋'다는 화자의 인식이 담겨 있는 표현이다. 여기에는 공동체적 삶에 공감하는 화자의 태도가 담겨 있다고 볼 수 있다.

③ ㉢: '늦된 나무'가 피워 낼 '꽃'을 성스러운 불에 비유한 것으로, '늦된 나무'에 대한 화자의 기대가 내포되어 있다.
㉢은 '늦된 나무'가 비로소 피워낼 꽃을 비유하는 말이다. 화자는 언젠가는 '늦된 나무'도 꽃을 피워 '환하게 타오를 것'이라고 기대하고 있다.

⑤ ㉤: 가을의 나뭇잎을 '깨달음'과 관련하여 표현한 것으로, '불타는 소신공양'과 대비되어 화자의 겸손한 태도를 드러낸다.
'불타는 소신공양'은 본래 자기 몸을 불태워 부처 앞에 바친다는 의미이지만, (다)에서는 여름이 지나고 가을날이 되어 화려하게 물든 나무들을 의미한다. 반면 '가난한 소지'는 '늦된 나무'가 할 수 있는 최선의 모습으로, 소박하게나마 잎을 물들인 모습일 것이다. 자리를 잡지 못해 방황했던 화자는 '늦된 나무'가 소박하게나마 성취를 이룰 것처럼 자신도 작고 소박한 깨달음을 얻기를 바라고 있다. 따라서 ㉤은 '불타는 소신공양'과 대비되어 화자의 겸손한 태도를 드러낸다고 할 수 있다.

📋 문제적 문제

• 4–⑤번

학생들이 정답 이외에 가장 많이 고른 선지가 ⑤번이다. '불타는 소신공양'과 '가난한 소지'의 시적 의미를 파악하기 어려웠을 것인데, 해석하기 어려운 시어가 나왔을 때는 앞뒤 문맥을 살펴보아야 한다. 앞에 '봄'이 나오고 '여름도 지치고 말면'이라고 했으므로 '불타는 소신공양'과 '가난한 소지'는 가을이 왔을 때의 나무들의 모습이라고 파악할 수 있다. 또 '불타는'과 '가난한'은 각각 '화려한'과 '소박한'에 대응된다고 볼 수 있으므로, 화려하게 물든 가을 나무들 틈새에서 '늦된 나무'도 소박하게나마 물들 수 있기를 기대하는 마음을 엿볼 수 있다. 실전에서는 의미를 정확하게 파악할 수 없더라도 '불타는'과 '가난한'과 같이 시어가 대비되는 것을 찾고, 그 의미를 시의 전반적인 주제와 관련지어 폭넓게 파악하면 된다.

정답률 분석

①	②	③	정답 ④	매력적 오답 ⑤
2%	6%	4%	72%	16%

MEMO

[1~4] 다음 글을 읽고 물음에 답하시오.

(가)

여승(女僧)은 합장(合掌)하고 절을 했다
가지취의 내음새가 났다
쓸쓸한 낯이 옛날같이 늙었다
나는 불경(佛經)처럼 서러워졌다

평안도(平安道)의 어늬 산(山) 깊은 ㉠금덤판
나는 파리한 여인(女人)에게서 옥수수를 샀다
여인(女人)은 나 어린 딸아이를 따리며 가을밤같이 차게 울었다

섭벌같이 나아간 지아비 기다려 십 년(十年)이 갔다
지아비는 돌아오지 않고
어린 딸은 도라지꽃이 좋아 돌무덤으로 갔다

산(山)꿩도 설게 울은 슬픈 날이 있었다
㉡산(山)절의 마당귀에 여인(女人)의 머리오리가 눈물방울과
같이 떨어진 날이 있었다

— 백석, 「여승(女僧)」 —

화자와 대상의 관계	여승을 만나 서러움을 느끼는 '나'
상황?	여승을 만나 서러움을 느낌 → 평안도에서 여인을 만난 일을 떠올림 → 여인의 지아비는 돌아오지 않고 어린 딸은 죽음 → 여인이 여승이 됨

(나)

저 지붕 아래 제비집 너무도 작아
갓 태어난 새끼들만으로 가득 차고
어미는 둥지를 날개로 덮은 채 간신히 잠들었습니다
바로 그 옆에 누가 박아 놓았을까요, 못 하나
그 못이 아니었다면
아비는 어디서 밤을 지냈을까요
못 위에 앉아 밤새 꾸벅거리는 제비를
눈이 뜨겁도록 올려다봅니다
종암동 ㉢버스 정류장, 흙바람은 불어오고
한 사내가 아이 셋을 데리고 마중 나온 모습
수많은 버스를 보내고 나서야
피곤에 지친 한 여자가 내리고, 그 창백함 때문에
반쪽 난 달빛은 또 얼마나 창백했던가요
아이들은 달려가 엄마의 옷자락을 잡고
제자리에 선 채 달빛을 좀 더 바라보던
사내의, 그 마음을 오늘 밤은 알 것도 같습니다
실업의 호주머니에서 만져지던
때 묻은 호두알은 쉽게 깨어지지 않고
그럴듯한 ㉣집 한 채 짓는 대신
못 하나 위에서 견디는 것으로 살아온 아비,
거리에선 아직도 흙바람이 몰려오나 봐요
돌아오는 길 희미한 달빛은 그런대로
식구들의 손잡은 그림자를 만들어 주기도 했지만
그러기엔 ㉤골목이 너무 좁았고
늘 한 걸음 늦게 따라오던 아버지의 그림자
그 꾸벅거림을 기억나게 하는
못 하나, 그 위의 잠

— 나희덕, 「못 위의 잠」 —

화자와 대상의 관계	아비 제비를 보고 자신의 아버지를 떠올리는 사람
상황?	못 위에서 꾸벅거리는 아비 제비를 봄 → 아이들을 데리고 아내를 마중 나왔던 한 사내(=아버지)를 떠올림 → 어린 시절 좁은 골목에서 가족들을 뒤따라오던 아버지를 기억함

(다)

어머님,

제 예닐곱 살 적 겨울은

목조 적산 가옥 이층 다다미방의

벌거숭이 유리창 깨질 듯 울어 대던 **외풍*** 탓으로

한없이 추웠지요, 밤마다 **나**는 벌벌 떨면서

아버지 가랭이 사이로 시린 발을 밀어 넣고

그 가슴팍에 벌레처럼 파고들어 얼굴을 묻은 채

겨우 잠이 들곤 했었지요.

요즈음도 추운 밤이면

곁에서 잠든 아이들 이불깃을 덮어 주며

늘 그런 추억으로 마음이 아프고,

나를 품어 주던 그 가슴이 이제는 한 줌 **뼛**가루로 삭아

붉은 흙에 자취 없이 뒤섞여 있음을 생각하면

옛날처럼 나는 다시 아버지 곁에 눕고 싶습니다.

그런데 어머님,

오늘은 영하(零下)의 한강교를 지나면서 문득

나를 품에 안고 추위를 막아 주던

예닐곱 살 적 그 겨울밤의 아버지가

이승의 물로 화신(化身)*해 있음을 보았습니다.

품 안에 부드럽고 **여린 물살**은 무사히 흘러

바다로 가라고,

꽝 꽝 **얼어붙은 잔등**으로 혹한을 막으며

하얗게 **얼음**으로 엎드려 있던 아버지,

아버지, 아버지……

　　　　　　　　　　　　　　　　－ 이수익, 「결빙(結氷)의 아버지」 －

화자와 대상의 관계	얼어 있는 한강 물을 보며 어린 시절의 기억 속 아버지를 떠올리는 '나'
상황?	어린 시절의 '나'가 아버지의 품에 안겨 잠이 듦 → 어른이 된 '나'가 아이들의 이불을 덮어 주며 아버지를 그리워함 → 한강교를 지나며 아버지의 화신을 봄

이것만은 챙기자

***외풍:** 밖에서 들어오는 바람.

***화신:** 어떤 추상적인 특질이 구체화 또는 유형화된 것.

| 작품 간의 공통점 파악 | 정답률 **69**

1. (가)~(다)의 공통점으로 가장 적절한 것은?

✅ 정답풀이

② 시간의 변화가 시상 전개에 중요한 역할을 한다.

> (가)는 1연에서 여승을 만난 화자가 과거 평안도에서 여인(여승)을 만났던 날부터 여인이 겪어 온 세월을 서술하고 있다. (나)의 화자는 못 위에서 꾸벅거리는 제비의 모습을 보며, 어린 시절 아버지의 모습을 떠올린다. 그리고 (다)의 화자는 어린 시절의 겨울을 회상하며, 성인이 된 현재에 다시 아버지의 희생적 사랑을 떠올리고 있다. 따라서 (가)~(다) 모두 과거를 회상하고 있으며, 시간의 변화가 시상 전개에 중요한 역할을 한다고 볼 수 있다.

❌ 오답풀이

① 반어적 표현을 구사하여 주제를 부각시킨다.

　(가), (나), (다) 모두 반어적 표현을 구사하여 주제를 부각하는 부분은 나타나지 않는다.

③ 부정적 현실을 포용하려는 여유로운 정신이 엿보인다.

　(가)에서는 한 여인이 여승이 될 수밖에 없었던 고난의 현실이, (나)에서는 아버지의 실업으로 인한 고단한 현실이 드러나지만 이를 포용하려는 여유로운 정신이 드러나는 것은 아니다. 또한 (다)에서는 부정적 현실이 나타났다고 보기 어렵다.

④ 대화체를 사용하여 독자를 시 속으로 깊숙이 끌어들인다.

　대화체는 시 속에서 화자와 청자(또 다른 화자)가 서로 말을 주고받는 문체이다. (가)는 독백체가 사용되었고, (나)는 '~습니다', '~요' 등을 통해 친근한 어조를 나타내고 있을 뿐, 표면적으로 청자가 드러나지 않는다. (다)에서는 '어머님'이라는 청자가 나타나 있지만 화자와 서로 말을 주고받고 있지 않으며 어머니와 화자가 같은 공간 안에서 대화를 나누는 상황이라고 보기도 어렵다. 따라서 대화체라기보다는 말을 건네는 방식이 활용되었다고 보는 것이 적절하다. 따라서 (가), (나), (다) 모두 대화체를 사용했다고 볼 수 없다.

⑤ 화자와 대상의 거리를 좁혀 자연 친화적 태도를 드러낸다.

　(가)는 화자와 대상 간의 거리를 좁혀 한 여인의 비극적인 삶의 모습을 애상적인 태도로 그려내고 있다. (나)는 대상에 대한 화자의 그리움과 연민의 정서를 드러내고 있으며, (다) 또한 대상에 대한 애틋한 그리움의 태도를 드러내고 있다. 하지만 (가), (나), (다) 모두 자연 친화적인 태도는 드러나지 않는다.

🌱 기틀잡기

① **반어:** 말하고자 하는 바와 반대로 표현하여 그 의미를 강화하는 것.

2. (가)와 (나)를 비교할 때 적절하지 <u>않은</u> 것은?

✔ 정답풀이

② (가)는 (나)에 비해 내면을 성찰하는 태도가 잘 드러난다.

> (가)는 화자와 여승의 만남, 이 여인이 여승이 되기까지의 사연과 화자가 느낀 서러움에 대해 서술하고 있다. 이때 '여승'을 보고 느낀 서러움의 정서는 드러나지만 화자가 자신의 내면을 성찰하는 태도는 드러나지 않는다. 한편, (나)의 화자는 시적 대상인 '제비'를 보고 어린 시절 아버지의 모습을 떠올리고 있다. 즉 화자는 자신의 내면에 집중하기보다는 아버지의 모습을 떠올리고 그에 대한 정서를 주로 드러내고 있으므로, 화자가 자신의 내면을 성찰했다고 보기 어렵다.

✘ 오답풀이

① (가)는 사람이, (나)는 자연물이 시상을 유발한다.
　(가)에서는 여승이 된 여인과의 만남을 통해 시상이 유발되고 있으며, (나)에서는 못 위에 앉아 밤새 꾸벅거리는 제비를 통해 시상이 유발되고 있다.

③ (나)는 (가)에 비해 간접적으로 정서를 드러내고 있다.
　(가)는 '서러워졌다', '슬픈'과 같은 시어로 정서를 직접적으로 드러냈지만, (나)는 화자가 못 위에 앉아 자는 제비를 바라보며 과거 아버지의 모습을 회상하는 것을 통해 아버지에 대한 정서를 간접적으로 드러내고 있다.

④ (나)는 (가)에 비해 친근한 어조를 사용하고 있다.
　(나)는 '-습니다', '-요'와 같은 종결 표현을 사용해 화자가 독자에게 직접 말을 하는 듯한 친근한 어조로 시상을 전개하고 있다. 반면 (가)는 독백체의 어조를 사용하고 있다.

⑤ (가)와 (나)는 비유적으로 인물을 표현하고 있다.
　(가)에서는 '넷날같이' 늙은 여승, '불경처럼' 서러워진 화자, '섭벌같이' 나아간 지아비 등에서 비유적으로 인물을 표현하고 있다. (나)에서는 '반쪽 난 달빛', '못 하나 위에서 견디는 것으로 살아온 아비' 등에서 비유적으로 인물을 나타내고 있다.

> 🖋 **모두의 질문** ・2-⑤번
>
> Q : '반쪽 난 달빛은 또 얼마나 창백했던가요'는 누구에 대한 비유인가요? 그냥 달빛이 밝다는 의미로 해석해야 하는 것 아닌가요?
>
> A : 시 속의 표현은 맥락적으로 판단해야 한다. 맥락을 보았을 때, (다)에서 '<u>창백</u>하다는 것은 실업자인 남편을 대신하여 일을 하며 피곤에 지쳐 있는 여자의 낯빛과 연결 지어 이해할 수 있다. 이런 여자의 창백함이 가장 신경이 쓰일 수밖에 없는 사람은 실업자인 남편, 즉 화자의 '아버지'이다. 따라서 여자의 창백함에 덩달아 창백해진 '<u>반쪽 난 달빛</u>'은 <u>사내를 비유</u>한 표현이라고 해석할 수도 있다. 다만 명확한 기준이 주어지지 않는 한, 이와 같은 시구의 해석에는 다양한 의견이 있을 수 있고, (나)에서는 '못 위에 앉아 밤새 꾸벅거리는 제비'의 모습을 통해 어린 시절의 아버지를 비유적으로 표현하고 있으므로, '반쪽 난 달빛'이 아니라 하더라도 ⑤번의 정오를 판단하는 것이 가능했을 것이다.

3. ㉠~㉤에 대한 설명으로 적절하지 <u>않은</u> 것은?

> ㉠: 금덤판
> ㉡: 산(山)절
> ㉢: 버스 정류장
> ㉣: 집
> ㉤: 골목

✔ 정답풀이

⑤ ㉤: '사내'가 정서적 유대감을 느끼게 되는 공간

> ㉤은 너무 좁아서 아버지가 가족들과 떨어져 '늘 한 걸음 늦게 따라'가야 했던 공간이다. 따라서 ㉤은 어린 시절 화자가 겪었던 궁핍한 삶의 모습이 담긴 곳으로, 아버지인 사내가 가족들과 정서적 유대감을 나누지 못하는 공간이다.

✘ 오답풀이

① ㉠: '여인'이 생계를 유지하는 공간
　㉠에서 화자가 여인에게 옥수수를 샀다는 말을 볼 때, 여인이 생계를 유지하기 위해 옥수수를 팔던 곳임을 알 수 있다.

② ㉡: '여인'이 비극적 상황에서 대안으로 선택한 공간
　여인이 ㉡의 여승이 된 것은 비극적 상황에서 선택한 삶의 방식이다. 따라서 ㉡은 여인이 비극적인 상황에서 대안으로 선택한 공간이라 할 수 있다.

③ ㉢: '사내'가 자신의 처지를 확인하는 공간
　'실업의 호주머니'라는 구절에서 사내가 실업자임을 알 수 있다. 아이 셋을 데리고 ㉢에서 아내를 기다릴 때, 사내는 실업자라는 자신의 처지를 확인할 수밖에 없을 것이다.

④ ㉣: '사내'가 지향하는 삶을 상징하는 공간
　'못'과 대비되는 ㉣은 가족과 함께 경제적으로 안정된 삶을 살고 싶은 사내의 바람이 담긴 공간이라고 할 수 있다. 사내는 '그럴듯한 집 한 채'에서의 안정된 삶을 원하므로 '집'은 사내가 지향하는 삶을 상징하는 공간으로 볼 수 있다.

> 🖋 **모두의 질문** ・3-②번
>
> Q : 여인은 어쩔 수 없이 여승이 된 것 아닌가요? 승려가 되었다고 비극적 상황이 나아진 것이 아닌데, 이런 것도 대안이라고 할 수 있나요?
>
> A : 여기에서 '대안'은 '어떤 안을 대신하거나 바꿀 만한 안'을 의미한다. 흔히 '대안적 공간'이 억압적 현실에서 벗어난, 어딘가 더 평온한 공간을 가리키기에, 학생들은 산절이 대안이 되려면 비극적인 상황을 개선할 수 있는 공간이어야 한다고 생각했을 수 있다. 하지만 꼭 그런 것은 아니다. 비록 딸이 죽은 비극적 현실에서 선택지가 거의 남지 않은 상황이라 해도, (가)의 여인은 <u>기존 삶의 형태를 유지하지 않고 산절에 들어가 승려가 되는 것을 선택했으므로</u>, ㉡은 비극적 상황에서 대안으로 선택한 공간이라고 볼 수 있다. 선지를 읽을 때도 과도한 주관을 섞는 것을 경계해야 함을 보여 주는 문제이다.

4. (다)에 대한 설명으로 적절하지 <u>않은</u> 것은?

⊙ 정답풀이

④ '얼어붙은 잔등'은 화자의 아버지가 돌아가시게 된 사건을 추측
하게 한다.

> '얼어붙은 잔등'은 '품 안에 부드럽고 여린 물살'을 무사히 바다로 흘려
> 보내기 위해 '혹한을 막'아 주는 존재이므로, 자식을 위해 추위를 막는 아
> 버지의 사랑과 희생을 형상화한 것이다. 화자의 아버지가 돌아가시게 된
> 사건과 관련된다고는 볼 수 없다.

⊗ 오답풀이

① '외풍'은 아버지의 사랑을 대비적으로 부각시키는 소재이다.
　차가운 '외풍'은 추위를 피해 화자가 파고들고는 했던 따뜻한 아버지의 품
　과 대비를 이루면서 아버지의 사랑을 부각하는 소재이다.

② '이승의 물로 화신'에는 삶에 대한 윤회론적 인식이 엿보인다.
　윤회론적 인식은 인간이 삶과 죽음을 반복한다는 인식을 의미한다. 돌아가
　신 아버지가 다시 물로 '화신'했다고 여기는 것에서 화자가 지닌 삶에 대한
　윤회론적 인식을 엿볼 수 있다.

③ '여린 물살'은 아버지의 보호를 받는 자식을 형상화한 것이다.
　화자는 한강교를 지나면서 얼음 밑으로 흐르는 물을 보고, 물 위의 얼음이
　혹한을 막아 밑의 물살이 무사히 흘러간다고 생각한다. '얼음으로 엎드려
　있던 아버지', '품 안에 부드럽고 여린 물살'이라는 구절로 보아 '얼음'은 아
　버지, '여린 물살'은 자식을 형상화한 것임을 알 수 있다.

⑤ '얼음'은 일반적인 속성과는 달리 따뜻함이 투영된 이미지이다.
　얼음은 일반적으로 차가운 속성을 지닌 것으로 표현되지만, '혹한을 막으며
　/ 하얗게 얼음으로 엎드려 있던 아버지'에서의 얼음은 자식을 위해 추위를
　막아 주는 아버지의 사랑과 희생이라는 의미를 담고 있으므로 따뜻함이 투
　영되었다고 볼 수 있다.

MEMO

HOLSOO

홀로 공부하는 수능 국어 기출 분석

PART 2
고전시가

문제 책 PAGE	해설 책 PAGE	지문명	문제 번호 & 정답		
P.030	P.042	홍순학, 「연행가」	1. ③	2. ⑤	3. ①
P.032	P.045	신계영, 「전원사시가」	1. ④	2. ④	3. ⑤
P.034	P.049	박인로, 「상사곡」	1. ①	2. ④	3. ⑤
P.036	P.053	조위, 「만분가」	1. ①	2. ②	3. ③
P.038	P.057	이황, 「도산십이곡」	1. ③	2. ④	3. ③

[1~3] 다음 글을 읽고 물음에 답하시오.

좌우에 탁자 놓아 만권 서책 쌓아 놓고
㉠자명종과 자명악은 절로 울어 소리하며
좌우에 당전(唐氈) 깔고 담방석과 백전요며
㉡이편저편 화류교의(樺榴交椅) 서로 마주 걸터앉고

┌ 거기 사람 처음 인사 차 한 그릇 갖다 준다
│ 화찻종에 대를 받쳐 가득 부어 권하거늘
│ 파르스름 노르스름 향취가 만구하데
│ 저희들과 우리들이 언어가 같지 않아
│ 말 한마디 못 해 보고 덤덤하니 앉았으니
[A] 귀머거리 벙어린 듯 물끄러미 서로 보다
│ 천하의 글은 같아 필담이나 하오리라
│ 당연(唐硯)에 먹을 갈아 양호수필(羊毫鬚筆) 덤뻑 찍어
│ 시전지(詩箋紙)를 빼어 들고 글씨 써서 말을 하니
│ 묻는 말과 대답함을 글귀 절로 오락가락
└ 간담*을 상응하여 정곡(情曲) 상통(相通)하는구나

(중략)

┌ 황상*이 상을 주사 예부상서 거행한다
│ 삼 사신과 역관이며 마두와 노자(奴子)*까지
│ 은자며 비단 등속 차례로 받아 놓고
│ 삼배(三拜)*에 구고두(九叩頭)*로 사례하고 돌아오니
│ 상마연* 잔치한다 예부에서 지휘하기로
│ 삼 사신과 역관들이 예부로 나아가니
│ 대청 위에 포진하고 상을 차려 놓은 모양
[B] 메밀떡에 밀다식에 겉밤 머루 비자(榧子) 등물(等物)*
│ 푸닥거리 상 벌이듯 좌우에 떠벌였다
│ 다 각기 한 상씩을 앞에다 받아 놓으니
│ 비위가 뒤집혀서 먹을 것이 전혀 없네
│ 삼배주를 마시는 듯 연파(宴罷)하고 일어서서
│ 뜰에 내려 북향하여 구고두 사례한 후
└ 관소로 돌아와서 회환(回還)* 날짜 택일하니
㉢사람마다 짐 동이느라 각 방은 분분하고
흥정 외상 셈하려 주주리는 지저귄다
㉣장계(狀啓)*를 발정(發程)*하여 선래 군관(先來軍官) 전송하고
추칠월 십일일에 회환하여 떠나오니
한 달 닷새 유하다가 시원하고 상연(爽然)하구나*
천일방(天一方) 우리 서울 창망하다 갈 길이여
풍진이 분운(紛紜)한데 집 소식이 돈절*하니
사오 삭(朔)* 타국 객이 귀심(歸心)*이 살* 같구나
숭문문 내달아서 통주로 향해 가니

㉤올 적에 심은 곡식 추수가 한창이요
서풍이 삽삽하여 가을빛이 쾌히 난다

        – 홍순학, 「연행가」 –

*구고두: 공경하는 뜻으로 머리를 땅에 아홉 번 조아림.
*상마연: 일을 마치고 떠나가는 외국 사신들을 위하여 베풀던 잔치.

화자와 대상의 관계	청나라에서 사신 업무를 본 후 조선으로 귀국하는 우리(조선의 사신)
상황?	청나라에 간 화자가 낯선 문물들을 봄 → 청나라 사신들과 필담으로 소통함 → 사신 업무를 마치고 황제가 내리는 상을 받음 → 황제가 잔치를 베풀었으나 음식이 비위에 맞지 않음 → 연회를 끝내고 조선으로 돌아가기 위해 짐을 꾸림 → 조선으로 돌아가며 추수가 한창임을 보고 계절의 변화를 느낌

현대어 풀이

좌우에 탁자 놓아 많은 서책들을 쌓아 놓고
자명종과 자명악은 스스로 소리를 내며
좌우에 담요를 깔고 방석과 이불이며
이쪽과 저쪽 나무의자에 청의 사신과 우리 사신들이 서로 마주 걸터앉고
청의 사람 처음 인사하며 차 한 그릇 갖다 준다
차를 마시는 종지에 대를 받쳐 가득 부어 권하거늘
파르스름하고 노르스름하고 향기가 가득한데
저희들과 우리들이 서로 언어가 같지 않아
말 한마디 못 해 보고 덤덤하게 앉아 있으니
귀머거리 벙어리인 듯 물끄러미 서로 바라보다
한자는 서로 같아 글을 쓰며 대화를 하오리라
벼루에 먹을 갈아 붓에 덤뻑 찍어
종이를 빼어 들고 글씨 써서 말을 하니
묻는 말과 대답하는 글귀가 왔다 갔다
속마음끼리 응하여 간곡한 정이 서로 통하는구나

(중략)

황제가 상을 주니 예부상서가 그 행사를 거행한다
사신 세 명과 통역관과 말 관리자와 사내종들까지
은자며 비단 등을 선물로 차례로 받아 놓고
세 번 절하고 아홉 번 머리를 조아리며 황제에게 사례하고 돌아오니

사신들을 위한 잔치한다 예부에서 지휘하기로
세 명의 사신과 통역관들이 예부로 나가니
대청 위에 진을 치고 상을 차려 놓은 모양
메밀떡에 밀다식에 겉밤 머루 비자나무 열매 등물
푸닥거리 상 벌이듯 푸짐하게 좌우에 차려 놓았다
각자 한 상씩 앞에다 받아 놓으니
비위에 맞지 않아 먹을 것이 전혀 없네
삼배주 마시듯 음식을 먹고 연회를 끝내고 일어서서
뜰에 내려와 북쪽을 향해 아홉 번 절하고 사례한 후
관소로 돌아와서 돌아갈 날짜를 정하니
사람마다 짐을 싸느라 각 방은 정신 없이 어수선하고
흥정하고 외상한 것을 계산하는 소리가 들려온다
장계를 먼저 출발시켜 선래 군관에게 전송하고
칠월 십일일에 청나라를 떠나 조선을 향하니
한 달 닷새를 머물고 보니 시원하고 상쾌하구나
하늘 저쪽에 있는 우리 서울이 멀고 아득하다 갈 길이여
먼지와 바람이 날리는데 집 소식도 끊겼으니
4~5개월 동안 타국의 손님으로 지내면서 고향으로 가고자 하는
마음이 화살 같구나
숭문문 걸어가서 통주로 향해 가니
청나라로 올 때에 심은 곡식 추수가 한창이요
서풍이 부는 소리 쌀쌀하여 가을빛이 시원스럽게 난다

이것만은 챙기자

*간담: 속마음을 비유적으로 이르는 말.
*황상: 현재 살아서 나라를 다스리고 있는 황제를 이르는 말.
*노자: 사내종.
*삼배: 세 번 거듭 절함.
*등물: 같은 종류의 물건.
*회환: 갔다가 다시 돌아옴.
*장계: 왕명을 받고 지방에 나가 있는 신하가 자기 관하(管下)의 중요한 일을 왕에게 보고하던 일. 또는 그런 문서.
*발정: 길을 떠남.
*상연하다: 매우 시원하고 상쾌하다.
*돈절: 편지나 소식 따위가 딱 끊어짐.
*삭: 개월.
*귀심: 고향으로 돌아가고 싶은 마음.
*살: 화살.

1. 윗글에 대한 설명으로 가장 적절한 것은?

✓ 정답풀이

③ 객지에서의 낯선 풍물 및 경험에 대한 정서를 드러내고 회환할 때의 심정을 서술하고 있다.

> 화자는 청나라에서 '자명종과 자명악' 등 낯선 풍물을 본 일과 청나라 사신들과 필담을 나누고 황제가 베푼 잔치에 참석하는 등 체험한 일에 대해 '정곡 상통하는구나', '비위가 뒤집혀서 먹을 것이 전혀 없네' 등으로 정서를 드러낸다. 또한 '회환하여 떠'날 때 '시원하고 상연'하다는 심정을 서술하고 있다.

✗ 오답풀이

① 자연의 경이로운 풍광에 대한 감상을 장황하게 서술하고 있다.
윗글에 자연의 경이로운 풍광에 대한 감상은 나타나지 않는다. '서풍이 삽삽하여 가을빛이 쾌히 난다'는 자연에 대한 감상이라고 볼 수는 있지만 이는 단순한 감상일 뿐. 경이로운 풍광에 대한 장황한 서술이라고 보기 어렵다.

② 학문과 관련된 사물을 나열하여 입신양명에 대한 화자의 관심을 드러내고 있다.
'좌우에 탁자 놓아 만권 서책 쌓아 놓고'나 '당연에 먹을 갈아 양호수필 덤뻑 찍어' 등에서 학문과 관련된 사물을 제시하고 있으나, 이를 나열로 보기 어려우며 입신양명에 대한 관심과도 상관이 없다.

④ 공식적인 행사에 참여한 다양한 사람들의 외양과 감정을 개성적으로 표현하고 있다.
화자는 공식적 행사인 '상마연'에 참석해서 차려진 음식들을 보며 자신의 생각을 드러낼 뿐. 다양한 사람들의 외양과 감정을 표현하지는 않았다.

⑤ 구체적인 시간을 나타내는 표현을 제시하여 귀국까지의 여정이 마무리되었음을 알려 주고 있다.
'추칠월 십일일에 회환하여 떠나오니'에서 구체적인 시간을 나타내는 표현을 확인할 수 있다. 하지만 '천일방 우리 서울 창망하다 갈 길이여', '숭문문 내달아서 통주로 향해 가니' 등으로 보아 귀국까지의 여정이 마무리되지 않았음을 알 수 있다.

🖋 모두의 질문 · 1-⑤번

Q: 화자가 청나라를 떠나 서울로 돌아오는 여정이 나타나고 있으니 귀국까지의 여정이 마무리되었다고 볼 수 있는 것 아닌가요?

A: 선지에서 '시간을 나타내는 표현'을 사용하여 '귀국까지의 여정이 마무리되었음을' 알려 준다고 되어 있으므로, 시간을 나타내는 표현을 사용한 시점과 여정을 마무리한 시점이 일치해야 한다. 화자는 '추칠월 십일일'에 머물던 곳을 떠나 출발하면서 '천일방 우리 서울 창망하다 갈 길이여'라고 하였다. 이는 화자가 청나라를 떠나면서 서울까지 가야 할 길이 아직 멀다고 한 것이다. 또한 '숭문문'과 '통주'는 중국의 옛 지명이므로 이곳을 지나면서 '추수가 한창'인 광경을 본 것은 귀국까지의 여정이 마무리되지 않았음을 보여 준다.

2. ㉠~㉢을 이해한 내용으로 가장 적절한 것은?

㉠: 자명종과 자명악은 절로 울어 소리하며
㉡: 이편저편 화류교의(樺榴交椅) 서로 마주 걸터앉고
㉢: 사람마다 짐 동이느라 각 방은 분분하고
㉣: 장계(狀啓)를 발정(發程)하여 선래 군관(先來軍官) 전송하고
㉤: 올 적에 심은 곡식 추수가 한창이요

✔ 정답풀이

⑤ ㉤: 계절감을 드러내는 표현을 사용하여 시간의 경과를 보여 주고 있다.

> '곡식 추수가 한창'이라는 표현에서 계절감이 드러나며, 이를 통해 청나라로 '올 적에 심은' 곡식을 추수할 만큼의 시간이 경과되었음을 보여 주고 있다.

✕ 오답풀이

① ㉠: 청각적 이미지를 사용하여 대상이 지닌 슬픔을 표현하고 있다.
'절로 울어 소리하며'에서 청각적 이미지를 사용하였지만 이를 통해 외국의 풍물에 대한 경험을 제시할 뿐 대상이 지닌 슬픔을 표현하는 것은 아니다.

② ㉡: 지시적 표현을 사용하여 상대와의 친밀감을 드러내고 있다.
'이편저편'에서 지시적 표현을 사용하였지만 이는 청나라 사신들과 조선의 사신들이 마주 앉아 '처음 인사'하는 상황을 보여 주는 것이지, 청나라 사신들에 대한 친밀감을 드러내는 것은 아니다.

③ ㉢: 음성 상징어를 사용하여 이동을 앞둔 여유로운 분위기를 드러내고 있다.
음성 상징어의 사용이나 여유로운 분위기는 나타나지 않는다. ㉢은 '떠들썩하고 뒤숭숭하다'라는 의미의 형용사 '분분하다'를 사용하여 회환을 앞두고 짐을 싸느라 정신이 없고 어수선한 분위기를 드러내고 있다.

④ ㉣: 대구적 표현을 사용하여 새로운 계책을 마련한 기쁨을 드러내고 있다.
'장계를 발정하여'와 '선래 군관 전송하고'를 대구적 표현으로 본다고 하더라도 이는 왕에게 소식을 전했다고 서술한 것일 뿐, 새로운 계책을 마련한 기쁨을 드러내는 것은 아니다.

🌱 기틀잡기

③ 음성 상징어: 의성어와 의태어를 통틀어 이르는 말.
  [참고] 의성어: 사람이나 사물의 소리를 흉내 낸 말.
      의태어: 사람이나 사물의 모양이나 움직임을 흉내 낸 말.
④ 대구: 비슷한 어조나 구조를 가진 구절이나 문장 두 개를 짝지어 배치하는 표현 기법.

3. [A], [B]에 대한 감상으로 적절하지 않은 것은? [3점]

✔ 정답풀이

① [A]에서 '간담을 상응하여'는 상대방에 대한 경계심을, [B]에서 '뜰에 내려 북향하여'는 상대방에 대한 거부감을 드러내는군.

> [A]의 '간담을 상응하여'는 청나라 사신들과 필담을 나누며 속마음이 통했음을 표현한 것이지 청나라 사신들에 대한 경계심을 드러내는 것이 아니다. 또한 [B]에서 '뜰에 내려 북향하여' 사례하였다는 것으로 보아 이는 상마연을 열어준 황제에게 고마움을 표현하기 위한 것이지 황제에 대한 거부감을 드러내는 것이 아니다.

✕ 오답풀이

② [A]에서 '우리들'은 '거기 사람'에게 인사로 차를 대접받고, [B]에서 '삼 사신' 일행은 '예부상서'를 통해 황상의 상을 하사받고 있군.
[A]의 '거기 사람 처음 인사 차 한 그릇 갖다 준다'에서 '우리들'이 '거기 사람'에게 인사로 차를 대접받았음을 알 수 있고, [B]의 '황상이 상을 주사 예부상서 거행한다'에서 '삼 사신' 일행이 '예부상서'를 통해 상을 하사받고 있음을 알 수 있다.

③ [A]에서 '필담'은 의사소통의 어려움을 해결하는 수단을, [B]에서 '구고두'는 의례적 상황에서 감사를 표하는 공식적 예법을 나타내는군.
[A]에서 '언어가 같지 않아 / 말 한마디 못 해 보고 덤덤하니 앉'아 있던 청나라 사신들과 조선의 사신들이 '필담'을 통해 '간담을 상응하여 정곡 상통'했다고 하였으므로, '필담'은 의사소통의 어려움을 해결하는 수단으로 볼 수 있다. 또한 [B]에서 황상이 준 상을 받은 다음과 '상마연'이 끝난 다음 화자가 '구고두'로 '사례'하는 것으로 보아, '구고두'는 의례적 상황에서 감사를 표하는 공식적 예법임을 알 수 있다.

④ [A]에서 '글귀 절로 오락가락'은 난처한 상황이 해소되고 있음을, [B]에서 '비위가 뒤집혀서'는 난감한 상황에 처하게 되었음을 드러내는군.
[A]의 '글귀 절로 오락가락'은 서로 묻고 대답하는 글귀가 왔다 갔다 하며 필담을 나누는 상황을 나타낸 것으로, '언어가 같지 않아' 난처했던 상황이 해소되었음을 드러낸다. 또한 [B]의 '비위가 뒤집혀서'에서는 잔칫상을 받았지만 음식이 입에 맞지 않아 난감한 상황에 처하게 되었음이 드러난다.

⑤ [A]의 '귀머거리 벙어린 듯'은 대화가 이루어지지 못하는 상황을, [B]의 '메밀떡에 밀다식에 겉밤' 등은 여러 가지 음식을 차려 놓은 상황을 알려 주는군.
[A]에서는 '언어가 같지 않아 / 말 한마디 못 해 보고 덤덤하니 앉'아 있던 청나라 사신들과 조선의 사신들의 모습을 '귀머거리 벙어린 듯'이라고 표현하였다. 또한 [B]의 '메밀떡에 밀다식에 겉밤' 등은 잔칫상에 여러 가지 음식을 차려 놓은 상황을 알려 준다.

[1~3] 다음 글을 읽고 물음에 답하시오.

⊙양파(陽坡)*의 풀이 기니 봄빗치 느저 잇다
소원(小園) 도화(桃花)*눈 밤비에 다 피거다
아히야 쇼 됴히 머겨 논밧 갈게 ᄒᆞ야라   〈제2수〉

ⓛ잔화(殘花) 다 딘 후에 녹음이 기퍼 간다
백일(白日) 고촌(孤村)*에 낫둙의 소리로다
ⓒ아히야 계면됴 불러라 긴 조롬 ᄭᅢ오쟈   〈제3수〉

동리(東籬)에 국화 피니 중양(重陽)이 거에로다
자채(自蔡)*로 비즌 술이 ᄒᆞ마 아니 니것ᄂᆞ냐
ⓐ아히야 자해(紫蟹)* 황계(黃鷄)로 안주 쟝만ᄒᆞ야라   〈제6수〉

북풍이 노피 부니 압 뫼헤 눈이 딘다
ⓜ모첨(茅簷)* 춘 빗치 석양이 거에로다
아히야 두죽(豆粥) 니것ᄂᆞ냐 먹고 자랴 ᄒᆞ로라   〈제7수〉

┌ 이바 아히돌아 새히 온다 즐겨 마라
[A] 헌ᄉᆞ훈* 세월이 소년(少年)* 아사 가ᄂᆞ니라
└ 우리도 새히 즐겨 ᄒᆞ다가 이 백발이 되얏노라   〈제9수〉

             – 신계영, 「전원사시가(田園四時歌)」 –

*양파: 볕이 잘 드는 언덕.
*자채: 올벼. 철 이르게 익은 벼.
*자해: 꽃게.
*모첨: 초가지붕의 처마.
*소년: 젊은 나이.

현대어 풀이

볕이 잘 드는 언덕에 풀이 기니 봄빛이 늦게까지 비친다
작은 정원의 복숭아꽃은 밤비에 다 피었구나
아이야 소 잘 먹여 논과 밭을 갈게 하여라   〈제2수〉

남아 있는 꽃도 다 진 후에 나무와 수풀의 푸름이 깊어 간다
대낮의 외따로 떨어진 마을에 낮닭 우는 소리가 들리는구나
아이야 계면조의 노래를 불러라 긴 졸음을 깨우자   〈제3수〉

동쪽 울타리에 국화가 피니 중양절이 거의 다 되었구나
일찍 익은 벼로 빚은 술이 설마 아니 익었느냐
아이야 꽃게와 누런 닭으로 안주를 장만하여라   〈제6수〉

북풍이 높이 부니 앞산에 눈이 내린다
초가지붕 처마의 찬 빛에 저녁 햇살이 비치는구나
아이야 콩죽 익었느냐 먹고 자려고 한다   〈제7수〉

여봐라 아이들아 새해가 온다고 즐거워하지 마라
야단스러운 세월이 젊은 시절을 앗아 가느니라
우리도 새해를 즐거워하다가 이렇게 흰머리가 되었노라   〈제9수〉

이것만은 챙기자

*도화: 복숭아꽃. 봄에 주로 피며 백색 혹은 엷은 붉은색으로 핌.
*고촌: 외따로 떨어져 있는 마을.
*헌ᄉᆞᄒᆞ다: 야단스럽다. 신비롭다.

화자와 대상의 관계	봄, 여름, 가을, 겨울 사계절의 경치를 즐기며 세월이 흐르는 것을 안타까워하는 우리
상황?	풀이 자라고 복숭아꽃이 피는 봄의 경치를 즐김 → 꽃이 지고 녹음이 깊어 가는 여름의 경치를 즐김 → 가을이 되어 아이에게 술과 안주를 장만하라고 함 → 겨울의 눈 내린 풍경과 전원생활을 즐김 → 새해가 되자 세월이 흐르는 것을 안타까워함

1. ㉠~㉤에 대한 이해로 가장 적절한 것은?

> ㉠: 양파(陽坡)의 풀이 기니 봄빗치 느저 잇다
> ㉡: 잔화(殘花) 다 딘 후에 녹음이 기퍼 간다
> ㉢: 아히야 계면됴 불러라 긴 조롬 쌔오쟈
> ㉣: 아히야 자해(紫蟹) 황계(黃鷄)로 안주 쟝만후야라
> ㉤: 모쳠(茅簷) 춘 빗치 석양이 거에로다

✅ 정답풀이

④ ㉣: 미각을 돋우는 소재들을 통해 화자의 흥취가 드러난다.

> 〈제6수〉에서 화자는 가을이 되자 벼로 빚은 술을 찾으며 아이에게 '자해'(꽃게), '황계'(누런 닭)를 가지고 안주를 마련하라고 한다. 따라서 '자해'와 '황계'는 미각을 돋우는 소재라고 할 수 있고, 이를 통해 화자의 흥취가 드러난다고 볼 수 있다.

❌ 오답풀이

① ㉠: 화자가 지향했던 초월적인 삶의 세계가 회고된다.
㉠은 봄날의 경치를 그린 구절로, 초월적인 삶의 세계와는 무관하다. 또한 윗글에서 화자가 초월적 삶의 세계를 지향했던 것은 나타나지 않으므로 초월적 삶의 세계를 회고한 것으로 볼 수도 없다.

② ㉡: 꽃이 떨어진 것에 대한 화자의 안타까운 심정이 제시된다.
㉡은 꽃이 진 후 녹음이 깊어 가는 여름의 경치를 표현한 구절로, 화자가 꽃이 떨어진 것을 안타까워하는 모습은 나타나지 않는다.

③ ㉢: 시름을 일시적으로나마 잊고자 하는 화자의 의도가 표출된다.
〈제3수〉에서 화자의 시름은 드러나지 않으며, 아이에게 계면조의 노래를 부르라고 하는 것은 노래를 들으며 졸음을 깨우기 위한 것으로 이해할 수 있다.

⑤ ㉤: 세속과 타협하지 않으려는 화자의 의지가 집약되어 나타난다.
㉤은 초가집의 처마에 석양이 지는 모습을 표현한 구절로, 세속과 타협하지 않으려는 화자의 의지와는 거리가 멀다. 또한 윗글에서 화자는 세속과 타협하지 않으려는 의지를 드러내지 않았다.

🌱 기틀잡기

① **초월적:** 어떠한 한계나 표준, 이해나 자연 따위를 뛰어넘거나 경험과 인식의 범위를 벗어나는 것.

---

2. 〈보기〉와 [A]를 비교한 내용으로 가장 적절한 것은?

> 〈보기〉
>
> 늘그니 늘그니를 만나니 반가고 즐겁고야
> 반가고 즐거오니 늘근 줄을 모롤로다
> 진실노 늘근 줄 모루거니 미일 만나 즐기리라
> — 김득연, 「산중잡곡(山中雜曲)」 제49수 —

🔍 보기 분석

〈현대어 풀이〉

늙은이가 늙은이를 만나니 반갑고 즐겁구나
반갑고 즐거우니 늙은 줄을 모르겠구나
진실로 늙은 줄을 모르겠으니 매일 만나 즐기리라

✅ 정답풀이

④ [A]에서는 현재의 자신과 다른 태도를 보이는 상대에 대한 훈계가, 〈보기〉에서는 같은 처지에 있는 상대를 만난 기쁨이 드러난다.

> [A]에서 화자는 아이들에게 새해가 오는 것을 즐거워하지 말라고 말하며 자신의 늙음을 탄식하고 있으므로, 자신과 다른 태도를 보이는 상대에 대한 훈계가 드러난다고 볼 수 있다. 한편 〈보기〉의 화자는 자신과 같은 처지의 늙은이를 만나 반갑고 즐겁다고 하였으므로, 같은 처지에 있는 상대를 만난 기쁨을 드러낸다고 할 수 있다.

❌ 오답풀이

① [A]와 〈보기〉는 모두 젊음과 늙음을 대조적으로 제시하여 주제를 표출하고 있다.
[A]는 '소년'과 '백발', 즉 젊음과 늙음을 대조적으로 제시하여 세월의 흐름에 대한 안타까움을 표현했다고 볼 수 있으나, 〈보기〉에서는 젊음에 관해 언급하지 않았다.

② [A]와 〈보기〉는 모두 자신의 현재 모습에 대한 긍정적인 인식을 드러내고 있다.
〈보기〉의 화자는 자신과 같은 늙은이를 만난 즐거움을 드러내고 있으므로 자신의 현재 모습에 대해 긍정적으로 인식하고 있다고도 볼 수 있다. 그러나 [A]의 화자는 늙음을 탄식하고 있으므로 자신의 현재 모습을 긍정적으로 인식하고 있다고 보기 어렵다.

③ [A]와 〈보기〉는 모두 세월의 흐름이 빠르다는 점을 구체적인 대상에 빗대어 표현하고 있다.
[A]에서는 구체적 대상인 '백발'을 통해 세월의 흐름이 빠르다는 것을 표현하고 있다. 그러나 〈보기〉에서는 세월의 흐름이 빠르다는 것을 구체적 대상에 빗대어 표현한 부분을 찾을 수 없다.

⑤ [A]에서는 과거에 대한 책임을 상대에게 전가하는 태도가, 〈보기〉
에서는 상대를 통해 현재 삶에 대한 깨달음을 얻는 태도가 드러
난다.

[A]에서는 아이들에게 새해가 오는 것을 즐거워하지 말라고 하고 있을 뿐,
과거에 대한 책임을 상대에게 전가하는 태도는 나타나지 않는다. 또한 〈보
기〉의 화자는 같은 처지의 늙은이를 만나 즐거워하고 있을 뿐, 상대를 통해
현재 삶에 대한 깨달음을 얻고 있는 것은 아니다.

모두의 질문
• 2-②번

Q: 〈보기〉의 화자가 자신의 현재 모습에 대한 긍정적인 인식을 드러내
고 있다고 했는데, 늙은이가 같은 처지의 다른 늙은이를 만나 즐거워
하고 있는 것만으로는 자신의 현재 모습 자체를 긍정적으로 인식하
고 있는지를 알 수 없는 것 아닌가요?

A: 〈보기〉의 화자는 자신과 같은 처지의 다른 늙은이를 만난 것에 대해
반가움을 느끼며 즐거워하고 있다. '반가고 즐거오니 늘근 줄을 모롤
로다 / 진실노 늘근 줄 모르거니 미일 만나 즐기리라'에서 화자는 다
른 늙은이를 만나 즐거움을 느끼고 있는 상황을 긍정적으로 바라보
고 있다. 화자가 현재의 늙은 모습을 부정적으로 인식했다면 같은 처
지의 노인을 만난 것을 그렇게 반갑고 즐거워하지 않았을 것이며, 오
히려 늙음을 함께 서러워하거나 한탄하는 정서를 드러냈을 것이다.
따라서 〈보기〉의 화자는 자신의 현재 모습에 대한 긍정적인 인식을
드러내고 있다고 보는 것이 적절하다.

---

3. 〈보기〉를 참조하여 윗글을 감상한 내용으로 적절하지 <u>않은</u>
것은? [3점]

〈보기〉

사시가(四時歌)는 사계절의 추이에 맞추어 시상을 전개하
는 시가를 일컫는다. 사시가에서는 계절에 관한 시상이 드러
나는 연들을 유기적으로 연결하기 위해 동일한 어휘나 유사
한 표현을 연마다 반복하는 경우가 있다. 또한 자연을 묘사하
기 위한 시어 및 구절을 먼저 제시한 후 화자의 반응이나 정
취를 덧붙이는 것이 일반적이다. 작품에 따라서는 일상의 풍
경을 도입하여 계절의 변화에 따른 세상살이의 모습을 조명
하거나, 어김없이 순환하는 자연의 이치와 무상한 인간사를
대비하기도 한다.

🔍 보기 분석

• 사시가: 사계절의 변화를 드러내며 시상을 전개하는 시가
 – 동일한 어휘나 유사한 표현을 연마다 반복
 – 일반적으로 자연을 묘사하기 위한 시어 및 구절 먼저 제시
  → 그에 대한 화자의 반응이나 정취 덧붙임(선경후정)
 – 일상의 풍경을 도입하여 계절의 변화에 따른 세상살이의 모습
  조명
 – 자연의 이치와 무상한 인간사 대비

✓ 정답풀이

⑤ 각 연에서는 일정하게 순환하는 자연의 이치와, 그러한 이치를
삶에 구현하지 못하는 인간을 대비하고 있군.

> 〈보기〉에서 사시가는 '어김없이 순환하는 자연의 이치와 무상한 인간사를
> 대비'하기도 한다고 설명하였다. 그런데 윗글에서는 사계절의 변화 과정을
> 그린 각 연을 통해 '일정하게 순환하는 자연의 이치'를 확인할 수 있으며,
> 계절의 흐름에 맞추어 살아가는 인간의 모습을 드러내고 있다. 따라서 자연
> 의 이치를 삶에 구현하지 못하는 인간을 자연과 대비한다고 볼 수 없다.

✕ 오답풀이

① 사계절의 추이가 나타난다는 점에서 사시가의 요건을 갖추고
있군.
〈보기〉에서 '사시가는 사계절의 추이에 맞추어 시상을 전개하는 시가를 일
컫는다.'라고 하였다. 윗글에서 〈제2수〉는 봄, 〈제3수〉는 여름, 〈제6수〉는
가을, 〈제7수〉는 겨울의 경치를 그리고 있으므로, 이는 사시가의 요건을 갖
춘 것이라고 할 수 있다.

② '아히야'가 반복적으로 등장하여 연 사이의 유기성을 부여하고
있군.

〈보기〉에서 사시가는 '연들을 유기적으로 연결하기 위해 동일한 어휘나 유
사한 표현을 연마다 반복하는 경우가 있다.'라고 하였다. 윗글은 〈제9수〉를
제외한 모든 연의 종장에 '아히야'가 반복적으로 등장함으로써 연 사이에
유기성을 부여하고 있다.

③ 계절이 다루어진 연은 자연의 모습이 먼저 묘사되고 화자의 반응이
이어지는 방식으로 구성되는군.

〈보기〉에서 사시가는 '자연을 묘사하기 위한 시어 및 구절을 먼저 제시한
후 화자의 반응이나 정취를 덧붙'인다고 하였다. 윗글은 〈제9수〉를 제외한
모든 연에서 계절의 경치를 먼저 그린 후, 종장에서 아이에게 말을 건네는
방식을 통해 화자의 반응을 드러내고 있다.

④ 봄에 소를 먹여 논밭을 가는 것과 가을에 올벼로 빚은 술을 찾는
것은 일상의 풍경을 그려 낸 사례이겠군.

〈보기〉에서 사시가는 '일상의 풍경을 도입하여 계절의 변화에 따른 세상살
이의 모습을 조명하'는 경우도 있다고 하였다. 윗글은 〈제2수〉에서 소를 잘
먹여 논밭을 갈게 하라는 내용을, 〈제6수〉에서 가을에 올벼로 빚은 술이 익
지 않았는지 묻는 내용을 통해 일상의 풍경을 그려내고 있다.

🖋 모두의 질문
• 3-⑤번

Q: 〈제9수〉에서는 화자가 자신의 늙음을 한탄하며 받아들이지 못하
고 있으므로, '순환하는 자연의 이치'와 이를 '삶에 구현하지 못하는
인간'이 대비된다고 볼 수 있지 않나요?

A: 〈보기〉에서 '사시가'는 사계절의 추이에 맞추어 시상을 전개하며,
일상의 풍경을 통해 '계절의 변화에 따른 세상살이의 모습'을 조명한
다고 하였다. 윗글에서는 봄에 소를 잘 먹이고, 잠이 오는 여름에 졸
음을 깨려 하고, 가을에 익은 쌀로 술을 빚고, 겨울에 눈 내리는 풍경
을 보며 따뜻한 죽을 먹는 모습 등을 통해 각 계절에 따라 살아가는
삶을 보여 주고 있다. 〈제9수〉 역시 계절이 흘러가는 자연의 이치처
럼 '소년'도 언젠가는 '백발'이 될 것임을 이야기하고 있으므로, 이를
'자연의 이치를 삶에 구현하지 못하는 인간'의 모습을 보여 준 구절
이라고 말하기는 어렵다.

[1~3] 다음 글을 읽고 물음에 답하시오.

천지간에 어느 일이 남들에겐 서러운가
아마도 서러운 건 임 그리워 서럽도다
양대(陽臺)에 구름비는 내린 지 몇 해인가
반쪽 거울 녹이 슬어 티끌 속에 묻혀 있다
청조(靑鳥)도 아니 오고 백안(白鴈)*도 그쳤으니
소식도 못 듣거늘 임의 모습 보겠는가
㉠화조월석(花朝月夕)*에 울며 그리워할 뿐이로다
그리워해도 못 보기에 그리워하지도 말리라 여겨
나도 장부(丈夫)로서 모진 마음 지어 내어
이제나 잊자 한들 눈에 절로 밟히거늘 설워 아니 그리워할쏘냐
㉡그리워해도 못 보니 하루가 삼 년 같도다
원수(怨讐)가 원수 아니라 못 잊는 게 원수로다
사택망처(徙宅忘妻)는 그 어떤 사람인고
그 있는 곳 알고자 진초(秦楚)*엔들 아니 가랴
무심하고 쉽게 잊기 배워나 보고 싶구나
어리석은 분수에 무슨 재주가 있을까마는
임 향한 총명*이야 사광(師曠)인들 미칠쏘냐
총명도 병이 되어 날이 갈수록 짙어 가니
㉢먹던 밥 덜 먹히고 자던 잠 덜 자인다
수척한 얼굴이 시름 겨워 검어 가니
취한 듯 흐릿한 듯 청심원 소합환 먹어도 효험 없다
고황(膏肓)*에 든 병을 편작(扁鵲)인들 고칠쏘냐
목숨이 중한지라 못 죽고 살고 있노라
㉣처음 인연 맺을 적에 이리되자 맺었던가
비익조(比翼鳥) 부부 되어 연리지(連理枝)* 수풀 아래
나무 얽어 집을 짓고 나무 열매 먹을망정
이승 동안은 하루도 이별 세상 안 보기를 원했건만
동과 서에 따로 살며 그리워하다 다 늙었다
예로부터 이른 말이 견우직녀를
천상(天上)의 인간 중에 불쌍하다 하건마는
그래도 저희는 한 해에 한 번을 해마다 보건마는
㉤애달프구나 우리는 몇 은하가 가려서 이토록 못 보는고
　　　　　　　　　　　　　　 － 박인로, 「상사곡(相思曲)」 －

*진초: 진나라, 초나라 지역. 매우 먼 곳을 말함.
*총명: 듣거나 본 것을 오래 기억하는 힘이 있음.

화자와 대상의 관계	임을 그리워하는 '나'
상황?	임을 볼 수 없어 서러워함 → 임을 잊으려는 모진 마음을 먹음 → 쉽게 잊는 방법을 배워 보고 싶어 함 → 임을 그리워하는 마음이 병처럼 깊어짐 → 임과 처음 인연 맺었을 때를 떠올리며 현재의 처지를 슬퍼함

현대어 풀이

세상에 어느 일이 남들에게는 서러운 일인가
아마도 서러운 것은 임을 그리워하는 것이다
양대에 구름비가 내린 지 몇 해인가
반쪽 거울에 녹이 슬어 먼지 속에 묻혀 있다
청조도 오지 않고, 흰 기러기도 오지 않으니
소식도 못 듣는데 임의 모습을 볼 수 있겠는가
꽃 피는 아침과 달 밝은 밤에 울며 그리워할 뿐이로다
그리워해도 못 보기에 그리워하지도 말자 생각하여
나도 대장부로서 모질게 마음 먹고
이제 잊고자 한들 자꾸 눈에 밟히거늘 서러워 그립지 않을 수 있겠는가
그리워해도 못 보니 하루가 삼 년 같구나
원수가 원망스러운 것이 아니라 내가 임을 못 잊는 것이 원망스럽다
이사할 때 아내를 깜빡 잊고 가는 사람은 대체 어떤 사람인가
그 사람 있는 곳 알기 위해 진나라, 초나라만큼 먼 곳인들 못 가겠는가
무심하고 쉽게 잊는 법을 배워 보고 싶구나
어리석은 분수에 무슨 재주가 있을까 싶지만
임에 대해 기억하는 힘만은 사광의 기억력인들 내게 미치겠느냐
기억하는 힘이 좋은 것도 병이 되어 날이 갈수록 심해지니
잘 먹던 밥도 못 먹고 잘 자던 잠도 못 잔다
야위고 마른 얼굴이 시름 때문에 검어지니
취한 듯 흐릿한 듯 약을 먹어도 효과가 없다
마음속 깊이 든 병을 명의 편작인들 고칠 수 있겠는가
목숨이 소중하기 때문에 죽지 못해 살고 있노라
처음 인연을 맺을 때에 이렇게 헤어지려고 맺었던가
비익조가 부부되어 연리지 수풀 아래
나무를 얽어서 집을 짓고 나무 열매를 먹을망정
살아 있는 동안에는 하루도 헤어지지 않기를 원했건만
동쪽과 서쪽에 따로 살며 그리워하다 다 늙었구나
옛날부터 이르던 말이 견우직녀를
하늘 나라의 인간 중에 불쌍하다 여기지만
그래도 저희(견우직녀)는 한 해에 한 번을 해마다 보건마는
안타깝구나 우리('나'와 '임')는 몇 개의 은하수가 가리고 있어 이토록 보지 못하는가

| 표현상의 특징 파악 | 정답률 84

1. 윗글에 대한 설명으로 가장 적절한 것은?

✔ 정답풀이

① 자문자답의 방식으로, 임에 대한 그리움을 부각하고 있다.

> 화자는 '천지간에 어느 일이 남들에겐 서러운가'라고 질문한 후, '아마도 서러운 건 임 그리워 서럽도다'라고 스스로 답하는 자문자답의 방식을 통해 임을 그리워하는 마음을 드러내고 있다.

✘ 오답풀이

② 풍자의 기법으로, 떠나간 임에 대한 서운함을 나타내고 있다.
　　'원수가 원수 아니라 못 잊는게 원수로다'에서 알 수 있듯이, 화자는 임을 잊지 못하는 스스로를 원망하고 있을 뿐, 임에 대한 서운함을 드러내고 있지는 않다. 또한 윗글에서 풍자의 기법을 활용한 부분은 찾을 수 없다.

③ 언어유희를 통해, 이별의 현실을 수용하는 담담한 태도를 드러내고 있다.
　　'나도 장부로서 모진 마음 지어 내어 / 이제나 잊자 한들 눈에 절로 밟히거늘 설워 아니 그리워할쏘냐'에서 알 수 있듯이, 화자는 이별의 현실을 담담한 태도로 받아들이지 못하고 계속 임을 그리워하며 서러워하고 있다. 또한 윗글에서 언어유희가 나타난 부분은 찾을 수 없다.

④ 의태어를 나열하여, 임의 부재로 인한 외로움을 시각적 이미지로 제시하고 있다.
　　윗글은 '반쪽 거울 녹이 슬어 티끌 속에 묻혀'와 '화조월석'에 울고 있는 모습 등을 통해 임의 부재로 인한 외로움을 시각적 이미지로 제시하고 있다. 하지만 윗글에서 의태어를 나열한 부분은 찾을 수 없다.

⑤ 반어적 표현으로, 임에 대한 애정이 식어 가는 것에 대한 안타까움을 표현하고 있다.
　　'나도 장부로서 모진 마음 지어 내어 / 이제나 잊자 한들 눈에 절로 밟히거늘 설워 아니 그리워할쏘냐'에서 알 수 있듯이, 화자는 임을 잊기로 결심하지만 뜻대로 되지 않아 계속해서 그리워하며 서러움을 느끼고 있다. 따라서 임에 대한 애정이 식어 가는 것이 아니며, 이에 대해 안타까움을 느낀다고 볼 수도 없다. 또한 윗글에서 반어적 표현이 나타난 부분은 찾을 수 없다.

기틀잡기

> ② **풍자**: 현실의 부정적 현상이나 모순 따위를 다른 사물이나 상황에 빗대어 간접적으로 비판함으로써 그 병폐를 깨닫도록 하는 것.
> ③ **언어유희**: 동음이의어, 비슷한 발음의 단어 등을 활용하여 원래 용법과 다르게 사용하여 재미를 끌어내는 표현.
> ⑤ **반어**: 말하고자 하는 바와 반대로 표현하여 그 의미를 강화하는 것.

2. ㉠~㉤에 대한 이해로 적절하지 <u>않은</u> 것은?

> ㉠: 화조월석(花朝月夕)에 울며 그리워할 뿐이로다
> ㉡: 그리워해도 못 보니 하루가 삼 년 같도다
> ㉢: 먹던 밥 덜 먹히고 자던 잠 덜 자인다
> ㉣: 처음 인연 맺을 적에 이리되자 맺었던가
> ㉤: 애달프구나 우리는 몇 은하가 가려서 이토록 못 보는고

✓ 정답풀이

④ ㉣은 인연을 맺었던 때를 가리키는 '처음'과 현재의 상황을 나타내는 '이리되자'라는 시어를 통해 임과의 예정된 이별에 대한 안타까움을 드러내고 있다.

> ㉣의 '처음'은 화자와 임이 인연을 맺은 당시를 가리키며, '이리되자'는 이별하게 된 현재의 상황을 나타낸다. 즉 ㉣은 설의적 표현을 활용하여 임과 헤어지기 위해 처음 인연을 맺은 것이 아니며, '처음'에 임과 만날 때에는 이별할 것을 미처 예상하지 못했다는 것을 강조하는 것이므로 임과의 '예정된' 이별에 대한 안타까움을 드러낸 것으로 볼 수 없다.

✗ 오답풀이

① ㉠은 꽃피는 아침과 달 밝은 밤, 즉 경치가 좋은 시절을 뜻하는 '화조월석'이라는 시어를 통해 임과 함께 좋은 때를 누리지 못하는 서러움을 표현하고 있다.
㉠에서 화자는 '화조월석'에 '울며 그리워할 뿐'이라고 하며, 경치가 좋은 시절을 임과 함께할 수 없어 서러운 감정을 표현하고 있다.

② ㉡은 짧은 동안을 나타내는 '하루'와 긴 시간을 나타내는 '삼 년'이라는 시어의 대비를 통해 임을 기다리는 간절한 정서를 표출하고 있다.
㉡은 임을 그리워하며 기다리는 '하루'가 '삼 년'처럼 길게 느껴진다고 표현하고 있는데, 이렇듯 '하루'와 '삼 년'을 대비하면서 임을 향한 그리움과 간절한 정서를 표출하고 있다.

③ ㉢은 사람이 살아가는 데에 필수적인 요소인 '밥'과 '잠'이라는 시어를 통해 임에 대한 그리움으로 인한 고통을 나타내고 있다.
㉢은 '밥'도 제대로 먹지 못하고, '잠'도 제대로 자지 못할 정도로 임을 그리워한다는 표현이므로, 이를 통해 화자가 임을 그리워하는 마음과 이별로 인한 고통을 엿볼 수 있다.

⑤ ㉤은 임과의 만남을 가로막는 존재를 나타내는 '은하'라는 시어를 통해 임과의 만남이 이루어지지 않음으로 인한 슬픔을 표현하고 있다.
㉤은 견우와 직녀도 해마다 한 번씩은 만나는데, 임과 화자 자신 사이에는 얼마나 많은 '은하'가 가로막고 있기에 보지 못하느냐는 내용으로, 임과의 만남이 이루어지지 않음으로 인한 슬픔을 표현하고 있다.

🖋 모두의 질문
• 2-②번

Q: '하루'와 '삼 년'이라는 시어가 대비된다고 하였는데, ㉡에서 '하루가 삼 년 같도다'라고 하였으므로 이는 대비가 아니라 비유적 표현이라고 봐야 하지 않나요?

A: 윗글에서 화자는 '짧은 동안'을 나타내는 '하루'와 '긴 시간'을 나타내는 '삼 년'을 대비하여 임을 그리워하며 지내는 하루가 그만큼 길게 느껴진다는 의미를 부각하고 있다. 즉 '하루가 삼 년 같도다'는 비유적 표현과 두 시어의 대비를 통해서 임이 부재하는 상황에서 화자가 느끼는 그리움과 슬픔의 심정을 효과적으로 강조한 구절이라고 이해할 수 있다.

3. 〈보기〉는 윗글에서 사용한 고사를 정리한 것이다. 이를 바탕으로 윗글을 이해한 내용으로 적절하지 <u>않은</u> 것은? [3점]

〈보기〉

ⓐ 청조: 신녀 서왕모를 위해 음식물을 가져오고 소식을 전해 주는 신화 속의 푸른 새.

ⓑ 사택망처: 노나라 애공과 공자의 대화에 나오는 말로, 이사할 때 아내를 깜박 잊고 두고 가는 것.

ⓒ 사광: 춘추 시대 진(晉)나라 악사로, 청각 능력이 우수하여 음률을 이해하고 기억하는 것에 뛰어났음.

ⓓ 편작: 전국 시대의 명의로, 환자의 오장을 투시하는 경지에 도달하였다고 함.

ⓔ 비익조: 암수가 각각 눈 하나와 날개 하나만 있어서 짝을 지어야만 날 수 있다는 전설 속의 새.

🔍 보기 분석

- 청조(ⓐ)도 아니 오고 백안도 그쳤으니
  → (신녀를 위해) 소식을 전해 주는 푸른 새도 오지 않고 흰 기러기도 오지 않으니
- 사택망처(ⓑ)는 그 어떤 사람인고
  → (이사할 때) 아내를 깜빡 잊고 두고 간 사람은 대체 어떤 사람인가
- 임 향한 총명이야 사광(ⓒ)인들 미칠쏘냐
  → 임에 대해 기억하는 힘만은 (기억하는 것에 뛰어난 사람인) 사광의 기억력인들 내게 미치겠느냐
- 고황에 든 병을 편작(ⓓ)인들 고칠쏘냐
  → 마음속 깊이 든 병을 (전국 시대의 명의인) 편작인들 고칠 수 있겠는가
- 비익조(ⓔ) 부부 되어~이승 동안은 하루도 이별 세상 안 보기를 원했건만
  → 짝을 지어야만 날 수 있는 비익조 부부 되어~살아 있는 동안에는 하루도 헤어지지 않기를 원했건만

⑤ ⓔ를 활용한 것은, 화자와 임이 이별하더라도 결국에는 '비익조'처럼 재회할 운명임을 말하려는 것이군.

> '비익조 부부 되어~이승 동안은 하루도 이별 세상 안 보기를 원했건만'을 통해 화자는 임과 함께 비익조 같은 부부가 되어 절대 헤어지는 일이 없기를 원했음을 알 수 있다. 그러나 '동과 서에 따로 살며 그리워하다 다 늙었다'를 통해 화자와 임은 따로 살고 있는 처지임을 알 수 있다. 즉, ⓔ를 활용한 것은 화자와 임이 이별하더라도 재회할 운명임을 드러내기 위한 것으로 보기는 어렵다.

① ⓐ를 활용한 것은, '청조'가 소식을 전하지 못하는 것과 같이 화자와 임 사이에 소식이 끊겼음을 말하려는 것이군.
'청조도 아니 오고 백안도 그쳤으니 / 소식도 못 듣거늘 임의 모습 보겠는가'를 통해 화자는 임의 모습을 볼 수 없으며, 임의 소식도 듣지 못하고 있다는 것을 알 수 있다. 〈보기〉에서 ⓐ가 소식을 전해 주는 역할을 한다고 한 것을 참고할 때, '청조'가 오지 않는다는 것은 화자와 임 사이에 소식이 끊겼음을 의미한다고 볼 수 있다.

② ⓑ를 활용한 것은, '사택망처'한 이가 차라리 부러울 정도로 화자가 임을 잊기 어려워하고 있음을 말하려는 것이군.
'사택망처는 그 어떤 사람인고 / 그 있는 곳 알고자 진초엔들 아니 가랴 / 무심하고 쉽게 잊기 배워나 보고 싶구나'에서 화자는 사택망처한 사람이 누구인지, 어디에 있는지 궁금해하며 쉽게 잊는 방법을 배워 보고 싶다고 말한다. 따라서 ⓑ를 활용한 것은 '사택망처'한 이에게 쉽게 잊는 법을 배우고 싶을 정도로 임을 잊기 어려워하고 있음을 말하기 위한 것이다.

③ ⓒ를 활용한 것은, 화자가 임에 대한 기억을 떨쳐 낼 수 없음을 '사광'의 기억력에 견주어 말하려는 것이군.
'임 향한 총명이야 사광인들 미칠쏘냐'에서 화자는 사광의 기억력이 뛰어나지만 자신이 임을 기억하는 것에는 미칠 수 없다고 하고 있다. 따라서 ⓒ를 활용한 것은 화자가 임에 대한 기억을 떨쳐 낼 수 없음을 말하기 위한 것이다.

④ ⓓ를 활용한 것은, 임에 대한 화자의 그리움이 '편작'마저 고칠 수 없는 병처럼 매우 깊음을 말하려는 것이군.
'총명도 병이 되어~고황에 든 병을 편작인들 고칠쏘냐'에서 화자는 임을 그리워하는 자신의 마음이 병처럼 깊어서 명의인 '편작'도 고치지 못할 것이라 말하고 있다. 따라서 ⓓ를 활용한 것은 임에 대한 화자의 그리움이 매우 깊음을 강조하기 위한 것이다.

[1~3] 다음 글을 읽고 물음에 답하시오.

천상(天上) 백옥경(白玉京) 십이루(十二樓) 어디매오
오색운(五色雲) 깊은 곳에 자청전(紫淸殿)이 가렸으니
천문(天門) ㉠구만 리(九萬里)를 꿈이라도 갈동 말동
차라리 식어지어* 억만(億萬) 번 변화(變化)하여
남산(南山) 늦은 봄에 두견(杜鵑)*의 넋이 되어 　　　　　[A]
이화(梨花) 가지 위에 밤낮을 못 울거든
삼청동리(三淸洞裡)*에 저문 하늘 ㉡구름 되어
㉢바람에 흘리 날아 자미궁(紫微宮)에 날아올라
옥황(玉皇) 향안 전(香案前)의 지척(咫尺)에 나아 앉아
흉중(胸中)*에 쌓인 말씀 쓸커시 사뢰리라 　　　　　[B]
어와 이 내 몸이 천지간(天地間)에 늦게 나니
황하수(黃河水) 맑다마는
㉣초객(楚客)*의 후신(後身)인가 상심(傷心)도 끝도 없고
가 태부(賈太傅)*의 넋이런가 한숨은 무슨 일고
형강(荊江)은 고향(故鄕)이라 십 년(十年)을 유락(流落)하니
㉤백구(白鷗)와 벗이 되어 함께 놀자 하였더니
어루는 듯 괴는* 듯 남의 없는 임을 만나
금화성(金華省) 백옥당(白玉堂)의 꿈이조차 향기롭다
오색(五色)실 이음 짧아 임의 옷을 못 하여도
바다 같은 임의 은(恩)을 추호(秋毫)*나 갚으리라
백옥(白玉) 같은 이 내 마음 임 위하여 지키더니 　　　　　[C]
장안(長安) 어젯밤에 무서리* 섞여 치니
일모 수죽(日暮脩竹)*에 취수(翠袖)도 냉박(冷薄)할사* 　　　　　[D]
유란(幽蘭)을 꺾어 쥐고 임 계신 데 바라보니 　　　　　[E]
약수(弱水) 가려진 데 구름 길이 험하구나

    – 조위, 「만분가(萬憤歌)」 –

*삼청동리: 신선이 사는 동네 안.
*초객: 초나라의 시인 굴원.
*가 태부: 한나라의 태부 가의.
*일모 수죽: 해 질 녁 긴 대나무.
*취수도 냉박할사: 푸른 옷소매도 차디차구나.

옥황상제가 사는 궁궐의 12번째 누각이 어디인가
다섯 빛깔 구름이 깊은 곳에 신선이 사는 집이 가려졌으니
구만 리 먼 하늘을 꿈이라도 갈 듯 말 듯
차라리 죽어서 억만 번 다시 태어나서
남산의 늦은 봄에 두견새의 넋이 되어
배꽃 가지 위에서 밤낮으로 울지 못하거든
신선이 사는 고을에 저문 하늘 구름이 되어
바람에 흩날리며 날아 자미궁(천상계의 궁궐, 임금이 계신 곳)에 날아올라
옥황상제 앞에 놓인 상 앞에 가까이 나가 앉아
가슴속에 쌓인 말씀 실컷 아뢰리라
아아 내 몸이 세상에 늦게 나니
황하수가 맑다고 하지만
굴원이 다시 태어난 몸인지 상심도 끝이 없고
가 태부의 넋인가 한숨은 무슨 일인가
형강(화자의 유배지)은 고향이라 십 년을 유배 생활로 떠돌아다니니
갈매기와 벗이 되어 함께 놀자 하였더니
아양을 부리는 듯, 사랑하는 듯 남의 없는 임을 만나
금화성 백옥당의 꿈조차 향기롭다
오색실 이음이 짧아 임의 옷을 못 지어도
바다 같은 임의 은혜를 조금이나마 갚으리라
백옥 같은 내 마음을 임을 위하여 지키고 있었더니
장안 어젯밤에 무서리가 섞여 치니
해 질 녁 긴 대나무에 의지하여 서 있으니 푸른 옷소매도 차디차구나
난꽃을 꺾어 쥐고 임 계신 곳 바라보니
약수(신선이 살았다는 중국 서쪽의 강) 가려진 곳에 구름 길이 험하구나

*식어지다: 죽다.
*두견: 두견새. 전통적으로 슬픔과 한의 정서를 나타냄.
*흉중: 마음속. 또는 마음속에 품고 있는 생각.
*괴다: 사랑하다.
*추호: 매우 적거나 조금인 것을 비유적으로 이르는 말.
*무서리: 늦가을에 처음 내리는 묽은 서리.

화자와 대상의 관계	임을 그리워하며 임의 은혜를 갚으려 하는 '나'
상황?	가슴속에 쌓인 말을 임금에게 전하고 싶음 → 오랜 기간 동안 유배지에서 생활함 → 임의 은혜를 갚고자 하나 장애물에 가로막혀 있음

1. 윗글에 대한 설명으로 가장 적절한 것은?

✅ **정답풀이**

① 자연물을 활용하여 화자의 심정을 드러내고 있다.

> '남산 늦은 봄에 두견의 넋이 되어', '삼청동리에 저문 하늘 구름 되어'에서 알 수 있듯이, 화자는 '두견'의 넋이 되고 '구름'이 되어 유배 생활의 어려움을 하소연하고자 하며, '백구', '유란' 등의 자연물을 활용하여 유배 생활의 외로움과 임금을 향한 그리움을 드러내고 있다.

❌ **오답풀이**

② 반어적 표현을 반복하여 상대방을 희화화하고 있다.
   윗글에 반어적 표현은 사용되지 않았으며, 상대방을 희화화한 부분 역시 찾아볼 수 없다.

③ 의성어와 의태어를 사용하여 생동감을 높이고 있다.
   윗글에 의성어나 의태어가 사용된 부분이 나타나 있지 않다.

④ 풍자적 기법을 활용하여 교훈의 효과를 높이고 있다.
   윗글에서 풍자적 기법이 활용된 부분이나 교훈을 주는 내용은 찾을 수 없다.

⑤ 구체적인 묘사를 통해 경물의 변화를 보여 주고 있다.
   '오색운 깊은 곳에 자청전이 가렸으니' 등에서 묘사가 드러나 있지만, 이를 통해 경물의 변화를 드러내고 있지는 않다.

🌱 **기틀잡기**

> ② **반어**: 말하고자 하는 바와 반대로 표현하여 그 의미를 강화하는 것.
> ③ **의성어**: 사람이나 사물의 소리를 흉내 낸 말.
> **의태어**: 사람이나 사물의 모양이나 움직임을 흉내 낸 말.
> ④ **풍자**: 현실의 부정적 현상이나 모순 따위를 다른 사물이나 상황에 빗대어 간접적으로 비판함으로써 그 병폐를 깨닫도록 하는 것.

2. ㉠~㉤의 의미로 적절하지 <u>않은</u> 것은?

> ㉠: 구만 리(九萬里)
> ㉡: 구름
> ㉢: 바람
> ㉣: 초객(楚客)
> ㉤: 백구(白鷗)

✅ **정답풀이**

② ㉡: 화자와 대상 사이를 가로막는 방해물

> 화자는 '구름 되어 / 바람에 흘리 날아 자미궁에 날아올라', '흉중에 쌓인 말씀 쓸커시 사뢰리라'라고 하며 자신의 소망을 드러내고 있다. 즉 화자는 ㉡이 되어 대상에게 더 가까이 다가가기를 소망하고 있으므로 ㉡을 '화자와 대상 사이를 가로막는 방해물'이라고 볼 수 없다.

❌ **오답풀이**

① ㉠: 화자와 대상 사이의 거리
   '천상 백옥경'과 '자청전'은 임(임금)이 계신 곳이며, 화자는 '구만 리를 꿈이라도 갈동 말동'하다고 말한다. 따라서 ㉠은 화자와 대상 사이의 거리를 의미한다고 할 수 있다.

③ ㉢: 화자와 대상의 만남을 도와주는 매개
   화자는 '구름 되어 / 바람에 흘리 날아 자미궁에 날아올라' 자신의 뜻을 임에게 전하고 싶다고 말한다. 따라서 ㉢은 '구름'이 된 화자를 대상에게 더 가까이 다가갈 수 있도록 도와주는 대상이므로 화자와 대상의 만남을 도와주는 매개라고 할 수 있다.

④ ㉣: 화자가 동질감을 느끼는 존재
   ㉣은 초나라의 시인 굴원을 말하는데, 화자는 '초객의 후신인가 상심도 끝도 없고'라고 하였다. 즉 화자는 자신이 상심이 많았던 굴원으로 다시 태어난 것인지 자문하며 자신의 심정을 드러내고 있는 것이다. 따라서 ㉣은 화자가 동질감을 느끼는 존재라고 할 수 있다.

⑤ ㉤: 화자가 교감을 나누는 존재
   '백구와 벗이 되어 함께 놀자 하였더니'에서 알 수 있듯이, 화자는 ㉤에게 친밀감을 드러내고 있다. 따라서 ㉤은 화자가 교감을 나누는 존재라고 할 수 있다.

🖋 **모두의 질문**   • 2-⑤번

> **Q**: '백구와 벗이 되어 함께 놀자 하였더니'에서는 '백구'와 실제로 교감을 나누는 모습 자체는 없는 것 아닌가요?
> **A**: 윗글에서 화자는 자연 속에 존재하는 대상인 '백구'를 '벗'이라고 규정하고, 이와 함께 놀고자 하는 바람을 드러내고 있다. 이처럼 실제로 사람과 자연이 서로 교감을 '나누는' 모습이 나타나지 않는다고 하더라도, 사람이 자연물의 존재를 인식하고서 그것에 친밀감을 드러내거나 동화되는 모습이 나타나면 이를 '교감'이라고 판단하는 것이 가능하다.

3. 〈보기 1〉을 참고하여 윗글과 〈보기 2〉를 감상한 내용으로 적절하지 <u>않은</u> 것은? [3점]

〈보기 1〉

「만분가」는 유배를 간 작가가 천상의 옥황에게 호소하는 형식으로 연군(戀君)의 마음을 표현한 유배 가사의 효시이며 이후 여러 작품에 영향을 주었다. 가사 문학의 대표작인 「속미인곡」 역시 탄핵을 받아 조정에서 물러나게 된 작가가 임금에 대한 그리움을 「만분가」의 형식을 계승하여 표현한 작품이다.

〈보기 2〉

모첨(茅簷) 찬 자리에 밤중만 돌아오니 ☐⋯⋯⋯⋯⋯[가]
반벽청등(半壁淸燈)은 눌 위하여 밝았는고
오르며 내리며 헤매며 바장이니
저근덧 역진(力盡)하여 풋잠이 잠깐 드니
정성이 지극하여 꿈에 임을 보니
옥(玉) 같은 얼굴이 반(半)이 넘게 늙으셨네 ☐⋯⋯⋯[나]
마음에 먹은 말씀 슬카장 삸자 하니 ☐⋯⋯⋯[다]
눈물이 바라 나니 말씀인들 어이 하며
정(情)을 못 다하여 목이조차 메었으니
방정맞은 계성(鷄聲)에 잠은 어찌 깨었는고
어와 허사(虛事)로다 이 임이 어디 간고
결에 일어나 앉아 창(窓)을 열고 바라보니 ☐⋯⋯⋯[라]
어여쁜 그림자 날 좇을 뿐이로다
차라리 싀어지어 낙월(落月)이나 되어 있어 ☐⋯⋯[마]
임 계신 창(窓) 안에 번듯이 비추리라
                                — 정철, 「속미인곡(續美人曲)」 —

〈보기 1〉
• 「만분가」: 유배 가사의 효시 → 「속미인곡」에 영향

〈보기 2〉
〈현대어 풀이〉
초가집 찬 자리에 밤중이 되어 돌아오니
벽에 걸린 등불은 누구를 위하여 밝았는가
오르며 내리며 헤매며 돌아다니니
잠깐 사이에 기운이 빠져 풋잠을 잠깐 드니
정성이 지극하여 꿈에서 임을 보니
옥 같은 얼굴이 반이 넘게 늙으셨네
마음에 품은 말을 실컷 말씀드리려 하니
눈물이 계속 나니 말인들 어찌하며
정을 못다 풀어 목마저 메니
방정맞은 닭 울음소리에 잠은 어찌 깨었는가
아아 헛된 일이로다 이 임이 어디 갔는가
잠결에 일어나 앉아 창을 열고 바라보니
불쌍한 그림자만이 날 따를 뿐이로다
차라리 죽어서 지는 달이나 되어
임 계신 창 안에 번듯이 비추리라

✔ 정답풀이

③ [C]와 [나]에는 임금에 대한 자신의 마음이 옥처럼 순수하다는 뜻이 담겨 있다.

〈보기 1〉에 따르면, 윗글은 '연군의 마음을 표현한 유배 가사의 효시'이며, 「속미인곡」은 '임금에 대한 그리움을 「만분가」의 형식을 계승하여 표현한 작품'이다. 따라서 윗글과 〈보기 2〉의 '임'은 모두 임금을 지칭함을 알 수 있다. [C]의 '백옥 같은 이 내 마음'은 화자가 자신의 마음을 '백옥'에 비유하여 자신의 마음이 옥처럼 순수하다는 의미를 나타낸 것이다. 그러나 [나]의 '옥 같은 얼굴'은 임의 얼굴이 옥과 같이 아름답다는 것일 뿐 자신의 마음을 옥에 빗댄 것이 아니다.

✗ 오답풀이

① [A]와 [마]에는 죽어서 다른 존재가 되어서라도 자신의 소망을 이루고자 하는 의지가 담겨 있다.
〈보기 1〉에 따르면, 「속미인곡」은 임금에 대한 그리움을 윗글인 「만분가」의 형식을 계승하여 표현하였다. [A]에서 화자는 죽어서 '두견의 넋'이 되고 싶다고 하였고, [마]의 화자는 죽어서 '낙월'이 되겠다고 하였다. 두 화자 모두 죽어서 다른 존재가 되어서라도 임을 향한 마음을 전하고 싶다는 의지를 나타낸 것이다.

② [B]와 [다]에는 마음에 담아 둔 말을 실컷 전하고 싶어 하는 화자의 바람이 담겨 있다.

〈보기 1〉에 따르면, 「만분가」는 천상의 옥황에게 호소하는 형식으로 연군의 마음을 표현한 작품이며, 「속미인곡」은 이러한 형식을 계승하여 임금에 대한 그리움을 표현하였다. [B]에서 화자는 '구름'이 되어 '옥황 향안 전의 지척에 나아 앉아' '흉중(마음속)에 쌓인 말씀'을 실컷 전하고 싶다고 말한다. 한편, [다] 역시 꿈에서 임을 보고 '마음에 먹은 말씀'을 실컷 전하고자 한다. 즉, [B]와 [다] 모두 마음에 담아 둔 '말씀'을 임에게 실컷 전하고 싶어 하는 화자의 바람을 드러낸 것이다.

④ [D]와 [가]에는 임금과 떨어져 있는 고독한 시·공간에서 느끼는 화자의 쓸쓸함이 담겨 있다.

〈보기 1〉에 따르면, 「만분가」는 연군의 마음을 표현한 유배 가사의 효시이며, 「속미인곡」은 이를 계승하고 있다. [D]에서 화자는 해 질 녘 긴 대나무에 의지하여 서서 옷소매가 차갑다고 느끼고 있으며, [가]의 화자도 '밤중'에 초가집의 '찬 자리'에서 임을 그리워하고 있다. 즉, [D]와 [가]의 화자 모두 고독한 시·공간에서 쓸쓸함을 느끼고 있는 것이라고 볼 수 있다.

⑤ [E]와 [라]에는 먼 곳에 있는 임금을 향한 화자의 그리움이 담겨 있다.

[E]에서 화자는 '유란을 꺾어 쥐고 임 계신 데 바라보'고 있으며, [라]의 화자는 '창을 열고' 임 계신 곳을 바라보고 있다. 〈보기 1〉을 통해 두 작품 모두 임금과 멀리 떨어져 있는 상황에서 임금을 그리워하는 내용을 담고 있다는 것을 알 수 있으므로, [E]와 [라]에는 먼 곳에 있는 임금을 향한 화자의 그리움이 드러난다고 볼 수 있다.

이황, 「도산십이곡」

2015학년도 6월 모평B

문제 P.038

[1~3] 다음 글을 읽고 물음에 답하시오.

이런들 엇더ᄒᆞ며 져런들 엇더ᄒᆞ료
초야우생(草野愚生)*이 이러타 엇더ᄒᆞ료
ᄒᆞ믈며 천석고황(泉石膏肓)*을 고쳐 므슴 ᄒᆞ료   〈제1수〉

연하(煙霞)로 집을 삼고 풍월(風月)로 벗을 사마
태평성대(太平聖代)에 병(病)으로 늘거 가네
이 즁에 ᄇᆞ라는 일은 허믈이나 업고쟈   〈제2수〉

순풍(淳風)*이 죽다 ᄒᆞ니 진실(眞實)로 거즛말이
인성(人性)이 어지다 ᄒᆞ니 진실(眞實)로 올흔 말이
천하(天下)에 허다영재(許多英才)룰 소겨 말슴ᄒᆞᆯ가   〈제3수〉

유란(幽蘭)이 재곡(在谷)ᄒᆞ니 자연(自然)이 듯디 죠해
백운(白雲)이 재산(在山)ᄒᆞ니 자연(自然)이 보디 죠해
이 즁에 피미일인(彼美一人)*을 더옥 닛디 못ᄒᆞ얘   〈제4수〉

산전(山前)에 유대(有臺)ᄒᆞ고 대하(臺下)에 유수(有水) ㅣ 로다
떼 많은 갈매기는 오명가명 ᄒᆞ거든
엇더타 교교백구(皎皎白駒)*는 멀리 ᄆᆞ음 두는고   〈제5수〉

춘풍(春風)에 화만산(花滿山)ᄒᆞ고 추야(秋夜)에 월만대(月滿臺)라
사시가흥(四時佳興)이 사름과 ᄒᆞᆫ가지라
ᄒᆞ믈며 어약연비(魚躍鳶飛) 운영천광(雲影天光)*이야 어찌
끝이 있으리   〈제6수〉

– 이황, 「도산십이곡(陶山十二曲)」 –

---

*순풍: 순박한 풍속.
*피미일인: 저 아름다운 한 사람. 곧 임금을 가리킴.
*교교백구: 현자(賢者)가 타는 흰 망아지. 여기서는 현자를 가리킴.
*어약연비 운영천광: 대자연의 우주적 조화와 오묘한 이치를 가리킴.

현대어 풀이

이런들 어떠하며 저런들 어떠하리
시골에 묻혀 사는 어리석은 사람이 이렇다 한들 어떠하리
하물며 자연 속에서 살고 싶은 마음이 깊어 병이 된 것을 고쳐서 무엇
하겠는가   〈제1수〉

안개와 노을을 집으로 삼고 바람과 달을 친구로 삼아
태평스러운 세상에 병(자연 속에서 살고 싶은 마음)으로 늙어 가네
이 중에 바라는 일은 허물이나 없이 살았으면 하는 것이다   〈제2수〉

순박한 풍속이 다 사라져 없어졌다고 하는 것은 참으로 거짓말이다
인간의 성품이 (본래부터) 어질다고 하는 말은 참으로 옳은 말이다
세상의 수많은 슬기로운 사람들을 어찌 속여서 말할 수 있을 것인가   〈제3수〉

그윽한 난초가 깊은 골짜기에 피어 있으니 자연의 속삭임을 듣는 듯
매우 좋구나
흰 구름이 산마루에 걸려 있으니 자연히 보기 좋구나
이러한 가운데서도 저 아름다운 한 사람(임금)을 더욱 잊지 못하네   〈제4수〉

산 앞에는 높은 대(낚시터)가 있고 대 아래에 물이 흐르는구나
떼를 지은 갈매기들은 왔다 갔다 하는데
어찌하여 현자는 멀리에 마음을 두는 것인가   〈제5수〉

봄바람에 꽃은 산에 가득 피고 가을밤에는 달빛이 누대에 가득하구나
사계절의 좋은 흥취가 사람과 마찬가지로다
하물며 고기는 물에서 뛰놀고 솔개는 하늘을 날며 흐르는 구름은
그림자를 남기고 밝은 햇빛은 온 세상을 비추는 자연의 아름다움에
어찌 끝이 있겠는가   〈제6수〉

이것만은 챙기자

*초야우생: 시골에 묻혀 사는 어리석은 사람.
*천석고황: 자연의 아름다운 경치를 몹시 사랑하고 즐기는 성벽(굳어진 성질이나 버릇).

화자와 대상의 관계	자연에 묻혀 살고 싶어 하는 사람(초야우생)
상황?	자연 속에서 살고 싶은 마음이 깊음 → 자연 속에서의 허물 없는 삶을 추구 → 순박한 풍속이 사라지지 않았다는 것과 인간의 성품은 본디 어질다는 것에 대한 믿음 → 아름다운 자연 속에서 임금을 잊지 못함 → 자연을 즐기지 못하는 이들에 대한 안타까움 → 끝없는 자연의 아름다움

홀수 옛 기출 분석서 **문학**   057

1. 윗글에 대한 설명으로 적절하지 <u>않은</u> 것은?

✓ 정답풀이

③ 제3수의 시적 대상을 제4수에서도 반복적으로 다룸으로써 주제 의식을 강화한다.

> 제3수에서는 '순풍'과 '인성'을 시적 대상으로 다루고 있는 반면, 제4수에 서는 '유란', '백운', '피미일인'을 시적 대상으로 다루고 있으므로 시적 대 상을 반복적으로 다루었다는 설명은 적절하지 않다.

✗ 오답풀이

① 제1수에서는 화자가 자신을 드러내고 삶의 지향을 제시함으로써 주제 의식을 환기한다.
　제1수에서 화자는 스스로를 '초야우생'이라고 칭하여 자신을 드러내고 있다. 또한 '천석고황을 고쳐 므슴 후료'를 통해 자연 속에서 살고 싶다는 삶의 지 향을 제시하여 주제 의식을 환기하고 있다.

② 제2수에 나타난 화자 자신에 대한 관심을 제3수에서는 사회로 확대하면서 시상을 전개한다.
　제2수에서는 자연을 벗 삼아 허물 없이 살고 싶다는 자신의 소망을 말하고, 제3수에서는 순박한 풍속과 인간의 성품, 세상의 수많은 사람들에 대해 말 하고 있으므로 화자 자신에 대한 관심을 사회로 확대하면서 시상을 전개한 것으로 볼 수 있다.

④ 제4수와 제5수에서는 화자의 시선에 포착된 장면들을 배치하여 공간의 입체감을 부각하며 시상을 심화한다.
　제4수에서는 난초와 흰 구름의 모습을, 제5수에서는 산 앞의 대와 그 아래 에 흐르는 물, 갈매기들을 화자의 시선에서 제시하고 있다. 이때 이들 자연 물을 다양한 공간적 표현을 사용해 묘사함으로써 공간에 입체감을 부각하 고 있으며 이를 통해 자연에서 느끼는 즐거움이라는 시상이 심화된다.

⑤ 제6수에서는 화자의 인식을 점층적으로 드러내어 주제 의식을 집약한다.
　제6수의 초장에서는 봄바람에 꽃이 가득 핀 산과 달이 뜬 가을밤의 풍경을 언급하며 자연의 아름다운 모습을 드러내고 있다. 이는 중장에서 사계절의 흥취로 확대되고, 종장에 이르러서는 '어약연비 운영천광'이라 하여 자연의 섭리와 연결함으로써 자연 친화적인 삶의 추구라는 주제 의식으로 집약된다.

기틀잡기

① **환기:** 주의나 여론, 생각 따위를 불러일으킴.
⑤ **점층:** 뒤로 갈수록 의미가 강하게, 비중이 높게, 강도가 크게 되도록 시어를 배치하는 방법.

 문제적 문제

• 1-②, ③번

　학생들이 정답 이외에 가장 많이 고른 선지가 ②번이다. 제2수에서 화자는 자연을 친구 삼아 허물 없는 삶을 살고 싶다고 하였다. 그런데 제3수에서는 순박한 풍속이 죽었다는 것은 진실로 거짓말이고, 인성이 어진 것은 진실로 옳다며, 세상의 똑똑한 사람들을 속여 말할 수 있느 냐고 하였다. 화자는 제2수에서 자신의 삶에 대한 소망을 나타낸 것과 달리 제3수에서는 세상의 풍속과 인성에 대해 말하고 있으므로 화자 의 관심이 자기 자신에서 사회로 확대되었다고 볼 수 있다. 낯선 고어에 겁먹지 말고, 아는 시어들을 위주로 시의 전체적인 내용을 파악하면 선지의 옳고 그름을 판단할 수 있다는 점을 기억하자!

　한편, 매력적 오답 ②번 외에 다른 선지를 고른 학생들도 많았다. 이는 정답인 ③번에 대한 판단이 어려워 나머지 선지 중 정답을 찾으려고 했기 때문일 것이다. ③번을 보면 '제3수의 시적 대상을 제4수에서도 반복적으로 다룸'이라고 하였다. 따라서 제3수에서 말하고자 하는 대상이 제4수에서 다시 등장해야 한다. 그런데 제3수의 시적 대상인 '순풍', '인성'과 같은 시어가 제4수에는 등장하지 않는다. 따라서 ③번은 적절하지 않음을 알 수 있다. 만약 선지를 꼼꼼하게 보지 않고, '대상'이 '반복'된다는 두 단어 에만 집중했다면, 제3수에서 '진실'이라는 시어가 반복되고, 제4수에서는 '자연'이라는 시어가 반복되니 적절한 선지라고 생각할 수도 있었을 것이다. 이와 같은 실수를 하지 않도록 선지의 의미를 꼼꼼히 파악하며 읽는 연습 을 해야 한다.

정답률 분석

	매력적 오답	정답		
①	②	③	④	⑤
7%	11%	68%	9%	5%

2. 윗글의 시어에 대한 이해로 적절하지 <u>않은</u> 것은?

⊙ 정답풀이

④ '갈매기'와 '교교백구'는 화자의 무심한 심정이 투영된 상징적 존재이다.

> '무심(욕심이 없음)'은 자연 속에서 물질적 욕심 없이 살아가는 소박한 삶의 태도를 뜻한다. 따라서 자연 속에서 자유롭게 오고 가는 존재인 '갈매기'는 화자의 무심한 심정이 투영된 존재로 볼 수 있다. 그러나 '교교백구'는 마음을 자연과 멀리에 둔다고 하였고 화자는 이에 대해 안타까워하고 있으므로 화자의 무심한 심정이 투영되었다고 할 수 없다.

⊗ 오답풀이

① '연하'와 '풍월'은 화자가 자신의 삶에 대해 자족감을 갖도록 하는 소재이다.
'연하(안개와 노을)'를 집으로 삼고, '풍월(바람과 달)'을 친구로 삼아 태평스러운 세상에 살아간다고 한 것을 통해 화자가 자신의 삶에 대해 자족감을 갖고 있음을 알 수 있다.

② '순풍'과 어진 '인성'은 화자가 바라는 세상의 모습을 알려 주는 표지이다.
화자는 '순풍'이 사라져 없어졌다는 말은 거짓말이고, '인성'이 어질다는 말은 참이라고 하고 있다. 이는 화자가 순박한 풍속이 있고, 인성이 어진 세상을 바라고 있음을 의미한다.

③ '유란'과 '백운'은 화자가 심미적으로 완상하는 대상이다.
화자는 '유란(그윽한 난초)'과 '백운(흰 구름)'이 좋다고 하였으므로, '유란'과 '백운'은 화자가 심미적으로 완상하는 대상임을 알 수 있다.

⑤ '화만산'과 '월만대'는 화자의 충만감을 자아내는 정경의 표상이다.
화자는 꽃이 산에 가득 피어 있고(화만산) 달빛이 누대에 가득한(월만대) 정경을 바라보며 흥취를 느끼고 있으므로, '화만산'과 '월만대'는 화자의 충만감을 자아내는 정경의 표상이라 할 수 있다.

🌱 기틀잡기

> ③ **완상:** 즐겨 구경함.
> ④ **투영:** 어떤 일을 다른 일에 반영하여 나타냄.
> ⑤ **정경:** 정서를 자아내는 흥취와 경치.

🖋 모두의 질문
· 2-④번

Q: '갈매기'뿐만 아니라 '교교백구'도 화자의 무심한 심정이 투영된 존재라고 볼 수 있지 않나요?

A: '갈매기'는 자연 속에서 '오명가명'하며 여유로운 모습을 보이므로, 화자의 무심한 심정이 투영된 존재라고 볼 수 있다. 한편 '교교백구'는 '현자'를 가리키는데, '현자'의 사전적 의미는 '어질고 총명하여 성인에 다음가는 사람'이다. 그런데 화자는 이러한 현자가 아름다운 자연을 등지는(마음을 멀리 두는) 현실을 안타까워하고 있다. 따라서 '교교백구'는 화자의 무심한 심정이 투영된 존재라고 할 수 없는 것이다.

3. 윗글과 〈보기〉를 비교하여 감상한 내용으로 가장 적절한 것은? [3점]

〈보기〉

그곳(부친에게 물려받은 별장)에는 씨 뿌려 식량을 마련할 만한 밭이 있고, 누에를 쳐서 옷을 마련할 만한 뽕나무가 있고, 먹을 물이 충분한 샘이 있고, 땔감을 마련할 수 있는 나무들이 있다. 이 네 가지는 모두 내 뜻에 흡족하기 때문에 그 집을 '사가(四可)'라고 이름을 지은 것이다.

녹봉이 많고 벼슬이 높아 위세를 부리는 자야 얻고자 하는 것은 무엇이든지 얻을 수 있지만, 나같이 곤궁한 사람은 백에 하나도 가능한 것이 없었는데 뜻밖에도 네 가지나 마음에 드는 것을 차지하였으니 너무 분에 넘치는 것은 아닐까? 기름진 음식을 먹는 것도 나물국에서부터 시작하고, 천 리를 가는 것도 문 앞에서 시작하니, 모든 일은 점진적으로 되는 것이다.

내가 이 집에 살면서 만일 전원의 즐거움을 얻게 되면, 세상일 다 팽개치고 고향으로 돌아가 태평성세의 농사짓는 늙은이가 되리라. 그리고 밭을 갈고 배[腹]를 두드리며 성군(聖君)의 가르침을 노래하리라. 그 노래를 음악에 맞춰 부르며 세상을 산다면 무엇을 더 바랄 게 있으랴.

– 이규보, 「사가재기(四可齋記)」 –

🔍 보기 분석

• 이규보, 「사가재기」
 – 밭, 뽕나무, 샘, 나무들이 있어 만족스러운 '사가'에서의 삶
 – 모든 일은 점진적으로 되는 것
 – 자연에서 농사짓고 성군의 가르침을 노래하며 사는 삶을 소망

⊙ 정답풀이

③ 윗글과 〈보기〉는 모두 유교적 가치를 존중하면서 한 개인으로서의 소망을 이루려는 모습을 드러내고 있다.

제3수의 '순풍이~거즛말이', '인성이~올흔 말이'와 제4수의 '피미일인을 더욱 닛디 못하얘'에서는 좋은 풍속, 인간의 어진 성품, 임금에 대한 그리움과 같은 유교적 가치에 대한 존중이 나타나고, 제1수의 '천석고황을 고쳐 므슴 하료'에서는 자연 속에서 살고 싶다는 개인으로서의 소망이 드러난다. 〈보기〉 또한 '성군의 가르침을 노래'하겠다는 부분에서 유교적 가치에 대한 존중이, '전원의 즐거움'을 얻고 싶다는 부분에서 개인으로서의 소망이 드러난다.

⊗ 오답풀이

① 윗글과 〈보기〉는 모두 지배층의 핍박으로부터 도피하기 위해 선택한 자연 은둔의 삶을 제시하고 있다.

윗글의 화자는 '태평성대'에 자연을 벗 삼아 살아간다고 하였고, 〈보기〉의 글쓴이도 '태평성세의 농사짓는 늙은이'가 되겠다고 하였다. 따라서 윗글의 화자와 〈보기〉의 글쓴이는 모두 지배층의 핍박으로부터 도피하기 위해 자연에서의 삶을 선택한 것으로 볼 수 없다.

② 윗글과 〈보기〉는 모두 불우한 처지에서 점진적으로 벗어날 수 있으리라는 낙관적 태도를 보여 주고 있다.

제2수의 '태평성대에 병으로 늘거 가네'에서 '병'은 자연 속에서 살고 싶은 마음을 의미한다. 즉, 윗글의 화자는 자연과 함께하는 삶을 즐거워하고 있으므로 불우한 처지에 있다고 볼 수 없다. 그리고 〈보기〉에서는 '모든 일은 점진적으로 되는 것'인데 '뜻밖에도 네 가지나 마음에 드는 것을 차지하였으니 너무 분에 넘치는 것'이 아닌가 생각하고 있으므로, 불우한 처지에서 점진적으로 벗어날 수 있으리라는 낙관적 태도를 보여 준다고 할 수 없다.

④ 윗글은 〈보기〉와 달리 삶의 물질적 여건이 마련된 후에야 자연의 즐거움을 누릴 수 있음을 강조하고 있다.

윗글의 화자와 〈보기〉의 글쓴이는 모두 물질적 여건과 관계없이 자연 속에서의 삶을 소망하고 있다. 물질적 여건이 마련된 후에야 자연의 즐거움을 누릴 수 있다는 내용은 나타나 있지 않다.

⑤ 윗글은 속세에 있으면서 자연을 동경하는 인간을, 〈보기〉는 자연에 있으면서 속세를 그리워하는 인간을 형상화하고 있다.

윗글의 화자는 스스로를 '초야우생'이라고 하며, '연하'로 집을 삼고 '풍월'로 벗을 삼겠다고 하였다. 따라서 윗글은 속세가 아니라 자연에 있으면서 그 삶을 즐기는 인간을 형상화하고 있는 것이다. 반면 〈보기〉의 글쓴이는 '이 집에 살면서 만일 전원의 즐거움을 얻게 되면, 세상일 다 팽개치고 고향으로 돌아가 태평성세의 농사짓는 늙은이가 되리라.'라고 하였으므로, 현재 글쓴이는 자연이 아닌 속세에 있음을 알 수 있다.

모두의 질문   • 3–④번

Q: 〈보기〉에서 '나같이 곤궁한 사람은 백에 하나도 가능한 것이 없었는데 뜻밖에도 네 가지나 마음에 드는 것을 차지'했다고 하였으므로, '내가 이 집에 살면서 만일 전원의 즐거움을 얻게 되면'은 '삶의 물질적 여건이 마련된 후에야 자연의 즐거움을 누릴 수 있음을 강조'하는 것과 관련된 내용 아닌가요?

A: 〈보기〉의 '나'는 '부친에게 물려받은 별장'에서 전원의 즐거움을 얻고자 하는 바람을 드러내고 있다. '나'가 그러한 바람을 가지게 된 것은 '그곳'에 '밭', '뽕나무', '샘,' 나무들'이라는 '내 뜻에 흡족'한 네 가지 요건이 갖추어져 있었기 때문이다. 따라서 그곳에 있는 네 가지 요건들이 '나'가 '태평성세의 농사짓는 늙은이'가 되어 '밭을 갈고 배를 두드리며 성군의 가르침을 노래'하며 세상을 살아가기를 희망하게 된 '계기'가 된다고 볼 수는 있다.

하지만 〈보기〉의 내용 자체가 '삶의 물질적 여건이 마련된 후에야 자연의 즐거움을 누릴 수 있음을 강조'하기 위해 쓰여진 것이라고 보기는 어렵다. 해당 진술이 적절하려면, 〈보기〉에서 물질적 여건 마련의 중요성에 좀 더 초점을 맞춘 진술이 나타나고 있어야 하는데, 그러한 내용은 찾아볼 수 없다. '나같이 곤궁한 사람은 백에 하나도 가능한 것이 없었는데 뜻밖에도 네 가지나 마음에 드는 것을 차지'했다는 것은 앞서 설명했듯 '부친에게 물려받은 별장'을 토대로 전원생활의 즐거움을 누릴 수 있게 된 것 자체에 대한 만족을 드러낸 표현으로 볼 수 있다. 그리고 이에 따라 앞으로 살아가길 바라는 전원에서의 삶의 모습과 바람을 드러낸 것으로 보아야 적절하다.

HOLSOO

홀로 공부하는 수능 국어 기출 분석

PART 3
현대소설

문제 책 PAGE	해설 책 PAGE	지문명	문제 번호 & 정답				
P.042	P.064	오정희, 「옛우물」	1. ②	2. ①	3. ①		
P.044	P.068	현진건, 「무영탑」	1. ①	2. ⑤	3. ⑤	4. ④	5. ⑤
P.048	P.075	김정한, 「모래톱 이야기」	1. ④	2. ②	3. ④	4. ③	5. ①
P.052	P.080	이청준, 「소문의 벽」	1. ①	2. ③	3. ⑤		
P.054	P.084	염상섭, 「만세전」	1. ②	2. ⑤	3. ②		
P.056	P.088	박태원, 「천변풍경」	1. ②	2. ⑤	3. ④	4. ②	
P.058	P.092	김동리, 「역마」	1. ①	2. ②	3. ③	4. ③	
P.060	P.097	황석영, 「가객」	1. ③	2. ③	3. ①	4. ④	
P.062	P.102	오영수, 「화산댁이」	1. ④	2. ⑤	3. ③	4. ⑤	
P.064	P.107	김원일, 「잠시 눕는 풀」	1. ⑤	2. ⑤	3. ③	4. ⑤	
P.066	P.111	이청준, 「잔인한 도시」	1. ③	2. ①	3. ④	4. ③	
P.068	P.116	신경숙, 「외딴 방」	1. ②	2. ①	3. ③	4. ④	
P.070	P.120	김승옥, 「역사」	1. ③	2. ②	3. ②	4. ③	
P.072	P.124	오상원, 「모반」	1. ③	2. ①	3. ②	4. ③	

[1~3] 다음 글을 읽고 물음에 답하시오.

내가 태어난 날임을 상기시키는 아무런 특별함은 없다. 생일을 특별할 것 없이 보내는 '나' 그해 봄날 바람이 불었는지 비가 내렸는지 맑았는지 흐렸는지, 이제는 층계를 오르는 일조차 잊어버린 치매 상태의 노모에게 묻는 것은 의미 없는 일이다. 다산의 축복을 받은 농경민의 마지막 후예인 그녀에게 아이를 낳는 것은, 밤송이가 벌어 저절로 알밤이 툭 떨어지는 것, 봉숭아 여문 씨들이 바람에 화르르 흐트러지는 것처럼 자연스럽고 범상한 일이었을 것이다.

나는 막냇동생이 태어나던 때를 기억하고 있다. 깨끗한 바가지에 쌀을 담고 그 위에 마른 미역을 한 잎 걸쳐 안방 시렁에 얹어 삼신에게 바친 다음 할머니는 또다시 깨끗한 짚을 한 다발 안방으로 들여갔다. 사람도 짐승처럼 짚북데기 깔자리에서 아기를 낳나? 누구에게도 물을 수 없었던 마음속의 의문에 안방 쪽으로 가는 눈길이 자꾸 은밀하고 유심해졌다. 생명의 탄생에 대해 궁금증을 느꼈던 어린 시절의 '나'

할머니는 아궁이가 미어지게 나무를 처넣어 부엌의 무쇠솥에 물을 끓였다. 저녁 내내 어둡고 웅숭깊은* 부엌에는 설설 물 끓는 소리와 더운 김이 가득 서렸다. 특별히 누군가 말해 준 적은 없지만 아이들은 무언가 분주하고 소란스럽고 조심스러운 쉬쉬함으로 어머니가 아기를 낳으려 한다는 눈치를 채게 마련이었다.

할머니는 언니에게, 해지기 전에 옛우물에서 물을 길어 와 독을 채워 놓으라고 말했다. 머리카락 빠뜨리지 마라. 쓸데없이 수다 떨다 침 떨구지 마라. 부정 탄다. 할머니는 엄하게 덧붙였다.

(중략)

한 사람의 생애에 있어서 사십오 년이란 무엇일까. 부자도 가난뱅이도 될 수 있고 대통령도 마술사도 될 수 있는 시간일 뿐더러 이미 죽어서 물과 불과 먼지와 바람으로 흩어져 산하에 분분히 내리기에도 충분한 시간이다.

나는 창세기 이래 진화의 표본을 찾아 적도 밑 일천 킬로미터의 바다를 건너 갈라파고스 제도로 갈 수도, 아프리카에 가서 사랑의 의술을 펼칠 수도 있었으리라. 무인도의 로빈슨 크루소도, 광야의 선지자도 될 수 있었으리라. 피는 꽃과 지는 잎의 섭리를 노래하는 근사한 한 권의 책을 쓸 수도 있었을 테고 맨발로 춤추는 풀밭의 무희도 될 수 있었으리라. 질량 불변의 법칙과 영혼의 문제, 환생과 윤회에 대한 책을 쓸 수도 있었을 것이다. 납과 쇠를 금으로 만드는 연금술사도 될 수 있었고 밤하늘의 별을 보고 나의 가야 할 바를 알았을는지도 모른다. 45년 동안 살 수 있었던 다른 삶에 대해 생각해 보는 '나'

그러나 나는 지금 작은 지방 도시에서, 만성적인 편두통과 임신 중의 변비로 인한 치질에 시달리는 중년의 주부로 살아가고 있다. 특별한 삶의 가능성과 달리 평범하기만 한 삶을 돌아보는 '나' 유행하는 시와 에세이를 읽고 티브이의 뉴스를 보고 보수적인 것과 진보적인 것으로 알려진 두 가지의 일간지를 동시에 구독해 읽는 것으로 세상을 보는 창구로 삼고 있다. 한 달에 한 번씩 아들의 학교 자모회에 참석하고 일주일에 두 번 장을 보고 똑같은 거리와 골목을 지나 일주일에 한 번 쑥탕에 가고 매주 목요일 재활 센터에서 지체 부자유자들의 물리 치료를 돕는 자원 봉사의 일을 하고 있다. 잦은 일은 아니지만 이름난 악단이나 연주자의 순회공연이 있을 때면 남편과 함께 성장을 하고 밤 외출을 하기도 한다.

갈라파고스를 떠올린 것도 엊그제, 벌써 한 주일 이상이나 화재가 계속되어 희귀 생물의 희생이 걱정된다는 티브이 뉴스에 비친 광경이 의식의 표면에 남긴 잔상 같은 것일 테고 더 먼저는 아들이, 자신이 사용하는 물건들에 붙여 놓은, '도도'라는 말에서 비롯된 것일 수도 있다. 도도 가 무엇인가를 묻자 아들은 4백 년 전에 사라진, 나는 기능을 잃어 멸종된 새였다고 말했었다. 누구나 젊은 한 시절 자신을 전설 속의, 멸종된 종으로 여기지 않겠는가. 관습과 제도 속으로 들어가야 하는 두려움과 항거를 그렇게 나타내지 않겠는가.

> // 장면 끊기 01 인간의 출생과 45년 동안 자신이 살아온 삶을 떠올려 보고, 다양한 양상의 삶에 대해 생각함

우리 삶의 풍속은 그만큼 빈약한 상상력에 기대어 부박하다. 삶이 내게 도태*시킨 가능성에 대해 별반 아쉬움도 없이 잠깐 생각해 본 것은 내가 새로 보태어진 나이테에 잠깐 발이 걸렸다는 뜻일 게다. 삶이 도태시킨 가능성을 생각해 보는 '나' 그러나 나는 이제 혼례에나 장례에 꼭 같은 한 가지 옷으로 각각 알맞은 역할을 연출할 줄 알고 내 손으로 질서 지워지는 일들에 자부심을 갖고 있다. 자신의 삶의 방식에 대해 자부심을 갖고 있는 '나' 마늘과 생강이 어우러져 내는 맛을 알고 행주와 걸레의 질서를 사랑하지만 종종 무질서 속으로 피신하는 것도 한 방법이라는 것을 알고 있다. 일상의 질서와 상상의 무질서 사이에서 자신의 정체성을 탐색하려는 '나'

> // 장면 끊기 02 '나'가 살아온 평범한 삶에 자부심을 느끼면서도 종종 무질서로 피신하는 것도 인생을 사는 하나의 방법이라 생각함

— 오정희, 「옛우물」 —

전체 줄거리

주인공 '나'는 지방 도시에서 봉급생활자인 남편과 남편을 꼭 닮은 아들을 두고 사는 마흔 다섯의 중년 주부이다. '나'는 막냇동생이 태어나던 때를 떠올리기도 하고, 45년 동안 다른 삶을 살 수 있었던 가능성에 대해 생각해 보기도 한다. '나'는 어둡고 깊은 우물 속에서 퍼 올려진 생명은 흰 대접에 담겨 지상에 남아 살게 되고 종국에는 '하얀 새'가 되어 다시 어두운 하늘로 날아간다고 생각한다. 한편 '나'는 찻집에서 간질 환자를, 연당집에서 바보를 목격하게 된다. 찻집 남자의 고독하고 허전한 눈빛이나 바보의 불안한 모습은 삶에 대한 근본적인 질문을 던지게 했지만, 종국에 '나'는 개체의 죽음을 넘어서 계속 이어지는 생명의 가치를 깨닫게 된다.

＊ 1인칭 주인공 시점

이것만은 챙기자

＊**웅숭깊다:** 사물이 되바라지지 아니하고 깊숙하다.
＊**도태:** 여럿 중에서 불필요하거나 무능한 것을 줄여 없앰.

1. 윗글의 서술상 특징으로 가장 적절한 것은?

✔ 정답풀이

② 이야기 내부 서술자의 자기 고백적 진술을 통해 내면을 제시하고 있다.

> 윗글은 이야기 내부 서술자 '나'가 등장하여 '막냇동생이 태어나던 때'의 기억과 자신의 인생에 대한 내면적 성찰을 고백적 어조로 진술하고 있다.

✘ 오답풀이

① 사건에 대한 객관적 진술을 통해 사건의 전모를 제시하고 있다.
윗글은 '다산의 축복을 받은 농경민의 마지막 후예인 그녀에게 아이를 낳는 것은~자연스럽고 범상한 일이었을 것이다.'와 '한 사람의 생애에 있어서~충분한 시간이다.'에서 이야기 내부 서술자 '나'가 아이를 낳는 것의 의미와 한 사람의 생애에 있어 사십오 년의 의미가 무엇인지에 대해 주관적으로 서술하는 등, 서술자 '나'가 자신의 주관적 생각과 감정 등을 서술하고 있다.

③ 인물의 행적을 요약적으로 진술하여 갈등의 해결 방향을 제시하고 있다.
'그러나 나는 지금 작은 지방 도시에서~성장을 하고 밤 외출을 하기도 한다.'에서 '나'의 행적을 요약적으로 진술하고 있다. 그러나 이를 통해 갈등의 해결 방향을 제시하지는 않았다.

④ 의문과 추측의 진술을 통하여 다른 인물에 대한 반감을 제시하고 있다.
'한 사람의 생애에 있어서 사십오 년이란 무엇일까.~나의 가야 할 바를 알았을는지도 모른다.'에서 의문과 추측의 진술을 확인할 수 있다. 그러나 의문과 추측의 진술을 통해 자신이 인생을 살면서 지나쳐 온 가능성에 대해 이야기할 뿐, 다른 인물에 대한 반감을 제시하지는 않았다.

⑤ 감각적인 묘사를 통해 혼란스러운 시대적 분위기를 입체적으로 제시하고 있다.
'할머니는 아궁이가 미어지게~눈치를 채게 마련이었다.'에서 막냇동생이 태어나던 때의 분위기를 감각적으로 묘사하고 있지만, 감각적인 묘사를 통해 혼란스러운 시대적 분위기를 드러내지는 않았다.

🌱 기틀잡기

③ **요약적 진술:** 압축적 제시. 서술자가 직접 사건 전개의 양상이나 등장인물의 성격, 심리 등을 압축하여 간략히 이야기하는 방법.
⑤ **입체적:** 사물을 여러 각도에서 종합적으로 파악하는 것.

2. 도도에 대한 이해로 가장 적절한 것은?

✓ 정답풀이

① '나는 기능'을 상실한 '도도'와 스스로를 가능성이 도태된 존재로 여겼던 주인공을 연관 짓는다는 점에서, '도도'는 주인공이 자신을 비추어 보는 대상이다.

> 주인공은 아들에게서 '도도'가 오래전 '나는 기능을 잃어 멸종된 새'라는 이야기를 듣고 '누구나 젊은 한 시절 자신을 전설 속의, 멸종된 종으로 여기지 않겠는가.'라고 생각한다. 또한 '삶이 내게 도태시킨 가능성에 대해 별반 아쉬움도 없이 잠깐 생각해 본 것'을 통해 주인공이 '도도'와 자신을 연관 짓고 있음을 알 수 있다. 이렇게 어떤 대상과 자기 자신을 연관 짓는다는 것은 그 대상을 통해 자기 자신을 비추어 본다는 의미로 이해할 수 있다.

✗ 오답풀이

② 주인공의 아들이 자기 물건들에 '도도'라는 이름을 붙이고 멸종된 종이라고 말한다는 점에서, '도도'는 주인공 아들의 불행한 미래를 암시하는 대상이다.

'아들이, 자신이 사용하는 물건들에 붙여 놓은, '도도'라는 말에서 비롯된 것일 수도 있다.'라는 서술에서 주인공의 아들이 자신의 물건에 '도도'라는 이름을 붙인 것을 확인할 수 있지만, '도도'의 멸종이 주인공 아들의 미래를 암시한다고 볼 수는 없다.

③ 주인공이 '도도'에 대해 '멸종된 새'로서 진화의 표본으로 남아 있다는 것을 떠올리는 점에서, '도도'는 주인공이 과학을 깊이 탐구했던 이력을 알려 주는 대상이다.

주인공이 '진화의 표본'에 대해 언급한 것은 자신이 지나쳐 온 사람의 또 다른 가능성에 대해 말하기 위함이다. 또한, 윗글만으로는 주인공이 과학을 깊이 탐구했던 이력을 알 수 없다.

④ '도도'를 통해 바다 건너 외딴 '갈라파고스' 섬의 희귀종을 연상하는 점에서, 주인공에게 '도도'는 외롭게 살아가는 현대인의 단절된 인간관계를 환기하는 대상이다.

주인공이 갈라파고스 섬을 떠올린 이유로 '화재가 계속되어 희귀 생물의 희생이 걱정된다는 티브이 뉴스'와 '아들이, 자신이 사용하는 물건들에 붙여 놓은 '도도'라는 말'을 든 것은 맞지만, '도도'를 통해 갈라파고스 섬의 희귀종을 연상한 것은 아니다. 또한, 윗글에서 주인공은 현대인의 단절된 인간관계에 대해서 생각하고 있지 않으므로, '도도'가 외롭게 살아가는 현대인의 단절된 인간관계를 환기한다고 볼 수 없다.

⑤ '도도'가 인간 앞에 '항거'하지 못하고 희생되어 '전설 속'의 존재로 여겨진다는 점에서, '도도'는 주인공이 두려움을 느끼는 현실 사회의 '관습과 제도'를 상징하는 대상이다.

주인공의 아들은 '도도'가 '나는 기능을 잃어 멸종된 새'라고 말한다. 따라서 '도도'가 인간에게 희생되었다고 볼 근거는 없으며, 주인공이 두려움을 느끼는 현실 사회의 '관습과 제도'를 상징한다고 볼 수도 없다.

3. 〈보기〉를 참고할 때 윗글에 대한 감상으로 적절하지 않은 것은? [3점]

> **〈보기〉**
>
> 인간은 일생 동안 출생 · 성년 · 결혼 · 죽음의 과정을 겪는데, 이 과정에서 일상적 경험 세계와 현실 너머의 상상의 세계에서 새로운 정체성을 탐색한다. 이때 두 세계의 어느 편에도 온전히 편입되지 못하고 경계에 선 인간은 정체성의 혼란을 겪기도 한다.
> 「옛우물」에서는 경계 상황에 놓인 중년 여성 인물이 자신의 삶을 돌아보며 정체성을 탐색하는 모습을 보여 준다. 그 탐색의 과정에서 출생부터 죽음에 이르기까지 삶의 다양한 양상에 대해 성찰한다. 이를 통해, 생명과 죽음이 서로 대립되고 분리된 것이 아니라 자연의 순환 원리를 바탕으로 한다는 점이 부각된다.

🔍 보기 분석

• 「옛우물」에 나타난 (중년 여성의) '정체성 탐색'
  – 자신의 삶을 돌아보며 정체성을 탐색함
  – 삶의 다양성을 성찰함
  – 생명과 죽음이 순환한다는 생각을 드러냄

✓ 정답풀이

① 주인공이 주기적으로 학교나 재활 센터 등에 오가면서도 밤 외출을 하는 행위에서, 일상 세계에서 안정된 삶을 영위하지 못하는 경계 상황에 놓여 있음을 읽을 수 있겠군.

> 〈보기〉에 따르면, '인간은 일생 동안 출생 · 성년 · 결혼 · 죽음의 과정을 겪는데, 이 과정에서 일상적 경험 세계와 현실 너머의 상상의 세계에서 새로운 정체성을 탐색'한다. 주인공이 시나 에세이를 읽고, 뉴스를 보고, 학교와 재활 센터 등을 오가고, 가끔 남편과 밤 외출을 하는 것은 모두 일상 세계에서의 안정된 삶을 영위하고 있음을 보여 주는 것이다.

✗ 오답풀이

② 죽음을 물과 불과 바람과 먼지로 산하에 흩어져 내리는 것으로 보는 주인공의 생각에서, 생명과 죽음이 자연의 순환 원리를 바탕으로 연결된 것이라는 인식을 엿볼 수 있겠군.

〈보기〉에 따르면, 윗글은 '생명과 죽음이 서로 대립되고 분리된 것이 아니라 자연의 순환 원리를 바탕으로 한다는 점이 부각'된다. 윗글의 '죽어서 물과 불과 먼지와 바람으로 흩어져 산하에 분분히 내리기에도 충분한 시간이다.'에서 주인공은 생명과 죽음이 서로 단절된 것이 아니라, 죽음은 '물과 불과 먼지와 바람으로 흩어져' 자연의 원리에 따라 순환되는 것으로 인식하고 있다고 볼 수 있다.

③ 막냇동생이 태어나던 때에 할머니가 조심스럽게 준비하는 장면을 주인공이 떠올리는 것에서, 출생이라는 생의 첫 과정에 주목하며 정체성을 탐색하려는 모습을 볼 수 있겠군.

〈보기〉에 따르면, 윗글에서 주인공은 '자신의 삶을 돌아보며 정체성을 탐색하는 모습'을 보여 주며, '그 탐색의 과정에서 출생부터 죽음에 이르기까지 삶의 다양한 양상에 대해 성찰'한다. 주인공은 막냇동생이 태어나던 때, '무언가 분주하고 소란스럽고 조심스러운' 분위기와 '마른 미역을 한 잎 걸쳐 안방 시렁에 얹'고 '깨끗한 짚을 한 다발 안방으로 들여'가는 할머니의 모습을 떠올린다. 이러한 모습은 주인공이 〈보기〉의 '삶의 다양한 양상에 대해 성찰'한 것이며 자신의 정체성을 탐색하는 것이라 할 수 있다.

④ 한 사람의 생애에서 사십오 년의 의미를 묻는 주인공이 아프리카나 광야를 상상하는 장면에서, 새로운 정체성을 일상과는 다른 세계에서 찾으려고 하는 것을 확인할 수 있겠군.

〈보기〉에 따르면, 주인공은 일상적 세계와 상상의 세계의 경계 상황에서 새로운 정체성을 탐색하고 있다고 할 수 있다. 따라서 한 사람의 생애에서 사십오 년의 의미를 묻는 주인공이 아프리카나 광야를 상상하는 것은 새로운 정체성을 탐색하는 과정으로 볼 수 있다.

⑤ 질서 지워지는 일들에 자부심을 가지면서도 무질서 속으로 피신하는 것도 한 방법이라고 하는 부분에서, 질서와 무질서 사이를 오가며 정체성을 탐색할 수 있음을 알 수 있겠군.

〈보기〉에 따르면, 윗글에서 경계 상황에 놓인 주인공은 '자신의 삶을 돌아보며 정체성을 탐색하는 모습'을 보여 준다. '마늘과 생강이 어우러져 내는 맛을 알고 행주와 걸레의 질서를 사랑하지만 종종 무질서 속으로 피신하는 것도 한 방법이라는 것을 알고 있'는 주인공 역시 질서와 무질서 사이의 경계에 놓여 정체성을 탐색하고 있음을 알 수 있다.

모두의 질문 · 3-①번

Q : 〈보기〉에서 '이때 두 세계의 어느 편에도 온전히 편입되지 못하고 경계에 선 인간은 정체성의 혼란을 겪기도 한다.'라고 했잖아요. 윗글의 주인공도 현실과 상상의 경계 상황에 놓여 있으니까 정체성의 혼란을 겪고 있는 것 아닌가요? 주인공이 정체성의 혼란을 겪는 것이 아니라면 왜 〈보기〉에 지문과 상반된 내용을 굳이 집어넣은 것인가요?

A : 산문 영역의 경우, 문제에 제시된 〈보기〉가 작품 전반에 해당하는 설명이지만 제시된 지문만으로는 확인할 수 없는 내용이 있을 수 있다는 점을 고려해야 한다. 즉 작품 전체를 놓고 보면 적절한 설명이라고 볼 수 있을지라도 제시된 지문을 통해서는 확인할 수 없는 내용이 〈보기〉에 있을 수 있다. 윗글의 주인공이 일상적 경험 세계와 상상의 세계 사이의 경계 상황에 놓인 것도 맞고, 그러한 경계 상황에서 새로운 정체성을 탐색하고 있는 것도 맞다. 그러나 주인공은 정체성의 혼란을 겪고 있는 것이 아니라 삶의 다양한 양상에 대해 성찰하는 것이다. 윗글에서 주인공은 '내 손으로 질서 지워지는 일들에 자부심을 갖고 있다.', '질서를 사랑'한다고 말한다. 자신의 삶에 자부심을 갖고 있다는 것이다. 다만 '종종' 무질서로 피신하는 것도 하나의 삶의 방식이라고 인정하고 있는 것이다. ①번에서 주인공이 주기적으로 학교나 재활 센터 등에 오가면서 가끔 남편과 밤 외출을 하는 것은 모두 일상적 경험 세계에 해당한다. 따라서 밤 외출을 하는 행위를 통해 주인공이 일상 세계에서 안정된 삶을 영위하지 못하는 경계 상황에 놓여 있다고 볼 수는 없다.

[1~5] 다음 글을 읽고 물음에 답하시오.

[앞부분의 줄거리] 화랑도를 숭상하는 '유종'과 당나라를 숭상하는 '금지'는 내심 서로 못마땅해한다. 이런 가운데 '금지'는 아들 '금성'과 '유종'의 딸 '주만'과의 혼사를 진행하려 한다.

설령 금성이가 출중한 재주와 인물을 갖추었다 하더라도 유종은 이 혼인을 거절할밖에 없었으리라. 첫째로 금지는 당학파의 우두머리가 아니냐. 나라를 좀먹게 하는 그들의 소위만 생각해도 뼈가 저리거든 그런 가문에 내 딸을 들여보내다니 될 뻔이나 한 수작인가. 당학을 숭상하는 금지가 못마땅하여 금성과 자신의 딸 주만의 혼사를 거절하려는 유종 도대체 당학*이 무에 그리 좋은고. 그 나라의 바로 전 임금인 당 명황(唐明皇)만 하더라도 양귀비란 계집에게 미쳐서 정사를 다스리지 않은 탓에 필경 안녹산(安祿山)의 난을 빚어 내어 오랑캐의 말굽 아래 그네들의 자랑하는 장안이 쑥밭을 이루고 천자란 빈 이름뿐, 촉나라란 두메 속에 오륙 년을 갇히어 있지 않았는가. 금지가 당대 제일 문장이라고 추어올리는 이백이만 하더라도 제 임금이 성색에 빠져 헤어날 줄을 모르는 것을 죽음으로 간하지는 못할지언정 몇 잔 술에 감지덕지해서 그 요망한 계집을 칭찬하는 글을 지어 도리어 임금을 부추겼다 하니 우리네로는 꿈에라도 생각 밖이 아니냐. ⊙그네들의 한문이란 난신적자*를 만들어 내기에 꼭 알맞은 것이거늘 이것을 좋아라고 배우려 들고 퍼뜨리려 드니 참으로 한심한 노릇이 아니냐. 이 당학을 그대로 내버려 두었다가는 우리나라에도 오래지 않아 큰 난이 일어날 것이요, 난이 일어난다면 누가 감당해 낼 자이랴. 당학과 당학파에 강한 거부감을 드러내는 유종

// **장면 끊기 01** 화랑도를 숭상하는 유종은 당학을 숭상하는 금지를 못마땅하게 여김

"한 나이나 젊었더면!"

유종은 이따금 시들어 가는 제 팔뚝의 살을 어루만지면서 한탄한다. 나이 들어가는 자신의 처지를 한탄하는 유종 몇 해 전만 해도 자기와 뜻을 같이하는 이가 조정에 더러는 있었지만 어느 결엔지 하나씩 둘씩 없어지고 인제는 ⓛ무 밑둥과 같이 동그랗게 자기 혼자만 남았다. 속으로는 그의 주의에 찬동*하는 이가 없지도 않으련만 당학파의 세력에 밀리어 감히 발설을 못 하는지 모르리라. 지금이라도 젊은이 축 속으로 뛰어 들어가면 동지를 얼마든지 찾아낼는지 모르리라. 아직도 이 나라의 명맥이 끊어지지 않은 다음에야 방방곡곡을 뒤져 찾으면 몇천 명 몇백 명의 화랑도를 닦는 이를 모을 수 있으리라. 지금이라도 자신과 뜻을 같이 할 젊은 동지를 찾고자 하는 유종 그러나 아들이 없는 그는 젊은이와 접촉할 기회조차 없었다. 이런 점에도 그는 아들이 없는 것이 원이 되고 한이 되었다. 자신과 함께 화랑도를 받들 후계자를 찾고자 하나, 아들이 없어 젊은이와 접촉할 기회조차 없음을 한탄하는 유종 ⓒ이 늙은 향도(香徒)에게 남은 오직 하나의 희망은 자기의 주의 주장에 공명*하는 사윗감을 구

하는 것이었다. 자신과 뜻을 함께 할 사윗감을 구하고자하는 유종 벌써 수년을 두고 ⓔ그럴 만한 인물을 내심으로 구해 보았지만 그리 쉽사리 눈에 뜨이지 않았다. 고르면 고를수록 사람 구하기란 하늘에 별따기보담 더 어려웠다. 유종은 기대고 있던 서안*에서 쭉 미끄러지는 듯이 털요 바닥 위에 누웠다. 금지의 청혼을 그렇게 거절한 다음에는 하루바삐 사윗감을 구해야 된다. 금지로 하여금 다시 입을 열지 못 하도록 ⓜ다른 데 정혼을 해 놓아야 한다. 그러면 신라를 두 손으로 떠받들고 나아갈 인물이 누가 될 것인가. 삼한 통일 당년의 늠름하고 씩씩한 기풍(氣風)이 당학에 지질리고* 문약(文弱)*에 흐르는 이 나라를 바로잡을 인물이 누가 될 것인가.

// **장면 끊기 02** 유종은 화랑도를 받드는 자신의 신념에 공감해 줄 사윗감을 구하고자 함

[중략 부분의 줄거리] '유종'이 사위를 구하는 가운데, '주만'이 부여의 천민 석공 '아사달'을 사모하고 있음이 알려진다. 한편 '아사달'은 자신을 찾아온 아내 '아사녀'가 끝내 자신을 만나지 못하고 그림자못에서 죽은 사실을 알게 되자, 그 못 둑에서 '아사녀'를 그리워하는 마음을 돌에 담아 새겨 내는 작업에 몰입한다. 죽은 아내인 아사녀를 돌에 새기고자 하는 아사달

그러나 어느 결엔지 아사녀의 환영은 깜박 사라져 버렸다. 아까까지는 어렴풋이라도 짐작되던 그 흔적마저 놓치고 말았다. 아무리 눈을 닦고 돌 얼굴을 들여다보았으나 눈매까지는 그럴싸하게 드러났지마는 그 아래로는 캄캄한 밤빛이 쌓인 듯 아득할 뿐. 돌을 들여다보면 볼수록 골머리만 부질없이 힝힝내어 둘리었다. 그러자 문득 그 돌 얼굴이 굼실 움직이는 듯하며 주만의 얼굴이 부시도록 선명하게 살아났다. 마치 어젯밤의 아사녀의 환영 모양으로.

[A]
┌ 그 눈동자는 띠룩띠룩 애원하듯 원망하듯 자기를 쳐다
│ 보는 것 같다.
│ "이 돌에 나를 새겨 주세요. 네, 아사달님, 네, 마지막
│ 청을 들어주세요."
└ 그 입술은 달싹달싹 속살거리는 것 같다.

아사달은 정을 쥔 채로 머리를 털고 눈을 감았다. 돌 위에 나타난 주만의 모양은 그의 감은 눈시울 속으로 기어들어 오고야 말았다. 이 몇 달 동안 그와 지내던 가지가지 정경이 그림등 모양으로 어른어른 지나간다. 초파일 탑돌이할 때 맨 처음으로 마주치던 광경, 기절했다가 정신이 돌아날 제 코에 풍기던 야릇한 향기, 우레가 울고 악수가 쏟아질 적 불꽃을 날리는 듯한 그 뜨거운 입김들…… 아사달은 고개를 또 한 번 흔들었다. 그제야 저 멀리 돈짝만 한 아사녀의 초라한 자태가 아른거린다. 주만의 모양을 구름을 헤치고 둥둥 떠오르는 햇발과 같다 하면, 아사녀는 샐녘의 하늘에 반짝이는 별만 한 광채밖에 없었다. 아사녀를

추모하기 위해 돌을 조각하던 중 주만의 환영이 더욱 강하게 떠올라 혼란스러워하는 아사달

[B]
　　물동이를 이고 치마꼬리에 그 빨간 손을 씻으며 배시시 웃는 모양, 이별하던 날 밤 그린 듯이 도사리고 남편을 기다리던 앉음앉음, 일부러 자는 척하던 그 가늘게 떨던 눈시울, 버드나무 그늘에서 숨기던 눈물들…….

// **장면 끊기 03** 아사달은 아사녀를 돌에 새기려 하지만 주만의 환영이 아사녀보다 선명하게 떠올라 혼란스러워함

아사달의 머리는 점점 어지러워졌다. 아사녀와 주만 사이에서 번민하는 아사달 아사녀와 주만의 환영도 흔들린다. 휘술레를 돌리듯 핑핑 돌다가 소용돌이치는 물결 속에서 조각조각 부서지는 달그림자가 이내 한 곳으로 합하듯이, 두 환영은 마침내 하나로 어우러지고 말았다. 아사달의 캄캄하던 머릿속도 갑자기 환하게 밝아졌다. 하나로 녹아들어 버린 아사녀와 주만의 두 얼굴은 다시금 거룩한 부처님의 모양으로 변하였다.

아사달은 눈을 번쩍 떴다. 설레던 가슴이 가을 물같이 맑아지자, 그 돌 얼굴은 세 번째 제 원불(願佛)로 변하였다. 선도산으로 뉘엿뉘엿 기우는 햇발이 그 부드럽고 찬란한 광선을 던질 제 못물은 수멸수멸 금빛 춤을 추는데 흥에 겨운 마치와 정 소리가 자지러지게 일어나 저녁나절의 고요한 못 둑을 울리었다.

새벽만 하여 한가위 밝은 달이 홀로 정 자리가 새로운 돌부처를 비칠 제 정 소리가 그치자 은물결이 잠깐 헤쳐지고 풍하는 소리가 부근의 적막을 한순간 깨트렸다.

// **장면 끊기 04** 마침내 돌에서 아사녀와 주만의 두 얼굴이 하나로 녹아드는 모습을 본 아사달은 부처님의 형상을 돌에 새긴 후 못에 뛰어듦

　　　　　　　　　　　　　　　　　　　　　　　－ 현진건, 「무영탑」－

*당학: 당나라의 학문.

📑 **전체 줄거리**

　　결혼한 지 1년도 채 안된 부여의 석공 아사달은 불국사의 다보탑과 석가탑을 세우기 위해 서라벌에 오게 된다. 3년이 지나는 동안 아사달은 다보탑을 완성했으나 석가탑은 완성하지 못한다. 한편, 금지는 자신의 아들 금성과 유종의 딸 주만을 혼인시키기 위해 유종을 찾아오지만 유종은 이를 못마땅하게 여기고 거절한다. 초파일 밤, 불국사에 찾아온 경덕왕 일행 중 한 명이었던 주만은 아사달을 보고 그를 연모하게 된다. 부여에서 아사달을 기다리던 아사녀는 서라벌로 떠나 불국사로 아사달을 찾아오는데, 문지기는 아사녀에게 아사달이 보고 싶거든 그림자못으로 가서 보라고 한다. 아사녀는 그림자못으로 가고 그곳에서 콩콩 할멈을 만난다. 할멈은 아사녀를 대감집에 팔려고 하는데, 이 사실을 알게 된 아사녀는 도망을 가다가 할멈에게 붙잡혀 그림자못에 몸을 던져 죽게 된다. 석가탑을 완성한 아사달은 아사녀의 죽음을 알고 슬퍼한다. 주만 또한 아사달과 부여로 도망치려 하지만 계획이 발각되어 붙들리고, 그 죄로 인해 죽음을 맞이한다. 아사달은 두 여인의 환영 때문에 더 이상 정(釘)을 쪼지 못한다. 그러나 곧 아사녀와 주만의 얼굴이 조화된 부처님의 모습이 떠오르고 돌 위에 그 모습이 새겨진다. 조각을 끝낸 아사달은 영지(연못)에 뛰어들고 만다.

❋ 전지적 작가 시점

이것만은 챙기자

*난신적자: 나라를 어지럽히는 불충한 무리.
*찬동: 어떤 행동이나 견해 따위가 옳거나 좋다고 판단하여 그에 뜻을 같이함.
*공명: 남의 사상이나 감정, 행동 따위에 공감하여 자기도 그와 같이 따르려 함.
*서안: 예전에, 책을 얹던 책상.
*지질리다: 기운이나 의견 따위가 꺾여 눌리다.
*문약: 글에만 열중하여 정신적으로나 신체적으로 나약함. 또는 그러한 상태.

1. 윗글에 대한 설명으로 가장 적절한 것은?

✓ 정답풀이

① 인물의 의식이 내적 갈등에 초점을 둔 서술 방식을 통해 드러나고 있다.

> 윗글의 '유종은 이따금~살을 어루만지면서 한탄한다.', '아들이 없는 그는~원이 되고 한이 되었다.' 등을 통해 유종이 자신의 뜻을 이어 줄 후계자를 찾지 못해 괴로워하며 내적 갈등을 겪고 있음을 알 수 있다. 또한 '아사달은 정을 쥔 채로 머리를 털고 눈을 감았다.~아사달의 머리는 점점 어지러워졌다. 아사녀와 주만의 환영도 흔들린다.'를 통해, 아사달이 내적 갈등을 겪고 있음을 알 수 있다.

✕ 오답풀이

② 인물들 간의 대화를 통해 특정 인물의 생각과 행동을 희화화하고 있다.

윗글에 인물들 간의 대화는 나타나지 않으며, 인물의 생각과 행동을 희화화하는 부분도 없다.

③ 미래에 대한 낙관적 전망이 신분이 낮은 인물의 발언을 통해 제시되고 있다.

[중략 부분의 줄거리]의 "주만'이 부여의 천민 석공 '아사달'을 사모하고 있음이 알려진다.'를 통해, 윗글에서 신분이 낮은 인물은 아사달임을 알 수 있다. 하지만 아사달의 발언을 통해 미래에 대한 낙관적 전망이 제시되는 부분은 나타나지 않는다.

④ 물신주의에 빠진 세태가 탈속적 세계를 지향하는 인물의 비판을 통해 제시되고 있다.

윗글에서 인물의 비판은 유종이 당학파와 당학을 비판하는 부분에서 제시된다. 그런데 윗글에 드러난 당학을 숭상하는 세태가 물신주의에 빠져 있다고 볼 근거는 없다. 유종은 당학과 당나라를 숭상하는 무리들을 비판하고 있으나 이는 유종의 신념과 어긋나기 때문일 뿐, 당학을 숭상하는 무리들이 물신주의에 빠져 있기 때문이라고는 볼 수 없다. 또한 유종이 탈속적 세계를 지향하는 인물이라고 볼 수도 없다.

⑤ 권력과 사랑을 동시에 쟁취하여 신분 상승을 도모하는 소외된 개인의 욕망이 구체적인 일화를 통해 드러나고 있다.

[중략 부분의 줄거리]의 "주만'이 부여의 천민 석공 '아사달'을 사모하고 있음이 알려진다.'를 통해, 윗글에서 신분이 낮은 인물은 아사달임을 알 수 있다. 하지만 윗글에서 아사달은 아사녀를 그리워하는 마음을 돌에 새기고자 할 뿐, 권력과 사랑을 동시에 쟁취하려는 욕망을 드러내지는 않는다. 따라서 아사달은 신분 상승을 도모하려는 인물로 볼 수 없다.

🌱 기틀잡기

> ② **희화화:** 어떤 인물의 외모나 성격, 또는 사건이 의도적으로 우스꽝스럽게 묘사되거나 풍자됨.
> ④ **탈속적:** 부나 명예 등과 같은 세속적인 욕심이 없는 것.

🌱 모두의 질문

• 1-④번

Q: 아사달이 탈속적 세계를 지향한다고 볼 수 있나요?

A: 윗글에서 아사달은 아사녀와 주만에 대한 생각으로 내적 갈등과 고뇌를 겪는다. 이를 통해 그는 불상을 조각하면서도 속세에서 아사녀와 주만과 맺은 인연에 대해 계속 생각하고 있음을 알 수 있다. 괴로워하던 아사달은 마침내 아사녀와 주만의 얼굴이 어우러져 부처의 얼굴로 새겨지는 것을 경험한다. 이 모습에서 아사달이 속세의 인연으로 인한 번뇌를 종교적으로 극복하고 '탈속적 세계를 지향'하고 있다고도 이해할 수 있다. 다만 주의해야 할 것은 아사달이 물신주의에 빠진 세태를 비판한 것은 아니라는 점이다.

2. ㉠~㉤에 대한 이해로 적절하지 <u>않은</u> 것은?

㉠: 그네들의 한문
㉡: 무 밑동
㉢: 이 늙은 향도(香徒)
㉣: 그럴 만한 인물
㉤: 다른 데 정혼

✔ 정답풀이

⑤ ㉤은 '유종'이 자신과 대립하는 세력과의 연대를 위한 방도이다.

> '금지로 하여금 다시 입을 열지 못 하도록' 다른 곳에 정혼을 해 놓으려는 유종의 행동은 자신과 대립하는 당학파 세력인 금지의 아들 금성과 자신의 딸 주만의 혼인을 피하기 위한 것이다. 따라서 ㉤은 유종이 자신과 대립하는 세력과의 연대를 위한 방도라고 볼 수 없다.

✖ 오답풀이

① ㉠은 신라를 '문약'하게 하는 요인으로 '유종'이 인식하고 있는 대상이다.
'도대체 당학이 무에 그리 좋은고.~우리네로는 꿈에라도 생각 밖이 아니냐.' 를 통해 ㉠은 당학을 의미함을 알 수 있다. '그네들의 한문이란 난신적자를 ~그대로 내버려 두었다가는 우리나라에도 오래지 않아 큰 난이 일어날 것이요.'에서 유종은 ㉠이 나라를 위기에 처하게 할 것이라 인식하고 있다. 또한 '당학에 지질리고 문약에 흐르는 이 나라를 바로잡을 인물이 누가 될 것인가.' 를 통해 유종이 ㉠ 때문에 나라가 '문약'해진 것을 염려하고 있음을 알 수 있다.

② ㉡은 '유종'의 외로운 처지를 보여 주는 비유이다.
'몇 해 전만 해도 자기와 뜻을 같이하는~무 밑동과 같이 동그랗게 자기 혼자만 남았다.'를 통해 유종은 자기와 뜻을 같이하는 이가 없는 자신의 외로운 처지를 ㉡으로 비유하여 표현한 것을 알 수 있다.

③ ㉢은 현재의 주류적 '기풍'을 거부하는 '유종'을 지칭하는 표현이다.
'속으로는 그의 주의에 찬동하는 이가~감히 발설을 못 하는지 모르리라.' 에서 당학파가 주류적 기풍임을 알 수 있고, 이를 거부하는 유종은 자신의 외로운 처지를 ㉢으로 표현한 것이다.

④ ㉣은 '유종'이 자신의 이상을 실현하기 위해 원하는 대상이다.
'이 늙은 향도에게 남은 오직 하나의 희망은~그리 쉽사리 눈에 뜨이지 않았다.'를 통해 ㉣이 '자기의 주의 주장에 공명하는 사윗감'임을 알 수 있다. 유종은 ㉣을 구함으로써 화랑도의 기풍을 통해 나라를 바로잡고자 하고 있다.

3. [A], [B]에 대한 분석으로 가장 적절한 것은?

✔ 정답풀이

⑤ [A]의 '주만'의 모습과 [B]의 '아사녀'의 모습은 모두 '아사달'이 그들의 환영을 보는 방식으로 제시되어 있다.

> '그러자 문득 그 돌 얼굴이~아사녀의 환영 모양으로.'와 '아사달은 정을 쥔 채로 머리를 털고 눈을 감았다. 돌 위에 나타난 주만의 모양은 그의 감은 눈시울 속으로 기어들어 오고야 말았다.'를 통해 [A]에서는 주만의 모습이 아사달이 본 환영으로 제시되어 있음을 알 수 있다. 또한 '아사달은 고개를 또 한 번 흔들었다. 그제야 저 멀리 돈짝만 한 아사녀의 초라한 자태가 아른거린다.'를 통해 [B]에서는 아사녀의 모습이 아사달이 본 환영으로 제시되어 있음을 알 수 있다.

✖ 오답풀이

① [A]에는 떠나는 '아사달'에 대한 '주만'의 걱정이 나타나 있다.
'이 돌에 나를 새겨 주세요. 네, 아사달님. 네, 마지막 청을 들어주세요.'에서 알 수 있듯이 [A]에는 떠나는 아사달에 대한 주만의 걱정이 아닌, 아사달이 돌에 자신의 모습을 새기기를 바라는 주만의 바람이 나타나 있다.

② [B]에는 '아사달'과 '아사녀'의 이별의 원인이 제시되어 있다.
'이별하던 날 밤 그린 듯이 도사리고 남편을 기다리던 앉음앉음, 일부러 자는 척하던 그 가늘게 떨던 눈시울, 버드나무 그늘에서 숨기던 눈물들……'에서 알 수 있듯이 [B]에는 아사달과 이별할 당시 아사녀의 모습이 제시되어 있을 뿐, 아사달과 아사녀가 이별한 원인은 나타나 있지 않다.

③ [B]에는 훗날의 만남에 대한 '아사달'과 '아사녀'의 기약이 나타나 있다.
'이별하던 날 밤 그린 듯이 도사리고 남편을 기다리던 앉음앉음, 일부러 자는 척하던 그 가늘게 떨던 눈시울, 버드나무 그늘에서 숨기던 눈물들……'에서 알 수 있듯이 [B]에는 아사달과 이별할 당시 아사녀의 모습이 제시되어 있을 뿐, 훗날의 만남에 대한 기약은 나타나 있지 않다.

④ [A]와 [B] 모두에서, 이별한 대상인 '주만'과 '아사녀'를 잊고자 하는 '아사달'의 의지가 직접적으로 드러나 있다.
[A]와 [B]에서는 주만과 아사녀의 모습이 아사달의 환영을 통해 제시되어 있을 뿐, 이들을 잊고자 하는 아사달의 의지가 직접적으로 드러나지 않는다.

4. 〈보기〉를 바탕으로 윗글을 감상한 내용으로 적절하지 않은 것은?

〈보기〉

「무영탑」은 작가 현진건의 예술관, 민족주의적 태도, 현실 인식 등을 드러낸 작품이다. 이 작품은 석가탑 조성에 얽힌 인물들의 이야기를 펼쳐 내면서 숭고한 예술적 성취의 과정을 잘 보여 준다. 이러한 예술적 성취는 석공 아사달이 자신의 고뇌를 극복하며 예술품을 만들어 가는 과정, 특히 사랑과 예술혼이 하나로 융합되어 신앙의 궁극이라는 새로운 경지에 이르는 데에서 잘 드러난다.

🔍 보기 분석

• 「무영탑」
 – 작가의 예술관, 민족주의적 태도, 현실 인식 보여 줌
 – 석가탑 조성에 얽힌 이야기를 통해 예술적 성취 과정 보여 줌

✅ 정답풀이

④ '아사녀'와 '주만'의 환영이 하나로 어우러져 '부처님의 모양'으로 변한 장면에서, 신앙의 세계로 나아갈 수 없어 절망하는 인물의 내면이 나타나 있군.

〈보기〉에 따르면, '예술품을 만들어 가는 과정, 특히 사랑과 예술혼이 하나로 융합되어 신앙의 궁극이라는 새로운 경지에 이르는 데'에서 '숭고한 예술적 성취'가 잘 드러난다고 하였다. 윗글의 '아사달의 캄캄하던 머릿속도~부처님의 모양으로 변하였다.'에서 아사녀와 주만의 환영이 하나로 어우러져 '부처님의 모양'으로 변한 장면은 사랑과 예술혼이 하나로 융합되어 아사달이 숭고한 예술적 성취를 이뤄냈음을 의미한다. 따라서 '신앙의 세계로 나아갈 수 없어 절망하는 인물의 내면'이 나타난다는 설명은 적절하지 않다.

❌ 오답풀이

① '유종'이 '이백'을 칭송하는 '금지'를 비판하고 화랑도 사윗감을 구하려 하는 장면에서, 작가의 민족주의적 태도를 엿볼 수 있군.
〈보기〉에 따르면, 윗글은 '작가 현진건의 예술관, 민족주의적 태도, 현실 인식 등을 드러낸 작품'이다. 윗글의 '금지가 당대 제일 문장이라고 추어올리는 이백이만 하더라도~도리어 임금을 부추겼다 하니 우리네로는 꿈에도 생각 밖이 아니냐.'를 통해 유종이 이백을 칭송하는 금지를 비판하는 모습이, '이 늙은 향도에게 남은 오직 하나의 희망은~사윗감을 구하는 것이었다.'에서 유종이 화랑도를 숭상할 사윗감을 구하려 하는 모습이 드러난다. 유종이 당나라의 학문이 아닌 신라 전통의 화랑도를 숭상한다는 점에서 작가의 민족주의적 태도가 드러난다고 해석할 수 있다.

② '아사달'이 '아사녀'의 환영을 돌에 담아내려고 하는 장면에서 주인공의 사랑과 예술혼을 융합해 내려는 작가의 의도를 엿볼 수 있군.
〈보기〉에 따르면, 윗글에서 '이러한 예술적 성취는 석공 아사달이 자신의 고뇌를 극복하며 예술품을 만들어 가는 과정, 특히 사랑과 예술혼이 하나로 융합되어 신앙의 궁극이라는 새로운 경지에 이르는 데에서 잘 드러난'다. 아사달이 죽은 아내인 아사녀를 그리워하는 마음을 돌에 담아 새기려는 모습을 통해, 작가가 아사녀에 대한 아사달의 사랑과 예술혼을 융합해 내려 했음을 알 수 있다.

③ '금지'와 같은 '당학파'를 '나라를 좀먹게 하는' 집단으로 간주하는 장면에서, 외세를 추종하는 현실을 비판하려는 작가의 태도를 엿볼 수 있군.
〈보기〉에 따르면, 윗글은 '작가 현진건의 예술관, 민족주의적 태도, 현실 인식 등을 드러낸 작품'이다. 윗글의 '첫째로 금지는 당학파의 우두머리가 아니냐. 나라를 좀먹게 하는 그들의 소위만 생각해도 뼈가 저리거든'을 통해 유종이 금지와 같은 '당학파'를 '나라를 좀먹게 하는' 집단으로 간주하는 모습이 드러난다. 신라 전통의 화랑도를 숭상하는 유종의 신념을 고려했을 때, 당학파에 대한 유종의 부정적 인식은 외세를 추종하는 현실에 대한 작가의 비판적 관점이 반영된 것으로 이해할 수 있다.

⑤ '아사달'이 '아사녀'를 '별만 한 광채'로, '주만'을 '떠오르는 햇발'로 떠올리며 갈등하는 장면에서, 새로운 예술적 경지에 이르는 과정에서 빚어진 '아사달'의 고뇌가 드러나 있군.
〈보기〉에 따르면, 윗글에서 '이러한 예술적 성취는 석공 아사달이 자신의 고뇌를 극복하며 예술품을 만들어 가는 과정, 특히 사랑과 예술혼이 하나로 융합되어 신앙의 궁극이라는 새로운 경지에 이르는 데에서 잘 드러난'다. 윗글의 '주만의 모양을 구름을 헤치고 둥둥 떠오르는 햇발과 같다 하면, 아사녀는 샐녘의 하늘에 반짝이는 별만 한 광채밖에 없었다.'와 '아사달의 머리는 점점 어지러워졌다. 아사녀와 주만의 환영도 흔들린다.'를 통해 돌 조각을 새기던 아사달이 아사녀와 주만의 환영을 떠올리며 갈등하는 모습이 드러난다. 이것은 새로운 예술적 경지에 이르는 과정에서 빚어진 아사달의 고뇌라고 볼 수 있다.

5. 〈보기〉를 참고하여 윗글을 이해한 내용으로 적절하지 않은 것은? [3점]

〈보기〉

아사달과 아사녀의 이야기는 조선 후기의 설화(「서석가탑」)뿐만 아니라, 현진건의 기행문(「고도 순례 경주」, 1929)과 그의 소설(「무영탑」, 1939)에도 나타난다.

[자료 1]

불국사 창건 시 당나라에서 온 석공에게 아사녀라는 여인이 있었다. 아사녀가 갑자기 와서 석공과 만나기를 요구하였으나, 큰 공사가 끝나지 않았고 아사녀가 비루한 몸이라는 이유로 허락되지 않았다. 다음날 아침 아사녀가 남서쪽 십 리쯤에 있는 연못을 내려다보면 석공이 보일 듯하여, 가서 살펴보니 정말 석공의 모습이 비쳤다. 그러나 탑의 그림자는 비치지 않았다. 그래서 무영탑이라 불렀다.

– 「서석가탑」 –

[자료 2]

제 환상에 떠오른 사랑하는 아내의 모양은 다시금 거룩한 부처님의 모양으로 변하였다. 그는 제 예술로 죽은 아내를 살리고 아울러 부처님에게까지 천도(薦度)하려 한 것이다. 이 조각이 완성되면서 자기 역시 못 가운데 몸을 던져 아내의 뒤를 따랐다. 불국사 남서방에 영지(影池)란 못이 있으니 여기가 곧 아사녀와 당나라 석공이 빠져 죽은 데다.

– 현진건, 「고도 순례 경주」 –

🔍 보기 분석

• 소설 「무영탑」은 [자료 1]을 차용하고, [자료 2]의 관점을 이어 창작함

[자료 1] (설화)	[자료 2] (기행문)	
불국사 창건 시 당나라에서 온 석공에게 아사녀라는 여인이 있었음	사랑하는 아내의 모양은 다시금 거룩한 부처님의 모양으로 변함	⇒ 소설 「무영탑」
–	그는 제 예술로 죽은 아내를 살리고 아울러 부처님에게까지 천도하려 함	
연못: 석공의 모습을 비추는 곳	못: 아사녀와 당나라 석공이 빠져 죽은 곳	

✅ 정답풀이

⑤ 윗글의 '새로운 돌부처' 형상에 석공의 얼굴이 새겨진 것은 윗글이 [자료 1]과 [자료 2]의 서사 모티프를 이어받은 것으로 볼 수 있군.

윗글은 [자료 1]과 [자료 2]에 나타난 서사 모티프(석공 아사달을 그리워하던 아사녀가 아사달을 찾아오지만 만나지 못함)를 반영하고 있다. 하지만 '새로운 돌부처' 형상은 아사녀와 주만의 두 얼굴을 떠올리며 혼란스러워하던 아사달이 내적 갈등에서 벗어나 두 얼굴(아사녀와 주만)이 하나로 녹아들어 거룩한 부처님의 모양으로 변한 것을 돌에 새긴 것이지, 아사달이 석공인 자신의 얼굴을 새긴 것으로 볼 수 없다.

❌ 오답풀이

① 윗글은 [자료 1]과 같은 설화를 차용하여 소설로 변용한 모습을 확인할 수 있는 작품이군.

〈보기〉의 '아사달과 아사녀의 이야기'는 '그의 소설(「무영탑」, 1939)에도 나타난다.'를 통해 윗글은 [자료 1]과 같은 설화를 차용하여 소설로 변용한 것임을 알 수 있다.

② 윗글은 [자료 2]처럼 '아내'의 죽음을 종교적 상징으로 승화하고 있는 관점을 이어 간 작품이군.

[자료 2]의 '그는 제 예술로 죽은 아내를 살리고 아울러 부처님에게까지 천도하려 한 것이다.'와 윗글에서 아사달이 죽은 아내인 아사녀를 그리워하는 마음을 담아 돌에 새기려 했다는 내용을 통해, [자료 2]와 윗글은 모두 아내의 죽음을 종교적 상징으로 승화하고 있음을 알 수 있다.

③ 윗글은 [자료 1]과 [자료 2]의 이야기에 '유종'과 '주만' 등의 서사를 추가하고 있군.

[자료 1]과 [자료 2]에는 아사달과 아사녀의 이야기만 나타나는데, 윗글에는 유종과 주만 등 새로운 인물이 추가되었다.

④ 윗글과 [자료 2]의 '못'은 [자료 1]의 '연못'이 부부간의 비극적인 사랑 이야기를 환기하는 공간으로 변용된 것이군.

[자료 1]의 '연못'은 아사녀가 석공의 모습을 비춰 보는 소재로만 사용되었으나, [자료 2]에서 '못'은 당나라 석공이 아내를 따라 몸을 던진 곳이고, 윗글에서의 '못'은 아사달을 그리워하던 아사녀가 끝내 아사달을 만나지 못하고 죽은 곳이므로, [자료 2]와 윗글의 '못'은 아사달과 아사녀의 비극적인 사랑을 환기하는 공간으로 변용되었다.

🌱 기틀잡기

② **승화**: 슬픔 등의 부정적 감정을 예술 활동, 종교 활동 따위의 사회적·정신적 가치가 있는 것으로 바꾸어 충족하는 것.

⑤ **모티프**: 서사 전체를 관통하는 주제이자, 인간의 삶 속에서 반복되어 나타나는 주제.

문제적 문제

• 5-④번

학생들이 정답 이외에 가장 많이 고른 선지가 ④번이다. [자료 1]의 '연못'에는 부부간의 비극적인 사랑 이야기가 나타나지 않아 해당 선지가 틀렸다고 본 것이다. 하지만 선지에서 묻고 있는 것은 [자료 1]의 '연못'의 의미가 아니라, [자료 1]의 '연못'이 [자료 2]와 소설 속 '못'에서 어떻게 변용되었는지를 파악하는 것이다. 즉 [자료 1]의 '연못'이라는 공간이 [자료 2]와 소설 속에서 '못'이라는 동일한 공간으로 등장하며, 거기에 '부부간의 비극적인 사랑 이야기'를 환기할 수 있도록 의미를 부여한 것임을 확인할 수 있어야 했던 것이다.

하나의 소설 작품 속 소재의 의미만 파악 하는 것이 아닌, 여러 작품에 등장하는 소재의 의미를 파악하고 어떻게 변용되었는가를 판단하려면, 각 작품에 나타난 소재의 의미를 각각 정확하게 정리하는 것이 전제되어야 한다.

정답률 분석

①	②	③	매력적 오답 ④	정답 ⑤
5%	9%	8%	31%	47%

[1~5] 다음 글을 읽고 물음에 답하시오.

나는 미안스런 생각으로 건우 어머니가 따라 주는 술잔을 받았다. 건우 어머니에게 대접을 받는 것이 미안스러운 '나' 손이 유달리 작아 보였다. 유달리 자그마한 손이 상일에 거칠어 있는 양이 보기에 더욱 안타까울 정도였다. 건우 어머니의 거친 손을 보고 안타까워하는 '나'

기어이 저녁까지 대접하겠다고 부엌으로 가 버린 뒤, 나는 건우를 앞에 두고 잔을 들면서, 그녀의 칠칠한* 인사범절에 새삼 생각되는 바가 있었다.

[A]
― 나는 모든 것을 다시 보았다. 건우 어머니의 행동을 보고 방문한 건우 집을 다시 생각하게 된 '나' 농삿집치고는 유난히도 말끔한 마루청, 먼지를 뒤집어쓰고 있지 않은 장독대, 울타리 너머로 보이는 길찬 장다리꽃들…… 그 어느 것 하나에도 그녀의 손이 안 간 곳이 없으리라 싶었다. 이러한 집 안팎 광경들을 통해서 나는 건우 어머니가 꽤 부지런하고 친절한 여성이라는 것을 고대* 짐작할 수가 있었다. 젊음이 한창인 열아홉부터 악지* 세게 혼자서 살아왔다는 것과, 어려운 가운데서도 외아들 건우를 나룻배를 태워 가면서까지 먼 일류 중학 에 보내고 있다는 사실, 그리고 농촌 아이라고는 믿어지지 않을 만큼 건우의 입성*이 항시 깨끗했다는 사실들이 어련히 안 그러리 싶어지기도 했다. 얼핏 보아서는 어리무던한 여인 같기도 하지만 유난히 불가진 듯한 이마라든가, 역시 건우처럼 짙은 눈썹 같은 데선 그녀의 심상치 않을 의지랄까, 정열 같은 것을 읽을 수가 있었다.

// 장면 끊기 01 '나'는 건우네 집을 방문하고 건우 어머니의 성격을 짐작함

나는 술상을 물리고서, 건우의 공부방―어머니의 방일 테지만―잠깐 들여다보았다. 사과 궤짝 같은 것에 종이를 발라 쓰는 책상 위에는 몇 권 안 되는 책들이 나란히 꽂혀 있었다. 그 가운데서 〈섬 얘기〉라고, 잉크로써 굵직하게 등마루에 씌어진 두툼한 책 한 권이 특별히 눈에 띄었다.

"섬 얘기? 저건 무슨 책이지?"

나는 건우를 돌아보고 물었다.

"암것도 아닙니더."

"소설?"

"아입니더."

"어디 가져와 봐!"

건우는 싫어도 무가내라 뽑아 오면서,

"일기랑 또 책 같은 거 보고 적은 김더."

부끄러운 내색을 하였다. 선생님에게 자신이 쓴 책을 보이는 것이 부끄러운 건우

"일기는 남의 비밀이니까 읽을 수가 없고, 어디 책 읽은 소감 이나 봬 주게." 건우가 쓴 글이 궁금한 '나'

나는 책을 도로 돌렸다. 건우는 마지못해 여기저길 뒤적거리다가 한 군데를 펴 주었다. 또박또박 깨알같이 박아 쓴 글씨였다.

○○○ 여사는 어머니처럼 혼자 사시는 분이라 그런지 그분의 글에는 한결 감동되는 바가 있었다. 「내가 본 국도」 속의 한 구절―그래도 선거 때가 되면 소속 육지에서 똑딱선을 가지고 섬 백성을 모시러 오는 알뜰한 정당이 있어, 이들은 다만, 그 배로 실려 가서 실상 자기네 실생활과는 무연*한 정치를 위하여 지정해 주는 기호 밑에 도장을 찍어 주고 그 배에 실려 돌아온다는 것입니다.

// 장면 끊기 02 '나'는 건우가 쓴 〈섬 얘기〉라는 책을 발견하고, 건우가 책을 읽고 쓴 감상문을 읽음

(중략)

건우 할아버지와 윤춘삼 씨가 들려준 조마이섬 이야기는 언젠가 건우가 써냈던 〈섬 얘기〉에 몇 가지 기막히는 일화가 붙은 것이었다.

"우리 조마이섬 사람들은 지 땅이 없는 사람들이오. 와 처음부터 없기싸 없었겠소마는 죄다 뺏기고 말았지요. 옛적부터 이 고장 사람들이 젖줄같이 믿어 오던 낙동강 물이 맨들어 준 우리 조마이섬은……."

[B]
― 건우 할아버지는 처음부터 개탄조*로 나왔다. 땅을 두고 벌어진 부당한 일에 대해 한탄하는 건우 할아버지 선조로부터 물려받은 땅, 자기들 것이라고 믿어 오던 땅이 자기들이 겨우 철 들락말락할 무렵에 별안간 왜놈의 동척* 명의로 둔갑을 했더란 것이었다.

"이완용이란 놈이 '을사 보호 조약'이란 걸 맨들어 냈뒤라 카더만!"

윤춘삼 씨의 퉁방울 같은 눈에도 증오의 빛이 이글거리기 시작했다. 왜놈과 이완용의 행위에 분노하는 윤춘삼 씨

1905년―을사년 겨울, 일본 군대의 포위 속에서 맺어진 '을사 보호 조약'이란 매국 조약을 계기로, 소위 '조선 토지 사업'이란 것이 전국적으로 실시되던 일, 그리고 이태* 후인 정미년에 가서는 "한국 정부는 시정 개선에 관하여 통감의 지도를 수할 사"란 치욕적인 조목으로 시작된 '한일 신협약'에 따라, 더욱 그 사업을 강행하고 역둔토(驛屯土)의 대부분과 삼림원야(森林原野)들을 모조리 국유로 편입시키는 등 교묘한 구실과 방법으로써 농민으로부터 빼앗은 뒤, 다시 불하*하는 형식으로 동척과 일인(日人) 수중에 옮겨 놓던 그 해괴망측한 처사들이 문득 내 머리 속에도 떠올랐다.

"쥑일 놈들." 조마이섬의 역사를 떠올리며 분노하는 건우 할아버지

건우 할아버지는 그렇게 해서 다시 국회의원, 다음은 하

천 부지의 매립 허가를 얻은 유력자 …… 이런 식으로 소유자가 둔갑되어 간 사연들을 죽 들먹거리더니,

"이 꼴이 되고 보니 선조 때부터 둑을 맨들고 물과 싸워 가며 살아온 우리들은 대관절 우찌 되는기요?" 부당하게 땅을 차지한 권력자들에 대한 분노와 억울함

그의 꺽꺽한 목소리에는, 건우가 지각을 하고 꾸중을 듣던 날 "나룻배 통학생임더." 하던 때의, 그 무엇인가를 저주하듯 한 감정이 꿈틀거리고 있는 것 같았다. 자신들의 뿌리와도 같은 땅을 빼앗긴 것에 분노하는 건우 할아버지 ⓐ얼마나 그들의 땅에 대한 원한이 컸던가를 가히 짐작할 수가 있었다.

// 장면 끊기 03 실제 거주민과 무관하게 소유주가 계속 바뀌어 온 조마이섬의 역사를 개탄하는 건우 할아버지를 보고, '나'는 그들이 지니고 있을 원한에 대해 생각함

— 김정한, 「모래톱 이야기」 —

*동척: 일제 강점기 '동양척식주식회사'의 준말.
*불하: 국가 또는 공공 단체의 재산을 개인에게 팔아넘기는 일.

📄 전체 줄거리

이 글은 '나'가 20년 전에 경험한 이야기이다. 중학교 교사였던 '나'는 나룻배를 타고 통학하던 건우에게 관심을 갖고 가정 방문을 간다. 건우네 집에 방문한 '나'는 정갈하고 강한 인상의 건우 어머니를 만나게 되는데, 아버지가 고기잡이를 갔다가 죽고 할아버지인 갈밭새 영감과 살고 있는 건우 모자의 어려운 형편을 알게 된다. '나'는 돌아오는 길에 우연히 과거 함께 옥살이를 했던 윤춘삼 씨를 만나고, 윤춘삼 씨의 소개로 갈밭새 영감을 만나 조마이섬 사람들의 삶에 대해 자세히 알게 된다. 어느 날 조마이섬에 장마가 내려 홍수가 나고, 섬 전체가 위험해지는 것을 막기 위해 주민들은 둑을 허물게 된다. 이때 둑을 쌓아 섬 전체를 차지하려던 유력자의 하수인들이 이를 방해한다. 화가 치민 갈밭새 영감은 그중 한 명을 탁류에 집어던지고 만다. 결국 갈밭새 영감은 살인죄로 투옥된다.

✱ 1인칭 관찰자 시점

📑 이것만은 챙기자

*칠칠하다: 성질이나 일 처리가 반듯하고 야무지다.
*고대: 바로 곧.
*악지: 잘 안될 일을 무리하게 해내려는 고집.
*입성: '옷'을 속되게 이르는 말.
*무연: 아무 인연이나 연고가 없음.
*개탄조: 분하거나 못마땅해하는 말투나 말씨.
*이태: 두 해.

1. [A]의 서술상 특징에 대한 설명으로 가장 적절한 것은?

✅ 정답풀이

④ 구체적 묘사와 서술자의 판단을 통해 인물의 성격을 제시한다.

> '나'는 '농삿집치고는 유난히도 말끔한 마루청~길찬 장다리꽃들……'에서 집 안팎 광경들을 구체적으로 묘사하여 건우 어머니가 '꽤 부지런하고 친절한' 성격을 가졌을 것이라고 짐작한다. 또한 '유난히 볼가진 듯한 이마라든가, 역시 건우처럼 짙은 눈썹'에서 건우 어머니의 외양을 묘사하여 그녀에게서 '심상치 않을 의지', '정열 같은 것'을 발견하고 있다. 따라서 구체적 묘사와 서술재('나')의 판단을 통해 건우 어머니의 성격을 제시한 것으로 볼 수 있다.

❌ 오답풀이

① 공간적 배경을 활용하여 주제를 암시적으로 드러낸다.
　'농삿집치고는 유난히도 말끔한 마루청, 먼지를 뒤집어쓰고 있지 않은 장독대, 울타리 너머로 보이는 길찬 장다리꽃들……'에서 공간적 배경인 건우네 '집 안팎'을 서술하고 있다. 하지만 이를 통해 건우네의 형편이나 건우 어머니의 성격을 짐작할 수 있을 뿐, 주제를 암시적으로 드러내지는 않는다.

② 일상적 소재를 열거하여 인물의 복잡한 심리를 보여 준다.
　'농삿집치고는 유난히도 말끔한 마루청, 먼지를 뒤집어쓰고 있지 않은 장독대, 울타리 너머로 보이는 길찬 장다리꽃들……'에서 일상적인 소재를 열거하여 건우네 '집 안팎'이라는 공간적 배경을 제시하고 있을 뿐, 인물의 복잡한 심리를 보여 주는 것은 아니다.

③ 서술자의 논평을 통해 인물의 성격 변화의 양상을 드러낸다.
　'이러한 집 안팎 광경들을 통해서 나는 건우 어머니가 꽤 부지런하고 친절한 여성이라는 것을 고대 짐작할 수가 있었다.'에서 서술자인 '나'의 논평은 나타나지만, 이를 통해 인물의 성격 변화의 양상을 드러내지는 않는다.

⑤ 현재와 과거의 사실을 교차하여 향후 전개될 사건의 단서를 제공한다.
　'나'는 현재 건우네 집에서 '집 안팎 광경'을 보며 '젊음이 한창인 열아홉부터 악지 세게 혼자서 살아왔다는' 건우 어머니의 과거 사실과 '어려운 가운데서도 외아들 건우를 나룻배를 태워 가면서까지 먼 일류 중학에 보내고 있다는' 현재 사실을 떠올리고, 다시 '농촌 아이라고는 믿어지지 않을 만큼 건우의 입성이 항시 깨끗했던' 과거 사실을 떠올리고 있다. 따라서 현재와 과거의 사실이 교차되어 있다고는 볼 수 있지만, 이를 통해 향후 전개될 사건의 단서를 제공하고 있지는 않다.

🌱 기틀잡기

> ② 열거: 여러 가지 예나 사실을 낱낱이 죽 늘어놓음.
> ③ 서술자의 논평: 서술자가 작품 속 인물이나 사건에 대해 해석하고 평가하는 것.

Q: '서술자의 논평'과 '서술자의 개입'은 어떻게 다른가요?

A: '서술자의 개입'은 서술자가 작품 안에서 전면에 드러나는 느낌으로 서술되거나 서술자의 주관성이 드러난 부분을 말한다. 이러한 '서술자의 개입' 안에서 사건과 인물에 대해 서술자가 자신의 견해나 감정, 평가, 가치 판단의 내용을 드러내는 경우를 '서술자의 논평(편집자적 논평)'이라고 한다.

| 소재의 의미 및 기능 파악 | 정답률 93

2. 윗글에 대한 이해로 적절하지 않은 것은?

✓ 정답풀이

② '일류 중학'은 건우 모자의 불화가 교육관의 차이에서 비롯되었음을 알려 준다.

'외아들 건우를 나룻배를 태워 가면서까지 먼 일류 중학에 보내고 있다는 사실'을 통해 건우의 교육에 열의를 갖고 있는 건우 어머니의 교육관을 짐작할 수는 있다. 하지만 윗글에서 건우 모자의 불화나 교육관의 차이는 나타나지 않는다.

✗ 오답풀이

① '손'은 어머니가 고된 생활을 감당해 왔음을 알려 준다.
'유달리 자그마한 손이 상일에 거칠어 있고' '젊음이 한창인 열아홉부터 악지 세게 혼자서 살아왔다는 것'을 볼 때, 건우의 어머니가 고된 생활을 감당해 왔음을 짐작할 수 있다.

③ '책상'은 넉넉하지 못한 살림살이의 단면을 보여 준다.
'사과 궤짝 같은 것에 종이를 발라 쓰는 책상 위에는 몇 권 안 되는 책들이 나란히 꽂혀 있는' 모습을 통해 건우네의 넉넉하지 못한 살림살이를 엿볼 수 있다.

④ '책 읽은 소감'은 정치 현실에 대한 건우의 관심을 드러내고 있다.
건우의 〈섬 얘기〉에 쓰여 있는 '책 읽은 소감'에는 선거 때 섬에 찾아오는 정당 사람과 그들의 손에 이끌려 '실상 자기네 실생활과는 무연한 정치를 위하여' 표를 행사하게 되는 섬 사람들의 이야기가 나타난다. 이러한 이야기를 썼다는 것은 건우가 정치 현실에 대해 문제의식을 갖고 있다는 것을 의미한다.

⑤ '둑'은 조마이섬 사람들의 삶의 내력을 담고 있다.
'선조 때부터 둑을 만들고 물과 싸워 가며 살아온 우리들'이라는 건우 할아버지의 말을 통해 '둑'은 조마이섬 사람들의 삶의 내력을 담고 있음을 알 수 있다.

| 작품의 변용 | 정답률 83

3. [B]를 〈보기〉의 시나리오로 각색했다고 할 때, 고려한 내용으로 적절하지 않은 것은?

〈보기〉

S#98. 강둑 위 (오후, 길게 펼쳐진 조마이섬 모습 후) E.L.S.*

건우 증조부: (손에 쥔 종이를 움켜쥐고 부르르 떨며) 대명천지에 이럴 수는 없는 기다!

소년(건우 할아버지): 이기 무신 소립니꺼? 인자 우리 땅이 아니라니요, 조마이섬이 왜놈 땅이 됐다 카는 기 무신 말씀입니꺼? (건우 증조부, 손에 쥔 종이를 갈기갈기 찢고, 집으로 달려간다. 소년 뒤따라간다.) O.L.

S#99. 나루터 선술집 (저녁)

건우 선생님: (놀랍다는 듯이) 그러니까 일제 때 토지 조사 사업 한답시고 국유지로 편입시켰다가, 그걸 다시 팔아 먹었던 거군요?

건우 할아버지: (증오의 눈빛으로) 거서 끝이 아니라요. 아마 건우 애비 중학 졸업하던 땐가 해방 됐다꼬 만세 부르고 와 보니, 이번엔 국회의원 손에 넘어갔다 카이.

윤춘삼: 얼마 전부터는 하천 부지를 매립한다나 어쩐다나…….

건우 할아버지: 오늘은 시커먼 놈들이 우르르 몰려와서는 종이 쪼가리를 봬 주며 그랍디다. 섬에서 나가는 기 좋을끼라고, 내일은 결판을 낼 끼라고. (입술을 깨물었다가 무슨 결심이라도 한 듯이) 대명천지에 이럴 수는 없는 기다!

*E.L.S.: 익스트림 롱 숏. 아주 멀리서 넓은 지역을 조망하는 촬영 기법.

🔍 보기 분석

- S#(Scene Number): 장면 번호
- O.L(Over Lap): 두 가지 화면이 서서히 겹쳐지면서 장면이 전환됨

✓ 정답풀이

④ S#98~99에서 인물 간 갈등을 부각시키기 위해 조마이섬의 소유권 이전에 찬동하는 등장인물을 넣어야겠어.

[B]의 '건우 할아버지는 처음부터 개탄조로 나왔다.', '윤춘삼 씨의 통방울 같은 눈에도 증오의 빛이 이글거리기 시작했다.', '1905년—을사년 겨울~그 해괴망측한 처사들이 문득 내 머리 속에도 떠올랐다.' 등의 서술을 통해 윗글에는 조마이섬의 소유권 이전에 찬동하는 인물이 없음을 알 수 있다. 한편, 〈보기〉의 S#98에서는 건우 증조부가, S#99에서는 건우 할아버지가 자신들의 땅으로 여겼던 조마이섬의 소유권이 부당하게 다른 곳으로 넘어간 데 대해 분노하고 있다. 이외의 인물들은 그의 말에 동조하거나 경청하고 있을 뿐, 소유권 이전에 찬동하고 있지는 않다.

① S#98에서 조마이섬의 지형적 특징을 보여 주기 위해 멀리서 섬을 조망하는 촬영 기법을 도입해야겠어.

　〈보기〉의 S#98에서는 멀리서 넓은 지역을 조망하는 E.L.S. 기법을 통해 '길게 펼쳐진 조마이섬'의 지형적 특징을 보여 주고 있다.

② S#99에서 관객의 이해를 돕기 위해 인물의 대사로 역사적 사실에 대한 정보를 전달해야겠어.

　[B]의 '1905년—을사년 겨울~머리 속에도 떠올랐다.'에서 '나'의 서술을 통해 역사적 사실이 제시되어 있다. 이와 달리 〈보기〉의 S#99에서는 인물들의 대사를 통해 역사적 사실에 대한 정보를 전달하고 있다.

③ S#99에서 관객의 긴장을 유발하기 위해 이후 벌어질 갈등 상황을 인물의 대사 속에 넣어야겠어.

　〈보기〉의 S#99에서 건우 할아버지의 대사 중 '섬에서 나가는 기 좋을끼라고, 내일은 결판을 낼 끼라고.'를 통해 이후 벌어질 갈등 상황을 유추할 수 있으며, 이를 통해 관객의 긴장감을 유발한다.

⑤ S#98~99에서 억울한 상황이 되풀이됨을 강조하기 위해 서로 다른 인물이 동일한 특정 대사를 구사하도록 해야겠어.

　〈보기〉의 S#98에서 새로운 인물인 건우 증조부가 등장하여 '대명천지에 이럴 수는 없는 기다!'라고 말하며 억울한 상황에 대해 분노를 표현한다. 또한 S#99에서 건우 할아버지가, S#98에서 건우 증조부가 했던 대사와 동일한 대사를 구사하며 억울한 상황이 되풀이됨을 강조하고 있다.

🌱 기틀잡기

① **조망:** 먼 곳을 바라봄. 또는 그런 경치.
② **관객:** 운동 경기, 공연, 영화 따위를 보거나 듣는 사람. 소설의 감상자가 독자라면, 영화 시나리오의 감상자는 관객임.

---

4. 〈보기〉를 참고하여 윗글을 감상한 내용으로 적절하지 <u>않은</u> 것은? [3점]

〈보기〉

　「모래톱 이야기」에서 작가는 땅을 둘러싼 권력의 횡포를 비판하고 '뿌리 뽑힌 사람들'의 삶을 서술자와 등장인물을 통해 증언한다. 이 과정에서 등장인물들은 절망의 나락에 빠지지 않는 저항적 주체의 모습으로 형상화된다. 작가는 공동체의 고통에 대한 공감을 바탕으로 하여 부조리한 현실을 전달하고 증언하기 위해 서술자 '나'의 이야기를 창조하였다. 이는 작가의 적극적인 현실 참여 의식이 가미된 결과이다.

🔍 보기 분석

• 「모래톱 이야기」: 권력의 횡포 비판 + '뿌리 뽑힌 사람들'의 삶 증언
　– 등장인물: 저항적 주체의 모습으로 형상화
　– 서술자 '나': 공동체의 고통에 대한 공감 → 부조리한 현실 전달

③ 건우 할아버지와 윤춘삼의 이야기가 건우의 〈섬 얘기〉에 원천을 두고 있는 것으로 보아, '나'의 이야기는 건우를 저항적 주체들의 중심인물로 삼고 있음을 알 수 있어.

　〈보기〉에 따르면, 윗글에서 '등장인물들은 절망의 나락에 빠지지 않는 저항적 주체의 모습으로 형상화'된다. '건우 할아버지와 윤춘삼 씨가 들려준 조마이섬 이야기는 언젠가 건우가 써냈던 〈섬 얘기〉에 몇 가지 기막히는 일화가 붙은 것'이라는 말은 건우 할아버지의 '조마이섬 이야기'가 〈섬 얘기〉를 바탕으로 하였다는 의미가 아니다. 조마이섬의 역사를 바탕으로 건우가 〈섬 얘기〉를 써냈고, 건우 할아버지도 같은 역사를 이야기하고 있다는 의미이다. 따라서 건우 할아버지와 윤춘삼의 이야기가 건우의 〈섬 얘기〉에 원천을 두고 있다고 볼 근거는 없다. 또한 서술자가 부당한 현실에 대해 저항하는 건우 할아버지의 '꺽꺽한 목소리'에서 건우의 '무엇인가를 저주하듯 한 감정'을 발견하는 것을 볼 때, 건우 할아버지와 건우를 모두 저항적 주체로 설정한 것으로 해석할 수 있으나, 그 저항적 주체들 가운데서도 특별히 건우를 중심인물로 삼고 있다고 할 수는 없다.

❌ 오답풀이

① 건우 할아버지와 윤춘삼의 이야기에 대한 '나'의 태도로 보아, '나'의 이야기는 조마이섬 사람들에 대한 공감을 담아낸 것임을 알 수 있어.

〈보기〉에 따르면, 윗글의 작가는 '공동체의 고통에 대한 공감을 바탕으로 하여 부조리한 현실을 전달하고 증언하기 위해 서술자 '나'의 이야기를 창조'했다. 윗글의 '그의 꺽꺽한 목소리에는.~얼마나 그들의 땅에 대한 원한이 컸던가를 가히 짐작할 수 있었다.'를 통해 '나'가 건우 할아버지와 윤춘삼의 이야기를 들으며 그들이 가진 원한을 짐작하고 있으므로, '나'의 이야기는 조마이섬 사람들에 대한 공감을 담아낸 것이라 볼 수 있다.

② 조마이섬 사람들에 대한 '나'의 이야기가 건우의 〈섬 얘기〉와 관련된 것으로 보아, 건우는 땅의 소유권이 바뀌어 온 현실을 증언하는 인물임을 알 수 있어.

〈보기〉에 따르면, 윗글의 작가는 '땅을 둘러싼 권력의 횡포를 비판하고 '뿌리 뽑힌 사람들'의 삶을 서술자와 등장인물을 통해 증언'한다. 윗글의 '건우 할아버지와 윤춘삼 씨가 들려준 조마이섬 이야기는 언젠가 건우가 써냈던 〈섬 얘기〉에 몇 가지 기막히는 일화가 붙은 것이었다.'를 고려하면 〈섬 얘기〉 역시 조마이섬 사람들의 현실을 바탕으로 했음을 알 수 있다.

④ '나'의 이야기가 조마이섬과 관련된 몇 가지 기막힌 일화를 다루는 것으로 보아, '나'의 이야기는 현실의 이면에 감춰진 부조리한 실상을 증언하기 위한 것임을 알 수 있어.

〈보기〉에 따르면, 윗글의 작가는 '공동체의 고통에 대한 공감을 바탕으로 하여 부조리한 현실을 전달하고 증언하기 위해 서술자 '나'의 이야기를 창조'했다. '나'의 이야기는 억울하게 땅을 빼앗긴 조마이섬 사람들의 부조리한 실상을 다루고 있으므로, 이는 현실의 이면에 감춰진 부조리한 실상을 증언하기 위한 것이라고 볼 수 있다.

⑤ 건우 할아버지의 이야기가 대대로 땅을 빼앗겨 온 조마이섬 사람들에 관한 것으로 보아, '나'의 이야기는 '뿌리 뽑힌 사람들'에 대한 권력의 횡포를 비판하는 것임을 알 수 있어.

〈보기〉에 따르면, 윗글의 작가는 '땅을 둘러싼 권력의 횡포를 비판하고 '뿌리 뽑힌 사람들'의 삶을 서술자와 등장인물을 통해 증언'한다. 윗글에서 건우 할아버지는 '선조로부터 물려받은 땅'을 대대로 빼앗겨 온 일에 대해 분노하고 있으며, '나'는 그 이야기에 대해 '공감을 바탕으로 하여 부조리한 현실을 전달'하고 있다. 〈보기〉에 따라 '작가의 적극적인 현실 참여 의식'이 반영되었음을 고려하면, '나'는 '뿌리 뽑힌 사람들'(억울하게 땅을 빼앗긴 조마이섬 사람들)의 증언을 통해 권력의 횡포를 비판하는 것임을 알 수 있다.

🎯 평가원의 관점 · 4–②번

이의 제기

건우가 직접 땅의 소유권 문제에 관해 언급하지는 않았으니까 ②번이 적절하지 않은 감상 아닌가요?

답변

문제는 〈보기〉를 참고하여 작품을 감상할 수 있는지를 묻고 있습니다. 〈보기〉에서는 작가가 '땅을 둘러싼 권력의 횡포를 비판하고 '뿌리 뽑힌 사람들'의 삶'을 '서술자와 등장인물을 통해 증언'한다고 하였습니다. 또한 윗글에서 '조마이섬 이야기'와 건우가 쓴 〈섬 얘기〉가 관련이 있음을 알 수 있으며, 땅에 관해 이야기하며 분노하는 건우 할아버지의 모습을 보던 서술자가, 건우의 모습을 떠올리는 것에서 건우 할아버지와 건우 둘 다 '저항적 주체'로 여겨지고 있음을 알 수 있습니다. 즉 '뿌리 뽑힌 사람들'의 삶을 증언하는 주체에는 등장인물인 건우 할아버지와 건우, 서술자 '나', 그리고 작가까지 모두 해당된다고 볼 수 있습니다.

| 어휘의 의미 파악 | 정답률 93

5. 문맥상 ⓐ를 가장 잘 나타낸 것은?

✅ 정답풀이

① 각골통한(刻骨痛恨)

땅에 대한 '원한이 크다'고 했으므로, '뼈에 사무칠 만큼 원통하고 한스러움. 또는 그런 일.'을 이르는 말인 '각골통한'이 가장 적절하다.

❌ 오답풀이

② 노심초사(勞心焦思)
'몹시 마음을 쓰며 애를 태움.'을 이르는 말이다.

③ 전전반측(輾轉反側)
'누워서 몸을 이리저리 뒤척이며 잠을 이루지 못함.'을 이르는 말이다.

④ 풍수지탄(風樹之嘆)
'효도를 다하지 못한 채 어버이를 여읜 자식의 슬픔.'을 이르는 말이다.

⑤ 후회막급(後悔莫及)
'이미 잘못된 뒤에 아무리 후회하여도 다시 어찌할 수가 없음.'을 이르는 말이다.

이청준, 「소문의 벽」
2014학년도 수능B

[1~3] 다음 글을 읽고 물음에 답하시오.

"도대체 박준은 어째서 꼭 불을 밝혀 놓아야 잠이 들 수 있었을까요. 그리고 전짓불을 보고는 왜 갑자기 발작을 일으킨 것입니까?" 박준이 전짓불을 보고 발작을 일으키는 원인을 알아내고자 하는 '나'

"중요한 걸 물으시는군요."

잠시 입을 다물고 있던 김 박사는 그동안 나에게서 그런 질문을 기다리고 있었기라도 한 듯 이번에는 박준의 버릇에 대해 다시 설명을 시작했다.

"글쎄, 나 역시도 어젯밤 우연히 그런 발작이 나기 전까지는 환자가 특히 어둠을 싫어하는 이유를 알아내지 못하고 있었거든요. 그야 물론 앞서도 말씀드렸듯이 그것도 다른 환자들에게서 볼 수 있는 일반적인 병증의 하나임엔 틀림없지요. 하지만 이제까지의 관찰로는 영 그 원인을 분석해 낼 재간이 없었단 말입니다. 한데 어젯밤 발작을 보고는 비로소 어떤 힌트를 얻을 수 있었어요. 무슨 얘기냐 하면, 환자가 그토록 어둠을 싫어하게 된 것은 직접적으로 그 어둠 자체를 싫어하기 때문이 아니라, 그 어둠으로부터 연상되는 어떤 다른 공포감이 있었기 때문이라는 겁니다. 이를테면 그 전짓불 같은 것이 바로 그런 거지요. 환자가 진짜 발작을 일으키도록 심한 공포감을 유발시킨 것은 어둠이 아니라 그 어둠 속에 나타난 전짓불이었단 말씀입니다. 박준이 두려워하는 것은 어둠이 아닌 전짓불이라고 생각하는 김 박사 환자에겐 그 어둠이라는 것이 늘 전짓불을 연상시키는 공포의 촉매물이었지요."

"그렇다면 앞으로의 문제는 박준이 무엇 때문에 그 전짓불에 공포를 느끼게 되는지 그걸 알아내는 것이겠군요. 그게 바로 박사님께서 자주 말씀하신 최초의 갈등 요인이 아니겠습니까."

"옳은 말씀이에요. 전짓불의 비밀이야말로 박준 씨의 치료에는 무엇보다 중요한 열쇠가 되고 있지요."

"하지만 어젯밤 박준이 전짓불을 보고 놀랐던 것만으론 그가 어째서 그것에 대해 공포감을 지니게 되었는지, 그리고 그 **전짓불의 공포**라는 것이 박준에게 어떤 의미를 지니고 있는 것인지 아직 설명하실 수가 없으신 것 아닙니까."

"아직까지는 그런 셈이지요."

"역시 그의 소설에 대해 관심을 좀 가져 보시는 게 어떨까요?" 박준이 발작을 일으키는 원인을 그의 소설에서 찾고자 하는 '나'

나는 필시 박준의 소설들과 전짓불 사이엔 뭔가 썩 깊은 상관이 있는 듯한 예감에 사로잡히며 은근히 김 박사를 권해 보았다. 그러나 김 박사는 박준의 소설에 대해서는 여전히 관심을 보이려 하지 않았다.

"역시 그럴 필요는 없어요. 별로 기분 좋은 방법이 아니기는 하지만, 이젠 최소한 환자로 하여금 전짓불의 내력을 포함한 모든 비밀을 털어놓게 할 마지막 방법은 찾아 놓고 있는 셈이

니까요."

// 장면 끊기 01 '나'는 김 박사와 함께 박준의 공포감에 대해 이야기하며 박준이 공포감을 느끼는 이유를 알아내려 함

(중략)

—이 달의 화제작, 화제 작가.

신문지는 벌써 이태쯤 전에 발간된 어떤 주간지의 한 조각이었는데, 거기엔 우선 그런 제호*가 크게 눈에 띄었다. 그리고 그 제호 한쪽으로 그 달에 발표된 박준의 소설이 한 편 몇몇 평론가들로부터 합평*되어 있고, 다른 한쪽엔 그 달의 화제 작가로서 박준을 인터뷰한 기사가 실려 있었다.

나는 정신이 번쩍 들었다. 신문 기사를 발견하고 깜짝 놀란 '나' 신문지 조각을 못에서 빼어 냈다. 그러나 금세 실망이 되고 말았다. 기사는 별로 읽을 만한 곳이 남아 있지 않았다. 대부분의 기사가 다른 조각으로 찢어져 나가 버리고 없었다. 신문 기사가 찢어져 나가고 일부만 남아있어 아쉬움을 느끼는 '나' 찢어져 나간 조각들은 찾아낼 수가 없었다. 이미 휴지로 사용이 되고 만 모양이었다. 남아 있는 것은 그의 인터뷰 기사 중의 몇 마디뿐이었다. 나는 그것이나마 찢어지다 남은 데서부터 기사를 읽어 내려가기 시작했다.

—당신은 아까 내가 **위험한 질문**이라고 한 말의 뜻을 아직 잘 알아듣지 못한 모양이다. 그렇다면 내가 좀 더 설명을 하겠다…….

아마 기자의 어떤 질문에 대한 답변을 부연하고 있는 모양이었다. 박준은 이야기를 꽤 길게 계속하고 있었다.

[A]

—어렸을 때 겪은 일이지만 난 아주 **기분 나쁜 기억**을 한 가지 가지고 있다. 6·25가 터지고 나서 우리 고향에는 한동안 우리 경찰대와 지방 공비*가 뒤죽박죽으로 마을을 찾아드는 일이 있었는데, 어느 날 밤 경찰인지 공비인지 알 수 없는 사람들이 또 마을을 찾아 들어왔다. 그리고 그 사람들 중의 한 사람이 우리 집까지 찾아 들어와 어머니하고 내가 잠들고 있는 방문을 열어젖혔다. 눈이 부시도록 밝은 전짓불을 얼굴에다 내리비추며 어머니더러 당신은 누구의 편이냐는 것이었다. 하지만 어머니는 그때 얼른 대답을 할 수가 없었다. 전짓불 뒤에 가려진 사람이 경찰대 사람인지 공비인지를 구별할 수 없었기 때문이다. 대답을 잘못했다가는 지독한 복수를 당할 것이 뻔한 사실이었다. 하지만 어머니는 상대방이 어느 쪽인지 정체를 모른 채 대답을 해야 할 사정이었다. 어머니의 입장은 절망적이었다. 나는 지금까지도 그 절망적인 순간의 기억을, 그리고 사람의 얼굴을 가려 버린 전짓불에 대한 공포를 생생하게 간직하고 있다.

전짓불에 대한 공포를 떠올리는 박준

그런데 나는 요즘 나의 **소설 작업** 중에도 가끔 그 비

숫한 느낌을 경험하곤 한다. 내가 소설을 쓰고 있는 것이 마치 그 얼굴이 보이지 않는 전짓불 앞에서 일방적으로 나의 진술만을 하고 있는 것 같다는 말이다. 문학 행위란 어떻게 보면 한 작가의 가장 성실한 **자기 진술**이라고 할 수 있다. 그런데 나는 지금 어떤 전짓불 아래서 나의 진술을 행하고 있는지 때때로 엄청난 공포감을 느낄 때가 많다. 지금 당신 같은 질문을 받게 될 때가 바로 그렇다……. 어른이 되어서도 소설을 쓸 때나 인터뷰를 할 때 어린 시절 전짓불 앞에서 느꼈던 공포감을 여전히 느끼는 박준

박준의 말은 거기서 일단 끝나고 있는 듯 보였다. 그리고 신문이 찢겨져 나가 버린 것도 거기서부터였다.

// 장면 끊기 02 '나'는 신문지 조각에서 박준의 인터뷰 기사를 발견하고 읽어 내려감

– 이청준, 「소문의 벽」 –

전체 줄거리

'나'는 잡지사 편집장이다. 술에 취해 밤늦게 귀가하다가 누군가에게 쫓기고 있다는 한 남자의 간청을 외면하지 못하고 집으로 데려간다. 이튿날 하숙방에서 밤새 함께 잤던 그 남자가 사라진 것을 알고 나는 정신 병원으로 향한다. 밤새 전등불을 켜 놓은 것을 비롯해 보통 사람이라고는 여길 수 없는 행동들 때문이었다. 그 남자가 진술공포증으로 입원한 환자 박준일이라는 사실을 알게 된 후 나는 소설가 박준을 떠올리고 두 사람이 동일인물이라고 믿게 된다. 새삼스럽게 박준의 소설에 관심을 갖고 읽는 데 몰두하던 나는 그곳에서 모든 실체를 발견한다. 박준이 두려워하던 전짓불이 그에게 어떻게 작용하였나를 파헤친 것이다. 박준은 어린 시절, 6 · 25가 터졌을 때 밤중에 들이닥쳐 얼굴에 전짓불을 들이대며 누구의 편인지 묻던 경찰과 공비들에게 공포감을 느꼈었다. 그러나 박준의 주치의 김 박사는 자신의 치료 방법을 바꾸지 않고 그에게 전짓불을 들이댄다. 박준은 다시 사라지고 '나'는 그의 증세를 더 악화시켰다는 자책에 빠져 괴로워한다.

＊ 1인칭 관찰자 시점

이것만은 챙기자

* **제호**: 책이나 신문 따위의 제목.
* **합평**: 여러 사람이 모여서 의견을 주고받으며 비평함.
* **공비**: 공산당의 유격대.

---

1. 윗글에 대한 이해로 가장 적절한 것은?

✅ 정답풀이

① '김 박사'는 '박준'이 느끼는 공포감의 비밀을 밝힐 방법을 찾았다고 믿는다.

> 김 박사는 '나'에게 '이젠 최소한 환자로 하여금 전짓불의 내력을 포함한 모든 비밀을 털어놓게 할 마지막 방법은 찾아 놓고 있는 셈이니까요.'라고 말한다. 이는 자신이 박준이 느끼는 공포감의 비밀을 밝힐 방법을 찾았다고 믿고 있음을 의미한다.

❌ 오답풀이

② '김 박사'의 말을 들은 '나'는 그의 치료 방안에 대해 전적으로 신뢰하게 된다.
'나'는 김 박사에게 '아직 설명하실 수가 없으신 것 아닙니까.'라고 말하며 박준의 소설들과 전짓불 사이에 상관이 있을 것이니 박준의 소설에 관심을 가져 볼 것을 권한다. 따라서 '나'가 김 박사의 치료 방안을 전적으로 신뢰하고 있다고 보기는 어렵다.

③ '박준'이 어둠 때문에 발작을 일으킨 일이 있음을 '김 박사'는 알지 못하고 있다.
'환자가 진짜 발작을 일으키도록 심한 공포감을 유발시킨 것은 어둠이 아니라 그 어둠 속에 나타난 전짓불이었던 말씀입니다. 환자에겐 그 어둠이라는 것이 늘 전짓불을 연상시키는 공포의 촉매물이었지요.'라는 김 박사의 말을 통해, 박준이 어둠보다는 그 어둠 속에 나타난 전짓불 때문에 발작을 일으킨 것이며, 김 박사는 그 사실을 알고 있다는 것을 확인할 수 있다.

④ '어머니'의 입장이 절망적인 것은 아들의 안전을 지키지 못했다는 자괴감 때문이다.
어머니의 상황이 절망적이었던 것은 방문을 열어젖힌 상대가 경찰인지 공비인지 모르는 상황에서 '당신은 누구의 편이냐'는 질문에 어떤 말을 해야 할지 몰랐기 때문이다.

⑤ 신문지 조각을 읽은 '나'는 궁금해 하는 사실과 기사의 내용이 거리가 있어서 실망한다.
박준을 인터뷰한 기사가 실려 있는 신문지 조각에는 '나'가 궁금해 하는 내용이 들어있었지만, '나'가 실망한 이유는 신문 기사가 찢겨져 나가 '별로 읽을 만한 곳이 남아 있지 않았'기 때문이다.

2. [A]의 서사적 기능으로 가장 적절한 것은?

✔ 정답풀이

③ 주인공의 두 경험을 연관 지어 사건의 의미를 이해하는 데 단서를
제공한다.

> [A]는 주인공이 과거 전짓불에 대한 공포를 느꼈던 일에 대해 인터뷰한
> 기사 내용으로, 그가 어둠 속에서 전짓불을 보고 발작을 일으키는 이유가
> 밝혀지는 부분이다. 따라서 [A]는 주인공이 과거 6·25전쟁 때 겪은 절
> 망적인 경험과 '전짓불을 보고는' 갑자기 '발작을 일으킨' 일이 서로 연결
> 되어 있음을 밝혀, 사건의 의미를 이해하는 데 단서를 제공하고 있으므로
> 적절하다.

✖ 오답풀이

① 특정 지역을 배경으로 설정하여 공간의 상징적 의미를 부각한다.
'6·25가 터지고 나서 우리 고향에는 한동안 우리 경찰대와 지방 공비가
뒤죽박죽으로 마을을 찾아드는 일이 있었는데'라는 서술에서 '우리 고향'이
라는 배경이 드러나지만, 그곳이 어떤 특정 지역을 가리키는지는 알 수 없다.
또한 '우리 고향'이라는 공간의 상징적 의미를 드러내는 부분도 없다.

② 인물의 행동을 객관적 시점에서 묘사하여 인물의 성격을 짐작
하게 한다.
'—어렸을 때 겪은 일이지만 난 아주 기분 나쁜 기억을 한 가지 가지고 있다.'
라는 서술에서 인물이 자신이 경험한 일을 고백하며 자신의 주관적 정서에
대해 서술하고 있음을 알 수 있으므로, 객관적 시점에서 묘사한 것으로 볼
수 없다.

④ 동일한 사건을 다각적으로 구성하여 사건에 대한 해석의 여지를
열어 놓는다.
'—어렸을 때 겪은 일이지만~전짓불에 대한 공포를 생생하게 간직하고 있다.'
에서 박준이 어렸을 때 경험한 사건을 '나(박준)'의 시점으로만 서술하고 있다.
즉, 동일한 사건을 다각적으로 구성하고 있지 않으며, 사건에 대한 해석의
여지를 열어 놓았다고도 볼 수 없다.

⑤ 이질적인 시선을 대비해 가며 역사적인 사건의 전모가 총체적
으로 드러나도록 한다.
'—어렸을 때 겪은 일이지만~전짓불에 대한 공포를 생생하게 간직하고 있다.'
에서 박준이 어렸을 때 경험한 사건을 '나(박준)'의 시점으로만 서술하고 있
으므로 이질적인 시선의 대비가 나타난다고 볼 수 없다. 또한, 6·25 전쟁
이라는 역사적인 사건의 전모가 총체적으로 드러나기보다는 역사적 사건과
관련한 개인의 경험과 정서가 주로 드러난다.

🌱 기틀잡기

② **객관적 시점:** 제삼자의 입장에서 사물을 보거나 생각하는 것을 의미
한다. 문학에서 1인칭 서술자일 경우 객관적일 가능성이 거의 없으
며, 주체의 인식과 태도를 철저히 배제한다면 가능할 수도 있다. 다만
상대적인 의미의 객관성에 대해서는 얼마든지 물어볼 수 있다.

④ **다각적으로 구성:** 다양한 입장을 보여 주어 사건의 의미를 다양하게
구성함.

✍ 모두의 질문   · 2—②번

Q: [A]는 박준이 말하는 방식 그대로 서술되어 있으니, 박준이 아닌 상대방
(='나')의 입장에선 객관적 시점에서 묘사한 것이 맞지 않나요?

A: ②번 선지에서 말하는 '인물'이란 [A]에 등장하는 인물을 지칭하는
것이므로 박준을 의미하는 것으로 봐야 한다. [A]에서 박준의 행동을
객관적 시점에서 묘사하였다면, 박준 스스로 자신의 행동에 대해 서술
하는 것이 아니라 박준 이외의 제삼자(혹은 서술자)가 박준의 행동을
객관적으로 서술하였어야 한다. [A]에서는 박준이 자신이 직접 경험한
일을 고백하며 자신의 주관적 정서에 대해 말하고 있으므로, 박준의
행동이 객관적 시점에서 묘사되었다고 볼 수 없는 것이다.

3. 〈보기〉를 참고하여 윗글을 감상한 내용으로 적절하지 <u>않은</u> 것은? [3점]

〈보기〉

정신적 외상(trauma)은 충격적 경험의 기억이 무의식에 잠재되었다가 정신적 병증의 요인으로 작용하면서 모습을 드러낸다. 그 기억은 떠올리는 것만으로도 고통스러울 수 있는데, 이를 들추어 '<u>말문</u>'을 트게 하는 것은 정신적 병증의 치유에서 <u>중요한 과정</u>이다. 개인뿐만 아니라 사회에서도 공동체의 위기 상황으로 인해 발생한 정신적 외상에 대해 '말문 트기'가 요구된다. 이런 점에서 소설은 <u>개인의 아픔은 물론 사회적 병증을 치유해 주는 개인적·사회적 말문 트기의 하나</u>라 할 수 있다.

🔍 **보기 분석**

- 정신적 외상: 감정적 충격으로 인해 발생. 정신적 병증의 원인으로 작용
- 말문 트기: 정신적 병증을 치유하기 위한 중요한 과정. 소설은 개인적 차원은 물론 사회적 차원의 정신적 상처를 치유하는 기능을 한다는 점에서 '말문 트기'의 하나로 볼 수 있음

✅ **정답풀이**

⑤ 정신적 외상의 최초 원인을 밝히기 위해 '김 박사'가 '박준'의 과거 기억을 진술하게 할 계획을 세웠다면, 이는 '위험한 질문'을 회피하기 위한 말문 트기 방법을 모색한 결과이겠군.

〈보기〉에 따르면, 충격적 경험의 기억은 '떠올리는 것만으로도 고통스러울 수 있는데, 이를 들추어 '말문'을 트게 하는 것은 정신적 병증의 치유에서 중요한 과정'이다. 박준은 '위험한 질문'에 대한 답으로 과거에 경험한 전짓불의 공포와 자기가 현재 소설을 쓰는 상황에 대해 이야기하고, 지금 당신 같은 질문을 받게 될 때 엄청난 공포감을 느낀다고 말한다. 이를 통해 '위험한 질문'이 충격적 경험의 기억을 들추어 답변을 요구하는 질문이라는 것을 알 수 있다. 또한 윗글의 '이젠 최소한 환자로 하여금 전짓불의 내력을 포함한 모든 비밀을 털어놓게 할 마지막 방법은 찾아 놓고 있는 셈이니까요.'라는 말에서 알 수 있듯이, 김 박사는 박준이 전짓불의 실체를 포함한 일체의 비밀을 직접 털어놓게 할 방법을 찾고 있다. 따라서 김 박사가 시도하려는 방법은 '위험한 질문'을 회피하는 것이 아니라, '위험한 질문'을 통해 말문 트기를 시도하려는 것이다.

❌ **오답풀이**

① '전짓불의 공포'를 강하게 느끼는 '박준'은, 일방적 진술을 강요하는 듯한 사회적 상황에 직면하여 고통 받는 이들을 상징하는 인물이겠군.

〈보기〉에 따르면, 충격적 경험의 기억은 '떠올리는 것만으로도 고통스러울 수 있'다. 윗글의 '그런데 나는 지금 어떤 전짓불 아래서 나의 진술을 행하고 있는지 때때로 엄청난 공포감을 느낄 때가 많다.'라는 박준의 진술을 통해 그가 일방적 진술을 강요하는 듯한 사회적 상황에 직면하여 고통 받는 이들을 상징하는 인물임을 추론할 수 있다.

② '전짓불의 공포'와 '소설 작업'의 관계에 주목해 보면, 소설 쓰기를 통한 '박준'의 '자기 진술'은 치유 방법으로서의 말문 트기에 상응하는 것이겠군.

〈보기〉에 따르면, '소설은 개인의 아픔은 물론 사회적 병증을 치유해 주는 개인적·사회적 말문 트기의 하나'이다. 윗글에서 박준은 소설 쓰기를 '마치 그 얼굴이 보이지 않는 전짓불 앞에서 일방적으로 나의 진술만을 하고 있는 것' 같다고 말하면서도, 또 한편으로는 '가장 성실한 자기 진술'이라고 생각한다. 즉 박준은 소설 쓰기를 통해 전짓불 앞에 있는 듯한 공포를 느끼면서도 자기 진술을 이어 가므로, 이 과정을 〈보기〉에서 말한 치유 방법으로서의 말문 트기에 상응하는 것으로 볼 수 있다.

③ '자기 진술'을 어렵게 만드는 상황에 직면했다는 '박준'의 고백은, 일방적일 수밖에 없는 '자기 진술'의 상황 속에서 정신적 외상이 환기된다는 점을 드러내는 것이겠군.

〈보기〉에 따르면, '정신적 외상(trauma)은 충격적 경험의 기억이 무의식에 잠재되었다가 정신적 병증의 요인으로 작용하면서 모습을 드러'낸다. 윗글의 '그런데 나는 지금 어떤 전짓불 아래서 나의 진술을 행하고 있는지 때때로 엄청난 공포감을 느낄 때가 많다.'라는 박준의 진술을 통해 그가 '자기 진술'을 하면서도 전짓불의 공포에 시달림을 알 수 있다. 이것은 일방적으로 진술해야 하는 상황이 과거의 전짓불과 관련된 기억과 겹쳐지면서 공포를 느끼는 것이므로 정신적 외상이 환기된 것으로 볼 수 있다.

④ 유년의 '기분 나쁜 기억'이 전쟁으로 인한 공동체의 위기 상황과 관련되었다는 설정을 통해, '박준'의 정신적 외상이 사회적 차원의 문제와 관련이 있다는 점을 알 수 있겠군.

〈보기〉에 따르면, 정신적 외상은 '개인뿐만 아니라 사회에서도 공동체의 위기 상황'으로 인해 발생한다. 박준의 정신적 외상은 '우리 경찰대와 지방 공비'의 대결 즉, 분단과 이념 대립으로 인해 생긴 것이므로, 사회적 차원의 문제와 관련이 있다고 볼 수 있다.

✒️ **모두의 질문**

• 3-②번

Q: 박준은 <u>소설 쓰기를 할 때 '가끔'이지만 전짓불에 대한 공포와 비슷한 느낌을 느꼈다고 했습니다. 이러한 모습을 볼 때, 〈보기〉의 말문 트기가 될 수 없는 것 아닌가요?</u>

A: 〈보기〉에서 '그 기억은 떠올리는 것만으로도 고통스러울 수 있'지만, (그럼에도) '이를 들추어 '말문'을 트게 하는 것은 정신적 병증의 치유에서 중요한 과정'이라고 하였다. 즉 고통을 받으면서도 (전짓불 앞에 있는 듯한 공포를 느끼면서도) 자신의 진술을 이어가는 과정에서 〈보기〉가 말하는 치유 방법으로서의 말문 트기가 드러난다고 볼 수 있는 것이다.

[1~3] 다음 글을 읽고 물음에 답하시오.

천대*를 받아도 얻어맞는 것보다는 낫다! 그도 그럴 것이다. 미친 체하고 떡목판에 엎드러진다는 셈으로 미친 체하고 어리광 비슷한 수작을 하거나, 스라소니 행세를 하거나 하여, 어떻든지 저편의 호감을 사고 저편을 웃기기만 하면 목전*에 닥쳐오는 핍박은 면할 것이다. 속으로는 요놈 하면서도 얼굴에만 웃는 빛을 띠면 당장의 급한 욕은 면할 것이다. 공포(恐怖), 경계(警戒), 미봉(彌縫), 가식(假飾), 굴복(屈服), 도회(韜晦)*, 비굴(卑屈)…… 이러한 모든 것에 숨어 사는 것이 조선 사람의 가장 유리한 생활 방도요, 현명한 처세술이다. 식민지 현실에 관한 조선 사람들의 처세술을 평가하는 '나' 실상 생각하면 우리의 이러한 생활 철학은 오늘에 터득한 것이 아니요, 오랫동안 봉건적 성장과 관료전제 밑에서 더께가 앉고 굳어 빠진 껍질이지마는, 그 껍질 속으로 점점 더 파고들어 가는 것이 지금의 우리 생활이다.

// 장면 끊기 01 '나'는 조선인의 생활 철학에 대해 생각함

"어떻든지 그저 내지인과 동등한 대우만 해 주면 나중엔 어찌 되든지 살아갈 수 있겠죠."

청년은 무엇에 쫓겨 가는 사람처럼 차 안을 휘휘 돌려다 보고 나서 목소리를 한층 낮추어서 다시 말을 잇는다.

"가령 공동묘지만 하더라도 내지에도 그런 법률이 있다 하면 싫든 좋든 우리도 따라가는 수밖에 없겠죠. 하지만 우리에게는 또 우리의 유풍이 있지 않습니까? 대관절* 내지에도 그런 법이 있나요?"

의외에 이 장돌뱅이도 공동묘지 이야기를 꺼낸다. 나는 아까 형님한테 한참 설법을 듣고 오는 길에 또 이러한 질문을 받고 보니, 언제 규정이 된 것이요 어떻게 시행하라는 것인지는 나로서는 알고 싶지도 않고, 그까짓 것은 아무렇거나 상관이 없는 일이지마는, 아마 요사이 경향에서 모여 앉으면 꽤들 문젯거리, 화젯거리가 되는 모양이다. 나는 한번 껄껄 웃어 주고 싶었으나 그리할 수는 없다. 공동묘지 법에 대해 문제 삼는 사람들을 냉소하는 '나'

"일본에도 공동묘지야 있다우."

나 역시 누가 듣지나 않는가 하고 아까부터 수상쩍게 보이던 저편 뒤로 컴컴한 구석에 금테를 한 동 두른 모자를 쓴 채 외투를 뒤집어쓰고 누웠는 일본 사람과, 김천서 나하고 같이 오른 양복쟁이 편을 돌려다 보았다. 나의 말이 조금이라도 총독정치를 비방하는 것은 아니지만, 그중에서 무슨 오해가 생길지 그것이 나에게는 염려되는 것이었다. 자신의 말이 오해를 불러일으킬까 걱정하는 '나'

"정말 내지에도 공동묘지가 있어요? 하지만 행세하는 사람야 좀 다르겠죠?"

"그야 좀 다르겠지마는, 어떻든지 일본에서는 주로 화장을 지내기 때문에 타고 남은…… 아마 목구멍 뼈라든가를 갖다가

묻고 목패든지 비석을 세운다우. 그러지 않아도 살아 있는 사람도 터전이 좁아서 땅 조각이 금 조각 같은데, 죽는 사람마다 넓은 터전을 차지하다가는 이 세상에는 무덤만 남고 말지 않겠소, 허허허."

나는 이러한 소리를 하면서도 묘지를 간략하게 하여 지면을 축소하고 남는 땅은 누구의 손으로 들어가고 마누 하는 생각을 하여 보았다.

"그리구서니 자기의 부모나 처자를 죽었다구 금세루 살라야 버릴 수가 있습니까? 더구나 대대로 내려오는 제 집 산소까지를."

이 사람은 나의 말이 옳다는 모양으로 고개를 끄덕끄덕하면서도 그래도 반대를 한다.

"화장을 지낸다기루 상관이 뭐겠소. 예전에 애급이라는 나라에서는 왕후장상의 시체는 방부제를 쓰고 나무 관에 넣은 시체를 다시 석관까지에 튼튼히 넣어서 피라미드라는 큰 굴 속에 묻어 두었지만, 지금 와서는 미이라밖에는 되지 않고 만 것을 보면 죽은 송장에게 능라주의(綾羅紬衣)*를 입히고 백 평, 천 평 되는 땅에다가 아무리 굳게 파묻기로 그것이 무엇이란 말이오. 동상을 세우면 무얼 하고 송덕비를 세우면 무엇에 쓴다는 말이오."

내 앞에 앉았는 장꾼은 무슨 소리인지 귀에 자세히 들어오지 않는 모양이다.

"녜에, 그런 것이 있어요?"
하고 멀거니 앉았다.

"하여간 부모를 생사장제(生事葬祭)에 예(禮)로써 받들어야 할 거야 더 말할 것 없지마는, 예로 하라는 것은 결국에 공경하는 마음이나 정성을 말하는 것 아니겠소? 그러니 공동묘지 법이란 난 아직 내용도 모르지마는, 그것은 별문제로 치고라도, 그 근본정신은 생각지 않고 부모나 선조의 산소 치레를 해서 외화(外華)나 자랑하고 음덕(蔭德)*이나 바란다는 것도 우스운 수작이란 것을 알아야 할 거 아니겠소. 지금 우리는 공동묘지 때문에 못살게 되었소? 염통 밑에 쉬스는 줄은 모른다구, 깝살릴* 것 다 깝살리고 뱃속에서 쪼르륵 소리가 나도 죽은 뒤에 파묻힐 곳부터 염려를 하고 앉았을 때인지? 너무도 얼빠진 늦둥이 수작이 아니오? 허허허." 문제의 본질을 보지 못하고 공동묘지 법만 문제 삼는 사람들을 냉소하는 '나'

나는 형님에게 하고 싶던 말을 장돌뱅이로 돌아다니는 이 자를 붙들고 한참 푸념을 하였다.

// 장면 끊기 02 '나'는 공동묘지 법에 대하여 장돌뱅이와 대화하며 냉소적인 태도를 드러냄

– 염상섭, 「만세전」 –

*도회: 재능이나 학식 따위를 숨겨 감춤.

*능라주의: 비단옷과 명주옷.

*깝살리다: 재물이나 기회 따위를 흐지부지 다 없애다.

📄 전체 줄거리

동경 유학중인 '나'는 아내가 위독하다는 전보를 받고 귀국을 준비한다. 귀국하는 배 안에서 '나'는 일본인이 조선인을 멸시하는 것을 보고 분개하며, 조선이 처한 민족적 현실을 인식하게 된다. '나'는 조선에 도착하여 서울로 향하는 기차에 올라 전근대적 사고에 갇혀 생활하는 조선인의 실상을 듣게 되고 답답한 마음에 사로잡힌다. '나'는 서울에 도착하였지만 아내는 벌써 죽어 있고 아내의 죽음 또한 인습에 의한 것이라 생각한다. 그 후 구더기가 들끓는 공동묘지와 같은 조선의 현실에서 도망치듯 동경으로 떠난다.

* 1인칭 주인공 시점

이것만은 챙기자

*천대: 업신여기어 천하게 대우하거나 푸대접함.

*목전: 아주 가까운 장래.

*대관절: 여러 말 할 것 없이 요점만 말하건대.

*음덕: 조상의 덕.

1. 윗글의 서술상 특징으로 가장 적절한 것은?

⊘ 정답풀이

② 냉소적 어조를 통해 세태에 대한 비판적 태도를 드러내고 있다.

> '그러니 공동묘지 법이란~너무도 얼빠진 늦둥이 수작 아니오?'에서 1인칭 서술자인 '나'가 조선이 못살게 된 근본적인 원인은 생각지도 않고, 공동묘지 법만 문제 삼는 세태에 대해 냉소적인 어조로 비판적인 태도를 드러내고 있다.

✗ 오답풀이

① 상징적 배경을 통해 갈등이 해소될 것임을 암시하고 있다.
  윗글의 '차 안'이라는 배경이 상징하는 바가 무엇인지 뚜렷하지 않다. 또한 '공동묘지 법'을 둘러싼 논쟁을 갈등이라고 보더라도 차 안이라는 배경이 갈등 해소를 암시한다고 볼 수는 없다.

③ 빈번한 장면 전환을 통해 인물들 사이의 긴장감을 고조하고 있다.
  차 안에서 '나'와 장돌뱅이가 대화하는 장면이 이어지고 있으므로 장면 전환이 빈번하다고 볼 수 없다. 또한 인물들 사이의 긴장감이 고조되는 부분도 드러나지 않는다.

④ 동시에 진행되는 사건을 병렬하여 이야기를 입체적으로 구성하고 있다.
  윗글은 '나'가 차 안에서 사람들과 이야기를 나누는 하나의 사건만을 서술하고 있으므로 동시에 진행되는 사건을 병렬적으로 구성했다고 볼 수 없다.

⑤ 인물들의 체험을 삽화 형식으로 나열하여 주제를 다각적으로 조명하고 있다.
  윗글에는 '나'가 차 안에서 사람들과 이야기를 나누는 하나의 사건만 전개되고 있을 뿐, 삽화 형식은 나타나지 않는다.

🌱 기틀잡기

④ **병렬적 서술:** 두 개 이상의 사건을 나란히 배치하여 서술함.
⑤ **삽화:** 어떤 이야기나 사건의 줄거리에 끼인 짤막한 토막 이야기.

2. '공동묘지 법'과 관련한 인물들의 태도로 가장 적절한 것은?

✔ 정답풀이

③ '나'는 '공동묘지 법'과 관련한 자신의 발언이 정치적으로 해석되는 것을 염려하고 있다.

> '나의 말이 조금이라도 총독정치를 비방하는 것은 아니지만, 그중에서 무슨 오해가 생길지 그것이 나에게는 염려되는 것이었다.'라는 서술을 통해, '나'는 '공동묘지 법'과 관련한 자신의 발언이 정치적으로 해석되어 오해를 불러일으킬까 봐 염려하고 있음을 알 수 있다.

❌ 오답풀이

① '나'는 '공동묘지 법' 시행에 따른 '화장'의 제도화를 우려하고 있다.
'화장을 지낸다기루 상관이 뭐겠소.'라는 '나'의 말을 통해, '나'가 '공동묘지 법' 시행에 따른 화장의 제도화에 대해 우려하고 있지 않음을 알 수 있다.

② '나'는 '공동묘지 법'의 시행 전에 충분한 정보가 제공되어야 한다고 지적하고 있다.
'(공동묘지 법이) 언제 규정이 된 것이요 어떻게 시행하라는 것인지는 나로서는 알고 싶지도 않고, 그까짓 것은 아무렇거나 상관이 없는 일이지마는'이라는 서술을 통해, '나'가 '공동묘지 법'을 중요한 문제로 생각하고 있지 않다는 사실을 알 수 있다. 따라서 '나'가 '공동묘지 법' 시행 전에 충분한 정보가 제공되어야 한다고 지적하는 태도는 볼 수 없다.

④ '장돌뱅이'는 '공동묘지 법'의 목적이 묘지를 없애 집터를 넓히는 데 있다고 믿고 있다.
'나는 이러한 소리를 하면서도 묘지를 간략하게 하여 지면을 축소하고 남은 땅은 누구의 손으로 들어가고 마누 하는 생각을 하여 보았다.'라는 서술을 통해, '나'가 '공동묘지 법'의 목적을 생각해 보았음을 알 수 있지만, 윗글에서 장돌뱅이는 '공동묘지 법'의 목적에 대해 언급하지 않았다.

⑤ '장돌뱅이'는 '공동묘지 법'이 '애급'의 관습을 따른 것이라는 사실에 흥미로워 하고 있다.
'나'는 조선인의 장례 관습의 허례허식을 지적하기 위해 '애급(이집트)'의 관습을 언급했을 뿐, '공동묘지 법'이 애급의 관습을 따른 것이라고 말하지는 않았다.

3. 〈보기〉를 참고하여 윗글을 감상한 내용으로 적절하지 않은 것은? [3점]

> 〈보기〉
>
> 1920년대 문학의 전개 과정에서, 염상섭은 개인의 발견과 현실 인식이라는 소설의 근대적인 특성을 분명하게 제시하고 있다. 특히 일인칭 시점을 적용한 소설을 통해 개인의 내면을 드러내는 방식을 모색하여, 개성의 표현으로서의 문학에 대한 인식을 구체화하였다. 나아가 그는 생활 현실에 근거한 문학으로 관심을 확장하였는데, 그에 따르면, 문예는 생활의 기록이요, 흔적이요, 주장이다. 생활에 대한 염상섭의 새로운 인식은 생활의 표현을 통해 삶의 문제를 총체적인 시각에서 조망하려는 근대 문학의 정신에 접근하고 있다.

🔍 보기 분석

- 1920년대 문학에서 볼 수 있는 염상섭의 특징
  - 소설의 근대적 특성을 분명하게 제시
  - 개인의 발견: 일인칭 시점을 적용한 소설을 통해 개인의 내면을 드러냄
  - 현실 인식: 생활 표현을 통해 삶의 문제를 총체적 시각에서 조망

✔ 정답풀이

② '생활 철학'을 터득하려는 개개인의 의지를 옹호한 점을 통해, 개인의 발견에 관한 작가의 의식을 이해할 수 있겠군.

> 〈보기〉에 따르면 염상섭은 '일인칭 시점을 적용한 소설을 통해 개인의 내면을 드러내는 방식'을 사용하여 '개인의 발견'이라는 특성을 구체화하였다. 윗글에서 '나'는 '모든 것에 숨어 사는 것'이 조선 사람의 '생활 철학'이라고 말하며, 이는 '오늘에 터득한 것이 아니요, 오랫동안' 굳어 온 것이라고 말하고 있지만, '생활 철학'을 터득하려는 개개인의 의지에 대해 말하고 있지는 않다. 따라서 '생활 철학'을 터득하려는 개개인의 의지를 옹호함으로써 개인의 발견에 관한 작가의 의식이 드러난다고 할 수 없다.

❌ 오답풀이

① 시속의 '처세술'에 대해 성찰하여 평가한 점을 통해, 생활의 문제에 대한 작가의 주장을 확인할 수 있겠군.
〈보기〉에 따르면, '생활에 대한 염상섭의 새로운 인식은 생활의 표현을 통해 삶의 문제를 총체적인 시각에서 조망하려는 근대 문학의 정신에 접근'하고 있다. 윗글에서 '나'는 식민지 현실에 관한 조선 사람들의 처세술에 관해 '현명한 처세술'이라고 평가한다. 식민지 지식인의 시선으로 바라본 조선의 나약하고 비굴한 모습을 성찰하고 있는 것이다. 이를 통해 생활 현실에 근거해 근대 문학의 정신에 접근하려 한 작가의 주장을 확인할 수 있다.

③ '지금의 우리 생활'을 '봉건적' 의식과 문화에 견주어 문제 삼은 점을 통해, 삶의 문제를 총체적으로 조망하려는 작가의 시각을 엿볼 수 있겠군.

〈보기〉에 따르면, '생활에 대한 염상섭의 새로운 인식은 생활의 표현을 통해 삶의 문제를 총체적인 시각에서 조망하려는 근대 문학의 정신에 접근'하고 있다. 윗글에서 '나'가 '지금의 우리 생활'을 '봉건적 성장과 관료전제 밑에서' 생겨난 것으로 인식하는 모습을 통해, 삶의 문제를 총체적으로 바라보고자 하는 작가의 시각을 엿볼 수 있다.

④ 일상적 관심사로 오르내리는 '화젯거리'를 이야기한 점을 통해, 생활의 흔적을 기록하려는 작가의 노력을 살필 수 있겠군.

〈보기〉에 따르면, 윗글의 작가는 '생활 현실에 근거한 문학으로 관심을 확장하였는데, 그에 따르면, 문예는 생활의 기록이요, 흔적이요, 주장'이라고 하였다. 윗글에서는 당시의 '화젯거리'인 '공동묘지 법'과 그 법에 대한 조선 사람들의 태도에 대해 이야기하고 있으므로, 작가는 생활의 흔적을 기록하려 했다고 볼 수 있다.

⑤ 자신의 경험과 생각을 '나'가 서술하도록 설정한 점을 통해, 개성을 표현하는 문학의 방식을 모색하는 작가의 관심을 찾아볼 수 있겠군.

〈보기〉에 따르면, 윗글의 작가는 '일인칭 시점을 적용한 소설을 통해 개인의 내면을 드러내는 방식을 모색하여, 개성의 표현으로서의 문학에 대한 인식을 구체화'하였다. '나는 아까 형님한테 한참 설법을 듣고 오는 길에 또 이러한 질문을 받고 보니'와 '나는 이러한 소리를 하면서도 묘지를 간략하게 하여 지면을 축소하고 남는 땅은 누구의 손으로 들어가고 마누 하는 생각을 하여 보았다.' 등의 서술을 통해 '나'가 자신의 경험과 생각을 서술하고 있음을 알 수 있다. 따라서 윗글에서 일인칭 시점을 적용하고 있는 것으로 보아 개성을 표현하려는 작가의 관심을 찾아볼 수 있다.

모두의 질문

• 3-②번

Q: 서술자는 조선 사람의 생활 철학에 대해 '가장 유리한 생활 방도요, 현명한 처세술이다.'라고 말하고 있습니다. '유리하다', '현명하다'라는 말을 봤을 때, 생활 철학을 '옹호'하고 있다고 볼 수 있지 않나요?

A: ②번은 지문과의 일치 수준에서도 적절하지 않은 선지이다. 그런데 ②번을 단어 위주로 읽었다면 '생활 철학'과 '옹호'에만 집중하여 적절하다고 판단했을 수 있다. 〈보기〉나 선지를 읽을 때, 문장과 맥락의 의미를 이해하며 차분히 읽어야 한다는 점에 주의해야 한다. ②번을 보면 생활 철학을 '터득하려는 개개인의 의지'를 옹호하였다고 하였다. 그런데 지문에서 '이러한 생활 철학은 오늘에 터득한 것이 아니요, 오랫동안 봉건적 성장과 관료전제 밑에서 더께가 앉고 굳어 빠진 껍질'이라고 하였다. 즉 '생활 철학'은 어떤 개인이 터득하려고 하는 대상이 아니라, 이미 봉건 시대부터 가지고 있었던 것이다. 개개인이 이러한 생활 철학을 터득하려는 의지를 나타내는 부분은 지문에 드러나 있지 않다.

〈보기〉의 내용을 고려해도 ②번은 적절하지 않다. 〈보기〉에서 '개인의 발견'이라는 근대적 특성을 드러내는 방법으로 제시한 것은 '일인칭 시점을 적용한 소설을 통해 개인의 내면을 드러내는 방식'이다. 따라서 〈보기〉의 내용에 따르면 '개개인의 의지를 옹호'하는 방식으로는 '개인의 발견'이라는 특성을 제시할 수 없다.

[1~4] 다음 글을 읽고 물음에 답하시오.

소년은 한길 한복판을 거의 쉴 사이 없이 달리는 전차에, 신기하지도 아무렇지도 않은 듯싶게 올라타고 있는 수많은 사람들의 얼굴에, 머리에, 등덜미에, 잠깐 동안 부러움 가득한 눈을 주었다. 도시 사람들을 부러워하는 창수

"아버지. 우린, 전차, 안 타요?"

"아, 바로 저긴데, 전찬 뭣 하러 타니?"

아무리 '바로 저기'라도, 잠깐 좀 타 보면 어떠냐고, 도시 문명을 동경하며 도시 문명 중 하나인 전차를 타고 싶어 하는 창수 소년은 적이 불평이었으나, 전차를 타지 못해 불만스러운 창수 다음 순간, 그는 언제까지든 그것 한 가지에만 마음을 주고 있을 수 없게, 이제까지 시골구석에서 단순한 모든 것에 익숙해 온 그의 어린 눈과 또 귀는 어지럽게도 바빴다.

[A]

전차도 전차려니와, 웬 자동차며 자전거가 그렇게 쉴 새 없이 뒤를 이어서 달리느냐. 어디 '장'이 선 듯도 싶지 않건만, 사람은 또 웬 사람이 그리 거리에 넘치게 들끓느냐. 이 층, 삼 층, 사 층…… 웬 집들이 이리 높고, 또 그 위에는 무슨 간판이 그리 유난스레도 많이 걸려 있느냐. 시골서, '영리하다' '똑똑하다', 바로 별명 비슷이 불려 온 소년으로도, 어느 틈엔가, 제풀에 딱 벌려진 제 입을 어쩌는 수 없이, 마분지 조각으로 고깔을 만들어 쓰고, 무엇인지 종잇조각을 돌리고 있는 사나이 모양에도, 그의 눈은, 쉽사리 놀라고, 수많은 깃대잡이 아이놈들의 앞장을 서서, 몽당수염 난 이가 신나게 부는 날라리 소리에도, 어린이의 마음은 걷잡을 수 없게 들떴다. 분주한 도시의 모습을 보고 놀라움을 느끼며 감탄하는 창수

(중략)

[B]

그는 눈을 들어, 이번에는 빨래터 바로 위 천변*의, 나뭇장 간판이 서 있는 곳을 바라보았다. 그곳에는 이미 윷을 놀지 않는 젊은이들이, 철망 친 그 앞에 앉아서들 잡담을 하고, 더러는 몸들을 유난스러이 전후좌우로 놀려 가며, 그것은 또 무슨 장난인지, 서로 주먹을 들어 때리는 시늉을 한다. 그것이 '권투'라는 것의 연습임을 배운 것은 그로부터 며칠 뒤의 일이거니와, 그러한 장난도 창수의 눈에는 퍽이나 재미스러웠다. 도시 사람들이 하는 권투를 보며 즐거움을 느끼는 창수

그러한 소년의 눈에, 천변을 오고 가는 모든 사람들이, 그 모두가, 한결같이 잘나만 보이는 것도 또한 어찌할 수 없는 일이 아니냐. 임바네스* 입은 민 주사며, 중산모 쓴 포목전 주인이며, 인력거 위에 날아갈 듯이 앉아 있는 취옥이며, 그러한 모든 사람은 이를 것도 없거니와 **다리 밑**에 모여서들 지껄대고, 툭 치고, 아무렇게나 거적 위에서 뒹굴

고, 그러는 깍정이* 떼들도, 이곳이 결코 시골이 아니라 서울일진댄, 그것들은 그만큼 **행복일 수 있지 않느냐.** 서울에 사는 사람들이 부러운 창수

더구나, 소년은, 줄창, 이곳에만 있어, 오직 이곳 풍경만 사랑하지 않아도 좋을 것이다.

'암만 좋은 구경이래두, **밤낮 본다면 물리고 만다……**'

그러나 이제 창수는 '화신상'도 가 볼 수 있고, '전차'도 탈 수 있고, 옳지, 또 가만히 서만 있어도 삼 층 꼭대기, 사 층 꼭대기로 데려다 준다는 '승강기'라는 것이 있다지 않나. 수길이 말을 들으면, 머리가 어찔하게 현기증이 나더라지만, 그것은 타는 법을 몰라 그럴 것이다.

'눈을 꼭 감고만 있으면 아무 상관이 없다……'

// 장면 끊기 01 아버지와 함께 서울로 올라온 창수는 도시 풍경을 보며 감탄함

창수는, 말로만 들었지 정작 눈으로 본 일은 없는 '승강기'라는 물건을, 잠깐 머릿속에 아무렇게나 만들어 보느라 골몰이었으나, 어느 틈엔가 제 곁에 서너 명의 아이들이 모여 선 것을 깨닫고, 그들을 둘러보았다.

"얘가 시굴 아이다, 시굴 아이야."

칠팔 세나 그밖에 더 안 된 아이가, 옆에 있는 아이들을 둘러보고 그렇게 말하니까, 모두 고만고만한 또래의 딴 아이들이,

"그래, 시굴 아이야, 시굴 아이……"

저마다 연방* 고개를 끄덕이고, 열한두 살이나 그렇게 된 계집아이 등에 업혀 있는 두세 살 된 갓난애조차, 잘 안 돌아가는 혀끝을 놀리어,

"시구라, 시구라."

하고, 빤히 저를 쳐다보는 것에, 소년은 그러한 것에도 쉽사리 붉어지는 제 얼굴을 아무렇게도 하는 수 없이, 문득, 등 뒤에서 요란스러이 울린 **자전거 종소리**에, 그만 질겁을 하여 한옆으로 허둥대며 비켜서는 꼴을 보고, 그 결코 그렇게는 놀라는 일이 없는 ㉠'서울 아이'들이, "하, 하, 하" 하고 가장 재미있는 듯싶게 한바탕을 웃었을 때, 소년은 귓밑까지 새빨개가지고 마음속에 **끝없는 모욕**을 느끼지 않으면 안 되었다. 시골 아이라고 놀림을 당해 모욕감을 느끼는 창수

그러나 ㉡저를 비웃은 아이는, 옆에 모여 선 그 애들뿐이 아니다. 개천 건너 이발소 창 앞에 앉아, ㉢저보다 좀 큰 아이가 아까부터 제 편만 지켜보고 있었던 듯싶어,

"하, 하, 하…… 녀석, 놀라기는……"

하고, 그러한 말을 하더니, 눈이 마주치자,

"너, 약국에, 오늘 들왔구나?"

아주 **어른같이** 그러한 것을 묻는다. ㉣창수는 또 변변치 못하게 얼굴을 붉히며, 도시 아이들에게 기가 죽어 의기소침해하는 창수 가까스로

고개를 한 번 끄떡하고, 문득, 부모를 떠나 외따로이 이러한 곳에서 이제 어떻게 지내 가나 겁이 부썩 나며, 서울에서 혼자 지내게 된 것에 두려움을 느끼는 창수 그저 아버지가 '전차'나 태워 주고, '화신상'이나 구경시켜 주고, 또 '승강기' 있다는 데로 데리고 가 주고, 그러한 다음에, 같이 **집으로나 다시 내려갔으면, 그러면 퍽 좋겠다고** 도시의 생활이 자신이 꿈꾸던 것과 다르다는 것을 새롭게 인식하고 다시 시골집으로 가고 싶어 하는 창수 침을 몇 덩어리나 삼키며, 저 혼자 속으로 생각하지 않으면 안 되었다.

// 장면 끊기 02 천변 아이들에게 놀림을 당한 창수는 혼자 서울에서 지내는 것이 두려워짐

— 박태원, 「천변풍경」 —

*임바네스: 남자용 외투의 일종.
*깍정이: 거지.

📑 전체 줄거리

이 작품은 에피소드식 구성으로 되어 있으며, 일정한 줄거리가 없다. 1년 동안 청계천 주변에 사는 약 70여 명의 인물들이 벌이는 일상사를 간결하게 그려내고 있다. 점룡이 어머니, 이쁜이 어머니, 귀돌 어멈 등이 청계천 빨래터에 모여 수다를 떠는 장면에서 이야기는 시작된다. 이발소에서 일하는 재봉이는 바깥 풍경과 사람들의 행동을 관찰하며 흥미를 느낀다. 민 주사는 이발소의 거울에서 자신의 늙어 가는 얼굴을 바라보며 한숨짓지만, 자신은 그래도 돈이 많아서 괜찮다고 생각하며 흐뭇해한다. 그 외에 여급 하나꼬의 일상, 한약국 집에 사는 젊은 내외의 외출, 한약국 집 사환인 창수의 어제와 오늘, 약국 안에 행랑을 든 만돌 어멈에 대한 안방마님의 꾸지람, 이쁜이의 결혼, 이쁜이를 짝사랑하면서도 이를 바라보기만 하는 점룡이 등 다양한 인물들의 이야기가 에피소드로 제시되어 있다.

✱ 전지적 작가 시점

이것만은 챙기자

*천변: 냇물의 주변.
*연방: 연속해서 자꾸.

1. 윗글의 서술상 특징으로 가장 적절한 것은?

✅ 정답풀이

② 쉼표를 활용한 긴 문장으로 여러 대상과 장면을 서술하고 있다.

> '그는 눈을 들어, 이번에는 빨래터 바로 위 천변의, 나뭇장 간판이 서 있는 곳을 바라보았다. 그곳에는 이미 윷을 놀지 않는 젊은이들이, 철망 친 그 앞에 앉아서들 잡담을 하고, 더러는 몸들을 유난스러이 전후좌우로 놀려 가며, 그것은 또 무슨 장난인지, 서로 주먹을 들어 때리는 시늉을 한다.'에서 확인할 수 있듯이 윗글은 대부분 쉼표를 활용한 긴 문장으로 서술되어 있다. 이를 통해 소년이 바라보는 서울 거리의 풍경과 소년이 서울에서 겪는 일들을 보여 준다.

❌ 오답풀이

① 여러 인물의 내면을 서술하여 인물들의 다양한 특성을 보여 주고 있다.
윗글은 서울 거리의 풍경과 서울 사람들의 모습을 관찰하는 창수의 시선을 주로 서술하고 있을 뿐, 여러 인물의 내면을 서술하지는 않는다.

③ 인물 간 대화를 통해 인물의 분열된 의식을 드러내고 있다.
윗글에서 창수와 아버지의 대화, 창수와 '저보다 좀 큰 아이'의 대화 등 인물 간의 대화는 나타나지만, 이를 통해 인물의 분열된 의식은 드러나지 않는다.

④ 과거와 현재를 대비하여 사건을 입체적으로 서술하고 있다.
현재 도시 풍경을 바라보는 창수의 심리를 시간 순서대로 서술하고 있을 뿐, 과거와 현재의 대비는 나타나지 않는다.

⑤ 빈번한 장면 전환을 통해 긴박한 분위기를 드러내고 있다.
윗글은 서울에 처음 온 창수가 서울 거리를 구경하는 장면과 서울 아이들이 창수를 놀리는 장면이 제시될 뿐, 장면의 전환이 빈번하게 나타나지는 않는다.

🌱 기틀잡기

④ **입체적**: 사물을 여러 각도에서 종합적으로 파악하는 것.

2. 〈보기〉의 관점에서 [A], [B]의 의미를 탐구하기 위한 구상으로 가장 적절한 것은?

〈보기〉

문학 작품을 사회 · 문화적 맥락과 관련지어 해석한다.

🔍 보기 분석

• 작품에 나타난 시대적 상황(사회, 문화, 역사)을 고려하여 문학을 감상하는 관점(반영론)

✔ 정답풀이

⑤ [B]: 천변의 생활상에 주목하여, 당시 서울의 세태가 작품에 반영된 양상을 살펴본다.

'당시 서울의 세태가 작품에 반영된 양상을 살펴본다.'라는 것은 당시 서울의 사회 · 문화적 모습과 관련지어 작품을 해석하는 것을 의미하므로 〈보기〉의 관점(반영론적 관점)에 해당한다. 또한 [B]의 '임바네스 입은 민주사며, 중산모 쓴 포목전 주인이며, 인력거 위에 날아갈 듯이 앉아 있는 취옥' 등의 묘사는 당시 천변의 생활상에 주목한 것으로, 이를 통해 서울의 세태가 작품에 반영된 양상을 살펴보는 것은 적절한 탐구라고 볼 수 있다.

❌ 오답풀이

① [A]: 소년의 의식과 행동의 특징에 주목하여, 이 작품의 인물 유형을 분류해 본다.
'소년의 의식과 행동의 특징', '인물 유형' 등에 주목하는 것은 작품에 나타난 시대적 상황을 고려한 감상으로 볼 수 없으며, 작품 자체에 집중하여 감상하는 내재적 관점에 해당한다.

② [A]: 소년과 아버지의 갈등에 주목하여, 그 갈등이 작품 전체의 주제로 발전될 가능성을 추론해 본다.
[A]에서 '소년과 아버지의 갈등'은 나타나 있지 않다. 또한 인물의 갈등이나 작품의 주제에 주목하여 작품을 감상하는 것은 시대적 상황을 고려한 감상으로 볼 수 없으며, 내재적 관점에 해당한다.

③ [A]: 여러 인물이 한 공간에 등장한다는 점에 주목하여, 이 작품의 구조적 특성을 이해하는 단서로 삼는다.
'인물', '공간', '구조적 특성'에 주목하여 작품을 감상하는 것은 시대적 상황을 고려한 감상으로 볼 수 없으며, 내재적 관점에 해당한다.

④ [B]: 작품 속 인물들의 외양에 주목하여, 인물들의 성격을 드러내는 창작 기법에 대해 알아본다.
'인물들의 외양', '인물들의 성격'에 주목하여 작품을 감상하는 것은 시대적 상황을 고려한 감상으로 볼 수 없으며, 내재적 관점에 해당한다.

3. ㉠~㉣의 관계에 대한 이해로 가장 적절한 것은?

㉠: '서울 아이'들
㉡: 저를 비웃은 아이
㉢: 저보다 좀 큰 아이
㉣: 창수

✔ 정답풀이

④ ㉢은 ㉡이기는 하지만 ㉣에게 관심을 갖고 있다.

'저를 비웃은 아이는, 옆에 모여 선 그 애들뿐이 아니다.'와 '개천 건너 이발소 창 앞에 앉아, 저보다 좀 큰 아이가~어른같이 그러한 것을 묻는다.'를 볼 때, ㉢도 ㉡과 마찬가지로 ㉣을 비웃기는 하지만, '너, 약국에, 오늘 들왔구나?'라고 말을 건네며 ㉣에게 관심을 표현함을 알 수 있다.

❌ 오답풀이

① ㉠은 ㉡과 함께 ㉢, ㉣을 조롱하고 있다.
㉠과 ㉡에게 조롱당하는 대상은 ㉣이다. '저보다 좀 큰 아이가 아까부터 제 편만 지켜보고 있었던 듯싶어, / "하, 하, 하…… 녀석, 놀라기는……"'을 볼 때, ㉢은 ㉠, ㉡과 ㉣을 비웃은 아이에 속한다고 볼 수 있으며, 조롱당한 대상이라고 볼 수 없다.

② ㉠은 ㉡과 달리 ㉣을 무시하고 있다.
"'서울 아이'들이, "하, 하, 하" 하고 가장 재미있는 듯싶게 한바탕을 웃었을 때, 소년은 귀밑까지 새빨개가지고 마음속에 끝없는 모욕을 느끼지 않으면 안 되었다.'에서 볼 수 있듯이, ㉠과 ㉡ 모두 ㉣을 무시하며 비웃고 있다.

③ ㉢은 ㉡에 기대어 ㉣에게 조언하고 있다.
'저보다 좀 큰 아이가~아주 어른같이 그러한 것을 묻는다.'를 볼 때, ㉢은 ㉣에게 관심을 보이지만, ㉡에 기대는 모습은 찾아볼 수 없으며, ㉣에게 조언하지도 않았다.

⑤ ㉢은 ㉠, ㉡, ㉣ 사이의 갈등을 중재하고 있다.
'저보다 좀 큰 아이가~아주 어른같이 그러한 것을 묻는다.'를 볼 때, ㉢은 ㉣에게 관심을 보이지만, 서울 아이들이 놀리는 것을 멈추게 하는 등 갈등을 중재하는 모습은 찾을 수 없다.

4. 〈보기〉를 참고하여 윗글을 감상한 내용으로 적절하지 않은 것은? [3점]

〈보기〉

도시에 처음 입성한 이들은 자신의 꿈과는 다른 현실에 직면하여 심리적 혼돈 속에서 크게 위축된다. 도시는 문명의 화려함을 내세워 그들을 매혹하지만 안정된 삶의 장소를 내주지는 않는다. 도시 문명에 가리어진 도시의 이면적 풍경, 인정이 메마른 도시인의 초상, 그리고 도시 현실에 대한 비판적 의식 등이 어우러져 도시 소설의 한 줄기를 이룬다.

🔍 보기 분석

• **도시에 처음 입성한 사람이 겪게 되는 반응**
  − 도시에 처음 입성한 이들은 자신의 꿈과는 다른 현실에 위축됨
  − 도시 문명은 화려하고 매혹적이지만 안정된 삶을 영위하지 못함
  − 도시의 메마른 인정과 이면적 풍경, 도시 현실에 대한 비판적 의식이 드러남

✅ 정답풀이

② '창수'가 도시의 풍경에 대해 '밤낮 본다면 물리고 만다'고 한 데서, 혼돈에서 벗어나 도시 문명을 비판적으로 인식하는 모습을 읽을 수 있군.

〈보기〉에 따르면, '도시는 문명의 화려함을 내세워 그들을 매혹'한다고 했다. 창수는 도시의 풍경에 대해 '밤낮 본다면 물리고 만다'라고 생각하면서 그 이후 '화신상'이나 '전차', '승강기' 등 화려한 도시 문명을 생각하며 감탄한다. 이는 화려한 도시 문명에 매혹되어 그 이면적 실상을 인식하지 못하는 모습이다. 따라서 창수가 도시 문명을 비판적으로 인식하고 있다고 볼 수 없다.

❌ 오답풀이

① '창수'가 '다리 밑' 풍경조차도 '행복일 수 있지 않느냐'고 여기는 데서, 도시의 이면적 실상을 직시하지 못하는 인물의 의식을 엿볼 수 있군.

〈보기〉에 따르면, '도시는 문명의 화려함을 내세워 그들을 매혹'한다고 했다. '다리 밑에 모여서들~깍정이 떼들도, 이곳이 결코 시골이 아니라 서울일진댄, 그것들은 그만큼 행복일 수 있지 않느냐.'에서 창수는 다리 밑의 도시 빈민들을 보고도 시골이 아니라 서울이라는 이유만으로 행복일 수 있지 않느냐고 생각한다. 이는 도시의 화려함에 매혹되어 그 이면적 실상에 대해 인식하지 못하는 인물의 의식을 드러낸다.

③ '창수'가 '자전거 종소리'에 허둥대는데도 계속 놀림을 당하는 장면에서, 도시에 입성한 인물이 현실에 직면하여 처하는 불안정한 상황을 짐작할 수 있군.

〈보기〉의 '도시에 처음 입성한 이들은 자신의 꿈과는 다른 현실에 직면하여 심리적 혼돈 속에서 크게 위축된다.'를 볼 때, 윗글에서 서울에 처음 온 창수는 서울 아이들에게 계속해서 놀림을 당하고 모욕을 느끼고 있으므로, 도시에 입성한 인물이 현실에 직면하여 처하는 불안정한 상황을 드러낸다고 볼 수 있다.

④ '창수'가, '어른같이' 묻는 물음에 선뜻 답하지 못하는 장면에서, 도시에 처음 입성한 인물이 겪는 심리적 위축 상태를 볼 수 있군.

〈보기〉에 따르면, '도시에 처음 입성한 이들은 자신의 꿈과는 다른 현실에 직면하여 심리적 혼돈 속에서 크게 위축된다.'라고 했다. 서울에 처음 온 창수는 서울 아이들에게 놀림을 당하자 얼굴이 빨개지는 등 모욕감을 느낀다. 또 '저보다 좀 큰 아이'가 '약국에, 오늘 들왔'냐고 '어른같이' 묻는 물음에 얼굴을 붉히며 제대로 대답하지 못한다. 이러한 창수의 모습은 〈보기〉에 제시된 '심리적 혼돈 속에서 크게 위축'된 상태를 드러낸 것이라 할 수 있다.

⑤ '창수'가 '집으로나 다시 내려갔으면' 좋겠다고 생각하는 대목을 통해, 꿈과 현실 사이의 괴리에서 오는 혼란을 겪는 이의 마음을 엿볼 수 있군.

〈보기〉에 따르면, '도시에 처음 입성한 이들은 자신의 꿈과는 다른 현실에 직면하여 심리적 혼돈 속에서 크게 위축된다.'라고 했다. 창수는 '전차', '승강기' 등 화려한 도시 문명에 매혹되었으나, 시골 아이라며 놀림을 받은 후에는 '집으로나 다시 내려갔으면' 좋겠다고 생각한다. 이는 자신이 꿈꾸던 화려한 도시 생활과는 다른 현실을 직면하게 된 창수의 심리적 혼란을 보여 준다.

🎯 **평가원의 관점** • 4−②, ⑤번

이의 제기

②번이 적절하고, ⑤번이 적절하지 않은 감상 아닌가요?

답변

도시의 풍경에 대해 '밤낮 본다면 물리고 만다'라고 하는 창수의 생각은 언젠가는 도시에 대한 감상이 변할 수도 있음을 인정하는 것으로 볼 수 있지만, 도시 문명을 비판적으로 인식한 것으로는 볼 수 없습니다. 왜냐하면 '이곳 풍경만 사랑하지 않아도 좋을 것'이라는 부분과 '그러나 이제 ~그럴 것이다.'라는 부분에서 알 수 있듯이 창수는 여전히 도시 문명에 매혹되어 있기 때문입니다. 따라서 ②번은 적절하지 않은 감상입니다. 이에 비해 ⑤번은 적절한 감상입니다. 지문의 후반부에서 창수는 '집으로나 다시 내려갔으면' 좋겠다고 생각하며 심리적 혼란에 빠집니다. 이를 〈보기〉의 '꿈과 다른 현실'에 연결해 보면 자신이 꿈꾸던 도시와 거리가 먼 현실에 직면하여 혼란을 겪는 인물의 심리가 드러난다고 할 수 있습니다.

김동리, 「역마」
2013학년도 9월 모평

[1~4] 다음 글을 읽고 물음에 답하시오.

[앞부분의 줄거리] 아들 성기가 역마살 때문에 떠돌이가 될까 봐 걱정하던 옥화는 그를 정착시키기 위해 체 장수 영감의 딸 계연과 맺어 주려 하지만, 계연과 성기를 혼인시키려는 옥화 계연이 자기 동생이라는 것을 알고는 그녀를 떠나보내기로 한다. 계연을 떠나보내려는 옥화

계연의 시뻘겋게 상기한 얼굴은, 옥화와 그의 아버지가 그들을 지켜보고 있다는 것도 잊은 듯이 성기의 얼굴만 일심으로 바라보고 있었으나, 성기가 떠나는 자신을 잡아 주기를 바라는 계연 버드나무에 몸을 기댄 성기의 두 눈엔 다만 불꽃이 활활 타오를 뿐, 아무런 새로운 명령도 기적도 나타나지 않았다. 계연과의 이별에 충격을 받은 성기

"오빠, 편히 사시오."

하고, ⓐ거의 울음이 다 된, 마지막 목소리를 남기고 돌아선 계연 성기와의 이별을 슬퍼하는 계연 의 저만치 가고 있는 항라 적삼*을, 고운 햇빛과 늘어진 버들가지와 산울림처럼 울려오는 뻐꾸기 울음 속에, 성기는 우두커니 지켜보고 있을 뿐이었다.

// 장면 끊기 01 성기와 계연이 이별함

성기가 다시 자리에서 일어나게 된 것은 이듬해 우수(雨水)도 경칩(驚蟄)도 다 지나, 청명(淸明) 무렵의 비가 질금거릴 무렵이었다. 주막 앞에 늘어선 버들가지는 다시 실같이 푸르러지고 살구, 복숭아, 진달래 들이 골목 사이로 산기슭으로 울긋불긋 피고 지고 하는 날이었다.

아들의 미음상을 차려 들고 들어온 옥화는 성기가 미음 그릇을 비우는 것을 보자 이렇게 물었다.

"아직도, 너, 강원도 쪽으로 가 보고 싶냐?"

"……"

성기는 조용히 고개를 돌렸다.

"여기서 장가들어 나랑 같이 살겠냐?"

"……"

성기는 역시 고개를 돌렸다. 운명에 순응할지, 운명을 극복할지 갈등하는 성기

// 장면 끊기 02 이듬해 봄 앓아 누웠던 성기가 회복함

그해 아직 봄이 오기 전, 보는 사람마다, 성기의 회춘을 거의 다 단념하곤 하였을 때 옥화는, 이왕 죽고 말 것이라면, 어미의 맘속이나 알고 가라고, 그래, 그 체 장수 영감은, 서른여섯 해 전 남사당을 꾸며 와 이 화개 장터에 하룻밤을 놀고 갔다는 자기의 아버지임에 틀림없었다는 것과, 계연은 그 왼쪽 귓바퀴 위의 사마귀로 보아 자기의 동생임이 분명하더라는 것을, 통정*하노라면서, 자기의 같은 왼쪽 귓바퀴 위의 검정 사마귀까지를 그에게 보여 주었다.

"나도 처음부터 영감이 '서른여섯 해 전'이라고 했을 때 가슴이 섬뜩하긴 했다. 계연이 자신의 이복동생일 수 있다는 사실에 놀란 옥화 그렇지만 설마 했지 그렇게 남의 간을 뒤집어 놀 줄이야 알았나. 하도 아슬해서 이튿날 악양으로 가 명도*까지 불러 봤더니, 요것도 남의 속을 빤히 들여다나 보는 듯이 재잘대는구나, 차라리 망신을 했지."

옥화는 잠깐 말을 그쳤다. 성기는 두 눈에 불을 켜듯 한 형형한 광채를 띠고, 그 어머니의 얼굴을 쳐다보고 있었다. 계연이 옥화의 이복동생이라는 말에 충격을 받은 성기

"차라리 몰랐으면 또 모르지만 한번 알고 나서야 인륜이 있는디 어쩌겠냐."

그리고 ㉠부디 어미 야속타고나 생각지 말라고, 옥화는 아들의 뼈만 남은 손을 눈물로 씻었다. 계연과 성기를 갈라놓을 수밖에 없어 안타까운 옥화

옥화의 이 마지막 하직같이 하는 통정 이야기에 의외로도 성기는 도로 힘을 얻은 모양이었다. 그 불타는 듯한 형형한 두 눈으로 천장을 한참 바라보고 있던 성기는 무슨 새로운 결심이나 하듯 입술을 지그시 깨물고 있었다. 옥화의 이야기를 듣고 자신의 운명을 받아들이게 된 성기

// 장면 끊기 03 옥화는 성기에게 계연이 자신의 이복동생임을 밝히고, 성기는 옥화의 이야기를 듣고 새로운 결심을 함

아버지를 찾아 강원도 쪽으로 가 볼 생각도 없다, 집에서 장가들어 살림을 할 생각도 없다, 하는 아들에게 그러나, 옥화는 이제 전과 같이 고지식한 미련을 두는 것도 아니었다. 아들을 정착시키려던 미련을 버린 옥화

"그럼 어쩔라냐? 너 좋을 대로 해라."

"……"

성기는 아무런 말도 없이 도로 자리에 드러누워 버렸다.

// 장면 끊기 04 옥화는 성기를 정착시키려던 미련을 버림

그러고 나서 한 달포나 넘어 지난 뒤였다.

성기가 좋아하는 여러 가지 산나물이 화갯골에서 연달아 자꾸 내려오는 이른 여름의 어느 장날 아침이었다. 두릅회에 막걸리한 사발을 죽 들이켜고 난 성기는 옥화더러,

"어머니, 나 엿판 하나만 맞춰 주." 자신의 운명을 받아들이고 떠날 준비를 하는 성기

하였다.

"……"

옥화는 갑자기 무엇으로 머리를 얻어맞은 듯이 성기의 얼굴을 멍하니 바라보고 있었다. 결국 떠도는 삶을 선택한 아들의 결심에 놀라는 옥화

// 장면 끊기 05 고민하던 성기는 운명을 받아들이고 엿장수가 되기로 결심함

그런 지도 다시 한 보름이나 지나, ⓑ뻐꾸기는 또다시 산울림처럼 건드러지게 울고, 늘어진 버들가지엔 햇빛이 젖어 흐르는 아침이었다. 새벽녘에 잠깐 가는 비가 지나가고, 날은 다시 유달리 맑게 갠 화개 장터 삼거리 길 위에서, 성기는 그 어머니와 하직을 하고 있었다. 갈아입은 옥양목 고의적삼에, 명주 수건까지 머리에 잘끈 동여매고 난 성기는, 새로 맞춘 새하얀 나무 엿판을 걸빵해서 느직하게 엉덩이 즈음에다 걸었다. 위 목판에는 새하얀 가락엿이 반나마 들어 있었고, 아래 목판에는 팔다 남은 이야기책 몇 권과 간단한 방물이 좀 들어 있었다.

그의 발 앞에는, 물과 함께 갈려 길도 세 갈래로 나 있었으나, 화갯골 쪽엔 처음부터 등을 지고 있었고, 동남으로 난 길은 하동, 서남으로 난 길이 구례, 작년 이맘때도 지나 그녀가 울음 섞인 하직을 남기고 체 장수 영감과 함께 넘어간 산모퉁이 고갯길은 퍼붓는 햇빛 속에 지금도 환히 장터 위를 굽이돌아 구례 쪽을 향했으나, 성기는 한참 뒤, 몸을 돌렸다. 그리하여 그의 발은 구례 쪽을 등지고 하동 쪽을 향해 천천히 옮겨졌다.

한 걸음, 한 걸음, 발을 옮겨 놓을수록 그의 마음은 한결 가벼워져, 홀가분함을 느끼는 성기 멀리 버드나무 사이에서 그의 뒷모양을 바라보고 서 있을 어머니의 주막이 그의 시야에서 완전히 사라져 갈 무렵해서는, 육자배기 가락으로 제법 콧노래까지 흥얼거리며 가고 있는 것이었다. 운명을 받아들이자 마음이 편안해진 성기

// 장면 끊기 06 성기는 운명을 받아들이고 하동을 향해 떠남

- 김동리, 「역마」 -

*항라 적삼: 명주, 모시, 무명실 따위로 된 한 겹의 윗도리.
*통정: 통사정. 딱하고 안타까운 형편을 털어놓고 말함.
*명도: 마마를 앓다가 죽은 어린 계집아이의 귀신.

전체 줄거리

화개 장터에서 주막을 운영하며 살고 있는 옥화는 아들 성기의 타고난 역마살을 없애기 위해 노력을 기울인다. 어느 날 체 장수 영감이 딸 계연을 데리고 와 옥화네 주막에 맡긴 후 떠나고, 옥화는 계연과 성기를 맺어 주어 성기를 정착시키려 한다. 그러던 중 옥화는 계연의 왼쪽 귓바퀴 위에 난 사마귀를 발견하고 계연이 자신의 동생이 아닐까 의심하는데, 돌아온 체 장수 영감의 이야기로 의혹은 사실임이 밝혀진다. 결국 계연은 아버지인 체 장수 영감을 따라 구례 쪽으로 떠나고 성기는 한참을 앓아 눕는다. 옥화는 성기에게 모든 사실을 말하고, 얼마 후 자리를 털고 일어난 성기는 엿판을 꾸려 집을 떠난다.

＊ 전지적 작가 시점

| 서술상의 특징 파악 | 정답률 ❻❺

1. 윗글에 대한 설명으로 적절한 것은?

✅ 정답풀이

① 과거 장면을 삽입하여 인물들의 관계를 드러내고 있다.

> 계연이 떠난 뒤 한참을 앓아 누웠던 '성기가 다시 자리에서 일어나게 된 것은 이듬해 우수도 경칩도 다 지나, 청명 무렵의 비가 질금거릴 무렵'인데, 그 뒷부분에 나오는 장면은 '그해 아직 봄이 오기 전'의 일이므로 성기가 일어난 때에 비해 과거임을 알 수 있다. 이 장면에서 옥화가 하는 과거 이야기를 통해 옥화와 계연이 자매지간이라는 것이 드러난다.

❌ 오답풀이

② 다른 장소에서 동시에 벌어진 사건들을 병치하고 있다.
   윗글에 나타난 모든 사건들은 화개 장터를 배경으로 하고 있으므로, 다른 장소에서 동시에 벌어진 사건들을 병치하고 있다고 볼 수 없다.

③ 의식의 흐름을 통해 사건을 요약적으로 진술하고 있다.
   '그해 아직 봄이 오기 전~검정 사마귀까지를 그에게 보여 주었다.'를 통해 과거 사건을 요약적으로 제시하고 있음을 알 수 있다. 그러나 윗글에서 의식의 흐름은 나타나지 않는다.

④ 상상적 공간을 배경으로 삼아 허구성을 강화하고 있다.
   '화갯골 쪽엔 처음부터 등을 지고 있었고, 동남으로 난 길은 하동, 서남으로 난 길이 구례'에서 공간적 배경을 직접적으로 제시하고 있다. 이와 같은 공간적 배경은 상상적 공간이 아니라 화개 장터 주변의 실제 지명으로, 윗글의 현실성을 강화하고 있다.

⑤ 등장인물의 독백을 직접 인용하여 내면을 보여 주고 있다.
   윗글은 등장인물의 행동과 대사를 통해서 내면을 나타내고 있을 뿐, 독백을 직접 인용한 부분은 나타나지 않는다.

🌱 기틀잡기

② **병치**: 두 가지 이상의 것을 한곳에 나란히 제시함.
③ **의식의 흐름**: 인물의 내면 의식을 흘러가는 대로 서술하는 기법.
⑤ **독백**: 혼자서 중얼거림. 또는 그런 대사.

모두의 질문

• 1-① 번

Q: '성기와 계연이 이별'한 후 '성기가 앓아 눕'고, 그 후 '옥화가 성기에게 진실을 이야기' 해 준 것이라고 볼 수 없는 건가요? 이렇게 본다면 순행적 구성이라고 볼 수 있지 않나요?

A: 소설 속 사건의 흐름이 순행적 구성인지 역행적 구성인지 판단하기 위해선 우선 각 사건이 장면으로 구성되어 있는지 확인해야 한다. 그 후 각 장면이 연결되는 연결 고리, 즉 근거를 찾아서 판단해야 한다. 질문의 내용은 각 장면별 연결 고리를 찾지 못해 오류에 빠지게 된 것이다. 두 번째 장면에서는 '이듬해 우수도 경칩도 다 지나~살구, 복숭아, 진달래 들이 골목 사이로'와 같은 시간적 배경을 제시하고 있고, 세 번째 장면에서는 '그해 아직 봄이 오기 전,'이라고 시간적 배경을 제시하고 있다. '우수', '경칩', '청명'은 24절기로, 모두 봄에 해당하며 각각 정월 즈음, 3월 초, 4월 초에 해당한다. 또한 각 절기의 이름을 몰랐다고 하더라도, '살구, 복숭아, 진달래 들이 골목 사이로 산기슭으로 울긋불긋 피고 지고 하는 날'이라는 표현에서 봄의 계절감을 느낄 수 있다. 이러한 연결 고리를 바탕으로 볼 때, 두 번째 장면보다 세 번째 장면이 앞선 장면임을 알 수 있으며, 역전적 구성을 취하고 있다고 판단할 수 있는 것이다.

2. ㉠은 〈보기〉 (가)의 시점으로 서술되어 있다. ㉠을 (나)의 시점으로 바꾸어 썼을 때, 가장 적절한 것은?

> ㉠: 부디 어미 야속타고나 생각지 말라고, 옥화는 아들의 뼈만 남은 손을 눈물로 씻었다.

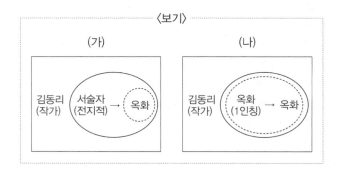

보기 분석

- (가): 작품 밖 서술자가 작품 속 사건과 인물을 이야기해 주는 3인칭 전지적 작가 시점
- (나): 작품 속 인물이 '나'로 등장하여 이야기를 서술하는 1인칭 시점

② 부디 나를 야속타고나 생각지 말라고, 나는 아들의 뼈만 남은 손을 눈물로 씻었다.

> 〈보기〉의 (나)는 옥화가 서술자인 1인칭 시점으로, 전지적 시점인 (가)에서의 '어미'와 '옥화'를 (나)의 1인칭 시점에 따라 '나'로 변경하였으므로 적절하다.

⊗ 오답풀이

① 부디 나를 야속타고나 생각지 말라고, 나는 나의 뼈만 남은 손을 눈물로 씻었다.
  〈보기〉의 (나)는 옥화가 서술자인 1인칭 시점으로, '부디 나를 야속타고나'에서 '나'라는 표현은 적절하다. 하지만 옥화가 성기의 손을 잡고 있는 상황이므로, '나의 뼈만 남은 손'은 '아들의 뼈만 남은 손'으로 바뀌어야 한다.

③ 부디 나를 야속타고나 생각지 말라고, 옥화는 아들의 뼈만 남은 손으로 눈물로 씻었다.
  〈보기〉의 (나)는 옥화가 서술자인 1인칭 시점으로, '옥화'는 '나'로 변경되어야 한다.

④ "부디 나를 야속타고나 생각지 마라."라고 말하며, 나는 나의 뼈만 남은 손을 눈물로 씻었다.
  〈보기〉의 (나)는 옥화가 서술자인 1인칭 시점으로, 이는 간접 인용을 직접 인용(" ")으로 바꾸는 것과 관련이 없다. 또한 '나의 뼈만 남은 손'은 '아들의 뼈만 남은 손'으로 바뀌어야 한다.

⑤ "부디 어미 야속타고나 생각지 마라."라고 말하며, 엄마는 나의 뼈만 남은 손을 눈물로 씻었다.
　시점의 변경과 인용 방법의 변경은 관련이 없으며, '엄마는 나의 뼈만 남은 손'은 아들(성기)의 입장에서 서술한 것이기 때문에 (나)의 1인칭 시점에 따라 '나는 아들의 뼈만 남은 손'으로 바뀌어야 한다.

3. ⓐ와 ⓑ에 대한 해석으로 가장 적절한 것은?

> ⓐ: 거의 울음이 다 된, 마지막 목소리를 남기고 돌아선 계연의 저만치 가고 있는 항라 적삼을, 고운 햇빛과 늘어진 버들가지와 산울림처럼 울려오는 뻐꾸기 울음 속에, 성기는 우두커니 지켜보고 있을 뿐이었다.
> ⓑ: 뻐꾸기는 또다시 산울림처럼 건드러지게 울고, 늘어진 버들가지엔 햇빛이 젖어 흐르는 아침이었다. 새벽녘에 잠깐 가는 비가 지나가고, 날은 다시 유달리 맑게 갠 화개 장터 삼거리 길 위에서, 성기는 그 어머니와 하직을 하고 있었다.

✅ 정답풀이

③ ⓑ의 '햇빛'은 '유달리 맑게 갠'과 함께 분위기를 새롭게 전환하고 있다.

> '햇빛'이 흐르고 '유달리 맑게 갠' 화개 장터에서 성기는 어머니와 하직하고 하동으로 떠난다. 이후의 장면에서 성기는 '한 걸음, 한 걸음, 발을 옮겨 놓을수록 그의 마음은 한결 가벼워져', '육자배기 가락으로 제법 콧노래까지 흥얼거리며' 걸어간다. 이를 통해 작품의 배경이 밝게 전환되면서 분위기도 함께 전환되었음을 알 수 있다.

❌ 오답풀이

① ⓐ의 '항라 적삼'과 '고운 햇빛'은 모두 인물의 성격을 드러내고 있다.
　'항라 적삼'은 계연의 외적 모습만 나타낼 뿐, 계연의 성격을 드러내는 것과 관계가 없다. '고운 햇빛' 역시 계연 및 성기의 심리와 대조되는 배경으로 이별의 슬픔을 더욱 부각시키는 소재일 뿐, 인물의 성격을 드러내지는 않는다.

② ⓐ의 '목소리'는 '뻐꾸기 울음'과 대조를 이루며 비극성을 약화시키고 있다.
　계연의 '목소리'는 점차 이별의 슬픔으로 인해 '울음'으로 바뀌어 간다. 서술자는 이때의 풍경을 '고운 햇빛과 늘어진 버들가지와 산울림처럼 울려오는 뻐꾸기 울음 속'이라고 아름답게 묘사하였으므로, '뻐꾸기 울음'은 울음이 섞인 '목소리'와 대조되는 소재로 볼 수 있다. 그러나 이러한 대조는 인물들이 겪는 상황의 비극성을 강화시키는 역할을 한다.

④ ⓑ의 '뻐꾸기'는 '화개 장터'와 연결되어 시대적 상황을 나타내고 있다.
　'뻐꾸기'는 자연물일 뿐이며 '화개 장터'는 사건이 일어나고 있는 공간적인 배경일 뿐이다. '뻐꾸기'와 '화개 장터'가 연결되어 시대적 상황을 나타내는 것이 아니다.

⑤ ⓑ의 '버들가지'는 '또다시'와 연결되어 갈등이 재현될 것을 예고하고 있다.
　'또다시'는 '버들가지'가 아니라 뻐꾸기의 울음소리를 두고 한 말이며, ⓐ의 '뻐꾸기 울음'과 연결되어 계절의 변화를 드러낸다. 또한 ⓑ의 밝은 배경은 성기의 내적 갈등 해소와 어울리는 것이므로 갈등의 재현을 예고한다고 볼 수 없다.

4. 〈보기〉를 참고하여, 윗글을 감상한 내용으로 적절하지 <u>않은</u> 것은?

〈보기〉

ㄱ. 김동리는 「역마」의 인물들을 통해, 운명을 수용하는 것이 운명에 패배하는 것이 아니라 세계와 조화되는 것이며, 이는 우리 민족의 전통적 삶의 방식이라고 여겼다.

ㄴ. 「역마」의 인물들이 보여 주는 생각과 행동은 적극적이지 않고 비합리적이어서, 주체적으로 자기 삶의 방향을 결정하는 현대인들이 공감하기 힘들다는 비판이 있다.

🔍 보기 분석

• ㄱ
– 「역마」의 인물은 운명을 수용하며, 이는 운명에 패배하는 것이 아니라 세계와 조화되는 것

• ㄴ
– 운명을 개척하기보다 운명에 순응하는 「역마」의 인물들의 모습은 현대인의 입장에서는 공감하기 어려울 수 있음

✅ 정답풀이

③ ㄴ에 따르면, 성기를 떠난 계연은 전통적 인물이면서도 삶의 방향을 스스로 결정하는 주체적인 인물이군.

ㄴ에 따르면, 「역마」의 인물들은 '적극적이지 않고 비합리적'이며, 현대인들은 '주체적으로 자기 삶의 방향을 결정'한다. '거의 울음이 다 된, 마지막 목소리를 남기고 돌아선 계연'의 모습을 볼 때, 계연이 성기와 이별하는 상황에서 주체적으로 삶의 방향을 결정하는 행동을 하고 있다고 볼 수 없다. 따라서 계연이 삶의 방향을 스스로 결정하는 주체적인 인물이라고 보기는 어렵다.

❌ 오답풀이

① ㄱ에 따르면, 성기와 계연의 이별 장면은 한국인의 전통적 삶의 방식을 보여 주는 장면이군.

ㄱ에 따르면, 「역마」의 인물들은 '운명을 수용'하며, '이는 우리 민족의 전통적 삶의 방식'을 보여 준다. 성기와 계연은 서로 헤어짐을 원치 않으면서도 성기는 이별의 상황을 '우두커니 지켜보고 있을 뿐' 별다른 저항 없이 수용하고 있다. 이처럼 주어진 운명에 순응하는 모습은 ㄱ에서 설명한 우리 민족의 전통적인 삶의 방식을 보여 준다.

② ㄱ에 따르면, 엿장수가 되어 떠나는 성기의 행동은 세계와 조화를 이루는 행동이군.

ㄱ에 따르면, 「역마」의 인물들은 '운명을 수용'하며, 이는 '세계와 조화되는 것'으로 볼 수 있다. 성기는 '발은 구례 쪽을 등지고 하동 쪽을 향해 천천히 옮'기며 운명에 순응하는 삶을 택한다. 이것은 ㄱ에서 설명한 것처럼 '세계와 조화되는 것'으로 볼 수 있다.

④ ㄴ에 따르면, 명도를 불러 보고 그가 한 말을 받아들이는 옥화는 비합리적인 인물이군.

ㄴ에 따르면, 「역마」의 인물들은 '비합리적'이라, '현대인들이 공감하기 힘들다는 비판'을 받을 수 있다. 명도를 불러 진실을 묻고 명도의 말에 따라 계연과 성기를 이별하게 하는 옥화의 행동은 ㄴ에서 설명한 것처럼 비합리적이라고 볼 수 있다.

⑤ ㄴ에 따르면, 하동 쪽으로 발을 옮겨 놓는 성기는 소극적 삶의 자세를 보여 주는 인물이군.

ㄴ에 따르면, 「역마」의 인물들은 현대인과 달리 '적극적이지 않다'. 성기는 계연이 떠났던 방향인 '구례'를 등지고 '하동' 쪽으로 향한다. 이는 이루어질 수 없는 사랑을 단념하고, 역마살이 있는 떠돌이로서의 운명에 순응하는 것을 의미한다. ㄴ에 따르면 이러한 성기의 모습은 소극적 삶의 자세라 할 수 있다.

🌱 모두의 질문 · 4–⑤번

Q: 성기는 하동 쪽을 향해 가는 것을 스스로 선택했으므로 주체적이라고 볼 수 있지 않나요?

A: 〈보기〉의 ㄱ에 따르면 「역마」의 인물들은 운명을 수용하며, ㄴ에 따르면 「역마」의 인물들은 적극적이지 않고 비합리적이어서, 주체적으로 자기 삶의 방향을 결정하는 현대인이 공감하기 어려운 면이 있다. 이를 참고할 때, 성기는 「역마」의 주인공으로서, 주체적으로 자기 삶의 방향을 결정하는 현대인과 달리 적극적이지 않은 인물임을 알 수 있다. 또한 윗글에서 성기가 하동 쪽을 향해 가는 것은 운명을 수용하는 선택이므로, 이를 주체적이고 적극적인 자세로 보기는 어렵다. 이와 같이, 〈보기〉에서 지문에 대한 해석의 방향이 제시되는 경우에는 이를 바탕으로 작품을 해석해야 오류를 줄일 수 있다.

[1~4] 다음 글을 읽고 물음에 답하시오.

(가) 그맘쯤에 웬 난데없는 비렁뱅이 가객(歌客)* 하나이 구부러진 등에 거문고 엇비슷이 메고 진창에 맨발을 축축 담그면서, 제가 아직 어찌 될 줄 모르고서 저자의 가운뎃길로 하염없이 내려왔던 것이었다. 거문고를 메었으니 노래라도 할 줄 알겠구나 싶었으되, 꼬락서니가 내 사촌이 틀림없었다. 나는 다리 아래 쪼그리고 앉아 이제 막 살얼음이 풀리기 시작한 또랑물 속으로 싸락눈이 떨어져 녹아 사라지는 모양을 내려다보는 중이었다. 나는 무슨 소리인가를 들었으며, 이상한 가락이 내 어깨 위에 미풍같이 나부끼며 얹히고, 다시 목덜미로 깊숙이 꽂히더니 정수리에서 발뒤꿈치로 뚫고 들어와 맴돌아 나가는 것이 아닌가.

나직하고 힘찬 목소리가 가락 위에 턱 걸쳐서는 이 싸늘하고 구죽죽한 저자를 따뜻하게 덥히는 것만 같았다. <u>거문고 소리와 함께 들려온 목소리를 듣고 따뜻함을 느낀 '나'</u> 나만 일어섰는가? 아니다. 내가 뒤가 급해진 느낌으로 안달을 온몸에 싣고서 다리 위로 올라갔을 때에, <u>가객이 누구인지 눈으로 확인하고 싶어하는 '나'</u> 저자의 술집 창문마다 가게 빈지문마다 사람들의 머리가 하나 둘씩 끄집어내어지는 중이었다. 다리 위에서 비렁뱅이 가객은 거문고를 무릎에 올려놓고 앉아서 고개를 푹 숙여 머리가 없는 자처럼 땅속에다 소리를 심고 있었다. 술 먹던 사람들과 수다쟁이 떡장수 아낙네며 나들이 나온 처자들이 모두 한두 발짝씩 모여들어 다리 위에는 음률에 끌린 사람들로 가득 찼다.

"사람을 못 견디게 하는 소리로구나. 저런 소리는 이 저자가 생겨난 이래로 처음 들었다."

한 곡조가 끝나자마자 사람들은 제각기 허리춤을 끄르고 돈을 내던지는 것이었다. 돈이 떨어지는 소리가 잦아질 제 <u>나는 새암과 선망으로 이를 악물었고 다음에는 저 신묘한 소리로 돈을 벌게 하는 거문고를 박살 내 버리고 싶었다.</u> <u>가객과 그의 거문고를 시기하는 '나'</u>

"하나 더 해라."

"이번에는 긴 것을 해 보아라."

사람들이 제각기 아우성을 치는데, <u>가객은 고개를 가슴팍에 꽉 처박고 잠잠히 앉아 있었다.</u> <u>자신의 흉한 외모를 사람들에게 보일지 갈등하는 가객(=수추)</u> 그는 부지깽이처럼 길고도 여윈 손을 뻗쳐서 무릎 근처에 흩어진 돈들을 긁어모아서는 제 자리 밑에다 쓸어 넣는 것이었다.

"노래를 한 가지밖에 모르느냐."

"얼굴을 들고 해라, 안 보인다."

"고개를 들어라."

내던진 밑천을 뽑으려고 주변에 웅기중기 모여 앉은 사람들은 <u>비렁뱅이 가객의 얼굴을 보려고 자꾸만 재촉했다.</u> <u>노래를 듣고 그 노래를 부른 가객의 얼굴을 확인하고 싶은 사람들</u> 고개를 처박고 있던 그가 작

심했다는 듯이 천천히 고개를 들었다. 그러고는 제 앞에 모인 사람들을 한 바퀴 휘이 둘러보았던 것이다.

나는 그의 얼굴을 본 순간 어쩐지 가슴이 답답해지면서 회가 동했을 때처럼 속이 뒤틀리고 구역질이 날 지경이었다. <u>가객의 추한 용모로 인해 불쾌해진 '나'</u> 가객은 이 세상에서는 어디서든 찾아볼 수 없을 정도로 추한 얼굴을 가지고 있었다. 사람들 사이에서 웅성거리는 소리가 일어났는데, 가객이 노래를 부르기 시작하자 그 더러운 얼굴은 더욱 흉하게 일그러져 가락의 신묘한 아름다움은 그 추한 얼굴에 씌워 사그라지고 말았다. 눈도 코도 입도, 제자리에 붙어 있건만, 어쩐지 얼굴이 자아내는 분위기가 사람들의 가슴속에 깊은 증오를 불러일으키고, 증오는 곧 심한 역증*이 나게끔 했다.

// <u>장면 끊기 01</u> '나'는 저자에서 가객이 노래하는 것을 보고, 사람들은 가객의 노래에 감탄하지만 그의 얼굴을 보자 불쾌해함

[중략 부분의 줄거리] 가객 '수추'는 저자를 떠나 강을 건너간 뒤, 시냇가에서 음률을 완성했던 과거를 떠올린다.

(나) 그는 도저히 믿어지지 않았다. 수추는 물을 마구 헤쳐 놓고는 다시 들여다보았지만, 음률을 완성한 자의 얼굴이 아니었다. 그는 그 얼굴을 미워하였다. 따라서 ⓘ시냇물도 미워하였다. 미워할수록 그의 얼굴은 추악하게 떠올랐다. <u>자신의 흉한 외모를 미워하는 수추</u> 수추는 그럴수록 노래를 끝없이 부르지 않고는 살아갈 수 없는 자가 되어 버렸던 것이다. <u>자신의 흉한 외모와 아름다운 노래(예술) 사이의 괴리감으로 노래에 더욱 집착하게 된 수추</u>

그러나 수추는 강 건너편 광야에서 몇 날 몇 밤을 짐승들이 일시에 몸서리치면서 달아났다가, 다시 밤이 되면 그의 노래를 들으려고 모여들고, 또 해가 떠오르면 그의 곁에서 달아나는 일을 헤일 수도 없이 겪었다. 그는 이러한 애증(愛憎)에 시달려서 자꾸만 여위어 갔다. <u>자신의 외모와 노래의 괴리감 때문에 괴로워하는 수추</u>

어느 날 그는 아무도 찾아와 주지 않는 훤한 대낮에 혼자서 노래를 불렀다. 그의 노래가 이제 막 거문고의 가락에 얹히려는 참에 줄이 탁 끊어졌다. 이 끊긴 줄이 울어 대는 무참한 소리가 그의 노래를 산산이 으스러뜨리고 말았으며, 그는 저도 모르게 벌떡 일어나서 거문고를 계단 위에 내동댕이치고 말았다. 자르릉 하는 괴상한 소리를 내면서 악기가 부서지고 그의 노래마저 함께 부서져 버렸다. 그의 발밑에는 살해된 가락의 시체만이 즐비하게 널려 있을 뿐이었다. 그는 노래를 부를 수가 없었다.

수추는 아무도 찾아오지 않는 밤 가운데서 진실로 오랜만에 평화로운 잠을 잤다. 그는 노래로부터 놓여난 것이다. 수추는 파괴된 악기와 버려진 노래를 회상할 뿐이었다. <u>수추는 이 죽음과 같은 휴식 안에서 비로소 노래만을 사랑하고 모든 것을 미워</u>

했던 제 모습이 이제는 변화된 것을 알았다. 노래에 대한 집착에서 벗어나 마음의 평화를 찾은 수추

그가 물을 마시려고 ⓒ시냇물에 구부렸을 적에 수추는 환희의 얼굴을 만났다. 그의 눈은 삶의 경이로움이 가득 차 있었고, 그의 입은 웃고 있었고, 삶의 경이로움을 느끼는 수추 뺨에는 땀이 구슬처럼 매달려 있었다. 그는 모든 산 것들이 그러하듯 이 만물의 소멸에 대하여 겸손하였다. 노래에 대한 집착에서 벗어나 만물의 소멸에 대해 겸손한 태도를 갖게 된 수추

// 장면 끊기 02 수추가 자신의 모습을 미워하고 괴로워하던 어느 날, 거문고의 줄이 끊어지자 거문고를 부숴 버리고 노래에 대한 집착에서 벗어나 마음의 평화를 찾음

— 황석영, 「가객」 —

📜 전체 줄거리

거지인 '나'는 저자의 다리 위에서 거문고를 타며 신묘한 노래를 부르는 비렁뱅이 가객 수추를 보게 된다. 사람들은 수추의 노래에 끌려 몰려들었지만 수추의 추악한 얼굴을 본 후 역증을 내고 그를 쫓아 버린다. '나'는 수추를 위협하여 쫓아 버리려 하다 수추와 대화하게 되면서 그의 사연을 알게 된다. '나'는 수추에게 '나'가 살던 다리 밑을 나누어 써도 좋다고 말하지만, 수추는 노래를 부르기 위해 사람이 살지 않는 강 건너편으로 간다. 어느 날 수추는 거문고 줄이 끊어지는 바람에 노래를 부를 수 없게 되고, 노래에서 벗어나자 자신이 노래만을 사랑하고 모든 것을 미워했다는 것을 깨닫는다. 그래서 그는 거문고를 태워 버리고 마을로 돌아와 사람들 앞에서 노래를 부른다. 사람들은 수추의 노래를 좋아하며 따라 부르게 되었고, 잔치가 열리자 수추에게 노래를 청하게 된다. 수추의 노래를 들은 사람들이 그 노래를 따라 부르며 환희와 믿음을 가지게 되자, 이를 못마땅하게 여긴 마을의 권력자인 장자는 수추가 노래를 부르지 못하도록 죽인다. 그러나 수추의 노래는 마을 사람들 사이에서 계속 불리게 된다.

＊1인칭 관찰자 시점 → 전지적 작가 시점

이것만은 챙기자

＊**가객**: 예전에, 시조 따위를 잘 짓거나 창(唱)을 잘하는 사람을 이르던 말.
＊**역증**: 몹시 언짢거나 못마땅하여서 내는 성.

---

1. 윗글의 서술상 특징으로 가장 적절한 것은?

✅ 정답풀이

③ 서술자가 사건을 이야기 속에서 전달하다가 이야기 밖에서 전달하고 있다.

> (가)에서는 '나는 다리 아래 쪼그리고 앉아', '나는 무슨 소리인가를 들었으며' 등과 같이 서술자 '나'가 이야기 내부에 등장하여 사건을 전달한다. 반면 (나)에서는 '그는 도저히 믿어지지 않았다.', '수추는 물을 마구 헤쳐 놓고는 다시 들여다보았지만' 등과 같이 이야기 밖의 서술자가 사건과 인물의 심리를 전달하고 있다.

❌ 오답풀이

① 시대적 배경을 드러내는 소재를 통해 시간의 역전을 보여 주고 있다.
윗글에서 시대적 배경을 드러내는 소재는 나타나지 않는다. 또한 윗글은 순행적 구성을 취하고 있으므로 시간의 역전도 드러나지 않는다

② 동일한 사건을 여러 번 서술하여 그 사건의 의미를 강조하고 있다.
윗글에서는 동일한 사건을 여러 번 서술하지 않았다. 노래를 하는 장면이 여러 번 나오는 것은 맞지만, 사람들이 있는 저자에서 노래를 부르는 일과, 강가에서 동물들을 앞에 두고 노래를 부르는 일을 동일한 사건을 여러 번 서술한 것으로는 볼 수 없다.

④ 인물의 표정 변화와 내면 변화를 반대로 서술하여 그 인물의 특성을 부각하고 있다.
(나)의 '그는 그 얼굴을 미워하였다.~미워할수록 그의 얼굴은 추악하게 떠올랐다.'에서 인물의 부정적 심리를 확인할 수 있고, 인물의 표정 역시 부정적으로 표현하고 있다. 그러나 수추가 깨달음을 얻은 후의 모습을 '수추는 환희의 얼굴을 만났다.~그의 입은 웃고 있었고'라고 서술한 것으로 보아, 내면 심리와 표정 모두 긍정적으로 변화했음을 알 수 있다. 따라서 표정 변화와 내면 변화를 반대로 서술했다고 볼 수 없다.

⑤ 서술자가 관찰자의 입장에서 사건을 객관적으로 전달함으로써 사실성을 높이고 있다.
(가)의 '내가 뒤가 급해진 느낌으로', '나는 그의 얼굴을 본 순간 어쩐지 가슴이 답답해지면서 회가 동했을 때처럼 속이 뒤틀리고 구역질이 날 지경이었다.' 등을 볼 때, 사건을 관찰하는 서술자의 주관적 심리가 제시되고 있으므로 사건을 객관적으로 전달했다고 보기 어렵다. 그리고 (나)의 '그는 도저히 믿어지지 않았다.', '그는 그 얼굴을 미워하였다. 따라서 시냇물도 미워하였다.' 등에서 수추의 주관적 심리가 나타난 것을 볼 때, (나) 역시 사건을 객관적으로 전달했다고 보기 어렵다.

🌱 기틀잡기

> ① **시간의 역전**: 현재와 과거가 뒤바뀜.
> [참고] **역전적 시간 구성**: 작품 안에서 사건이 시간의 흐름에 따라 진행되지 않고 시간이 과거로 거슬러 올라가 사건이 진행되는 구성 방법.

모두의 질문 · 1-①번

Q: [중략 부분의 줄거리]에서 수추가 음률을 완성했던 과거를 떠올린 후 (나)에서 '~음률을 완성한 자의 얼굴이 아니었다.'라고 한 것을 볼 때, 아직 과거 이야기 중인 것 아닌가요? 그러면 시간의 역전이 있는 것 아닌가요?

A: 우선 '시대적 배경을 드러내는 소재'가 나타나 있지 않기 때문에 이 선지의 정오를 판단하는 데 무리는 없었을 것이다. 윗글은 [중략 부분의 줄거리]를 정리하여 이야기가 어떠한 흐름으로 이어지는지 파악할 필요가 있다. (나)의 '그러나 수추는 강 건너편 광야에서 몇 날 몇 밤을 짐승들이 일시에 몸서리치면서 달아났다가~'는 [중략 부분의 줄거리]에 나온 '강을 건너간 뒤~'에 해당하는 부분으로 볼 수 있다. 따라서 [중략 부분의 줄거리] 이후 내용이 과거 회상이라고 보기는 힘들며, 이 작품은 시간의 흐름대로 이야기가 전개(순행적 구성)되고 있다고 할 수 있는 것이다.

| 사건과 갈등 양상의 이해 | 정답률 **90**

2. (가)와 (나)에 대한 설명으로 적절한 것은?

✅ 정답풀이

③ (가)와 (나)에 내재되어 있는 인물의 내적 갈등이 (나)에서 해소되고 있다.

> (가)에서 사람들 앞에서 고개를 숙인 수추의 모습은 자신의 흉한 외모로 인한 그의 내적 갈등을 간접적으로 드러낸다. 이러한 수추의 내적 갈등은 (나)에서 '거문고를 계단 위에 내동댕이'치며 직접적으로 드러나지만, (나)의 뒷부분에서 수추 자신의 인식과 태도가 변화하면서 내적 갈등이 비로소 해소된다. (가)와 (나)의 앞부분에 나타난 수추의 내적 갈등은 (나)의 뒷부분에서 거문고를 부순 후 노래에 대한 집착에서 벗어나게 되면서 해소된다. 즉 (나)의 뒷부분에서 수추는 그동안 노래를 제외한 모든 것들을 증오해 왔던 자신이 변화했음을 깨닫게 되는 것이다.

❌ 오답풀이

① (가)에서는 두 인물 간의 대립을 통해 갈등이 고조되고 있다.
(가)의 '나는 그의 얼굴을 본 순간 어쩐지 가슴이 답답해지면서~구역질이 날 지경이었다.'에서 '나'는 수추를 관찰한 주관적 느낌과 정서를 주로 서술하고 있다. (가)에서 인물 간의 격렬한 논쟁이나 대립을 통해 갈등이 고조되는 모습은 나타나지 않는다.

② (나)에서 인물이 겪는 갈등은 타인과의 관계를 통해 해결되고 있다.
(나)에서 수추가 겪는 내적 갈등은 타인과의 관계가 아니라 수추 자신의 인식과 태도의 변화를 통해 해소된다. 거문고를 부수고 노래에 대한 집착에서 벗어난 수추가 그동안 자신이 노래를 제외한 모든 것들을 증오했음을 깨달으면서 내적 갈등이 해소되는 것이다.

④ (나)에 비해 (가)에서 인물의 성격 변화가 두드러지게 드러나고 있다.
(가)에서는 인물의 성격 변화를 찾을 수 없다. 오히려 (나)에서 수추가 깨달음을 얻은 이후에 성격 변화가 드러난다. 노래에 대한 집착에서 벗어난 수추는 그동안 자신이 노래를 제외한 모든 것들을 증오해왔음을 깨닫고 마음의 평안을 얻는다. 즉 수추의 태도의 변화가 나타나는 (나)에서 인물의 성격 변화가 비교적 두드러진다고 할 수 있다.

⑤ (가)의 저자 사람들과 (나)의 짐승들은 서로 다른 이유로 모여들고 있다.
(가)의 저자 사람들은 수추가 연주하는 '음률에 끌'려 모여들고, (나)의 짐승들은 수추의 '노래를 들으려고 모여'들고 있다. 즉 (가)의 저자 사람들과 (나)의 짐승들은 모두 수추의 노래에 이끌려 모여든 것이다.

홀수 옛 기출 분석서 **문학**　099

3. ㉠과 ㉡의 공통적 기능으로 적절한 것은?

> ㉠: 시냇물
> ㉡: 시냇물

☑ 정답풀이

① 수추의 자기 확인을 매개한다.

> 수추는 ㉠을 통해 자신이 미워하는 자신의 추한 얼굴을 확인한다. 그리고 수추는 내적 갈등 해소 이후, ㉡을 통해 환희에 찬 자신의 얼굴을 확인한다. 즉 ㉠, ㉡ 모두 수추가 자기를 확인하는 매개물로 사용되었다.

☒ 오답풀이

② 수추가 처한 고난을 상징한다.
　㉠, ㉡은 수추 자신을 확인하는 매개물일 뿐, 수추가 고난에 처하게 된 것은 ㉠, ㉡과 관련이 없다.

③ 수추의 과거 회상을 유도한다.
　㉠, ㉡은 수추 자신을 확인하는 매개물일 뿐, 수추의 과거를 회상하도록 유도하는 것과 관련이 없으며 수추가 과거를 회상하는 부분도 없다.

④ 수추를 세상으로부터 격리한다.
　수추를 세상으로부터 격리하는 것은 수추 자신의 내적 갈등 때문일 뿐, ㉠, ㉡은 이와 관련이 없다.

⑤ 수추의 불가피한 운명을 암시한다.
　㉠, ㉡은 수추 자신을 확인하는 매개물일 뿐, 수추의 불가피한 운명을 암시하지 않는다.

4. 〈보기〉를 참고하여 윗글 속의 '예술가 · 작품 · 사회 · 수용자'의 관계를 이해한 내용으로 적절하지 않은 것은? [3점]

> ────〈보기〉────
> 　예술 작품의 수용은 예술가와 작품, 예술가와 수용자, 작품과 사회, 작품과 수용자 사이의 관계와 작품 자체에 대한 종합적 이해를 통해 이루어진다.

🔍 보기 분석

- **예술 작품을 수용하는 여러 가지 방식**
  - 예술가와 작품의 관계 (수추 – 노래)
  - 예술가와 수용자의 관계 (수추 – '나', 사람들, 동물들)
  - 작품과 사회의 관계 (노래 – 사회)
  - 작품과 수용자의 관계 (노래 – '나', 사람들, 동물들)
  - 작품 자체에 대한 이해 (노래)

☑ 정답풀이

④ 강을 건너간 뒤에 노래를 부르는 '수추'는 자기 작품 속에 형상화된 사회에 대해 수용자가 보인 반응을 의식하고 있군.

> 수추의 얼굴을 보고 달아나던 짐승들이 밤에는 수추의 노래를 듣기 위해 다시 모이는 일을 겪으면서 수추가 자꾸만 야위어 갔다는 것은 수용자의 반응을 의식했기 때문이므로 수추가 자기 작품(노래)에 대한 수용자(짐승들)의 반응을 의식하고 있는 것으로 볼 수 있다. 그러나 수추의 작품(노래) 속에 사회의 모습이 형상화되었는지는 확인할 수 없다.

☒ 오답풀이

① 다리 아래에서 '수추'의 첫 노래를 들은 '나'는 수용자로서 작품 자체에 자극받아 예술가에 대한 관심을 보이고 있군.
　수추의 첫 노래를 들은 '나'는 노래 가락이 자신의 몸을 뚫고 들어와 맴돌아 나가는 듯한 느낌을 받고, 자신도 모르게 다리 위로 올라가 노래하는 수추를 바라본다. 이는 '나'가 작품(노래) 자체에 자극을 받아 예술가(수추)에 대해 관심을 보이는 것으로 볼 수 있다.

② '수추'의 첫 노래를 듣고 저자 사람들이 돈을 내던지는 것을 본 '나'는 작품이 수용자에게 끼치는 영향력을 깨닫고 있군.
　'돈이 떨어지는 소리가 잦아질 제 나는 새암과 선망으로 이를 악물었고 다음에는 저 신묘한 소리로 돈을 벌게 하는 거문고를 박살 내 버리고 싶었다.'라고 하였다. 즉 저자 사람들이 돈을 내던지는 행위를 수추의 작품이 사람들에게 감명을 준 결과로 해석하여 그(수추)를 시기한 것이다. 이를 통해 '나'는 작품(노래)이 수용자(사람들)에게 끼치는 영향력을 깨달은 것으로 볼 수 있다.

③ '수추'의 얼굴을 보고 난 뒤에 그의 두 번째 노래를 들은 저자 사람들은 작품을 예술가와 연계하여 수용하고 있군.

수추의 얼굴을 본 후 사람들은 '가락의 신묘한 아름다움은 그 추한 얼굴에 씌워 사그라'져 더 이상 노래에 감동받지 못하고 오히려 불쾌감을 느끼고 있다. 이는 저자 사람들이 작품(노래)과 예술가(수추)를 연계해서 수용한 것으로 볼 수 있다.

⑤ 강을 건너간 뒤에 거문고를 부숴 버린 후, '수추'는 예술가인 자신의 용모와 자기 작품의 관계에 집착하지 않게 되었군.

수추는 거문고를 부숴 버린 후 오히려 마음의 평안을 찾고 환희의 얼굴을 갖게 된다. 즉 수추는 자신의 용모와 자기 작품(노래)의 관계에 집착하지 않게 된 것이다.

🎯 평가원의 관점

• 4-④, ⑤번

이의 제기

수추는 자신의 노래에 대해 수용자가 보인 반응을 의식하고 있다고 볼 수 있지 않나요? 또, 거문고를 부순 후 수추가 자신의 용모와 자기 작품의 관계에 집착하고 있지 않다는 것은 작품을 통해 알 수 없지 않나요? 오히려 용모 때문에 노래를 버리게 된 것으로 볼 수는 없나요?

답변

이 문항은 〈보기〉를 참고하여 작품을 적절하게 이해하고 있는지를 묻고 있습니다. 〈보기〉에 따르면, '예술 작품의 수용은 예술가와 작품, 예술가와 수용자, 작품과 사회, 작품과 수용자 사이의 관계와 작품 자체에 대한 종합적 이해를 통해 이루어'집니다. (나)에서 짐승들이 '일시에 몸서리치면서 달아났다가, 다시 밤이 되면 그의 노래를 들으려고 모여들고, 또 해가 떠오르면 그의 곁에서 달아나는 일'은 예술가인 수추의 노래에 수용자인 짐승들이 이끌렸기 때문입니다. 수추의 노래에 사회가 형상화되었기 때문은 아니므로 ④번은 적절하지 않습니다. 또한, (나)에서 거문고를 부순 이후에 수추는 '진실로 오랜만에 평화로운 잠을' 자고, '환희의 얼굴'을 갖게 됩니다. 따라서 예술가인 자신의 용모와 작품의 관계에 대한 집착을 버렸다는 ⑤번은 적절하다고 볼 수 있습니다.

오영수, 「화산댁이」

2012학년도 6월 모평

문제 P.062

[1~4] 다음 글을 읽고 물음에 답하시오.

무슨 관청 같은 집도 화산댁이는 그리 달갑지 않았다. 아들을 만난 반가움보다도 수세미처럼 엉클리는 심사를 주체할 수 없었다.

<u>오랜만에 만난 아들과 아들의 관청 같은 집 낯선 화산댁이</u>

빨간 스웨터를 입고 너덧 살 되어 보이는 계집아이가 말끄러미 화산댁이를 바라보고,

"아부지, 이거 누고 응?"

화산댁이가 그렇게도 보고 싶어 하던 손녀딸이다.

"할매다!"

"우리 할매?"

"음!"

아들은 맥없는 대답을 하면서 헌 **고무신** 한 켤레를 내왔다. 화산댁이는 걸레로 터실터실 분 발뒤꿈치 더더기를 훔치면서,

"그렇기, 나고는 첨 보니…….'

하는데, 아들은 손끝에 **짚세기**를 걸고 나가 쓰레기통에다 던져 버렸다. 화산댁이의 짚세기가 못마땅한 아들 고무신이 대견찮은 것은 아니다. 그러나 길 걷는 데는 짚세기가 고작인데 하니 아직 날도 안 드러난 짚세기가 화산댁이는 못내 아까웠다. <u>아직 쓸 만한 짚세기를 버리는 것이 아까운 화산댁이</u>

다다미방도 어색했지만, 눈이 부시도록 번들거리는 의롱*이 두 개나 놓였고, 그 옆에는 앉은키만 한 경대*도 놓였다. 벽에는 풀기 없는 무색옷들이 쭈르르 걸렸다. 모든 것이 낯선 것들이었다. ㉠<u>모든 것이 손도 못 댈 것 같고 주저스럽고 조심스럽기만 했다.</u> <u>아들의 집을 낯설어 하는 화산댁이</u> 우선 어디가 구들목이며 어디 어떻게 앉아야 할지, 마치 종이 상전 방에 불려 온 것처럼 앉을 자리부터가 만만치 못했다.

// 장면 끊기 01 화산댁이는 작은아들의 집에 왔지만 마음이 불편하고 낯설게 느껴짐

(중략)

화산댁이는 아들과 마주 앉고, 며느리는 저만치 떨어져 양말을 기웠다. 모두 말이 없다. 손녀만이 제 아버지 등에 매달렸다. 제 어미 젖가슴에 손을 넣었다가 하는 것을 눈으로 좇고 있던 화산댁이는 갑자기 생각이 나서,

"이런 내 정신 봐라."

그러면서 옆에 둔 보퉁이*를 끌어당겨 풀기 시작했다. 더깨더깨 기운 꾀죄죄 때 묻은 버선을 들어내고 검은 보퉁이를 또 하나 들어냈다. 들어낸 보퉁이를 풀어 헤치고 아들과 며느리 어중간에 밀어 놓으면서,

"묵어 봐라, 꿀밤(도토리)떡이다. 급히 하느라고 진도 덜 빠진 거로 해 노니 좀 딸딸하다만…….'

그러고는 한 덩이를 떼서 손녀를 주었다. 아들도 며느리도 손을 대지 않는다.

"얘가 하도 즐긴다 싶어 해 왔다. 벨 맛은 없어도 귀한 거니 묵어 봐라!"

며느리는 힐끗하고 궁둥이만 달싹할 뿐이었고, 아들은 거들떠보지도 않았다. 한번 씹어 보던 손녀도 그만 페페 하고는 도로 갖다 놓는다. 그러자 아들이,

"저 방에 자리해라. 엄마 곤하겠다!"

"괜찮다. 벌써 잠이 오나!"

"일찍이 자소!"

이래서 화산댁이는 몇 해를 두고 벼른 아들네 집이었고 밤을 새워도 모자랄 쌓이고 쌓인 이야기를 할 사이도 경황도 없었다.

<u>아들 내외와 이야기를 나누고 싶어 하는 화산댁이</u>

// 장면 끊기 02 화산댁이는 아들 내외를 위해 꿀밤떡을 내놓고 함께 이야기 나누고 싶어 하지만 아들은 이를 외면함

후끈후끈한 방에서 곤하면 입은 채 굴러 자던 습관은, 휘높은 판자 천장이며, 유리 바른 문이며, 싸늘해 보이는 **횟가루 벽**이며, 다다미방이 잠을 설레었다. 화산댁이는 자꾸만 쓸쓸했다. 뭣을 쥐었다가 놓친 것처럼 마음이 허전했다. '자식도 강보에 자식이지, 쯧쯧.' 돌아눕는다. <u>아들 내외와 유대감을 나누고 싶으나 그러지 못해 섭섭하고 아쉬운 화산댁이</u> ㉡<u>건넌방에서는 소곤소곤 이야기 소리가 들려왔다.</u>

'저거 조면* 그만이지.' 또 고쳐 누웠다. 애써 잠을 청해 본다.

[A] 그러나 잠 대신 화산댁이는 어느새 오리나무 숲 사이로 황토 고갯길을 넘고 있다.

보리밭이 곧 마당인 낡은 **초가집**이다.

빈대 피가 댓잎처럼 낡힌 **토벽**, 메주 뜨는 냄새가 코를 찌르는 **갈자리 방**에서 손자들이 아랫도리 벗은 채 제멋대로 굴러 자고, 쑥물 사발을 옆에 놓고 신을 삼고 있는 맏아들, 갈퀴손으로 누더기를 깁고 있는 맏며느리, 화산댁이는 그만 당장이라도 뛰어가고 싶다. 아들의 등을 쓰담아 기침을 내려 주고 며느리와 무르팍을 맞대고 실컷 울고 나면 가슴이 후련해질 것만 같다. <u>작은아들 내외에게서 느낄 수 없는 유대감을 시골집의 큰아들 내외에게서 느끼고 싶어 하는 화산댁이</u>

또 뒤척눕는다.

'아무리 시에미가 시에미 같지 않기로니 첨 보는 시에미에게 인삿절도 없이, 본바없는 것 같으니, 그래도 마실 사람들은 작은아들 돈 잘 벌고 하리깔레* 메누리 봤다고 부러하더라만. 시장시럽고* 가시롭다. 지가 탈기 없는 것도, 신양기가 있는 것도 다 기집 탓이지 머고. 여태껏 땅 한 떼기 못 사는 것도 안살림 잘못 사는 탓이지 머고.' 화산댁이는 눈꼬리만 따갑고 잠은 점점 멀어 갔다.

'지만 하더라도 일본서 근 십 년 만에 나왔으면 그만 지 형 말

대로 농사나 짓고 수더분한* 색시나 골라 장가들었으면 등 따시고 배 부릴 꺼로 머 공장을 하느니 하고 날뛰 댕기더니.'

작은아들 내외가 못마땅한 화산댁이

화산댁이는 어서 날이 새면 싶었다. 잠도 안 오거니와 아까부터 뒤가 마려운 것을 참아 왔기 때문이다. 그러나 날은 언제 샐지 모르겠고 뒤는 자꾸 급해 왔다. 화산댁이는 참다못해 조심조심 더듬어 부엌으로 내려갔다. 부엌에서 다시 더듬어 밖으로 나갔다. 비는 그쳤고 갈라진 구름 사이로 별이 보였다. **뒷간**이 있음 직한 곳을 이리저리 찾았으나 없었다. 집을 두 바퀴나 돌았으나 뒷간은 역시 없었다. ⓒ대체 **적산집*** 뒷간이 밖에 있을 리가 없다. 화산댁이는 뒷간이 없는 집이란 상상도 할 수 없었으나, 일이 급해서 그만 어수룩한 담 밑에다 대고 뒤를 보았다. ⓔ한결 개분했다. 문살만 훤하면 나와서 뒤본 자리를 챙기리라 맘먹고 다시 들어왔다.

// 장면 끊기 03 일찍 자리에 누운 화산댁이는 소외감과 서운함을 느끼며 잠을 못 이루다가 뒤를 보기 위해 뒷간을 찾다 못 찾고 담 밑에다 뒤를 봄

화산댁이는 소스라쳐 일어났다. 동이 트면 뒤본 자리를 치울 생각이었는데, 이미 날이 새 깜짝 놀란 화산댁이 날이 활짝 샜다. 아들 내외가 깰까 싶어 조심조심 밖으로 나왔다. 뒤본 자리는 공교롭게도 돌가루로 마련된 **수채**였다. 수채는 앞집으로 통했다. ⓜ아침에 봐도 역시 뒷간은 없었다.

// 장면 끊기 04 아침에 일어나 보니 간밤에 뒤를 본 곳은 수채였음

— 오영수, 「화산댁이」 —

*저거 조먼: '자기네들끼리 좋으면'의 방언.
*하리깔레: 예전에 서양식 유행을 따르던 멋쟁이를 이르던 말.
*적산집: 해방 전에 일본인들이 지은 신식 가옥을 이르는 말.

📄 전체 줄거리

두메산골에서 살고 있는 화산댁이는 도시에 사는 아들을 만나기 위해 경주로 왔다. 비를 맞아 가며 작은아들의 집을 찾던 중 어느 여염집 처마 밑에서 비를 피하다가 그 집에서 나온 아낙에게 아들 돌이를 아느냐고 묻지만 젊은 아낙은 화산댁이를 무시하며 모른다고 톡 쏘아붙인다. 큰길로 나온 화산댁이는 길을 걷는 작은아들과 마주친다. 작은아들은 화산댁이를 보자마자 집으로 들어가자고 하는데, 그를 따라 들어간 집은 조금 전 아낙이 나왔던 여염집이다. 작은아들은 집에서 놀고 있는 딸아이에게 화산댁이가 할머니임을 일러 주고 화산댁이가 신고 온 짚신을 내다 버린다. 화산댁이는 휘황찬란한 작은아들네 집이 거북스럽고 불편하다. 저녁을 먹고 화산댁이는 들고 온 보따리를 풀어 꿀밤떡을 내놓지만 작은아들과 며느리는 거들떠보지도 않는다. 화산댁이는 변해버린 작은아들이 못내 서운하고 며느리가 못마땅하여 잠들지 못하고, 뒤를 보기 위해 뒷간을 찾지만 급한 나머지 담벼락에 뒤를 본다. 날이 밝고 화산댁이는 조심스레 밖으로 나가는데, 이웃집 사람들이 누가 똥을 쌌냐며 화를 내고 난리다. 화산댁이는 창피함을 무릅쓰고 뒤를 본 것을 치우는데, 쓰레기통 안에서 자신이 가져온 꿀밤떡이 보자기째 버려져 있는 것을 보게 된다. 화산댁이는 눈물이 핑 돌고, 그 길로 집을 나와 두메산골로 향한다.

✱ 전지적 작가 시점

이것만은 챙기자

*짚세기: 짚신(볏짚으로 삼아 만든 신).
*의롱: 옷을 넣어 두는 농. 버들이나 싸리채 따위로 함같이 만들어 종이를 발라 옷 따위를 넣어 둘 수 있게 만든다.
*경대: 거울을 버티어 세우고 그 아래에 화장품 따위를 넣는 서랍을 갖추어 만든 가구.
*보통이: 물건을 보(물건을 싸거나 씌우기 위하여 네모지게 만든 천)에 싸서 꾸려 놓은 것.
*시장스럽다: 시들하다(마음에 차지 않아 내키지 않다).
*수더분하다: 성질이 까다롭지 아니하여 순하고 무던하다.

홀수 옛 기출 분석서 **문학** 103

1. '화산댁이'에 대한 이해로 가장 적절한 것은?

✅ 정답풀이

④ 기대에 미치지 못하는 작은아들을 못마땅해 한다.

> '지만 하더라도 일본서 근 십 년 만에 나왔으면 그만 지 형 말대로 농사나 짓고~머 공장을 하느니 하고 날뛰 댕기더니.'에서 화산댁이는 작은아들이 '농사나 짓고 수더분한 색시나 골라 장가'들기를 기대했지만, 그렇게 살지 않는 것을 못마땅해 하고 있음이 드러난다.

❌ 오답풀이

① 작은아들이 내놓은 고무신이 마음에 들지 않는다.
'고무신이 대견찮은 것은 아니다.~짚세기가 화산댁이는 못내 아까웠다.'에서 화산댁이는 작은아들이 내놓은 고무신이 마음에 들지 않은 것이 아니라 '아직 날도 안 드러난 짚세기'를 버리는 것이 마음에 들지 않는 것이다.

② 꿀밤떡을 내뱉는 손녀의 행동에 노여움을 느낀다.
손녀가 '퉤퉤 하고' 먹던 꿀밤떡을 내뱉지만, 이런 손녀의 행동으로 인해 화산댁이가 노여움을 느끼는 모습은 나타나지 않는다.

③ 예의가 없는 며느리를 나무라고자 마음먹는다.
'아무리 시에미가 시에미 같잖기로니 첨 보는 시에미에게 인삿절도 없이, 본바없는 것 같으니,'에서 화산댁이는 예의 없는 며느리를 못마땅하게 생각하지만 나무라고자 마음먹는 모습은 나타나지 않는다.

⑤ 시골로 돌아갈 생각에 설레서 날이 빨리 새기를 바란다.
'화산댁이는 그만 당장이라도 뛰어가고 싶다.'에서 화산댁이가 '보리밭이 곧 마당인 낡은 초가집'으로 돌아가고 싶어 하는 것을 알 수 있다. 그러나 '실컷 울고 나면 가슴이 후련해질 것만 같다.'라고 하였을 뿐, 설렘을 느끼지는 않고 있음을 알 수 있다. 또한 '화산댁이는 어서 날이 새면 싶었다. 잠도 안 오거니와 아까부터 뒤가 마려운 것을 참아 왔기 때문이다.'에서 화산댁이는 뒤가 급해서 빨리 날이 새기를 바란 것이지 시골로 돌아갈 생각에 설레서 날이 빨리 새기를 바란 것은 아니다.

2. [A]의 기능에 대한 설명으로 가장 적절한 것은?

✅ 정답풀이

⑤ 현재 상황과 대비되는 장면을 통해 내적 갈등을 고조한다.

> [A]는 화산댁이가 정다운 맏아들 식구가 있는 시골집을 그리워하는 장면이다. 이러한 장면은 작은아들 내외의 집에서 소외감과 서러움을 느끼고 있는 현재의 상황과 대비되기 때문에 화산댁이의 내적 갈등을 고조한다고 볼 수 있다.

❌ 오답풀이

① 새 인물의 등장을 통해 새로운 사건의 시작을 알린다.
[A]에서 '손자들', '맏아들', '맏며느리' 등 새로운 인물이 등장하는 것은 맞지만, 이들은 화산댁이가 소외감과 서러움을 느끼는 현재 상황에서 그리워하는 대상일 뿐이며 새로운 사건의 시작을 알리는 것은 아니다.

② 환상적 배경에서 벌어진 사건을 통해 허구성을 강화한다.
[A]의 '보리밭이 곧 마당인 낡은 초가집'은 화산댁이와 맏아들 내외가 함께 사는 공간적 배경일 뿐, 환상적인 배경이 아니므로 허구성을 강화한다고 볼 수 없다.

③ 사건의 줄기에서 벗어난 장면을 통해 위기감을 해소한다.
[A]는 화산댁이가 작은아들의 집에서 소외감과 서러움을 느끼면서 그리운 맏아들의 집을 떠올리는 것으로 사건의 줄기에서 벗어난 것이라고 볼 수 없다. 또한 이 장면을 통해 위기감이 해소되는 것도 아니다.

④ 동시에 진행되는 사건의 병치를 통해 사건을 지연시킨다.
[A]는 화산댁이가 그리워하는 시골집을 떠올리는 장면일 뿐, 작은아들 집에서의 사건과 동시에 진행되는 사건이라고 볼 수 없다.

🌱 기틀잡기

④ **병치:** 두 가지 이상의 것을 한곳에 나란히 제시함.
⑤ **내적 갈등:** 한 인물이 자신의 내면에서 일으키는 심리적 갈등.(=고뇌, 괴로움)

✏️ 모두의 질문

• 2-④번

Q: '병치'와 '병렬'은 어떻게 다른 것인가요?
A: 병렬적 구성이란 인과 관계가 뚜렷하지 않은 별개의 사건이 나열된 구성을 말한다. 인과 관계가 없는 두 이야기가 나란히 오게 된다면 사건이 병치되었다고 할 수 있고, 병렬적으로 구성되었다고 할 수도 있다. 따라서 두 이야기가 서로 인과 관계에 있다면 병치되었다고 할 수는 있지만, 병렬적 구성이라고 할 수는 없는 것이다. 참고로 '병치'와 '병렬'을 구분하라는 문제는 출제되지 않는다. 기본적으로 사건이 나열되고 있는지 파악하면 된다.

| 외적 준거에 따른 작품 감상 | 정답률 **57**

3. 〈보기〉를 참고할 때, ㉠∼㉤ 중 성격이 다른 것은?

> ㉠: 모든 것이 손도 못 댈 것 같고 주저스럽고 조심스럽기만 했다.
> ㉡: 건넌방에서는 소곤소곤 이야기 소리가 들려왔다.
> ㉢: 대체 적산집 뒷간이 밖에 있을 리가 없다.
> ㉣: 한결 개분했다.
> ㉤: 아침에 봐도 역시 뒷간은 없었다.

〈보기〉

서술자는 자신의 시각에서 이야기를 직접 서술하거나, 인물의 시각에서 인물의 경험과 인식을 반영하여 서술한다. 즉 '서술'은 서술자가 담당하지만 '시각'은 서술자의 것일 수도, 인물의 것일 수도 있는 것이다.

🔍 보기 분석

- 서술자 자신의 시각에서 이야기를 직접 서술

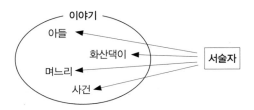

- 서술자가 특정 인물의 시각에서 인물의 경험과 인식을 반영하여 서술 (특정 인물의 시각으로 서술, 제한적 전지적 작가 시점)

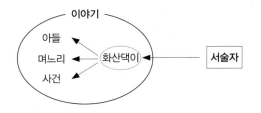

✔ 정답풀이

③ ㉢

'적산집 뒷간이 밖에 있을 리가 없다.'라는 것은 서술자의 생각이므로, ㉢은 '서술자 자신의 시각에서 이야기를 직접 서술'한 것이다. 만약 ㉢이 화산댁이의 입장에서 서술된 것이라면, 화산댁이도 뒷간이 밖에 있을 리 없다는 것을 알고 있다는 것인데, 그렇다면 집 밖에서 뒷간을 찾지 못해 수채에 뒤를 보는 행동은 하지 않았을 것이다.

✖ 오답풀이

① ㉠, ㉡, ㉣, ㉤

㉠, ㉡, ㉣, ㉤은 서술자가 특정 인물(화산댁이)의 시각에서 서술한 것이다. 모두 화산댁이의 경험과 인식을 반영하여 화산댁이의 입장에서 서술하였다. 전지적 작가 시점의 소설에서 이처럼 한 인물의 입장에서 서술하는 것을 특정 인물의 시각으로(입장에서) 서술한다고 말한다.

🎯 평가원의 관점

· 3-②, ③번

이의 제기

㉡이 서술자의 시각에서 서술된 것이고 ㉢은 인물의 시각에서 서술되었으므로 ②번이 정답 아닌가요?

답변

㉡은 인물의 시각에서 서술된 것입니다. '들려왔다'라는 표현은 들은 이의 시각이 반영된 것이고, 맥락을 고려할 때 그 소리를 들은 이는 화산댁이이기 때문입니다. 반면 ㉢은 서술자의 시각에서 서술된 것입니다. 그 앞 대목에서 화산댁이가 집 밖에서 뒷간을 찾아 한참 헤매는 사건이 전개되는데, 화산댁이가 ㉢과 같은 정보를 알고 있었다면 집 밖에서 뒷간을 찾을 리는 없기 때문입니다.

4. 〈보기〉를 참고하여 윗글의 소재를 대비하였을 때, 적절하지 않은 것은?

〈보기〉

「화산댁이」는 시골과 도시, 자연과 문명 세계라는 이질적인 공간에서 영위되는 삶의 양식을 대비한 작품이다.

🔍 **보기 분석**

「화산댁이」: 이질적 공간에서 영위되는 삶의 양식을 대비함
- 대비되는 공간 ① 시골 vs. 도시
　　　　　　　② 자연 vs. 문명 세계

✅ **정답풀이**

⑤ 수채 : 뒷간

> '뒷간'은 시골과 도시 모두에 존재하는 것으로, 시골과 도시의 건물 양식에서 그 위치만 달라질 뿐이다. 또한 '수채'는 집 안에서 버린 물이 집 밖으로 흘러 나가도록 만든 시설을 뜻하는 것으로 '뒷간'과는 의미적으로 대비되는 소재가 아니다.

❌ **오답풀이**

① 짚세기 : 고무신
　'짚세기'는 화산댁이가 신고 있던 신발로 시골에서의 삶의 양식을 나타내지만, '고무신'은 작은아들이 화산댁이에게 준 것으로 도시에서의 삶의 양식을 나타낸다고 할 수 있다.

② 초가집 : 적산집
　'초가집'은 화산댁이와 맏아들 내외가 사는 시골의 집이지만, '적산집'은 작은아들 내외가 살고 있는 도시의 집을 뜻한다.

③ 토벽 : 횟가루 벽
　'토벽'은 화산댁이와 맏아들 내외가 사는 시골집의 벽을 말하지만, '횟가루 벽'은 도시의 작은아들 내외가 사는 집의 벽을 말한다.

④ 갈자리 방 : 다다미방
　'갈자리 방'은 화산댁이와 맏아들 내외가 사는 시골집의 방을 말하지만, '다다미방'은 도시의 작은아들 내외가 사는 집의 방을 말한다.

[1~4] 다음 글을 읽고 물음에 답하시오.

"알겠습니다. 이 일은 사모님, 부사장님, 저만 아는 비밀로 백삼십에 사건을 무마하도록, 실수 없이 처리하겠습니다. 사실 이 정도는 뭐 사건이라 말할 수 있습니까. 사모님이시다보니 신중을 기하느라고 조심할 뿐, 이 정도야 간단히 처리할 수 있죠. 저쪽이 훨씬 약하니깐요. 그 처지에 돈 보고 환장 안 하게 됐습니까." 운전수를 매수하여 사모님의 죄를 무마할 수 있다고 자신하는 사무장

"사무장도 말 좀 골라 뱉으시오. 같은 말이라도, 환장이 뭐요? 물론 우리 집안 명예와 어머님 명예도 중요하지만, 사무장도 이걸 명심하시오. 운전수네 가족에게 최대한 성의를 보여야 한다는 점 말입니다. 운전수 쪽 가족 생각이, 이번 일은 돈에 시우 군이 팔린 게 아니라 주인아주머니의 어쩔 수 없는 입장을 운전수 된 도리로서 자발적인 마음으로 도와주는 것뿐이다. 그러다 보니 그 성의 표시로 생각지도 않은 돈이 생기게 되어 은혜를 갚는 느낌이다. 운전수와 가족이 이런 생각을 갖게끔 사무장이 처신해야 된단 말입니다. 돈이란 쓰기 나름이라 잘못 쓰면 오히려 돈은 돈대로 없어지고 욕까지 먹게 돼요. 운전수 가족에게 최대한 성의를 표하고 그들이 그 성의를 진실로 받아들이게끔 행동하란 말이에요." 사모님의 잘못을 운전수에게 떠넘기기 위해 운전수와 그의 가족들에게 위선적인 모습을 보이라고 종용하는 부사장

이 선생은 젊은 부사장의 설교조 말을 건성으로 들었다.

// 장면 끊기 01 사무장과 부사장은 사모님이 저지른 사건을 돈으로 해결하려고 함

(중략)

이 선생이 누누이 들려준 말처럼 시우는 아무리 사태가 불리하다 하더라도 1년 미만 징역에 2년 집행 유예로 나갈 줄 알았다. 그런데 이 선생이 올린 항소가 고법에서 기각되고 형이 확정되자, 자기만 억울하게 함정에 빠진 듯했고, 사모님은 물론 가족마저도 돈에 눈이 어두워 자기를 속임수에 이용하는 듯하여 죽고 싶은 생각뿐이었다. 감옥에서 형을 살게 되자 절망한 시우 그러나 종우 형 면회가 있고부터 그는 한결 새 희망을 가지게 되었다. 모두에게 이용당했다고 생각하다가 종우 형의 면회 후 새 희망을 가지게 된 시우

"시우야, 일백삼십에서 또 오십만 원을 더 받았어. 네가 실형을 받았기 때문이야. 그래서 일백팔십이 된 거야. 네가 우리 가족을 살린 거란 말이야. 그 돈이면 나두 공사판을 그만두구 장사를 시작헐 수 있어. 너도 야간이라도 학교엘 나갈 수 있게 됐구. 참아 줘. 이건 정말 면목이 없다만, 어떡허니. 그럴 수밖에 없잖니? 동생을 감옥에 보내게 된 것이 미안하지만 돈 때문에 어쩔 수 없다고 생각하는 종우 그저께 사모님을 만나 같이 네 얘길 했더랬어. 전생에 다시 갚지 못할 빚을 네게 졌다면서 말이야. 네가 출감하면 운전수든 뭐든 다시 일을 시키겠다구, 월급을 올려

주겠다고 약속하셨어. 시우야, 이 형이 양심을 팔았는지 어쨌는지 모르지만, 양심의 가책을 느끼는 종우 그 돈으루 우리두 성공하여 옛말하구 살자꾸나. 정말 성공하여 남부럽잖게 될 때, 이 피눈물 나는 고생은 그때 가서 위로하자……."

멀찌감치 선 간수 귀를 피해 귀엣말로 종우 형이 이렇게 말할 때, 두 형제는 함께 울었다. 자신들이 처한 상황에 슬퍼하는 두 형제 시우는 검게 탄 형의 거친 뺨을 타고 흘러내리는 눈물을 보았다. 철창 사이로 굳게 잡은 형의 억센 손이 떨리고 끝내 꺼억거리며 흐느낄 때, 동생의 상황이 미안하고 안타까운 종우 @시우는 여지껏 침묵한 채 참아 왔듯 몇 달을 참기로, 무슨 일이 있더라도 몇 달 감옥 생활을 이겨 내기로 결심했다. 가족들을 위해 감옥 생활을 이겨 내려는 시우

// 장면 끊기 02 시우는 실형을 받게 되어 억울했지만 가족들을 위해서 감옥 생활을 버티기로 결심함

오늘 아침, 넉 달 동안 ㉠집 안방과 다를 바 없는 안착지로 떠나게 되자 까닭 없이 마음이 설레 아침밥도 거르게 되고, 그게 공복과 더불어 한기를 가중시켰다. 시우는 연방 떨며 다시 중얼거렸다. 정말 겨울은 지금부터이고 고생도 시작인데 몸과 마음이 이렇게 약해지면 안 된다고. 가족들을 위해 감옥 생활을 버티기로 결심하고 마음을 다잡는 시우

"눈이 오면 날씨가 포근한 벱인디 워찌 요렇게 차다냐. 이런 날은 개팔자가 젤이여."

"글쎄 말이다. 동지도 그믐이모 얼매 안 있어 새해 아닌가 말이다. 그라모 햇수로 일 년 넘기는 긴데, 헤헤. 그렇게 햇수로 따져서 내보내 준다 카모 난도 출감이 가까운데 말이다."

도란도란 입김으로 나누는 말소리가 시우 귀에 다습다. 몇 명이 같은 감방에 있게 될는지, 아니면 뿔뿔이 흩어져 수감될는지 모를 ㉡다정한 얼굴을 시우는 눈여겨보았다. 다른 수감자들을 다정하게 느끼는 시우 강도·절도·사기·살인, 각각 이마빡에 눈에 띄지 않는 ㉢푯말을 붙이고 그들은 겨울잠을 즐기는 두더지 꼴로 엉겨 있었다.

"젊은 친구, 이쪽으로 와. 거긴 더 추울걸."

개팔자를 이야기한 죄수가 떨어져 앉은 시우에게 말을 던졌다. 구레나룻 시커먼 그는 토지 사기범이었다.

시우는 빙긋 웃어 보이곤 다시 쇠창살 밖으로 눈을 주었다. 버즘나무 가지에 매달린 고깔 열매가 눈을 맞고 있었다. 시우는 ㉣산타클로스 모자가 생각났다. 크리스마스가 가까워 오고 있었다. 이번 크리스마스는 가족이 쌀밥에 고기반찬을 먹겠거니 여겨졌다. 그리고 형은 지금쯤 눈을 맞으며 저 어디 화곡동이나 봉천동 신흥 주택 지대를 싸돌며 식품점 벌일 점포를 물색하고 다닐 터였다. 그렇게만 되면 을숙이도 내년이면 ㉤맞춤 중학 교복을 입고 뽐낼 터였다.

시우 마음은 어둡지 않았다. 자신의 희생으로 풍족한 생활을 하게 될 가족들을 떠올리며 애써 밝게 생각하려는 시우 그의 눈앞에 과자며 음료수, 채소, 과일, 각종 일용품이 진열된 상점이 떠올랐다. 점포 이름은 고향 이름 그대로 백암 상회라 붙이겠다고 형이 말했다.

철창을 올려다보던 시우가 갑자기 말 울음소리로 웃었다. 가족을 위해 감옥 생활을 버티기로 결심했지만, 한편으로는 복잡한 심경을 드러내는 시우 그 묘한 웃음소리를 듣고 동료 죄수들 눈이 그에게 쏠렸다. 개팔자를 이야기한 죄수가 시우를 보며 시큰둥 한마디 했다.

"저건 웃는 게 아니구먼. 웃음도 여러 질이여. 저 상판 봐여."

// **장면 끊기 03** 감옥에 갇힌 시우는 복잡한 심경으로 가족을 생각하며 기이하게 웃음

– 김원일, 「잠시 눕는 풀」 –

🗒 전체 줄거리

백암리라는 곳에서 가난하게 살던 시우 가족은 서울로 올라온다. 힘겹게 서울 생활을 하던 시우는 김 여사의 집에서 청소부로 일하게 되고, 운전을 배운 뒤로는 김 여사의 운전기사로 일한다. 어느 날 김 여사는 음주를 한 상태로 무리하게 운전을 하다가 행인을 치어 사고를 낸다. 그러나 김 여사 가족은 측근인 이 선생(사무장)을 통해 시우의 형인 종우와 가족을 돈으로 매수하고, 시우가 사고를 낸 것으로 거짓 진술할 것을 요구한다. 종우는 작은 가게를 낼 수 있는 좋은 기회라고 생각하고 시우를 설득한다. 결국 시우는 경찰 앞에서 자신이 사고를 냈다는 거짓 진술을 하고 실형을 선고 받는다. 교도소에 수감된 시우는 자신의 희생으로 풍족한 생활을 하게 될 가족들을 떠올리며 기이하게 웃는다.

＊ 전지적 작가 시점

---

1. 윗글의 서술상 특징으로 가장 적절한 것은?

✔ 정답풀이

⑤ 서술의 초점을 특정 인물이 처한 상황에 맞추고 있다.

> 윗글의 서술자는 시우의 심리를 위주로 서술하고 있고, '형'과 같이 시우의 입장에 맞는 호칭어를 사용하고 있으므로 서술의 초점을 시우가 처한 상황에 맞추고 있다고 할 수 있다.

✘ 오답풀이

① 의식의 흐름 기법을 사용하여 인물의 무의식을 드러내고 있다.
윗글은 인물들의 대화와 행동, 내면 심리가 논리적 인과성에 맞게 서술되고 있을 뿐, 인과성이나 논리적인 순서를 무시하고 생각나는 대로 서술하는 의식의 흐름 기법은 나타나지 않으며 인물의 무의식을 드러내는 부분도 없다.

② 사물의 외양을 객관적으로 묘사하여 사실성을 강화하고 있다.
윗글은 시우가 처한 상황을 보여 주고 있을 뿐, 사물의 외양을 객관적으로 묘사하여 사실성을 강화하고 있지 않다.

③ 잦은 장면 전환을 통해 긴박한 분위기를 형성하고 있다.
윗글에서 장면 전환은 두 번 나오고 있으므로 잦은 장면 전환이 나타난다고 볼 수 없고, 이를 통해 긴박한 분위기를 형성하고 있지도 않다.

④ 인물들의 다양한 체험을 삽화 형식으로 나열하고 있다.
윗글에는 죄가 없지만 가족들을 위해 감옥 생활을 하게 된 시우의 체험만 나타날 뿐, 인물들의 다양한 체험을 삽화 형식으로 나열하지는 않았다.

🌱 기틀잡기

① **의식의 흐름**: 인물의 내면 의식을 흘러가는 대로 서술하는 기법.
④ **삽화**: 어떤 이야기나 사건의 줄거리에 끼인 짤막한 토막 이야기.

2. 윗글의 인물에 대한 설명으로 적절하지 <u>않은</u> 것은?

◆ 정답풀이

⑤ 종우는 시우에게 양심의 가책을 느끼지 않는다.

> '이건 정말 면목이 없다만,~이 형이 양심을 팔았는지 어쨌는지 모르지만'에서 가족들을 위해 남의 죄를 뒤집어쓰고 감옥 생활을 하게 된 시우에게 종우가 양심의 가책을 느끼고 있음을 알 수 있다.

⊗ 오답풀이

① 부사장은 기만적인 인물이다.

'운전수 쪽 가족 생각이,~이런 생각을 갖게끔 사무장이 처신해야 된단 말입니다.'에서 부사장은 시우에게 죄를 뒤집어씌워 감옥 생활을 하게 만들면서도, 겉으로는 시우와 그 가족들이 자발적인 마음에서 도와주는 것처럼 꾸미려 하고 있다. 따라서 부사장은 남을 속여 넘기는, 즉 기만적인 인물이다.

② 시우는 가족을 위해 자신을 희생한다.

'무슨 일이 있더라도 몇 달 감옥 생활을 이겨 내기로 결심'한 시우는 '이번 크리스마스는 가족이 쌀밥에 고기반찬을 먹겠거니 여겨졌다.~을숙이도 내년이면 맞춤 중학 교복을 입고 뽐낼 터였다.'에서 가족들이 풍족한 생활을 하게 되는 것을 상상하며 자신을 희생하여 감옥 생활을 하기로 한다.

③ 죄수들은 다른 죄수에게 관심을 보인다.

토지 사기범인 죄수는 시우에게 '젊은 친구, 이쪽으로 와. 거긴 더 추울걸.'이라고 말을 건네고, 시우의 '묘한 웃음소리'를 듣고는 '저건 웃는 게 아니구먼. 웃음도 여러 질이여. 저 상판 봐여.'라는 반응을 보이고 있으므로 죄수들이 다른 죄수에게 관심을 보인다고 볼 수 있다.

④ 사무장은 권력의 하수인 역할을 하고 있다.

'이 일은 사모님, 부사장님, 저만 아는 비밀로~그 처지에 돈 보고 환장 안 하게 됐습니까.'를 통해 사무장이 시우의 가족에게 돈을 주고 시우가 죄를 뒤집어쓰도록 설득하는 권력의 하수인 역할을 하고 있음을 알 수 있다.

3. ⓐ의 결과로 나타난 시우의 심리를 드러내는 것과 거리가 먼 것은?

> ⓐ: 시우는 여지껏 침묵한 채 참아 왔듯 몇 달을 참기로, 무슨 일이 있더라도 몇 달 감옥 생활을 이겨 내기로 결심했다.
> ⓐ: 집 안방
> ⓑ: 다정한 얼굴
> ⓒ: 푯말
> ⓓ: 산타클로스 모자
> ⓔ: 맞춤 중학 교복

◆ 정답풀이

③ ⓒ

> ⓐ에서 시우는 가족을 위해 감옥 생활을 받아들이기로 결심한다. 하지만 ⓒ은 죄수들이 지은 죄를 의미하는 소재일 뿐, 감옥 생활을 결심한 시우의 심리를 드러내는 소재는 아니다.

⊗ 오답풀이

① ⓐ

시우가 앞으로 자신이 머물게 될 안착지, 즉 감옥을 ⓐ이라고 표현하는 것은 가족을 위해 자신을 희생하고 감옥 생활을 이겨 내기로 결심한 시우의 심리를 나타낸다.

② ⓑ

감옥 생활을 결심한 시우는 앞으로 자신과 함께 생활하게 될 수도 있는 다른 수감자들을 다정하게 느낀다.

④ ⓓ

눈이 오는 풍경을 바라보던 시우는 ⓓ을 떠올리고, 크리스마스에 가족들이 풍족한 생활을 하게 될 것을 상상하며 애써 밝게 생각하기 위해 노력한다.

⑤ ⓔ

자신을 희생하고 감옥 생활을 견디면 가족인 을숙이가 ⓔ을 입고 학교 생활을 할 수 있다는 생각에 애써 긍정적으로 생각하려는 시우의 심리가 나타난다.

4. 〈보기〉를 바탕으로 윗글을 해석한 내용으로 적절하지 않은 것은?

〈보기〉

김원일의 초기 소설은 부조리한 현실의 폭력성을 주로 다루고 있다. 특히 권력에 의한 사건 조작 모티프는 약자의 삶에 고통을 가중하는 현실을 드러낸다. 위 작품은 가진 자와 못 가진 자의 대립 구도 아래, 가진 자의 음모를 보여 주는 한편, 악의적 세계에 짓눌린 사람들의 실존을 그리고 있다. 작가는 급박한 생존의 현실을 감내하려는 인물을 통해 부조리한 상황을 부각하였다.

🔍 **보기 분석**

〈보기〉 내용	윗글과 대응하기
권력에 의한 사건 조작 모티프	사모님이 저지른 죄를 시우가 뒤집어쓰고 감옥 생활을 하게 됨
가진 자와 못 가진 자의 대립 구도	사모님, 부사장, 사무장 vs. 시우와 그의 가족들
급박한 생존의 현실을 감내하려는 인물	가족들의 풍족한 생활을 위해 감옥 생활을 결심한 시우

✅ **정답풀이**

⑤ 면회소와 신흥 주택 지대의 공간적 대립은 가진 자의 악의적 세계와 그에 짓눌린 사람들의 상황을 보여 주기 위한 구도라고 할 수 있겠군.

'면회소'는 종우가 시우에 대한 미안함을 털어놓으며 동시에 시우가 가족들을 위해 감옥 생활을 결심하게 되는 공간이다. 또한 '신흥 주택 지대'는 시우의 희생으로 그의 가족들이 앞으로 살게 될 공간이다. 그러므로 '면회소'와 '신흥 주택 지대'는 가진 자의 악의적 세계와 그에 짓눌린 사람들의 상황을 보여 주는 대립적인 공간이 아니다.

❌ **오답풀이**

① '말 울음소리' 같은 웃음은 자신의 선택에 대한 복잡한 심경을 담아내고 있군.

자신의 희생으로 풍족하게 생활할 가족들을 떠올리며 시우는 '말 울음소리'로 기이하게 웃는다. 이는 가족들의 처지가 나아진 것에 대한 기쁨과, 죄 없이 감옥 생활을 하게 된 억울함을 동시에 느끼는 시우의 복잡한 심경을 드러낸다. 또한 '저건 웃는 게 아니구먼. 웃음도 여러 질이여. 저 상판 봐여.'라고 말하는 동료 죄수의 반응에서도 시우의 웃음이 단순한 즐거움에서 나온 것이 아님을 짐작할 수 있다.

② '백암 상회'는 주인공으로 하여금 굴욕적인 현실을 견디게 해 주는 힘으로 볼 수 있겠어.

'백암 상회'는 시우가 죄를 뒤집어쓰고 감옥에 가는 대가로 받은 돈으로 종우가 운영하게 될 가게이다. 시우는 가족들을 위해 감옥 생활을 결심한 것이므로 '백암 상회'는 시우의 굴욕적인 현실을 견디게 해 주는 힘이 될 수 있다.

③ 사건 조작 모티프의 설정은 작가가 당대 사회를 비판적으로 성찰하기 위한 것이었겠군.

사모님의 죄를 떠넘기기 위해 운전수인 시우를 매수하여 사건을 조작한 것은 〈보기〉에서 언급한 약자의 삶에 고통을 가중하는 권력에 의한 사건 조작 모티프가 반영된 것이라고 볼 수 있다. 이를 통해 작가는 돈이면 죄도 사고 팔리며 가족의 희생까지도 강요하는 산업화 사회의 암울하고 어두운 단면을 고발하고 있다.

④ '사모님'이 약속한 배려라는 것은 결과적으로 돈으로 사람을 거래하는 행위에 지나지 않아.

시우가 사모님 대신 감옥에 가는 조건으로 시우의 가족들에게 돈을 주는 것과 시우의 출감과 함께 월급도 올려 준다는 약속을 한 것을 〈보기〉와 같은 관점에서 본다면, 돈으로 사람을 거래하는 행위에 해당한다고 볼 수 있다.

✒️ **모두의 질문** · 4-③번

Q: 윗글에서 사건 조작 모티프가 설정된 것은 확인할 수 있지만, 당대 사회를 비판적으로 성찰하는 모습은 찾을 수 없는 것 아닌가요?

A: '당대 사회를 비판적으로 성찰'한다는 말의 의미를 다시 생각해 보자. '비판적 성찰'에는 부조리한 현실을 직접적으로 비판하는 것도 해당되지만, 그러한 현실을 문학적으로 형상화하여 문제의식을 드러내는 것도 해당된다. 〈보기〉에서는 '권력에 의한 사건 조작 모티프'를 통해 '약자의 삶에 고통을 가중하는 현실'을 드러내고, '급박한 생존의 현실을 감내하려는 인물'을 통해 부조리한 상황을 부각하였다고 설명한다. 문학적 형상화를 통해 '부조리한 상황을 부각'하는 것 역시 '비판적 성찰'에 해당한다. 즉 작가는 당대 사회의 부조리한 상황을 비판적으로 성찰하기 위해 사건 조작 모티프를 이용한 것이다.

[1~4] 다음 글을 읽고 물음에 답하시오.

젊은이는 사내가 새를 사 주지 않는 데 대한 원망의 기색은 손톱만큼도 나타내지 않았다. 그는 될수록 사내가 난처해질 소리들만 골라서 그를 괴롭게 몰아붙이는 것이었다. 그리하여 결국은 사내 스스로가 견디질 못하고 가게를 떠나게 하려는 것이었다. 사내를 가게에서 쫓아내려고 그를 몰아붙이는 젊은이

—아드님을 기다리신답니다. 아드님이 시골에 궁전을 지어 놓고 영감님을 모시러 오시는 중이랍니다.

그는 때로 새를 사러 들어온 손님을 상대로 해서까지 그렇게 무참스럽게* 사내를 비웃고 무안을 주었다.

—어디만큼 왔나, 고개만큼 왔지……. 영감님은 날마다 효자 꿈에 행복하시지요.

㉠사내는 그러나 그런 젊은이의 비웃음을 아랑곳하려는 기색이 조금도 없었다. 그는 젊은이의 공박*에 할 말이 전혀 없는 사람처럼 주위를 짐짓 외면해 버리곤 하였다. 젊은이가 정 그를 못 견디게 매도하고 들 때면 차라리 그 젊은이의 얄은 소갈머리*가 가엾어 죽겠다는 듯 슬픈 눈길로 그를 한참씩 건너다보고 있다가는 조용히 혼자 한숨을 짓고 말 뿐이었다. 자신을 조롱하는 젊은이의 비좁은 생각에 대해 가엾어 하는 사내

하면서도 사내는 좀처럼 젊은이의 새 가게를 떠날 생각을 않고 있었다. 아니 그는 젊은이의 그런 버릇없는 공박 따위로 가게를 아주 떠나 버릴 처지의 사람이 아니었다.

그에겐 아직도 할 일이 남아 있었다.

"녀석들에게 모두 새를 사야……. 그래도 녀석들에게 빠짐없이 모두 한 마리씩은 새를 살 수가 있어야……." 사내는 혼자 속으로 중얼거리곤 하였다. 그는 아직도 가막소* 안에 남아 있는 친구들을 절대로 잊어서는 안 된다고 생각했다. 그 가엾은 친구들을 위해 새를 사지 않고 혼자서 이곳을 떠날 수는 없다고 몇 번씩 결심을 다짐했다. 가막소 안의 친구들을 위해 계속해서 새를 사겠다고 다짐하는 사내 그는 그저 지금 당장은 새를 사는 일이 달갑게 여겨지지가 않고 있을 뿐이었다. 새를 사더라도 전날처럼 즐겁거나 기분이 가벼워지질 못하고 있는 것뿐이었다. 새들이 다시 붙잡혀 돌아오는 일 때문에 새를 사는 일이 전처럼 기쁘지 않은 사내

하지만 사내는 그것도 그저 그 빌어먹을 잠자리의 악몽 때문일 거라 자신을 변명했다. 밤마다 그를 괴롭혀 대고 있는 빛줄기의 꿈만 꾸지 않게 되면 그는 다시 기분이 회복되어 새를 즐겁게 살 수 있으리라 자신을 기다렸다. 도대체가 새들이 낙엽처럼 빛을 맞고 떨어져 내리는 악몽이 계속되는 동안은, 그리고 그 빌어먹을 새들이 어째서 이 공원 숲을 떠나지 못하고 자꾸만 다시 조롱* 속으로 붙잡혀 돌아오는지, 그런 사연을 석연히* 이해하지 못하고는 새를 다시 사고 싶은 생각이 일어나질 않았다. 새들이 어떠한 이유로 다시 붙잡혀 오는지 알아내고자 하는 사내 그건 마치 어린애들 숨

바꼭질과도 같은 어리석은 장난일 뿐이었다.
// 장면 끊기 01 사내는 젊은이의 조롱에 개의치 않으며 가막소 안의 친구들을 위해 새를 사려 함

한데 그러던 어느 날 밤, 사내에겐 또 한 가지 ⓐ이상스런 일이 일어났다.

사내는 이날 밤도 그 공원 숲 벤치 위에서 추운 새우잠을 견디고 있었는데, 자정을 한 시간쯤이나 지난 무렵이었을까, 예의 전짓불빛이 다시 공원 숲 속을 훑어 대기 시작했다.

이번엔 물론 꿈이 아니었다. 실제로 빛줄기를 앞세운 ⓑ밤새 사냥이 시작된 것이었다. 사내는 벌써부터 ⓒ까닭을 알 수 없는 두려움 때문에 자신도 모르게 사지가 움츠러들고 있었다. 새를 사냥하기 위해 어둠을 비추는 불빛을 보며 두려움을 느끼는 사내

하지만 이번엔 다행스럽게도 전번 날 밤과는 사정이 훨씬 달랐다.

빛줄기가 아직 사내를 찾아내지 못하고 있었다. 아니, 이날 밤은 그 밤새 사냥꾼이 제 편에서 미리 사내의 잠자리를 피해 주고 있었는지도 알 수 없는 노릇이었다.

불빛은 좀처럼 사내 쪽으로 다가들 기미를 안 보이고 있었다. 사내와는 한참 거리가 떨어진 숲들만 이리저리 분주하게 휘저어 대고 있었다. 불빛을 맞은 밤새들이 낙엽처럼 어둠 속을 휘날리고 있을 뿐이었다.

불빛은 거의 걱정을 할 필요가 없는 것 같았다.

하지만 이미 졸음기가 말끔 달아나 버린 사내는 모른 체하고 다시 잠을 청할 수도 없었다. 불빛을 피해 달아나는 새들의 모습을 보고 잠을 이루지 못하는 사내

그는 이윽고 야전잠바 옷깃을 들추고 천천히 벤치 위로 몸을 일으켜 앉았다. 그리고는 차분한 손짓으로 야전잠바 주머니 속을 뒤져 꽁초 한 대를 찾아 물었다.

사내가 그 야전잠바 옷깃으로 불빛을 가리며 입에 문 꽁초에다 막 성냥불을 그어 붙이려던 순간이었다.

후루룩—!

어둠 속 어느 방향으론가부터 느닷없이 사내의 잠바 깃 속으로 날아와 박혀드는 것이 있었다. 담뱃불을 붙이려다 말고 사내는 자신도 모르게 흠칫 놀라 손에 든 성냥불부터 날쌔게 꺼 없앴다. 담뱃불을 붙이려는 자신의 품 속에 무언가 날아든 것을 알고 놀라는 사내 그리고는 그의 가슴께 깃 속으로 박혀든 물체를 재빨리 더듬어 냈다.

사내는 이내 물체의 정체를 알 수 있었다. 다름 아니라 그것은 방금 ⓓ숲 속의 불빛에 쫓겨 온 한 마리의 새였다. 부드럽고 따스한 감촉이 손에 닿을 때부터 사내는 벌써 그것을 알 수 있었다. 옷깃 밖으로 끌려 나온 새는 두려움 때문인지 가슴이 몹시

팔딱거리고 있었다. 사내가 담뱃불을 붙이기 위해 옷자락에 성냥불을 켰을 때 녀석은 그 불빛을 보고 달려든 게 분명했다.

"빛에 쫓긴 녀석이 외려 또 불빛을 보고 덤벼들다니…… 역시 새 짐승이란……."

사내는 녀석의 ⓔ분별없는 행동이 희한하기도 하고 우습기도 하였다. 자신의 품 속으로 날아든 새를 보고 놀라움과 궁금함을 느끼는 사내

하지만 사내의 그런 생각이 오히려 오해였는지도 알 수 없었다.

사내는 잠시 녀석을 어떻게 해 주어야 좋을지를 생각해 보았다. 녀석을 금세 그냥 그대로 놓아 보낼 수는 없었다. 녀석은 몹시 겁을 먹고 있었다. 빛줄기에 쫓긴 녀석이 사내에게서 또 한 번 놀라고 있었다. 놀란 녀석을 무작정 다시 어둠 속으로 달아나게 할 수는 없었다.

그는 녀석에게 좀 안심을 시켜서 놓아주기로 작정했다.

// 장면 끊기 02 새들이 자꾸 붙잡혀 돌아오는 이유에 대해 궁금해하던 와중에 불빛에 쫓기던 새가 성냥불 빛을 보고 사내의 품으로 날아듦

– 이청준, 「잔인한 도시」 –

*가막소: 교도소.

전체 줄거리

날씨가 제법 쌀쌀해지기 시작한 어느 가을 해질녘, 한 사내가 감옥에서 풀려 나온다. 머리가 희끗희끗하고 초라한 행색의 사내는 교도소 길목을 빠져 나와서 공원 입구에 있는 '방생의 집' 앞에서 걸음을 멈춘다. 그곳에서는 새장수가 방생을 외치면서 손님을 끌고 있었다. 방생하는 모습을 감동의 눈으로 바라보고 있던 사내는 다음날부터 공원에 떨어진 동전을 주워 모은 돈으로 감옥 안의 동료들을 위해 방생을 시작한다. 그리고 자신이 석방되는 날 면회 오도록 연락해 둔 아들을 만나기 위해 사내는 며칠을 공원 벤치에서 노숙하고 있었다. 그러던 어느 날, 사내는 새 장수의 비정한 상술을 보게 된다. 새 장수는 새들의 날갯죽지 밑을 가위질해서 멀리 날지 못하게 한 후, 손님들이 그 새를 방생하면 한밤중에 몰래 손전등을 들고 다니며 근처 공원의 나뭇가지에 앉아 있는 새들을 잡아다 다시 조롱 속에 가두는 것이었다. 어느 날 밤, 새 장수에게 쫓기던 새 한 마리가 사내의 품 속으로 들어오게 된다. 사내는 그 새가 자신을 기억하고 있다고 생각하고 행복을 느끼면서 옥중에 있는 동료들과의 약속을 지키기 위한 방생을 계속한다. 그 후 사내는 아들이 있는 남쪽으로 발걸음을 옮긴다.

✱ 전지적 작가 시점

이것만은 챙기자

*무참스럽다: 보기에 매우 부끄러운 데가 있다.
*공박: 남의 잘못을 몹시 따지고 공격함.
*소갈머리: 마음이나 속생각을 낮잡아 이르는 말.
*조롱: 새를 넣어 기르는 장.
*석연히: 의혹이나 꺼림칙한 마음이 없이 환하게.

| 서술상의 특징 파악 | 정답률 59

1. 윗글의 서술상 특징으로 가장 적절한 것은?

✅ 정답풀이

③ 인물이 추리 과정을 통해 특정 사건의 의미를 탐색하게 하고 있다.

> 윗글에서 사내는 풀려났던 새들이 다시 조롱 속으로 붙잡혀 오는 상황을 의아하게 생각한다. 그러던 중 '밤새 사냥'을 겪으면서 새들이 왜 다시 잡혀 오는지에 대한 의문을 추리하는 과정을 통해 그 의미를 탐색하는 방식으로 서술되고 있다.

❌ 오답풀이

① 장면의 빈번한 전환으로 인물 사이의 긴장감을 고조시키고 있다.
윗글의 사건은 주로 새 가게와 공원 숲에서 일어나고 있으므로 장면이 빈번하게 전환된다고 볼 수 없다. 또한 인물 사이의 긴장감이 고조되고 있지도 않다.

② 과거와 현재를 병렬적으로 배치하여 특정 사건을 부각하고 있다.
윗글은 시간의 흐름에 따라 새들이 다시 돌아오는 이유를 궁금해하는 사내의 모습과 '새 사냥'이라는 사건이 제시되었으므로 과거와 현재를 병렬적으로 배치했다고 볼 수 없다.

④ 인물 간의 대화를 통해 인물의 내면을 생동감 있게 묘사하고 있다.
윗글에서는 '사내는 녀석의 분별없는 행동이 희한하기도 하고 우습기도 하였다.' 등에서 서술자가 인물의 내면을 제시할 뿐, 인물 간의 대화를 통해 인물의 내면을 묘사하지 않았다. 또한 젊은이가 사내를 향해 일방적으로 무안을 주는 말을 할 뿐 이에 대해 사내가 대답하고 있지는 않으므로, 인물들이 대화하는 모습은 나타나지 않는다.

⑤ 짧고 감각적인 문장을 활용하여 공간적 배경을 세밀하게 그리고 있다.
윗글에는 짧고 감각적인 문장이 활용되지도 않았고, 새 가게나 공원 숲이라는 공간적 배경을 세밀하게 묘사하지도 않았다.

🌱 기틀잡기

② **병렬적 배치:** 두 개 이상의 사건을 나란히 배치함.
⑤ **감각적 문체:** 시각, 청각, 후각, 미각, 촉각과 같은 감각을 자극하는 표현을 사용한 문체.

문제적 문제
・1-③, ⑤번

학생들이 정답 외에 가장 많이 고른 선지가 ⑤번이다. 오답을 선택한 학생들은 '인물이 추리 과정을 통해 특정 사건의 의미를 탐색하게 하고 있다.'라는 ③번 선지를 제대로 이해하지 못했을 가능성이 높다. ③번 선지가 의도하는 바를 분명히 파악하기 위해서는 생략된 주어 '작가는'을 삽입하면 된다. 즉 ③번은 작가가 인물로 하여금 추리 과정을 통해 특정 사건의 의미를 탐색하게 만들고 있다는 의미이다. 따라서 ③번은 적절한 선지이다. 한편, ⑤번의 선택 비율이 높은 것은 '감각적인 문장'의 의미를 확실히 알지 못했기 때문일 것이다. 감각적인 문장을 활용하여 공간적 배경을 그리고 있다는 것은 감각적 이미지를 통해 공간적 배경을 묘사하고 있다는 의미이다. 윗글에서 감각적 이미지를 통해 '새 가게'나 '공원 숲'을 묘사하는 부분은 없으므로 ⑤번은 적절하지 않다.

정답률 분석

		정답		매력적 오답
①	②	③	④	⑤
9%	11%	59%	5%	16%

2. ㉠의 이유로 가장 적절한 것은?

> ㉠: 사내는 그러나 그런 젊은이의 비웃음을 아랑곳하려는 기색이 조금도 없었다.

정답풀이

③ '가막소'에 있는 친구들을 위해 할 일이 남아 있기 때문이다.

'그는 아직도 가막소 안에 남아 있는 친구들을 절대로 잊어서는 안 된다고 생각했다. 그 가엾은 친구들을 위해 새를 사지 않고 혼자서 이곳을 떠날 수는 없다고 몇 번씩 결심을 다짐했다.'를 통해, 사내에게는 '가막소' 안의 친구들을 위해 새를 사야하는 '할 일'이 남아 있음을 알 수 있다. 그래서 젊은이의 조롱에도 불구하고 새를 사기 위해 새 가게에서 떠날 수 없는 것이다.

오답풀이

① '새 가게' 이외에는 거처할 곳이 없기 때문이다.
  사내가 거처하는 곳은 '공원 숲 벤치'이며 사내가 새 가게를 떠나지 못하는 이유는 '할 일'이 남아 있기 때문이다. 윗글에서 사내가 '새 가게' 이외에는 거처할 곳이 없다는 내용은 확인할 수 없다.

② '젊은이'의 태도에 대해 무언의 항변을 하고 있기 때문이다.
  젊은이의 예의 없는 태도에 대해 사내는 '슬픈 눈길로 그를 한참씩 건너다보고 있다가는 조용히 혼자 한숨을 짓고 말 뿐'이다. 따라서 젊은이에게 항변하기 위해 그의 비웃음에 아랑곳하지 않는 것으로 볼 수 없다.

④ '젊은이'가 자신의 마음을 이해해 줄 것이라고 믿기 때문이다.
  '젊은이가 정 그를 못 견디게 매도하고~혼자 한숨을 짓고 말 뿐이었다.'에서 자신을 조롱하는 젊은이를 가여워하며 조용히 한숨짓는 사내의 모습을 확인할 수 있다. 하지만 이러한 모습에서 젊은이에게 자신의 마음을 이해해 주길 기대하는 사내의 모습은 확인할 수 없다.

⑤ '아들'이 자기를 찾아올 것이라는 희망을 가지고 있기 때문이다.
  '아드님을 기다리신답니다.'라는 말은 젊은이가 사내를 조롱하며 새 가게를 떠나게 하려는 의도를 드러낸 말이다. 사내가 정말로 아들이 자기를 찾아올 것이라는 희망을 가지고 있는지는 윗글에서 확인할 수 없다.

3. 〈보기〉를 바탕으로 윗글을 해석할 때 적절하지 <u>않은</u> 것은?
[3점]

〈보기〉

이 소설은 폭력적이고 억압적인 세계에 맞서 그것의 정체를 드러내어, 이를 부정해야 함을 강조하고 있다. 그리고 억압적인 세계에 길들여져 있는 인간의 모습을 통해 현실 사회가 부정적인 공포의 공간이 되는 모순을 부각하고 있다. 이러한 모순은 공원 숲에서 멀리 달아나지 못하고 도리어 불빛 속으로 뛰어드는 새를 '사내'가 목격하고, 공원 숲이 더 이상 휴식의 공간이 될 수 없음을 깨닫는 데서 잘 드러난다. 또한 이 소설은 폭력적이고 억압적인 현실의 횡포와 기만에 대한 분노를 통해, 폭력과 억압이 존재하지 않는 세계를 집요하게 추구하고 있다.

🔍 보기 분석

〈보기〉 내용	윗글과 대응하기
폭력적이고 억압적인 세계	불빛에 의해 새가 사냥당하는 공원
억압적 세계에 길들여져 있는 인간	불빛을 보고 뛰어드는 새
폭력적이고 억압적인 현실의 횡포와 기만에 대한 분노	윗글에서 사내는 분노를 느끼는 데까지 나아가지 못하고, 단지 의문을 갖는 데서 그침

✅ 정답풀이

④ 현실의 횡포와 기만에 대한 분노는 '졸음기가 말끔 달아나 버린 사내'가 '모른 체하고 다시 잠을 청할 수' 없는 데서 확인할 수 있다.

사내가 '모른 체하고 다시 잠을 청할 수' 없는 이유는 '현실의 횡포와 기만에 대한 분노' 때문이 아니라, 불빛으로 인해 졸음기가 달아나 버렸기 때문이다. 사내가 무언가에 대해 분노하는 모습은 윗글에 드러나지 않는다.

❌ 오답풀이

① 폭력적이고 억압적인 세계는 '공원 숲 속을 훑어 대기 시작'하는 전짓불빛에 의해 만들어지고 있다.

새를 잡아들이기 위해 늦은 밤 '전짓불빛'으로 공원 숲을 훑어 대는 모습에서 폭력적이고 억압적인 세계를 확인할 수 있다.

② 억압적인 세계에 길들여져 있는 인간의 모습은 '공원 숲을 떠나지 못하고 자꾸만 다시 조롱 속으로 붙잡혀 돌아오는' 새들을 통해서 확인할 수 있다.

폭력과 억압에 길들여진 인간의 모습은 조롱 밖으로 나와 자유를 얻었던 새가 '공원 숲을 떠나지 못하고 자꾸만 다시 조롱 속으로 붙잡혀 돌아오는' 모습을 통해 제시되고 있다.

③ 현재의 공간이 부정적인 공간이 되는 것은 사냥꾼에 쫓긴 '밤새들이 낙엽처럼 어둠 속을 휘날리'는 것을 통해 확인할 수 있다.

새를 사냥하기 위해 전짓불빛으로 숲을 훑어대고, 그 불빛에 쫓긴 새들이 '낙엽처럼 어둠 속을 휘날리'는 모습에서 '공원 숲'은 새들을 억압하는 부정적인 공간을 상징함을 알 수 있다.

⑤ 자유를 억압하는 강압적인 폭력의 결과는 '새들이 낙엽처럼 빛을 맞고 떨어져 내리는' 상황을 통해서 암시되고 있다.

새들이 '낙엽처럼 빛을 맞고 떨어져 내리는' 것은 자유를 억압하는 '전짓불빛', 즉 폭력의 결과라고 볼 수 있다.

📋 문제적 문제
• 3-③, ④번

학생들이 정답 외에 가장 많이 고른 선지가 ③번이다. 〈보기〉에는 작품 「잔인한 도시」에 관한 설명이긴 하나, 지문에는 나타나지 않는 내용에 관한 설명(〈보기〉의 '더 이상 휴식의 공간이〜집요하게 추구하고 있다.')이 일부 드러나고, ③번과 ④번이 지문에 나타나지 않은 부분과 관련이 있는 내용이기 때문에 두 선지 사이에서 갈등한 학생들이 많았을 것이다.

③번의 경우 사내가 공원이 부정적인 공간임을 깨닫는 내용은 나오지 않지만, 새들(폭력과 억압에 길들여진 인간을 의미)이 불빛(폭력과 억압)에 쫓기는 공간이 '공원'이므로 현재의 공간이 부정적인 의미를 갖게 된다고 해석할 수 있다. 즉, 정·오답을 판별할 근거가 지문에 명시적으로 나타나지 않더라도 지문의 내용상 추론이 가능하고, 〈보기〉에 위배되지 않으므로 적절한 선지로 볼 수 있다.

그러나 ④번은 일치 수준에서도 적절하지 않고, 〈보기〉와도 무관하다. 우선 윗글에서 사내가 무언가에 분노하는 모습은 확인할 수 없다. 또한 〈보기〉에서는 사내가 '폭력적이고 억압적인 현실의 횡포와 기만'에 대해 분노를 느낀다고 했는데, 사내가 '모른 체하고 다시 잠을 청할 수' 없는 일은 '폭력적이고 억압적인 현실'과 거리가 멀다. '새 사냥'은 현실의 폭력성과 억압성을 상징하므로, 사내가 느끼는 분노는 전짓불빛을 이용한 '새 사냥'과 관련된 것이어야 한다. 그러나 ④번은 그 분노를 사내가 잠을 청할 수 없는 것과 관련하여 설명하고 있으므로 적절하지 않다.

정답률 분석

	①	②	매력적 오답 ③	정답 ④	⑤
	7%	8%	15%	64%	6%

4. ⓐ~ⓔ 중, '사내'가 '그런 사연'을 이해하기 위해 알아야 할 것으로 거리가 <u>먼</u> 것은?

> ⓐ: 이상스런 일
> ⓑ: 밤새 사냥
> ⓒ: 까닭을 알 수 없는 두려움
> ⓓ: 숲 속의 불빛
> ⓔ: 분별없는 행동

✔ 정답풀이

③ ⓒ

> ⓒ는 '공원 숲 속을 훑어 대'는 '불빛'을 본 사내가 느끼는 공포감을 말한다. 이는 사내의 내면에서 일어나는 불길한 예감에 가깝다고 할 수 있으며, 새들이 공원 숲을 떠나지 못하고 조롱 속으로 다시 붙잡혀 들어오는 이유(그런 사연)와는 직접적인 연관이 없다.

❌ 오답풀이

① ⓐ

ⓐ는 어느 날 밤 사내에게 일어난 일을 말한다. 이는 '밤새 사냥'을 목격하게 된 것을 의미하므로 '그런 사연'을 이해하기 위해 알아야 한다.

② ⓑ

ⓑ는 공원 숲에서 불빛으로 새를 사냥하는 일을 의미하므로 '그런 사연'을 이해하기 위해 알아야 한다.

④ ⓓ

ⓓ는 새를 다시 잡아들이기 위해 비추는 불빛을 의미하므로 새들이 조롱 속으로 다시 붙잡혀 들어오는 이유와 직접적으로 관련되어 있기 때문에, '그런 사연'을 이해하기 위해 알아야 한다.

⑤ ⓔ

ⓔ는 밤새 사냥 때문에 불빛에 쫓긴 새가 다시 불빛을 보고 사내의 품으로 날아든 것을 의미한다. 불빛을 보고 달려드는 새의 속성 때문에 밤새 사냥이 가능했던 것이므로 '그런 사연'을 이해하기 위해 알아야 한다.

 문제적 문제

· 4번

학생들이 정답 외에 가장 많이 고른 선지가 ⑤번이다. 윗글의 경우 3번 문제의 〈보기〉를 총체적으로 이해한 후 4번 문제의 '그런 사연'에 대해 생각해 보는 것이 문제 해결에 용이하다. '그런 사연'이란 새들이 공원 숲을 떠나지 못하고 자꾸만 다시 조롱 속으로 붙잡혀 돌아오는 이유를 의미하는데, 이를 이해하기 위해서는 '밤새 사냥'의 정체를 알아야 한다. ⓐ는 '밤새 사냥'을 목격한 일을 의미하며, ⓑ는 새를 사냥하는 일 자체를 가리킨다. 이 사냥이 불빛(ⓓ)을 쫓는 새의 속성(ⓔ)을 이용한 것이라는 사실을 이해하면 ⓒ가 가장 관련성이 적다는 것을 파악할 수 있었을 것이다. <u>사내가 느끼는 '까닭을 알 수 없는 두려움'은 불빛과 관련이 있지만, 새들이 조롱 속으로 다시 붙잡혀 들어오는 이유와는 직접적으로 연관되었다고 볼 수는 없는 것이다.</u>

정답률 분석

		정답		매력적 오답
①	②	③	④	⑤
8%	7%	61%	7%	17%

[1~4] 다음 글을 읽고 물음에 답하시오.

학교에 나가지 않으면 나는 5시에 ㉠컨베이어 앞을 떠날 수 없을 것이다. 선생님은 버스 정류장에서 내일은 꼭 학교에 나오라고 한다.

"우선 학교에 나와서 얘기하자."

버스에 올라탄 선생님이 나를 향해 손을 흔든다. 선생님의 손 뒤로 공장 굴뚝이 울뚝울뚝하다. 처음으로 공장 속에서 사람을 만난 것 같다. 버스가 떠난 자리에 열일곱의 나, 우두커니 서 있다. 선생님의 손길이 남아 있는 내 어깨를 내 손으로 만져 보며.

자신을 찾아온 선생님께 따스함과 감사함을 느끼는 '나'

// 장면 끊기 01 '나'는 '나'를 만나기 위해 공장으로 찾아온 선생님을 배웅함

다음날 교무실로 나를 부른 선생님은 내게 반성문을 써 오라 한다.

"하고 싶은 말 다 써서 사흘 후에 가져와 봐."

㉡반성문을 쓰기 위해 학교 앞 문방구에서 대학 노트를 한 권 산다. 지난날, 노조 지부장에게 왜 외사촌과 내가 학교에 가야만 하는가를 뭐라구 뭐라구 적었듯이 이젠 선생님에게 학교 가기 싫은 이유를 뭐라구 뭐라구 적는데 어느 참에서 마음속의 이야기들이 왈칵 쏟아져 나온다. 열일곱의 나, 쓴다. 내가 생각한 도시 생활이란 이런 것이 아니었으며, 내가 생각한 학교 생활도 이런 것이 아니었다고.

나는 주산 놓기도 싫고 부기책도 싫으며 지금은 오로지 마음 속에 남동생 생각뿐으로 다시 그곳으로 돌아가서 그 애와 함께 살고 싶다고. 적성에 맞지 않는 공부를 그만두고 가족과 함께 살고 싶어 하는 '나' 반성문은 노트 삼분의 일은 되게 길어진다.

[A] 반성문을 다 읽은 선생님이 말한다.

"너 소설을 써 보는 게 어떻겠냐?"

내게 떨어진 소설이라는 말. 그때 처음 들었다. 소설을 써 보라는 말.

그는 다시 말한다.

"㉢주산 놓기 싫으면 안 놓아도 좋다. 학교에만 나와. 내가 다른 선생들에게 다 말해 놓겠어. 뭘 하든 니가 하고 싶은 걸 하거라. 대신 학교는 빠지지 말아야 돼."

그는 내게 한 권의 책을 건네준다.

"내가 요즘 최고로 잘 읽은 소설이다."

표지에 난쟁이가 쏘아 올린 작은 공이라고 씌어 있다.

// 장면 끊기 02 '나'의 반성문을 읽어 본 선생님은 '나'에게 소설을 써 볼 것을 권유하며 「난쟁이가 쏘아 올린 작은 공」을 건네줌

(중략)

최홍이 선생님. 이후 나는 그 선생님을 보러 학교에 간다. 어색한 이향*으로 마음에 가둬졌던 그리움들이 최홍이 선생님을 향해 방향을 돌린다. 열일곱의 나, 늘 난쟁이가 쏘아 올린 작은 공을 가지고 다닌다. 어디서나 난쟁이가 쏘아 올린 작은 공을 읽는다. 다 외울 지경이다. 희재언니가 무슨 책이냐고 묻는다.

[B]

"소설책."

소설책? 한번 반문해 볼 뿐 관심 없다는 듯이 희재언니가 고갤 떨군다. 최홍이 선생님이 마음 안으로 가득 들어차다.

「난쟁이가 쏘아 올린 작은 공」을 건네준 선생님께 감사한 마음을 갖는 '나'

정말 주산을 놓지 않아도 주산 선생님은 그냥 지나간다. 부기 노트에 ㉣대차대조표를 그리지 않아도 부기 선생은 탓하지 않는다.

주산 시간에 국어 노트 뒷장을 펴고 난쟁이가 쏘아 올린 작은 공을 옮겨 본다.

……사람들은 아버지를 난쟁이라고 불렀다. 사람들은 옳게 보았다. 아버지는 난쟁이였다. 불행하게도 사람들은 아버지를 보는 것 하나만 옳았다. 그 밖의 것들은 하나도 옳지 않았다. 나는 아버지, 어머니, 영호, 영희, 그리고 나를 포함한 다섯 식구의 모든 것을 걸고 그들이 옳지 않다는 것을 언제나 말할 수 있다. 나의 '모든 것'이라는 표현에는 '다섯 식구의 목숨'이 포함되어 있다.

[C]

……이제 열일곱의 나는 컨베이어 위에서도 난쟁이가 쏘아 올린 작은 공을 옮기고 있다. 천국에 사는 사람들은 지옥을 생각할 필요가 없다,고. 그러나 우리 다섯 식구는 지옥에 살면서 천국을 생각했다,고. 단 하루라도 천국을 생각해 보지 않은 날이 없다,고. 하루하루의 생활이 지겨웠기 때문이다,고. 우리의 생활은 전쟁과도 같았다,고. 우리는 그 전쟁에서 날마다 지기만 했다,고. 그런데도 어머니는 모든 것을 잘 참았다,고.

그가 소설책을 써 보는 게 어떻겠느냐는 말 대신 시를 써 보는 게 어떻겠느냐고 했으면 나는 시인을 꿈꾸었을 것이다. 그랬었다. 나는 꿈이 필요했었다. 내가 학교에 가기 위해서, 큰오빠의 가발을 담담하게 빗질하기 위해서, ㉤공장 굴뚝의 연기를 참아 낼 수 있기 위해서, 살아가기 위해서.

소설은 그렇게 내게로 왔다. 소설을 써 보라는 선생님의 말과 선생님이 준 「난쟁이가 쏘아 올린 작은 공」을 옮겨 적는 일을 계기로 소설가의 꿈을 꾸게 된 '나'

// 장면 끊기 03 '나'는 학교에 나가 「난쟁이가 쏘아 올린 작은 공」을 읽고 옮겨 적으며 마음의 위안을 얻음

　십이월 중순이 지날 때까지 나는 한경신 선생이 보낸 편지를 가방에 넣고 다녔다. 가끔 편지를 꺼내 전화는 오후 5시 30분 이후부터 9시까지 하실 수 있습니다,라는 대목을 읽어 보곤 했다. 842-××××. 몇 번 편지를 꺼내 읽고 다시 넣고 하는 사이에 나도 모르게 전화번호를 다 외우고 있었다. 그러나 나는 끝내 전화하지 못했다. 시간은 자꾸 흘러 한경신 선생이 학교에 왔으면 하는 기간인 12월 초와 중순을 지나갔다. 이제는 방학을 했겠구나, 싶었을 때 가방에서 편지를 꺼내 서랍에 넣으면서 그 학교를 떠나온 햇수를 헤아려 봤다. 떠나온 지 십삼 년이다. 이제는 그때의 일들이 나에게는 객관화가 되어 있으려니 했다.

[D] ┌ 글을 쓰기로 마음을 먹었을 땐 나는 그 시절을 다 극복한 것도 같았다. 그래서 그 시절에 대해서 할 수 있는 한 자세히 써 보기로 했다. 그때의 기억을 복원시켜 내 말문을 틔워 보고 내 인생의 폐문 앞에서 끊겨 버린 내 발자국을 연결시켜 └ 줘 보기로.

// 장면 끊기 04 현재의 '나'가 과거의 일을 소설로 쓰게 된 계기를 밝힘

　　　　　　　　　　　　　　　　　　　　　- 신경숙, 「외딴 방」 -

*이향: 고향을 떠남.

📋 **전체 줄거리**

　작가가 된 '나'는 공단 시절을 알던 친구로부터 '너는 우리들 얘기는 쓰지 않더구나.'라는 말을 듣고 과거를 회상하게 된다. 농촌에서 살고 있던 열여섯의 '나'는 외사촌 언니와 함께 고향을 떠나 서울로 온다. 그 뒤 취업을 위해 직업 훈련원에 다니게 된다. '나'는 주경야독하는 큰오빠와 함께 가리봉동의 '외딴 방'에 기거하며 구로 공단에 자리 잡은 동남전기주식회사에 다니다 그곳에서 희재언니를 알게 된다. '나'는 힘겨운 일상과 싸우면서도 공부하고자 하는 의지를 결코 버리지 않는다. 하지만 노조 지부장은 노조와 회사의 대립으로 노조원들은 학교에 갈 수 없다고 통지한다. 그러던 어느 날 학교에서 주간 학생에게 도둑으로 몰린 '나'는 일주일 동안 학교에 가지 않고 결국 담임 선생님이 '나'를 찾아온다. 담임 선생님께 반성문을 내고 다시 학교에 나가게 되는데 내 반성문을 읽어 본 담임 선생님은 소설을 써 보라며 「난쟁이가 쏘아 올린 작은 공」을 나에게 준다. 한편 희재언니는 임신한 아이를 지우라는 애인의 말에 충격을 받아 자살을 결심하고, 희재언니의 시체를 발견한 '나'는 충격을 받는다. 이후 '나'는 작가가 되어 마음의 상처로 남아 있던 희재언니를 떠올리며 힘겹게 그 시절의 일을 글로 쓴다.

✱ 1인칭 주인공 시점

---

1. ㉠~㉤에 대한 '나'의 심리적 태도가 다른 하나는?

　㉠: 컨베이어
　㉡: 반성문
　㉢: 주산
　㉣: 대차대조표
　㉤: 공장 굴뚝의 연기

▼ **정답풀이**

② ㉡

> '나'는 선생님이 써 오라고 한 반성문에 '마음속의 이야기들'을 '노트 삼분의 일'을 채울 정도로 길게 쓴다. 따라서 ㉡은 '나'가 하고 싶은 말을 모두 쏟아 내게 하는 긍정적인 대상이다.

✖ **오답풀이**

① ㉠

낮에는 공장에서 일을 하고 밤에는 야간 학교를 다녀야 했던 '나'에게 ㉠은 힘든 공장 생활을 상징하는 부정적인 대상이다.

③ ㉢

'주산 놓기도 싫고 부기책도 싫으며'라는 내용의 반성문을 쓴 것으로 보아, ㉢은 '나'가 싫어했던 것이므로 부정적인 대상이다.

④ ㉣

선생님의 설득으로 학교에 나간 이후, 부기 노트에 ㉣을 그리지 않아도 되었다는 내용을 통해, ㉢과 마찬가지로 ㉣ 역시 '나'가 싫어했던 것, 부정적인 대상임을 알 수 있다.

⑤ ㉤

'나는 꿈이 필요했었다.~참아 낼 수 있기 위해서, 살아가기 위해서.'를 통해 '나'는 ㉤을 참아 내기 위해 꿈을 필요로 했음을 알 수 있다. 따라서 ㉤은 부정적인 대상이다.

2. 다음은 작가가 남긴 창작 노트의 일부이다. 이 노트의 내용이 [A], [B]에 실현된 양상으로 적절한 것은? [3점]

```
● 시제의 변화 ·············································· ⓐ
● 문단 나누기의 효과? ································ ⓑ
● 간결한 문장 위주로 쓸 것 ···················· ⓒ
● '나'를 부르는 방식에 변화를 줄 것 ········ ⓓ
● 대화보다는 심리 묘사 위주로 ················ ⓔ
```

✓ 정답풀이

③ ⓒ는 [B]에서 간결한 문장을 주로 사용하여 과거를 담담한 어조로 서술하는 식으로 실현되었군.

> [B]에서는 '최홍이 선생님.', '다 외울 지경이다.', '소설책?' 등 간결한 문장을 주로 사용하고 '서술하는 현재의 나'와 '서술되는 과거의 나'('열일곱의 나')를 분리하여, 과거 열일곱 살 무렵의 일을 담담한 어조로 서술하고 있다.

✗ 오답풀이

① ⓐ는 [A]에서 현재형 어미를 사용하여 이야기 전개 속도를 높이는 식으로 실현되었군.

[A]에서는 '길어진다', '말한다' 등 현재형 어미를 사용하여 과거의 일을 마치 눈앞에 두고 보거나 겪고 있는 듯한 현실감을 주고 있다. 그러나 현재형 어미의 사용이 이야기 전개 속도에 영향을 주지는 않는다.

② ⓑ는 [A]에서 문단 사이에 여백을 주어 인과 관계를 명료화하는 식으로 실현되었군.

[A]에서 문단 사이의 여백은 과거에 일어난 사건과 과거 사건에 대한 현재의 생각을 분명히 구분해 주는 역할을 한다. 그러나 여백의 사용으로 앞뒤의 인과 관계가 명료해지는 것은 아니다.

④ ⓓ는 [B]에서 서술자가 스스로를 가리키는 방식을 달리하여 내적 분열을 강조하는 식으로 실현되었군.

[B]에서 '이후 나'와 '열일곱의 나'로 서술자 스스로를 지칭하는 방식을 달리하고 있다. 그러나 이는 서술자의 내적 분열을 드러내려는 것이 아니라, 과거의 자신을 객관화하여 서술하려는 의도가 담긴 것으로 볼 수 있다.

⑤ ⓔ는 [B]에서 대화를 최소화하여 사건의 긴장감을 고조하는 식으로 실현되었군.

[B]에서 대화를 최소화하고 인물의 행동과 심리 위주로 서술하고 있는 것은 맞지만, 이를 통해 긴장감이 고조되지는 않는다.

🌱 기틀잡기

> ② **명료화:** 뚜렷하고 분명하게 됨.
> ③ **담담한 어조:** 차분하고 평온한 어조.

📋 문제적 문제

• 2−②, ③번

학생들이 정답 외에 가장 많이 고른 선지는 ②번이다. [A]에서 문단 사이에 여백이 나타난다. [A]에서 앞 문단은 과거의 사건이고, 뒤의 문단은 과거 사건에 대한 현재의 생각으로, 여백 뒤의 문단을 하나의 사건이라고 볼 수는 없다. 소설 지문에서 '인과 관계'를 따질 때에는 최소한 두 개의 사건이 존재해야 한다.

매력적 오답을 제외한 ①, ④번도 선택 비율이 낮지 않은 것으로 보아, 정답 선지에 확신을 갖기 힘들었던 것으로 판단된다. 지문의 [D] 바로 앞의 문장에서 현재의 '나'는 '이제는 그때의 일들이 나에게는 객관화가 되어 있으려니 했다.'라고 서술한다. 이는 전반부와 중반부에 드러나는 과거의 일을 '남 이야기 하듯' 객관화하여 서술했다는 것이다. [B]도 역시 과거에 해당하며 간결한 문장을 통해 과거를 객관화하여 담담하게 서술했으므로 ③번이 정답임을 알 수 있다.

정답률 분석

	①	매력적 오답 ②	정답 ③	④	⑤
	13%	19%	44%	15%	9%

---

3. [C]에 대한 설명으로 적절하지 <u>않은</u> 것은?

✅ 정답풀이

③ '나'가 창작의 어려움을 깨달아 가는 모습을 보여 준다.

> [C]는 '나'가 수업 시간에 『난쟁이가 쏘아 올린 작은 공』을 노트에 옮겨 적고, 공장에서 소설의 구절들을 떠올리는 장면이다. 이는 소설을 옮겨 적으면서 소설 쓰기를 배워 가는 과정이라고 볼 수는 있으나, 새로운 소설을 창작하는 것은 아니므로 [C]에 창작의 어려움을 깨달아 가는 모습이 나타난다고 보기는 어렵다.

❌ 오답풀이

① '나'의 고단한 생활을 간접적으로 보여 준다.
  '이제 열일곱의 나는 컨베이어 위에서도 난쟁이가 쏘아 올린 작은 공을 옮기고 있다.'라고 하였다. 그런데 옮겨 적는 소설 구절이 '지옥에 살면서 천국을 생각했다', '우리의 생활은 전쟁과도 같았다'라는 내용인 것으로 보아, 공장에서의 생활이 고단하였음을 유추할 수 있다.

② '나'가 소설 쓰기를 배워 가는 과정을 보여 준다.
  '나'가 소설 쓰기를 꿈꾸게 되고, [C]에서 『난쟁이가 쏘아 올린 작은 공』이라는 기존의 소설을 옮겨 적는 모습에서 '나'가 소설 쓰기를 배워 가고 있음을 알 수 있다.

④ '나'가 소설을 옮겨 적으며 스스로 위안하는 모습을 보여 준다.
  [C] 이후 '나는 꿈이 필요했었다.~살아가기 위해서.'를 통해 소설가를 꿈꾸는 것이 '나'가 현실을 버티게 하는 힘이었음을 알 수 있다. [C]에서 『난쟁이가 쏘아 올린 작은 공』을 노트에 옮겨 적는 행동 역시 소설 쓰기를 배우는 과정으로 볼 수 있으므로, 현실을 감내하며 스스로를 위안하는 모습이 드러난다고 볼 수 있다.

⑤ '나'가 『난쟁이가 쏘아 올린 작은 공』에 대해 보이는 애착을 구체적인 장면으로 보여 준다.
  '열일곱의 나'가 힘든 공장 생활을 하면서도 『난쟁이가 쏘아 올린 작은 공』을 옮겨 적으며 위안을 얻는 데서, '나'가 이 소설에 애착을 가지고 있다는 것을 추론할 수 있다.

✏️ **모두의 질문** · 3-④번

> Q: [C]에서 '나'가 소설을 옮겨 적고는 있지만, 그 과정에서 스스로 위안하는 모습은 나타나지 않는 것 같습니다. [C]의 어느 부분에서 '나'가 스스로 위안하고 있나요?
>
> A: [C]에 대한 설명으로 적절하지 않은 것을 물어본 것이지 [C]에서만 근거를 찾으라고 하지는 않았다. 따라서 지문의 다른 부분을 참고해서 문항을 해결할 수 있어야 한다. ④번의 경우 [C] 바로 다음 문단에서 근거를 찾을 수 있다. [C]에 제시된 소설을 옮겨 적는 일을 통해 소설 쓰기에 대한 꿈을 키워 가고, 공장 생활을 참아 낼 수 있었던 것이다.

4. [D]는 작품 창작의 동기를 작품에 직접 드러내고 있다. 〈보기〉에서 [D]와 성격이 유사한 것은?

> ── 〈보기〉 ──
>
> **목중:** 오랜만에 나왔으니 예전에 하던 소리나 한번 해 보자. 어어으 아.
>
> **옴중:** (뒤에서 달려 나와 탁 치며) 야, 이놈아!
>
> **목중:** 이크. 이게 웬 일이냐. 어느 광대 놈이 나오자마자 사람부터 쳐. ·························· ①
>
> **옴중:** 송아지 풀 뜯어 먹고 울 듯이 '어어으 아' 하면서 나왔다니 거 무슨 말이야? ·················· ②
>
> **목중:** 내가 나오기는 부모 배 밖에 이제 나왔다고 한 것이 아니라 놀이판에 나오길 이제 나왔단 말이야. ·········· ③
>
> **옴중:** 옳지. 그럼 우리 여기 모인 양반들에게 박수 한번 크게 받게 제대로 놀아 보자. ····················· ④
>
> **목중:** 너 그러나 저러나 그 쓴 게 뭐냐?
>
> **옴중:** 쓰긴 내가 뭘 써. 일수(日收)를 써 월수(月收)를 써? ··· ⑤
>
> ── 「양주별산대놀이」 개작 ──

🔍 **보기 분석**

> • 「양주별산대놀이」: 전통 탈놀이로, 몰락한 양반, 파계승, 서민들의 등장을 통해 지배층과 관습에 대한 저항 정신을 보여 준다. 전체 8과장으로 되어 있는데, 〈보기〉는 제3과장으로 옴중과 목중이 언어유희를 통해 익살을 부리고 있다.

✅ 정답풀이

④

> '여기 모인 양반들에게 박수 한번 크게 받게' 놀아 보자며 광대들이 공연을 하는 동기가 직접 제시되어 있으므로 [D]와 성격이 가장 유사하다.

❌ 오답풀이

①, ②
  광대들이 재담을 나누는 부분으로, 창작(공연) 동기와는 관련이 없다.

③
  '나왔다'라는 말을 가지고 언어유희를 통해 재담을 나누는 장면으로, 창작(공연) 동기와는 관련이 없다.

⑤
  '쓰다'라는 말을 가지고 언어유희를 통해 재담을 나누는 장면으로, 창작(공연) 동기와는 관련이 없다.

[1~4] 다음 글을 읽고 물음에 답하시오.

[A]

이윽고 서씨의 몸은 성벽의 저 너머로 사라져 버렸다. 그리고 잠시 후에 나는 더욱 놀라운 광경을 보게 되었다. 서씨가 성벽 위에 몸을 나타내고 그리고 성벽을 이루고 있는 커다란 금고만 한 돌덩이를 그의 한 손에 하나씩 집어서 번쩍 자기의 머리 위로 치켜 올린 것이었다. 지렛대나 도르래를 사용하지 않고서는 혹은 여러 사람이 달라붙지 않고서는 들어 올릴 수 없는 무게를 가진 돌을 그는 맨손으로 들어 올린 것이었다. 그는 나에게 보라는 듯이 자기가 들고 서 있는 돌을 여러 차례 흔들어 보이고 나서 방금 그 돌들이 있던 자리를 서로 바꾸어서 그 돌들을 곱게 내려 놓았다.

나는 꿈속에 있는 기분이었다. 서씨의 행동이 놀랍고 믿기지 않는 '나' 고담(古談)* 같은 데서 등장하는 역사(力士)*만은 나도 인정하고 있는 셈이지만 이 한밤중에 바로 내 앞에서 푸르게 빛나는 조명을 온몸에 받으며 성벽을 디디고 우뚝 솟아 있는 ㉠저 사내를 나는 무엇이라고 이름 붙여야 할지 몰랐다.

역사, 서씨는 역사다, 하고 내가 별수 없이 인정하며 감탄이라기보다는 차라리 그 귀기(鬼氣)에 찬 광경을 본 무서움에 떨고 있는 동안에 보통 사람과는 다른 서씨의 능력이 신기한 '나' 그는 어느새 돌아왔는지 유령처럼 내 앞에서 자랑스러운 웃음을 소리 없이 웃고 있었다.

// 장면 끊기 01 서씨가 성벽에서 돌덩이을 옮기는 모습을 보고 '나'는 서씨를 역사라고 생각함

서씨는 역사였다. 그날 밤 나는 집으로 돌아와서 이제까지 아무에게도 들려주지 않았다는 서씨의 얘기를 들었다. 서씨의 집안 내력에 대해 알게 된 '나'

[B]

그는 중국인의 남자와 한국인의 여자 사이에서 난 혼혈아였다. 그의 선조들은 대대로 중국에서 이름 있는 역사들이었다. 족보를 보면 헤아릴 수 없이 많은 장수가 있다고 했다. 그네들이 가졌던 힘, 그것이 그들의 존재 이유였고 유일한 유물이었던 모양이었다. 그 무형의 재산은 가보로서 후손에게 전해졌다. 그것으로써 그들은 세상을 평안하게 할 수 있었고 자신들의 영광도 차지할 수 있었다. 그러나 이 서씨에 와서도 그 힘이 재산이 될 수는 없었다. 이제 와서 그 힘은 서씨로 하여금 공사장에서 남보다 약간 더 많은 보수를 받게 하는 기능밖에 가질 수가 없게 된 것이다. 결국 서씨는 그 약간 더 많은 보수를 거절하기로 했다. 남만큼만 벽돌을 날랐고 남만큼만 땅을 팠다. ㉡선조의 영광은 그렇게 하여 보존될 수밖에 없었다. 그리고 서씨는 아무도 나다니지 않는 한밤중을 택하고 동대문의 성벽에서 그

힘이 유지되고 있음을 명부(冥府)의 선조들에게 알리고 있다는 것이었다.

대낮에 서씨가, 동대문의 바로 곁에 서서 행인들 중 누구 한 사람도 성벽을 이루고 있는 돌 한 개의 위치 변화에 관심을 보내지 않고 지나다닐 때, 옮겨진 돌을 바라보며 빙그레 웃고 있는 그의 모습을 나는 쉽게 상상할 수 있었다. 그것이 서씨가 간직하고 있는 자기였고 내가 그와 접촉하면 할수록 빨려 들어갈 수 있었던 깊이였던 모양이었다. 서씨의 행동과 서씨의 집안 내력을 듣고 그를 이해하게 된 '나'

// 장면 끊기 02 '나'는 대대로 이름 있는 역사가 많았던 서씨의 집안 이야기를 듣게 됨

그 집—그늘 많은 얼굴들이 살던 그 집에서 나는 나 자신 속에서 꿈틀거리는 안주(安住)에의 동경을 의식하지 않을 수 없었다. 그것은 그 사람들의 헤어날 길 없는 생활 속에 내가 휩쓸려 들어가게 되는 것이 무서웠기 때문이었던 모양이다. 어려운 처지의 '그 집' 사람들과 같아지게 될까 봐 두려워했던 '나' 그러나 그곳을 뚝 떠나서 이 한결같은 곡이 한결같은 악기로 연주되는 집에 오자 그것은 견디어 낼 수 없는 권태*와 이 집에 대한 혐오증으로 형체를 바꾸는 것이었다. 기계적으로 살아가는 '이 집' 사람들에 대해 혐오감을 갖는 '나' ㉢나란 놈은 아마 알 수 없는 놈인가 보다.

피아노 소리가 그쳤다. 무의식중에 나는 방바닥에서 팔목시계를 집어 올렸다. 내가 지금 무슨 행동을 했던가를 깨닫자 나는 쓴웃음이 나왔다. ㉣피아노가 그친 시간을 재 보려고 했던 것이다. 그리고 나는 내일도 그 피아노가 그친 시간을 재서 그 시간들을 비교하며 이 집에 대한 혐오증의 이유를 강화시키려고 했던 것이다. 나는 자신에 대해서 어이가 없음을 느꼈다. 이런 느낌이 드는 것은, 그것은 조금 전에 내가 서씨의 그 거짓 없는 행위를 회상했던 덕분이 아니었을까? 서씨가 내게 보여 준 게 있다면 다소 몽상적인 의미에서의 성실이었고 그리고 그것은 이 양옥 속의 생활을 비판하는 데도 필수적으로 고려되어야 한다는 것이 아닌가고 내게 생각되는 것이었다. 서씨가 보여 준 거짓 없는 행위를 통해 양옥 속의 생활에 비판적 시각을 갖게 된 '나' 그러나 이 집으로 옮아온 다음날의 저녁, 식사 시간도 잡담 시간도 지나고 ⓐ모든 사람들의 공부 시간이 되자 나는 홀로 내 방의 벽에 기대앉아서 기타를 퉁겨 보기 시작했던 때의 일을 기억하고 있다. 불현듯이 ⓑ기타를 켜고 싶어지는 때가 있는 법이다. 그것은 감정의 요구이지만 그렇다고 비난할 건 못 되지 않는가. 자신의 욕구에 의해 움직이는 자유로운 삶을 꿈꾸는 '나' 내가 줄을 고르며 음을 시험해 보고 있는데 다색(茶色) 나왕으로 된 내 방문이 열리며 할아버지가 들어왔다. 그리고 ⓒ나의 기타 켜는 시간은 오전 열 시부터 한 시간 동안 할머니와 며느리가 ⓓ미싱을 돌리는 같은 시각으로 배치되었던 것이다. ㉤위대한

가풍이 내게 작용한 첫 번이었다. 그러나 그 이후 내가 ⓔ내게 주어진 그 시간을 이용해 본 적은 하루도 없었다. 흥이 나지 않아서였다고 하면 적당한 표현이 되겠다.

// 장면 끊기 03 '나'는 기계적인 삶의 방식이 정해진 '이 집'의 생활에 싫증을 느낌

– 김승옥, 「역사(力士)」 –

전체 줄거리

'나'(외화의 서술자)는 공원에서 한 젊은이의 이야기를 듣는다.

젊은이(내화의 서술자. 이하 '나')는 창신동의 빈민가에서 새집으로 이사 왔는데, 새로 이사 온 이 집은 규칙적인 생활을 가장 중요하게 여기는 곳으로 창신동의 빈민가와 여러모로 대비된다. 창신동 사람들 중, 막노동자 서 씨는 착한 사람의 전형인데, 어느 날 '나'를 동대문으로 데리고 가 성벽의 돌을 들어 올리는 모습을 보여 준다. 그 광경에 감탄하는 '나'에게 서 씨는 자신이 역사이던 선조들의 영광을 유지하기 위해 낮에는 남들만큼만 일하되 밤에는 성벽의 돌을 옮김으로써 그 힘이 유지되고 있음을 선조들에게 알리고 있다고 고백한다. 안주에의 동경으로 하숙집을 옮긴 '나'는 견딜 수 없는 권태를 느낀다. '나'는 서 씨를 떠올리면서 새집의 규칙을 깨뜨리는 행동을 해 보지만 아무런 변화도 생기지 않는다.

여기서 젊은이의 이야기는 끝이 나고, 젊은이는 어느 쪽이 틀렸냐고 '나'에게 묻지만 '나'는 대답하지 못한다.

✱ 1인칭 관찰자 시점

이것만은 챙기자

＊고담: 예전부터 전해져 내려오는 이야기.=옛날이야기.

＊역사: 뛰어나게 힘이 센 사람.

＊권태: 어떤 일이나 상태에 시들해져서 생기는 게으름이나 싫증.

---

1. 윗글의 서술상의 특징으로 가장 적절한 것은?

✅ 정답풀이

③ 인물들의 서로 다른 특성을 제시하며 서술자의 시각을 드러낸다.

윗글에서는 가난하지만 선조들로부터 물려받은 자신만의 가치를 소중히 여기며 인간적인 모습을 지닌 서씨와, 풍요롭지만 기계적이고 규칙적인 삶만 중시하는 '이 집' 사람들을 대조적으로 제시한다. 이를 통해 서씨를 긍정적으로, '이 집' 사람들을 부정적으로 보는 서술자 '나'의 시각이 드러난다.

❌ 오답풀이

① 시대적 배경과 밀접한 어휘를 활용하여 주제 의식을 강화한다.

윗글에서 시대적 배경을 나타내는 어휘는 나타나지 않으며, 이러한 어휘를 활용하여 주제 의식을 강화하지도 않았다.

② 빈번한 장면 전환을 통해 인물들 사이의 긴장감을 고조시킨다.

윗글은 서씨가 성벽에서 돌을 옮기는 장면, '그 집'에서 서씨의 이야기를 듣는 장면, 그리고 '이 집'에서 현재 생활하는 장면으로 구성되어 있다. 그러나 이를 두고 빈번한 장면 전환이라고 할 수 없으며, 장면 전환을 통해 인물 간의 긴장감이 고조되지도 않는다.

④ 현학적인 표현을 주로 사용하여 이상적인 삶의 모습을 형상화한다.

윗글은 현학적인 표현이 아닌 일상적인 표현이 주로 사용되었다.

⑤ 공간적 배경에 따라 서술자를 달리하여 상황을 입체적으로 드러낸다.

윗글의 공간적 배경은 '성벽'과 '그 집', '이 집'으로 나타나는데, 각 공간에서 서술자는 모두 '나'이다.

기틀잡기

④ 현학적 표현: 학식이 있음을 자랑하는 표현으로, 주로 필요 이상의 한문 구절을 사용한 경우에 나타남.

모두의 질문

• 1–②번

Q: 장면 전환의 기준은 무엇인가요? 또 장면 전환이 빈번하다고 할 수 있으려면 몇 번이나 장면이 바뀌어야 하나요?

A: 일반적으로 장면 전환의 기준은 시공간 배경의 변화와 초점(주된 대상, 제재, 상황 등)의 변화이다. 제시된 지문에서 이렇다 할 시공간의 변화가 없다면, 초점이 되는 인물이 바뀌는 부분이나 인물이 처한 상황이 바뀌는 부분에 주목해야 한다.

참고로 '잦은/빈번한 장면 전환이 나타났다'는 선지가 정답이 되는 경우는 거의 없었다. 적어도 4~5회는 바뀌었을 때를 '잦은/빈번한 장면 전환'의 기준으로 삼는 것이 무리가 없을 것이다.

2. ㉠~㉣에 대한 이해로 적절하지 않은 것은?

> ㉠: 저 사내를 나는 무엇이라고 이름 붙여야 할지 몰랐다.
> ㉡: 선조의 영광은 그렇게 하여 보존될 수밖에 없었다.
> ㉢: 나란 놈은 아마 알 수 없는 놈인가 보다.
> ㉣: 피아노가 그친 시간을 재 보려고 했던 것이다.
> ㉤: 위대한 가풍이 내게 작용한 첫 번이었다.

✅ 정답풀이

② ㉡: 자신의 힘을 더욱 유용하게 쓰기 위해 힘을 비축해야 했다.

서씨의 조상들은 대대로 물려받은 힘을 통해 '세상을 평안하게' 하거나 '자신들의 영광도 차지'할 수 있었다. 그러나 서씨에 와서 그 힘은 공사장에서 남들보다 조금 더 많은 보수를 얻는 정도의 기능밖에 가질 수 없었다. 이러한 상황에서 서씨가 남만큼만 일하고 남만큼만 보수를 받는 이유는 자신의 힘을 더욱 유용하게 쓰기 위해서가 아니다. 성벽에서 돌을 들어 옮기는 행위는 힘을 유용하게 쓰는 것이 아니라, 선조에게 물려받은 힘의 가치를 보존하고 역사로서의 자신의 존재감을 확인하기 위한 행위이다. 따라서 ㉡은 힘을 유용하게 쓰는 것과는 관계없다.

❌ 오답풀이

① ㉠: '서씨'가 보여 준 모습은 '나'에게 경이로운 것이었다.
　윗글에서 서씨가 맨손으로 성벽의 돌을 옮기는 모습을 보며 '나는 꿈속에 있는 기분이었다.'라고 느낀 것을 통해 ㉠의 '나'는 서씨에게 경이로움을 느끼고 있음을 알 수 있다.

③ ㉢: '나'조차도 '나'의 감정 변화를 제대로 납득하기 어려웠다.
　'나'는 '안주에의 동경' 때문에 '이 집'으로 이사를 왔지만 기계적이고 규칙적인 생활을 강요하는 '이 집'에 혐오감을 느낀다. 그러나 그 이유를 스스로도 이해하지 못하고 있으며 이는 윗글의 '나는 자신에 대해서 어이가 없음을 느꼈다.'를 통해 알 수 있다.

④ ㉣: 이 집안의 규칙이 얼마나 정확히 지켜지는지를 확인하고자 했다.
　윗글에서 '무의식중에 나는 방바닥에서 팔목시계를 집어 올'려 '피아노가 그친 시간을 재 보려고 했'다는 부분을 통해, '나'가 피아노가 그친 시간을 재서 '이 집'에서 규칙이 얼마나 기계적으로 지켜지는지 확인하려 했음을 알 수 있다.

⑤ ㉤: '나'의 행동이 이 집안의 규칙에 의해 제약되기 시작했다.
　㉤의 앞부분에 나오는 '나의 기타 켜는 시간은 오전 열 시부터 한 시간 동안 할머니와 며느리가 미싱을 돌리는 같은 시각으로 배치되었던 것'이라는 서술을 통해 이 집의 규칙이 '나의 행동'을 제약하고 있음을 알 수 있다.

3. ⓐ~ⓔ 중 문맥상 함축하는 의미가 다른 하나는?

> ⓐ: 모든 사람들의 공부 시간
> ⓑ: 기타를 켜고 싶어지는 때
> ⓒ: 나의 기타 켜는 시간
> ⓓ: 미싱을 돌리는 같은 시각
> ⓔ: 내게 주어진 그 시간

✅ 정답풀이

② ⓑ

'나'는 '불현듯이 기타를 켜고 싶어지는 때'가 있다고 했으므로, ⓑ는 계획에 따라 규칙으로 정해진 삶이 아니라 자신의 욕구에 따라 움직이는 자유로운 삶을 살고 싶을 때를 의미한다.

❌ 오답풀이

ⓐ, ⓒ, ⓓ, ⓔ
ⓐ, ⓒ, ⓓ, ⓔ는 모두 자신의 욕구나 의지와 상관없이 '이 집'의 엄격한 규율로 정해진 기계적이고 규칙적인 시간을 의미한다.

4. 〈보기〉를 바탕으로 [A], [B]를 감상한 내용으로 가장 적절한 것은?

〈보기〉

김승옥은 「역사」에서 일반적 통념의 범위를 넘어서는 새로운 차원의 사실성을 추구하였다. 이 작품의 창작 의도를 밝힌 글에서 그는, "우리의 눈에는 비사실적인 것도 외국인의 눈으로 보면 사실적으로 보일 수 있다."라고 했다. 작품 속의 '동대문 성벽의 돌덩이 옮겨 놓기'라는 소재는, 이를테면 '외국인의 눈'을 통해 새롭게 '변형'된 것이다. 작가는 '변형'의 효과를 살리기 위해, 작중 상황에 실감을 주는 소설적 장치들을 마련하고 있다.

🔍 보기 분석

- 김승옥, 「역사」
  - 일반적 통념을 넘어서는 사실성 추구
  - 작중 상황에 실감을 주는 소설적 장치 마련

✅ 정답풀이

③ '서씨' 가계의 내력을 제시한 것은 '서씨'의 행위에 사실성을 부여하기 위한 장치이군.

〈보기〉에 따르면, 우리에게 비현실적인 것도 외국인의 눈으로 보면 사실적으로 보일 수 있다. 윗글에서 '그의 선조들은 대대로 중국에서~후손에게 전해졌다.'를 통해 서씨 집안의 내력을 제시해 준 것은 서씨가 맨손으로 돌을 옮기는 비현실적인 행위에 사실성을 부여하기 위한 것으로 볼 수 있다.

❌ 오답풀이

① '금고만 한 돌덩이'는 '외국인의 눈'으로 보면 비사실적인 소재이겠군.

〈보기〉에 따르면, '우리의 눈에는 비사실적인 것도 외국인의 눈으로 보면 사실적'일 수 있다. 따라서 '금고만 한 돌덩이'가 '외국인의 눈'으로 보면 비사실적인 소재일 수 있다는 진술은 적절하지 않다.

② '동대문'이라는 낯선 배경을 제시하여 독자들이 느끼는 실감을 떨어뜨리고 있군.

〈보기〉에 따르면, 김승옥은 '새로운 차원의 사실성을 추구'한다고 했다. 그런데 '동대문'은 낯선 배경이라고 볼 근거가 없으며, 실제 존재하는 배경이기 때문에 독자들의 실감을 떨어뜨린다고 보기 어렵다.

④ '푸르게 빛나는 조명'은 '서씨'의 신성한 면모를 일상적인 모습으로 '변형'하려는 의도에서 설정된 것이겠군.

〈보기〉에 따르면, "동대문 성벽의 돌덩이 옮겨 놓기'라는 소재는' 사실성을 위해 '변형'된 것이다. 그런데 이때 '푸르게 빛나는 조명'은 서씨의 신성한 면모를 일상적인 모습으로 '변형'하는 것으로 볼 수 없다. 푸른 조명이 비추는 곳에서 돌덩이를 옮기는 서씨의 모습을 본 것은 '나'가 서씨의 집안 내력을 듣기 전의 일이므로, 그때 서씨의 모습은 오히려 비현실적으로 비춰졌을 것이다. 또한 서씨가 역사이기는 하지만, 신성한 존재라고 보기는 어렵다.

⑤ '나'가 '꿈속에 있는 기분'이었다는 것은 '돌덩이 옮겨 놓기'가 사실이 아니라 환상이었음을 암시하고 있군.

〈보기〉에 따르면, 김승옥은 「역사」에서 '새로운 차원의 사실성을 추구'하였으며, 이를 위해 '실감을 주는 소설적 장치들을 마련'했다고 했다. 따라서 서씨가 돌덩이를 맨손으로 옮긴 것을 사실이 아닌 환상으로 볼 수는 없으며, '꿈속에 있는 기분'은 서씨를 보며 놀라워하는 '나'의 심리를 드러낸 것이다.

🖋 모두의 질문 · 4-①번

Q: 윗글에서 '나'는 서씨가 금고만 한 돌덩이를 들어 올리는 것을 보고 매우 놀라는데 이것은 '외국인의 눈'으로 본 비사실적인 소재 아닌가요? '나는 꿈속에 있는 기분이었다.'라고 하는 것으로 보아 비사실적인 것이 맞는 것 같은데, 아닌가요?

A: 학생들을 멈칫하게 만들었던 〈보기〉의 구절이 바로 '외국인의 눈'이라는 표현이다. 이 표현이 의미하는 바는 우리의 눈에 비사실적으로 보이는 것도, 외국인이라고 생각하고 보면 사실적으로 보일 수 있다는 것이다. '나'가 서씨의 행동을 보고 처음에는 무서움을 느끼고 믿을 수 없어 하지만, 서씨가 혼혈이였다는 것과 조상 대대로 역사를 배출했다는 이야기를 듣고 난 후로는 그의 모습을 사실로 받아들이게 되는 것도 〈보기〉의 내용과 일맥상통한다. 그러나 '외국인의 눈'이라는 표현의 의미를 정확히 이해하지 못했다고 해도, '외국인의 눈'으로 보면 비사실적일 수 있다는 ①번의 내용은 〈보기〉의 설명과 정반대되는 진술이므로 적절하지 않다고 판단할 수 있어야 한다.

[1~4] 다음 글을 읽고 물음에 답하시오.

[A]
어둠이 쪽 깔려 간 밤하늘에는 별들이 빙판(氷板)에 얼어붙은 구슬들처럼 반짝이고 있었다. 찬바람이 나뭇가지를 흔들고 지나갈 때마다 낙엽이 우수수 발밑으로 떨어져 흩어졌다. 그는 지금 가로수에 기대어 서서 하늘을 쳐다보고 있었다. 무거운 마음이 좀처럼 가라앉지 않았다. 그는 즈봉 포켓 속에 구겨 넣은 신문지를 다시금 손으로 구겨 쥐었다. 어머니—그는 마음속으로 이렇게 부르짖었다. 그 순간 '아래는 아들의 소식을 듣고 실신한 노모'라는 ⓐ신문 구절과 함께 노파의 주름진 얼굴이 어머니 얼굴과 겹쳐서 떠올랐다. 그러나 곧 '모두가 조국을 위해서다.' 하는 음성이 그의 마음을 뒤덮고 지나갔다. 실신한 노모의 소식이 실린 신문을 보고 괴로워하는 '그'

'이미 우리는 ⓑ조국을 위해서만이 있는 몸이다. 지금의 네 심정을 모르는 바 아니지만 보다 더 보람 있는 하나를 위해서 하나를 버려야지.'

// 장면 끊기 01 '그'는 실신한 노모의 소식이 실린 신문 기사와 어머니에 대한 생각으로 괴로워함

약 이 개월 전 일이었다. 그가 투신*하고 있는 비밀결사에서는 한 사람을 암살하지 않으면 안 될 경지에 놓여 있었다. 그리고 바로 계획된 그날 밤 오랜 신병* 끝에 오직 한 분밖에 없는 그의 어머니가 숨져 가고 있었던 것이었다.

클랙슨 소리가 짧게 밖에서 또 한 번 울려 오고 있었다. 정각에서 삼십 분 전. 야광 초침이 파란 빛깔을 그으면서 아라비아 숫자가 나열된 동그란 원반 위를 움직이고 있었다. ⓒ클랙슨 소리가 다시 짧게 울렸다. 그는 묵묵히 고개를 들고 어둠과 마주 섰다.

[B]
"연기는 안 돼. 생각해 봐. 우리가 오늘 이 기회를 잡기 위해서 얼마나 시간과 정력을 소비했나를……. 그것뿐만이 아니라 오늘 실패하는 경우엔 이미 우리들의 계획은 모두 수포로 돌아가야 하는 거야. 그렇게 되면 우리는 하나에서부터 다시 시작해야 하는 거야. 지금 우리들은 삼이라는 성공 숫자 앞에 와 있다. 알겠지? 어머니는 우리가 맡을 테다. 조국을 위해서 이미 모든 것을 버리기로 한 우리들이 아니냐."

나직하면서도 몹시 초조한 음성이었다. 조국과 어머니 사이에서 머뭇거리는 '그'를 보며 초조해하는 비밀결사 대원 그는 조용히 문을 닫았다. 어머니의 신음 소리가 무겁게 방 안에서 울려 나오고 있었다.

(중략)

의식을 잃고 누워 있던 어머니는 방문이 부시시 열리는 소리에 눈을 떴다. 천장이 축 처져서 내려앉은 ⓓ방 안은 더욱 답답하고 어두웠다. 그는 어머니 앞으로 조용히 다가가서 꿇어앉았

다. 고개를 약간 모로 눕히면서 아들 모습을 더듬어 가고 있는 그 눈빛은 다 꺼져 가는 모닥불처럼 희미하게 등잔불 빛에 반사되어 빛나고 있었다.

"어머니……."

노파는 아들의 음성을 알아들었는지 고개를 간신히 흔들어 보이는 것 같았다.

"어머니, 의사가 왔댔어요?"

그러나 노파는 가만히 있었다. 그는 어머니가 말귀를 못 알아들었는가 하여 다시 한 번 어머니 귀 가까이에 입을 대고 물어보았다. 그리고 나서 어머니 표정을 조용히 지켰다. 험하게 주름져 간 입술이 움직거리는 것 같았다. 어머니 손이 무엇인가를 찾아 헤매는 듯하므로 그는 어머니의 손을 마주 잡으며 물었다.

"왜 그러세요?"

어머니는 아무 말 없이 아들의 손만을 꼭 움켜쥐는 것이었다. 죽어 가면서도 아들만을 생각하는 어머니 어머니는 곧 아들의 손을 끌어당겨 자기 뺨 위로 가져갔다. 그리고 이미 시선과 손의 감각만으로써는 아들을 느껴 볼 수가 없는 듯이 아들의 손을 자기 입술에 가져다 대어 보는 것이었다. 그는 가슴이 뭉클 뜨거운 물결 속에 휩쓸려 들어가는 것 같았다. 죽어 가는 어머니를 지켜보며 안타까움을 느끼는 '그' // 장면 끊기 02 암살이 계획된 그날 밤, 비밀결사의 누군가가 찾아와 '그'를 설득하지만 '그'는 죽어 가는 어머니를 지켜보며 슬퍼함 그는 순간 며칠 전 집을 나갈 때 간신히 입을 열고 중얼거리던 어머니 말씀이 눈앞에 또렷이 아로새긴 것처럼 떠오르는 것이었다.

"언제 돌아오냐?"

"오늘은 못 돌아올 것 같아요. 저 옆집 아주머니한테 부탁을 했어요. 그리고 좀 돌봐 달라고 돈도 드렸으니까 근심 마세요. 의사도 이따 저녁에 다시 한번 들를 거예요."

"오냐."

그리고 나서 어머니는 잠시 멍하니 허공에 눈 주고 있다가 혼잣말처럼 이렇게 중얼거리는 것이었다.

[C]
"어머니는 아들만을 위해서 있단다. 나이 들면 들어 갈수록……. 그러나 아들이야 그럴 수 있겠니, 제 할 일이 더 중한데……." 아들을 만류하지 못해 안타까워하는 어머니

그 말을 듣는 순간 노쇠한 어머니의 애틋한 기대를 깨닫지 못하는 바 아니었으나 그는 자리에서 일어섰던 것이었다.

// 장면 끊기 03 '그'는 며칠 전 어머니가 자신에게 한 말을 떠올림

그는 지금 이러한 생각에 사로잡힌 채 자기 손을 끌어당겨다 입술 위에 대고 어루만지고 있는 어머니의 모습을 잠시 지켜보고 있었다. 얼마 후 자기 손을 어루만지던 어머니의 손은 맥없이 그대로 멈추어졌다. 그는 뼈만이 앙상한, 여읜 어머니의 손가락으로부터 어머니 눈 위로 시선을 옮겼다. 자기를 쳐다보고 있

는 희미한 어머니의 눈빛, 마치 그것은 먼지 속에 퇴색하여 버린 ⓔ유리알처럼 빛을 잃고 있었다. 그 순간 어머니는 지금 아들의 모습을 바라다보고 있는 것이 아니라, 다만 마음속에서 느끼고 있을 뿐이라는 생각이 그의 마음에 어두운 선을 그으며 지나갔다.

어머니의 심정을 이해하고 괴로워하는 '그'

// 장면 끊기 03 '그'는 어머니의 마음을 이해하며 안타까워함

다음날 그는 밀회 시간을 어기고 그대로 어머니 곁에 있었다. 정오가 가까워서였다. 자동차의 엔진 소리가 요란하게 들리더니 집 앞에서 급히 브레이크 밟는 소리가 났다.

// 장면 끊기 04 '그'는 비밀결사의 밀회 시간을 어기고 어머니의 곁을 지킴

– 오상원, 「모반」 –

전체 줄거리

'그'는 중학을 마치고 조그만 회사에서 일하고 있다가 중학교 동창인 '세모진 얼굴'에게 여러 번 자극받아 비밀결사에 가담한다. 그런데 상대를 암살하기로 한 날, 병석에 누워 있던 노모는 위독한 상태에 빠진다. 그렇지만 대를 위하여 소를 희생해야 한다는 동료의 강압에 못 이겨 '그'는 암살 현장에 나서고, 노모는 동료의 손을 아들의 손이라 믿고 잡은 채 운명한다. '그'는 차츰 자신의 행위에 성찰하게 된다.

'그'가 두 번째로 암살해야 할 사람은 X였다. 장소는 으슥한 골목길, 시간은 하오 4시, '그'가 X를 쏘고 달아나면 부근에서 서성거리던 동료들이 지나가던 청년 하나를 때려 눕혀 실신시키고 범행 누명을 씌우게끔 계획이 짜였다. 하지만 '그'는 가책을 느낀다. 자기 대신 누명을 쓴 청년의 집을 찾아가 그의 여동생에게 병으로 위독하다는 그녀 어머니의 약값을 준다. '그'는 자기의 행동과 조직의 의미에 대해서 깊은 회의를 느낀다. 이윽고 '그'는 자기를 처형해 버리고 말겠다는 동료들의 협박을 뒤로 하고 결사대를 떠난다.

✱ 전지적 작가 시점

이것만은 챙기자

*투신: 어떤 직업이나 분야 따위에 몸을 던져 일을 함.
*신병: 몸에 생긴 병.

1. 윗글의 서술상의 시간을 〈보기〉와 같이 정리했다. 이와 관련한 설명으로 적절하지 않은 것은?

〈보기〉

지금(1) → 그날 밤 → 며칠 전 → 지금(2) → 다음날

🔍 보기 분석

• 서술상의 시간
 – 지금(1): 노모의 소식이 실린 신문을 보고 어머니를 생각하는 시간
 – 그날 밤: 암살이 계획되어 있고 어머니가 죽어 가던 시간
 – 며칠 전: 어머니 곁에서 이전의 일을 회상하는데, 그 회상 속의 시간
 – 지금(2): 암살이 계획되어 있고 어머니가 죽어 가던 시간
 – 다음날: 밀회 약속을 어기고 어머니 곁에 있는 시간

✅ 정답풀이

③ '그날 밤'과 '며칠 전' 장면은 서술자의 시점이 서로 다르다.

윗글에서 주인공을 가리키는 호칭은 3인칭인 '그'로 통일되어 있다. 즉 처음부터 끝까지 3인칭 전지적 시점으로 서술되어 있으므로 '그날 밤'과 '며칠 전'의 장면에서 서술자의 시점은 서로 같다.

❌ 오답풀이

① '지금'(1)과 '지금'(2)는 공간적 배경이 다르다.
 '지금'(1)의 공간적 배경은 '가로수에 기대어 서서 하늘을 쳐다보고 있었다.'를 통해 거리의 가로수 아래이고, '지금'(2)의 공간적 배경은 '어머니의 모습을 잠시 지켜보고 있었다.'를 통해 어머니가 누워 있는 방 안임을 알 수 있다.

② '그날 밤'과 '지금'(2)는 시간적 배경이 동일하다.
 '그날 밤'은 2개월 전으로 암살을 앞둔 날이었으며, 그때 '어머니가 숨져 가고 있었다'고 했다. '지금'(2)에 그는 죽어 가는 어머니의 모습을 지켜보며 암살을 위해 어머니의 곁을 떠나는 것을 망설이고 있다. 즉 '그날 밤'과 '지금'(2)는 시간적 배경이 동일하다.

④ 실제 시간 순으로 배열하면 '며칠 전'이 가장 먼저이다.
 〈보기〉의 시간을 실제 시간 순으로 배열하면 '며칠 전→그날 밤(=)지금(2)→다음날→지금(1)'이다. 주인공의 현재는 '지금'(1)의 시간이며, 2개월 전의 '그날 밤' 일을 보여 주다 그 안에서 다시 며칠 전에 일어난 일을 회상하는 모습이 나오므로 실제 시간 순으로는 '며칠 전'이 가장 먼저이다.

⑤ '다음날'에는 새로운 사건의 발생이 암시되어 있다.
 '다음날'에 '자동차의 엔진 소리가 요란하게 들리더니 집 앞에서 급히 브레이크 밟는 소리가 났다.'라는 부분은 새로운 사건이 발생할 것임을 암시한다고 볼 수 있다.

기틀잡기

⑤ **암시**: 뜻하는 바를 간접적으로 나타내는 표현법.

문제적 문제 · 1—②번

　학생들이 정답 외에 가장 많이 고른 선지가 ②번이다. 지문의 구성이 복잡하여 시간적 순서를 파악하기가 어려웠을 것이다. 하지만 이러한 문항을 해결하기 위해 지문의 내용을 '완벽히' 이해해야 할 필요는 없다. 내용을 이해하는 데 집착하다 보면 오히려 출제자의 의도와 무관한 인물이나 소재에 가로막혀 지문을 매끄럽게 읽어 내려갈 수 없게 된다. 이렇게 구성이 복잡한 소설일수록 가장 기본적인 사항인 장면 전환부터 확실히 확인해야 한다. 훈련을 통해 평소 소설 지문을 읽을 때도 장면이 전환되면 끊어서 읽는 습관을 들이도록 하자. 오답률이 비교적 높은 문제였으나 정답 선지는 확실히 틀린 내용이다. 지문의 시점은 처음부터 끝까지 전지적 작가 시점으로 유지되고 있다.

정답률 분석

	매력적 오답	정답		
①	②	③	④	⑤
6%	19%	63%	8%	4%

2. ㉠~㉤ 중 〈보기〉에서 설명하는 '이것'에 해당하는 것은?

㉠: 신문
㉡: 조국
㉢: 클랙슨 소리
㉣: 방
㉤: 유리알

〈보기〉

　'이것'은 주체와 타자, 주체와 세계를 연결하는 사회적 통로이다. '이것'을 매개로 주체는 타자와 세계에 대한 앎을 확장하며, 그럼으로써 자신이 처한 상황을 재인식하고 새로운 정체성을 구성하는 계기를 마련한다. 동시성과 공공성을 특징으로 하는 '이것'은 현대소설에서 중요한 서사적 기능을 갖는 장치로 활용된다.

보기 분석

- '이것'
  - 주체와 타자, 주체와 세계를 연결하는 사회적 통로
  - 주체는 타자와 세계에 대한 앎을 확장
  - 자신이 처한 상황 재인식
  - 동시성과 공공성을 가짐

정답풀이

① ㉠

〈보기〉에 따르면, '이것'은 '사회적 통로'이며 '동시성과 공공성을 특징으로' 하고, 주체는 '이것'을 매개로 '자신이 처한 상황을 재인식'한다. 모든 조건을 만족하는 것은 ㉠이다. ㉠은 전달하는 내용의 특성상 사회적 통로의 역할을 하며 매체의 특성상 동시성과 공공성을 가진다. 또한 '그'는 ㉠에 실린 '아들의 소식을 듣고 실신한 노모'의 사진을 통해 앎을 확장하고 자신의 어머니를 떠올리게 되며, 과거의 사건을 회상하고 자신의 상황을 재인식하게 된다.

오답풀이

② ㉡

㉡은 주인공이 비밀결사 활동을 하게 된 계기일 뿐, 〈보기〉의 설명과는 거리가 멀다.

③ ㉢

㉢은 내적 갈등에 빠진 '그'를 재촉하는 소리로 기능할 뿐, 〈보기〉의 설명과는 거리가 멀다.

④ ㉣

㉣은 아픈 어머니가 누워 있는 공간일 뿐, 〈보기〉의 설명과는 거리가 멀다.

⑤ ⓜ

ⓜ은 아들을 바라보는 어머니의 눈빛을 비유적으로 표현한 것일 뿐, 〈보기〉의 설명과는 거리가 멀다.

문제적 문제

• 2-③번

학생들이 정답 외에 가장 많이 고른 선지가 ③번이다. '클랙슨 소리'를 들은 주인공 '그'가 자신을 찾아온 누군가의 말을 듣게 되는 장면이 〈보기〉의 앎의 확장이라는 설명과 일맥상통한다고 생각했을 것이다. 그러나 '클랙슨 소리'는 '그'를 재촉하는 소리일 뿐 특별한 기능을 하지 않는다.

또한 매력적 오답을 제외한 다른 오답의 선택 비율도 낮지 않은 것으로 보아 정답 선지에 대한 확신을 가지기 어려웠던 것으로 보인다. 〈보기〉에 쓰인 말 자체를 이해하는 데에 어려움을 겪었을 가능성이 크다. '앎의 확장', '상황의 재인식', '새로운 정체성 구성'과 같은 개념들이 무엇을 의미하는지 이해했다면 정답 판단에는 어려움이 없었을 것이다.

정답률 분석

정답		매력적 오답		
①	②	③	④	⑤
51%	12%	19%	9%	9%

3. 〈보기〉의 ⓐ~ⓓ 중 [A]에서 확인할 수 있는 것만을 있는 대로 고른 것은?

〈보기〉

소설 읽기는 삶의 의미를 발견하기 위한 일종의 여행이다. 우리를 안내하는 작가는 여러 가지 방법으로 우리의 여행을 돕는다. 그는 ⓐ상황을 요약하여 제시해 줌으로써 우리의 수고를 덜어 주기도 하고, ⓑ개념적인 언어로 자신의 사상을 직접 피력하기도 한다. 그러나 집을 떠난 여행이 그렇듯이 소설을 읽는 여정 역시 순조롭지만은 않다. 작가는 ⓒ외부 사물의 묘사로 복잡한 심리 상태를 암시하기도 하고, ⓓ예상하지 못했던 극적인 반전으로 우리를 당황하게 하기도 한다.

보기 분석

• 작가: '소설 읽기'라는 여행을 돕는 사람
  – 상황을 요약하여 제시(ⓐ)
  – 개념적인 언어로 사상을 직접 피력(ⓑ)
  – 묘사를 통해 복잡한 심리 상태 암시(ⓒ)
  – 극적 반전(ⓓ)

정답풀이

② ⓐ, ⓒ

[A]의 '그가 투신하고 있는 비밀결사에서는~숨겨 가고 있었던 것이었다.'에서 비밀결사의 상황과 그의 어머니의 상황을 요약하여 제시하고 있으므로 ⓐ를 확인할 수 있다. 또한 '어둠이 쪽 깔려 간 밤하늘에는~발밑으로 떨어져 흩어졌다.'에서 밤 배경의 묘사를 통해 주인공의 복잡하고 무거운 마음을 드러내고 있으므로 ⓒ를 확인할 수 있다.

오답풀이

ⓑ
[A]에서 '조국'과 같은 개념적 언어가 사용된 것을 확인할 수 있으나, 이는 인물의 목소리를 통해 드러난 것이다. 작가가 직접 자신의 사상을 피력하지는 않았다.

ⓓ
[A]에서 극적인 반전은 확인할 수 없다.

4. [B]와 [C]에 대한 이해로 적절하지 <u>않은</u> 것은?

✅ 정답풀이

③ [C]에서는 '그'의 '할 일'에 대한 어머니의 불신을 읽을 수 있어.

> [C]에서 어머니는 아들이 '제 할 일'을 더 중요시하는 것에 대해 아쉬움과
> 안타까움을 드러내고는 있지만, 이를 '그'의 '할 일'에 대한 불신을 드러내는
> 것으로 볼 수는 없다. 오히려 어머니는 아들이 '제 할 일이 더 중'하다고
> 말하며 아들에 대한 신뢰를 드러내고 있다.

❌ 오답풀이

① [B]에서는 '그'가 중요한 임무를 맡고 있다는 것을 알 수 있어.
  [B]의 '오늘 이 기회를 잡기 위해서 얼마나 시간과 정력을 소비했나를…….',
  '오늘 실패하는 경우엔 이미 우리들의 계획은 모두 수포로 돌아가야 하는 거야.'
  등을 통해 '그'가 실패해서는 안 되는 중요한 임무를 맡고 있음을 알 수 있다.

② [B]에서는 '비밀결사'가 '그'를 압박하고 있다는 것을 알 수 있어.
  [B]에서 '비밀결사' 조직의 동료는 실패할 경우를 가정하며, 조국을 위해서
  모든 것을 버리기로 한 약속을 상기시키며 연기는 안 된다고 '그'를 압박하
  고 있다.

④ [C]에서는 '그'를 만류하지 못하는 '어머니'의 안타까운 심정을
   읽을 수 있어.
  [C]의 '어머니는 아들만을 위해서 있단다.', '그러나 아들이야 그럴 수 있겠니'
  라는 어머니의 말에는 아들을 만류하지 못하는 안타까운 심정이 담겨 있다.

⑤ [B]와 [C]의 두 목소리 사이에서 갈등하는 '그'의 심리를 읽을
   수 있어.
  [B]에서는 '그'가 암살을 계획대로 거행하기를 원하는 '비밀결사' 동료의 목소
  리가, [C]에서는 죽어 가는 자신의 곁에 아들이 있어 주기를 기대하는 어머니
  의 목소리가 나타나는데, '그'는 이 두 목소리 사이에서 갈등하고 있다.

HOLSOO

홀로 공부하는 수능 국어 기출 분석

PART 4
고전산문

문제 책 PAGE	해설 책 PAGE	지문명	문제 번호 & 정답				
P.076	P.132	조위한, 「최척전」	1. ②	2. ⑤	3. ②		
P.078	P.136	작자 미상, 「토끼전」	1. ①	2. ⑤	3. ③		
P.080	P.140	작자 미상, 「홍계월전」	1. ②	2. ⑤	3. ③		
P.082	P.145	작자 미상, 「소대성전」	1. ①	2. ①	3. ④	4. ②	
P.084	P.150	작자 미상, 「숙향전」	1. ③	2. ⑤	3. ②		
P.086	P.155	작자 미상, 「유충렬전」	1. ④	2. ⑤	3. ③	4. ④	5. ①
P.090	P.160	남영로, 「옥루몽」	1. ③	2. ③	3. ①	4. ⑤	
P.092	P.165	작자 미상, 「열녀춘향수절가」	1. ⑤	2. ⑤	3. ④	4. ②	
P.094	P.169	작자 미상, 「조웅전」	1. ⑤	2. ④	3. ⑤	4. ②	

조위한, 「최척전」

2017학년도 6월 모평

[1~3] 다음 글을 읽고 물음에 답하시오.

경자년(庚子年, 1600년) 늦봄, 최척(崔陟)은 주우(朱佑)*와 함께 배를 타고 이곳저곳을 돌아다니며 차(茶)를 팔다가 마침내 안남*에 이르게 되었다. 이때 일본인 상선(商船) 10여 척도 강 어귀에 정박하여 10여 일을 함께 머물게 되었다.

날짜는 어느덧 4월 보름이 되어 있었다. 하늘에는 구름 한 점 없고 물은 비단결처럼 빛났으며, 바람이 불지 않아 물결 또한 잔잔하였다. 이날 밤이 장차 깊어 가면서 밝은 달이 강에 비치고 옅은 안개가 물 위에 어리었으며, 뱃사람들은 모두 깊은 잠에 빠지고 물새만이 간간이 울고 있었다. 이때 문득 일본인 배 안에서 염불하는 소리가 은은히 들려왔는데, 그 소리가 매우 구슬펐다. 최척은 홀로 선창에 기대어 있다가 이 소리를 듣고 자신의 신세가 처량하게 느껴졌다. 일본인 배 안에서 염불하는 소리를 듣고 자신의 처지를 서글퍼하는 최척 그래서 즉시 행장*에서 피리를 꺼내 몇 곡을 불어서 가슴속에 맺힌 회한*을 풀었다. 때마침 바다와 하늘은 고요하고 구름과 안개가 걷히니, 애절한 가락과 그윽한 흐느낌이 피리 소리에 뒤섞이어 맑게 퍼져 나갔다. 이에 수많은 뱃사람들이 놀라 잠에서 깨어났으며, 그들은 처연하게* 앉아 피리 소리에 조용히 귀를 기울였다. 격분해서 머리가 곧추선 사람도 피리 소리에 분을 가라앉힐 정도였다. 최척의 회한이 담긴 피리 소리에 귀 기울이는 뱃사람들

잠시 후에 일본인 배 안에서 조선말로 칠언절구(七言絶句)를 읊었다.

왕자진*의 피리 소리에 달마저 떨어지려 하는데,

[王子吹簫月欲底]

바다처럼 푸른 하늘엔 이슬만 서늘하구나.

[碧天如海露凄凄]

시를 읊는 소리는 처절하여 마치 원망하는 듯, 호소하는 듯 하였다. 처절한 심경으로 시를 읊는 사람(옥영) 시를 다 읊더니, 그 사람은 길게 한숨을 내쉬었다. 최척은 그 시를 듣고 크게 놀라서 피리를 땅에 떨어뜨린 것도 깨닫지 못한 채, 마치 실성한 사람처럼 멍하니 서 있었다. 일본인 배 안에서 들려온 시 읊는 소리를 듣고 크게 놀란 최척 이를 보고 주우가 말했다.

"어디 안 좋은 곳이라도 있는가?"

최척은 대답을 하고 싶었으나 목이 메고 눈물이 떨어져 말을 할 수 없었다. 시 읊는 소리를 들은 뒤 감정이 격해져 말을 잇지 못하는 최척 시간이 조금 흐른 뒤에 최척은 기운을 차려 말했다.

"조금 전에 저 배 안에서 들려왔던 시구는 바로 내 아내가 손수 지은 것이라네. 다른 사람은 평생 저 시를 들어도 절대 알아내지 못할 것일세. 게다가 시를 읊는 소리마저 내 아내의

목소리와 너무 비슷해 절로 마음이 슬퍼진 것이라네. 아내와 비슷한 목소리로 아내가 지은 시를 읊는 소리를 듣고 슬퍼하는 최척 하지만 어떻게 내 아내가 여기까지 와서 저 배 안에 있을 수 있겠는가?"

이어서 온 가족이 왜군에게 포로로 잡혀간 일을 말하자, 배 안에 있던 사람들 가운데 비탄*에 젖지 않은 사람이 없었다. 그 가운데는 두홍(杜洪)*이라는 사람이 있었는데, 젊고 용맹한 장정이었다. 그는 최척의 말을 듣더니, 얼굴에 의기*를 띠고 주먹으로 노를 치면서 분연히* 일어나며 말했다.

"내가 가서 알아보고 오겠소." 최척의 사연을 듣고 안타까워하며 시를 읊은 사람이 누구인지 알아봐 주겠다는 두홍

주우가 저지하며 말했다.

"깊은 밤에 시끄럽게 굴면 많은 사람들이 동요*할까 두렵네. 내일 아침에 조용히 물어보아도 늦지 않을 것일세." 밤에 소란스럽게 하면 사람들이 동요할 것을 걱정하며 두홍을 저지하는 주우

주위 사람들이 모두 말했다.

"그럽시다."

최척은 앉은 채로 아침이 되기를 기다렸다. **// 장면 끊기 01** 타국에서 서글픈 마음이 들어 피리를 불던 최척은 일본인 배 안에서 들려온 시 읊는 소리에 놀라며 주변 사람들에게 자신의 사연을 이야기함 동방이 밝아 오자, 즉시 강둑을 내려가 일본인 배에 이르러 조선말로 물었다.

"어젯밤에 시를 읊었던 사람은 조선 사람 아닙니까? 나도 조선 사람이기 때문에 한번 만나 보았으면 합니다. 어젯밤에 시를 읊었던 사람을 만나 보고 싶은 최척 멀리 다른 나라를 떠도는 사람이 비슷하게 생긴 고국 사람을 만나는 것이 어찌 그저 기쁘기만 한 일이겠습니까?"

옥영(玉英)도 어젯밤에 들려왔던 피리 소리가 조선의 곡조인 데다 평소에 익히 들었던 것과 너무나 흡사하여서 남편 생각에 감회가 일어 어젯밤 조선의 곡조이면서 평소에 들었던 것과 흡사한 피리 소리에 남편 생각이 난 옥영 저절로 시를 읊게 되었던 것이다. 옥영은 자기를 찾는 사람의 목소리를 듣고는 황망*하게 뛰어나와 최척을 보았다. 두 사람은 서로 마주 바라보고는 놀라서 소리를 지르며 끌어안고 모래밭을 뒹굴었다. 목이 메고 기가 막혀 마음을 안정할 수가 없었으며, 말도 할 수 없었다. 눈에서는 눈물이 다하자 피가 흘러내려 서로를 볼 수도 없을 지경이었다. 재회를 감격스러워하는 최척과 옥영 두 나라의 뱃사람들이 저잣거리처럼 모여들어 구경하였는데, 처음에는 단지 친척이나 잘 아는 친구인 줄로만 알았다. 뒤에 그들이 부부 사이라는 것을 알고 사람마다 서로 돌아보며 소리쳐 말했다.

"이상하고 기이한 일이로다! 이것은 하늘의 뜻이요, 사람이 이룰 수 있는 일이 아니로다. 이런 일은 옛날에도 들어 보지 못하였다." 최척과 옥영의 재회를 기이하게 여기는 뱃사람들

최척은 옥영에게 그간의 소식을 물으며 말했다.

"산 속에서 붙들려 강가로 끌려갔다는데, 그때 아버님과 장모님은 어떻게 되었소?"

옥영이 말했다.

"날이 어두워진 뒤에 배에 오른 데다 정신이 없어 서로 잃어버리게 되었으니, 제가 두 분의 안위*를 어찌 알 수 있었겠습니까?"

두 사람이 손을 붙들고 통곡하자, 옆에서 지켜보던 사람들도 슬퍼하며 눈물을 닦지 않는 이가 없었다. 그동안의 사연을 전하며 통곡하는 최척과 옥영, 둘을 지켜보며 함께 슬퍼하는 사람들

주우는 돈우(頓于)*를 만나 백금 세 덩이를 주고 옥영을 사서 데려 오려고 하였다. 옥영을 사서 데려 오려고 하는 주우 그러자 돈우가 얼굴을 붉히며 말했다.

"내가 이 사람을 얻은 지 이제 4년 되었는데, 그의 단정하고 고운 마음씨를 사랑하여 친자식처럼 생각해 왔습니다. 그래서 침식*을 함께하는 등 잠시도 떨어진 적이 없었으나, 지금까지 그가 아낙네인 것을 몰랐습니다. 오늘 이런 일을 직접 겪고 보니, 이는 천지신명도 오히려 감동할 일입니다. 최척과 옥영의 재회를 보며 감동을 받은 돈우 내가 비록 어리석고 무디기는 하지만 진실로 목석*은 아닙니다. 그런데 차마 어떻게 그를 팔아서 먹고살 수 있겠습니까?" 옥영을 아끼는 마음과 부부 간의 재회를 본 감동으로, 백금을 받고 옥영을 팔 수는 없다고 말하는 돈우

돈우는 즉시 주머니 속에서 은자(銀子) 10냥을 꺼내어 전별금(餞別金)*으로 주면서 말했다.

"4년을 함께 살다가 하루아침에 이별하게 되니, 슬픈 마음에 가슴이 저리기만 하오. 옥영과의 이별을 슬퍼하는 돈우 온갖 고생 끝에 살아남아 다시 배우자를 만나게 된 것은 실로 기이한 일이며, 이 세상에는 없었던 일일 것이오. 내가 그대를 막는다면 하늘이 반드시 나를 미워할 것이오. 사우(沙于)*여! 사우여! 잘 가시게! 잘 가시게!"

// 장면 끊기 02 아침이 되자 일본인 배에 찾아간 최척은 옥영과 재회하고, 돈우는 전별금을 주며 옥영을 보내 줌

— 조위한, 「최척전(崔陟傳)」 —

*주우, 두홍: 최척과 함께 장사를 하는 중국인들.
*안남: 베트남.
*왕자진: 주나라 영왕의 태자로, 죄를 입어 서인이 되었음.
*돈우: 옥영을 데리고 장사를 하는 일본인.
*사우: 돈우가 옥영에게 붙여 준 이름.

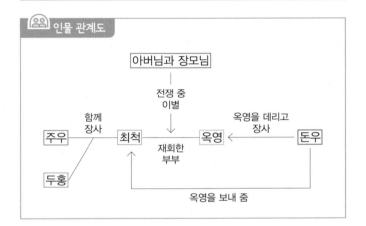

1. 최척과 옥영의 재회에 대한 이해로 가장 적절한 것은?

✔ 정답풀이

② 두 인물이 공유하고 있는 과거의 기억을 매개로 하여 이루어진다.

> 최척의 '피리 소리'를 들은 옥영은 '피리 소리가 조선의 곡조인 데다 평소에 익히 들었던 것과 너무나 흡사하여서 남편 생각에 감회가 일어 저절로 시를 읊게' 된다. 이를 들은 최척은 시구가 '아내가 손수 지은 것'이며 '시를 읊는 소리마저 내 아내의 목소리와 너무 비슷'하다고 여겨 일본인의 배를 찾아가게 되고 그곳에서 옥영과 재회하게 된다. 즉 이들의 재회는 최척의 피리 소리, 옥영의 시 등 두 인물이 공유하고 있는 과거의 기억을 매개로 하여 이루어진 것이라고 할 수 있다.

✘ 오답풀이

① 타국에서 만난 동포의 도움을 통해 우연히 이루어진다.
  '동포'는 '같은 나라 또는 같은 민족의 사람을 다정하게 이르는 말.'이다. 최척의 사연을 들은 두홍이 '내가 가서 알아보고 오겠소.'라며 시를 읊은 사람이 누구인지를 알아봐 주려고 하였지만 주우의 저지로 이를 행동에 옮기지는 못하였다. 최척과 옥영의 재회는 이튿날 일본인 배를 직접 찾아간 최척의 행동으로 이루어진 것이기 때문에 다른 사람의 도움을 통해 우연히 재회했다는 설명은 적절하지 않다. 또한, 두홍과 주우 등은 최척과 함께 장사를 하는 중국인들이기에 이들이 동포라는 언급 역시 적절하지 않다.

③ 두 인물이 평소에 주변 사람들에게 베푼 자비로 인해 이루어진다.
  주우와 두홍, 돈우 등이 보여 주는 모습을 통해 최척과 옥영이 평소에 주변 사람들과 우호적인 관계를 맺어온 것을 짐작할 수 있으나, 윗글에서 두 인물이 주변 사람들에게 자비를 베푼 내용은 나타나지 않는다.

④ 주변 사람들의 오해로 인해 우여곡절을 겪다가 기적적으로 이루어진다.
  '지금까지 그가 아낙네인 것을 몰랐습니다.'로 보아 돈우가 옥영을 남자로 오해한 것은 알 수 있지만, 윗글에 주변 사람들의 오해로 인한 우여곡절은 나타나지 않는다.

⑤ 주변 인물들 중 대다수에게는 환영을 받지만 일부에게는 의구심을 유발한다.
  '두 사람이 손을 붙들고 통곡하자, 옆에서 지켜보던 사람들도 슬퍼하며 눈물을 닦지 않는 이가 없었다.'라고 하였으므로 최척과 옥영의 재회는 대다수에게 환영을 받았다고 할 수 있다. 두 사람의 재회로 인해 옥영과 헤어져야 하는 돈우는 슬퍼하기는 하지만, 재회에 대해 의구심을 가지는 것은 아니다.

🌱 기틀잡기

> ⑤ **의구심:** 믿지 못하고 두려워하는 마음.

---

2. 윗글의 '밤'과 '아침'에 대한 설명으로 가장 적절한 것은?

✔ 정답풀이

⑤ 밤은 주인공이 새로운 상황을 맞이하면서 서사적 긴장이 조성되고, 아침은 극적 장면이 펼쳐지면서 그 긴장이 해소되는 시간이다.

> '4월 보름' '밤이 장차 깊어'지던 때에 최척은 피리를 꺼내 부는데, 이를 들은 옥영이 시를 읊자 최척은 그 사람이 혹시 자신의 아내가 아닐까 하고 생각한다. 즉 밤은 최척이 헤어진 아내와 만날 수 있을지도 모른다는 새로운 상황을 맞이하면서 서사적 긴장이 조성되는 시간이다. 그리고 아침이 되자 최척은 일본인 배에서 옥영과 재회하게 되므로 아침은 극적 장면이 펼쳐지면서 그 긴장이 해소되는 시간이다.

✘ 오답풀이

① 밤은 주인공이 초월적 존재와 교감하고, 아침은 주인공이 현실적 문제와 대결하는 시간이다.
  윗글에서 초월적 존재는 등장하지 않으며, 주인공이 현실적 문제와 대결하는 모습도 나타나지 않는다.

② 밤은 운명과의 대결을 통해 주인공이 위기에 처하고, 아침은 조력자의 등장으로 그 위기에서 벗어나는 시간이다.
  밤은 최척이 헤어진 아내와 만날 수 있을지도 모른다고 생각하는 시간일 뿐, 주인공이 위기에 처한 시간으로 볼 수 없다. 또한 아내와 재회하게 되는 아침을 위기에서 벗어나는 시간으로 볼 수도 없다.

③ 밤은 폐쇄적인 공간에서 새로운 계획이 구상되고, 아침은 개방적인 공간에서 그 계획을 실행할지 논의하는 시간이다.
  윗글에서 폐쇄적인 공간이나 개방적인 공간으로 특정할 수 있는 장소는 나타나지 않는다. 또 밤에 세운 계획(시를 읊은 사람이 누구인지 알아보는 것)을 아침에 실행하므로 아침을 계획을 실행할지 논의하는 시간으로 볼 수도 없다.

④ 밤은 인물의 내면적 갈등이 점진적으로 심화되고, 아침은 그 내면적 갈등이 새로운 인물들 간의 갈등으로 비화되는 시간이다.
  최척은 밤에 자신의 처지를 서글퍼하며 피리를 불고, 일본인 배에서 들려온 시 읊는 소리를 들으며 그 사람이 아내가 아닌지 혼란스러워 하고 있다. 따라서 내면적 갈등이 나타난다고 할 수는 있지만, 갈등이 점진적으로 심화되는 것은 아니다. 또한 아침에 최척의 내면적 갈등이 새로운 인물들 간의 갈등으로 번지고 있지도 않다.

🌱 기틀잡기

> ① **초월적 존재:** 능력이나 지혜가 보통의 인간으로서는 생각할 수 없을 만큼 뛰어난 존재.
> ④ **비화:** 어떠한 일의 영향이 직접 관계가 없는 다른 데에까지 번짐.

모두의 질문 · 2~⑤번

Q : '서사적 긴장'이 의미하는 바가 무엇인가요?

A : '서사적 긴장'은 쉽게 말해 서사, 즉 이야기의 흐름으로 인해 만들어 지는 긴장감을 뜻한다. 작품 내에서 갈등 상황이 그려진다거나 등장 인물이 위기를 맞았을 때, 또는 이야기 전개상 새로운 사건이나 상황 이 생길지도 모르는 분위기 등에서 서사적 긴장감이 생겨날 수 있다. 윗글의 경우, '밤'은 최척이 헤어졌던 아내와 재회하는 '새로운 상황'을 기대하게 되는 시간적 배경이다. 따라서 이로 인해 서사적 긴장감이 조성된다고 볼 수 있다. 또한 '아침'이 되어 두 사람이 실제로 다시 만나게 되므로, '밤'에 형성되었던 서사적 긴장은 해소된다고 판단하 는 것이 가능하다.

| 외적 준거에 따른 작품 감상 | 정답률 **70**

3. 〈보기〉를 참고하여 윗글을 감상한 내용으로 적절하지 <u>않은</u> 것은? [3점]

〈보기〉

임진왜란(1592~1598년) 등 16세기 말~17세기 초 동아 시아에서 발생한 전쟁들은 각국 백성들의 삶에 심대한 수난 을 초래했다. 이러한 역사를 반영한 대표적인 작품이 조위한 의 「최척전」이다. 최척에게서 체험의 전말을 전해 듣고 이 작 품을 썼다는 후기로 보면 이 작품이 실제 체험에 바탕을 둔 인물들의 이산(離散)과 귀향의 과정을 그린 유랑의 서사임을 알 수 있다. 특히 서사 공간이 조선을 포함하여 아시아 여러 국가에 걸쳐 있고 국가 간 갈등을 넘어선 개인 간의 인간적 배려 및 전쟁의 참상에 대해 각국 백성들이 보인 인류애적 연 민의 모습도 형상화하고 있다는 점이 주목할 만하다.

🔍 보기 분석

- 백성들의 삶에 수난을 초래한 전쟁의 역사를 반영
- 실제 체험에 바탕을 둔 인물들의 이산과 귀향의 과정을 그림
- 서사 공간: 조선 + 아시아 여러 국가
- 국가 간 갈등을 넘어선 인간적 배려, 전쟁의 참상에 대한 인류애적 연민

✅ 정답풀이

② 처절하게 시를 읊고 한숨까지 내쉰 것은 시가 옥영 자신의 이산과 유랑 체험을 계기로 지어진 것임을 알려 주는군.

〈보기〉에서 윗글은 '인물들의 이산과 귀향의 과정을 그린 유랑의 서사'라 고 했다. 그러나 옥영이 읊은 시를 들은 최척은 '배 안에서 들려왔던 시구 는 바로 내 아내가 손수 지은 것'이라고 말한다. 즉 옥영이 읊은 시는 두 사람이 헤어지기 전에 지어진 것이므로, 시가 옥영 자신의 이산과 유랑 체험을 계기로 지어진 것이라는 감상은 적절하지 않다.

❌ 오답풀이

① '경자년', '4년' 등은 최척과 옥영이 겪어야 했던 전란과 유랑 체험이 역사적 실제성을 지닌 것임을 알려 주는군.

〈보기〉에서 '임진왜란(1592~1598년) 등 16세기 말~17세기 초 동아시아 에서 발생한 전쟁들은 각국 백성들의 삶에 심대한 수난을 초래했다. 이러한 역사를 반영한 대표적인 작품이 조위한의 「최척전」이다.'라고 하였다. 이를 참고하면 윗글의 시간적 배경이 '경자년(1600년)'인 것이나 돈우가 옥영을 얻은 지 '4년'이라고 한 것 등은 최척과 옥영이 겪어야 했던 전란과 유랑 체 험이 역사적 실제성을 지녔음을 알려 주는 부분이라고 할 수 있다.

③ '조선말', '조선의 곡조' 등이 사건 전개에 중요한 역할을 하는 것은 최척 부부의 재회가 외국에서 이루어지고 있기 때문이겠군.

〈보기〉에서 「최척전」은 '서사 공간이 조선을 포함하여 아시아 여러 국가에 걸쳐 있다'고 하였는데, 윗글의 공간적 배경은 '안남(베트남)'이다. 이처럼 최척 부부의 재회가 외국에서 이루어지고 있기 때문에 옥영이 '조선말'로 읊은 시, 최척이 피리로 분 '조선의 곡조' 등이 사건 전개에 중요한 역할을 하게 되는 것이다.

④ 최척 가족의 이산의 사연을 듣고 주변 사람들이 눈물 흘린 것은 전쟁의 참상에 대한 인류애적인 연민을 보여 준 사례이겠군.

〈보기〉에서 「최척전」은 '전쟁의 참상에 대해 각국 백성들이 보인 인류애적 연민의 모습도 형상화하고 있다'고 하였다. 이를 참고하면 최척 가족이 겪 은 이산의 사연을 듣고 주변 사람들이 눈물 흘린 것은 전쟁의 참상에 대한 인류애적인 연민을 보여 준 사례라고 할 수 있다.

⑤ 돈우가 백금을 받고 옥영을 파는 대신 오히려 옥영에게 전별금을 주며 안타까이 보낸 것은 국가 간 갈등을 넘어선 인간적 배려를 보여 주는 사례이겠군.

〈보기〉에서 「최척전」에는 '국가 간 갈등을 넘어선 개인 간의 인간적 배려'가 나타난다고 하였다. 이를 참고하면 돈우가 백금을 받고 옥영을 파는 대신 오히려 옥영에게 전별금을 주며 안타까이 보낸 것은 이러한 인간적 배려의 사례라고 할 수 있다.

작자 미상, 「토끼전」

2016학년도 수능AB

문제 P.078

[1~3] 다음 글을 읽고 물음에 답하시오.

자라가 기막혀 우는 말이,

"㉠못 보것네, 못 보것네, 병든 용왕 못 보것네. 나의 충성 부족던가, 나의 정성 부족던가? 객사 신세 자라 팔자, 이 아니 불쌍한가? 명천*이 감동하와 백호를 죽여 주오, 애고애고 설운지고." 용왕께 드릴 약을 구하지 못하고 죽게 될 상황이 서러운 자라

이렇듯이 슬피 우니 호랑이 듣더니,

"이놈, 무슨 내게 해로운 소리만 하느냐?"

자라 생각하되,

'왕명을 뫼와 만 리 밖에 나와 이 지경을 당하니 일사(一死)면 도무사(都無死)라. 무이불식(無以不食)이라, 모조리 먹는다 하니 내 한번 고기 값이나 하리라.' 어차피 죽을 것이라 생각하고 호랑이에게 덤비기로 한 자라

하고 모진 마음을 굳게 먹고,

"어따, 네가 내 근본을 알려느냐?"

하며 호랑이 앞턱을 냅다 물고 매어 달리니, 호랑이가,

"애고, 놓아. 아니 먹으마."

자라 놓고 나앉으며 움쳐 든 목을 길게 빼어 염려 없이 기를 보이니, 호랑이 보더니,

"이크, 장사 갑주 속의 방망이 총 나온다."

하며 저만치 물러앉으니, 달려드는 자라를 보고 깜짝 놀란 호랑이 자라 호랑이 질리는 기색을 알고,

"게서 내 근본을 자세히 아는가? 나는 수국 충신 간의대부 겸 시랑 별주부, 별나리라 하네."

호랑이 무식하여 자라 별자 몰라듣고 무수히 새겨,

"별나리, 별나리, 그저 나리도 무섭다 하되 별나리 더 무섭다. 무식하여 '별나리'라는 말에 자라를 무서워하는 호랑이 생긴 모양보다는 직품은 높고 찬란한데, 그러면 목은 어찌 그리 되었으며, 이곳에는 어찌 나왔는가?"

자라 대답하되,

"이곳 나오고 목이 이리 된 근본을 알려나?"

"어디 좀 알아봅세."

"㉡우리 수궁이 퇴락하여 새로 다시 지은 후에 천여 개 기와를 내 손으로 이어갈 제, 추녀 끝에 돌아가다 한 발길 미끄러져 공중 뚝 떨어져 빙빙 돌아 나려오다 목으로 쩔꺽 나려 박혀 목이 이리 되었기로 명의더러 물어본즉 호랑이 쓸개가 약이 된다 하기에 벽력 장군 앞세우고 도로랑 귀신 잡아타고 호랑 사냥 나왔으니 게가 호랑이면 쓸개 한 보 못 주겠나. 도로랑 귀신 게 있느냐? 어서 급히 빨리 나와 용천검 드는 칼로 이 호랑이 배 갈라라, 도로랑!"

하고 달려드니 호랑이 깜짝 놀라 물똥을 와락 싸고, 자라의 말에 깜

짝 놀란 호랑이 ㉢초가성중(楚歌聲中) 놀란 패왕 포위 뚫고 남쪽으로 달아나듯, 적벽강 불 싸움에 패군장 위왕 조조 정욱 따라 도망하듯, 북풍에 구름 닫듯, 편전살 달아나듯, 왜물 조총 철환 닫듯, 녹수를 얼른 건너 동림(東林)을 헤치면서 쑤루쑤루 달아나 만첩청산 바위틈에 혼자 앉아 장담하고 하는 말이,

"내 재주 아니런들 도로랑 귀신 피할손가? 하마터면 죽을 뻔 하였구나."

// **장면 끊기 01** 용왕에게 바칠 약을 구하지 못하고 죽게 된 자라가 기지를 발휘해 호랑이에게 덤벼들자 놀란 호랑이가 달아남

(중략)

한창 이리 춤을 출 제, 대장 범치 토끼 옆에 섰다가,

"이크, 토끼 뱃속에 간이 촐랑촐랑하는고."

토끼 깜짝 놀라, 간 이야기를 꺼내자 깜짝 놀라는 토끼

'어떤 게 간이라고? 뱃속에 물똥이 들어 촐랑거리는 걸 간이라 하것다. 아뿔싸, 낌새를 보아 떠나라고 하였거니 즉시 가는 것만 못지고.'

이리할 제 별주부 연석에 참여하였다가 눈을 부릅떠 토끼를 보며 가만히 꾸짖어 왈,

"내 듣기에도 촐랑촐랑하는 것이 분명한 간인 듯하거든 네 저러한 꾀로 우리 대왕을 속이려 하느냐?"

토끼 마음에 분하여 파연(罷宴)* 후에 왕께 주왈, 간이 없다고 용왕을 속이려는 토끼를 자라가 꾸짖고, 이에 분한 마음을 갖는 토끼

"소토 세상에서 약간 의서를 보았거니와 음허화동(陰虛火動)의 병에 원기 회복하옵기는 왕배탕이 제일 좋다 하오니 왕배는 곧 자라라, 오래 묵은 자라를 구하여 쓰면 기운 자연 회복하올 것이요, 그 다음에 소토의 간을 쓰면 병세 불일내(不日內) 평복(平復)하오리다."

왕이 이때 토끼 말이라 하면 지록위마(指鹿爲馬)라도 믿고 듣는지라. 즉시 하령하되,

"출세(出世)하였던 별주부 오래 묵은지라. 법을 좇아 잡아들이라."

하니 현의도독 거북이 아뢰되,

"㉣옛 말씀에 '토끼를 다 잡으면 사냥개를 삶아 먹고 높이 뜬 새 없어지면 좋은 활이 숨는다.' 하였사오니 선생 말씀이 옳사오나 주부는 만리타국의 정성을 다하여 공을 이루고 왔삽거늘 제후로 봉하기는 고사하고 죽이는 것은 불가사문어인국(不可使聞於隣國)*이라. 특별히 권도(權道)를 좇아 암자라로 대용하심을 바라나이다."

왕 왈,

"윤허하노라."

하시니.

// [장면 끊기 02] 왕배탕이 원기 회복에 좋다는 토끼의 말과 자라 대신 암자라로 대용하라는 거북의 말에 용왕이 암자라를 잡아들이라고 함

이때 주부 천지 망극하여 집에 돌아와서 부부 서로 손을 잡고 통곡하다가 부인이 죽게 될 상황에 놓인 것을 슬퍼하는 자라 문득 생각하여 왈,

"내 일시 경솔한 말로 음해를 만나 무죄한 부인을 이 지경을 당하게 하였거니와 천 리 동행한 정분이 적지 아니하고 제 마음이 악독하여 고집스럽지 않으니 우리 정성을 다하여 빌면 다시 측은히 생각하여 구하리라." 토끼에게 빌어 부인을 구하고자 하는 자라

하고, ㉤즉시 별당을 소쇄(掃灑)하고 잔치를 배설*하여 토끼를 정으로 청하여 상좌에 앉히고 별주부 내외 당하*에 꿇어 백배 애걸하는 말이,

"오늘날 우리 양인(兩人) 목숨이 선생께 달렸으니 넓으신 도량으로 짐작하여 잔명을 구하여 주옵소서."

토끼 수염을 만작이며 웃어 왈, 자라가 목숨을 구걸하는 모습을 보고 재미있어 하는 토끼

"네 당초에 날 죽을 곳으로 유인함도 심장에 고이하거늘 하물며 없는 간을 있다 하여 기어이 죽이려 함은 무슨 일이며, 위태한 때에 이르러 애걸하는 것은 나를 조롱함이냐?"

// [장면 끊기 03] 토끼가 목숨을 구해 달라고 비는 자라 부부를 보며 웃음

— 작자 미상, 「토끼전」 —

*불가사문어인국: 이웃 나라에 알려져서는 안 됨.

📄 **전체 줄거리**

남해 용왕이 술과 여자를 지나치게 가까이 한 탓으로 병이 났는데, 의원이 용왕의 병에는 토끼의 간이 효험이 있다고 말한다. 이에 자라가 토끼의 간을 구하기 위해 육지로 가게 된다. 자라는 독수공방을 할 생각에 우는 아내를 꾸짖으며 외사촌 남생이를 조심하라는 당부를 하고 육지로 떠난다. 육지에 도달한 자라는 호랑이에게 잡아먹힐 뻔한 위기에 처하지만, 말재주를 부려 위기를 극복하고 감언이설로 토끼를 꾀어 수궁으로 데려간다. 수궁에서 죽을 위기에 처한 토끼는 간을 육지에 두고 왔다는 꾀를 내어 위기에서 벗어나고, 용왕의 극진한 대접을 받는다. 자라는 토끼의 배에 간이 있다는 의심을 하는데, 이에 화가 난 토끼가 용왕에게 기력 회복을 위해 왕배탕(자라탕)을 권한다. 거북의 만류로 용왕은 암자라를 대신 먹기로 하고, 자라 부부는 토끼에게 목숨을 구걸한다. 육지로 돌아간 토끼는 자라에게 무수한 욕을 한 뒤 도망치고, 자라는 수궁으로 돌아가지 못하고 소상강에 들어가 살게 된다.

😀 **인물 관계도**

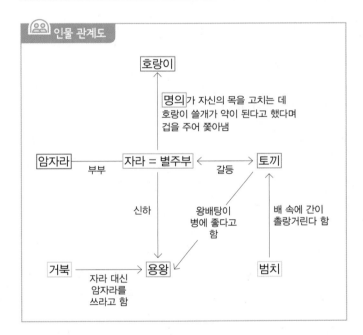

이것만은 챙기자

*명천: 모든 것을 똑똑히 살피는 하느님.
*파연: 잔치를 끝냄.
*배설: 연회나 의식(儀式)에 쓰는 물건을 차려 놓음.
*당하: 대청(마루) 아래.

1. 윗글에 대한 이해로 가장 적절한 것은?

✓ 정답풀이

① 별주부가 호랑이 앞에서 고기 값이나 하겠다는 것은 죽음을 각오하고 상대에 맞서겠다는 의지를 드러낸 것이다.

> 별주부가 호랑이 앞에서 고기 값이나 하겠다며 '호랑이 앞턱을 냅다 물고 매어 달리'는 것에서 죽음을 각오하고 호랑이에게 맞서겠다는 별주부의 의지를 엿볼 수 있다.

✗ 오답풀이

② 호랑이가 별주부의 외양에서 떠올린 갑주와 방망이 총은 상대와 맞설 의지를 갖게 하는 것이다.
호랑이는 별주부의 모습을 본 뒤 '장사 갑주 속의 방망이 총 나온다.'라고 하며 저만치 물러앉는다. 이를 통해 볼 때 별주부의 외양은 호랑이로 하여금 별주부와 맞설 의지를 갖게 하는 것이 아니라 오히려 겁에 질려 무서워하게 만드는 요소라고 할 수 있다.

③ 호랑이가 바위틈에서 자기 재주를 장담하는 것은 패배를 설욕하려는 의지를 다지는 것이다.
호랑이는 바위틈으로 도망가며 자기 재주로 도로랑 귀신을 피했다고 생각하는데, 이는 패배를 설욕하려는 의지를 다지는 것이 아니라 위기에서 벗어난 자신의 모습에 만족해하는 것이다.

④ 토끼가 낌새를 보아 떠나라는 말을 떠올리고 즉시 가야겠다고 생각하는 것은 용왕의 믿음을 저버릴 수 없다는 의지 때문이다.
범치가 '토끼 뱃속에 간이 촐랑촐랑'한다고 말하자 토끼는 '낌새를 보아 떠나'라는 말을 떠올리고 즉시 가기로 한다. 이는 자신의 간을 빼앗길까 두려워서이지 용왕의 믿음을 저버릴 수 없다는 의지 때문이 아니다.

⑤ 별주부가 부인이 대신 죽게 된 것을 자신의 경솔한 말과 음해 때문이라고 하는 것은 아내가 아니라 자신이 죽겠다는 의지를 가지고 있기 때문이다.
별주부는 자신의 경솔한 말로 인해 부인이 대신 죽게 되었다며 토끼에게 빌자고 한다. 이는 아내 대신에 자신이 죽겠다는 의지를 가지고 있기 때문이 아니라, 자신과 아내가 모두 살기를 바라는 마음을 가지고 있기 때문이다.

2. ㉠~㉤에 대한 설명으로 적절하지 않은 것은?

> ㉠: 못 보것네, 못 보것네, 병든 용왕 못 보것네. 나의 충성 부족던가, 나의 정성 부족던가? 객사 신세 자라 팔자, 이 아니 불쌍한가?
>
> ㉡: 우리 수궁이 퇴락하여 새로 다시 지은 후에 천여 개 기와를 내 손으로 이어갈 제, 추녀 끝에 돌아가다 한 발길 미끄러져 공중 뚝 떨어져 빙빙 돌아 나려오다 목으로 쩔꺽 나려 박혀 목이 이리 되었기로 명의더러 물어본즉 호랑이 쓸개가 약이 된다 하기에 벽력 장군 앞세우고 도로랑 귀신 잡아타고 호랑 사냥 나왔으니 게가 호랑이면 쓸개 한 보 못 주겠나.
>
> ㉢: 초가성중(楚歌聲中) 놀란 패왕 포위 뚫고 남쪽으로 달아나듯, 적벽강 불 싸움에 패군장 위왕 조조 정욱 따라 도망하듯, 북풍에 구름 닫듯, 편전살 달아나듯, 왜물 조총 철환 닫듯, 녹수를 얼른 건너 동림(東林)을 헤치면서 쑤루쑤루 달아나
>
> ㉣: 옛 말씀에 '토끼를 다 잡으면 사냥개를 삶아 먹고 높이 뜬 새 없어지면 좋은 활이 숨는다.' 하였사오니 선생 말씀이 옳사오나 주부는 만리타국의 정성을 다하여 공을 이루고 왔삽거늘 제후로 봉하기는 고사하고 죽이는 것은 불가사문어인국(不可使聞於隣國)이라.
>
> ㉤: 즉시 별당을 소쇄(掃灑)하고 잔치를 배설하여 토끼를 정으로 청하여 상좌에 앉히고 주부 내외 당하에 꿇어 백배 애걸하는 말이,

✓ 정답풀이

⑤ ㉤: 편집자적 논평을 통해 인물의 행위에 대한 서술자의 시각을 보여 주고 있다.

> ㉤은 별주부 부부가 토끼에게 용서를 빌기 위해 잔치를 준비하는 장면을 객관적으로 서술한 것이므로, 서술자가 인물의 행위에 대해 주관적으로 평가하는 편집자적 논평으로 볼 수 없다.

✗ 오답풀이

① ㉠: 유사한 어구의 반복과 대구를 통해 인물의 심경을 드러내고 있다.
'못 보것네'라는 어구의 반복과 '나의 충성 부족던가, 나의 정성 부족던가?'의 대구를 통해 용왕께 드릴 약도 구하지 못한 채 죽게 될 상황에 놓인 자라의 서러운 심경을 드러내고 있다.

② ㉡: 의태어를 활용하여 대상의 움직이는 모습을 생생하게 보여 주고 있다.
'뚝', '빙빙' 등의 의태어를 활용하여 자라가 추녀 끝에서 떨어지는 모습을 생생하게 보여 주고 있다.

③ ㉢: 동일 행위에 대한 다양한 묘사를 통해 대상이 처한 긴박한 상황을 역동적으로 보여 주고 있다.
긴박한 상황에서 도망가는 호랑이의 행위를 패왕이 달아나는 모습, 조조가 도망하는 모습, 북풍이 부는 모습, 편전살(화살)이 날아가는 모습, 총알이 날아가는 모습 등으로 다양하게 묘사하여 상황을 역동적으로 보여 주고 있다.

④ ㉣: 고사를 활용하여 상대에게 화자의 의견을 전달하고 있다.
거북은 '토끼를 다 잡으면 사냥개를 삶아 먹고 높이 뜬 새 없어지면 좋은 활이 숨는다.'라는 고사를 인용하여 공을 세운 별주부를 죽이는 것은 옳지 않다는 의견을 왕에게 전달하고 있다.

🌱 기틀잡기

① **대구:** 비슷한 어조나 구조를 가진 구절이나 문장 두 개를 짝지어 배치하는 표현 기법.
⑤ **편집자적 논평:** 작품 밖 서술자가 자신의 존재를 드러내어 작품 속 인물이나 사건에 대해 직접 해석하고 평가하는 것.

🖋 모두의 질문

• 2-②번

Q: ㉡은 자라가 하는 대사인데, 이를 보고 '대상의 움직이는 모습을 생생하게 보여 주는' 것이라고 할 수 있나요?

A: ㉡은 자라가 추녀 끝에서 떨어지는 모습을 '뚝, 빙빙, 쩔꺽' 등의 의태어를 통해 생생하게 그려내고 있는 대목이라고 할 수 있다. 자라가 지금 현재 그러한 움직임을 보이고 있는 것은 아니며, 발화되고 있는 내용이 과거의 사건에 대한 것이기는 하지만, 여러 의태어를 활용하여 그 당시 자라가 움직이던 모습 자체를 생생하게 그려내고 있으므로 적절하다고 판단할 수 있는 것이다.

| 외적 준거에 따른 작품 감상 | 정답률 **83**

3. 〈보기〉를 참고하여 윗글을 감상한 내용으로 적절하지 않은 것은? [3점]

〈보기〉

「토끼전」은 자신이 알고 있는 바를 적절히 활용하여 상대를 설득하거나 공박하는 지혜의 대결을 서사의 기초로 한다. 인물들은 상대가 모르거나 상대에게 불리한 화제로 대화를 이끄는 것 같은 방법을 통해 대결에서 우위를 점하려 하며, 불리한 국면에서는 제삼자를 끌어들이거나 대결을 회피하기도 한다.

🔍 보기 분석

• 「토끼전」 서사의 기초: 지혜의 대결
　– 상대가 모르거나 상대에게 불리한 화제로 대화를 이끄는 방법
　– 제삼자를 끌어들이는 방법
　– 대결을 회피하는 방법

✅ 정답풀이

③ 별주부는 범치가 토끼의 간에 대해 말한 바를 가지고 토끼를 회유하여 토끼와의 대결을 회피하고 있군.

〈보기〉에 따르면, 윗글은 '자신이 알고 있는 바를 적절히 활용하여 상대를 설득하거나 공박하는 지혜의 대결을 서사의 기초'로 한다. 별주부는 범치가 토끼를 보고 '간이 촐랑촐랑'하다고 말하는 것을 듣고, 토끼가 용왕을 속인 것이라고 의심하여 화를 내고 있다. 범치가 말한 바를 가지고 토끼를 회유하여 대결을 회피하려는 모습은 나타나지 않는다.

❌ 오답풀이

① 별주부는 호랑이가 모르는 별주부 자신의 근본으로 화제를 이끌어 자신의 우위를 확보해 나가고 있군.

〈보기〉에 따르면, 윗글의 '인물들은 상대가 모르'는 화제로 대화를 이끄는 것을 통해 대결에서 우위를 점한다. 별주부는 호랑이에게 '내 근본을 자세히 아는가?'라고 말하며 호랑이가 모르는 자신의 근본으로 화제를 이끄는 방법을 통해 호랑이와의 대화에서 우위를 점하고 있다.

② 호랑이는 별나리에 대한 자신의 무지를 드러내어 별주부에게 자신을 공략할 빌미를 제공하고 있군.

〈보기〉에 따르면, 윗글의 인물들은 '상대에게 불리한 화제로 대화를 이끄는' 방법을 통해 대결에서 우위를 점한다. 호랑이는 무식하여 '자라 별자'를 못 알아듣고 '별나리'라는 자라를 무서워하는데, 별주부는 이를 이용하여 자신의 근본을 꾸며 냄으로써 호랑이와의 대결에서 이기게 되므로, 호랑이가 무지를 드러낸 것은 별주부에게 자신을 공략할 빌미를 제공한 것이 된다.

④ 토끼는 용왕의 병과 관련하여 자신으로부터 별주부로 화제를 옮김으로써 불리한 상황을 벗어나려 하고 있군.

〈보기〉에 따르면, 윗글의 인물들은 '상대에게 불리한 화제로 대화를 이끄는' 방법을 통해 대결에서 우위를 점한다. 토끼는 용왕에게 원기 회복을 위해서는 왕배탕을 먼저 먹은 후 자신의 간을 쓰는 것이 좋다고 말하여, 용왕의 병과 관련하여 자신으로부터 별주부로 화제를 옮김으로써 목숨을 위협받는 불리한 상황에서 벗어나려 하고 있다.

⑤ 토끼는 별주부가 자신을 유인했던 과거의 일을 화제로 끌어들여 자신의 우위를 강화하고 있군.

〈보기〉에 따르면, 윗글의 인물들은 '상대에게 불리한 화제로 대화를 이끄는' 방법을 통해 대결에서 우위를 점한다. 토끼는 별주부 부부가 살려 달라고 빌자, 별주부가 자신을 죽을 곳으로 유인했던 과거의 일을 화제로 끌어들인다. 이는 과거 별주부가 행한 잘못을 언급함으로써 자신의 우위를 강화하고자 하는 것이다.

작자 미상, 「홍계월전」

2016학년도 6월 모평A

문제 P.080

[1~3] 다음 글을 읽고 물음에 답하시오.

여공이 물러 나오자 위공과 정렬 부인이 다시 일어나 칭찬하기를,

"어지신 덕택으로 계월을 구하사 친자식같이 길러 입신양명*하게 하시니 은혜가 백골난망*이로소이다." 홍계월을 구하고 길러 준 여공에게 감사한 위공과 정렬 부인

하며 슬픈 감회를 금치 못하거늘 여공이 더욱 감사하며 공손히 응답하더라. ⓐ평국과 보국이 또한 엎드려 먼 길에 평안히 행차하심을 치하*하더라. 위공과 정렬 부인이며 기주후와 공렬 부인과 춘랑도 또한 자리에 참례하고 양윤이 또한 마음에 기꺼함을 헤아리지 못할지라. 이날 큰 잔치를 배설*하고 삼 일을 즐기니라.

// 장면 끊기 01 홍계월의 부모가 홍계월을 길러 준 여공에게 고마워하며, 잔치를 벌여 다같이 즐김

이때 천자 신하들을 돌아보고 이르기를,

"평국과 보국을 한 궁궐 안에 살게 하리라."

하시고, 종남산 아래에 터를 닦고 집을 지을새, 천여 칸을 불일성지(不日成之)*로 지으니, 그 장함을 헤아리지 못할지라. 집을 다 지은 후에 노비 천 명과 수성군 백 명씩 내려 주시고 또 채단과 보화를 수천 바리를 상으로 내려 주시니, 평국과 보국이 황은*을 축수하고 한 궁궐 안에 침소를 정하고 거처하니 그 궁궐 안 넓이가 십 리가 남은지라 위의와 거동이 천자나 다름이 없더라.

// 장면 끊기 02 황제가 평국(홍계월)과 보국에게 집과 재물 등을 베풀고 함께 살게 함

이때 평국이 전장에 다녀온 후로 자연 몸이 곤하여 ⓑ병이 침중하니* 집안이 경동*하여 주야 약으로 치료하니, 천자께서 이 말을 들으시고 매우 놀라사 명의를 급히 보내어,

"병세를 자세히 보고 오라. 만일 위중하면 짐이 친히 가 보리라." 평국을 아끼며 걱정하는 천자

하시고 어의(御醫)를 명하사 보내시니, 어의 황명을 받자와 평국의 침소에 와 병세를 진맥하니 병세 위중하지 아니한지라. 속히 약을 가르쳐 쓰라 하고 돌아와 천자께 사실을 아뢰더라.

[A]
어의 다녀와 아뢰기를,

"평국의 병세는 위중하지 아니하옵기로 약을 가르쳐 쓰라 하옵고 왔사오나 또한 괴이한 일이 있어 수상하여이다."

하더라. 천자 놀라 묻기를,

"무슨 연고가 있더냐." 평국에게 괴이한 일이 있다는 이야기를 듣고 놀라는 천자

어의 땅에 엎드려 아뢰기를,

"평국의 맥을 보오니 남자의 맥이 아니오매 이상하여이다." 평국이 여자인 것 같다고 생각하는 어의

천자 그 말을 들으시고 이르기를,

"평국이 여자면 어찌 적진에 나가 적진 십만 대병을 소멸하고 왔으리오. 평국의 얼굴이 도화색(桃花色)이요, 체격이 작고 약하여 혹 미심하거니와 아직은 누설하지 말라."

하시고 자주 문병하시니라.

이때 평국이 병세 점점 나으매 생각하되,

'어의가 나의 맥을 보았으니 필시 본색이 탄로날지라 이제는 할 일 없이 되었으니, 여복을 갈아입고 규중*에 몸을 숨겨 세월을 보냄이 옳다.'

하고, 즉시 남복을 벗고 여복을 입고 ⓒ부모 앞에 뵈어 느끼며 뺨에 두 줄기 눈물이 종횡하거늘 부모 또한 눈물을 흘리며 위로하더라. 여성임이 탄로나 벼슬에서 물러나야 할 것을 짐작해 서러워하며 눈물을 흘리는 평국과 부모

// 장면 끊기 03 어의가 평국이 여자인 것 같다고 천자에게 전하고 평국은 자신의 정체가 탄로날 것이라고 생각하여 여복을 입고 규중에 살기로 함

[중략 부분의 줄거리] 이후 홍계월(평국)은 천자의 주선으로 보국과 혼인을 하게 되는데, 군영 및 집안에서의 사건 등으로 남편 보국과 갈등을 겪으면서 남편과 떨어져 홀로 지내게 된다. 남편 보국과 갈등을 겪는 평국

각설*. 이때 남관장이 장계(狀啓)*를 올리거늘 천자 즉시 뜯어 열어 보시니 하였으되,

[B]
'오왕(吳王)과 초왕(楚王)이 반하여 지금 장안을 범하고자 하옵나이다. 오왕은 구덕지를 얻어 대원수를 삼고, 초왕은 장맹길을 얻어 선봉을 삼아 장수 천여 명과 군사 십만을 거느려 호주 북지 십여 성을 항복 받고 형주자사 완태를 베고 짓쳐오매 소장의 힘으로는 방비할 길이 없사와 감히 아뢰오니 엎드려 바라옵건대 황상은 어진 명장을 보내어 막으소서.' 오·초왕의 공격을 자신의 힘으로 막을 수 없으니 명장을 보내 달라고 요청하는 남관장

하였거늘, 천자 보시고 크게 곤란하사 온 조정의 신하들을 모아 의논하시되 우승상 명연태 아뢰기를,

"이 도적을 좌승상 평국을 보내어 방비하올 것이니 급히 영을 내려 부르옵소서."

천자 들으시고 한참 뒤에,

"평국이 전일에는 출세하였기로 불러 국사를 의논하였거니와 ⓓ지금은 규중 여자라 어찌 영으로 불러 들여 전장에 보내리오." 평국을 전장에 보내야 하는지 고민하는 천자

하시되 신하들이 아뢰기를,

"평국이 지금 규중에 처하오나 이름이 조야*에 있삽고 또한

작록*이 영구하오니 어찌 혐의하오리오."

하거늘, 천자 마지못하여 급히 평국을 영으로 부르시니라.

// 장면 끊기 04 적군이 침범했다는 소식을 들은 천자가 신하들의 의견에 따라 평국을 부름

이때 평국이 규중에 홀로 있어 매일 시비를 데리고 장기와 바둑으로 세월을 보내더니 사관이 나와 천자가 부르는 명을 전하거늘, 평국이 크게 놀라 천자의 부름에 놀란 평국 급히 여복을 벗고 조복으로 사관을 따라 어전*에 엎드리니 천자 크게 기뻐하며 이르기를, 평국을 다시 만나 크게 기뻐하는 천자

"ⓒ경이 규중에 처한 까닭에 오래 보지 못하여 주야로 사모하더니 이제 경을 보매 기쁘기 헤아릴 수 없거니와 짐이 덕이 없어 지금 오초 양국이 반하여 호주 북지를 항복 받고 남관을 넘어 황성*을 범하고자 한다 하니 경은 마땅히 출사*하야 사직*을 안보*하게 하라." 평국을 출병시켜 나라를 보전하려는 천자

하시되 평국이 엎드려 아뢰기를,

"신첩이 외람하와* 폐하를 속이옵고 공후 작록을 받자와 영화로 지내옵기 황공하온데 죄를 사하시고 이토록 사랑하옵시니 신첩이 비록 우매하오나 힘을 다하여 폐하의 성은을 만분의 일이나 갚을까 하오니 근심하지 마옵소서." 여자임을 숨긴 것을 용서하고 다시 출사를 명한 천자에게 감사하는 평국

하더라.

// 장면 끊기 05 천자는 평국에게 출사를 명하고, 평국은 이를 받아들임

– 작자 미상, 「홍계월전」 –

*불일성지: 며칠 안 되어 일이 이루어짐.
*장계: 신하가 임금에게 올리는 일이나 문서.

전체 줄거리

중국 명나라 때 홍 시랑과 양 부인의 딸 계월은 북방 절도사의 반란으로 가족과 헤어진다. 난을 피해 도망치던 계월은 수적에게 잡혀 강물로 던져졌으나, 여공의 도움으로 목숨을 건진다. 계월은 여공의 양아들 평국이 되어 여공의 친아들 보국과 함께 자라나며, 각각 장원과 부장원으로 급제한다. 계월은 전쟁에 나가 공을 세우면서 부모와 상봉하고, 천자는 계월의 부모를 위국공과 정렬 부인으로 봉한다. 계월의 부모는 여공에게 감사를 표하고, 큰 잔치를 연다. 전장에서 돌아온 계월은 병이 나고, 천자가 보낸 어의에 의해 여자임이 탄로난다. 천자는 계월을 용서하며 보국과의 혼인을 중매하고, 마지못해 혼인한 계월은 보국과 불화를 겪는다. 그러다 다시 오랑캐가 침범하자 계월은 천자의 부름으로 전쟁터에 나가고, 천자와 보국의 목숨을 구한다. 이후 계월은 대사마 대장군의 지위를 받고, 보국과도 행복하게 산다.

👥 인물 관계도

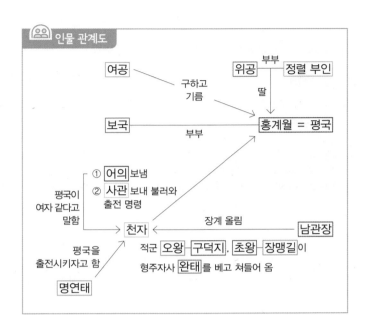

이것만은 챙기자

*입신양명: 출세하여 이름을 세상에 떨침.
*백골난망: 죽어서 백골이 되어도 잊을 수 없다는 뜻으로, 남에게 큰 은덕을 입었을 때 고마움의 뜻으로 이르는 말.
*치하: 남이 한 일에 대하여 고마움이나 칭찬의 뜻을 표시함.
*배설: 연회나 의식에 쓰는 물건을 차려 놓음.
*황은: 황제의 은혜.
*침중하다: 병세가 심각하여 위중하다.
*경동: 놀라서 움직임.
*규중: 부녀자가 거처하는 곳.
*각설: 주로 글 따위에서, 화제를 돌려 다른 이야기를 꺼낼 때, 앞서 이야기하던 내용을 그만둔다는 뜻으로 다음 이야기의 첫머리에 쓰는 말.
*조야: 조정과 민간을 통틀어 이르는 말.
*작록: 관작과 봉록을 아울러 이르는 말.
*어전: 임금의 앞.
*황성: 황제가 있는 나라의 서울.
*출사: 군대를 싸움터로 내보내는 일.
*사직: 나라 또는 조정을 이르는 말.
*안보: 편안히 보전됨. 또는 편안히 보전함.
*외람하다: 하는 행동이나 생각이 분수에 지나치다.

| 서술상의 특징 파악 | 정답률 84

1. [A]와 [B]에 대한 설명으로 가장 적절한 것은?

✅ **정답풀이**

② [A]는 대화를 통해, [B]는 요약적 제시를 통해 사건에 대한 정보를 제공하고 있다.

> [A]에서는 어의와의 대화를 통해 천자가 평국이 여성이 아닌지 의심하게 되는 사건에 대해 서술하고 있다. 한편 [B]에서는 오왕과 초왕이 각각 구덕지와 장맹길을 선봉으로 삼아 천자의 성을 함락하고 장안을 침략하려 하는 사건에 대한 정보를 요약적으로 제시하고 있다.

❌ **오답풀이**

① [A]와 [B]는 모두 정황을 전달하는 주체에 대한 부정적인 태도가 나타나 있다.
　[A]에서는 어의, [B]에서는 남관장이 정황을 전달하는 주체인데, [A]와 [B] 모두 해당 주체에 대한 부정적인 태도는 나타나 있지 않다.

③ [A]는 인물의 외양 묘사를 통해, [B]는 과장된 표현을 통해 장면을 극대화하고 있다.
　'장면의 극대화'는 판소리에서 주로 쓰이는 개념으로 '관객들이 흥미를 보일 수 있는 부분을 길게 늘여 세부적으로 말하는 것'을 의미한다. [A]에는 어의와 천자의 대화 속에서 '얼굴이 도화색이요, 체격이 작고 약하여'라고 하여 평국의 외양을 묘사한 부분이 나타난다. 하지만 평국의 외양 묘사를 다른 부분에 비해 집중적으로 늘여 서술하고 있는 것은 아니기 때문에 이를 장면의 극대화로 볼 수는 없다. 또한 [B]에서는 과장된 표현이 나타나지 않으며 마찬가지로 특정 장면을 길게 늘여 서술한 장면의 극대화 역시 찾아볼 수 없다.

④ [A]와 [B]는 모두 여러 가지 사건이 동시에 발생하여 긴박한 분위기를 조성하고 있다.
　[A]에서는 어의가 천자에게 평국이 여성일 것이라는 정보를 전달하는 사건만 전개되며, [B]에서도 오왕과 초왕이 쳐들어온다는 사건만 제시되고 있다. 즉 [A]와 [B] 모두 여러 가지 사건이 동시에 발생하고 있지 않다. 또한 긴박한 분위기는 [B]에서만 조성될 뿐, [A]에서는 나타나지 않는다.

⑤ [A]에는 문제를 즉각적으로 해결해야 할 상황이, [B]에는 문제 해결을 유보해야 할 상황이 제시되어 있다.
　[A]에는 평국이 여성일 것이라는 정보를 전달받은 천자가 어의에게 '아직은 누설하지 말라.'라고 하므로 문제 해결을 유보하는 상황이 제시되어 있다. 한편 [B]에는 오왕과 초왕이 쳐들어와 한시바삐 '어진 명장을 보내어 막'아야 하는, 문제를 즉각적으로 해결해야 할 상황이 제시되어 있다. 즉 [A]에는 문제 해결을 유보해야 할 상황이, [B]에는 문제를 즉각적으로 해결해야 할 상황이 제시되어 있는 것이다.

🌱 **기틀잡기**

② **요약적 제시:** 압축적 제시. 서술자가 직접 사건 전개의 양상이나 등장인물의 성격, 심리 등을 압축하여 간략히 이야기하는 방법.

③ **외양 묘사:** 인물의 겉모습을 그림 그리듯이 구체적이고 감각적으로 표현함.

　과장: 어떠한 사물이나 사실을 실제보다 훨씬 크거나 작게 표현함.

　장면의 극대화: 특정 장면을 길게 늘여 집중적으로 서술함.

2. ㉠~㉤에 대한 이해로 적절하지 <u>않은</u> 것은?

> ㉠: 평국과 보국이 또한 엎드려 먼 길에 평안히 행차하심을 치하하더라.
>
> ㉡: 병이 침중하니 집안이 경동하여 주야 약으로 치료하니
>
> ㉢: 부모 앞에 뵈어 느끼며 뺨에 두 줄기 눈물이 종횡하거늘
>
> ㉣: 지금은 규중 여자라 어찌 영으로 불러 들여 전장에 보내리오.
>
> ㉤: 경이 규중에 처한 까닭에 오래 보지 못하여 주야로 사모하더니

✔ 정답풀이

⑤ ㉤: 천자가 집안일에 매달려 있는 홍계월을 오랫동안 보지 못해 그리워하는 모습을 보여 준다.

> 윗글에서 천자는 홍계월을 '오래 보지 못하여 주야로 사모'했다고 했으므로, ㉤에서 천자가 홍계월을 오랫동안 보지 못해 그리워했다고 하는 것은 맞다. 하지만 ㉤의 앞부분을 통해 홍계월이 '매일 시비를 데리고 장기와 바둑으로 세월을 보'냈다는 사실을 알 수 있을 뿐, 홍계월이 집안일에 매달려 있었는지는 알 수 없다.

✖ 오답풀이

① ㉠: 홍계월과 보국이 멀리서 온 여공에게 고마움을 표하는 모습을 보여 준다.

'치하'는 '남이 한 일에 대하여 고마움이나 칭찬의 뜻을 표시함'을 뜻하므로, ㉠은 홍계월과 보국이 먼 길을 무사히 와 준 여공에게 고마움을 표하는 모습을 보여 준다.

② ㉡: 홍계월이 병이 나자 집안사람들이 많이 놀라며 지극한 정성으로 치료하는 모습을 보여 준다.

'침중'은 '병세가 심각하여 위중함', '경동'은 '놀라서 움직임'을 뜻한다. 따라서 ㉡은 홍계월의 병세가 위중하자 집안사람들이 놀라며 밤낮을 가리지 않고 정성으로 치료하는 모습을 보여 준다.

③ ㉢: 홍계월이 부모 앞에서 울음을 터트리며 서러움을 드러내는 모습을 보여 준다.

㉢은 자신이 여성임이 탄로나 관직에서 물러나야 하는 상황에 처할 것임을 짐작한 홍계월이 부모 앞에서 눈물을 흘리며 서러움을 드러내는 모습을 보여 준다.

④ ㉣: 천자가 조정에서 물러나 있는 홍계월을 다시 전쟁터로 보내야 하는지 고민하는 모습을 보여 준다.

㉣은 천자가 조정에서 물러나 집안에 머물며 규중 여자로 살고 있는 홍계월을 다시 전쟁터로 보내야 하는지 고민하는 모습을 보여 준다.

📋 문제적 문제
· 2-③, ⑤번

학생들이 정답 이외에 가장 많이 고른 선지가 ③번이다. 매우 지엽적인 부분에서 정·오답을 판별하도록 구성되어 있는 선지들의 경우 해당 선지와 관련된 구절뿐만 아니라 그 앞뒤 구절의 내용을 꼼꼼히 확인해 보아야 한다.

우선 정답인 ⑤번의 경우, 윗글에서 홍계월은 집에서 시비를 데리고 장기와 바둑으로 세월을 보내고 있고, 천자는 홍계월을 오랫동안 보지 못해 그리워하고 있다고 했으므로 얼핏 보면 옳은 선지처럼 보인다. 하지만 지문과 선지를 정확히 살펴 보면 홍계월은 '집에서 여가를 하며 시간을 보내는 것'이지 '집안일에 매달려 시간을 보내는 것'은 아님을 알 수 있다.

매력적 오답인 ③번의 경우에도, ㉢의 앞뒤에서 근거를 찾을 수 있다. 홍계월은 자신이 여자인 것이 탄로날 것을 짐작하고 규중에 숨어 살기로 결심한 후 부모 앞에서 울음을 터트리며 서러움을 드러내고 있으며, 이를 부모가 위로하고 있다.

정답률 분석

	①	②	매력적 오답 ③	④	정답 ⑤
	14%	8%	15%	9%	54%

3. 〈보기〉를 참고하여 윗글을 감상한 내용으로 적절하지 <u>않은</u> 것은? [3점]

---〈보기〉---

　「홍계월전」은 비범한 능력을 가진 여성 영웅 홍계월의 활약상을 그린 작품이다. '고난 – 위기 – 극복'의 영웅 소설 구조를 유지하면서도 여성 영웅의 형상을 그려 낸다. 특히 주인공은 여러 차례 위기를 겪게 되는데, 어린 시절에 겪는 1차 위기에서는 조력자의 도움으로 고난을 극복하게 된다. 2차 위기에서는 여성에 대한 사회적 제약으로 인해 개인적 고난을 겪게 되는데, 그런 중에 국가의 위기가 발생함으로써 모든 난관을 극복할 수 있는 기회를 갖게 된다.

🔍 **보기 분석**

- 영웅 소설 구조(고난 – 위기 – 극복) + 여성 영웅의 형상
- 1차 위기: 조력자의 도움으로 고난 극복
- 2차 위기: 여성에 대한 사회적 제약으로 인한 개인적 고난
  → 국가의 위기로 모든 난관의 극복 기회 가짐

✔ **정답풀이**

③ 홍계월이 궁궐에서 천자에 못지않은 생활을 하여 천자의 노여움을 사게 된 것은 2차 위기의 빌미가 되었음을 알 수 있군.

> 홍계월이 궁궐에서 천자에 못지않은 생활을 한 것은 '종남산 아래에 터를 닦고 집을 지을새～위의와 거동이 천자나 다름이 없더라.'에서 알 수 있다. 그러나 윗글에서 홍계월이 이로 인해 천자의 노여움을 사게 되는 내용은 찾아볼 수 없다. 또한 〈보기〉에서 2차 위기는 '여성에 대한 사회적 제약으로 인해' 겪게 되는 것이라고 했으므로, 이런 생활에 대한 천자의 노여움이 2차 위기의 빌미가 된다는 진술은 적절하지 않다.

✘ **오답풀이**

① 신하들이 나라의 위기를 해결할 인물로 홍계월을 적극 추천하는 것에서 홍계월의 뛰어난 능력을 짐작할 수 있군.

〈보기〉에서 홍계월은 '비범한 능력을 가진 여성 영웅'이라고 했다. 이를 참고하면 오왕과 초왕이 쳐들어오는 위기 상황에서 우승상 명연태가 '평국을 보내어 방비'하자고 하는 것이나, 신하들이 '(평국의) 이름이 조야에 있'다고 하는 것에서 홍계월의 뛰어난 능력을 짐작할 수 있다.

② 홍계월이 정체가 탄로 나면 나랏일을 할 수 없다고 판단한 것에서 여성의 사회적 참여에 제약이 따랐음을 짐작할 수 있군.

〈보기〉에서 홍계월은 '여성에 대한 사회적 제약으로 인해 개인적 고난을 겪게' 된다고 했다. 이를 참고하면 윗글에서 홍계월이 '어의가 나의 맥을 보았으니 필시 본색이 탄로날지라 이제는 할 일 없이 되었'다고 판단하고 '규중에 몸을 숨어 세월을 보'내기로 하는 것에서 여성의 사회적 참여에 제약이 따랐음을 짐작할 수 있다.

④ 여공이 어린 홍계월을 구하여 입신양명하게 한 것에서 주인공이 1차 위기를 조력자의 도움으로 극복했음을 확인할 수 있군.

〈보기〉에서 '어린 시절에 겪는 1차 위기에서는 조력자의 도움으로 고난을 극복하게 된다'고 했다. 이를 참고하면 윗글에서 위공과 정렬 부인이 여공에게 '계월을 구하사 친자식같이 길러 입신양명하게 하시니 은혜가 백골난망'이라고 하는 것으로 보아, 홍계월은 1차 위기를 조력자 여공의 도움으로 극복했음을 확인할 수 있다.

⑤ 홍계월이 천자의 부름을 받아 사직을 보전하라는 명을 받은 것에서 국가의 위기와 개인적 고난을 동시에 극복할 기회를 얻었다는 사실을 알 수 있군.

〈보기〉에서 '2차 위기에서는 여성에 대한 사회적 제약으로 인해 개인적 고난을 겪게 되는데, 그런 중에 국가의 위기가 발생함으로써 모든 난관을 극복할 수 있는 기회를 갖게 된다'고 했다. 이를 참고하면 규중 여자로 살며 보국과 혼인했지만 '갈등을 겪으면서 남편과 떨어져 홀로 지내'는 생활은 규중에서의 삶이 순탄치 않았음을 의미한다. 그러던 홍계월이 '출사하야 사직을 안보하게 하라.'라는 천자의 명을 받은 것은 국가의 위기와 개인적 고난을 동시에 극복할 기회를 얻은 것으로 볼 수 있다.

작자 미상, 「소대성전」

2015학년도 수능A

문제 P.082

[1~4] 다음 글을 읽고 물음에 답하시오.

일일은 승상이 술에 취하시어 ⓐ책상에 의지하여 잠깐 졸더니 문득 봄바람에 이끌려 한 곳에 다다르니 이곳은 승상이 평소에 고기도 낚으며 풍경을 구경하던 조대(釣臺)*라. 그 위에 상서로운 기운이 어렸거늘 나아가 보니 청룡이 ⓑ조대에 누웠다가 승상을 보고 고개를 들어 소리를 지르고 반공에 솟거늘, 깨달으니 일장춘몽*이라.

// 장면 끊기 01 승상의 꿈속에서 조대에 청룡이 나타남

심신이 황홀하여 죽장을 짚고 월령산 ⓒ조대로 나아가니 나무 베는 아이가 나무를 베어 시냇가에 놓고 버들 그늘을 의지하여 잠이 깊이 들었거늘, 보니 의상이 남루하고* 머리털이 흩어져 귀밑을 덮었으며 검은 때 줄줄이 흘러 두 뺨에 가득하니 그 추레함을 측량치 못하나 그 중에도 은은한 기품이 때 속에 비치거늘 승상이 깨우지 않으시고, 옷에 무수한 이를 잡아 죽이며 잠 깨기를 기다리더니, 그 아이가 돌아누우며 탄식 왈,

[A]

"㉠형산백옥이 돌 속에 섞였으니 누가 보배인 줄 알아보랴. 여상의 자취 조대에 있건마는 그를 알아본 문왕의 그림자 없고 와룡은 남양에 누웠으되 삼고초려*한 유황숙의 자취는 없으니 어느 날에 날 알아줄 이 있으리오."

'형산백옥'을 아무도 알아주지 않듯, 아무도 자신을 알아주지 않아 한탄하는 나무 베는 아이(소대성)

하니 그 소리 웅장하여 산천이 울리는지라.

탈속*한 기운이 소리에 나타나니, 승상이 생각하되, '영웅을 구하더니 이제야 만났도다.' 드디어 영웅을 만났다는 생각에 기뻐하는 승상 하시고, 깨우며 물어 왈,

"봄날이 심히 곤한들 무슨 잠을 이리 오래 자느냐? 일어앉으면 물을 말이 있노라."

"어떤 사람이관데 남의 단잠을 깨워 무슨 말을 묻고자 하는가? 나는 배고파 심란하여 말하기 싫도다."

아이 머리를 비비며 군말하고 도로 잠이 들거늘, 승상이 왈,

"네 비록 잠이 달지만 어른을 공경치 아니하느냐. 눈을 들어 날 보면 자연 알리라."

그 아이 눈을 뜨고 이윽히 보다가 일어앉으며 고개를 숙이고 잠잠하거늘, 승상이 자세히 보니 두 눈썹 사이에 천지조화를 갈무리하고 가슴속에 만고흥망을 품었으니 진실로 영웅이라. 승상의 ㉡명감(明鑑)*이 아니면 그 누가 알리오.

// 장면 끊기 02 명감을 지닌 승상이 소대성을 보고 영웅됨을 알아봄

[중략 부분의 줄거리] 승상은 아이(소대성)를 자기 집에 묵게 하고 딸과 부부의 연을 맺도록 하지만, 승상이 죽자 그 아들들이 대성을 제거하려고 한다. 이에 대성은 영보산으로 옮겨 공부하다가 호왕이 난을 일으킨 소식에 산을 나가게 된다.

한 동자 마중 나와 물어 왈,

"상공이 해동 소상공 아니십니까?"

"동자, 어찌 나를 아는가?" 동자가 자신을 알아봐 놀란 소대성 소생이 놀라 묻자, 동자 답 왈,

"우리 노야의 분부를 받들어 기다린 지 오랩니다."

"노야라 하시는 이는 뉘신고?"

"아이 어찌 어른의 존호를 알리이까? 들어가 보시면 자연 알리이다."

생이 동자를 따라 들어가니 청산에 불이 명랑하고 한 노인이 자줏빛 도포를 입고 금관을 쓰고 책상을 의지하여 앉았거늘 생이 보니 학발* 노인은 청주 이 승상일러라. 생이

[B] 생각하되, '승상이 별세하신 지 오래이거늘 어찌 ⓓ이곳에 계신가?' 하는데, 승상이 반겨 손을 잡고 왈,

"내 그대를 잊지 못하여 줄 것이 있어 그대를 청하였나니 기쁘고도 슬프도다." 소대성을 만나 기쁜 승상

하고 동자를 명하여 저녁을 재촉하며 왈,

"내 자식이 무도*하여 그대를 알아보지 못하고 망령된 의사를 두었으니 어찌 부끄럽지 아니하리오. 아들들이 대성을 해치려 한 것을 부끄러워하는 승상 하나 그대는 대인군자*로 허물치 아니할 줄 알았거니와 모두 하늘의 뜻이라. 오래지 아니하여 공명을 이루고 용문에 오르면* 딸과의 신의를 잊지 말라." 소대성이 출세한 후 자신의 딸과의 신의를 지키기를 바라는 승상

하고 갑주* 한 벌을 내어 주며 왈,

"이 갑주는 보통 물건이 아니라 입으면 내게 유익하고 남에게 해로우며 창과 검이 뚫지 못하니 천하의 얻기 어려운 보배라. 그대를 잊지 못하여 정을 표하나니 전장에 나가 대공을 이루라." 소대성이 천하의 보배인 갑주를 입고 전장에 나가 대공을 이루기를 바라는 승상

생이 자세히 보니 쇠도 아니요, 편갑도 아니로되 용의 비늘같이 광채 찬란하며 백화홍금포로 안을 대었으니 사람의 정신이 황홀한지라. 생이 매우 기뻐 물어 왈,

"이 옷이 범상치 아니하니 근본을 알고자 하나이다."

"이는 천공의 조화요, 귀신의 공역이라. 이름은 '보신갑'이니 그 조화를 헤아리지 못하리라. 다시 알아 무엇 하리오?"

승상이 답하시고, 차를 내어 서너 잔 마신 후에 승상 왈,

"이제 칠성검과 보신갑을 얻었으니 만 리 청총마를 얻으면 그대 재주를 펼칠 것이나, 그렇지 아니하면 당당한 기운을 걷잡지 못하리라. 하나 적을 가벼이 여기지 말라. 지금 적장은 천상 나타의 제자 익성이니 북방 호국 왕이 되어 중원을 침노하니 지혜와 용맹이 범인과 다른지라. 삼가 조심하라."

"만 리 청총마를 얻을 길이 없으니 어찌 공명을 이루리까?" 적장을 무찌를 청총마를 얻을 길이 없어 걱정하는 소대성

생이 묻자, 승상이 답 왈,

"동해 용왕이 그대를 위하여 이리 왔으니 내일 오시에 얻을 것이니 급히 공을 이루라. 지금 싸움이 오래되었으나 중국은 익성을 대적할 자 없으며 황제 지금 위태한지라. 머물지 말고 바삐 가라. 할 말이 끝없으나 밤이 깊었으니 자고 가라."

하시고 책상을 의지하여 누우시니 생도 잠깐 졸더니, 흘연 찬 바람, 기러기 소리에 깨달으니 승상은 간데없고 누웠던 자리에 갑옷과 투구 놓였거늘 좌우를 둘러보니 ⓔ소나무 밑이라.

// [장면 끊기 03] 소대성이 산에서 동자의 안내를 받아 죽은 승상을 만나고 호국 왕과의 대결에서 쓸 갑옷과 투구를 받음

– 작자 미상, 「소대성전」 –

*조대: 낚시터.
*명감: 사람을 알아보는 뛰어난 능력.

전체 줄거리

중국 명나라 때 병부상서 소량의 아들 소대성은 10세에 부모를 잃고 집을 나가 품팔이와 걸식으로 연명한다. 이후 소대성은 그의 인물됨을 알아본 이 승상과 만나 이 승상의 딸 채봉과 약혼한다. 그러나 이 승상의 부인과 세 아들은 소대성의 미천한 신분을 못마땅하게 여기고, 이 승상이 병사하자 자객을 보내 소대성을 죽이려 한다. 소대성은 도술로 위험을 피하고 집을 떠나 방황한다. 그러다 어떤 노승을 만나 영보산에서 수학한 소대성은 호왕이 난을 일으켰다는 소식을 듣고 나가는 길에 죽은 이 승상을 만나 갑옷과 투구를 받는다. 그리고 전쟁에서 위기에 빠진 황제를 구해 대원수가 된다. 이후 노왕이 된 대성은 그를 기다린 채봉을 왕후로 맞이하고 행복하게 산다.

인물 관계도

만남 ①: 나무 베는 아이(소대성)의 영웅됨을 알아봄
만남 ②: 동자를 마중 보내 소대성을 데려와 갑주를 주고 황제를 구하라고 함

이 승상
↓ 자식

동해 용왕   나타

아들들 — 딸 ─ 부부 ─ 소대성 ← 대적 → 익성＝호국 왕
동해 용왕 → 조력 → 소대성
나타 → 제자 → 익성＝호국 왕

소대성을 제거하려 함

1. [A]와 [B]에 나타난 서술상 특징으로 가장 적절한 것은?

✔ 정답풀이

① [A]는 묘사를 통해 인물의 외양을, [B]는 발화를 통해 인물의 감회를 드러내고 있다.

> [A]에서는 '나무 베는 아이(소대성)'의 남루한 의상, 흩어져 귀밑을 덮은 머리털, 검은 때가 흐르는 두 뺨 등과 같은 인물의 외양을 묘사를 통해 드러내고 있다. 한편 [B]에서는 죽은 승상이 소대성을 만나 기쁘고도 슬픈 감회를 승상의 발화를 통해 드러내고 있다.

✘ 오답풀이

② [A]와 달리, [B]는 대구적 표현을 통해 인물에 대한 부정적 인식을 드러내고 있다.

[A]의 '여상의 자취 조대에 있건마는 그를 알아본 문왕의 그림자 없고 와룡은 남양에 누웠으되 삼고초려한 유황숙의 자취는 없으니'에서 대구적 표현이 나타나지만, [B]에는 대구적 표현이 나타나지 않는다. 또한 [A]와 [B] 모두 인물에 대한 부정적 인식은 드러나지 않는다.

③ [B]와 달리, [A]는 요약적 서술을 통해 시대적 배경을 제시하고 있다.

[A]와 [B]는 모두 인물의 외양을 상세하게 묘사하고 있을 뿐, 인물의 상황을 요약적으로 서술하지 않았으며 시대적 배경도 제시하지 않았다.

④ [A]와 [B]는 모두 인물들 간의 대화를 통해 인물들 사이의 갈등을 제시하고 있다.

[A]에서는 소대성의 발화만 나타나고 [B]에서는 승상의 발화만 나타난다. 또한 [A]와 [B] 모두 인물들 사이의 갈등을 제시하고 있지 않다.

⑤ [A]와 [B]는 모두 과거 사건에 대한 회상을 통해 현재 사건의 원인을 제시하고 있다.

[B]의 '승상이 별세하신 지 오래이거늘'은 과거 특정 시기에 대한 언급일 뿐 과거 회상으로 볼 수 없으며 현재 사건의 원인이라고도 볼 수 없다. 승상과 소대성이 꿈에서 만난다는 현재 사건의 원인은 '내 그대를 잊지 못하여 줄 것이 있어 그대를 청하였나니'라는 승상의 발화에서 드러난다. 한편 [A]에서도 과거 사건에 대한 회상은 나타나지 않는다.

🌱 기틀잡기

> ② **대구:** 비슷한 어조나 구조를 가진 구절이나 문장 두 개를 짝지어 배치하는 표현 기법.
> ③ **요약적 서술:** 압축적 제시. 서술자가 직접 사건 전개의 양상이나 등장인물의 성격, 심리 등을 압축하여 간략히 이야기하는 방법.

2. 윗글의 '승상'에 대한 감상으로 가장 적절한 것은?

✔ 정답풀이

① 곤히 잠든 '아이'를 깨우지 않고 이를 잡아 주며 기다리는 모습에서 따뜻한 인정을 느낄 수 있군.

> 승상은 곤히 잠든 나무 베는 아이(소생)를 깨우지 않고 아이의 옷에 있는 이를 잡아 주며 잠이 깨기를 기다린다. 이러한 승상의 모습을 통해 따뜻한 인정을 느낄 수 있다.

✘ 오답풀이

② 나이 어린 '소생'에게 자신이 범한 과오를 시인하고 부끄러워하는 모습에서 자신을 비우고 낮추는 겸허함을 볼 수 있군.
승상은 소생에게 '내 자식이 무도하여 그대를 알아보지 못하고 망령된 의사를 두었으니'라고 말한다. 즉 과오는 승상이 범한 것이 아니라 승상의 자식이 범한 것이므로 적절하지 않다.

③ '소생'에게 '딸과의 신의'를 잊지 않아야 공명을 이룰 수 있다고 당부하는 모습에서 신의를 중시하는 가치관을 볼 수 있군.
승상은 소생에게 '공명을 이루고 용문에 오르면 딸과의 신의를 잊지 말라.'라고 한다. 이를 통해 신의를 중시하는 승상의 가치관을 엿볼 수 있다. 하지만 이와 같은 발화는 소생이 먼저 출세를 하여 높은 지위에 오르게 되면 그 다음으로 자신의 딸과의 신의를 지켜 주기를 당부한 것이지, 신의를 잊지 않아야만 공명을 이룰 수 있다는 것은 아니다.

④ '청총마'를 이미 얻고 '동해 용왕'의 도움까지 얻은 '소생'에게 적을 가벼이 여기지 말라고 하는 모습에서 신중한 자세를 볼 수 있군.
'적을 가벼이 여기지 말라'고 당부하는 승상의 모습에서 신중한 자세를 볼 수 있다. 하지만 '만 리 청총마를 얻으면 그대 재주를 펼칠 것이나'와 '동해 용왕이 그대를 위하여 이리 왔으니 내일 오시에 얻을 것이니'라는 승상의 발화를 통해 소생이 아직 청총마와 동해 용왕의 도움을 얻지 못했음을 알 수 있다. 따라서 소생이 청총마를 이미 얻고 동해 용왕의 도움까지 얻었다는 진술은 적절하지 않다.

⑤ 살아서는 '소생'을 도왔지만 죽은 몸으로 '소생'을 도울 수 없어 안타까워하는 모습에서 남을 도우려는 한결같은 성품을 느낄 수 있군.
승상은 살아서는 아이(소생)를 자기 집에 묵게 하고 딸과 부부의 연을 맺도록 했으며, 죽어서는 소생이 전장에 나가 대공을 이루도록 갑주를 준다. 즉 승상은 살아서나 죽어서나 소생을 돕고 있으므로, 죽은 몸으로 소생을 도울 수 없어 안타까워한다는 진술은 적절하지 않다.

평가원의 관점

이의 제기

②번과 ④번이 적절하고, ①번이 적절하지 않은 것 아닌가요?

답변

윗글의 '내 자식이 무도하여~'를 통해, 소생에게 과오를 범한 주체는 승상이 아니라 승상의 자식임을 알 수 있습니다. 따라서 ②번은 적절하지 않습니다. 또한 '만 리 청총마를 얻으면 그대 재주를 펼칠 것이나, 그렇지 아니하면 당당한 기운을 걷잡지 못하리라.'에 나타나 있듯이, 소생은 아직 청총마를 얻지 못하였으므로 ④번 역시 적절하지 않습니다.

반면, ①번은 적절한 감상입니다. 윗글의 '승상이 깨우지 않으시고, 옷에 무수한 이를 잡아 죽이며 잠 깨기를 기다리더니'를 통해 승상이 아이의 남루하고 추레한 옷에 있는 무수한 이를 잡아 주며 아이가 잠에서 깨기를 기다리는 것을 알 수 있습니다. 또한, 이러한 행동으로 미루어 볼 때, 승상은 따뜻한 인정을 지닌 인물이라고 볼 수 있습니다.

---

3. 〈보기〉를 참고할 때, ⓐ~ⓔ를 이해한 내용으로 적절하지 <u>않은</u> 것은? [3점]

> ⓐ: 책상
> ⓑ: 조대
> ⓒ: 조대
> ⓓ: 이곳
> ⓔ: 소나무 밑

〈보기〉

고전 소설에서 공간은 산속이나 동굴 등 특정 현실 공간에 초현실 공간이 겹쳐진 것으로 설정되기도 한다. 이 경우, 초현실 공간이 특정 현실 공간에 겹쳐지거나 특정 현실 공간에서 사라지는 것은 보통 초월적 존재의 등·퇴장과 관련된다. 한편 어떤 인물이 꿈을 꿀 때, 그는 현실의 어떤 공간에서 잠을 자고 있지만, 그의 정신은 꿈속 공간을 경험한다. 이 경우, 특정 현실 공간이 꿈에 나타나면 이 꿈속 공간은 특정 현실 공간에 근거하면서도 초현실 공간의 성격을 지니기도 한다.

🔍 보기 분석

- 초현실 공간이 특정 현실 공간에 겹쳐지거나 특정 현실 공간에서 사라짐: 초월적 존재의 등·퇴장과 관련
- 인물이 꿈을 꿀 때: 현실 공간에서 잠을 자지만 정신은 꿈속 공간 경험, 특정 현실 공간이 나타나는 꿈속 공간은 초현실 공간의 성격을 지니기도 함

✔ 정답풀이

④ ⓒ는 '승상'의 정신이 경험하는 꿈속 공간이고, ⓔ는 '소생'이 자기 경험이 꿈이었음을 확인하는 공간이군.

〈보기〉에 따르면 '어떤 인물이 꿈을 꿀 때, 그는 현실의 어떤 공간에서 잠을 자고 있지만, 그의 정신은 꿈속 공간을 경험'한다. 한편, ⓒ는 잠에서 깨어난 승상이 나무 베는 아이(소생)를 만나는 현실 공간이지 승상의 정신이 경험하는 꿈속 공간이 아니다. 한편 ⓔ는 소생이 잠에서 깨어나 자신의 경험이 꿈이었음을 확인하는 현실 공간에 해당한다.

① '승상'은 ⓐ에 몸을 의지하고 있지만 정신은 봄바람에 이끌려 ⓑ로 나아갔으니, 그는 현실의 한 공간에서 잠들어 꿈속 공간을 경험하고 있는 것이군.

ⓐ는 승상이 기대어 잠이 드는 공간, 즉 꿈속으로 들어가는 현실 공간이고, ⓑ는 승상이 꿈속에서 경험하는 초현실 공간에 해당한다. 〈보기〉에 따르면 승상은 현실의 어떤 공간인 ⓐ에서 잠을 자고 있지만, 그의 정신은 꿈속 공간 ⓑ를 경험하고 있는 것이다.

② ⓑ는 ⓒ에 근거를 둔 꿈속 공간으로, ⓑ에서 본 '청룡'은 ⓒ에서 자고 있는 '아이'를 상징하는군.

〈보기〉에 따르면 '특정 현실 공간이 꿈에 나타나면 이 꿈속 공간은 특정 현실 공간에 근거하면서도 초현실 공간의 성격을 지니기도' 한다. ⓑ와 ⓒ는 모두 '조대'라는 공간이지만, ⓑ는 승상이 청룡을 본 꿈속의 공간이고 ⓒ는 아이를 만나게 되는 현실의 공간이다. 즉 ⓑ는 특정한 현실 공간인 ⓒ에 근거를 둔 꿈속 공간으로, 초현실 공간의 성격을 지닌 것으로 볼 수 있다. 이때 초현실 공간인 ⓑ에서 승상이 본 청룡은 현실 공간인 ⓒ에서 승상이 만난 아이를 상징한다고 볼 수 있다.

③ ⓑ와 ⓓ는 모두 초현실 공간으로, ⓑ는 '승상'을 '아이'에게로 이끌기 위해, ⓓ는 '소생'과 초월적 존재인 '승상'의 만남을 위해 설정된 곳이군.

〈보기〉에 따르면 '꿈속 공간은 특정 현실 공간에 근거하면서도 초현실 공간의 성격'을 지닌다. ⓑ는 승상이 청룡을 본 꿈속 공간으로, 승상은 이 초현실 공간에서 현실 공간인 ⓒ로 나아가 아이를 만나게 된다. 그리고 ⓓ는 소생이 죽은 승상(초월적 존재)을 만나게 되는 초현실 공간이다.

⑤ '승상'이 '누웠던 자리'에 '갑옷과 투구'가 놓여 있는 것으로 보아, ⓔ에 ⓓ가 겹쳐져 있었지만 '승상'이 사라지면서 ⓓ도 함께 사라졌군.

ⓓ는 소생이 죽은 승상을 만난 공간이고 ⓔ는 승상이 사라진 후 소생이 혼자 있는 공간이다. ⓓ에서 소생이 승상에게 받은 갑옷과 투구는 현실 공간인 ⓔ에서도 남아 있지만, 승상이 사라짐과 동시에 ⓓ는 사라진다. 〈보기〉에 따르면 '초현실 공간이 특정 현실 공간에 겹쳐지거나 특정 현실 공간에서 사라지는 것은 보통 초월적 존재의 등·퇴장과 관련된다'고 했다. 따라서 ⓓ는 ⓔ와 겹쳐져 있었지만 초월적 존재인 승상이 사라지면서 함께 사라진 것이라고 볼 수 있다.

🖋 모두의 질문
· 3-④번

Q: ⓔ는 '자기 경험이 꿈이었음을 확인하는 공간'이라고 했는데 그렇다면 여기서 '자기 경험'이 소생이 죽은 이 승상을 만난 것을 말하고, 그 경험은 꿈속에서 이루어졌으며 소생은 소나무 밑에서 깨어났다는 말인가요? [B]에서는 소생이 동자를 따라 청산에 들어간 것만 알 수 있는데, 어떻게 이 승상을 만난 것이 꿈속이라고 판단할 수 있죠?

A: 직접적으로 꿈이라고 언급하지는 않았지만 윗글 마지막의 '생도 잠깐 졸더니, 홀연~승상은 간데없고 누웠던 자리에 갑옷과 투구 놓였거늘'이라는 부분과 현실에서 동자라는 인물을 파악할 수 없다는 점을 고려하면 소생이 이 승상을 만난 것은 꿈속이라고 판단할 수 있다.

4. ㉠의 화자에게 ㉡을 지닌 '승상'이 격려해 줄 말로 가장 적절한 것은?

> ㉠: 형산백옥이 돌 속에 섞였으니 누가 보배인 줄 알아보라. 여상의 자취 조대에 있건마는 그를 알아본 문왕의 그림자 없고 와룡은 남양에 누웠으되 삼고초려한 유황숙의 자취는 없으니 어느 날에 날 알아줄 이 있으리오.
>
> ㉡: 명감(明鑑)

② '자루 속의 송곳'이라고 하듯이, 앞으로 너의 진가가 반드시 드러나 많은 사람이 너를 우러러 보게 될 거야.

> 사람을 알아보는 뛰어난 능력을 지닌 승상은 아이(소생)의 영웅됨을 알아본다. 따라서 승상은 아무리 숨기려 해도 숨길 수 없는 뛰어난 능력을 지닌 사람을 비유적으로 이르는 말인 '자루 속의 송곳'이라는 속담을 사용하여 아이를 격려해 줄 수 있을 것이다.

① '굼벵이도 구르는 재주가 있다'라고 하듯이, 네 재주로도 할 일은 있을 터이니 너무 낙담하지 마라.
무능한 사람도 한 가지 재주는 있음을 비유적으로 이르는 말이다.

③ '장마다 꼴뚜기가 나올까'라고 하듯이, 운수가 좋아야만 성공할 수 있으니 좋은 때가 오기를 기다려 보아라.
자기에게 좋은 기회만 늘 있는 것은 아님을 표현하거나 자주 바뀌는 세상 물정을 모르는 어리석음을 비웃는 말이다.

④ '차면 넘친다'라고 하듯이, 지금 너의 괴로움은 욕심이 지나쳐서 생기는 것이니 욕심을 줄이면 나아질 거야.
너무 정도에 지나치면 도리어 불완전하게 된다는 것을 비유적으로 이르는 말이다.

⑤ '하룻강아지 범 무서운 줄 모른다'라고 하듯이, 너의 용기는 무모하니 현실을 직시하면 성공할 날이 곧 올 거야.
철없이 함부로 덤비는 경우를 비유적으로 이르는 말이다.

[1~3] 다음 글을 읽고 물음에 답하시오.

㉠산은 첩첩하고 물은 중중한데, 잠자려는 새들은 숲으로 들어가 객회(客懷)*를 자아내니 숙향이 갈 데 없어서 앉아서 울고 있었다. 집을 떠나 울컥하고 쓸쓸한 감정을 느끼는 숙향 문득 파랑새가 꽃봉오리를 물고 손등에 앉거늘 숙향이 배고픔을 견디지 못해 꽃봉오리를 먹으니 눈이 맑아지고 배가 불러 정신이 상쾌하며 몸에 향내 진동하더라.

일어나서 ㉡파랑새가 가는 대로 따라 두어 고개를 넘어가니 산골짜기에 한 궁궐이 있는데, 그 새가 큰 문으로 들어가거늘 숙향이 따라 들어갔다. 한 계집이 마중 나와 숙향을 안고 들어가 큰 전각(殿閣) 앞에 놓으니 한 부인이 머리에 화관(花冠)을 쓰고 황금 의자에 앉아 있다가 숙향을 맞아 팔을 밀어 동편 백옥 의자에 앉기를 청하거늘 숙향이 어찌할 줄 모르고 다만 울 뿐이었다. 화관을 쓴 부인이 앉기를 청하자 당황스러워하는 숙향

부인 왈,

"선녀께서 인간 세상에 내려와 더러운 물을 많이 먹었으니 정신이 바뀌어 전생 일을 모르나이다."

선녀에게 명해 경액(瓊液)*을 드리라 한대 선녀가 만호잔에 호박대를 받쳐 이슬 같은 것을 부어 드리거늘 숙향이 받아먹으니 맛은 젖맛 같고 매우 향기롭더라. ㉢먹은 후에 천상의 일과 인간 세상에 내려와 부모 잃고 헤매며 고생한 일을 일일이 알게 되니 몸은 비록 아이나 마음은 어른이라. 즉시 일어나 부인께 예를 표해 왈,

[A]
"첩은 천상에 득죄(得罪)하여 인간 세상에 내려와 고초가 심하거늘 이다지도 불쌍히 여겨 대접하시니 지극히 감격하나이다." 부인(후토 부인)의 대접에 감격하고 감사해하는 숙향

"선녀께서는 저를 알아보시겠나이까?"

"인간 세상에 내려와 정신이 바뀌었사오니 자세히 아옵지 못하나이다."

"이 땅은 명사계(冥司界)요, 저는 후토 부인이니이다. 선녀께서 인간 세상에 내려와 고생을 겪었으매 접때 잔나비와 황새를 보내 도와 드렸고 이번에는 파랑새를 보내었삽더니 보셨나이까?"

"다 보았사오나 부인의 하늘 같은 은혜를 갚을 길이 없사오니 부인의 시비나 되어 만분지일이나 갚사올까 바라나이다." 시비가 되어 후토 부인의 은혜를 갚고자 하는 숙향

부인이 정색하고 왈,

[B]
"저는 한낱 조그마한 신령이요, 그대는 월궁의 으뜸 선녀라. 비록 천상에서 지은 죄로 인간 세상에 내려와 일시 고생을 겪었으나 그런 말씀을 어찌 하시나이까? 선녀 가실 곳이 또한 머오니 그 사이에 고생을 많이 겪을 것이오매 쉬어 내일 가소서." 숙향의 고난이 계속될 것임을 일러 주며 쉬었다 가기를 청하는 후토 부인

하고, 잔치를 배설하여 환대하니 음식과 보배 등이 극히 화려하더라.

숙향이 부인께 왈,

"첩이 전일 듣사오니 명사계는 시왕(十王)이 계신 데라 하더니 그러하오이까?"

"그러하여이다."

"그러하오면 시왕전이 어디오이까?"

"멀지 아니하오이다."

"인간 세상의 부모가 난중에 죽었으면 시왕전에 왔사올 것이니 반가이 만나 볼 수 있겠나이까?" 시왕전에서라도 부모님을 만나고 싶은 숙향

[C]
"그대 부모는 인간 세상에 반석같이 계시고 그들도 원래 인간 세상 사람이 아니요, 봉래산 선관 선녀로서 인간 세상에 귀양 왔사오니 기한이 차면 봉래로 돌아갈 것이요, 이곳은 오지 아니하리이다."

// 장면 끊기 01 숙향은 후토 부인을 만나 도움을 받고 전생의 일을 알게 됨

(중략)

이선이 숙향이 보내 온 혈서를 보고 크게 놀라 통곡하고 숙향의 혈서를 보고 놀라고 슬퍼하는 이선 그 편지를 숙모께 드리고 낙양 옥중에 가서 숙향과 함께 죽으려 하더니 숙향과 함께 죽으려 하는 이선 숙부인 왈,

"아직 자세히 알지도 못하는데 성급히 굴지 마라."

하며 하인을 불러 할미 집에 가 보고 오라 하고, 그 고을의 이방 원통을 불러서 그 연고를 물으니 원통이 고하기를,

"㉣상서께서 명을 내리시어 숙향을 잡아다가 죽이라 하신 고로 원님이 상서 명을 거역하지 못하여 어젯밤에 숙향을 잡아다 죽이려고 큰 매로 치라 하되 집장 사령이 매를 들지 못하여 죽이지 못하였사오나 원님이 오늘 죽이려 하옵고 큰 칼을 씌워 옥에 가두었나이다."

숙부인이 듣고 크게 놀라 왈,

"선이 비록 상서의 아들이나 내가 양자로 들였으매 선과 숙향이 혼사를 치르도록 했거늘, 내게 묻지 아니하고 나를 과부라 업신여겨 이러하니 내 황성에 들어가 상서에게 일러 듣지 아니하면 황후께 아뢰어 황제께서 아시게 하리라." 숙향의 문제에 대해 상서가 자신의 말을 듣지 않으면 황후께 아뢰어 황제께서도 아시게 하려고 하는 숙부인

하고 즉시 행장을 차려서 장안으로 가니라.

한편 이선은 집에 들어가 울며 숙향이 죽었으면 함께 죽으리라고 하더라. 숙향과 생사를 함께하려는 이선

// 장면 끊기 02 이선은 숙향이 옥에 갇힌 상황을 숙부인에게 전달하고, 숙향이 죽었다면 자신도 죽겠다고 다짐함

이튿날 김전이 숙향을 올리라 하니 이때 낭자가 옥 같은 두 귀 밑에 흐르나니 눈물이라. 억울하고 슬픈 숙향 ⓜ연약한 몸이 큰칼 쓰고 여러 사람에게 붙들려 가니 반은 죽은 사람이라. 이를 보는 사람이 눈물 아니 짓는 이가 없더라. 숙향의 처지에 슬퍼하는 사람들

김전이 왈,

"네 고향은 어디며 이름은 무엇이며 나이는 몇이나 되며 뉘 집 딸이라 하나뇨?"

낭자 왈,

"오 세에 부모를 난중에 잃고 사방에 유리(流離)*하옵다가 겨우 의탁한 몸 되었사오니 고향과 부모의 성명은 모르오되 나이 찬 후에 혹 듣사오니 김 상서의 딸이라 하오며 이름은 숙향이요 나이는 십육 세로소이다."

김전의 아내 장 씨가 그 말을 듣고 눈물을 흘리며 숙향의 모습을 보고 숙향의 말을 들으며 슬퍼하는 장 씨 김전에게 왈,

"그 여자의 얼굴을 보오니 죽은 우리 딸과 같삽고 연치(年齒)* 또한 같사오되 다만 김 상서의 딸이라 하니 그 근본을 자세히 모르오나 이름도 같고 나이도 같으니 혹 죽은 자식이 살아서 돌아다니는지 마음이 자연 비창(悲愴)*하오니 아직 죽이지 말고 상서께 기별하여 스스로 처치하게 하오소서."

김전이 부인의 말을 옳게 여겨 숙향을 도로 하옥하라 하고, 이 사연을 이 상서에게 회보(回報)*하니라.

// 장면 끊기 03 김전이 숙향을 심문하고 부인 장 씨의 부탁으로 숙향에 대한 처벌을 미룸

– 작자 미상, 「숙향전」 –

*경액: 신선이 마신다는 신비로운 약물.

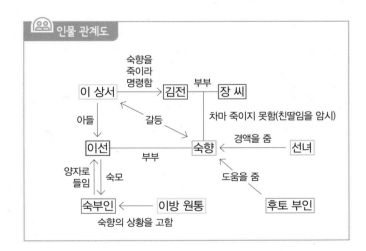

1. 윗글의 인물에 대한 이해로 적절하지 <u>않은</u> 것은?

✅ **정답풀이**

③ '숙부인'은 '숙향'과 '이선'의 혼사가 이루어지도록 '이 상서'로 하여금 '황후'에게 아뢰게 하고 있다.

> 숙부인은 이미 '선과 숙향이 혼사를 치르도록 했'으며, 이 상서가 숙향을 잡아다 죽이려고 하는 일에 대해 '황성에 들어가 상서에게 일러 듣지 아니하면 황후께 아뢰'려고 하고 있다.

❌ **오답풀이**

① '후토 부인'은 '숙향'을 명사계로 인도하여 전생에서의 '숙향'의 정체를 깨닫게 해 주고 있다.
후토 부인은 파랑새를 통해 숙향을 명사계로 인도하고 있다. 또한 숙향에게 경액을 먹게 하여 숙향이 전생에 월궁의 으뜸 선녀였음을 깨닫게 해 주고 있다.

② '이선'은 '숙향'이 처한 상황을 알고서 '숙향'과 생사를 같이 하겠다고 다짐하고 있다.
이선은 숙향이 보내 온 혈서를 보고 통곡하며, '숙향이 죽었으면 함께 죽으리라'고 다짐하고 있다.

④ '김전'은 '장 씨'의 말을 수용하여 '숙향'에 대한 형 집행을 미루고 있다.
숙향을 '아직 죽이지 말고 상서께 기별하여 스스로 처치하게' 하라는 장 씨의 말을 수용한 김전은 '숙향을 도로 하옥하라'고 하며 형 집행을 미루고 있다.

⑤ '장 씨'는 '숙향'을 보고서 자신의 딸을 떠올리며 '숙향'에게 연민을 느끼고 있다.
장 씨는 숙향의 얼굴과 이름, 나이가 자신의 죽은 딸과 같음을 알고 죽은 자식이 살아서 돌아온 것 같은 마음에 숙향에게 연민을 느끼고 있다.

2. ㉠~㉤에 대한 이해로 적절하지 <u>않은</u> 것은?

> ㉠: 산은 첩첩하고 물은 중중한데, 잠자려는 새들은 숲으로 들어가 객회(客懷)를 자아내니 숙향이 갈 데 없어서 앉아서 울고 있었다.
> ㉡: 파랑새가 가는 대로 따라 두어 고개를 넘어가니 산골짜기에 한 궁궐이 있는데, 그 새가 큰 문으로 들어가거늘 숙향이 따라 들어갔다.
> ㉢: 먹은 후에 천상의 일과 인간 세상에 내려와 부모 잃고 헤매며 고생한 일을 일일이 알게 되니 몸은 비록 아이나 마음은 어른이라.
> ㉣: 상서께서 명을 내리시어 숙향을 잡아다가 죽이라 하신 고로 원님이 상서 명을 거역하지 못하여 어젯밤에 숙향을 잡아다 죽이려고 큰 매로 치라 하되 집장 사령이 매를 들지 못하여 죽이지 못하였사오나 원님이 오늘 죽이려 하옵고 큰 칼을 씌워 옥에 가두었나이다.
> ㉤: 연약한 몸이 큰칼 쓰고 여러 사람에게 붙들려 가니 반은 죽은 사람이라.

✅ **정답풀이**

⑤ ㉤에서는 인물의 외양 묘사를 통해 그 인물의 심리를 드러내고 있다.

> ㉤의 '연약한 몸이 큰칼 쓰고 여러 사람에게 붙들려 가니'는 숙향이 처한 상황에 대해 서술한 부분이다. 이는 숙향의 얼굴 생김새, 입고 있는 복장, 머리 모양 등을 감각적 표현을 사용해 구체적으로 언급하고 있는 것이 아니기에 외양 묘사에 해당한다고 볼 수 없다. 또한 ㉤의 '반은 죽은 사람이라.'는 숙향의 상태에 대한 서술자의 생각이기 때문에 이를 통해 숙향의 심리가 드러난다고 보기는 어렵다.

❌ **오답풀이**

① ㉠에서는 인물이 처한 힘든 상황을 나타내는 시공간적 배경을 제시하고 있다.
㉠은 '산은 첩첩하고 물은 중중한데'를 통해 공간적 배경을, '잠자려는 새들'을 통해 시간적 배경을 제시하여 의탁할 곳이 없어 막막해하는 숙향의 상황을 드러내고 있다.

② ㉡에서는 인물이 현실의 경계를 넘어 초현실의 공간으로 진입해 가는 장면을 서술하고 있다.
㉡에서는 파랑새가 산골짜기 궁궐의 큰 문으로 들어가자 숙향도 따라 들어가는데, 그곳은 '명사계'이다. 즉 숙향은 현실과 초현실의 경계인 '큰 문'을 넘어 초현실의 공간인 명사계의 '궁궐'로 진입한 것이다.

③ ㉢에서는 인물에게 갑자기 일어난 변화를 서술자가 직접적으로 제시하고 있다.
㉢에서 숙향은 경액을 먹고 난 후 '천상에 득죄하여 인간 세상에 내려와 고초'를 겪은 일을 '일일이 알게 되'는데 이러한 갑작스러운 변화를 '몸은 비록 아이나 마음은 어른이라.'라고 서술자가 직접적으로 제시하고 있다.

④ ㉣에서는 인물의 발화를 통해 이전 사건을 요약적으로 제시하고 있다.

㉣에서는 이방 원통의 발화를 통해 상서가 김전(원님)에게 숙향을 잡아다가 명을 내려 김전이 숙향을 잡아다 매로 치라 했지만, 사령이 차마 매를 치지 못해 숙향을 죽이지 못하고 옥에 가두게 된 사건을 요약적으로 제시하고 있다.

🌱 기틀잡기

④ **요약적 제시**: 압축적 제시. 서술자가 직접 사건 전개의 양상이나 등장 인물의 성격, 심리 등을 압축하여 간략히 이야기하는 방법.

🖋 모두의 질문
• 2-⑤번

Q : ㉤(연약한 몸이 큰칼 쓰고 여러 사람에게 붙들려 가니 반은 죽은 사람이라.)을 외양 묘사로 볼 수 없는 이유가 궁금합니다.

A : '묘사'는 어떠한 대상이나 풍경을 마치 그림을 그리듯 자세히 표현하는 방식을 말한다. 그러므로 '외양 묘사'라고 말할 수 있으려면 등장인물의 얼굴 생김새, 복장, 머리 모양 등 겉모습 전반에 대한 서술이 다양한 표현 기법을 통해 구체적으로 나타나 있어야 한다. 만일 ㉤에서 '연약한 몸이 유리처럼 금방이라도 부서져 버릴 듯 가벼워 보였다. 그렇듯 연약한 몸에 무거운 바윗덩이와 같이 큰칼을 씌워놓은 모습은 한없이 위태롭게 느껴졌다. 숙향의 얼굴 역시 백짓장처럼 창백하여 마치 반은 죽은 사람 같았다.'와 같이 보다 구체적으로 표현하였다면, 이는 외양 묘사로 볼 수 있다.

🎯 평가원의 관점
• 2-⑤번

이의 제기
㉤에서 인물(숙향)의 심리를 드러내고 있으므로 ⑤번이 적절하지 않나요?

답변
㉤의 '연약한 몸이 큰칼 쓰고 여러 사람에게 붙들려 가니'는 숙향이 처한 상황을 서술한 것이지 숙향의 심리를 드러내는 것이 아닙니다. 그리고 ㉤의 '반은 죽은 사람이라.'는 서술자가 인물의 상태에 대해서 논평한 것으로, 이 역시 숙향의 심리를 드러내고 있지 않습니다. 따라서 ⑤번은 적절하지 않습니다.

3. 〈보기〉를 참고하여 [A]~[C]를 감상한 내용으로 적절하지 않은 것은? [3점]

〈보기〉

고전 소설 중에는 '천상'과 '선계'를 포함하는 '천상계'와 인간 세상인 '지상계'가 인과응보의 원리에 의해 연결되어 서사가 진행되는 작품들이 많다. 이 원리는 '천상계 – 지상계 – 천상계'의 순환 구조를 기반으로 하여 천상계에서 죄를 지으면 지상계에서 벌을 받는 것으로 구현된다. 이 원리를 토대로 하여 인물에게 주어지는 처벌과 보상, 인물이 겪는 고난의 정도와 기한이 결정된다.

🔍 보기 분석

천상계(천상, 선계): 죄

지상계(인간 세상): 벌

• 순환 구조를 기반으로 한 인과응보의 원리
  – 처벌과 보상, 고난의 정도와 기한 결정

✅ 정답풀이

② [B]에는 천상계에서 지은 죄의 대가를 지상계에서 모두 치르면 천상계의 신분이 변할 수 있다는 생각이 드러나 있군.

〈보기〉에서는 천상계와 지상계가 '인과응보의 원리에 의해 연결되어 서사가 진행'된다고 했다. 하지만 〈보기〉와 윗글 모두 천상계의 신분이 변할 수 있다는 생각이 드러난 부분은 나타나지 않는다. [B]에서 후토 부인은 숙향이 '비록 천상에서 지은 죄로 인간 세상에 내려와 일시 고생'을 겪고 있지만, '월궁의 으뜸 선녀'라고 했다. 이는 죄의 대가를 지상계에서 모두 치르면 천상계의 신분에는 변화가 없을 것임을 의미하는 것이다.

❌ 오답풀이

① [A]에는 지상계에서 고초를 겪게 되는 원인이 천상계에서 지은 죄에 있다는 생각이 드러나 있군.

〈보기〉에서는 천상계와 지상계가 '인과응보의 원리에 의해 연결되어 서사가 진행'된다고 했다. [A]에서 숙향은 '천상에 득죄하여 인간 세상에 내려와 고초가 심하'다고 하였다. 즉 지상계에서 고초를 겪게 된 원인이 천상계에서 지은 죄에 있다는 생각이 드러나 있는 것이다.

③ [B]에는 천상계에서 높은 신분인 인물이라도 죄를 지으면 지상계에 내려와 고난을 겪어야 한다는 생각이 드러나 있군.

〈보기〉에서 인과응보의 원리는 '천상계에서 죄를 지으면 지상계에서 벌을 받는 것'으로 구현된다고 했다. [B]에서 후토 부인은 숙향이 월궁의 으뜸 선녀지만 '천상에서 지은 죄로 인간 세상에 내려와 일시 고생을 겪'고 있다고 하였다. 즉 천상계에서 높은 신분인 인물이라도 죄를 지으면 지상계에 내려와 고난을 겪어야 한다는 생각이 드러나 있는 것이다.

④ [C]에는 지상계가 천상계에서 죄를 지은 자들의 귀양지라는 생각이 드러나 있군.

〈보기〉에서 인과응보의 원리는 '순환 구조를 기반으로 하여 천상계에서 죄를 지으면 지상계에서 벌을 받는 것으로 구현된다'고 하였다. 따라서 [C]에서 숙향과 마찬가지로 숙향의 부모도 원래 인간 세상 사람이 아닌 봉래산 선관 선녀인데 인간 세상에 귀양을 왔다고 한 것에는, 지상계가 천상계에서 죄를 지은 자들의 귀양지라는 생각이 드러나 있다고 할 수 있다.

⑤ [C]에는 천상계에서 지은 죄의 대가를 지상계에서 치르는 인물은 이미 정해진 고난의 기한이 차야만 천상계로 돌아갈 수 있다는 생각이 드러나 있군.

〈보기〉에서는 인과응보의 원리를 토대로 '인물에게 주어지는 처벌과 보상, 인물이 겪는 고난의 정도와 기한이 결정'된다고 했다. [C]에서 후토 부인은 천상계의 선관 선녀가 인간 세상에 귀양을 왔더라도 기한이 차면 봉래로 돌아갈 것이라고 하였다. 즉 천상계에서 지은 죄의 대가를 지상계에서 치르는 인물은 이미 정해진 고난의 기한이 차야만 천상계로 돌아갈 수 있다는 생각이 드러나 있는 것이다.

[1~5] 다음 글을 읽고 물음에 답하시오.

이때 천자가 옥새*를 목에 걸고 항서*를 손에 든 채 진문 밖으로 나오다가 보니, 뜻밖에 호통 소리가 나며 어떤 한 대장이 적장 문걸의 머리를 베어 들고 중군으로 들어가거늘, 매우 놀라고 또 기뻐서 말하기를, 적장의 머리를 베어 들고 들어오는 대장의 모습을 보고 놀라며 기뻐하는 천자

"적장 벤 장수 성명이 무엇이냐? 빨리 모시고 들어오라."

충렬이 말에서 내려 천자 앞에서 땅에 엎드리니, 천자 급히 물어 말하기를,

"그대는 뉘신데 죽을 사람을 살리는가?"

충렬이 부친 유심의 죽음과 어려서 홀로 된 자신을 길러 준 장인 강희주의 죽음을 몹시 원통하고 분하게 여겨 통곡하며 여쭈되, 부친 유심과 장인 강희주의 죽음을 몹시 원통하고 분하게 여기는 유충렬

[A]
"소장은 동성문 안에 살던 유심의 아들 충렬입니다. 사방을 떠돌아다니면서 빌어먹으며 만 리 밖에 있다가 아비의 원수를 갚으려고 여기 왔습니다. 아버지의 원수를 갚고자 하는 유충렬 폐하께서 정한담에게 핍박*을 당하리라곤 꿈에도 생각지 못했습니다. 예전에 정한담과 최일귀를 충신이라 하시더니 충신도 역적이 될 수 있습니까? 천자의 이전 행위에 대해 원망하는 유충렬 그자의 말을 듣고 충신을 멀리 귀양 보내어 죽이고 이런 환난*을 만나시니, 천지가 아득하고 해와 달이 빛을 잃은 듯합니다."

하고, 슬피 통곡하며 머리를 땅에 두드리니, 자신의 처지를 하소연하며 슬퍼하는 유충렬 산천초목이 슬퍼하며 진중의 군사들도 눈물을 흘리지 않는 이가 없더라. 천자도 이 말을 들으시고 후회가 막급*하나 할 말 없어 우두커니 앉아 있더라.

// 장면 끊기 01 유충렬이 적장을 벤 후 천자에게 자신의 사연을 하소연함

한편 적진에 잡혀갔던 태자는, 본진에서 문걸의 목을 베는 것을 보고 급히 도주해 와서 천자 곁에 앉아 있다가, 충렬의 말을 듣고 버선발로 내려와서 충렬의 손을 붙들고 말하였다.

[B]
"경이 이게 웬 말인가? 옛날 주나라 성왕도 관숙과 채숙의 말을 듣고 주공을 의심하다가 잘못을 깨닫고 스스로 꾸짖어 훌륭한 임금이 되었으니, 충신이 죽는 것은 모두 다 하늘에 달린 일이라. 그런 말을 말고 온 힘으로 충성을 다하여 천자를 도우시면, 태산 같은 그대 공로는 천하를 반분하고, 하해 같은 그 은혜는 죽은 뒤에라도 풀을 맺어 갚으리라."

충렬이 울음을 그치고 태자의 얼굴을 보니, 천자의 기상이 뚜렷하고 한 시대의 성군이 될 듯하여 투구를 벗어 땅에 놓고 천자 앞에 사죄하여 말하였다.

"소장이 아비의 죽음을 한탄하여 분한 마음이 있는 까닭에 격절한* 말씀을 폐하께 아뢰었으니 죄가 무거워 죽어도 안타

깝지 아니합니다. 소장이 죽을지언정 어찌 폐하를 돕지 아니하겠습니까?" 간신들의 위협에서 천자를 구하려 하는 유충렬

천자가 충렬의 말을 듣고 친히 계단 아래로 내려와서 투구를 씌우고 대원수를 명하며 손을 잡고 하는 말이,

"과인은 보지 말고 그대 선조의 입국 공업을 생각하여 나라를 도와주면, 태자가 말한 대로 그대의 공을 갚으리라."

// 장면 끊기 02 유충렬이 태자의 말을 듣고 천자를 돕기로 하고, 대원수로 임명됨

[중략 부분의 줄거리] 유충렬은 남적의 선봉장이 된 정한담과의 대결에서 승리하고, 다시금 위기에 처했던 천자·황후·태후·태자를 구출한다. 이후, 유심과 강희주를 구하고 모친과 부인을 찾은 후 장안으로 돌아온다.

이때 장안의 온 백성들이 남적에게 잡혀갔던 며느리며 딸이며 동생들이 본국으로 돌아온다는 말을 듣고, 호산대 십 리 뜰에 빈틈없이 마중 나와 손과 치마를 부여잡고 그리던 마음 못내 즐거워하는지라, 이들의 울음소리가 공중에 뒤섞이어 호산대가 떠나갈 듯하였으며, 잡혀갔던 가족들이 돌아온다는 소식을 듣고 기뻐하는 백성들 원수 유충렬과 모친 장 부인을 치사*하는 소리 낭자하고 요란하였다.

금산성에 이르러 천자와 태후가 가마에서 바삐 내려 장막 밖으로 나오는지라, 원수가 갑옷과 투구를 갖추고 군사의 예로써 천자께 인사를 올리니, 천자와 태후가 원수의 손을 잡고 못내 치사하며 말하였다.

"과인의 수족을 만리타국에 보내고 밤낮으로 염려하였는데, 이렇듯 무사히 돌아오니 즐거운 마음을 어찌 다 말로 하겠는가. 충렬이 무사히 돌아와 기뻐하는 천자 옥문관으로 귀양 간 승상 강희주를 찾아 구하고 더불어 남적을 물리친 일과, 돌아오는 길에 그간 죽은 줄 알았던 그대의 모친과 부인 강 낭자를 만나 데려온 일은 모두 천추*에 드문 일이다. 그대의 은혜는 죽어도 잊기 어려운지라, 유충렬에게 감사해하는 천자 입이 열 개라도 어떻게 그 말을 다 하리오."

태후가 유 원수를 치사한 후에 조카 강 승상을 부르시니, 강 승상이 바삐 들어와 땅에 엎드리는지라, 태후가 강 승상을 보고 하시는 말씀이야 어찌 말로 다 표현할 수 있으리오. 천자가 내려와 강 승상의 손을 잡고 위로하며 말하였다.

"과인이 현명하지 못하여 역적의 말을 듣고 충신을 먼 지방으로 귀양을 보내어 가족과도 이별을 했으니, 무슨 면목으로 경을 대면하리오. 그러나 이미 지나간 일이니 잘잘못을 따지지 말기 바라오." 자신의 잘못을 잊어 주길 바라는 천자

한편 이미 장안으로 돌아와 연왕이 된 유심은 장 부인이 온다는 소식을 듣고 마음이 공중에 떠서 충렬이 나오기를 고대하

였다. 장 부인과의 만남을 기대하는 유심 원수가 천자께 물러 나와 연왕 앞에 엎드려 아뢰기를,

"불효자 충렬이 남적을 소멸하고 오는 길에 회수에 와 모친을 기리는 제사를 지내다가, 천행인지, 뜻밖에도 죽은 줄 알았던 모친을 만나 모시고 왔습니다!"

하니, 연왕이 반가움을 ⑦이기지 못하여 말하였다. 죽은 줄 알았던 장 부인이 왔다는 말에 매우 반가워하는 유심

"너의 모친이 어디 오느냐?"

이때 장 부인이 이미 휘장 밖에 있다가 남편 유심의 말소리를 듣고 반가운 마음을 어찌하지 못하고 미친 듯이 취한 듯이 들어가니, 유심의 말소리를 듣고 매우 반가워하는 장 부인 연왕이 부인을 붙들고 말하였다.

"멀고 먼 황천길에 죽은 사람도 살아오는 법 있는가? 백골이 된 당신을 어떤 사람이 살려 왔느냐. 뉘 집 자손이 모셔 왔느냐? 충렬아, 네가 분명 살려 왔느냐? 간신의 모함으로 유배를 가게 된 내가 북방 천리만리 호국 일당에 잡히어 죽을 줄 알았더니, 십 년 전에 헤어진 부인을 다시 만나고, 일곱 살에 부모와 이별하여 갖은 고난을 겪은 충렬을 이렇듯이 다시 만나 영화를 볼 줄이야 꿈속에서나 생각할 수 있었겠는가!"

// 장면 끊기 03 유충렬이 정한담과의 대결에서 승리하고 헤어졌던 가족들과 만나게 됨

– 작자 미상, 「유충렬전」 –

*옥새: 옥으로 만든, 나라를 대표하는 도장.
*항서: 항복을 인정하는 문서.

전체 줄거리

명나라 영종 연간에 벼슬을 하고 있던 유심은 늦도록 자식이 없어 한탄하다가 남악 형산에 치성을 드리고 신이한 태몽을 꾼 뒤 아들을 낳아 이름을 충렬이라 짓고 키운다. 이때 조정의 신하들 중에 역심을 품은 정한담, 최일귀 등이 가달의 침입에 대한 유심의 유연한 입장을 문제 삼아 유심을 모함하여 귀양 보내고, 유심의 집에 불을 질러 충렬 모자마저 살해하려 한다. 고난을 겪던 충렬은 부친의 친구이자 은퇴한 재상 강희주를 만나 그의 사위가 된다. 강희주는 유심의 누명을 벗기려고 상소를 올렸으나 오히려 정한담의 공격을 받아 귀양을 가게 되고, 강희주의 가족은 난을 피하여 모두 흩어진다. 충렬은 강희주의 딸인 강 소저와 이별하고 백룡사의 노승을 만나 무예를 배우며 때를 기다린다. 이때 남적과 북적이 반기를 들고 명나라에 쳐들어오자, 정한담은 자원 출전하여 남적에게 항복하고, 오히려 남적의 선봉장이 되어 천자를 공격한다. 정한담에게 여러 번 패한 천자가 항복하려 할 즈음, 충렬이 등장하여 남적의 선봉 정문걸을 죽이고 천자를 구출한다. 충렬은 단신으로 반란군을 제압하고 정한담을 사로잡는다. 그리고 호왕(胡王)에게 잡혀간 황후, 태후, 태자를 구출하며, 유배지에서 고생하던 아버지 유심과 장인 강희주를 구한다. 또한 이별하였던 어머니와 아내를 되찾고, 정한담 일파를 물리친 뒤 높은 벼슬에 올라서 부귀영화를 누린다.

인물 관계도

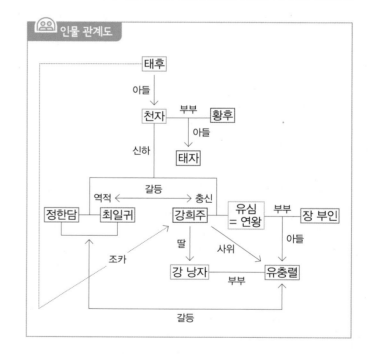

이것만은 챙기자

*핍박: 바싹 죄어서 몹시 괴롭게 굶.
*환난: 근심과 재난을 통틀어 이르는 말.
*막급: 더 이상 이를 수 없음.
*격절하다: 말이나 글 따위가 격렬하고 절실하다.
*치사: 다른 사람을 칭찬함. 또는 그런 말.
*천추: 오래고 긴 세월.

1. 윗글에 대한 설명으로 가장 적절한 것은?

⊗ 정답풀이

④ 서술자의 개입과 인물의 발화를 통해 인물의 심리를 드러낸다.

> 윗글의 '슬피 통곡하며~없더라.'와 '천자도 이 말을~앉아 있더라.'와 '태후가 강 승상을 보고~표현할 수 있으리오.' 등에서 서술자의 개입을 통해 인물의 심리가 드러난다. 또한 '예전에 정한담과 최일귀를 충신이라 하시더니 충신도 역적이 될 수 있습니까?'라는 유충렬의 발화에서는 천자를 향한 원망과 답답한 심리가 드러나고, '과인의 수족을~즐거운 마음을 어찌 다 말로 하겠는가.'라는 천자의 발화에서는 기쁨의 심리가 드러난다.

⊗ 오답풀이

① 시간적 배경을 묘사하여 사건의 사실성을 높인다.

윗글은 인물의 대화와 서술자의 개입으로 사건을 설명하고 있을 뿐, 시간적 배경을 구체적으로 묘사하지 않았다.

② 꿈과 현실을 교차하여 사건을 입체적으로 구성한다.

윗글에 꿈속의 사건은 제시되어 있지 않으며, 현실에서의 사건이 순차적으로 제시되어 있으므로 사건이 입체적으로 구성되어 있는 것은 아니다.

③ 초월적 공간을 설정하여 사건을 새로운 국면으로 전환한다.

천자가 항복을 하려다가 적장을 벤 장수(유충렬)를 보고 기뻐하고 있으므로 사건이 새로운 국면으로 전환되었다고 볼 수 있다. 그러나 윗글에는 초월적 공간이 제시되어 있지 않으며, 현실 세계의 사건들로만 구성되어 있다.

⑤ 전쟁 장면의 구체적인 묘사를 통해 사건의 긴박감을 고조한다.

[중략 부분의 줄거리]를 통해 전쟁의 결과를 요약하여 제시하고 있을 뿐, 전쟁 장면을 구체적으로 묘사하고 있지는 않다.

기틀잡기

④ **서술자의 개입:** 서술자가 사건이나 인물에 대한 자기 생각이나 판단을 직접 독자에게 이야기하는 것.

모두의 질문
· 1-④번

Q: 서술자의 개입과 편집자적 논평은 같은 말인가요? '천자도 이 말을 들으시고~앉아 있더라.'는 서술자의 개입인가요?

A: 서술자의 개입은 경우에 따라 좁은 의미로 이해할 수도 있고, 넓은 의미로 이해할 수도 있다. 우선 사건의 진행과 관련하여 독자에게 안내하는 표현(차설, 각설 등)이 드러나는 경우 서술자의 개입으로 볼 수 있다. 또한 서술자가 인물이나 상황에 대해 자신의 생각, 감정 등을 직접적으로 드러내는 경우도 서술자의 개입으로 볼 수 있다. 이 경우 좁은 의미의 서술자의 개입에 해당하고 편집자적 논평으로도 볼 수 있다. 서술자의 개입을 넓게 이해하면, 과거 사건에 대한 압축적 제시나 '-더라' 등 서술자의 존재를 드러내는 종결 어미를 사용하는 것도 서술자의 개입으로 볼 수 있다. 그러나 이 경우 서술자가 자신의 생각이나 감정을 드러내지 않았다면 편집자적 논평으로 보기는 힘들다.

선지에서 서술자의 개입에 대해 물어볼 때는 서술자의 직접적 개입을 바탕으로 질문하는 경우가 많으므로, 좁은 의미의 서술자의 개입을 기준으로 판단하면 된다. 그러나 서술자의 개입 유무보다는 그 서술자의 개입을 통한 효과를 물어볼 때는 서술자의 개입 여부에 대해 너무 엄격하게 판단하지 말고 넓은 의미로 이해하는 것이 좋다.

이와 같은 기준에 의거할 때, ④번은 서술자의 개입을 통한 효과를 묻는 선지이므로 넓은 의미에서 서술자의 개입을 이해하면 된다. 따라서 '천자도 이 말을 들으시고~앉아 있더라.'도 서술자의 개입으로 볼 수 있다.

2. 윗글의 내용에 대한 이해로 적절하지 <u>않은</u> 것은?

✅ **정답풀이**

⑤ '천자'가 '유충렬'에게 '과인은 보지 말고' 나라를 구하라고 권유하는 것으로 보아, '천자'는 '유심'의 귀양에 대한 자신의 과오를 인정하지 않고 있다.

> 윗글에서 천자가 유충렬의 말을 듣고 후회가 막급하다고 했으며, 친히 계단 아래로 내려와서 유충렬의 손을 잡고 '과인은 보지 말고' 나라를 구하라고 권유한 것을 통해 유심을 귀양 보낸 자신의 과오를 인정하고 있음을 알 수 있다.

❌ **오답풀이**

① '천자'가 '장수'에게 "그대는 뉘신데 죽을 사람을 살리는가"라고 말하는 것으로 보아, '천자'는 '장수'의 능력에 놀라움을 표하고 있다.
천자는 항복하기 위해 진문 밖으로 나오다가 적장의 머리를 벤 장수를 보고 매우 놀라고 기뻐한다. 따라서 '그대는~살리는가?'라고 말한 것은 천자가 장수의 능력에 대해 놀라움을 표한 것이라고 할 수 있다.

② '유충렬'이 '천자' 앞에서 '유심'이 죽었다며 원통해하는 것으로 보아, '유충렬'은 부친이 죽은 것으로 잘못 알고 있다.
유충렬은 아버지 유심이 이미 죽은 줄 알고 원통하고 분하게 여겨 통곡한다. 그런데 윗글의 후반부를 보면, 유심은 이미 장안으로 돌아와 연왕이 되어 장 부인과 유충렬을 기다린다. 즉 유충렬은 부친이 죽은 것으로 잘못 알고 천자 앞에서 원통해한 것이다.

③ '군사들' 중에 '유충렬'의 말을 듣고 '눈물을 흘리지 않는 이'가 없는 것으로 보아, '군사들'은 '유충렬'의 심정에 공감하고 있다.
유충렬이 천자 앞에서 부친과 장인의 죽음을 슬퍼하고 간신에 의해 나라가 위기에 빠진 것을 한탄하자 진중의 군사들은 모두 눈물을 흘린다. 이를 통해 이들이 유충렬의 심정에 공감하고 있음을 알 수 있다.

④ '유충렬'이 '천자'를 도와 전쟁에 나가겠다고 약속하는 것으로 보아, '유충렬'은 '태자'의 말과 기상에 감화되어 스스로를 반성하고 있다.
유충렬은 부친을 유배 보낸 천자를 원망하다가 자신을 위로하는 태자를 보고는 '천자의 기상이 뚜렷하고 한 시대의 성군이 될 듯'한 인물임을 깨닫고 자신이 격절한 말을 한 것을 반성하며 폐하를 돕기 위해 죽음도 불사하겠다는 의지를 보인다.

3. [A], [B]에 대한 분석으로 적절하지 <u>않은</u> 것은?

✅ **정답풀이**

③ [B]에서는 역사적인 사실을 근거로 하여 상대방의 견해를 옹호한다.

> [B]에서 태자가 역사적 사실인 주나라 성왕의 예를 들고는 있지만 이는 유충렬이 천자를 돕도록 설득하기 위해 언급한 것이다. 또한 '그런 말을 말고'라고 한 부분을 통해 상대방의 견해를 옹호하는 것이 아님을 알 수 있다.

❌ **오답풀이**

① [A]에서는 자신의 정체를 밝히면서 상대방에 대한 원망을 드러낸다.
'소장은~유심의 아들 충렬입니다.'에서 자신의 정체를 밝히고 있으며, '예전에~충신도 역적이 될 수 있습니까?'라고 말하는 부분에서 천자에 대한 원망을 드러내고 있다.

② [A]에서는 비유적 표현을 통해 상대방에게 자신의 심경을 토로한다.
유충렬은 '해와 달이 빛을 잃은 듯'이라는 비유적 표현을 통해 자신의 슬픈 심정을 드러내고 있다.

④ [B]에서는 보답의 의지를 표명하여 상대방의 태도 변화를 촉구한다.
태자는 유충렬이 천자를 돕는다면 공로를 인정하고 죽은 뒤에라도 은혜를 갚겠다고 말함으로써 유충렬이 원통해하는 마음을 돌려 천자를 위해 싸워 줄 것을 촉구하고 있다.

⑤ [B]에서는 상대방에게 자신의 역할과 본분에 충실할 것을 강조한다.
태자는 '충신이 죽는 것은 모두 다 하늘'의 뜻이라고 하면서 '온 힘으로 충성을 다하여 천자를' 도울 것을 요구하고 있다. 이는 유충렬에게 충신으로서의 역할과 본분에 충실할 것을 강조한 것이라고 할 수 있다.

🌱 **기틀잡기**

> ② **비유:** 어떤 현상이나 사물을 직접 설명하지 않고 다른 비슷한 현상이나 사물에 빗대어서 설명하는 일.

4. 〈보기〉를 참고하여 윗글을 감상한 내용으로 적절하지 <u>않은</u> 것은? [3점]

〈보기〉

「유충렬전」에서 <u>유충렬은 가족의 위기로 인해 두 차례의 시련을 겪는다.</u> 그런데 <u>첫 번째 시련은 충신인 부친 유심과 간신의 정치적 갈등이, 두 번째 시련은 충신인 장인 강희주와 간신의 정치적 갈등이</u> 계기가 된다는 점에서, 가족의 위기는 국가의 위기와 관련된다. 이로 인해 <u>유충렬은 가족의 위기와 국가의 위기를 모두 해결해야 하는 과업을 부여받게 되는데,</u> 이 두 과업이 함께 해결되는가 하면 우연한 계기로 연이어 해결되기도 한다. <u>이러한 과정을 거쳐 유충렬은 영웅으로 귀환</u>한다.

🔍 **보기 분석**

• 「유충렬전」
  – 유충렬은 두 차례의 시련을 겪음
    1차 유심(부친) vs. 간신, 2차 강희주(장인) vs. 간신
  → 가족의 위기와 국가의 위기를 모두 해결해야 하는 과업 부여
  → 두 과업이 함께 또는 우연한 계기로 연이어 해결
  → 이를 통해 유충렬이 영웅으로 귀환

✅ **정답풀이**

④ 유충렬이 '남적'을 소멸하고 오는 길에 '모친'을 만난 것에서, 우연한 계기에 가족 위기의 해소가 국가 위기의 해소로 이어지고 있음을 알 수 있군.

〈보기〉에서 유충렬은 가족의 위기와 국가의 위기를 모두 해결해야 하는 과업을 부여받았고, 이 두 과업이 함께 해결되는가 하면 우연한 계기로 연이어 해결되기도 한다고 했다. 이를 참고할 때 유충렬이 남적을 소멸하고 오는 길에 회수에서 모친을 기리는 제사를 지내다가 우연히 모친을 만나 돌아오게 되는 것은, 국가 위기의 해소가 가족 위기의 해소로 이어지는 것으로 볼 수 있다.

❌ **오답풀이**

① 유충렬이 일곱 살에 부모와 이별하여 고난을 겪은 것에서, 유충렬의 첫 번째 시련은 '유심'의 유배로 인한 가족의 이산에서 비롯된 것임을 알 수 있군.

〈보기〉에서 유충렬의 첫 번째 시련은 부친 유심과 간신의 정치적 갈등이 계기가 되었다고 했고, 윗글에서 유충렬의 부친 유심이 간신의 모함으로 유배를 가게 되어 유충렬은 일곱 살 때부터 부모와 이별하고 갖은 고난을 겪게 되었다고 했으므로 유충렬의 첫 번째 시련은 유심의 유배로 인해 가족이 헤어져 살게 된 데서 비롯된 것임을 알 수 있다.

② '천자'가 '역적'의 말을 듣고 '충신'을 귀양 보낸 것에서, 유충렬의 두 번째 시련은 '역적'과의 정치적 갈등으로 인한 '강희주'의 유배에서 비롯된 것임을 알 수 있군.

〈보기〉에서 유충렬의 두 번째 시련은 장인 강희주와 간신의 정치적 갈등이 계기가 되었다고 했고, 윗글에서 강희주가 역적인 정한담과 최일귀로 인해 귀양을 갔다고 했으므로 유충렬의 두 번째 시련은 역적과의 정치적 갈등으로 인한 강희주의 유배에서 비롯된 것임을 알 수 있다.

③ 유충렬이 '강희주'를 구하고 더불어 '남적'을 물리친 것에서, 유충렬이 가족의 위기와 국가의 위기를 함께 해결하고 있음을 알 수 있군.

〈보기〉에서 유충렬은 가족의 위기와 국가의 위기를 모두 해결해야 하는 과업을 부여받았고, 이 두 과업이 함께 해결되는가 하면 우연한 계기로 연이어 해결되기도 한다고 했다. 이를 통해 유충렬이 장인 강희주를 구한 것은 가족 위기의 해소에 해당하고, 남적을 물리친 일은 국가 위기의 해소에 해당하여 이를 함께 해결하고 있음을 알 수 있다.

⑤ '남적'을 소탕하고 금의환향하는 유충렬을 백성들이 환대하는 것에서, 유충렬이 영웅으로 귀환하고 있음을 알 수 있군.

〈보기〉에서 유충렬이 과업을 해결하는 과정을 거쳐 영웅으로 귀환한다고 했고, 윗글에서 유충렬은 남적을 소탕하고 금의환향하여 백성들의 환대를 받는다. 이러한 모습을 통해 유충렬이 영웅으로 귀환하고 있음을 확인할 수 있다.

5. ㉠의 문맥적 의미와 가장 가까운 것은?

✅ **정답풀이**

① 나는 분을 <u>이기지</u> 못하고 울음을 터뜨렸다.

㉠의 '이기지'의 대상은 반가움이라는 감정이고, '분을 이기지'에서 '분'도 억울하고 원통한 감정을 의미한다. ㉠과 ①의 '이기다'는 모두 '감정이나 욕망, 흥취 따위를 억누르다.'라는 의미로 쓰였다.

❌ **오답풀이**

② 친구는 제 몸을 <u>이기지</u> 못하고 비틀거렸다.
'몸을 곧추거나 가누다.'라는 의미로 쓰였다.

③ 형은 온갖 역경을 <u>이기고</u> 마침내 성공했다.
'고통이나 고난을 참고 견디어 내다.'라는 의미로 쓰였다.

④ 우리 팀이 상대를 큰 차이로 <u>이기고</u> 우승했다.
'내기나 시합, 싸움 따위에서 재주나 힘을 겨루어 우위를 차지하다.'라는 의미로 쓰였다.

⑤ 삼촌은 병을 <u>이기고</u> 마침내 건강을 회복하였다.
'고통이나 고난을 참고 견디어 내다.'라는 의미로 쓰였다.

[1~4] 다음 글을 읽고 물음에 답하시오.

[앞부분의 줄거리] 천상에서 벌을 받은 문창성은 꿈을 꾸어 인간 세상에 양창곡으로 다시 태어난다. 천상에 함께 있었던 제방옥녀, 천요성, 홍란성, 제천선녀, 도화성도 인간 세상에서 윤 소저, 황 소저, 강남홍, 벽성선, 일지련으로 다시 태어나 양창곡과 결연을 맺는다. 양창곡은 벼슬하고 공을 세워 연왕에 오른다. 그 뒤 부친 양현, 모친 허 부인, 다섯 아내, 자식들과 영화로운 삶을 살게 된다.

이날 밤에 강남홍이 취하여 취봉루에 가 의상을 풀지 아니하고 책상에 ㉠의지하여 잠이 들었더니 홀연 정신이 황홀하고 몸이 정처 없이 떠돌아 일처에 이르매 한 명산이라. 봉우리가 높고 험준하거늘 강남홍이 가운데 봉우리에 이르니 한 보살이 눈썹이 푸르며 얼굴이 백옥 같은데 비단 가사를 걸치고 석장(錫杖)*을 짚고 있다가 웃으며 강남홍을 맞아 왈,

"강남홍은 인간지락(人間之樂)이 어떠한가?"

강남홍이 ㉡망연히 깨닫지 못하여 왈, 보살의 질문을 이해하지 못하는 강남홍

"도사는 누구시며 인간지락은 무엇을 이르시는 것입니까?"

보살이 웃고 석장을 공중에 던지니 한 줄기 무지개 되어 하늘에 닿았거늘 보살이 강남홍을 ㉢인도하여 무지개를 밟아 공중에 올라가더니 앞에 큰 문이 있고 오색구름이 어리었는지라. 강남홍이 문 왈,

"이는 무슨 문입니까?"

보살 왈,

"남천문이니 그대는 문 위에 올라가 보라." 강남홍에게 전생을 깨닫게 해주려는 보살

강남홍이 보살을 따라 올라 한 곳을 바라보니 일월(日月) 광채 ㉣휘황한데 누각 하나가 허공에 솟았거늘 백옥 난간이며 유리 기둥이 영롱하여 눈이 부시고 누각 아래 푸른 난새와 붉은 봉황이 쌍쌍이 ㉤배회하며 몇몇 선동(仙童)과 서너 명의 시녀가 신선 차림으로 난간머리에 섰으며 누각 위를 바라보니 한 선관과 다섯 선녀가 난간에 의지하여 취하여 자는지라. 보살께 문 왈,

"이곳은 어느 곳이며 저 선관, 선녀는 어떠한 사람입니까?"

보살이 미소 지으며 왈,

"이곳은 백옥루요 제일 위에 누운 선관은 문창성(文昌星)이요 차례로 누운 선녀는 제방옥녀(諸方玉女)와 천요성(天妖星)과 홍란성(紅鸞星)과 제천선녀(諸天仙女)와 도화성(桃花星)이니, 홍란성은 즉 그대의 전신(前身)이니라."

강남홍이 속으로 놀라 왈, 자신이 천상의 선녀 홍란성임을 알게 되어 놀란 강남홍

"저 다섯 선녀는 다 천상에서 입도(入道)한 선관이라. 어찌 저다지 취하여 잠을 잡니까?"

보살이 홀연 서쪽을 보며 합장하더니 시 한 구를 외워 왈,

정이 있으면 인연이 생기고
인연이 있으면 정이 생기도다.
정이 다하고 인연이 끊어지면
만 가지 생각이 함께 텅 비는구나.

강남홍이 듣고 정신이 상쾌하여 문득 깨달아 보살의 시를 듣고 깨달음을 얻은 강남홍 왈,

"나는 본디 천상의 별인데 인연을 맺어 잠깐 하계(下界)에 내려온 것이로다."

(중략)

강남홍 왈,

"그러하면 저도 또한 천상의 별이라. 이미 여기 왔으니 다시 인간 세상에 돌아갈 마음이 없나이다." 인간 세상에 돌아가지 않겠다는 강남홍

보살이 웃으며 왈,

"하늘이 정한 인연을 인력으로 할 바 아니다. 그대 인간 인연을 마치지 못하였으니 빨리 돌아가라. 강남홍에게 인간 세상으로 돌아가라고 말하는 보살 사십 년 후에 다시 와 옥황상제께 조회하고 천상지락(天上之樂)을 누릴지어다."

강남홍이 문 왈,

"보살은 뉘십니까?"

보살이 웃으며 왈,

"빈도(貧道)는 남해 수월암 관세음보살이라. 부처의 명을 받아 그대를 지도하러 왔노라."

보살이 말을 마치고 석장을 공중에 던지니 오색 무지개 일어나며 홀연 우렛소리 울리거늘 // 장면 끊기 01 강남홍은 꿈에서 관세음보살을 만나 백옥루에 가게 되고, 거기서 자신의 전신이 홍란성임을 알게 됨 강남홍이 놀라 깨어 보니 몸이 취봉루 책상 앞에 누웠는지라.

강남홍은 꿈속 일이 의아하여 꿈속 일을 이상하게 여기는 강남홍 연왕과 윤 부인, 황 부인, 벽성선, 일지련에게 낱낱이 말하니 그들 또한 같은 꿈을 꾸었는지라. 서로 탄식하며 의아해 하더니 같은 꿈을 꾼 것을 범상치 않다고 여기는 연왕(양창곡)과 다섯 아내 허 부인이 듣고 강남홍더러 왈,

"내 고향에 있을 적 늦도록 무자(無子)하여 옥련봉 돌부처에게 기도하고 연왕을 낳았으니 그 돌부처가 곧 관세음보살이라. 그 한량없는 공덕을 갚지 못하였더니 이제 너의 꿈에 나타나 불사(佛事)를 권하는 것이 아니겠느냐? 듣자 하니 벽성선의 부친 보조국사께서 자개봉 대승사에 계신데 불법(佛法)에 정통하다 하니 청하여 옥련봉 돌부처를 위하여 일개 암자를 짓고 한편으로 대승사에 백일 동안 재(齋)를 올려 관세음

보살의 자비로운 공덕을 갚고자 하노라."

벽성선이 크게 기뻐하며 보조국사께 암자를 짓고 재를 올리자고 청하자는 허 부인의 말을 듣고 기뻐하는 벽성선 즉시 보조국사를 청하여 재 올리기를 시작하고 재물을 후히 보내어 옥련봉에 암자를 창건*하였더니, 과연 그 후 사십 년을 부귀를 누리다가 양현과 허 부인은 수(壽)를 팔십여 세 하고, 연왕은 다시 출장입상하여 또한 수를 팔십을 하고, 윤 부인 삼자 이녀(三子二女)에 수 칠십이요, 황 부인은 이자 일녀에 수 육십을 넘기고, 강남홍은 오자 삼녀에 수 칠십이요, 벽성선, 일지련은 각각 삼자 이녀에 수를 또한 칠십세를 하니, 연왕의 자녀 합 이십육에 아들 십육 인은 각각 입신양명하여 부귀영화를 누리고 딸 십 인은 왕공 부인이 되어 다자 다복(多子多福)하더라.

// **장면 끊기 02** 강남홍은 꿈에서 깨어나고, 연왕과 나머지 부인들도 같은 꿈을 꾸었음을 알게 됨. 이를 들은 허 부인의 제안에 따라 암자를 짓고 재를 올린 결과 집안이 모두 부귀영화를 누림

– 남영로, 「옥루몽」 –

📜 전체 줄거리

천상계에서 문창성이 취중에 지상계를 그리워하는 시를 읊고 제방옥녀를 비롯한 선녀들을 희롱한다. 이를 안 옥황상제가 크게 노하여 문창성은 양창곡, 제방옥녀는 윤 소저, 천요성은 황 소저, 홍란성은 강남홍, 제천선녀는 벽성선, 도화성은 일지련으로 인간 세상에 태어나게 한다. 인간 세상으로 하강한 양창곡은 과거를 보러 가던 중 기생 강남홍과 가연을 맺고, 강남홍의 천거로 윤 소저와도 인연을 맺는다. 이 무렵, 소주 자사 황공이 강남홍을 탐하자 강남홍은 강물에 투신하지만 윤 소저에 의해 구출되어 남쪽 탈탈국의 절에 몸을 의탁한다. 양창곡은 장원 급제하여 대원수가 되어 남만을 치는데, 만국의 원수가 되어 있던 강남홍은 명의 원수가 양창곡임을 알고 그에게 도망쳐 온다. 연왕으로 책봉된 양창곡은 처첩들과 함께 부귀영화를 누리다가 천상계로 돌아가 다시 선관이 된다.

😀 인물 관계도

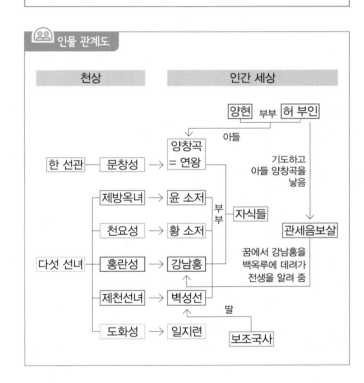

이것만은 챙기자

*석장: 승려가 짚고 다니는 지팡이.
*창건: 건물이나 조직체 따위를 처음으로 세우거나 만듦.

1. 윗글의 서술상 특징으로 가장 적절한 것은?

✅ 정답풀이

③ 순간적으로 장면을 전환하여 사건의 환상적 면모를 부각하고 있다.

> 강남홍이 꿈속으로 들어가는 장면인 '홀연 정신이 황홀하고 몸이 정처 없이 떠돌아 일처에 이르매 한 명산이라.'와 꿈에서 깨어나는 장면인 '홀연 우렛소리 울리거늘 강남홍이 놀라 깨어 보니 몸이 취봉루 책상 앞에 누웠는지라.'에서 순간적인 장면 전환이 나타나 사건의 환상적 면모를 부각하고 있다.

❌ 오답풀이

① 서술자가 개입하여 앞으로 일어날 사건을 예고하고 있다.
보살이 강남홍에게 '사십 년 후에 다시 와 옥황상제께 조회하고 천상지락을 누릴지어다.'라고 하는 것에서 앞으로 일어날 사건을 짐작해 볼 수 있다. 그러나 이는 '대화'이지 서술자의 개입은 아니다.

② 대립적인 두 인물을 배치하여 인물 간 갈등을 구체화하고 있다.
윗글에 대립적인 두 인물이나 인물 간 갈등은 나타나지 않는다.

④ 내적 독백을 활용하여 난관을 극복하고자 하는 의지를 표현하고 있다.
윗글에 내적 독백을 활용한 부분은 나타나지 않는다. 또한 난관에 처하거나 이를 극복하고자 하는 의지를 표현하고 있는 인물도 없다.

⑤ 인물의 외양을 묘사하여 인물의 혼란스러운 심리 상태를 드러내고 있다.
'한 보살이 눈썹이 푸르며 얼굴이 백옥 같은데 비단 가사를 걸치고 석장을 짚고 있다가 웃으며'에서 보살의 외양 묘사가 나타난다. 하지만 이는 보살이 평범한 인물이 아님을 보여 주는 것일 뿐, 인물의 혼란스러운 심리 상태를 드러내고 있는 것은 아니다.

🌱 기틀잡기

> ① **서술자의 개입:** 서술자가 사건이나 인물에 대한 자기 생각이나 판단을 직접 독자에게 이야기하는 것.
> ③ **장면 전환:** 인물, 배경, 사건 등의 소설의 구성 요소가 바뀌는 것. '주요 인물'에 초점을 맞추어 인물이 처한 상황에 변화가 있는지 혹은 '초점이 되고 있는 인물'에 변화가 있는지를 판단하면 됨.
> ④ **내적 독백:** 발화되지 않은 독백으로, 인물의 생각을 그대로 옮겨 놓은 것을 뜻함. 생각임을 표시하기 위해 작은따옴표(' ')를 사용해 표시하는 것이 원칙이나 생략되기도 함.
> ⑤ **외양 묘사:** 인물의 겉모습을 그림 그리듯이 구체적이고 감각적으로 표현함.

2. 윗글에 대한 이해로 적절하지 <u>않은</u> 것은?

✅ 정답풀이

③ '강남홍'은 선관, 선녀들과 '남천문'에서 재회하였다.

> 강남홍은 보살을 만나 오게 된 남천문에서 선관, 선녀들이 취하여 자는 모습을 보게 된다. 그들은 현재 인간 세상에서 부부 관계인 양창곡(문창성)과 다섯 부인의 전생인데, 여기서 '재회'란 '다시 만남. 또는 두 번째로 만남.'을 의미한다. 강남홍은 남천문에서 선관과 선녀들이 자는 모습을 일방적으로 바라보기만 하였고, 이전에 '강남홍'의 신분으로 선관과 선녀들을 만난 적은 없으므로 이를 '재회'한 것으로 보기는 어렵다.

❌ 오답풀이

① '강남홍'은 '명산'에서 '보살'을 처음 만났다.
강남홍은 꿈속에서 한 명산의 봉우리에 이르게 되는데, 거기서 한 보살이 인간지락이 어떠하냐고 묻자 '도사는 누구'냐며 되묻고 있다. 이로 보아 강남홍은 명산에서 보살을 처음 만났음을 알 수 있다.

② '보살'은 '석장'을 이용하여 '남천문'에 당도하였다.
'보살이 웃고 석장을 공중에 던지니 한 줄기 무지개 되어 하늘에 닿았'고, '무지개를 밟아 공중에 올라가더니 앞에 큰 문이 있'었는데 그 문이 바로 남천문이므로 보살은 석장을 이용하여 남천문에 당도한 것이다.

④ '보살'은 '강남홍'이 천상의 존재였음을 알려 주었다.
보살은 취하여 자는 한 선관과 다섯 선녀에 대해 언급하며, 강남홍에게 '홍란성은 즉 그대의 전신이니라.'라고 말한다. 따라서 보살은 강남홍이 천상의 존재였음을 알려 주는 인물이다.

⑤ '허 부인'은 '옥련봉 돌부처'에게 기도하여 '양창곡'을 낳았다.
허 부인은 '내 고향에 있을 적 늦도록 무자하여 옥련봉 돌부처에게 기도하고 연왕을 낳았'다고 했는데, [앞부분의 줄거리]에서 '양창곡은 벼슬하고 공을 세워 연왕에 오른다.'라고 하였다. 따라서 허 부인이 돌부처에게 기도를 한 뒤 낳은 연왕이 곧 양창곡임을 알 수 있다.

🎯 평가원의 관점 · 2-④번

> **이의 제기**
> ④번도 적절하지 않은 것 같아요.
>
> **답변**
> 보살이 강남홍에게 '홍란성은 즉 그대의 전신(전생의 몸)이니라.'라고 말한 부분에서 강남홍이 천상의 존재였음을 보살이 직접 알려 주고 있음을 확인할 수 있습니다. 그러므로 ④번은 적절한 설명입니다.

3. 〈보기〉를 참고하여 윗글을 감상한 내용으로 적절하지 <u>않은</u> 것은? [3점]

〈보기〉

「옥루몽」의 환몽(幻夢) 구조는 독특하다. 천상계에서 꿈을 통해 속세로 진입한 남녀 주인공들은 속세에서 다시 꿈을 꾸어 천상계를 경험하는데, 이때 신이한 존재에 의해 자신의 정체를 깨달으며 꿈에서 깨어나게 된다. 꿈에서 깨어난 남녀 주인공들은 속세로 돌아와 천수를 누린 뒤에야 천상계에 복귀한다.

🔍 **보기 분석**

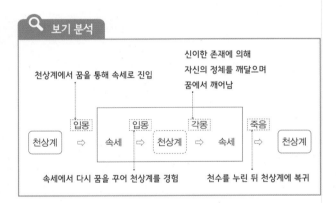

✅ **정답풀이**

① '강남홍'이 '취봉루'에서 꿈에 드는 것으로 보아, '취봉루'는 천상계에서 속세로 입몽하는 공간이군.

> 강남홍은 취봉루에서 꿈에 들어 남천문 위에 올라가 백옥루를 보게 된다. 이는 〈보기〉를 참고할 때 '속세에서 다시 꿈을 꾸어 천상계를 경험'한 것이므로, 취봉루는 천상계에서 속세로 입몽하는 공간이 아니라 속세에서 천상계로 입몽하는 공간이다.

❌ **오답풀이**

② '강남홍'이 '백옥루'를 보며 자신의 정체를 깨닫는 것으로 보아, '백옥루'는 속세에서의 입몽을 통해 자신의 정체를 깨닫게 되는 천상계의 공간이군.

〈보기〉에서 주인공은 '속세에서 다시 꿈을 꾸어 천상계를 경험하는데, 이때 신이한 존재에 의해 자신의 정체를 깨'닫는다고 했다. 강남홍은 보살에게 백옥루에서 취하여 자는 이들이 어떠한 사람인지 묻고, 보살의 대답을 통해 자신이 천상의 존재였다는 것을 알게 된다. 따라서 백옥루는 속세에서의 입몽을 통해 강남홍이 자신의 정체를 깨닫게 되는 천상계의 공간이라 할 수 있다.

③ '보살'이 '강남홍'에게 인간 세상의 인연이 끝나지 않았다고 하는 것으로 보아, '보살'은 천상계에서 속세로의 각몽을 유도하는 신이한 존재이군.

〈보기〉에서 주인공은 '신이한 존재에 의해 자신의 정체를 깨달으며 꿈에서 깨어나게 된다.'라고 했다. 이를 참고할 때 꿈속 천상계에 머무르겠다는 강남홍에게 '그대 인간 인연을 마치지 못하였으니 빨리 돌아가라.'라고 하는 보살은 천상계에서 속세로 돌아가게 각몽을 유도하는 존재임을 알 수 있다.

④ '허 부인'이 '보살'을 '옥련봉 돌부처'와 연관 짓는 것으로 보아, '암자'를 창건한 것은 신이한 존재에 대한 속세에서의 보답이군.

허 부인은 '옥련봉 돌부처에게 기도하고 연왕을 낳았'으니 '그 돌부처가 곧 관세음보살', 즉 꿈속 보살이라고 말하며 관세음보살의 공덕을 갚기 위해 암자를 짓는다. 이는 각몽 이후 신이한 존재인 관세음보살에 대한 속세에서의 보답이라고 할 수 있다.

⑤ '양창곡' 일가가 속세에서 천수를 누리고 일생을 마무리하는 것으로 보아, 이 작품은 주인공이 속세에서 연을 다한 후 천상계로 복귀하는 구조로 이루어졌군.

〈보기〉에서 '꿈에서 깨어난 남녀 주인공들은 속세로 돌아와 천수를 누린 뒤에야 천상계에 복귀한다.'라고 했다. 이를 참고할 때 '사십 년을 부귀를 누리다가~다자 다복하더라.'와 같이 양창곡 일가가 속세에서 천수를 누리고 일생을 마무리하는 것은 이 작품이 주인공이 속세에서 연을 다한 후 천상계로 복귀하는 구조로 이루어져 있음을 보여 준다.

🌱 **기틀잡기**

- **환몽 구조:** '현실 – (입몽) – 꿈 – (각몽) – 현실'의 구조. 주인공이 꿈으로 들어가는 입몽을 거쳐 꿈에서 새로운 인물로 태어나 새로운 삶을 체험한 뒤, 꿈을 깨는 각몽을 통해 깨달음을 얻게 되는 구조. 몽자류 소설은 제목에 몽(夢)자가 붙은 소설로 환몽 구조를 이루고 있는 것이 특징임.
- **이원론적 구성:** 주인공의 초월적 능력을 부각하기 위해 공간적 배경을 천상계와 지상계로 나누는 것을 이원적 구성이라고 하고, 주인공이 천상계에서 지상계로 추방당하는 것을 적강 구성이라고 함. 고전소설 중에는 천상계와 지상계가 인과응보의 원리에 의해 연결되어 서사가 진행되는 작품이 많음.

천상계	득죄	
	↓ 적강	↑ 복귀
지상계	속죄의 과정(시련을 겪음) →	끝

4. 문맥상 ㉠~㉺과 바꿔 쓰기에 적절하지 <u>않은</u> 것은?

✓ 정답풀이

⑤ ㉺: 어울리며

> '배회하다'는 '아무 목적도 없이 어떤 곳을 중심으로 어슬렁거리며 이리 저리 돌아다니다.'의 의미이므로 '함께 사귀어 잘 지내거나 일정한 분위 기에 끼어 들어 같이 휩싸이다.'의 의미인 '어울리다'로 바꿔 쓸 수 없다. 문맥상 '배회하다'와 바꿔 쓰기에 적절한 단어는 '돌아다니다' 정도가 된다.

✗ 오답풀이

① ㉠: 기대어

'의지하다'는 '다른 것에 몸을 기대다'라는 의미이고, '기대다'는 '몸이나 물건을 무엇에 의지하면서 비스듬히 대다.'라는 뜻이다.

② ㉡: 멍하니

'망연하다'는 '아무 생각이 없이 멍하다.'라는 의미이고, '멍하다'는 '정신이 나간 것처럼 자극에 대한 반응이 없다.'라는 뜻이다.

③ ㉢: 이끌어

'인도하다'는 '이끌어 지도하다.'라는 의미이고, '이끌다'는 '사람, 단체, 사물, 현상 따위를 인도하여 어떤 방향으로 나가게 하다.'라는 뜻이다.

④ ㉣: 눈부신데

'휘황하다'는 '광채가 나서 눈부시게 번쩍이다.'라는 의미이고, '눈부시다'는 '빛이 아주 아름답고 황홀하다.'라는 뜻이다.

📋 문제적 문제

• 4-②, ⑤번

> 학생들이 정답 이외에 가장 많이 고른 선지가 ②번이다. 문맥적 의미를 파악하는 문제에서는 해당 단어를 선지와 바꿔서 읽어 보며 본래의 뜻과 동일하게 의미가 전달되는지를 확인하면 된다.
> 우선 정답인 ⑤번의 경우, '푸른 난새와 붉은 봉황이 쌍쌍이 배회하며'는 푸른 난새와 붉은 봉황이 쌍쌍이 이리저리 돌아다닌다는 의미이다. 하지만 '배회하며'를 '어울리며'로 바꾸면 푸른 난새와 붉은 봉황이 쌍쌍이 섞여 어우러진다는 의미가 되어 본래의 뜻과 멀어진다.
> 매력적 오답인 ②번의 경우, '강남홍이 망연히 깨닫지 못하여'는 강남홍이 얼이 빠지고 멍한 상태를 의미한다. 이때 '망연히'를 '멍하니'로 바꾸어도 여전히 강남홍이 얼이 빠진 상태를 의미하므로 본래의 뜻과 달라지지 않는다.

정답률 분석

	매력적 오답			정답
①	②	③	④	⑤
2%	28%	3%	3%	64%

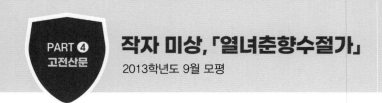
[1~4] 다음 글을 읽고 물음에 답하시오.

[A] "여보 장모! 춘향이나 좀 보아야제?" 춘향이를 만나고 싶은 서방님 (어사또)

"그러지요. 서방님이 춘향을 아니 보아서야 인정이라 하오리까?"

향단이 여짜오되,

"지금은 문을 닫았으니 바라*를 치거든 가사이다."

이때 마침 바라를 뎅뎅 치는구나. 향단이는 미음상 이고 등롱 들고 어사또는 뒤를 따라 옥문간 당도하니 인적이 고요하고 사정이도 간곳없네.

// 장면 끊기 01 향단이, 춘향 어머니, 어사또가 옥에 있는 춘향을 만나러 감

이때 춘향이 비몽사몽간에 서방님이 오셨는데, 머리에는 금관(金冠)이요 몸에는 홍삼(紅衫)이라. 상사일념(相思一念) 끝에 만단정회(萬端情懷)하는 차라. 어사또를 그리워하는 춘향

"춘향아." 부른들 대답이나 있을쏘냐. 어사또 하는 말이,

"크게 한번 불러 보소."

"모르는 말씀이오. 예서 동헌이 마주치는데, 소리가 크게 나면 사또 염문(廉問)*할 것이니, 잠깐 지체하옵소서."

"무어 어때, 염문이 무엇인고? 내가 부를게 가만있소! 춘향아!"

부르는 소리에 깜짝 놀라 일어나며, 어사또 목소리가 들려 깜짝 놀라는 춘향

[B] "허허, 이 목소리, 잠결인가, 꿈결인가? 그 목소리 괴이하다."

어사또 기가 막혀 "내가 왔다고 말을 하소."

"왔단 말을 하게 되면 기절담락(氣絶膽落)할 것이니, 가만히 계시옵소서." 어사또가 왔다는 말을 하면 춘향이 놀라 기절할 것을 염려해 어사또의 행동을 만류하는 춘향 어머니

춘향이 저의 모친 음성 듣고 깜짝 놀라, 어머니의 목소리를 듣고 깜짝 놀라는 춘향

[C] "어머니, 어찌 와 계시오? 몹쓸 딸자식을 생각하와 천방지방(天方地方) 다니다가 낙상(落傷)하기 쉽소. 이훌랑은 오실라 마옵소서." 어머니가 다칠까 염려되어 옥에 갇힌 자신을 찾아오지 말라는 춘향

"날랑은 염려 말고 정신을 차리어라. 왔다."

"오다니 누가 와요?"

"그저 왔다."

"갑갑하여 나 죽겠소! 일러 주오. 꿈 가운데 임을 만나 만단정회하였더니, 혹시 서방님께서 기별 왔소? 언제 오신단 소식 왔소? 벼슬 띠고 내려온단 노문(路文)* 왔소? 애고, 답답하여라!" 어사또의 소식을 알려주지 않아 답답한 춘향

[D] "너의 서방인지 남방인지, 걸인 하나 내려왔다!"

"허허, 이게 웬 말인가? 서방님이 오시다니 몽중에 보던 임을 생시에 본단 말가?"

문틈으로 손을 잡고 말 못하고 기색하며,

"허허, 이게 누구시오? 아마도 꿈이로다. 상사불견(相思不見) 그린 임을 이리 쉬이 만날쏜가? 이제 죽어 한이 없네. 그리워하던 어사또를 만나 반가워하는 춘향 어찌 그리 무정한가? 박명하다, 나의 모녀. 서방님 이별 후에 ⓐ자나 누우나 임 그리워 일구월심(日久月深) 한(恨)일러니, 이내 신세 이리 되어 매에 감겨 죽게 되니, 날 살리러 와 계시오?"

한참 이리 반기다가 임의 형상 자세 보니, 어찌 아니 한심하랴.

[E] "여보 서방님, 내 몸 하나 죽는 것은 설운 마음 없소마는 서방님 이 지경이 웬일이오?" 어사또의 모습을 보고 깜짝 놀란 춘향

"오냐 춘향아, 설워 마라. 인명이 재천인데 설만들 죽을쏘냐?"

// 장면 끊기 02 옥에 갇힌 춘향이 어사또와 재회함

춘향이 저의 모친 불러,

"한양성 서방님을 칠 년의 큰 가뭄에 백성들이 비 기다린들 나와 같이 자진(自盡)턴가. 심은 나무 꺾어지고 공든 탑이 무너졌네. 가련하다, 이내 신세, 하릴없이 되었구나. 초라한 모습으로 나타난 어사또를 보고 슬퍼하며 신세를 한탄하는 춘향 어머님, 나 죽은 후에라도 원이나 없게 하여 주옵소서. (중략) 만수운환(漫垂雲鬟) 흐트러진 머리 이렁저렁 걷어 얹고 이리 비틀 저리 비틀 들어가서 매 맞아 죽거들랑, 삯군인 척 달려들어 둘러업고 우리 둘이 처음 만나 놀던 ㉠부용당(芙蓉堂)의 적막하고 요적한* 데 뉘어 놓고 서방님 손수 염습(殮襲)*하되, 나의 혼백 위로하여 입은 옷 벗기지 말고 양지 끝에 묻었다가, 서방님 귀히 되어 청운*에 오르거든 일시도 둘라 말고 육진장포(六鎭長布) 다시 염하여 조촐한 상여 위에 덩그렇게 실은 후에 북망산천 찾아갈 제, 앞 남산 뒤 남산 다 버리고 한양으로 올려다가 ㉡선산(先山)발치에 묻어 주고, 비문에 새기기를, '수절원사(守節寃死)* 춘향지묘(春香之墓)'라 여덟 자만 새겨 주오. 죽어서라도 양반 가문의 일원으로 인정받고 싶은 춘향 망부석이 아니 될까. 서산에 지는 해는 내일 다시 오련마는 불쌍한 춘향이는 한번 가면 어느 때 다시 올까. 신원(伸寃)*이나 하여 주오. 애고 애고, 내 신세야."

// 장면 끊기 03 춘향은 걸인의 모습으로 나타난 어사또를 보고 자신의 신세를 한탄하며 유언을 남김

– 작자 미상,「열녀춘향수절가」–

*수절원사: 절개를 지키다 원통하게 죽음.
*신원: 가슴에 맺힌 원한을 풀어 버림.

📑 전체 줄거리

숙종대왕 즉위 초에 퇴기 월매는 자식이 없어 매일 기도를 하여 성 참판과의 사이에서 딸 춘향을 낳는다. 춘향은 어릴 때부터 용모가 아름답고 시와 그림에 능하여 온 고을이 춘향을 칭송했다. 어느 봄날 사또 자제 이몽룡이 광한루에 봄 구경 갔다가 그곳에서 그네를 타는 춘향을 보고 춘향의 아름다운 자태에 반해 방자를 시켜 춘향을 데려오게 하지만, 춘향은 그에 응하지 않는다. 이 도령은 그날로 춘향의 집으로 찾아가 월매에게 춘향과 백년가약을 맺겠다고 맹세하고 부부의 연을 맺는다. 그러던 어느 날, 부친의 남원부사 임기가 끝나자 이 도령과 춘향은 이별을 맞이한다. 이 도령은 춘향과 다시 만날 것을 기약하고 한양으로 떠난다. 남원부사로 새로 부임한 변학도는 만사를 제쳐 두고 이름난 기생들을 불러 모아 연일 잔치를 벌이는데, 그 와중에 예쁘기로 소문난 춘향도 불려가게 된다. 변학도는 춘향이 기생의 딸이므로 춘향 또한 기생이나 마찬가지이니 수청을 들라고 하지만, 춘향이 수청을 들 수 없다고 거절하여 옥에 갇히게 되고, 화가 난 변학도는 춘향을 자신의 생일날 처벌하겠다고 한다.

한편 한양으로 간 이 도령은 장원급제하여 암행어사로 다시 남원에 내려오게 된다. 이 도령은 변학도의 횡포와 춘향이 겪은 일들을 모두 듣게 되지만 <u>자신의 신분을 속이기 위해 거지 행세를 하며 넋 나간 사람처럼 행동한다. 춘향은 그런 그를 원망하기는커녕 여전히 변치 않는 사랑을 보여 준다.</u> 이윽고 변학도의 생일날, 남루한 행색을 한 이 도령이 들어와 자신이 시를 한 수 지을 테니 술 한 잔만 대접해 달라고 하며 변학도가 백성을 핍박하는 것을 꼬집는 시를 지어낸다. 변학도는 그 시를 보고도 그가 암행어사라는 것을 알아차리지 못한 채 춘향을 불러내라 명령하고, 곧 암행어사가 출두한다. 변학도와 그 무리들은 포박당하고 춘향과 이 도령은 기쁘게 재회한다. 춘향은 굳은 절개로 인해 칭송받고 이 도령과 함께 행복하게 산다.

🏷️ 이것만은 챙기자

* **바라:** 조선 시대에, 새벽에 통행금지를 해제하기 위하여 종을 33번 치던 일.
* **염문:** 사정이나 형편 따위를 몰래 물어봄.
* **노문:** 조선 시대에, 공무로 지방에 가는 벼슬아치의 도착 예정일을 미리 그곳 관아에 알리던 공문.
* **요적하다:** 고요하고 적적하다.
* **염습:** 시신을 씻긴 뒤 수의를 갈아입히고 염포로 묶는 일.
* **청운:** 높은 지위나 벼슬을 비유적으로 이르는 말.

👥 인물 관계도

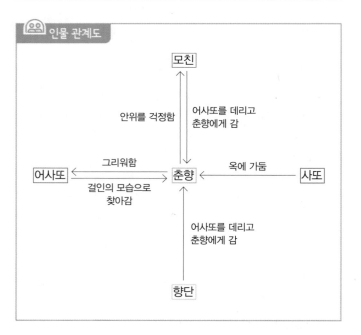

1. 윗글에 대한 설명으로 가장 적절한 것은?

정답풀이

⑤ 인물 간의 대화를 통해 주인공이 처한 상황과 내면을 드러내고 있다.

> 옥에 갇혀 고초를 겪으며 죽을 위기에 처한 춘향의 상황, 초라한 어사또의 모습을 보고 걱정하며 자기 신세를 한탄하는 춘향의 내면이 인물 간의 대화를 통해 드러나고 있다.

오답풀이

① 꿈의 삽입을 통해 환상적 분위기를 조성하고 있다.
'이때 춘향이 비몽사몽간에 서방님이 오셨는데, 머리에는 금관이요 몸에는 홍삼이라.~만단정회하는 차라'에서 언급된 꿈은 춘향의 간절한 소망을 드러낼 뿐, 이를 통해 환상적인 분위기를 조성하고 있지는 않다.

② 서술자의 직접 개입으로 인물의 성격을 희화화하고 있다.
'한참 이리 반기다가 임의 형상 자세 보니, 어찌 아니 한심하랴.'에서 서술자가 개입하는 부분은 나타나지만, 이는 춘향의 심리를 대변해 주는 것일 뿐 인물의 성격을 희화화하고 있는 것은 아니다.

③ 순차적 사건 진행으로 갈등이 해소되었음을 보여 주고 있다.
사건이 순차적으로 진행되고 있는 것은 맞지만 갈등의 해소가 나타나지는 않는다.

④ 우의적 소재를 활용하여 사건 해결의 실마리를 제공하고 있다.
윗글에 우의적 소재는 나타나지 않는다. 또한 사건 해결의 실마리를 제공하는 소재도 나타나지 않는다.

기틀잡기

> ② **희화화**: 어떤 인물의 외모나 성격, 또는 사건이 의도적으로 우스꽝스럽게 묘사되거나 풍자됨.
> ④ **우의**: 인격화된 동식물이나 다른 사물에 빗대어 비유적인 뜻을 나타내거나 풍자함.

2. 〈보기〉를 참고하여 ㉠, ㉡에 대해 토의하였다. 토의한 내용으로 적절하지 않은 것은?

> ㉠: 부용당(芙蓉堂)
> ㉡: 선산(先山)발치

〈보기〉

> 「춘향전」은 춘향과 이몽룡의 신분을 초월한 사랑 이야기를 중심으로 여성의 정절 및 신분 상승의 문제를 다루면서 당대 사회에 대한 비판 의식을 드러내고 있다.

보기 분석

> • 「춘향전」: 여성의 정절 및 신분 상승 문제 다룸
> – 당대 사회에 대한 비판 의식을 드러냄

정답풀이

⑤ ㉡은 춘향에게 정절을 강요하는 당대 사회에 대한 춘향의 비판 의식이 투영된 공간이라 할 수 있어.

> 윗글에 춘향이 정절을 지킨 이유가 당대 사회의 강요라고 볼 수 있는 근거는 없다. 〈보기〉에는 「춘향전」에 '당대 사회에 대한 비판 의식'이 드러나 있다고 했을 뿐 춘향이 사회에 대한 비판 의식을 가지고 있다고 한 것은 아니다. 게다가 춘향은 ㉡에 묻힘으로써 양반 가문의 일원으로 인정받고 싶어 하는 욕망을 가지고 있으므로 춘향이 당대 사회에 대한 비판 의식을 가지고 있다고 보기 어렵다.

오답풀이

① ㉠은 춘향과 어사또의 사랑이 싹튼 곳이니까 두 사람의 추억이 어린 공간이라 할 수 있어.
'우리 둘이 처음 만나 놀던 부용당'이라고 했으므로, ㉠은 춘향과 어사또의 사랑이 싹튼 추억의 공간이라고 할 수 있다.

② ㉠을 춘향의 혼백이 위로받는 장소로 본다면 춘향이 어사또의 사랑을 다시 확인받고자 하는 공간이라 할 수 있어.
'부용당의 적막하고 요적한 데 뉘어 놓고 서방님 손수 염습하되, 나의 혼백 위로하여'에서 춘향은 자신이 죽으면 어사또가 직접 자신을 염습하여 혼백을 위로해 주기를 바라고 있음을 알 수 있다. 따라서 ㉠은 춘향이 어사또의 사랑을 다시 확인받고자 하는 공간이라고 할 수 있다.

③ ⓒ은 수절원사라는 표현으로 보아 춘향의 정절에 대한 보상이 이루어지는 공간이라 할 수 있어.

춘향은 자신이 죽으면 '선산발치에 묻어 주고' 비문에 '수절원사 춘향지묘'라고 새겨 달라고 하였다. '수절원사'는 '절개를 지키다 원통하게 죽음'을 뜻하므로 이를 비문에 새기는 것은 춘향의 정절을 인정해 준다는 의미가 된다. 또한 '선산'은 가문의 조상들이 묻히는 공간이기 때문에 춘향이 '선산'에 묻힌다는 것은 곧 이몽룡(어사또) 집안의 일원으로 인정받는 일이라고 할 수 있다. 따라서 ⓒ은 춘향의 정절에 대한 보상이 이루어지는 공간이라고 할 수 있다.

④ ⓒ은 춘향의 한이 풀어지는 장소이자 신분 상승을 상징하는 공간이라 할 수 있어.

목숨을 걸고 정절을 지켰으나 죽게 될 상황에 처하게 되었다고 생각하는 춘향은, 어사또가 벼슬에 오르면 자신을 다시 염하여 '선산발치'에 묻어 달라고 한다. '선산'은 '조상의 무덤이 있는 산'으로 '선산발치'에 묻히는 것은 정절에 대한 보상으로 춘향이 양반 가문의 일원으로 인정받음을 의미한다. 따라서 ⓒ은 춘향의 한이 풀어지는 장소이자 신분 상승을 상징하는 공간이라고 할 수 있다.

🎯 **평가원의 관점** · 2—③, ④번

이의 제기
ⓒ이 춘향의 정절에 대한 보상이 이루어지는 공간인지, 신분 상승을 상징하는 공간인지 알기 어려운 것 아닌가요?

답변
윗글의 '서방님 귀히 되어 청운에 오르거든~여덟 자만 새겨 주오.'를 보면, '선산발치'가 춘향의 정절에 대한 보상의 공간임을 알 수 있습니다. 또한 춘향이가 어사또의 '선산발치'에 묻힌다는 것은 그 가문의 일원으로 인정됨을 의미합니다. 이로 볼 때, '선산발치'는 춘향의 한이 풀어지는 공간이자, 신분 상승을 상징하는 공간이라 할 수 있습니다.

| 인물의 특징 및 심리 파악 | 정답률 86

3. [A]~[E]를 이해한 것으로 적절한 것은?

✅ **정답풀이**

④ [D]: '춘향 모친'은 비꼬는 말로 '어사또'에 대한 불편한 심기를 나타내고 있다.

춘향 모친은 '남편'을 의미하는 '서방'과 '서쪽'을 의미하는 '서방'의 발음이 같음을 이용하여, 거지의 모습으로 나타난 어사또를 비꼬며 불편한 마음을 드러내고 있다.

❌ **오답풀이**

① [A]: '어사또'와 '춘향 모친'은 높임말로 서로에게 존대하고 있다.
어사또는 춘향 모친에게 '보아야제?'와 같은 낮춤말을 사용한 반면, 춘향 모친은 어사또에게 '그러지요.~하오리까?'와 같이 높임말로 존대하고 있다.

---

② [B]: '춘향'은 자책하는 말로 '어사또'에 대한 그리움을 드러내고 있다.
춘향은 어사또의 목소리를 듣고 이상하게 생각하고 있을 뿐, 스스로를 책망하고 있지는 않다.

③ [C]: '춘향'은 불평하는 말로 '모친'에 대한 원망(怨望)을 드러내고 있다.
춘향은 정처 없이 다니다가 넘어져서 다칠지도 모르니 앞으로 자신에게 오지 말라며 모친을 걱정하고 있을 뿐, 모친에 대한 원망을 드러내고 있지는 않다.

⑤ [E]: '춘향'은 자문자답하는 말로 '어사또'에 대한 믿음을 드러내고 있다.
춘향은 어사또에게 '이 지경이 웬일이오?'라고 질문하며 염려와 걱정을 드러내고 있을 뿐, 자문자답하는 말을 하거나 어사또에 대한 믿음을 드러내지 않는다.

| 어휘의 의미 파악 | 정답률 89

4. ⓐ의 상황을 나타내는 말로 가장 적절한 것은?

ⓐ: 자나 누우나 임 그리워

✅ **정답풀이**

② 오매불망(寤寐不忘)

ⓐ는 춘향이가 자나 누우나 서방님을 잊지 못하고 그리워하는 상황을 말한다. 따라서 '자나 깨나 잊지 못함.'을 이르는 말인 '오매불망'이 ⓐ의 상황을 나타내는 말로 가장 적절하다.

❌ **오답풀이**

① 동병상련(同病相憐)
'같은 병을 앓는 사람끼리 서로 가엾게 여긴다는 뜻으로, 어려운 처지에 있는 사람끼리 서로 가엾게 여김을 이르는 말.'이다.

③ 이심전심(以心傳心)
'마음과 마음으로 서로 뜻이 통함.'을 이르는 말이다.

④ 조변석개(朝變夕改)
'아침저녁으로 뜯어고친다는 뜻으로, 계획이나 결정 따위를 일관성이 없이 자주 고침을 이르는 말.'이다.

⑤ 풍수지탄(風樹之嘆)
'효도를 다하지 못한 채 어버이를 여읜 자식의 슬픔을 이르는 말.'이다.

[1~4] 다음 글을 읽고 물음에 답하시오.

세월이 물같이 흘러 웅의 나이 15세라. 골격이 웅장하고 기운이 뛰어나더라. 하루는 웅이 모친께 청했다.

"소자 지금 나이 15세요, 이곳이 선경(仙境)*인지라 가히 살 만한 곳이지만, 대장부 세상에 처하매 한곳에서 늙을 것이 아니옵니다. 신선도 두루 돌아다녀 박람(博覽)*한다 하거늘 소자가 슬하*를 잠시 떠나 산 밖에 나가 세상을 구경하고 황성 소식도 듣고자 하나이다." 왕 부인에게 산 밖을 나가 세상 구경을 하고 싶다고 말하는 조웅

왕 부인이 매우 놀라며 말했다.

"천리 타향에 너는 나만 믿고 나는 너만 믿어 서로 의지하며 살아가거늘 네 일시인들 내 슬하를 떠나며, 내 어찌 너를 내어 보내고 일시인들 잊을쏘냐. 네 어디를 갈 양이면 한가지로 할 것이라. 차후는 그런 마음 두지 말라. 매우 놀랍도다." 세상 구경을 하고 싶다는 조웅의 말에 크게 놀라며 만류하는 왕 부인

웅이 다시 아뢰지 못하여 물러 나와 월경 대사와 의논했다.

"내 이제 세상에 나가도 남에게 화를 입지 않을 것이옵니다. 또한 내 몸이 중이 아니라 오래 산 속에 있사오니 황성 소식도 모르고 나의 심중에 품은 일도 아득하와, 일전에 모친께 사정을 고하오니 도리어 꾸중하시는 바람에 다시 거역하지 못하였삽거니와, 대사께서는 저를 위하여 모친의 마음을 돌려 저의 뜻을 펴게 함이 어떠하오리까?" 세상에 나가고 싶은 자신의 뜻을 밝히며 월경 대사에게 왕 부인을 설득해달라고 부탁하는 조웅

대사가 말했다.

"공자의 말은 반반한 장부의 말이로다."

하고 부인 앞에 가서 고금의 일을 이야기하다가 공자의 품은 큰 뜻을 여쭈니 부인이 말했다.

"말은 당연하나 만리타국에 보내고 어찌 이 적막강산 사고무친*한 곳에서 잠시라도 잊을 수 있으며 또한 저의 나이 어리고 세상사에 어리석은지라, 어지러운 세상에 나가 어찌 될 줄 알리오."

"부인의 말씀도 일리가 있사옵니다. 그러나 이제 공자를 어리다 하시거니와, 천병만마에 시석(矢石)*이 비 오듯 하여 살기(殺氣)가 충천한 곳에 넣어도 조금도 걱정할 바가 없을 것이니 부인은 어찌 사람의 운명을 의심하십니까? 조웅이 더 이상 어리지 않음을 내세워 왕 부인을 설득하는 월경 대사 홍문연 잔치 중에 패공이 살아나고, 파강산 천경사의 부인이 살아났으니 어찌 천명을 근심하리오. 소승 또한 공자의 환란을 짐작하지 못하오면 어찌 출세함을 권하며, 공자 세상에 나가도 부인은 이곳에 계시오면 무슨 근심이 있으리까?"

이렇게 설득하니 부인이 한동안 생각하다가 말했다.

㉠"만일 존자의 말씀과 같지 못하면 어찌하리오?"

"공자의 평생 영욕(榮辱)*을 다 알았사오니 조금도 염려 마옵소서."

부인이 마지못해 허락하니 대사와 웅이 기뻐 이튿날 길을 떠났다.

// 장면 끊기 01 조웅은 왕 부인이 세상을 구경하고 싶다는 자신의 뜻을 반대하자 대사에게 요청하여 왕 부인을 설득하고 길을 떠남

(중략)

"십 년을 정성 들여 선생을 찾아왔는데 뵙지 못하오니, 바라옵건대 동자는 가신 곳을 가르쳐 주소서."

동자가 웃으며 말했다.

"나무꾼이 기러기를 쏘아 맞히지 못하매 제 공부 부족함을 깨닫지 못하고 활과 살을 꺾어 버리니 그대도 나무꾼과 같도다. 그대 정성이 부족한 줄 깨닫지 못하고 도리어 주인이 없음을 원망하니 매우 우습도다. 다만 선생께서는 이 산중에 계시건만 산세가 워낙 험하니 그 종적을 어찌 알리오?"

다시 반나절을 기다렸으나 종적이 묘연한지라. 울적한 마음을 이기지 못해 붓을 잡아, 못 보고 가는 뜻을 글로 쓰고 동자를 불러 하직하고 나오니 마음을 헤아리지 못할러라.

이때 철관 도사가 산중에 그윽이 앉아 웅의 거동을 보더니 벽에 글을 쓰고 가는 것을 보고 불쌍히 여겨 급히 내려와 벽의 글을 보니 다음과 같았다.

[A]
　　십 년을 지내 온 나그네가
　　만 리 밖에서 찾아오도다.
　　못에서 용이 날아오르려 하거늘
　　이 또한 정성이 모자람이라.

도사가 보기를 다하고 크게 놀라 급히 동자를 산 밖에 보내 웅을 청하니 웅이 동자를 보고 물었다. 조웅이 벽에 쓴 글을 보고 비범하다고 여긴 철관 도사

"선생이 왔더니까?"

"이제야 오셔서 청하시나이다."

웅이 반겨 동자를 따라 들어가니 도사가 사립문에 나와 웅의 손을 잡고 기뻐하며 말했다.

"험한 산길에 여러 번 고생하였도다."

하고 동자를 시켜 저녁밥을 재촉하여 주거늘 웅이 먹은 후 감사하며 말했다. 조웅을 반갑게 맞이하며 저녁밥을 먹이는 철관 도사

"여러 날 굶주린 배에 좋은 밥을 많이 먹으니 향기가 뱃속에 가득한지라 감사하여이다."

"그대의 먹는 양을 어찌 알아 권하였으리오?"

하고 책 두 권을 주며,

"이 글을 보아라."

하거늘, 웅이 무릎을 꿇고 펼쳐 보니 성현(聖賢)들이 쓴 책이라. 웅이 다 본 후에 다른 책을 청하니, 도사가 웃고 『육도삼략』을 주거늘 받아 큰 소리로 읽었다. 도사가 더욱 기특하게 여겨 『천문도』 한 권을 주거늘 받아 보니 기묘한 법이 많은지라. 도사가 가르치는 술법을 배우니 뜻이 넓어지고 눈앞의 일을 모를 것이 없더라. 철관 도사가 건네는 책들을 읽고 술법을 배운 조웅

// 장면 끊기 02 조웅은 반나절 동안 철관 도사를 기다리다 벽에 글을 쓰고 돌아가려 하고, 조웅이 쓴 글을 본 철관 도사는 동자에게 조웅을 데리고 오라고 하여 대접하고 술법을 가르쳐 줌

— 작자 미상, 「조웅전」 —

*박람: 사물을 널리 봄.
*시석: 전쟁에 쓰던 화살과 돌.

전체 줄거리

중국 송나라 때 승상 조정인은 간신 이두병에게 참소를 당하여 스스로 목숨을 끊는다. 천자는 조정인의 아들 조웅을 궁중으로 불러들이고, 조웅은 태자와 형제처럼 지낸다. 그러다 천자가 세상을 떠나자, 이두병은 어린 태자를 유배 보내고 스스로 천자라 칭한다. 조웅의 어머니는 꿈을 통해 이두병이 조웅을 죽이려 함을 알고, 조웅과 함께 도망간다. 두 사람은 천신만고 끝에 조정인과 인연이 있는 월경 대사를 만나 강선암에 몸을 의탁한다. 조웅은 15세가 되자 하산하여 출세하기 위해 도승을 찾아가 신검을 얻고, 관산에서 철관 도사에게 병법과 무술을 전수받은 뒤 천리마를 얻는다. 어머니를 보러 강선암으로 돌아가던 중 장 진사댁에 머물게 된 조웅은 우연히 장 소저를 만나 혼인을 약속한다. 이때 서번이 위국을 침입하자 조웅은 전쟁터에 나가 서번을 물리친다. 조웅이 떠난 와중에 강호 자사가 장 소저를 탐하고, 장 소저는 강선암으로 몸을 피한다. 장 소저는 강선암에서 조웅의 어머니를 만나 같이 지내고 있는데, 이러한 사실을 안 조웅이 태자를 구출하러 남해로 가던 도중 강선암으로 가서 모친과 장 소저를 만난 뒤 즉시 떠난다. 한편 조웅은 태자를 구해 위국으로 돌아가던 중 신이한 꿈을 꾸고, 한 노인에게서 받은 편지 덕분에 위기를 모면한다. 이후 조웅은 태자에게 사약을 내리려던 이두병의 계획을 제지하고 이두병 세력과의 전쟁 끝에 승리한다. 태자는 천자의 자리에 올라 이두병 일파를 처단하고, 조웅은 서번의 왕이 된다.

인물 관계도

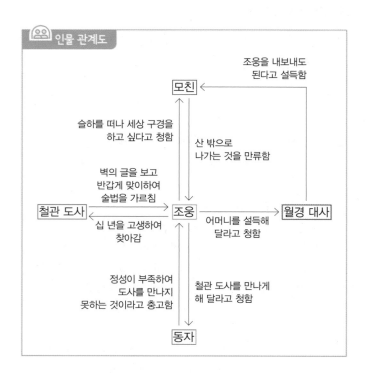

이것만은 챙기자

*선경: 경치가 신비스럽고 그윽한 곳을 비유적으로 이르는 말.
*슬하: 무릎의 아래라는 뜻으로, 어버이나 조부모의 보살핌 아래. 주로 부모의 보호를 받는 테두리 안을 이른다.
*사고무친: 의지할 만한 사람이 아무도 없음.
*영욕: 영예와 치욕을 아울러 이르는 말.

1. 윗글의 등장인물에 대한 설명으로 가장 적절한 것은?

✓ 정답풀이

⑤ 조웅은 어머니의 입장보다 자신의 포부를 앞세우고 있다.

> 조웅이 처음에 어머니께 '산 밖에 나가 세상을 구경하고 황성 소식도 듣고자' 한다고 자신의 뜻을 밝히자, 어머니는 조웅을 만류한다. 그러자 조웅은 '모친의 마음을 돌려 저의 뜻을 펴게' 해 달라고 월경 대사에게 요청한다. 이는 조웅이 어머니의 입장보다 자신의 포부를 앞세운 것이라 할 수 있다.

✗ 오답풀이

① 철관 도사는 조웅의 자질을 의심하고 있다.

철관 도사는 조웅이 글을 쓰고 가는 것을 '불쌍히' 여기고 '급히 내려와' 글을 '보기를 다하고 크게 놀라' 동자를 보내 조웅을 다시 불러 돌아오도록 하고 있다. 따라서 철관 도사가 조웅의 자질을 의심한다고 보기는 어렵다.

② 왕 부인은 조웅의 입신양명을 희망하고 있다.

왕 부인은 조웅이 떠나겠다는 포부를 밝힐 때, 오히려 말리거나 걱정, 염려를 하고 있을 뿐 조웅의 입신양명을 희망하고 있는 부분은 찾을 수 없다.

③ 동자는 조웅의 판단을 혼란스럽게 하고 있다.

동자는 철관 도사를 만나기를 재촉하는 조웅에게 '그대 정성이 부족한 줄 깨닫지 못하고 도리어 주인이 없음을 원망하니 매우 우습도다.'라고 하며 조웅의 정성이 부족함을 명확히 말해 주고 있으므로 판단을 혼란스럽게 하고 있지는 않다.

④ 월경 대사는 조웅의 장래에 대해 불안해하고 있다.

월경 대사는 조웅의 출가를 걱정하는 왕 부인에게 '조금도 걱정할 바가 없을 것'이라며 '소승 또한 공자의 환란을 짐작하지 못하오면 어찌 출세함을 권하'냐고 하였으므로, 조웅의 장래에 대해 긍정적으로 인식하고 있음을 알 수 있다.

🌱 기틀잡기

② **입신양명**: 출세하여 이름을 세상에 떨침.
⑤ **포부**: 마음속에 지니고 있는, 미래에 대한 계획이나 희망.

2. [A]의 서사적 기능을 〈보기〉에서 골라 바르게 묶은 것은?

〈보기〉

ㄱ. 주인공의 예언 능력을 보여 준다.
ㄴ. 주인공의 심리적 정황을 제시한다.
ㄷ. 주인공의 위기를 예고하는 복선이 된다.
ㄹ. 주인공의 고민을 해소하는 계기가 된다.

🔍 보기 분석

ㄱ: 웅의 예언 능력
ㄴ: 웅의 심리
ㄷ: 위기 암시
ㄹ: 고민 해소의 계기

✓ 정답풀이

④ ㄴ, ㄹ

> **ㄴ**
> [A]는 '울적한 마음을 이기지 못해 붓을 잡아, 못 보고 가는 뜻을 글로' 쓴 것이므로 철관 도사를 만나지 못하고 돌아가는 조웅의 안타까운 심정이 담겨 있다. 따라서 주인공의 심리적 정황을 제시한 것으로 볼 수 있다.
> **ㄹ**
> [A]를 본 도사가 '보기를 다하고 크게 놀라 동자를 산 밖에 보내 웅을 청하'였으므로, [A]는 도사를 만나지 못해 곤란해하던 조웅의 고민이 해소되는 계기가 되었다고 할 수 있다.

✗ 오답풀이

ㄱ
[A]는 조웅의 현재 심경을 보여 주는 것이지, 앞으로의 일을 예언하는 내용이 아니다. 윗글을 통해 조웅이 예언 능력을 가지고 있는지는 알 수 없다.

ㄷ
[A]를 쓴 이후 조웅은 철관 도사를 만나게 되므로, [A]는 주인공의 고민을 해소하는 역할을 할 뿐이다. 조웅이 글을 쓴 이후에 위기에 처하거나 좋지 않은 일이 펼쳐진 부분은 찾기 어려우므로, 위기를 예고하는 복선이 된다고 하기 어렵다.

3. 〈보기〉를 바탕으로 윗글을 이해할 때, 〈보기〉의 ⓐ에 대한 설명으로 가장 적절한 것은?

〈보기〉

소대성: 나는 「소대성전」의 주인공이야. 외세의 침입으로부터 나라를 구해 영웅이 되었지. 그런데 네가 영웅이 된 과정은 나와 다르더군.

조웅: 나는 태어나면서부터 간신의 박해를 받아 고생을 했고, 그 간신이 일으킨 반란을 평정해서 영웅이 되었지. 태어나면서 부귀영화를 누리기까지 줄곧 적과 싸움을 한 셈이야.

소대성: 나도 부모를 잃어 고생한 적은 있었어. 하지만 선천적으로 무예와 도술을 지니고 있었기 때문에 특별한 수련의 과정이 필요 없었어.

조웅: 그렇구나. 나는 너와 달리 스승을 찾아야 했고, 참으로 긴 수련의 과정이 필요했어.

소대성: 그래서 너의 이야기에는 나의 이야기와 다른 ⓐ특징이 있구나.

🔍 **보기 분석**

「소대성전」	「조웅전」
외세의 침입으로부터 나라를 구하고 영웅이 됨	간신이 일으킨 반란을 평정하여 영웅이 됨
부모를 잃었으나 선천적으로 무예와 도술을 지니고 있어 수련의 과정이 나타나지 않음	태어나면서부터 간신의 박해로 고생하고, 스승을 찾아 긴 수련의 과정을 거침

✅ **정답풀이**

⑤ 선천적으로 초월적 힘이 주어진 경우보다 고난 극복에 대한 주인공의 현실적이고 강인한 의지를 부각시킨다.

〈보기〉에 따르면 소대성은 '외세의 침입으로부터 나라를 구'한 영웅이며, 조웅 또한 '간신이 일으킨 반란을 평정'한 영웅으로, 소대성과 조웅 모두 영웅이라는 점은 같다. 그러나 소대성이 '선천적으로 무예와 도술을 지니고' 있었던 것에 반해 조웅은 '스승을 찾아야' 했고, '긴 수련의 과정'이 필요했다는 점에서 선천적으로 초월적 힘이 주어졌던 소대성과 그렇지 않은 조웅은 차이점을 보이고 있다. 따라서 선천적으로 초월적 힘이 주어졌던 소대성보다 주인공인 조웅이 고난 극복에 대한 '현실적이고 강인한 의지'가 부각되었다고 볼 수 있다.

❌ **오답풀이**

① 등장인물의 수를 늘려 설정된 사건을 보다 다양한 시각에서 조망할 수 있게 한다.
「소대성전」보다 「조웅전」에서 등장인물의 수를 늘려 설정된 사건이 있는지는 〈보기〉를 통해 알 수 없으며, 사건이 다양한 시각에서 조망되고 있는 부분도 찾을 수 없다.

② 주인공의 영웅성과 함께 대사나 도사의 신비한 능력을 부각시켜 환상적 분위기를 연출한다.
윗글에서 월경 대사나 철관 도사의 신비한 능력이 부각된 부분은 찾기 어려우며, 이를 통해 환상적 분위기가 연출되는 부분 또한 찾을 수 없다.

③ 스승의 존재를 부각시킴과 동시에 공부에 대한 강한 신념을 드러내어 소설의 교훈성을 부각시킨다.
윗글에서 조웅이 거치는 수련은 영웅이 되기 위한 과정을 보여 주려는 것이지 공부에 대한 신념과 같은 교훈성을 전달하려는 것은 아니다.

④ 주인공의 시련을 좀 더 단계적으로 설정하여 사건의 전개 속도를 빠르게 하는 한편 주제를 심화시킨다.
'십 년을 정성 들여 선생을 찾아'왔으나 철관 도사가 조웅을 처음부터 만나 주지 않고 뒤늦게 만나 주며, '험한 산길에 여러 번 고생'하였다는 말 등에서 시련이 '단계적으로 설정'되었다고 볼 여지는 있으나, 그러한 설정이 사건의 전개 속도를 빠르게 한 것은 아니다.

✒️ **모두의 질문**
• 3-③번

Q: 「소대성전」과 비교했을 때 소대성에게는 없는 스승의 존재가 부각되며 조웅이 스승을 만나기 위해 많은 정성이 있어야 한다고 한 것을 보아 공부에 대한 강한 신념을 드러내어 소설의 교훈성을 부각시킨다고 볼 수 있지 않나요?

A: 〈보기〉에서는 소대성과 조웅의 대화 상황을 설정하여 두 작품을 비교하고 있는데, ⓐ는 「소대성전」에는 나타나지 않는, 「조웅전」만의 특징을 말한다. 즉 ⓐ에 해당하는 내용으로 적절하려면, 윗글에 그러한 특징이 나타나고 있어야 한다는 것이다. 「조웅전」에는 「소대성전」에 나타나지 않는 주인공의 스승이 등장하여 술법을 가르치는 장면이 제시되므로, 「소대성전」에 비해 스승의 존재가 부각된다고 볼 수는 있으나 조웅이 스승을 찾아 수련 과정을 거치는 모습을 그린 것은 고난을 극복하여 영웅으로 거듭나는 주인공의 성장 과정을 보여 주려는 의도일 뿐, 공부를 향한 주인공의 신념을 드러내려는 의도가 있다고 보기 어렵다.

4. 문맥으로 보아 ㉠에 대한 독자의 반응으로 가장 적절한 것은?

> ㉠: "만일 존사의 말씀과 같지 못하면 어찌하리오?"

⊘ 정답풀이

② 왕 부인은 '노심초사(勞心焦思)'하고 있군.

월경 대사가 '조금도 걱정할 바가 없을 것'이며 '어찌 천명을 근심'하며, '환란을 짐작하지 못하오면 어찌 출세함을 권'했겠냐고 말하는 것은 웅이 산 밖에 나가는 것을 조금도 염려하지 않아도 된다는 뜻이다. 그러나 이에 대해 왕 부인은 월경 대사가 말한 것이 맞지 않으면 어떻게 하냐고 우려를 표하고 있다. 따라서 ㉠에서 왕 부인은 '몹시 마음을 쓰며 애를 태움.'이라 는 의미로 '노심초사'하고 있다고 보는 것이 적절하다.

✕ 오답풀이

① 왕 부인은 '선견지명(先見之明)'이 있군.
'선견지명'은 '어떤 일이 일어나기 전에 미리 앞을 내다보고 아는 지혜.'를 뜻하는데 아들의 미래를 걱정하기만 하는 왕 부인의 경우와는 맞지 않는다.

③ 왕 부인은 '식자우환(識字憂患)'에 해당하는군.
'식자우환'은 '학식이 있는 것이 오히려 근심을 사게 됨.'을 뜻하는데 왕 부 인의 학식이 드러난 부분을 찾을 수 없다.

④ 왕 부인은 '시시비비(是是非非)'를 가리고 있군.
'시시비비'는 '여러 가지의 잘잘못.'을 뜻하는데 왕 부인이 누군가의 잘잘못 을 논하고 있지는 않다.

⑤ 왕 부인은 '적반하장(賊反荷杖)'의 말을 하고 있군.
'적반하장'은 '도둑이 도리어 매를 든다는 뜻으로, 잘못한 사람이 아무 잘못 도 없는 사람을 나무람을 이르는 말.'인데, 왕 부인이 어떠한 잘못을 저지른 것은 아니며 ㉠에서 누군가를 나무라고 있지도 않다.

MEMO

HOLSOO

홀로 공부하는 수능 국어 기출 분석

PART 5
갈래 복합

문제 책 PAGE	해설 책 PAGE	지문명	문제 번호 & 정답					
P.098	P.176	박봉우, 「휴전선」 / 배한봉, 「우포늪 왁새」 / 김기림, 「주을온천행」	1. ①	2. ③	3. ②	4. ⑤	5. ④	
P.102	P.182	작자 미상, 「춘향전」 / 작자 미상, 「춘향이별가」	1. ④	2. ④	3. ④	4. ③	5. ⑤	
P.106	P.189	정철, 「관동별곡」 / 최익현, 「유한라산기」	1. ④	2. ⑤	3. ④	4. ②		
P.108	P.194	김승옥, 「무진기행」 / 김승옥, 「안개」	1. ①	2. ⑤	3. ①	4. ②		
P.110	P.198	박인로, 「누항사」 / 권구, 「병산육곡」 / 김용준, 「조어삼매」	1. ③	2. ⑤	3. ⑤	4. ②	5. ①	
P.112	P.203	한용운, 「알 수 없어요」 / 장석남, 「배를 매며」 / 정철, 「사미인곡」	1. ④	2. ①	3. ②	4. ⑤	5. ⑤	6. ④
P.114	P.210	곽재구, 「구두 한 켤레의 시」 / 김동환, 「산 넘어 남촌에는」 / 이광명, 「북찬가」	1. ⑤	2. ③	3. ④	4. ⑤	5. ③	6. ⑤
P.116	P.216	이용휴, 「수려기」 / 작자 미상, 「덴동어미화전가」 / 이황, 「도산십이곡」	1. ②	2. ④	3. ③	4. ③	5. ③	
P.118	P.221	김동명, 「파초」 / 김광균, 「수철리」 / 윤선도, 「견회요」	1. ③	2. ⑤	3. ②	4. ③	5. ⑤	6. ②
P.120	P.227	정극인, 「상춘곡」 / 김광욱, 「율리유곡」 / 박규수, 「범희문회서도원림」	1. ①	2. ③	3. ④	4. ①	5. ②	
P.122	P.233	한용운, 「님의 침묵」 / 김광규, 「나뭇잎 하나」 / 작자 미상, 「춘면곡」	1. ①	2. ③	3. ②	4. ②	5. ④	6. ④

[1~5] 다음 글을 읽고 물음에 답하시오.

(가)

산과 산이 마주 향하고 믿음이 없는 얼굴과 얼굴이 마주 향한
항시 어두움 속에서 꼭 한 번은 천동 같은 화산이 일어날 것을
알면서 요런 자세로 꽃이 되어야 쓰는가.

저어 서로 응시하는 쌀쌀한 풍경. 아름다운 풍토는 이미 고구려
같은 정신도 신라 같은 이야기도 없는가. 별들이 차지한 하늘은
끝끝내 하나인데 …… 우리 무엇에 불안한 얼굴의 의미는 여기
에 있었던가.

모든 유혈(流血)은 꿈같이 가고 지금도 나무 하나 안심하고 서
있지 못할 광장. 아직도 정맥은 끊어진 채 휴식인가 야위어 가는
이야기뿐인가.

언제 한 번은 불고야 말 독사의 혀같이 징그러운 바람이여.
너도 이미 아는 모진 겨우살이를 또 한 번 겪으라는가 아무런 죄
도 없이 피어난 꽃은 시방의 자리에서 얼마를 더 살아야 하는가
아름다운 길은 이뿐인가.

산과 산이 마주 향하고 믿음이 없는 얼굴과 얼굴이 마주 향한
항시 어두움 속에서 꼭 한 번은 천동 같은 화산이 일어날 것을
알면서 요런 자세로 꽃이 되어야 쓰는가.

– 박봉우, 「휴전선」 –

(나)

득음은 못하고, 그저 시골장이나 떠돌던
소리꾼이 있었다, 신명 한 가락에
막걸리 한 사발이면 그만이던 흰 두루마기의 그 사내
꿈속에서도 폭포 물줄기로 내리치는
한 대목 절창을 찾아 떠돌더니
오늘은, 왁새* 울음 되어 우항산 솔밭을 다 적시고   ── [A]
우포늪 둔치, 그 눈부신 봄빛 위에 자운영 꽃불 질러 놓는다
살아서는 근본마저 알 길 없던 혈혈단신   ── [B]
텁텁한 얼굴에 달빛 같은 슬픔이 엉겨 수염을 흔들곤 했다
늙은 고수라도 만나면
어깨 들썩 산 하나를 흔들었다
필생 동안 그가 찾아 헤맸던 소리가   ── [C]
적막한 늪 뒷산 솔바람 맑은 가락 속에 있었던가
소목 장재 토평마을 양파들이 시퍼런 물살 몰아칠 때
일제히 깃을 치며 동편제* 넘어가는   ── [D]
저 왁새들
완창 한 판 잘 끝냈다고 하늘 선회하는
그 소리꾼 영혼의 심연이   ── [E]
우포늪 꽃잔치를 자지러지도록 무르익힌다

– 배한봉, 「우포늪 왁새」 –

*왁새: 왜가리의 별명.
*동편제: 판소리의 한 유파.

화자와 대상의 관계	휴전선의 대치 상황을 보고 민족의 미래를 걱정하며 탄식하는 '나'(우리)
상황?	믿음이 없는 얼굴이 마주 향한 현실을 봄 → 고구려 같은 정신, 신라 같은 이야기는 없이 불안만 남은 오늘을 탄식함 → 천동 같은 화산이 일어날 것을 아는 가운데 꽃이 되어서야 되겠느냐고 질문함

화자와 대상의 관계	우포늪의 왁새 울음소리를 들으며, 절창을 찾아 떠돌던 소리꾼을 떠올리는 사람
상황?	절창을 찾아 떠돌던 소리꾼이 왁새 울음이 되어 나타남 → 소리꾼이 평생 찾아 헤맸던 소리가 우포늪에 있음 → 왁새가 된 소리꾼의 소리가 우포늪 꽃잔치를 무르익게 함

(다)

그 바위를 가리켜 어느 건방진 옛사람이 오심암(悟心岩)이라고 이름을 지어 주었다 한다. 그보다도 조금 겸손한 누구는 세심암 (洗心岩)이라고 불렀다 한다.

기운차게 일어선 산발이 이곳에 이르러 오심암의 절경을 남기기 위하여 한 둥근 골짜기를 이루어 놓고 다시 다물어졌다.

짙은 단풍 빛에 붉게 누렇게 물든 **검은 절경의 성장(盛裝)***, 그것을 선을 두른 동해보다도 더 푸른 하늘빛, 천사가 흘리고 간 형겊인 듯 봉우리 위에 가볍게 비낀 백옥보다도 흰 엷은 구름 조각.

→ 오심암 주변의 아름다운 풍경을 묘사함

이것은 분명히 자연이 흘려 놓은 예술의 극치다. 그러나 겸손한 자연은 그의 귀한 예술이 홍진(紅塵)*에 물들 것을 염려하여 그것을 이 깊은 산골짜기에 감추었던 것인가 보다.

어귀까지 '버스'를 불러오고 이곳까지 2등 도로를 끌어 오는 것은 본래부터 그의 뜻은 아니었을 게다. 오직 사람만이 장하지도 아니한 그들의 예술을 천하에 뽐낼 기회만 엿보나 보다.

→ 겸손한 자연과 달리 뽐내려 하는 인간을 비판적으로 성찰함

둘러보건대 이 골짜기에는 일찍이 먼지를 품은 **미친 바람**과 같은 것은 지나가 본 일이 아주 없었나 보아서 **아득히 쳐다보이는 높은 하늘 아래** 티끌을 품은 듯한 아무것도 없다. 잠깐 내 자신을 굽어보니 허옇게 먼지 낀 의복, 그 밑에 숨은 먼지 낀 내 몸뚱어리, 그리고 또 그 속에 엎드린 먼지 낀 내 마음, 나는 그 팃기 모르는 순결한 자연 속에 쓰레기처럼 동떨어진 내 몸의 더러움을 새삼스럽게 부끄러워하였다.

→ 티끌조차 없는 오심암의 골짜기에서 자신의 더러움을 부끄러워함

(중략)

차디찬 **바위** 위에 신발을 벗고 모자를 던지고 외투를 벗어 팽개치고 반듯이 누워서 눈을 감으니 인생도 예술도 다 어디로 사라지고 오직 끝없는 **망각**이 내 마음을 아니 우주를 채우며 온다. 그러나 몸을 식히며 스며드는 **찬기**는 어느새 거리에서 멀리 떨어진 우리들의 위치를 깨닫게 한다. 우리는 채 씻기지 않은 마음을 거두어 가지고 잠시나마 정을 들인 오심암을 두 번 세 번 돌아다보면서 간 길을 다시 내려오기 시작하였다. 좋은 벗 떠나기란 싫은 것처럼, 좋은 자연에도 석별*의 정은 마찬가진가 보다. 또한 좋은 음식을 만났을 때 벗을 생각하는 것이 자연스러운 것처럼 떠나고 싶지 않은 자연을 앞에 두고는 멀리 있는 벗들이 갑자기 그립다. 나는 마음속으로 어느새 오심암에게 무언(無言)의 약속을 주어 버렸다.

'내년에는 벗을 데리고 또 찾아오마'고.

→ 오심암을 떠나며 아쉬움을 느끼고, 좋은 벗과 다시 오겠다고 다짐함

- 김기림, 「주을온천행」 -

이것만은 챙기자

*성장: 잘 차려입음. 또는 그런 차림.
*홍진: 번거롭고 속된 세상을 비유적으로 이르는 말.
*석별: 서로 애틋하게 이별함. 또는 그런 이별.

1. (가)~(다)의 공통점으로 가장 적절한 것은?

✔ 정답풀이

① 인간의 삶과 공간의 의미를 연결 지어 주제 의식을 구체화하고 있다.

> (가)는 '믿음이 없는 얼굴과 얼굴'로 형상화된 휴전선의 현실을 '나무 하나 안심하고 서 있지 못할 광장'이라는 공간과 연결하여, 남과 북이 서로 경계하며 대치하는 분단 상황에 대한 안타까움을 드러내고 있다. (나)는 절창을 찾아 떠돌던 '소리꾼'의 삶과 '우포늪'이라는 공간을 연결하여 소리꾼의 예술적 경지와 우포늪이 가진 생명력을 조화롭게 표현하고 있다. (다)는 '오심암'의 경치에서 느낀 자연의 겸손함과 '뽐낼 기회만 엿보'는 인간의 삶을 대비하여 성찰적 태도를 드러내고 있다.

✖ 오답풀이

② 갈등과 대립이 없는 화합의 세계를 보여 줌으로써 희망적인 미래를 예견하고 있다.

(가)에서는 '믿음이 없는 얼굴과 얼굴'이 서로 대치하고 불안을 느껴야 하는 현실의 모습을 통해 갈등과 대립의 상황을 보여 주고 있을 뿐, 희망적인 미래를 예견하지는 않았다. (나)는 '소리꾼'의 영혼이 '왁새 울음'이 되었다고 함으로써 자연과 인간이 조화롭게 어우러진 모습을 보여 주고 있을 뿐, 희망적인 미래를 예견하지는 않았다. (다)는 자연에서 느끼는 경이로움을 드러내고 있을 뿐, 화합의 세계나 희망적 미래에 대한 언급은 나타나지 않았다.

③ 역사적 상황을 직시함으로써 부정적 현실을 극복하려는 참여 의식을 표방하고 있다.

(가)는 남과 북이 대립하는 역사적 상황을 형상화하였으며, '요런 자세로 꽃이 되어야 쓰는가.'라는 설의적 물음을 통해 분단 상황을 극복해야 한다는 문제 의식을 드러내고 있다. 그러나 (나), (다)에는 특정한 역사적 상황이 드러나지 않으며, 부정적 현실에 대한 극복 의지도 나타나지 않는다.

④ 자연이 인간에게 미친 긍정적인 영향을 강조함으로써 사물에 대한 예찬적 태도를 드러내고 있다.

(가)는 자연이 인간에게 미친 긍정적인 영향을 강조하지 않았다. (나)에서는 득음하지 못한 인간을 득음하게 만든다는 점에서 자연의 긍정적 영향력을 드러냈다고 볼 여지가 있으나, 특정 사물을 예찬하고 있지는 않다. (다)에서는 자연의 절경을 감상함으로써 자신을 돌아보고 마음을 정화하는 인간의 모습이 나타나며, 인간과 달리 겸손함을 지닌 자연을 예찬하는 태도도 드러난다. 그러나 자연은 집합(자연물들의 총합), 공간의 개념이고, 사물은 개별적 대상을 나타내므로 (다)에 사물에 대한 예찬적 태도가 나타난다고 보기는 어렵다.

⑤ 특정한 장소에 대한 직접적인 경험을 바탕으로 인간의 교만한 태도에 대한 비판을 이끌어 내고 있다.

(다)에는 '오심암'이라는 특정 장소에 찾아간 글쓴이의 직접적인 경험이 나타나며, 자연과 달리 '뽐낼 기회만 엿보'는 인간의 교만한 태도에 대한 비판적 성찰이 드러난다. 그러나 (가)에는 특정한 장소에 대한 화자의 직접적인 경험이 나타나지 않으며, (나)는 '우포늪'이라는 특정 장소를 언급하고는 있으나 인간의 교만한 태도에 대한 비판은 나타나지 않는다.

2. (가), (나)에 대한 설명으로 적절하지 않은 것은?

✔ 정답풀이

③ (가)는 시간의 흐름에 따라, (나)는 시선의 이동에 따라 시상을 전개하고 있다.

> (가)의 1연에서는 '산과 산이 마주 향하고' 있는 현재의 상황과 '천동 같은 화산이 일어날' 미래 상황에 대해 언급하였다. 2연~3연에서는 '고구려 같은 정신도 신라 같은 이야기도' 사라지고, '정맥은 끊어진' 현재의 상황이 나타난다. 또한 4연에서 '징그러운 바람'이 불 미래 상황에 대한 염려가 나타나고, 5연에서는 다시 '산과 산이 마주 향하고' 있는 현재의 상황과 '천동 같은 화산이 일어날' 미래 상황에 대해 언급하였다. 시간의 흐름에 따라 시상이 전개되었다고 할 수 있으려면 '과거 – 현재 – 미래'와 같이 순차적인 시간의 경과가 나타나야 하므로, (가)는 시간의 흐름에 따라 시상이 전개된 것으로 볼 수 없다. (나)는 우포늪에서 왁새 울음소리를 듣고 소리꾼을 떠올리고 있을 뿐, 시선의 이동에 따라 시상을 전개하지는 않았다.

✖ 오답풀이

① (가)는 설의적 표현으로 현실에 대한 화자의 안타까움을 드러내고 있다.

(가)는 '요런 자세로 꽃이 되어야 쓰는가.', '아름다운 풍토는 이미 고구려 같은 정신도 신라 같은 이야기도 없는가.', '너도 이미 아는 모진 겨우살이를 또 한 번 겪으라는가' 등에서 설의적 표현을 활용하여 휴전선이 상징하는 분단 현실에 대한 안타까움을 드러내고 있다.

② (나)는 청각의 시각화를 통해 소재의 생동감을 부각하고 있다.

(나)의 '폭포 물줄기로 내리치는 / 한 대목 절창'에서 청각의 시각화를 통해 절창이라는 소재의 생동감을 부각하고 있다. 또한 '왁새 울음 되어~자운영 꽃불 질러 놓는다'에서도 청각의 시각화를 통해 왁새의 울음소리가 우항산 솔밭에 울려 퍼져 꽃을 피우는 모습을 생동감 있게 표현하고 있다.

④ (가)는 동일한 시구를 반복하여, (나)는 인물에 대한 이야기를 활용하여 주제 의식을 강조하고 있다.

(가)의 1연과 5연은 동일한 시구로 이루어져 분단 상황에 대한 안타까움과 화합에 대한 소망이라는 주제 의식을 강조하고 있다. 그리고 (나)는 '절창을 찾아 떠돌'던 '소리꾼'에 대한 이야기를 활용하여 왁새와 우포늪의 생명력을 강조하고 있다.

⑤ (가)와 (나)는 모두 화자의 인식을 자연물에 투영하여 시적 정서를 환기하고 있다.

(가)는 '나무 하나 안심하고 서 있지 못할 광장.', '아무런 죄도 없이 피어난 꽃' 등에서 분단 현실로 인해 불안과 안타까움을 느끼는 화자의 인식을 자연물에 투영하고 있다. (나)는 소리꾼의 영혼이 왁새에 깃들었다고 표현하여, 예술의 경지와 자연의 생명력에 대한 화자의 인식을 드러내고 있다.

④ (가)의 '징그러운 바람'은 미래에 닥칠지 모를 모진 상황을, (다)의
'미친 바람'은 삶에서 지켜야 할 소중한 존재를 상징하고 있다.

(가)에서는 '징그러운 바람'이 '언제 한 번은 불고야 말' 것이며, 그것이 '모
진 겨우살이'를 또 한 번 겪게 할 것이라고 하였다. 따라서 '징그러운 바람'
은 미래에 닥칠지 모를 모진 상황을 의미한다고 볼 수 있다. 한편 (다)의 '미
친 바람'은 '먼지를 품은' 것으로 '오심암'의 골짜기에는 분 적이 없을 것이
라고 하였다. 이때 '미친 바람'은 속세의 더러운 것을 의미한다고 볼 수 있
으므로, 삶에서 지켜야 할 소중한 존재와는 거리가 멀다.

⑤ (가)의 '꽃'은 죄 없이 '요런 자세'로 삶에 순응하는 존재를, (다)의
'바위'는 지나온 과거를 '망각'하며 삶을 회의하는 존재를 표현
하고 있다.

(가)의 화자는 '믿음이 없는 얼굴과 얼굴이 마주 향한' 상황에서 '요런 자세
로 꽃이 되는' 상황을 염려하고 있으므로, '꽃'은 분단 현실에 무기력하게
순응하는 존재를 의미한다고 볼 수 있다. 그러나 (다)의 '바위'는 글쓴이가
세속적인 삶을 잠시나마 잊게 해 주는 대상일 뿐, 삶을 회의하는 존재를 표
현했다고 볼 수는 없다.

기틀잡기

① **설의**: 이미 답이 분명한 내용을 일부러 의문문의 형식으로 표현하여
독자가 스스로 판단하게 하는 방법.
② **청각의 시각화**: 하나의 감각이 다른 감각으로 옮겨가는 것을 공감각적
심상이라 하는데, 그중 청각의 시각화는 청각적 심상을 시각적으로
묘사한 것을 말함.
⑤ **투영**: 어떤 일을 다른 일에 반영하여 나타냄.
환기: 주의나 여론, 생각 따위를 불러일으킴.

| 작품의 내용 이해 | 정답률 ❼❹

3. (가)와 (다)에 대한 감상으로 가장 적절한 것은?

✅ **정답풀이**

② (가)의 '별들이 차지한 하늘'은 하나로 이어진 세계를, (다)의
'아득히 쳐다보이는 높은 하늘 아래'는 흠결 없는 세계를 그려
내고 있다.

> (가)에서 '별들이 차지한 하늘은 끝끝내 하나인데'라고 하였으므로, '별들
> 이 차지한 하늘'은 남북이 대립하고 있는 현실의 상황과는 달리 하나로
> 이어진 세계의 모습을 형상화한 것으로 볼 수 있다. 그리고 (다)의 '아득히
> 쳐다보이는 높은 하늘 아래'는 '오심암' 골짜기의 풍경을 말하는 것인데,
> 그곳은 '먼지를 품은 미친 바람'이 지나가지 않았으며 '티끌'이 없는 곳이
> 라고 하였다. 따라서 이는 흠결 없는 세계를 나타낸 표현으로 볼 수 있다.

❌ **오답풀이**

① (가)의 '천동 같은 화산'은 신뢰를 잃은 상황이 초래한 불안한
현실을, (다)의 '검은 절경'은 아름다움을 잃은 풍경에서 느껴지는
암울한 심정을 드러내고 있다.

(가)의 '천동 같은 화산'은 '믿음이 없는 얼굴과 얼굴'의 대립과 갈등이 심화
되는 상황을 의미하므로, 신뢰를 잃은 상황이 초래한 불안한 현실이라고 할
수 있다. 그러나 (다)의 '검은 절경'은 '오심암'의 아름다운 모습을 나타낸 표
현이므로, 아름다움을 잃은 풍경에서 느껴지는 암울한 심정을 드러낸다고
할 수 없다.

③ (가)의 끊어진 '정맥'은 '유혈'을 이겨낸 삶의 의지를, (다)의 엄습
하는 '찬기'는 정든 곳을 떠나야 하는 절망감을 환기하고 있다.

(가)에서는 '유혈'이 지나갔지만, 아직도 '정맥은 끊어진' 상황에 대한 안타
까움이 드러난다. 분단이 지속되고 있으므로 '유혈'을 완전히 이겨냈다고
보기 어렵고, '정맥'이 삶의 의지를 드러낸다고 볼 수도 없다. '정맥'이 끊어
진 것은 남과 북이 휴전선에 의해 둘로 나누어진 모습을 형상화한 것으로
보는 것이 적절하다. 그리고 (다)에서 '찬기'는 글쓴이로 하여금 거리에서
멀리 떨어진 자신의 위치를 깨닫게 할 뿐, 절망감을 느끼고 있다고 볼 수는
없다.

4. 〈보기〉를 참고하여 [A]~[E]를 이해한 내용으로 적절하지 않은 것은?

〈보기〉

이 시의 화자는 '우포늪'에서 왁새 울음소리를 들으며, 득음을 못한 채 생을 마감했던 한 '소리꾼'을 상상적으로 떠올리고 있다. 화자는 왁새 울음소리에서 고단하고 외로웠던 소리꾼이 평생을 추구했던 절창을 연상함으로써, 우포늪의 생명력이 소리꾼의 영혼을 절창으로 이끌었음을 표현하고자 했다. 자연과 인간이 어우러진 세계에서 창조되는 예술의 경지와 우포늪의 아름다움을 조화롭게 형상화한 것이다.

🔍 보기 분석

- 왁새 울음소리 = 소리꾼이 평생을 추구했던 절창
- 예술의 경지와 우포늪의 아름다움, 생명력을 조화롭게 형상화

✔ 정답풀이

⑤ [E]: 날아가는 왁새와 완창을 한 소리꾼을 대비하여 자연과 인간이 통합된 예술의 형상을 사실적으로 보여 주고 있다.

〈보기〉에서는 '왁새 울음소리'에서 '소리꾼이 평생을 추구했던 절창을 연상'했다고 하였다. 이를 참고할 때 (나)의 '일제히 깃을 치며 동편제 넘어가는 / 저 왁새들'과 '완창 한 판 잘 끝냈다고 하늘 선회하는 / 그 소리꾼 영혼'은 동일시되는 대상이지 서로 대비되는 것이 아니다.

✖ 오답풀이

① [A]: 화자는 왁새 울음소리와 우포늪의 풍경을 연결 지어 소리꾼이 추구했던 절창을 상상적으로 떠올리고 있다.

〈보기〉에서 (나)의 화자는 '왁새 울음소리를 들으며, 득음을 못한 채 생을 마감했던 한 '소리꾼'을 상상적으로 떠올'렸다고 하였다. [A]에서 화자는 '왁새 울음'이 '우포늪 둔치'에 '자운영 꽃불 질러 놓는다'고 하여 왁새 울음소리와 우포늪의 풍경을 연결하였으며, '왁새 울음소리'에서 소리꾼이 추구했던 절창을 연상하고 있다.

② [B]: 득음의 경지를 찾아 떠돌았던 소리꾼의 얼굴에 묻어나는 삶의 비애를 감각적으로 표현하고 있다.

〈보기〉에서 (나)의 화자는 '왁새 울음소리에서 고단하고 외로웠던 소리꾼이 평생을 추구했던 절창을 연상'했다고 하였다. [B]에서 소리꾼은 '텁텁한 얼굴에 달빛 같은 슬픔이 엉켜' 있는 모습으로 나타나며, 이를 통해 득음하지 못하고 떠돌던 소리꾼의 삶의 비애를 느낄 수 있다.

③ [C]: 소리꾼이 평생 추구했던 절창을 우포늪에서 찾아낸 화자의 정서를 드러내고 있다.

〈보기〉에서 (나)의 화자는 "우포늪"에서 왁새 울음소리를 들으며, 득음을 못한 채 생을 마감했던 한 '소리꾼'을 상상적으로 떠올'렸다고 하였다. [C]에서는 소리꾼이 찾아 헤맸던 소리가 '적막한 늪 뒷산 솔바람 맑은 가락 속'에 있다고 하여, 우포늪에서 소리꾼이 추구했던 절창을 발견한 화자의 정서를 드러내고 있다.

④ [D]: 화자가 상상적으로 떠올린 세계를 우포늪 일대의 현실적 공간과 결부하고 있다.

〈보기〉에서는 (나)가 '자연과 인간이 어우러진 세계에서 창조되는 예술의 경지와 우포늪의 아름다움'을 형상화한다고 했다. '동편제'는 원래 판소리의 한 유파인데 화자는 '왁새들'이 '동편제'를 넘어간다고 하여 '동편제'가 마치 공간인 것처럼 표현하였다. 따라서 '동편제'는 화자가 상상적으로 떠올린 세계로 볼 수 있고, 이는 우포늪 일대의 현실적 공간인 '소목 장재 토평마을'과 연결되고 있다.

📋 문제적 문제
• 4-④번

학생들이 정답 이외에 가장 많이 고른 선지가 ④번이다. [D]에는 '화자가 상상적으로 떠올린 세계'가 나타나지 않았다고 본 것이다. 〈보기〉에서도 (나)의 화자가 '소리꾼'을 상상적으로 떠올렸다고 했을 뿐, 상상적 공간이나 상상적 세계에 대한 언급은 없기 때문에 ④번이 적절하지 않다고 판단한 경우가 많았다.

어휘 풀이에서 '동편제'는 '판소리의 한 유파'를 의미한다고 하였다. 그런데 화자는 '왁새들'이 '동편제'를 넘어간다고 하여 마치 '동편제'가 산이나 고개인 것처럼 표현하였다. 따라서 이때 '동편제'는 화자가 상상적으로 떠올린 세계라고 볼 수 있는 것이다. 그리고 '소목 장재 토평마을'에 양파가 푸르게 자랄 때 왁새들이 '동편제'를 넘어간다고 했으므로, 상상적 세계와 우포늪 일대의 현실적 공간을 연관시켰다고 볼 수 있다.

시에 뜻을 알기 어려운 어휘가 나온다고 해서 무조건 풀이해 주는 것은 아니다. 내용 이해에 결정적인 역할을 하거나, 문제 풀이에 꼭 필요한 경우에 뜻을 알려 준다. 어휘 풀이를 통해 '동편제'의 뜻을 알려 준 이유도 이것이 문제 해결에 결정적인 역할을 하기 때문이다. 따라서 작품과 함께 제시되는 어휘 풀이도 반드시 정독하는 습관을 들이도록 하자.

정답률 분석

			매력적 오답	정답
①	②	③	④	⑤
4%	5%	13%	35%	43%

5. 〈보기〉는 '선생님'의 안내에 따라 학생들이 (다)를 감상한 내용이다. ⓐ~ⓔ 중 적절하지 **않은** 것은? [3점]

〈보기〉

선생님: 수필은 글쓴이의 성찰을 보여 준다는 점에서 반성적이고, 깨달음을 전한다는 점에서 교훈적이며, 인생과 사회에 대한 인식과 판단을 드러낸다는 점에서 비판적인 특징을 갖습니다. 글쓴이의 발상과 통찰은 제재에서 새로운 의미를 이끌어 내고, 글쓴이의 문체는 내용을 효과적으로 표현하는 데 활용되지요. 그러면 이 작품에 드러난 수필의 특징을 확인해 봅시다.

학생 1: 가을의 풍경을 효과적으로 그려 내기 위해 감각적인 문체를 활용하고 있음을 알 수 있어요. ············ ⓐ

학생 2: '예술의 극치'와 '장하지도 아니한' 예술을 대비하는 데에서, 인간에 대한 비판적 인식을 엿볼 수 있어요. ········ ⓑ

학생 3: '오심암'의 경치에서 '겸손한 자연', '순결한 자연'을 이끌어 내는 데에서, 대상의 새로운 의미에 대한 통찰을 엿볼 수 있어요. ············ ⓒ

학생 4: 인간의 삶에서 자연이 '티끌'처럼 작아 보인다고 한다는 점에서, 사색을 통해 교훈을 얻는 수필의 특성을 확인할 수 있어요. ············ ⓓ

학생 5: '먼지 낀 의복'을 보고 '몸뚱어리'와 '마음'에 대한 부끄러움을 떠올린 데에서, 스스로를 돌아보는 반성적인 태도를 확인할 수 있어요. ············ ⓔ

보기 분석

• 수필의 특징: 반성적, 교훈적, 비판적
• 글쓴이의 발상과 통찰: 제재에서 새로운 의미를 이끌어 냄
• 글쓴이의 문체: 내용을 효과적으로 표현하는 데 활용됨

정답풀이

④ ⓓ

(다)의 글쓴이가 '오심암'의 골짜기에서 사색을 통해 삶에 대한 교훈을 얻는 모습은 확인할 수 있으나, 인간의 삶에서 자연이 '티끌'처럼 작아 보인다고 하지는 않았다. 글쓴이는 오히려 '순결한 자연'과 달리 인간과 속세는 '먼지를 품'고 '티끌을 품은' 것으로 표현하고 있다.

오답풀이

① ⓐ

'짙은 단풍 빛에 붉게 누렇게 물든 검은 절경의 성장~백옥보다도 흰 엷은 구름 조각.'에서 '오심암'의 가을 풍경을 감각적 이미지를 활용하여 보여 주고 있다.

② ⓑ

글쓴이는 자연을 '예술의 극치'를 만들어 놓고도 그것을 '깊은 산골짜기에 감추'는 존재로, 인간은 그와 달리 '장하지도 아니한 그들의 예술을 천하에 뽐낼 기회만 엿보'는 존재로 표현하여 인간에 대한 비판적 인식을 드러내고 있다.

③ ⓒ

글쓴이는 '오심암'의 훌륭한 경치가 골짜기 안에 숨어 있는 것을 두고 '겸손한 자연'이라 하였으며, 먼지와 티끌이 없이 깨끗한 풍경을 보고 '순결한 자연'이라 하였다. 이러한 표현에서 글쓴이의 발상과 통찰이 자연의 모습에서 새로운 의미를 이끌어 내었음을 알 수 있다.

⑤ ⓔ

글쓴이는 깨끗하고 순결한 '오심암'의 골짜기에서 자신을 굽어본 후 자신의 모습을 '허옇게 먼지 낀 의복, 그 밑에 숨은 먼지 낀 내 몸뚱어리, 그리고 또 그 속에 엎드린 먼지 낀 내 마음'이라고 표현하였다. 이렇듯 자신의 더러움을 부끄러워한다는 점에서 글쓴이의 반성적 태도를 확인할 수 있다.

모두의 질문
• 5-③번

Q: '겸손한 자연', '순결한 자연'은 '새로운 의미에 대한 통찰'로 볼 수 있나요?

A: 해당 문제는 일반 형식에서 〈보기〉로 들어가는 내용이 선생님의 말로 나타나 있고, 일반 문제의 선지가 학생 1~5의 말로 나타나 있다. 따라서 '선생님'의 말을 근거로 삼아, '학생'들이 한 말의 정오를 판단해야 한다. '선생님'은 수필에서 '글쓴이의 발상과 통찰은 제재에서 새로운 의미를 이끌어' 낸다고 했다. 이를 참고할 때, 수필인 (다)는 대상인 오심암에서 새로운 의미를 이끌어 내고 있다고 볼 수 있다. '겸손한 자연'과 '순결한 자연'은 (다)의 글쓴이가 대상에 대해 이끌어 낸 감상이므로 새로운 의미에 해당한다.

작자 미상, 「춘향전」 / 작자 미상, 「춘향이별가」
2018학년도 9월 모평

문제 P.102

(가)

⎡ 만금 같은 <u>너</u>를 만나 백년해로*하잤더니, 금일 이별 어이
│ 하리! 너를 두고 어이 가잔 말이냐? <u>나</u>는 아마도 못 살겠다!
│ ⟨춘향과의 이별을 안타까워하는 도련님(몽룡)⟩ 내 마음에는 어르신네
│ 공조참의 승진 말고, 이 고을 풍헌(風憲)만 하신다면 이런
│ 이별 없을 것을, ⟨아버지가 승진을 하지 않고, 낮은 벼슬을 하시게 되더
│ 라도 춘향의 곁에 있고 싶은 도련님(몽룡)⟩ 생눈 나올 일을 당하니, 이를
│ 어이한단 말인고? 귀신이 장난치고 조물주가 시기하니,
│ 누구를 탓하겠냐마는 속절없이 <u>춘향</u>을 어찌할 수 없네!
[A] ⟨춘향과의 이별이 안타깝지만 현실을 수용하는 도련님(몽룡)⟩ 네 말이 다
│ 못 될 말이니, 아무튼 잘 있거라!
│   <u>춘향</u>이 대답하되, 우리 당초에 광한루에서 만날 적에
│ <u>내</u>가 먼저 <u>도련님</u>더러 살자 하였소? 도련님이 먼저 나에게
│ 하신 말씀은 다 잊어 계시오? 이런 일이 있겠기로 처음부터
│ 마다하지 아니하였소? 우리가 그때 맺은 금석 같은 약속
│ 오늘날 다 허사로세! 이리해서 분명 못 데려가겠소? 진정
│ 못 데려가겠소? 떠보려고 이리하시오? 끝내 아니 데려
⎣ 가시려 하오? 정 아니 데려가실 터이면 날 죽이고 가오!
⟨도련님(몽룡)을 따라가고 싶은 춘향⟩

// **장면 끊기 01** 도련님이 이별을 고하자 춘향이 거부함

그렇지 않으면 광한루에서 날 호리려고* ㉠<u>명문(明文)</u>* 써 준
것이 있으니, ㉡<u>소지(所志)</u>* 지어 가지고 본관 원님께 이 사연을
하소연하겠소. 원님이 만일 당신의 귀공자 편을 들어 패소시키
시면, 그 소지를 덧붙이고 다시 글을 지어 전주 감영에 올라가서
순사또께 소장(訴狀)을 올리겠소. 도련님은 양반이기에 ㉢<u>편지</u>
한 장만 부치면 순사또도 같은 양반이라 또 나를 패소시키거든,
그 글을 덧붙여 한양 안에 들어가서, 형조와 한성부와 비변사
까지 올리면 도련님은 사대부라 여기저기 청탁하여 또다시 송사*
에서 지게 하겠지요. 그러면 그 ㉣<u>판결문</u>을 모두 덧보태어 똘똘
말아 품에 품고 팔만장안 억만가호마다 걸식*하며 다니다가,
돈 한 푼씩 빌어 얻어서 동이전에 들어가 바리뚜껑 하나 사고,
지전으로 들어가 장지 한 장 사서 거기에다 언문으로 ㉤<u>상언</u>
<u>(上言)</u>*을 쓸 때, 마음속에 먹은 뜻을 자세히 적어 이월이나 팔월
이나, 동교(東郊)로나 서교(西郊)로나 임금님이 능에 거둥하실 때,
문밖으로 내달아 백성의 무리 속에 섞여 있다가, 용대기(龍大旗)
가 지나가고, 협연군(挾輦軍)의 자개창이 들어서며, 붉은 양산이
따라오며, 임금님이 가마나 말 위에 당당히 지나가실 제, 왈칵
뛰어 내달아서 바리뚜껑 손에 들고, 높이 들어 땡땡하고 세 번만
쳐서 억울함을 하소연하는 격쟁(擊錚)*을 하오리다! ⟨자신의 사연을
원님께, 순사또께, 형조와 한성부와 비변사에, 임금님께 올리겠다고 하는 춘향⟩ 애고애고

설운지고! ⟨도련님(몽룡)과의 이별에 슬퍼하는 춘향⟩

// **장면 끊기 02** 춘향이 이별의 상황에서 억울함과 서러움을 하소연함

그것도 안 되거든, 애쓰느라 마르고 초조해하다 죽은 후에
넋이라도 삼수갑산 험한 곳을 날아다니는 제비가 되어 도련님
계신 처마에 집을 지어, 밤이 되면 집으로 들어가는 체하고 도련
님 품으로 들어가 볼까! 이별 말이 웬 말이오? ⟨이별을 거부하는 춘향⟩
이별이란 두 글자 만든 사람은 나와 백 년 원수로다! ⟨'이별'
이란 글자를 만든 사람을 증오하는 춘향⟩ 진시황이 분서(焚書)*할 때 이별
두 글자를 잊었던가? 그때 불살랐다면 이별이 있을쏘냐? 박랑사
(博浪沙)*에서 쓰고 남은 철퇴를 천하장사 항우에게 주어 힘껏
둘러메어 이별 두 글자를 깨치고 싶네! 옥황전에 솟아올라 억울
함을 호소하여, 벼락을 담당하는 상좌가 되어 내려와 이별 두
글자를 깨치고 싶네!

// **장면 끊기 03** 춘향이 이별을 막고 싶은 자신의 마음을 표현함

– 작자 미상, 「춘향전」 –

*박랑사: 중국 지명. 장량이 진시황을 암살하려 했던 곳.

📄 **전체 줄거리**

성 참판과 퇴기 월매 사이에서 태어난 춘향은 뛰어난 미모와 재주를
지녔다. 남원 부사의 아들 이몽룡이 광한루에 구경 나왔다가 그네를 타
는 춘향을 보고 한눈에 반해서 그날 밤 춘향의 집을 찾아간다. 이몽룡은
월매에게 춘향과의 백년가약을 맹세하고, 이몽룡과 춘향은 사랑에 빠진
다. 그런데 이몽룡의 아버지가 서울로 영전하게 되어 둘은 어쩔 수 없이
이별을 하게 된다. 새로 부임한 변 사또는 여색을 몹시 좋아하는 사람이
어서 춘향에게 수청 들 것을 강요한다. 춘향은 죽음을 무릅쓰고 정절을
지키려 하고, 이로 인해 형장을 맞고 옥에 가두어진다. 한편 서울로 올라간
이몽룡은 과거에 급제하여 전라도 암행어사가 되어 남원으로 내려온다.
이몽룡이 거지꼴로 변장하여 춘향의 집을 찾아가나 월매가 푸대접하고,
옥중의 춘향은 이 사실을 알고 절망에 빠져 자기가 죽으면 장사를 잘 지
내 달라고 유언을 남긴다. 이몽룡은 변 사또의 생일잔치 때 각 읍 수령이
모인 틈을 타 어사출두를 통해 위기에 처한 춘향을 구해낸다. 이후 이몽
룡은 춘향을 데리고 상경하여 부부로서 부귀영화를 누린다.

👥 **인물 관계도**

이별하는 것이 안타깝고 마음 아프지만,
어쩔 수 없이 이별을 고함

도련님(몽룡) ←――――――――――→ 춘향

이별을 받아들이지 못함

(나)

[B]

이별이라네 이별이라네 이 도령 춘향이가 이별이로다
춘향이가 도련님 앞에 바짝 달려들어 눈물짓고 하는 말이
도련님 들으시오 나를 두고 못 가리다
나를 두고 가겠으면 홍로화(紅爐火) 모진 불에
다 사르겠으면 사르고 가시오
날 살려 두고는 못 가시리라
잡을 데 없으시면 ⓐ삼단같이 좋은 머리를
휘휘칭칭 감아쥐고라도 날 데리고 가시오
살려 두고는 못 가시리다
날 두고 가겠으면 용천검(龍泉劍) 드는 칼로다
요 내 목을 베겠으면 베고 가시오
날 살려 두고는 못 가시리라
두어 두고는 못 가시리다
날 두고 가겠으면 ⓑ영천수(潁川水) 맑은 물에다
던지겠으면 던지고나 가시오
날 살려 두고는 못 가시리다

이리 한참 힐난하다* 할 수 없이 도련님이 떠나실 때
방자 놈 분부하여 나귀 안장 고이 지으니
도련님이 나귀 등에 올라앉으실 때
춘향이 기가 막혀 미칠 듯이 날뛰다가
우르르 달려들어 나귀 꼬리를 부여잡으니
ⓒ나귀 네 발로 동동 굴러 춘향 가슴을 찰 때
안 나던 생각이 절로 나
그때에 이별 별(別) 자 내인 사람 나와 한백 년 대원수로다
깨치리로다 깨치리로다 박랑사 중 쓰고 남은 철퇴로
천하장사 항우 주어 이별 두 자를 깨치리로다
할 수 없이 도련님이 떠나실 때
향단이 준비했던 주안*을 갖추어 놓고
풋고추 겨리김치 문어 전복을 곁들여 놓고
잡수시오 잡수시오 이별 낭군이 잡수시오
언제는 살자 하고 화촉동방(華燭洞房)* 긴긴 밤에
청실홍실로 인연을 맺고 백 년 살자 언약할 때
물을 두고 맹세하고 산을 두고 증삼(曾參)* 되자더니
ⓓ산수 증삼은 간 곳이 없고
이제 와서 이별이란 웬 말이오
잘 가시오
잘 있거라
산첩첩(山疊疊) 수중중(水重重)한데 부디 편안히 잘 가시오
나도 ⓔ명년 양춘가절*이 돌아오면 또다시 상봉*할까나

*증상: 공자의 제자. 고지식하여 약속을 반드시 지킴.
*양춘가절: 따뜻하고 좋은 봄철.

화자와 대상의 관계	화자 1: 춘향이가 도련님(몽룡)과 이별하는 상황을 설명하는 사람(해설자)
	화자 2: 도련님과의 이별을 막고 싶어 하는 '나(춘향)'
상황?	춘향은 도련님(몽룡)과 이별하게 됨
	→ 춘향은 차라리 자신을 죽이고 가라며 이별을 거부함
	→ 이별이라는 글자를 만든 사람을 원망함
	→ 춘향이 이별을 수용하며 도련님(몽룡)을 위한 마지막 주안상을 준비함
	→ 춘향은 도련님(몽룡)과 이별하며 다시 만나기를 바람

현대어 풀이

이별이라네 이별이라네 이 도령과 춘향이가 이별이로다
춘향이가 도련님 앞에 바짝 달려들어 눈물을 지으며 하는 말이
도련님 들으시오 나를 두고 갈 수 없소
나를 두고 가시겠다면 빨갛게 달아오른 화롯불 모진 불에
(나를) 불사르겠으면 불사르고 가시오
나를 살려두고는 못 가시리라
잡을 데 없으시면 삼단같이 좋은 나의 이 머리카락을
휘휘칭칭 감아쥐고라도 나를 데리고 가시오
(나를) 살려 두고는 못 가시리라
나를 두고 가시겠다면 용천검(옛날 장수들이 쓰던 보검) 드는 칼로다
이 내 목을 베시겠다면 베고 가시오
나를 살려 두고는 못 가시리라
나를 그냥 두고는 못 가시리라
나를 두고 가시겠다면 영천수 맑은 물에다
나를 던지시겠으면 던지고나 가시오
나를 살려 두고는 못 가시리다
이렇게 한참 따지고 들다가 할 수 없이 도련님이 떠나실 때
(도련님이) 방자에게 명령을 내려 나귀에 안장을 놓게 하니
도련님이 나귀 등에 올라앉으실 때
춘향이 기가 막혀 미칠 듯이 날뛰다가
우르르 달려들어 나귀 꼬리를 부여잡으니
나귀가 네 발을 동동 굴러 춘향의 가슴을 찰 때
안 나던 생각이 (춘향의 머리에) 저절로 나
그때에 이별 별(別) 자를 만든 사람이 바로 나와 평생의 큰 원수로다
(이별 '별' 자를) 깨뜨리로다 깨뜨리로다. 박랑사의 중이 (진시황을 죽이기 위해) 사용하고 남은 철퇴로
천하장사 항우에게 주어 이별 두 글자를 깨뜨리로다

할 수 없이 도련님이 떠나실 때
향단이 준비했던 술과 안주가 담긴 상을 갖추어 놓고
풋고추 겨리김치 문어 전복을 곁들여 놓고
잡수시오 잡수시오 이별하는 낭군이 잡수시오
언제는 함께 살자 하고 결혼하여 함께하는 방에서 긴긴 밤에
청실홍실로 인연을 맺고 백 년 살자 약속할 때
물을 두고 맹세하고 산을 두고 증삼처럼 약속을 지키자더니
산과 물과 증삼은 간 곳이 없고
이제 와서 이별이란 웬 말이오
(춘향이 하는 말이) 잘 가시오
(도련님이 하는 말이) 잘 있거라
산과 물이 겹겹이 둘러싸고 있어 갈 길이 험하니 부디 편안히 잘 가시오
나도 다음 해에 봄날이 돌아오면 또다시 도련님을 만날 수 있을까나

이것만은 챙기자

*힐난하다: 트집을 잡아 거북할 만큼 따지고 들다.
*주안: 술상.
*화촉동방: 신혼 부부가 첫날밤을 지내는 방.
*상봉: 서로 만남.

1. (가)에 대한 이해로 적절하지 않은 것은?

✔ 정답풀이

④ '춘향'은 고사를 활용하여 자신의 상황이 역사적 사건과 관련되어 있음을 말하고 있다.

> (가)에서 춘향은 진시황의 '분서'(분서갱유)라는 고사를 활용하여 이별의 상황에서 자신의 슬픈 감정을 드러낼 뿐, 자신의 상황이 역사적 사건과 관련되어 있음을 말하는 것이 아니다.

✘ 오답풀이

① '도련님'은 이별의 상황이 자신의 입장에서는 불가피한 것임을 드러내고 있다.
(가)에서 도련님은 '귀신이 장난치고 조물주가 시기하니, 누구를 탓하겠냐마는 속절없이 춘향을 어찌할 수 없네!'라고 하며 춘향과의 이별이 불가피함을 드러내고 있다.

② '춘향'은 '도련님'을 처음 만날 때부터 이별의 상황을 우려하였음을 말하고 있다.
(가)의 '이런 일이 있겠기로 처음부터 마다하지 아니하였소?'를 고려할 때, 춘향은 도련님을 처음 만났을 때부터 도련님과의 이별을 우려하였음을 알 수 있다.

③ '춘향'은 '도련님' 곁에 머물고 싶은 마음을 자연물에 의탁하여 드러내고 있다.
(가)에서 춘향은 '삼수갑산 험한 곳을 날아다니는 제비가 되어'서라도 도련님의 곁에 있고 싶다고 하였다. 즉 춘향은 '제비'라는 자연물에 의탁하여 도련님 곁에 머물고 싶은 마음을 드러내고 있다.

⑤ '춘향'은 천상의 존재에게 억울함을 전하는 상황을 설정하여 자신의 감정을 드러내고 있다.
(가)에서 춘향은 '옥황전에 솟아올라 억울함을 호소'하고 싶다며, 천상의 존재에게 자신의 억울함을 전하는 상황을 설정하여 이별을 직면한 자신의 슬픈 감정을 드러내고 있다.

🌱 **기틀잡기**

④ **고사**: 유래가 있는 옛날 일. 또는 그런 일을 표현한 어구.

🖋 **모두의 질문**
• 1-④번

Q: 저는 춘향이 고사를 활용해 역사적 사건인 진시황의 '분서'(분서갱유)와 자신의 상황(이별)이 관련되어 있음을 말했다고 생각했어요. '이별'이라는 글자를 없앴더라면 춘향과 몽룡의 이별이 없었을 것이므로 둘이 관련 있다고 볼 수도 있지 않나요?

A: 고사의 내용과 춘향의 상황을 단순히 비교하는 것보다는, 춘향의 상황과 정서를 기준으로 고사를 인용한 이유를 생각해야 한다. 춘향이 고사를 인용한 이유는 자신의 상황이 역사적 사건과 관련이 있어서가 아니라 이별을 직면한 자신의 슬픈 감정을 효과적으로 드러내기 위함이라고 이해하면 된다.

---

2. ㉠~㉤에 대한 설명으로 가장 적절한 것은?

> ㉠: 명문(明文)
> ㉡: 소지(所志)
> ㉢: 편지 한 장
> ㉣: 판결문
> ㉤: 상언(上言)

✔ 정답풀이

④ ㉣: '도련님'에게는 약속 파기의 책임을 물을 수 없음을 밝히는 내용이 담길 것이다.

> 춘향은 도련님이 사대부이기에 자신이 송사에서 질 것이라고 예상하고 있다. 따라서 ㉣에는 도련님이 '사대부라 여기저기 청탁'한 행위의 결과로, 송사에서 '도련님'에게는 약속 파기, 즉 이별의 책임을 물을 수 없다는 결론이 담겨있을 것이다.

✘ 오답풀이

① ㉠: '도련님'의 마음을 확인하고자 '춘향'이 쓴 글이다.
(가)의 '광한루에서 날 호리려고 명문 써 준 것이 있으니'를 고려할 때, ㉠은 춘향이 쓴 글이 아니라 도련님이 춘향의 마음을 얻고자 쓴 글임을 알 수 있다.

② ㉡: '도련님'이 자신의 무고함을 밝히는 내용이 담길 것이다.
(가)의 '소지 지어 가지고 본관 원님께 이 사연을 하소연하겠소.'를 고려할 때, ㉡에는 춘향이 자신의 억울함을 원님께 호소하는 내용이 담길 것임을 추측할 수 있다.

③ ㉢: '춘향'과의 친밀감을 강화하려는 '도련님'의 마음을 전하는 내용이 담길 것이다.
(가)의 '도련님은 양반이기에 편지 한 장만 부치면 순사또도 같은 양반이라 또 나를 패소시키거든'을 고려할 때, ㉢에는 도련님이 순사에게 자신은 죄가 없다는 것을 밝히는 내용이 담길 것임을 추측할 수 있다.

⑤ ㉤: '춘향'이 '순사또'의 힘을 빌려 '임금'에게 자신의 입장을 전하는 내용이 담길 것이다.
(가)의 '언문으로 상언을 쓸 때, 마음속에 먹은 뜻을 자세히 적어'를 고려할 때, ㉤을 쓸 때는 순사또의 힘을 빌리는 것이 아니라 춘향이 직접 자신의 생각을 쓸 것임을 알 수 있다.

3. ⓐ~ⓔ에 대한 설명으로 가장 적절한 것은?

> ⓐ: 삼단같이 좋은 머리
> ⓑ: 영천수(穎川水) 맑은 물
> ⓒ: 나귀 네 발로 동동 굴러
> ⓓ: 산수 증삼은 간 곳이 없고
> ⓔ: 명년 양춘가절이 돌아오면 또다시 상봉할까나

> ② **초월적**: 어떠한 한계나 표준, 이해나 자연 따위를 뛰어넘거나 경험과 인식의 범위를 벗어나는.
> ③ **희화화**: 어떤 인물의 외모나 성격, 또는 사건이 의도적으로 우스꽝스럽게 묘사되거나 풍자됨.
> **풍자**: 현실의 부정적 현상이나 모순 따위를 다른 사물이나 상황에 빗대어 간접적으로 비판함으로써 그 병폐를 깨닫도록 하는 것.

✔ 정답풀이

④ ⓓ는 기대가 어긋나 버린 사정을 부각하여 비애감을 심화하는 표현이다.

> (나)의 '백 년 살자 언약할 때 / 물을 두고 맹세하고 산을 두고 증삼 되자더니 / 산수 증삼은 간 곳이 없고 / 이제 와서 이별이란 웬 말이오'를 고려할 때, ⓓ는 변하지 않을 것이라고 기대했던 맹세가 깨져 도련님과 백년해로 하려던 춘향의 기대가 어긋나 버린 사정을 부각하여 비애감을 심화하는 표현으로 볼 수 있다.

✘ 오답풀이

① ⓐ는 인물이 지닌 자부심을 환기하여 좌절감을 완화하는 소재이다.
(나)의 '잡을 데 없으시면 삼단같이 좋은 머리를 / 휘휘칭칭 감아쥐고라도 날 데리고 가시오'를 고려할 때, ⓐ는 자신의 머릿결에 대한 자부심을 드러내는 것이 아니라, 머리를 잡혀서라도 도련님과 함께 가고 싶어하는 춘향의 마음을 강조하는 소재이다.

② ⓑ는 초월적 공간에 대한 지향을 드러내어 현재의 고통과 대비하기 위한 소재이다.
(나)의 '날 두고 가겠으면 영천수 맑은 물에다 / 던지겠으면 던지고나 가시오 / 날 살려 두고는 못 가시리다'를 고려할 때, ⓑ는 현재의 고통과 대비하기 위한 소재가 아니라, 도련님과 이별하는 상황을 거부하기 위해 사용된 소재이다. 참고로 '영천'은 초월적 공간이 아닌 중국의 옛 지명이다.

③ ⓒ는 부정적인 상황을 희화화함으로써 당면한 현실을 풍자하는 표현이다.
(나)의 '춘향이 기가 막혀 미칠 듯이 날뛰다가~춘향 가슴을 찰 때'를 고려할 때, 춘향이 이별을 막기 위해 도련님이 탄 나귀의 꼬리를 잡아 나귀가 춘향의 가슴을 차는 모습은 부정적인 상황을 희화화한 것으로 볼 수도 있지만, ⓒ가 당면한 현실을 풍자하는 표현은 아니다.

⑤ ⓔ는 미래에 대한 전망을 바탕으로 대상과의 재회를 확신하는 표현이다.
(나)의 '산첩첩 수중중한데 부디 편안히 잘 가시오 / 나도 명년 양춘가절이 돌아오면 또다시 상봉할까나'를 고려할 때, 춘향은 다음 해에 봄날이 돌아오면 도련님과 다시 만날 수 있을지 확신하지 못하고 있다. 즉, ⓔ는 미래에 대한 전망을 바탕으로 대상과의 재회를 확신하는 표현이라고 볼 수 없다.

4. 〈보기〉를 바탕으로 (가), (나)를 이해한 내용으로 적절하지 않은 것은?

〈보기〉

여러 작품에서 '춘향'은 다양한 면모를 지닌 인물로 형상화되었다. '춘향'은 원치 않는 상황을 받아들이는 수용적 면모를 보이기도, 목표를 이루려 단호하게 행동하는 적극적 면모를 보이기도 한다. 신세를 한탄하며 절규하는 격정적 면모를 드러내는가 하면, 문제를 숙고하여 대응책을 모색하는 치밀한 면모를 표출하기도 한다. 한편 '춘향'은 당대 민중의 시각을 대변하는 면모를 지니기도 한다.

🔍 **보기 분석**

• 작품에 따라 다양한 면모를 지닌 춘향
  – 수용적 면모: 원치 않는 이별의 상황을 받아들임
  – 적극적 면모: 이별을 거부하기 위해 단호하게 행동함
  – 격정적 면모: 이별의 상황에 처한 자신의 신세를 한탄하며 절규함
  – 치밀한 면모: 이별의 상황에 대한 대응책을 모색함
  – 당대 민중의 시각을 대변하는 면모: 신분제 사회 속의 민중 의식을 대변하기도 함

✓ **정답풀이**

③ (나)에서 이별 후 자신이 겪을 고난을 말하며 '도련님'의 마음을 돌리려는 모습을 통해, 문제 해결책을 강구하는 '춘향'의 치밀한 면모를 확인할 수 있다.

(나)에서 춘향은 이별을 거부하며 도련님을 설득하고 있을 뿐, 이별 후 자신이 겪을 고난을 말하고 있지는 않다. 또한 춘향은 자신의 감정에 치중하고 있을 뿐, 문제 해결책을 강구하는 치밀한 면모를 드러내고 있지는 않다.

✗ **오답풀이**

① (가)에서 양반들이 한통속이어서 '도련님'을 두둔할 것이라고 언급하는 모습을 통해, 민중의 입장을 취하는 '춘향'의 면모를 확인할 수 있다.

(가)의 '도련님은 양반이기에 편지 한 장만 부치면 순사또도 같은 양반이라 또 나를 패소시키거든~형조와 한성부와 비변사까지 올리면 도련님은 사대부라 여기저기 청탁하여 또다시 송사에서 지게 하겠지요.'에서 춘향은 자신의 억울함을 원님, 순사또, 형조, 한성부, 비변사 등에 하소연하여도 그들은 도련님과 같은 양반이기 때문에 도련님의 편을 들 것이라 말하고 있다. 이를 바탕으로 춘향은 신분제 사회에서 양반에 대한 당대 민중의 의식을 대변하는 면모를 지녔다고 할 수 있다.

② (가)에서 구걸하고 다니면서라도 자신의 상황을 알리겠다는 모습을 통해, 뜻한 바를 성취하려는 '춘향'의 적극적 면모를 확인할 수 있다.

(가)에서 춘향은 '팔만장안 억만가호마다 걸식'하여 그 돈으로 '장지'를 구하여 임금님께 '상언'을 쓰겠다고 하였고, '임금님이 능에 거둥하실 때'에 '격쟁'을 하겠다고 하였다. 이를 통해 춘향이 목표를 이루기 위해서 적극적인 행동을 하는 면모를 지녔음을 알 수 있다.

④ (나)에서 '도련님'에게 주안을 올리며 어쩔 수 없이 이별을 받아들이는 모습을 통해, 서글픈 현실을 감내하려는 '춘향'의 수용적 면모를 확인할 수 있다.

(나)의 '할 수 없이 도련님이 떠나실 때 / 향단이 준비했던 주안을 갖추어 놓고'를 통해 춘향은 도련님과의 이별을 안타까워하면서도 수용하고 있음을 알 수 있다.

⑤ (가), (나)에서 '이별'이라는 두 글자를 철퇴로 깨뜨리고자 하는 모습을 통해, 북받친 감정을 토로하면서 탄식하는 '춘향'의 격정적 면모를 확인할 수 있다.

(가)와 (나) 모두에서 춘향은 '천하장사 항우'에게 '철퇴'를 주어 '이별'이라는 글자를 깨뜨리고 싶다고 말한다. 이를 바탕으로 춘향은 이별 상황에 놓인 자신의 북받친 감정을 격정적으로 토로하고 있다고 할 수 있다.

5. 〈보기〉를 바탕으로 [A], [B]를 감상한 내용으로 적절하지 않은 것은? [3점]

〈보기〉

조선 후기에 책을 대여하고 값을 받는 세책업자는 「춘향전」을 (가)와 같은 세책본 소설로, 유흥적 노래를 지은 잡가의 담당층은 「춘향전」의 대목을 (나)와 같은 잡가로 제작했다. 세책업자는 과장되고 재치 있는 표현을 활용하여 흥미를 높이거나 특정 부분의 분량을 늘려 이윤을 얻으려 했다. 잡가의 담당층은 노래의 내용을 단시간에 전달하기 위해 상황을 집약해 설명하고 인물의 감정을 드러내는 가사를 반복해 청중의 공감을 끌어냈다. 연속되지 않은 장면들을 엮어 노래를 구성할 때에는 작품 속 화자의 역할이 바뀌기도 하였다.

🔍 **보기 분석**

- 조선 후기 세책업자: 「춘향전」에서 과장되고 재치 있는 표현을 활용하여 흥미를 높이거나 특정 부분의 분량을 늘림
- 조선 후기 잡가의 담당층: 「춘향전」을 잡가로 제작하였는데, 상황을 집약하여 설명하거나 인물의 감정을 드러내는 가사를 반복하기도 함. 연속되지 않은 장면들을 엮어서 노래할 때는 작품 속 화자의 역할이 바뀌기도 함

✔ **정답풀이**

⑤ [B]에서 화자가 해설자에서 인물로 역할을 바꾸는 것은 연속되지 않은 장면들이 엮여 작품이 구성되었음을 알게 해 주는 단서이겠군.

[B]에서 화자는 '이별이라네 이별이라네 이 도령 춘향이가 이별이로다~ 눈물짓고 하는 말이'라고 말하는 해설자에서 '도련님 들으시오 나를 두고 못 가리다~날 살려 두고는 못 가시리다'라고 말하는 춘향으로 바뀌고 있다. 해설자와 춘향 모두 이별의 상황에 대해 말하고 있기 때문에 이는 단순히 화자만 바뀐 것일 뿐, 〈보기〉에서 언급한 '연속되지 않은 장면들'이 엮여 작품이 구성되었음을 알게 해 주는 단서로 볼 수 없다.

✘ **오답풀이**

① [A]에서 '생눈 나올 일'이라는 과장된 표현을 쓴 것은 작품의 흥미를 높이려는 취지와 관련되겠군.

[A]에서 도련님은 자신에게 닥친 이별의 상황을 '생눈 나올 일'이라고 과장되게 표현하고 있다. 이는 〈보기〉에 제시된 '과장되고 재치 있는 표현을 활용하여 흥미를 높이'려는 의도와 관련된다고 할 수 있다.

② [A]에서 '도련님'에게 거듭하여 묻는 형식을 사용한 것은 분량을 늘리려는 의도와 관련되겠군.

[A]의 '우리 당초에 광한루에서 만날 적에 내가 먼저 도련님더러 살자 하였소? ~끝내 아니 데려가시려 하오?'에서 춘향은 이별 상황에 대한 안타까움을 도련님에게 질문을 던지는 형식을 통해 표현하고 있다. 이렇게 질문을 거듭하여 진술하는 형식을 취한 것은 〈보기〉에서 언급한 '특정 부분의 분량을 늘'리려는 의도와 관련된다고 할 수 있다.

③ [B]에서 첫 행에 작품의 상황을 제시한 것은 청중을 작품의 내용에 빠르게 끌어 들이려는 전략과 관련되겠군.

[B]의 첫 행에 '이별이라네 이별이라네 이 도령 춘향이가 이별이로다'라고 작품의 상황을 압축적으로 제시한 것은 청중의 관심을 유도하기 위해서이다. 이는 〈보기〉에서 언급한 '노래의 내용을 단시간에 전달하기 위해 상황을 집약'한 것으로서 청중을 작품의 내용에 빠르게 끌어 들이려는 전략과 관련된다고 볼 수 있다.

④ [B]에서 '못 가시리다'라는 구절을 반복하여 인물의 감정을 강조한 것은 청중의 공감을 유발하려는 목적과 관련되겠군.

[B]에서는 '못 가시리다'라는 구절을 반복하여 도련님과 이별하고 싶지 않은 춘향의 감정을 강조하고 있다. 이는 〈보기〉에 제시된 '인물의 감정을 드러내는 가사를 반복해 청중의 공감을' 유발하려는 목적과 관련된다고 할 수 있다.

✎ **모두의 질문** · 5–④번

Q: '못 가시리다'라는 구절이 감정을 드러내는 구절이라고 볼 수 있나요? 직접적인 감정 표현이 없는데도 감정을 강조한다고 볼 수 있는 건가요?

A: '못 가시리다'의 경우, 떠나는 임에 대해 가지 못하게 하려는 화자의 의도가 들어있으며, 인물의 감정이 직접적으로 드러난다고 보기는 어렵다. 그러나 '못 가시리다'라는 말을 통하여, 시적 화자가 임을 보내고 싶지 않은 감정이 간접적으로 드러나며, 이러한 구절이 반복됨으로써 인물의 감정을 효과적으로 강조한다고 볼 수 있다.

[1~4] 다음 글을 읽고 물음에 답하시오.

(가)

비로봉 상상두(上上頭)의 올라 보니 긔 뉘신고
동산(東山) 태산(泰山)이 어느야 놉돗던고
㉠노국(魯國) 조븐 줄도 우리는 모르거든
넙거나 넙은 천하 엇찌ᄒᆞ야 젹닷 말고
㉡어와 뎌 디위를 어이ᄒᆞ면 알 거이고
오ᄅᆞ디 못ᄒᆞ거니 ᄂᆞ려가미 고이ᄒᆞᆯ가
원통골 ᄀᆞᄂᆞᆫ 길로 사자봉을 추자가니
그 알픠 너러바회 화룡(化龍)쇠 되여셰라
천 년 노룡(老龍)이 구뷔구뷔 서려 이셔
주야의 흘녀내여 창해(滄海)예 니어시니*
㉢풍운(風雲)을 언제 어더 삼일우(三日雨)를 디련ᄂᆞᆫ다
음애(陰崖)예 이온 풀을 다 살와 내여ᄉᆞ라
㉣마하연(摩訶衍) 묘길상(妙吉祥) 안문(雁門)재 너머 디여

[A]
    외나모 쎠근 두리 불정대(佛頂臺) 올라ᄒᆞ니
    천심(千尋) 절벽을 반공(半空)애 셰여 두고
    은하수 한* 구뷔를 촌촌이 버혀 내여
    실ᄀᆞ티 플텨이셔 뵈ᄀᆞ티 거러시니

도경(圖經) 열두 구뷔 내 보매는 여러히라
이적선(李謫仙)이 이제 이셔 고텨 의논ᄒᆞ게 되면
여산(廬山)이 여긔도곤* 낫단 말 못ᄒᆞ려니
산중을 ᄆᆡ양 보랴 동해로 가쟈ᄉᆞ라
㉤남여(籃輿) 완보(緩步)ᄒᆞ야 산영루(山映樓)의 올나ᄒᆞ니
영롱벽계(玲瓏碧溪)와 수성제조(數聲啼鳥)는 이별을 원(怨)ᄒᆞ
ᄂᆞᆫ 듯

                    – 정철, 「관동별곡」 –

화자와 대상의 관계	관동 지방의 아름다운 정경을 감상하는 '나'
상황?	비로봉에 올라 (공자의) 높은 경지를 생각함 → 화룡소가 흐르는 모습이 용과 같다고 여기며 비를 내려 시든 풀을 살려 내고 싶다고 생각함 → 불정대에 올라 경치를 감상함 → 동해로 가고자 함 → 가마를 타고 천천히 걸어서 산영루에 올라감

현대어 풀이

비로봉(금강산의 최고봉) 꼭대기에 올라 본 사람이 누구이신가
동산과 태산 어느 것이 (비로봉보다) 높던가
노나라 좁은 줄도 우리는 모르거든
넓고도 넓은 천하를 (공자는) 어찌하여 작다고 말했는가
아아 저 지위(공자의 정신적 경지)를 어찌하면 알 수 있겠는가
(공자의 높은 경지에) 오르지 못하는데 내려감이 이상하겠는가
원통골의 좁은 길로 사자봉을 찾아가니
그 앞의 넓은 바위는 화룡소가 되었구나
천 년 묵은 늙은 용(화룡소의 물)이 굽이굽이 서려 있어
밤낮으로 흘러 내려 넓은 바다에 이어지니
바람과 구름을 언제 얻어 단비를 내리려는가
그늘진 벼랑에 시든 풀(백성)을 다 살려 내고 싶구나
마하연(골짜기 이름) 묘길상(불상) 안문재를 넘어 내려가서
썩은 외나무다리를 건너 불정대에 올라 보니
(눈앞에 펼쳐진 십이 폭포는) 천 길이나 되는 절벽을 공중에 세워
두고
은하수 큰 굽이를 마디마디 베어 내어
실처럼 풀어서 베처럼 걸어 놓았으니
도경(산수를 그린 책)에서는 열 두 굽이라 하였으나 내가 보기에는
여럿이라(그보다 더 많아 보인다)
이태백이 지금 있어서 다시 의논하게 되면
여산(중국의 이름난 산)이 여기보다 낫다는 말은 못 하리라
내금강 산중의 경치만 매양 보겠는가 동해로 가자꾸나
남여(뚜껑 없는 가마)를 타고 천천히 걸어서 산영루에 올라가니
영롱한 푸른 시냇물과 여러 소리로 우짖는 산새는 (나와의) 이별을
원망하는 듯

이것만은 챙기자

*니어시니: 이어지니.
*한: 큰.
*도곤: 보다 더.

(나)

얼마 후 검은 안개가 몰려오더니 서쪽에서 동쪽으로 산등성이를 휘감았다. 나는 괴이하게 여겼지만, 이곳에까지 와서 한라산의 진면목*을 보지 못한다면 이는 바로 산을 쌓는 데 아홉 길의 흙을 쌓고도 한 삼태기의 흙을 얹지 못해 완성하지 못하는 것이 되어, 섬사람들의 웃음거리가 되지 않을까 하는 생각이 들었다.

→ 날씨가 흐리지만, 한라산의 모습을 제대로 보지 못하고 돌아갈 수는 없다고 생각함

마음을 굳게 먹고 곧장 수백 보를 전진해 북쪽 가의 오목한 곳에 당도하여 굽어보니, 상봉이 여기에 이르러 갑자기 가운데가 터져 구덩이를 이루었는데 이것이 바로 **백록담**이었다. 주위가 1리 남짓하고 수면이 담담한데 반은 물이고 반은 얼음이었다. 홍수나 가뭄에도 물이 줄거나 붇지 않는데, 얕은 곳은 무릎에, 깊은 곳은 허리에 찼으며 맑고 깨끗하여 조금의 먼지 기운도 없으니 은연히 신선이 사는 듯하였다. 사방을 둘러싼 봉우리들도 높고 낮음이 모두 균등하니 참으로 천부*의 성곽이었다.

→ 백록담의 아름다운 모습을 봄

석벽에 매달려 백록담을 따라 남쪽으로 내려가다가 털썩 주저앉아 잠깐 휴식을 취했다. 일행은 모두 지쳐서 남은 힘이 없었지만 서쪽의 가장 높은 봉우리가 최고봉이었으므로 조심스럽게 조금씩 올라갔다. 그러나 따라오는 자는 겨우 세 명뿐이었다.

→ 최고봉을 향해 일행과 함께 올라감

[B] ┌ 최고봉은 평평하게 퍼지고 넓어서 그리 아찔해 보이지는 않았으나, 위로는 별자리에 닿을 듯하고 아래로는 세상을 굽어보며, 좌로는 부상(扶桑)*을 돌아보고 우로는 서쪽 바다를 접했으며, 남으로는 소주와 항주를 가리키고 북으로는 내륙을 끌어당기고 있었다. 그리고 옹기종기 널려 있는 섬들이 큰 것은 구름 조각 같고 작은 것은 달걀 같아 놀랍└ 고 괴이한 것들이 천태만상*이었다.

→ 최고봉의 괴이하고 각기 다른 모습을 보고 놀라워함

『맹자』의 "바다를 본 자에게는 다른 물이 물로 보이지 않으며 태산에 오르면 천하가 작게 보인다."라는 말에 담긴 **성현**의 역량을 이로써 가히* 상상할 수 있다. 또 **소동파**에게 당시에 이 산을 먼저 보게 하였다면 그의 이른바, "허공에 떠 바람을 다스리고 신선이 되어 하늘에 오른다."라는 시구가 적벽에서만 알맞지는 않았을 것이다.

→ 한라산의 아름다운 모습이 적벽에 못지 않음

이어서 "낭랑하게 읊조리며 축융봉을 내려온다."라는 주자의 시구를 읊으며 백록담 가로 되돌아오니, 하인들이 이미 정성스럽게 밥을 지어 놓았다.

→ 주자의 시구를 읊으며 백록담 끝으로 돌아옴

- 최익현, 「유한라산기」 -

*부상: 해가 뜨는 동쪽 바다.

이것만은 챙기자

*진면목: 본디부터 지니고 있는 그대로의 상태.
*천부: 하늘이 줌.
*천태만상: 천 가지 모습과 만 가지 형상이라는 뜻으로, 세상 사물이 한결같이 아니하고 각각 모습·모양이 다름을 이르는 말.
*가히: 능히, 넉넉히.

1. ㉠~㉤에 대한 이해로 가장 적절한 것은?

> ㉠: 노국(魯國) 조븐 줄도 우리는 모르거든
> ㉡: 어와 뎌 디위를 어이하면 알 거이고
> ㉢: 풍운(風雲)을 언제 어더 삼일우(三日雨)를 디련는다
> ㉣: 마하연(摩訶衍) 묘길상(妙吉祥) 안문(雁門)재 너머 디여
> ㉤: 남여(籃輿) 완보(緩步)하야 산영루(山映樓)의 올나하니

✅ 정답풀이

④ ㉣: 거쳐 온 곳을 열거하면서 행위를 나타내는 서술어를 최소화하여 여정을 압축적으로 표현하고 있다.

> ㉣에서 화자는 자신이 거쳐 온 '마하연 묘길상 안문재'를 열거하면서 서술어를 '너머 디여(넘어 내려가서)'로 최소화하여 여정을 압축적으로 표현하고 있다.

❌ 오답풀이

① ㉠: 여행에 대한 경륜과 많은 지식을 가지고 있음을 반어적으로 표현하고 있다.
> ㉠은 우리는 노나라 좁은 줄도 모른다는 의미로, 성현(공자)의 경지에 이르지 못한 화자의 모습을 드러내는 표현이다. 즉 '넓거나 넓은 천하'를 작다고 했던 공자의 기개와 높은 경지를 떠올리며 그에 미치지 못하는 자신의 모습을 고백하고 있는 것이다. 따라서 ㉠이 여행에 대한 지식이 많음을 반어적으로 표현한 것은 아니다.

② ㉡: 정치적 포부를 펼칠 만큼 높은 지위에 이르지 못한 데 대한 불만을 우회적으로 드러내고 있다.
> ㉡의 '뎌 디위'는 천하를 작다고 했던 성현(공자)의 높은 기개와 정신적인 경지에 대한 경외감이 드러나 있는 표현이므로, ㉡을 자신이 높은 지위에 이르지 못한 데 대한 불만을 드러내는 것으로 볼 수 없다.

③ ㉢: 자신에게 험난한 역경이 다가오고 있음을 자연현상에 비유하여 표현하고 있다.
> ㉢의 '삼일우'는 '음애예 이온 풀'을 살려낼 수 있는 소재로, 죽어가는 대상에게 생명력을 부여할 수 있는 존재를 의미한다. 즉, 시든 풀을 살려내기 위해 ㉢이 필요한 것이므로 험난한 역경이 다가오고 있음을 자연현상에 비유한 것이라는 설명은 적절하지 않다.

⑤ ㉤: 이동하는 모습을 과장되게 묘사하여 자신의 권위를 강조하고 있다.
> ㉤의 '남여'는 '의자와 비슷하고 뚜껑이 없는 작은 가마'를 의미하고, '완보'는 '느린 걸음'을 의미한다. 따라서 ㉤은 이동하는 모습을 과장되게 묘사한 것이 아니며, 자신의 권위를 강조한 표현도 아니다.

🌱 기틀잡기

> ① **반어**: 말하고자 하는 바와 반대로 표현하여 그 의미를 강화하는 것.
> ③ **비유**: 어떤 현상이나 사물을 직접 설명하지 않고 다른 비슷한 현상이나 사물에 빗대어서 설명하는 일.

2. (나)에 대한 설명으로 적절하지 <u>않은</u> 것은?

✅ 정답풀이

⑤ 시구를 낭송하는 모습을 통해 등정 과정에서 있었던 일행들 사이의 갈등이 해소되었음을 함축적으로 표현하고 있다.

> (나)의 6문단에서 주자의 시구를 읊으며 백록담 가로 되돌아온 내용과 하인들이 식사 준비를 끝낸 내용을 확인할 수 있다. 하지만 등정 과정에서 일행들 사이에 갈등이 있었다거나 그것을 해소했다는 내용은 찾을 수 없다.

❌ 오답풀이

① 기상 상황이 좋지 않음에도 불구하고 등정을 계속하려는 이유를 제시하고 있다.
> (나)의 1문단의 '검은 안개가 몰려오더니'와 '섬사람들의 웃음거리가 되지 않을까 하는 생각' 등을 통해 기상 상황이 좋지 않음에도 불구하고 등정을 계속하려는 것은 거의 다 왔는데 돌아가게 된다면 웃음거리가 되지 않을까 하고 생각했기 때문임을 알 수 있다.

② 객관적인 사실에 자신의 소감을 추가하여 백록담의 모습을 나타내고 있다.
> (나)의 2문단의 '주위가 1리 남짓하고~얼음이었다.'에서 백록담의 모습에 대한 객관적인 사실을, '은연히 신선이 사는 듯하였다', '참으로 천부의 성곽이었다.' 등에서 백록담에 대한 글쓴이 자신의 소감을 확인할 수 있다.

③ 일행 중 낙오한 이들이 있었음을 밝혀 등정 과정이 힘들었음을 드러내고 있다.
> (나)의 3문단의 '일행은 모두 지쳐서 남은 힘이 없었지만'과 '그러나 따라오는 자는 겨우 세 명뿐이었다.'를 통해 낙오한 이들이 있었고, 등정 과정이 힘들었음을 알 수 있다.

④ 최고봉에서 백록담으로 내려오는 과정을 등정 과정에 비해 간략하게 제시하고 있다.
> (나)에서 최고봉에 오르는 등정 과정을 장황하게 서술한 것과 달리, 6문단에서 백록담으로 내려오는 과정은 '주자의 시구를 읊으며 백록담 가로 되돌아오니'와 같이 간략하게 제시하고 있음을 알 수 있다.

🌱 기틀잡기

> ⑤ **함축**: 표현의 의미를 한 가지로 나타내지 아니하고 문맥을 통하여 여러 가지 뜻을 암시하거나 내포하는 방법.

3. 〈보기〉는 (가) 작품의 다른 부분이다. 〈보기〉와 [A], [B]를 비교한 내용으로 가장 적절한 것은?

〈보기〉

천근(天根)을 못내 보와 망양정(望洋亭)의 올은말이
바다 밧근 하놀이니 하놀 밧근 므서신고
굿득 노호 고래 뉘라셔 놀내관디
블거니 쑴거니 어즈러이 구눈디고
은산(銀山)을 것거 내여 육합(六合)의 누리눈 둣
오월(五月) 장천(長天)의 백설(白雪)은 므스 일고

🔍 보기 분석

〈현대어 풀이〉

하늘 끝을 끝내 못 보고 망양정에 오르니
바다 밖은 하늘이니 하늘 밖은 무엇인가
가뜩이나 성난 고래(파도) 누가 놀라게 하였기에
불거니 뿜거니 어지럽게 구는 것인가
은산을 꺾어 내어 온 세상에 내리는 듯
오월 높은 하늘에 백설(파도의 물보라)은 무슨 일인가

✅ 정답풀이

④ [B]는 자연물을 의인화하여 제시하고, 〈보기〉는 자연물의 움직임을 비유적으로 표현하고 있다.

[B]는 '세상을 굽어보며, 좌로는 부상을 돌아보고', '남으로는 소주와 항주를 가리키고 북으로는 내륙을 끌어당기고 있었다.'에서 자연물인 '최고봉'이 '굽어보'고 '돌아보'며 '가리키'고 '끌어당기'는 것처럼 의인화하여 제시하였다. 한편, 〈보기〉는 '노호 고래', '은산을 것거 내여 육합의 누리눈 둣', '오월 장천의 백설' 등을 통하여 망양정에서 바라본 물결과 파도의 움직임을 비유적으로 표현하고 있다.

❌ 오답풀이

① [A]와 〈보기〉는 모두 자연이 시간의 흐름에 따라 변화하는 모습을 표현하고 있다.

[A]와 〈보기〉 모두 시간의 흐름이 드러나 있지 않다. 따라서 [A]와 〈보기〉에서 자연이 시간의 흐름에 따라 변화하는 모습은 확인할 수 없다.

② [A]는 지상의 자연물을 천문 현상에 비유하고, 〈보기〉는 천문 현상을 지상의 자연물에 비유하고 있다.

[A]에서는 지상의 자연물인 폭포를 천문 현상인 '은하수'에 빗대어 표현하고 있다. 한편, 〈보기〉는 천문 현상이 아니라 지상의 자연물인 물결과 파도의 모습을 지상의 자연물인 '고래', '은산', '백설' 등에 빗대어 표현하고 있다.

③ [B]와 〈보기〉는 모두 인간의 접근을 허용하지 않는 자연의 냉혹함을 드러내고 있다.

[B]에서는 최고봉을 인격체처럼 표현하여 그 놀라운 모습에 감탄하고 있고, 〈보기〉에서는 바다와 파도의 모습을 역동적으로 묘사하고 있다. 하지만 [B]와 〈보기〉 모두 자연의 광경에 대한 감탄을 드러낼 뿐, 인간의 접근을 허용하지 않는 자연의 냉혹함을 드러내고 있지는 않다.

⑤ [A]와 [B]에서는 자연의 모습을 관조하고 있고, 〈보기〉에서는 자연을 통해 자신을 반성하고 있다.

[A]와 [B] 모두 자연에 대한 묘사가 주를 이루고 있으나, 이를 고요한 마음으로 관찰한 것이라고 볼 수는 없으므로 관조로 보기 어렵다. 또한 〈보기〉에서 자연을 통해 자신을 반성하는 모습은 나타나지 않는다.

🌱 기틀잡기

④ **의인화**: 사람이 아닌 것에 인격을 부여하여 사람인 것처럼 표현하는 방법.

⑤ **관조**: 고요한 마음으로 사물이나 현상을 관찰하거나 비추어 봄.

📋 문제적 문제

· 3-②번

학생들이 정답 이외에 가장 많이 고른 선지가 ②번이다. 많은 학생들이 〈보기〉의 내용을 제대로 파악하지 못하거나 [B]에서 의인법이 활용된 부분을 찾지 못하여 이를 정답으로 골랐다.

우선 정답인 ④번의 경우, [B]에 활용된 의인법을 파악하지 못한 학생들이 많았는데, [B]에서 자연물인 '최고봉(산의 봉우리)'은 '세상을 굽어보'고 있다고 하였다. '굽어보다'는 '높은 위치에서 고개나 허리를 굽혀 아래를 내려다보다.'라는 의미로, 자연물인 산봉우리가 고개나 허리를 굽혀 아래를 내려다볼 수는 없으므로 의인법이 사용된 표현이다. 그리고 〈보기〉에서는 '고래'와 '은산', '백설' 등을 통해 바다의 파도치는 모습을 비유적으로 표현하고 있으므로 ④번이 적절함을 알 수 있다.

매력적인 오답인 ②번의 경우, 〈보기〉에서 화자는 '망양정'에 올라 '바다'를 보고 있고, '고래'가 물을 뿜는 모습에 대한 묘사가 제시된다. 하지만 '천문 현상'이 제시되지는 않았으므로 ②번의 내용이 적절하지 않음을 알 수 있다. 참고로 '고래'는 파도를, '백설'은 파도의 물보라를 의미하는데, 이를 모르고 '고래'를 있는 그대로 '고래'로 보았을지라도 '천문 현상'에 관한 언급이 없으므로, ②번이 오답임을 판단할 수 있었다.

〈보기〉에 낯선 고어가 많으면 내용을 파악하는 데 어려움을 겪을 수 있다. 내용을 전부 완벽히 해석할 필요는 없으며, 명확한 사실 관계만 파악할 수 있으면 선지의 옳고 그름을 판단할 수 있음을 기억하자.

정답률 분석

	①	②	③	④	⑤
		매력적 오답		정답	
	5%	31%	4%	54%	6%

4. 〈보기〉를 참조하여 (가), (나)를 감상한 내용으로 적절하지 않은 것은? [3점]

〈보기〉

　　선비들의 산수 유람에는 와유(臥遊)와 원유(遠遊)가 있다. 와유는 일상에서 산수화나 산수 유람의 글 등을 감상하며 국내외의 여러 경치를 간접적인 방식으로 즐기는 것을 말한다. 이와 달리 원유는 이름난 경치를 직접 찾아가 실제의 자연을 즐기는 흔치 않은 체험으로, 유교에서 강조하는 호연지기를 기르는 기회가 되기도 하였다.

🔍 보기 분석

- 선비들의 산수 유람
  - 와유: 일상에서 산수 그림이나 글을 감상하는 간접적 방식
  - 원유: 경치를 찾아가 즐기는 직접적 방식, 호연지기(거침없이 넓고 큰 기개)를 기르는 기회

✅ 정답풀이

② (가)의 화자는 와유를 통해 상상하던 '여산'의 모습과 원유를 통해 실제로 바라본 '여산'의 모습을 비교하며 와유의 가치를 확인하고 있군.

(가)의 '이적선이 이제 이셔 고텨 의논ᄒᆞ게 되면 / 여산이 여긔도곤 낫단 말 못ᄒᆞ려니'에서 화자가 '여산'을 실제로 찾아가 본 것이 아니라 이적선의 글을 통해 '와유'했다는 사실을 추측할 수 있다. 따라서 상상하던 '여산'의 모습과 실제로 바라본 '여산'의 모습을 비교했다는 설명은 적절하지 않다.

❌ 오답풀이

① (가)의 화자가 '화룡소'를 보고 감상한 부분은 다른 이들이 같은 장소를 와유할 때 활용될 수 있겠군.

(가)의 '원통골 ᄀᆞ는 길로 사자봉을 ᄎᆞ자가니 / 그 알ᄑᆡ 너러바회 화룡쇠 되여셰라'에서 알 수 있듯이, (가)의 화자는 '화룡소'를 직접 보고 그 감상을 서술하고 있다. 이는 다른 이들에게는 화룡소를 간접적으로 감상할 수 있는 '와유'의 대상으로 활용될 수 있다.

③ (나)의 글쓴이는 원유를 통해 '백록담'에서 실감한 자연의 형세를 묘사하고 있군.

(나)의 '북쪽 가의 오목한 곳에 당도하여 굽어보니~이것이 바로 백록담이었다.'에서 알 수 있듯이, (나)의 글쓴이는 자신이 '백록담'과 그 주변을 직접 관찰한 내용을 서술하고 있다. 즉 '원유'를 통해 '백록담'에서 실감한 자연의 형세를 묘사한 것이다.

④ (나)의 글쓴이가 정상에 올라 '성현'의 호연지기를 상상하는 데서 원유가 호연지기를 기르는 기회가 될 수 있음을 알 수 있군.

(나)의 글쓴이는 4문단에서 자신이 '원유'를 통해 경험한 최고봉의 모습을 서술한 후, 5문단에서 『맹자』의 "바다를 본 자에게는 다른 물이 물로 보이지 않으며 태산에 오르면 천하가 작게 보인다."라는 말에 담긴 성현의 역량을 이로써 가히 상상할 수 있다.'라고 하였다. 이를 통해 '원유'가 호연지기를 기르는 기회가 될 수 있음을 알 수 있다.

⑤ (나)의 글쓴이는 '소동파'의 시를 통해 와유했던 적벽의 모습과 원유를 통해 확인한 한라산의 모습을 비교하여 한라산의 아름다움을 강조하고 있군.

(나)의 글쓴이는 5문단에서 '또 소동파에게 당시에 이 산을~시구가 적벽에서만 알맞지는 않았을 것이다.'라고 하였다. 이는 글쓴이가 '소동파'의 시를 통해 '와유'했던 적벽의 모습과 '원유'를 통해 직접 확인한 한라산의 모습을 비교하여 한라산의 아름다움을 강조한 것이다.

[1~4] 다음 글을 읽고 물음에 답하시오.

(가)

　버스의 덜커덩거림이 좀 덜해졌다. 버스의 덜커덩거림이 더하고 덜하는 것을 나는 턱으로 느끼고 있었다. 나는 몸에서 힘을 빼고 있었으므로 버스가 자갈이 깔린 시골길을 달려오고 있는 동안 내 턱은 버스가 껑충거리는 데 따라서 함께 덜그럭거리고 있었다. 턱이 덜그럭거릴 정도로 몸에서 힘을 빼고 버스를 타고 있으면, 긴장해서 버스를 타고 있을 때보다 피로가 더욱 심해진다는 것을 알고 있었지만 그러나 열린 차창으로 들어와서 나의 밖으로 드러난 살갗을 사정없이 간질럽히고 불어 가는 유월의 ⓐ바람이 나를 반수면 상태로 끌어넣었기 때문에 나는 힘을 주고 있을 수가 없었다. 버스 안에서 모든 긴장을 푼 채 차창 밖의 바람을 느끼는 '나' 바람은 무수히 작은 입자(粒子)로 되어 있고 그 입자들은 할 수 있는 한 욕심껏 수면제를 품고 있는 것처럼 내게는 생각되었다. 그 바람 속에는 신선한 햇살과 아직 사람들의 땀에 밴 살갗을 스쳐보지 않았다는 천진스러운 저온(低溫), 그리고 지금 버스가 달리고 있는 길을 에워싸며 버스를 향하여 달려오고 있는 산줄기의 저편에 바다가 있다는 것을 알리는 소금기, 그런 것들이 이상스레 한데 어울리면서 녹아 있었다. 햇빛의 신선한 밝음과 살갗에 탄력을 주는 정도의 공기의 저온, 그리고 해풍(海風)에 섞여 있는 정도의 소금기, 이 세 가지만 합성해서 수면제를 만들어 낼 수 있다면 그것은 이 지상(地上)에 있는 모든 약방의 진열장 안에 있는 어떠한 약보다도 가장 상쾌한 약이 될 것이고 그리고 나는 이 세계에서 가장 돈 잘 버는 제약회사의 전무님이 될 것이다. 왜냐하면 사람들은 누구나 조용히 잠들고 싶어 하고 조용히 잠든다는 것은 상쾌한 일이기 때문이다.

　그런 생각을 하자 나는 ⓑ쓴웃음이 나왔다. 엉뚱한 생각을 하는 자신이 우스운 '나' 동시에 무진이 가까웠다는 것이 더욱 실감되었다. 무진에 오기만 하면 내가 하는 생각이란 항상 그렇게 엉뚱한 공상들이었고 뒤죽박죽이었던 것이다. 다른 어느 곳에서도 하지 않았던 엉뚱한 생각을 나는 무진에서는 아무런 부끄럼 없이, 거침없이 해내곤 했었던 것이다. 아니 무진에서는 내가 무엇을 생각하고 어쩌고 하는 게 아니라 어떤 생각들이 나의 밖에서 제멋대로 이루어진 뒤 나의 머릿속으로 밀고 들어오는 듯했었다.

// **장면 끊기 01** '나'는 무진으로 가는 버스 안에서 바람과 햇빛, 바다의 소금기를 느끼며 공상에 빠짐

　"당신 안색이 아주 나빠져서 큰일 났어요. 어머님의 산소에 다녀온다는 핑계를 대고 무진에 며칠 동안 계시다가 오세요. ⓒ주주 총회에서의 일은 아버지하고 저하고 다 꾸며 놓을게요. 당신은 오랜만에 신선한 공기를 쐬고 그리고 돌아와 보면 대회생제약회사의 ⓓ전무님이 되어 있을 게 아니에요?" '나'를 제약회사의 전무로 만들고자 하는 아내 라고, 며칠 전날 밤, 아내가 나의 파자마

깃을 손가락으로 만지작거리며 나에게 ⓔ진심에서 나온 권유를 했을 때 가기 싫은 심부름을 억지로 갈 때 아이들이 불평을 하듯이 내가 몇 마디 입안엣소리로 투덜댄 것도 무진에 가는 것을 썩 내켜 하지 않는 '나' 무진에서는 항상 자신을 상실하지 않을 수 없었던 과거의 경험에 의한 조건반사였다.

// **장면 끊기 02** 아내는 '나'에게 무진에 다녀오라고 권유하나 '나'는 내키지 않음

　내가 나이가 좀 든 뒤로 무진에 간 것은 몇 차례 되지 않았지만 그 몇 차례 되지 않은 무진행이 그러나 그때마다 내게는 서울에서의 실패로부터 도망해야 할 때거나 하여튼 무언가 새 출발이 필요할 때였었다. 마음의 정리가 필요할 때만 무진을 찾던 '나' 새 출발이 필요할 때 무진으로 간다는 그것은 우연이 결코 아니었고 그렇다고 무진에 가면 내게 새로운 용기라든가 새로운 계획이 술술 나오기 때문도 아니었다.

// **장면 끊기 03** '나'는 무언가로부터 도피하고 싶을 때나 새롭게 시작해야 할 때 무진을 찾음

－ 김승옥, 「무진기행」 －

📋 전체 줄거리

　'나'는 재직하고 있던 제약회사가 합병되면서 직장을 잃고 애인과도 헤어지게 된다. 실직한 후 '나'는 젊고 부유한 과부와 결혼을 하였고 장인의 제약회사에서 곧 전무가 될 예정이다. '나'는 아내의 권유로 어머니의 묘가 있는 무진으로 간다. 현실에서 좌절했을 때나 새 출발이 필요할 때 '나'는 고향인 무진을 찾곤 한다. 무진에 온 날, '나'는 후배 '박'과 중학 동창 '조'를 만난다. '조'는 학창 시절에 '나'에게 열등 의식을 가지고 있었기 때문에, 지금 자신의 경제적, 사회적 지위를 자랑하고 싶어 한다. '조'의 집에서 '나'는 성악을 전공한 하인숙이라는 여자를 소개 받는다. 그곳에서 그녀는 가곡 대신 유행가를 부르고, 하인숙을 사랑하는 '박'은 그녀의 모습에 실망하여 자리를 뜬다. '조'의 집에서 나온 그녀는 '나'에게 자신을 서울로 데려가 줄 것을 간청한다. 이튿날 '나'는 어머니의 산소에 다녀오는 길에 방죽 밑에서 술집 작부의 시체를 보게 되고 누군지도 모르는 그녀를 동정한다. 그리고 하인숙을 만나 그녀에게 사랑을 느끼지만 끝내 말하지 않는다. 다음 날 아침, '나'는 아내로부터 날아든 전보를 받고 하인숙에게 사랑한다는 편지를 쓰지만 곧 찢어 버린다. '나'는 무진을 영원히 기억 속에 묻어 두기로 결심하고, 심한 부끄러움을 느끼면서 서울로 향한다.

＊1인칭 주인공 시점

(나)

S#4. 윤기준의 방 안 (저녁) (현재)

여행용 케이스에 화사한 남성용 의류와 세면도구 등이 차곡차곡 담겨진다. 챙겨 넣는 손, 잠깐 사라졌다가 다시 담겨지곤 하던 중 액자에 든 남녀 사진 한 틀. (인서트*) 의젓하고 여유 있어 보이는 아내와 윤기준의 나란한 사진. 방에 붙은 욕실에서 나오는 윤기준, 로우브*를 벗는다. 넥타이를 매어 주는 아내의 손에 맡기고 목을 길게 하고 있는 윤기준의 상반신.

윤기준: 하필 무진에서 쉬어야 하나? 원……. 무진에 가는 것이 썩 내키지 않는 윤기준

아내: ⒠* 당신 요즘 안색 보면 제가 바싹바싹 마르는 것 같아요. 어머님 성묘도 하실 겸 좋지 않아요? 저도 같이 갔으면 좋겠지만 이번 주주 총회 작전에는 아버님 옆에 제가 꼭 붙어서 다녀야 할 것 같으니……. 푹 쉬시다 오시면 대회생제약주식회사의 전무이사님 자리가 기다리구 있을 테구……. 윤기준을 제약회사의 전무로 만들고자 하는 아내

S#5. 같은 방 창밖 풍경 (저녁) (현재)

가로등이 일제히 켜지고 집집마다 불이 켜진 아름다운 저녁 풍경.

// `장면 끊기 01` 아내는 윤기준에게 무진에 다녀오라고 권유하나 윤기준은 내키지 않음

(중략)

S#11. 시골 자동차길 (낮) (현재)

도망하듯이 시골의 자갈길을 달리고 있는 버스.

S#12. 버스 안 (낮) (현재)

버스 차창에서 내다보이는 풍경이 주마등 같다. 가로수와 논, 밭 등을 뒤로 휙휙 보낸다. 산 틈으로 지저분한 바다가 보인다.

// `장면 끊기 02` 윤기준은 버스를 타고 무진으로 향하며 창 밖 풍경을 봄

‒ 김승옥, 「안개」* ‒

*인서트(Insert): 삽입된 장면. 장면과 장면 사이에 신문이나 편지, 사진 등이 끼이는 것.
*로우브: 길고 품이 넓은 겉옷. 여기서는 목욕 가운.
*⒠: 효과음(Effect). 주로 화면 밖에서의 음향이나 대사에 의한 효과를 말함.
*「안개」: 「무진기행」을 각색한 시나리오임.

---

1. (가)의 서술상 특징으로 가장 적절한 것은?

✔ 정답풀이

① 내면 의식의 서술을 통해 주인공의 성격을 드러내고 있다.

> (가)에서 '나'는 무진으로 향하는 버스에서 '유월의 바람'을 무수히 작은 입자의 '수면제'로 묘사하며, 엉뚱한 공상을 한다. 이러한 내면 의식의 서술을 통해 엉뚱하면서도 섬세한 감수성을 지닌 '나'의 성격을 드러내고 있다.

✘ 오답풀이

② 인물 간의 대화를 빈번히 제시하여 갈등을 해소시키고 있다.
(가)에서 인물 간의 대화는 '나'의 회상 장면에서 아내의 말을 떠올린 부분에만 드러날 뿐, 빈번히 제시되지 않는다. 또한 (가)에 인물 간의 갈등이나 갈등의 해소는 나타나 있지 않다.

③ 간결한 문체를 사용하여 중심 사건의 긴장감을 높이고 있다.
(가)는 '턱이 덜그럭거릴 정도로 몸에서 힘을 빼고 버스를 타고 있으면,~나는 힘을 주고 있을 수가 없었다.'와 같이 주인공의 내면 의식을 길게 서술하고 있으므로, 간결한 문체가 사용되었다고 보기 어렵다. 또한 주로 인물의 내면을 서술하고 있어 특별히 갈등이 고조되는 상황도 아니므로, 사건의 긴장감을 높이고 있다고도 할 수 없다.

④ 역사적인 사건을 회고적으로 서술하여 시대 배경을 부각시키고 있다.
(가)에 역사적 사건은 나타나지 않으며, 개인적 체험을 중심으로 한 주인공의 내면 의식을 주로 서술하고 있다. 또한 특정한 시대 배경을 부각시키고 있지도 않다.

⑤ 장면의 잦은 전환을 통해 인물의 가치관이 달라지고 있음을 드러내고 있다.
(가)에는 무진으로 향하는 버스 안 장면과 '나'의 회상 속 아내와의 대화 장면이 나타날 뿐, 잦은 장면 전환이 일어난다고 보기 어렵다. 또한 장면 속에서 인물의 가치관이 달라지는 부분도 나타나지 않는다.

✎ 모두의 질문
• 1‒⑤번

Q: 장면 전환의 기준은 무엇인가요? 또 장면 전환이 빈번하다고 할 수 있으려면 몇 번이나 장면이 바뀌어야 하나요?

A: 일반적으로 장면 전환의 기준은 시공간적 배경의 변화와 초점(주된 대상, 제재, 상황 등)의 변화이다. 제시된 지문에서 이렇다 할 시공간의 변화가 없다면, 초점이 되는 인물이 바뀌는 부분이나 인물이 처한 상황이 바뀌는 부분에 주목해야 한다. 참고로 '장면의 잦은/빈번한 전환이 나타났다'는 선지가 정답이 되는 경우는 거의 없었다. 따라서 장면이 적어도 4~5회는 바뀌었을 때를 '장면의 잦은/빈번한 전환'의 기준으로 삼는 것이 무리가 없을 것이다.

2. ⓐ~ⓔ에 대한 이해로 적절하지 <u>않은</u> 것은?

> ⓐ: 바람
> ⓑ: 쓴웃음
> ⓒ: 주주 총회
> ⓓ: 전무님
> ⓔ: 진심에서 나온 권유

정답풀이

⑤ ⓔ: '아내'의 말을 긍정하며 그녀의 말을 적극적으로 수용하는 '나'의 태도를 드러낸다.

무진에 다녀오라는 아내의 ⓔ를 들은 '나'는 '가기 싫은 심부름을 억지로 갈 때 아이들이 불평'하는 것처럼 '몇 마디 입안엣소리로 투덜'댄다. 아내의 권유에 투덜대는 '나'의 모습을 고려할 때, 아내의 말을 적극적으로 수용하는 '나'의 태도가 드러난다고 볼 수는 없다.

오답풀이

① ⓐ: '나'에게 긴장을 풀고 공상에 빠지게 하는 존재이다.
ⓐ는 '나'를 반수면 상태로 끌어넣는 존재로, '나'는 '덜커덩거'리는 버스 안에서 몸에서 힘을 빼고 있으면 '긴장해서 버스를 타고 있을 때보다 피로가 더욱 심해진다는 것'을 알면서도 ⓐ 때문에 긴장을 풀 수밖에 없다고 말하고 있다. 긴장을 푼 채 '나'는 ⓐ의 입자가 수면제를 품고 있다는 공상에 빠지고 있다.

② ⓑ: 엉뚱한 공상을 하던 '나'에 대해 자조하는 모습이 엿보인다.
'자조'는 자신을 비웃는다는 뜻으로, ⓑ에는 '무진에 오기만 하면 내가 하는 생각이란 항상 그렇게 엉뚱한 공상들이었고 뒤죽박죽이었던 것'이라며 자신을 비웃는 '나'의 모습이 담겨 있다고 볼 수 있다.

③ ⓒ: '나'의 무진행의 계기 중 하나로 작용한다.
아내는 '나'에게 무진행을 권하면서 표면적으로 '나'의 안색이 나빠졌다는 것을 이유로 들고 있다. 하지만, 이어지는 ⓒ에서의 일을 아버지와 함께 다 꾸며 놓겠다는 아내의 말을 통해 '나'의 무진행이 '나'를 대회생제약회사의 전무로 만들려는 아내의 계획과 관련이 있음을 유추할 수 있다. ⓒ는 그 계획을 실행하는 수단이므로 ⓒ가 '나'의 무진행의 계기 중 하나로 작용했다고 보는 것은 적절하다.

④ ⓓ: '나'에게 기대하는 '아내'의 욕망이 드러나고 있다.
아내는 장인과 함께 주주 총회를 통해 남편인 '나'를 ⓓ로 만들고자 하는 계획을 세운다. 아내의 적극적인 태도와 ⓓ라는 호칭은 '나'에게 기대하는 아내의 욕망을 반영하고 있음을 알 수 있다.

3. (나)는 (가)를 각색한 시나리오다. (가)와 (나)에 대한 설명으로 적절하지 <u>않은</u> 것은?

정답풀이

① (가)에서는 서사 진행을 시간 순서대로 진행하고 있는 데 비해, (나)에서는 회상의 방식으로 보여 주고 있다.

(가)에서는 무진행 버스에서 공상에 빠지는 '나'의 현재 모습이 서술되다가 며칠 전날 밤에 아내가 '나'에게 무진행을 권유하는 장면이 삽입되었으므로 회상의 방식이 사용되었다고 볼 수 있다. 그러나 (나)에서는 아내가 무진행을 권유하는 장면 이후에 '나'가 무진으로 향하는 장면이 이어지므로 시간 순서대로 진행되고 있음을 알 수 있다.

오답풀이

② (가)에서는 '아내'에 대한 주인공의 반응을 비유적 표현으로 서술한 데 비해, (나)에서는 대사로 처리하여 전달하고 있다.
(가)에서 '나'는 무진에 다녀오라는 아내의 말을 듣고 '가기 싫은 심부름을 억지로 갈 때 아이들이 불평을 하듯이' 반응했다고 비유적으로 표현하였다. 반면에 (나)에서는 주인공의 반응을 '하필 무진에서 쉬어야 하나? 원…….' 이라는 대사로 처리하였다.

③ (가)에서는 '아내'의 말을 인용하여 서술하고 있는 데 비해, (나)에서는 '아내'의 말을 효과음으로 처리하여 보여 주고 있다.
(가)에서는 무진에 다녀오라는 아내의 말을 큰따옴표("")를 이용하여 직접 인용하였고, (나)에서는 아내의 대사를 ⓒ(효과음)로 처리하였다.

④ (가)에서는 공간의 변화를 서술하여 제시하는 데 비해, (나)에서는 '윤기준의 방 안', '시골 자동차길', '버스 안'으로 구분하여 제시하고 있다.
(가)의 '버스가 자갈이 깔린 시골길을 달려오고 있는 동안', '무진이 가까웠다는 것이 더욱 실감되었다.' 등에서 '나'의 서술을 통해 공간적 배경의 변화를 드러내고 있다. 반면 (나)에서는 'S#4. 윤기준의 방 안'처럼 장면 번호와 함께 공간적 배경을 구분하여 제시하고 있다.

⑤ (가)는 버스의 덜컹거림이 주는 느낌을 서술자가 직접 서술해 주는 데 비해, (나)는 그 느낌을 버스가 자갈길을 달리는 모습을 보여 줌으로써 전달하고 있다.
(가)에서 '나'는 '버스의 덜커덩거림이 더하고 덜한 것을 나는 턱으로 느끼고 있었다.'라고 하며 버스의 덜컹거림이 주는 느낌을 직접 서술하고 있다. 반면에 (나)에서는 '도망하듯이 시골의 자갈길을 달리고 있는 버스.'라는 지문을 통해 장면으로 제시하고 있다.

4. 〈보기〉를 참고하여 (나)를 이해한 내용으로 가장 적절한 것은? [3점]

〈보기〉

장면(scene)은 시나리오를 이루는 기본 단위로 일정한 시간과 공간 속에서 일어나는 일련의 행동을 뜻한다. 장면은 주로 시간이나 공간이 변할 때 나뉜다. 구분된 장면들은 서로 연결되면서 행동의 연속성이나 카메라의 위치에 따른 시선의 변화를 통해 영화의 내용을 담아내게 된다. 장면 속에 담긴 여러 표현들은 영상을 구성하는 요소와 의도를 나타내기도 한다.

🔍 보기 분석

• 장면: 시나리오의 기본 단위. 일정한 시 · 공간 속에서 일어나는 행동으로 시 · 공간이 변할 때 나뉨
  – 영화의 내용 표현(행동의 연속성, 카메라 위치에 따른 시선의 변화)
  – 영상을 구성하는 요소, 의도 표현

✔ 정답풀이

② S#4에서 등장하는 공간과 소품들은 주인공의 경제적 수준을 고려하여 선택된 요소들이다.

S#4에서 나타나는 '화사한 남성용 의류', '의젓하고 여유 있어 보이는 아내와 윤기준의 나란한 사진', '방에 붙은 욕실', '로우브' 등의 공간과 소품은 '대회생제약주식회사의 전무이사님'이 될 예정인 윤기준의 사회 · 경제적 수준이 보통 이상임을 간접적으로 드러내는 것이다.

✖ 오답풀이

① S#4에서 인서트된 사진은 인물의 분열된 의식을 보여 주기 위해 선택된 요소이다.
S#4에서 인서트된 사진은 아내와 윤기준의 '의젓하고 여유 있어 보이는' 모습과 그들의 경제적 수준을 보여 주기 위한 장치이지, 인물의 분열된 의식을 보여 주기 위한 것이 아니다.

③ S#5의 창밖 풍경은 S#4의 공간과 대조되어 인물 간의 갈등을 강화시키고 있다.
S#5의 창밖 풍경은 '집집마다 불이 켜진 아름다운 저녁 풍경'으로 나타나고 있으며, S#4의 공간은 여유로운 가정집의 모습으로 나타나기 때문에 두 공간이 대조된다고 볼 수 없다. 또한 S#4에서 인물 간의 갈등이 나타나지 않으므로, S#5가 이를 강화한다고 볼 수 없다.

④ S#4에서 S#5로의 전환은 방 안의 우울한 분위기가 도시 전체로 확대되고 있음을 보여 준다.
S#4에 나타나는 방 안의 분위기는 우울하다고 볼 수 없으며, 오히려 윤기준 부부의 여유로움이 느껴진다. 또한 S#5에서 '아름다운 저녁 풍경'이라고 한 것으로 보아 이때의 분위기 역시 우울하다고 볼 수 없다.

⑤ S#11에서 S#12로의 전환은 카메라의 시선이 버스의 내부에서 외부로 바뀌고 있음을 보여 준다.
S#11에서는 '도망하듯이 시골의 자갈길을 달리고 있는 버스.'의 모습을 보여 주어야 하므로 카메라는 버스의 바깥에 위치하여 버스의 외부를 바라보고 있을 것이다. 또한 S#12에서는 '버스 차창에서 내다보이는 풍경'을 묘사하고 있으므로 카메라가 버스 안에 위치하여 버스의 내부에서 보이는 창밖을 바라보고 있을 것이다. 따라서 카메라의 시선은 버스의 내부에서 외부로 바뀌는 것이 아니라 외부에서 내부로 바뀌고 있다고 할 수 있다.

✒ 모두의 질문   • 4-⑤번

Q (나)에 카메라의 위치나 시선에 대한 직접적인 정보는 없는 것 같은데요. 문학 문제를 푸는 데 이런 요소까지 생각하며 읽어야 하나요?

A '시나리오'라는 갈래의 특성을 고려해서 장면의 기능을 파악하는 문제이다. '시나리오'라는 갈래의 특성을 고려할 때, 카메라의 위치나 시선은 매우 중요하다. 시나리오는 영화나 드라마를 만들기 위하여 쓴 각본으로, 상영을 전제로 하기 때문에 반드시 카메라로 해당 장면을 촬영하게 된다. 따라서 지문에서 카메라의 위치나 시선에 대해 직접적으로 알려 주지 않더라도, 지문이나 장면 표시를 통해 이를 유추할 수 있어야 한다.

🎯 평가원의 관점   • 4-⑤번

이의 제기
②번은 윗글을 통해 판단하기 어려운 내용이니, ⑤번이 정답이 아닌가요?

답변
이 문항은 〈보기〉의 설명을 참고하여 지문을 이해할 수 있는지를 묻고 있습니다.
이의 제기의 주된 내용은 정답지 ②번은 판단하기 어렵고, 오답지 ⑤번은 적절하므로 정답일 수 있다는 것입니다.
그러나, (나)의 'S#4'는 '대회생제약주식회사의 전무이사'가 될 주인공 윤기준을 형상화하고 있는 부분인데, 〈보기〉의 '장면 속에 담긴 여러 표현들은~한다.'란 설명을 참고하면, 윤기준을 형상화하는 과정에서 설정한 공간이나 활용한 소품들은 주인공의 특성, 예를 들어 경제적 수준 등을 고려하여 선택된 것으로 이해해야 합니다. 따라서 ②번은 지문과 〈보기〉를 바탕으로 할 때 적절한 진술임을 판단할 수 있습니다.
그리고 〈보기〉에서 '장면들은~카메라의 위치에 따른 시선의 변화를 통해 영화의 내용을 담아내게 된다.'라는 설명을 참고할 때, 각 장면은 '카메라의 위치에 따른 시선의 변화'에 의해 구성됩니다. 'S#11'은 카메라가 '버스 밖'에서, '도망하듯이 시골의 자갈길을 달리고 있는 버스.'를 촬영하여 담아낸 것이고, 'S#12'는 '버스 안'에서 '외부 풍경'을 촬영하여 담아낸 것임을 알 수 있습니다. 따라서 ⑤번은 적절하지 않은 진술입니다.
그러므로 이 문항의 정답에는 이상이 없습니다.

박인로, 「누항사」 / 권구, 「병산육곡」 / 김용준, 「조어삼매」

2013학년도 9월 모평

문제 P.110

[1~5] 다음 글을 읽고 물음에 답하시오.

(가)

강호 한 꿈을 꾼 지도 오래러니
입과 배가 누가 되어 어즈버 잊었도다
저 물을 바라보니 푸른 대도 하도 할샤
훌륭한 군자들아 낚대 하나 빌려스라
갈대꽃 깊은 곳에 명월 청풍 벗이 되어
임자 없는 **풍월 강산**에 절로절로 늙으리라
무심한 백구(白鷗)야 오라 하며 말라 하랴
다툴 이 없을 건 다만 이건가 여기노라
이제는 소 빌 이* 맹세코 다시 말자
무상한 이 몸에 무슨 지취(志趣)* 있으련만
두세 이랑 밭 논을 다 묵혀 던져두고
있으면 **죽**이요 없으면 굶을망정
남의 집 남의 것은 전혀 부러워 말겠노라
내 빈천* 싫게 여겨 손을 저어 물러 가며
남의 **부귀** 부럽게 여겨 손을 친다고 나아오랴
인간 어느 일이 명(命) 밖에 생겼으리

[A]

빈이무원(貧而無怨)*을 어렵다 하건마는
내 생애 이러하되 설운 뜻은 없노매라

　　　　　　　　　　－ 박인로, 「누항사(陋巷詞)」 －

*소 빌 이: 소 빌리는 일.
*빈이무원: 가난해도 원망하지 않음.

현대어 풀이

자연과 더불어 살겠다는 꿈을 꾼 지도 오래더니
먹고 사는 것이 누가 되어 아아 잊었도다
저 물가를 보니 푸른 대나무가 많기도 하구나
교양 있는 선비들아 낚싯대 하나 빌리자
갈대꽃 깊은 곳에서 밝은 달과 맑은 바람의 벗이 되어
임자 없는 자연 속에서 근심 없이 늙으리라
욕심 없는 갈매기야 오라고 하며 말라고 하랴
다툴 이가 없는 것은 다만 이뿐인가 생각하노라
이제 소 빌리는 일은 맹세코 다시 하지 말자
보잘 것 없는 이 몸이 무슨 뜻과 취향이 있으랴마는
두어 이랑의 밭과 논을 다 묵혀 던져두고
있으면 죽이요 없으면 굶을망정
남의 집 남의 것은 전혀 부러워하지 않겠노라
내 가난과 천함을 싫게 여겨 손을 내젓는다고 물러가겠으며
남의 부귀를 부럽게 여겨 손짓을 한다고 오겠는가
인간의 어느 일이 운명과 상관없이 생겼으랴
가난하지만 원망하지 않는 것을 어렵다고 하지만
내 삶이 이렇다 해서 서러운 뜻은 없노라

이것만은 챙기자

*지취: 의지와 취향을 아울러 이르는 말.
*빈천: 가난하고 천함.

화자와 대상의 관계	안빈낙도의 삶을 추구하는 '나'
상황?	먹고 사는 것 때문에 자연과 더불어 살겠다는 꿈을 잊고 있었음 → 임자 없는 자연 속에서 근심 없이 늙어갈 것을 다짐함 → 남의 집, 남의 것을 부러워하지 않는 삶을 살고자 함 → 가난하지만 서럽지 않음

198　PART ⑤ 갈래 복합　해설

(나)

천심절벽(千尋絕壁) 섯난 아래 일대 장강(一帶長江) 흘러
간다.
백구(白鷗)로 벗을 삼아 어조 생애(漁釣生涯)* 늘거가니   [B]
두어라 세간 소식(世間消息) 나는 몰라 하노라.
〈제2곡〉

공산리(空山裏) 저 가는 달에 혼자 우는 저 두견(杜鵑)아.
낙화 광풍(落花狂風)에 어느 가지 의지하리.   [C]
백조(百鳥)*야 한(恨)하지 말아 내곳* 설워 하노라.
〈제4곡〉

 – 권구, 「병산육곡(屛山六曲)」 –

*어조 생애: 물고기 잡으며 살아가는 생활.
*백조: 모든 새.
*내곳: 내가.

화자와 대상의 관계	자연에서 살면서도 혼란한 현실을 서러워하는 '나'
상황?	자연에서 백구를 친구 삼아 살며 속세를 멀리함 → 낙화 광풍에 의지할 곳 없는 두견새를 보며 서러워함

현대어 풀이

천 길 낭떠러지 아래 한 줄기 긴 강이 흘러간다
갈매기로 벗을 삼아 어부 생애 늙어가니
두어라 세상 소식을 나는 몰라 하겠노라   〈제2곡〉

아무도 없는 산속에서 저기 가는 달에 혼자 우는 저 두견새야
꽃잎 떨어지는 센 바람에 어느 가지 의지하리
온갖 새들아 한탄하지 마라 나도 서러워하노라   〈제4곡〉

(다)

세상일이란 모조리 그러한 것이리라. 아무리 내 재주가 서툴기로서니 개구리나 방게란 놈들도 염치가 있지 속어*에 이르기를 숭어가 뛰니 망둥이도 뛴다는 셈으로 나는 나대로 제법 강상(江上)의 어객인 양하고 나선 판에 그래도 그럴듯 미끈한 잉어까지야 못 물린다손 치더라도 고기도 체면은 알 법한지라 하다못해 붕어 새끼쯤이야 안 물리랴 하는 판에, 얼토당토않은 구역질 나는 놈들이 제가 젠체하고 가다듬은 내 마음을 더럽힐 줄 어찌 알았으랴.

→ 고기잡는 것이 내 마음대로 되지 않아 마음이 어지러움

세상이 하도 뒤숭숭하니 고요히 서재나 지켜 한묵(翰墨)*의 유희로 푹 박혀 있자는 것도 말처럼 쉽사리 되는 것은 아니다. 그렇다고 거리로 나가 성격 파산자처럼 공연스레 왔다 갔다 하기도 부질없고 보이는 것 들리는 것이 모조리 심사 틀리는 소식 밖엔 없어 그래도 죄 없는 곳은 내 서재니라 하여 며칠만 들어박혀 있으면 그만 속에서 울화가 터져 나온다.

→ 세상이 뒤숭숭하여 (세상) 소식을 피하고자 서재에 있지만 울화통이 터짐

(중략)

하도 답답하여 혹시 틈을 내어 강상의 어별(魚鼈)*로 벗이나 삼을까 하여 틀에 어울리지 않는 낚싯대를 둘러메고 나가는 날이면 기껏해야 이따위 봉욕(逢辱)*이나 당하고 돌아오기가 일쑤다.

예부터 지금까지 세상이란 언제나 이러한 것인가? 개구리까지도 망둥이까지도 나를 멸시하는 아니 그 더러운 멸시를 받고도 꼼짝달싹할 수 없는 세상이란 원래 이러한 것인가.

아아!

잉어가 보고 싶다. 그 희멀건 눈을 번뜩거리며 깨끗한 신사의 체구를 가진 잉어가, 연잎과 연잎 사이로 자유스럽게 유유히 왕래하는 현명한 신사 잉어가 보고 싶다.

→ 세상의 일도, 고기잡이도 마음먹은 대로 되지 않는 상황 속에서 잉어를 보고 싶어 함

 – 김용준, 「조어삼매(釣魚三昧)」 –

*한묵: 문한(文翰)과 필묵(筆墨)이라는 뜻으로, 글을 짓거나 쓰는 것을 이르는 말.

이것만은 챙기자

*속어: 통속적으로 쓰는 저속한 말.
*어별: 물고기와 자라를 아울러 이르는 말.
*봉욕: 욕된 일을 당함.

1. (가)~(다)에 대한 설명으로 적절한 것은?

✓ 정답풀이

③ (다)는 의인화된 대상을 통해 세태를 비판하고 있다.

(다)의 '아무리 내 재주가 서툴기로서니 개구리나 방게란 놈들도 염치가 있지', '개구리까지도 망둥이까지도 나를 멸시하는 아니 그 더러운 멸시를 받고도 꼼짝달싹할 수 없는 세상이란 원래 이러한 것인가.'에서 '개구리'와 '방게'와 '망둥이'를 '나'를 멸시하는 존재로 의인화하여 세태를 비판하고 있다.

✗ 오답풀이

① (가)는 풍자의 기법을 활용하여 대상을 조롱하고 있다.
(가)에서 풍자의 기법은 나타나지 않으며, 특정 대상을 조롱하는 모습도 나타나지 않는다.

② (나)는 정중한 어조로 절대자에 대한 귀의를 다짐하고 있다.
(나)에서 화자는 현실에 대해 한탄하며 자연에서 사는 삶을 추구할 뿐, 절대자에 대한 귀의를 다짐하지는 않는다.

④ (가)와 (나)는 선경후정의 구조를 통해 삶에 대한 회의를 드러내고 있다.
(가)에서는 먼저 '저 물을 바라보니 푸른 대도 하도 할샤'라고 자연을 먼저 보고 그 뒤에 '풍월 강산에 절로절로 늙으리라'라며 정서를 드러내고 있고, (나)에서는 '천심절벽'과 '장강'을 바라본 후 '세간 소식 나는 몰라' 한다며 정서를 드러낸 것을 볼 때, 두 작품 모두 선경후정의 구조가 나타남을 알 수 있다. 하지만 두 작품 모두 삶에 대한 회의는 나타나지 않는다.

⑤ (나)와 (다)는 감정을 절제한 표현으로 서정적 분위기를 조성하고 있다.
(나)의 화자는 '설워'하는 감정을 직접적으로 표현하고 있으며, (다)의 글쓴이는 세상일에 '울화가 터'진다며 자신의 감정을 직접적으로 표현하고 있다. (나)의 화자와 (다)의 글쓴이는 모두 자신의 감정을 솔직하고 진솔하게 드러내고 있다.

🌱 기틀잡기

① **풍자:** 현실의 부정적 현상이나 모순 따위를 다른 사물이나 상황에 빗대어 간접적으로 비판함으로써 그 병폐를 깨닫도록 하는 것.
③ **의인화:** 사람이 아닌 것에 인격을 부여하여 사람인 것처럼 표현하는 방법.
④ **선경후정:** 먼저 경치를 묘사하고, 후에 감정을 드러내는 것.

2. (가)~(다)의 소재에 대한 이해로 적절하지 않은 것은?

✓ 정답풀이

④ (가)의 '풍월 강산'과 (나)의 '세간'은 풍류의 공간이다.

(가)의 화자는 '임자 없는 풍월 강산에 절로절로 늙'겠다고 하고 있으므로 '풍월 강산'은 자연을 의미한다. 그리고 (나)의 화자는 '세간 소식 나는 몰라 하노라.'라고 하고 있으므로 '세간'은 화자가 추구하는 삶과 대비되는 공간, 즉 세상 사람들이 사는 속세를 의미한다.

✗ 오답풀이

① (가)의 '죽'은 화자의 궁핍한 생활을 나타내는 소재이다.
(가)의 화자가 '있으면 죽이요 없으면 굶을망정'이라고 말한 것은 음식이 있어 봤자 죽이고, 그마저도 없으면 굶겠다는 뜻이므로 이를 통해 (가)의 화자가 궁핍한 처지에 놓여 있음을 알 수 있다.

② (나)의 '백구'는 화자가 긍정적 가치를 부여하는 대상이다.
(나)의 화자가 '백구로 벗을 삼아 어조 생애 늘거가니'라고 한 것으로 보아 (나)의 화자는 '백구'와 함께 자연 속에서 살고 싶어함을 알 수 있다. 따라서 '백구'는 화자가 긍정적 가치를 부여하는 대상이다.

③ (다)의 '잉어'는 고상하고 순결한 존재를 의미한다.
(다)의 '잉어가 보고 싶다. 그 희멀건~잉어가 보고 싶다.'를 통해, '잉어'는 화자의 마음을 어지럽히는 '개구리', '방게', '망둥이'와 대비되는 존재로 (다)의 화자가 보고 싶어 하는 고상하고 순결한 존재임을 알 수 있다.

⑤ (나)의 '광풍'과 (다)의 '소식'은 화자를 번민하게 한다.
(나)의 화자는 '낙화 광풍'이 불어 의지할 곳 없는 상황에 처하여 '설워'하고 있다. 또한 (다)의 화자는 심사 틀리는 '소식'에 '울화'를 터뜨리며 탄식하고 있다. 따라서 (나)의 '광풍'과 (다)의 '소식'은 화자를 번민하게 하는 소재라고 볼 수 있다.

3. [A] 부분에 〈보기〉의 내용이 들어 있는 이본(異本)이 있다. 〈보기〉가 추가됨으로써 나타나는 효과로 가장 적절한 것은? [3점]

〈보기〉

가난타 이제 죽으며 부유하다 백년 살랴
원헌(原憲)*이는 몇 날 살고 석숭(石崇)*이는 몇 해 살았나

＊원헌: 춘추 시대에 청빈(淸貧)하게 산 학자.
＊석숭: 진(晉)나라 때의 큰 부자.

🔍 보기 분석

〈현대어 풀이〉
가난하다고 금방 죽으며 부유하다고 백년을 살겠는가?
원헌이는 몇 날 살고, 석숭이는 몇 해 살았나?

✔ 정답풀이

⑤ 역사 속 인물을 끌어와 화자의 삶에 대해 독자의 공감을 이끌어 내고 있다.

〈보기〉는 각각 빈곤한 삶과 부유한 삶을 산 역사적 인물을 언급하며 가난 하다고 빨리 죽고 부유하다고 오래 사는 것은 아니라고 말하고 있으므로, 이를 통해 화자가 추구하는 '빈이무원'한 삶에 대해 독자의 공감을 이끌 어 낼 수 있다.

❌ 오답풀이

① 여러 인물을 등장시켜 대화 상황으로 전환하고 있다.
〈보기〉에 '원헌'과 '석숭'이라는 인물이 언급되었지만 대화 상황으로 전환되 는 모습은 나타나지 않는다.

② 새로운 공간을 더하여 사건의 선후 관계를 짐작하게 한다.
〈보기〉에 새로운 공간은 제시되어 있지 않으며, 사건의 선후 관계 역시 나 타나 있지 않다.

③ 이질적인 이야기를 삽입하여 새로운 갈등을 유발하고 있다.
〈보기〉는 가난과 부귀에 대한 화자의 태도가 나타나므로 (가)와 동떨어진 이야기가 아니며, 이를 통해 새로운 갈등이 유발되고 있지도 않다.

④ 구체적인 단서를 제공하여 인물 간의 심리적 거리를 드러내고 있다.
〈보기〉는 역사 속 인물을 제시하여 삶에 대한 화자의 태도를 드러낼 뿐, 인물 간의 심리적 거리를 드러내지는 않는다.

4. [B]와 [C]에 대한 감상으로 적절하지 않은 것은?

✔ 정답풀이

② [B]의 중장은 대상에게 말을 건네는 방식을 사용하여 자연과의 일체감을 강조하고 있다.

[B]의 중장에서 화자는 '백구'를 벗으로 삼겠다고 하였는데, 이는 자연과 의 일체감을 강조한 부분이라고 볼 수 있다. 하지만 중장에서 '백구'에게 말을 건네는 방식을 사용하고 있는 것은 아니다.

❌ 오답풀이

① [B]의 초장은 수직과 수평 이미지를 통해 공간을 묘사하고 있다.
[B]의 초장은 '천심절벽'의 수직적 이미지와 '일대 장강'의 수평적 이미지를 통해 공간을 묘사하고 있다.

③ [C]의 초장은 시각과 청각 이미지를 통해 애상적 분위기를 자아 내고 있다.
[C]의 초장은 '공산리 저 가는 달'의 시각적 이미지와 '혼자 우는 저 두견'의 청각적 이미지를 통해 애상적 분위기를 자아내고 있다.

④ [C]의 중장은 설의적 표현을 사용하여 대상의 처지를 드러내고 있다.
[C]의 중장은 '어느 가지 의지하리.'라는 설의적 표현을 사용하여 '낙화 광풍' 에도 의지할 곳 없는 '두견'의 처지를 드러내고 있다.

⑤ [B]와 [C]의 종장은 화자가 직접 등장하여 내면을 드러내고 있다.
[B]는 종장의 '나는 몰라 하노라.'에서 화자가 직접 등장하여 세간 소식을 알고 싶지 않다는 자신의 내면을 드러내고 있고, [C]도 종장의 '내곳 설워 하노라.'에서 화자가 직접 등장하여 자신의 서러운 심정을 드러내고 있다.

🌱 기틀잡기

③ 감각적(시각, 청각) 이미지: 시각, 청각, 후각, 미각, 촉각의 감각적 체험을 언어를 통해 나타낸 것.

5. 〈보기〉를 바탕으로 '어옹'과 (다)의 화자를 비교할 때, 가장 적절한 것은?

〈보기〉

「한암조어(寒巖釣魚)」

이 그림은 바위에 앉아 낚시하고 있는 어옹(漁翁)을 그린 것이다. 어옹은 물고기를 잡겠다는 생각으로 낚시를 하고 있는 것 같지는 않다. 세상사를 넘어서서 홀로 자연 속의 한가로움을 즐기고 있다. 그래서 이 어옹은 세속의 명리(名利)를 떠나 자연 속에서 초연한 삶을 살아가는 선비를 떠올리게 한다.

🔍 **보기 분석**

• 「한암조어」
  – 바위 위에 앉아 낚시를 하는 어옹의 모습을 그린 그림
  – 속세를 잊고 자연 속의 한가로움을 즐기는 어옹의 모습이 드러남
  – 초연한 삶을 살아가는 선비를 떠올리게 함

✅ **정답풀이**

① (다)의 화자는 '어옹'과 달리 현실의 고뇌에서 벗어나지 못하고 있다.

〈보기〉의 '어옹'은 바위 위에 앉아 한가롭게 낚시를 하며 '세속의 명리를 떠나 자연 속에서' 살아가고 있다. 하지만 (다)의 화자는 '심사 틀리는' 세상 소식에 '울화'를 터뜨리며 '더러운 멸시를 받고도 꼼짝달싹할 수 없는 세상이란 원래 이러한 것인가.'라고 탄식한다. 이를 통해 (다)의 화자는 〈보기〉의 '어옹'과 다르게 현실에 대한 분노와 고뇌를 드러내고 있음을 알 수 있다.

❌ **오답풀이**

② (다)의 화자는 '어옹'과 달리 고기잡이를 통해 생계의 문제를 해결하려 한다.

(다)의 화자는 심사 틀리고 답답한 세상일에서 잠시 벗어나고자 고기잡이를 하는 것이며, 〈보기〉의 '어옹'은 속세를 잊고 자연 속의 한가로움을 즐기기 위해 고기잡이를 하는 것이다. (다)의 화자와 〈보기〉의 '어옹'은 모두 생계의 문제를 해결하기 위해 고기잡이를 하는 것이 아니다.

③ (다)의 화자와 '어옹'은 모두 잡으려는 대상에 대해 집착하고 있다.

(다)의 화자는 마음의 답답함을 잠시 잊고자 고기잡이를 하는 것이며, 〈보기〉에서 '어옹은 물고기를 잡겠다는 생각으로 낚시를 하고 있는 것 같지는 않다.'라고 하였다. 따라서 (다)의 화자와 〈보기〉의 '어옹'은 잡고자 하는 잉어와 물고기에 집착하고 있다고 볼 수 없다.

④ (다)의 화자와 '어옹'은 모두 자신의 부족한 능력으로 인해 괴로워하고 있다.

(다)의 화자는 심사 틀리게 하는 세상일로 인해 괴로워할 뿐, 자신의 부족한 능력으로 인해 괴로워하지는 않는다. 〈보기〉의 '어옹'도 자연 속에서 초연한 모습만 드러낼 뿐, 자신의 부족한 능력으로 인해 괴로워하는 모습은 나타나지 않는다.

⑤ (다)의 화자와 '어옹'은 모두 자연 속에서 함께 풍류를 즐길 벗을 원하고 있다.

(다)의 화자는 심사 틀리게 하는 세상일에 답답해하며 혼탁한 세상에 물들지 않은 잉어를 보고자 할 뿐, 풍류를 함께 즐길 벗을 찾는 것은 아니다. 또한 〈보기〉의 '어옹'도 '자연 속에서 초연한 삶'을 드러낼 뿐, 풍류를 즐기거나 그 벗을 찾고자 하는 것은 아니다.

🖋 **모두의 질문**   • 5-④번

Q: (다)의 화자는 재주가 서툴러서 원하는 고기를 잡지 못했으니 자신의 부족한 능력으로 인해 괴로워한다고 볼 수 있지 않나요?

A: (다)의 화자는 '세상이 하도 뒤숭숭하'여 '울화가 터져 나'오는 상황에서 답답함을 해소하고자 낚시를 하러 간다. 이런 상황에서 화자는 잉어는 아니더라도 붕어 새끼쯤은 잡힐 줄 기대했지만, 결국 '개구리나 방게' 따위만 낚게 되었다며 화를 내고 있다. 이때 '개구리나 방게란 놈들도 염치가 있지', '얼토당토않은 구역질 나는 놈들이~마음을 더럽힐 줄 어찌 알았으랴.' 등에서 화자가 탓하는 대상은 자신의 부족한 낚시 능력이 아니라 '개구리나 방게' 등이다.

또한, '세상이란 언제나 이런 것인가? 개구리까지도 망둥이까지도 나를 멸시하는 아니 그 더러운 멸시를 받고도 꼼짝달싹할 수 없는 세상이란 원래 이러한 것인가.' 등을 볼 때, '개구리나 방게' 따위는 화자의 마음을 어지럽히는 '세상'과 연결되고 있음을 알 수 있다. 이들은 화자를 심사 틀리게 하는 세상일을 의미하는 존재인 것이다. 이를 종합할 때, 화자는 자신의 부족한 능력으로 인해 괴로워하는 것이 아니라 세상일로 인해 괴로워하고 있다고 볼 수 있다.

[1~6] 다음 글을 읽고 물음에 답하시오.

(가)

바람도 없는 공중에 수직의 파문을 내이며 고요히 떨어지는
오동잎은 ⊙누구의 발자취입니까

지리한 장마 끝에 서풍에 몰려가는 ⓛ무서운 검은 구름의 터진
틈으로 언뜻언뜻 보이는 푸른 하늘은 누구의 얼굴입니까

꽃도 없는 깊은 나무에 푸른 이끼를 거쳐서 옛 탑 위의 고요한
하늘을 스치는 ⓒ알 수 없는 향기는 누구의 입김입니까

근원은 알지도 못할 곳에서 나서 돌뿌리를 울리고 가늘게
흐르는 작은 시내는 구비구비 누구의 노래입니까

연꽃 같은 발꿈치로 가이없는 바다를 밟고 옥 같은 손으로
ⓔ끝없는 하늘을 만지면서 떨어지는 날을 곱게 단장하는 저녁놀은
누구의 시입니까

타고 남은 재가 다시 기름이 됩니다 그칠 줄을 모르고 타는
나의 가슴은 누구의 밤을 지키는 ⓜ약한 등불입니까

– 한용운, 「알 수 없어요」 –

화자와 대상의 관계	'누구'의 존재를 느끼며 밤을 등불로 지키고 있는 '나'
상황?	떨어지는 오동잎, 푸른 하늘, 알 수 없는 향기, 작은 시내, 저녁노을에서 '누구'의 존재를 발견함 → 그칠 줄을 모르고 등불처럼 '누구'의 밤을 지키고 있음

(나)

아무 소리도 없이 말도 없이
등 뒤로 털썩
밧줄이 날아와 **나**는
뛰어가 밧줄을 잡아다 **배**를 맨다
아주 천천히 그리고 조용히
배는 멀리서부터 닿는다

사랑은,
호젓한 부둣가에 우연히,
별 그럴 일도 없으면서 넋 놓고 앉았다가
배가 들어와
던져지는 밧줄을 받는 것
그래서 어찌할 수 없이
배를 매게 되는 것

잔잔한 바닷물 위에
구름과 빛과 시간과 함께
떠 있는 배

배를 매면 구름과 빛과 시간이 함께
매어진다는 것도 처음 알았다   [A]
사랑이란 그런 것을 처음 아는 것

빛 가운데 배는 울렁이며
온종일을 떠 있다

– 장석남, 「배를 매며」 –

화자와 대상의 관계	배를 매며 사랑의 의미를 깨닫는 '나'
상황?	날아온 밧줄을 잡아 배를 맴 → 배를 매면서 사랑의 의미를 깨달음 → 사랑에 대한 인식을 더욱 확장함

(다)

동풍이 건듯 불어 적설을 헤쳐 내니 창밖에 심은 매화 두세 가지 피었어라. 가뜩 냉담한데 암향(暗香)*은 무슨 일고. 황혼에 달이 좇아 베개 맡에 비치니 흐느끼는 듯 반기는 듯 **임**이신가 아니신가. 저 매화 꺾어 내어 임 계신 데 보내고져. 임이 너를 보고 어떻다 여기실꼬.

꽃 지고 새 잎 나니 녹음이 깔렸는데 나위(羅幃)* 적막하고 수막(繡幕)*이 비어 있다. 부용(芙蓉)을 걷어 놓고 공작(孔雀)을 둘러 두니 가뜩 시름 많은데 날은 어찌 길던고. 원앙금(鴛鴦錦)* 베어 놓고 오색선 풀어 내어 금자에 겨누어서 임의 **옷** 지어 내니 수품(手品)*은 물론이고 제도(制度)도 갖추시고. 산호수 지게 위에 **백옥함**에 담아 두고 임에게 보내려고 임 계신 데 바라보니 산인가 구름인가 험하기도 험하구나. 천리만리 길에 뉘라서 찾아 갈꼬. 가거든 열어 두고 **나**인가 반기실까.

하룻밤 서리 기운에 기러기 울어 옐 제 위루(危樓)*에 혼자 올라 수정렴(水晶簾)* 걷으니 동산에 **달**이 나고 북극에 **별**이 뵈니 임이신가 반기니 눈물이 절로 난다. **청광(淸光)**을 쥐어 내어 봉황루(鳳凰樓)*에 부치고져. 누 위에 걸어 두고 팔황(八荒)*에 다 비추어 심산궁곡(深山窮谷)* 한낮같이 만드소서.

건곤이 얼어붙어 백설이 한 빛인 때 사람은 물론이고 나는 새도 그쳐 있다. 소상남반(蕭湘南畔)도 추위가 이렇거늘 옥루고처(玉樓高處)야 더욱 일러 무엇 하리. 양춘(陽春)*을 부쳐 내어 임 계신 데 쏘이고져. **초가 처마** 비친 해를 옥루에 올리고져. 홍상(紅裳)을 여며 입고 푸른 소매 반만 걷어 해 저문 대나무에 생각도 많고 많다. 짧은 해 쉬이 지고 긴 밤을 꼿꼿이 앉아 청등 걸어 둔 곁에 공후*를 놓아 두고 꿈에나 임을 보려 턱 받치고 기대니 **앙금(鴛衾)**도 차도 찰샤 이 밤은 언제 샐꼬.

– 정철, 「사미인곡」 –

*앙금: 원앙을 수놓은 이불. 혹은 부부가 함께 덮는 이불.

화자와 대상의 관계	임(임금)을 그리워하는 '나'(신하)
상황?	봄에 핀 매화를 꺾어 임에게 보내고자 함 → 녹음이 깔린 여름에 옷을 지어 임에게 보내고자 함 → 기러기 우는 가을에 청광(맑은 달빛)을 임에게 보내고자 함 → 하늘과 땅이 얼어붙고 백설이 한 빛인 겨울에 양춘(봄볕)을 임에게 보내고자 함

봄바람이 문득 불어 쌓인 눈을 헤쳐 내니, 창밖에 심은 매화가 두 세 가지 피었구나. 가뜩이나 날이 쌀쌀한데 그윽히 풍겨 오는 향기는 무슨 일인고. 황혼에 달이 따라와 베갯머리에 비치니, 흐느껴 우는 듯도 하고 반가워하는 듯도 하니 (이 달이) 임이신가 아니신가. 저 매화를 꺾어 내어 임 계신 곳에 보내고 싶구나. 임께서 너를 보고 어떻다 생각하실까.

꽃이 지고 새 잎이 나니 녹음이 우거졌는데, 비단 휘장은 쓸쓸히 걸렸고, 수놓은 장막 안이 텅 비어 쓸쓸하다. 연꽃무늬 휘장을 걷어 놓고 공작을 수놓은 병풍을 둘러 두니, 가뜩이나 근심은 많은데 날은 어찌 이리도 길던가. 원앙새를 수놓은 비단을 잘라 놓고 오색실을 풀어 내어 금으로 만든 자로 재단해서 임의 옷을 만들어 내니, 솜씨는 물론이거니와 격식도 잘 갖추었구나. 산호수로 만든 지게 위에 백옥함에 (옷을) 담아 두고, 임에게 보내려고 임 계신 곳을 바라보니, 산 인지 구름인지 험하기도 험하구나. 천만 리나 되는 먼 길을 누가 찾아갈까. 가거든 이 함을 열어 놓고 나를 보신 듯이 반가워하실까.

하룻밤 사이 서리 내릴 무렵에 기러기가 울며 날아갈 때, 높은 누각에 혼자 올라 수정으로 만든 발을 걷으니, 동산에 달이 떠오르고 북극성이 보이므로 임이신가 하여 반가워하니 눈물이 절로 난다. 맑은 달빛을 쥐어 내어 임 계신 궁궐에 보내고 싶구나. (임께서는 그 달빛을) 누각 위에 걸어 두고 온 세상에 다 비추어 깊은 산골까지도 대낮같이 환하게 만드소서.

천지가 추위에 얼어붙어 흰 눈으로 온통 덮여 있을 때, 사람은 물론이거니와 날아다니는 새도 자취를 감추었다. 소상강 남쪽 언덕같이 따뜻하다는 이곳도 추위가 이와 같거늘, 하물며 임 계신 북쪽이야 더욱 말해 무엇하리. 따뜻한 봄볕을 부쳐 내어 임 계신 곳에 쏘이게 하고 싶구나. 초가집 처마에 비친 해를 임 계신 곳에 올리고 싶구나. 붉은 치마를 여며 입고 푸른 소매를 반쯤 걷어 해가 저물 무렵 긴 대나무에 기대어 서니 잡념이 많기도 많구나. 짧은 해가 이내 넘어가고 긴 밤을 꼿꼿이 앉아, 청사초롱을 걸어 둔 옆에 자개로 수놓은 공후를 놓아 두고, 꿈에서라도 임을 보려고 턱을 괴고 기대어 있으니, 원앙새를 수놓은 이불이 차기도 차구나. (홀로 외로이 지내는) 이 밤은 언제나 샐까.

*암향: 그윽이 풍기는 향기. 흔히 매화의 향기를 이른다.
*나위: 얇은 비단으로 만든 장막.
*수막: 수를 놓아 장식한 장막.
*원앙금: 원앙을 수놓은 이불.
*수품: 손을 놀려 무엇을 만들거나 어떤 일을 하는 재주.
*위루: 위험스러울 만큼 매우 높은 누각.
*수정렴: 수정 구슬을 꿰어서 만든 아름다운 발.
*청광: 선명한 빛.
*봉황루: 임이나 임금이 계신 곳을 아름답게 이르는 말.
*팔황: 여덟 방위의 멀고 너른 범위라는 뜻으로, 온 세상을 이르는 말.
*심산궁곡: 깊은 산속의 험한 골짜기.
*양춘: 따뜻한 봄.
*공후: 하프와 비슷한 동양의 옛 현악기.

| 작품 간의 공통점 파악 | 정답률 ❽❽

1. (가)~(다)의 공통점으로 가장 적절한 것은?

✅ 정답풀이

④ 소재에 상징적 의미를 부여하여 주제 의식을 부각하고 있다.

> 상징적 의미는 어떤 시어가 사전적인 의미로만 사용되지 않고 다른 의미가 부여되어 있는 경우를 의미한다. (가)의 '오동잎', '푸른 하늘', '향기', '작은 시내', '저녁놀'에는 '누구'의 존재감이, (나)의 '밧줄', '배' 등에는 사랑의 의미가, (다)의 '매화', '옷', '청광', '양춘' 등에는 임에 대한 그리움과 사랑 등 사전적 의미 외에 다른 의미가 부여되어 있다. 따라서 (가), (나), (다) 모두 소재에 상징적 의미를 부여하여 주제 의식을 부각하고 있다고 볼 수 있다.

❌ 오답풀이

① 자연물에 인격을 부여하여 대화의 상대로 삼고 있다.
(가)는 '저녁놀' 등의 자연물에 인격을 부여했다고 볼 수 있지만 이를 대화의 상대로 삼고 있지는 않다. (나)는 '바닷물', '구름' 등의 자연물이 나타나지만 인격을 부여하고 있지 않다. (다)는 '임이 너를 보고 어떻다 여기실꼬.'에서 자연물인 '매화'에 인격을 부여하여 말을 건네고 있으므로 인격을 부여했다고 볼 수 있다.

② 대화체와 독백체를 교차하여 극적 효과를 높이고 있다.
(가)의 '~입니까', (다)의 '임이 너를 보고 어떻다 여기실꼬'에서 의문형 진술을 통해 말을 건네는 방식이 사용되었고, (나)에는 독백체가 사용되고 있다. 그러므로 대화체와 독백체를 교차하여 극적 효과를 높이고 있다는 진술은 적절하지 않다.

③ 색채어를 활용하여 시의 분위기를 다채롭게 조성하고 있다.
(가)는 '검은 구름', '푸른 하늘' 등에서 색채어를 사용하여 시의 분위기를 다채롭게 조성하고 있으며, (다)는 '백옥함', '홍상' 등에서 색채어를 활용하여 시의 분위기를 다채롭게 조성하고 있다. 그러나 (나)에는 색채어가 사용되지 않았다.

⑤ 의성어와 의태어를 구사하여 화자의 상황을 구체화하고 있다.
(가)는 '언뜻언뜻', '구비구비'라는 의태어를 사용하여 시적 대상인 '누구'의 존재를 발견한 화자의 상황을 구체화한다고 볼 수 있다. (나)의 '털썩'은 '갑자기 힘없이 주저앉거나 쓰러지는 소리나 모양, 갑자기 심리적 충격을 받아 놀라는 모양.'을 의미하는 음성 상징어로, 사랑이 갑자기 찾아온 화자의 상황을 구체적으로 드러내는 기능을 한다고 볼 수 있다. 그러나 (다)에는 의성어나 의태어를 구사하여 화자의 상황을 구체화하지 않았다.

🌱 기틀잡기

> ③ **색채어**: 사물의 빛깔을 표현하는 어휘. 색채어가 등장하면 당연히 시각적 심상이 나타나며, 두 가지 색채가 뚜렷한 대비를 이루면 '색채 대비'를 이룬다고 함.
> ④ **상징**: 추상적인 사물이나 개념을 구체적인 대상으로 나타내는 방법. 비유와 달리 원관념이 나타나지 않고 보조 관념을 통해 함축적 의미를 전달함.
> ⑤ **음성 상징어**: 의성어와 의태어를 통틀어 이르는 말.
> [참고] **의성어**: 사람이나 사물의 소리를 흉내 낸 말.
> **의태어**: 사람이나 사물의 모양이나 움직임을 흉내 낸 말.

✍️ 모두의 질문

· 1-②번

> Q: 독백체와 대화체를 어떻게 구분할 수 있나요?
> A: 독백은 '혼자서 중얼거림'을 뜻하므로 청자가 있거나 없거나 상황적으로 화자 혼자 말을 한다면 독백이라 할 수 있다. 그런데 독백체는 혼자서 중얼거리는 식으로 쓴 '문체'이다. 따라서 청자가 있고 화자가 청자에게 말을 건네면 '독백체'가 될 수 없다.
> (가)에서는 의문형 진술을 통해 누군가에게 '말을 건네는 방식'을 사용하고 있으나 청자가 드러나 있지 않다. 또한 의문형 진술이기는 하지만 현실에 존재하는 누군가가 분명하게 답을 해줄 수 있는 의문도 아니다. 따라서 이 시를 '대화'라는 식의 용어를 사용하여 설명하는 것에는 무리가 있으므로 대화체로 볼 수 없다.

2. (가)와 (나)의 시상 전개에 대한 설명으로 가장 적절한 것은?

✓ 정답풀이

① (가)는 구조가 유사한 문장을 반복적으로 제시하여 시상에 통일성을 부여하고 있다.

> (가)는 '~는 누구의 ~입니까'라는 문장을 반복적으로 제시하여 시상에 통일성을 부여하고 있다. 유사한 구조의 문장이 시 전체적으로 반복되면 시의 내용도 하나의 시상으로 통일되는 효과가 나타난다.

✗ 오답풀이

② (나)는 화자의 시선이 자신의 내면에서 외부 세계로 이동하면서 시상이 전개되고 있다.

(나)의 1연에서는 배를 매는 상황을, 2연부터는 사랑에 대한 깨달음을 이야기하고 있으므로 화자의 시선은 외부 세계에서 내면으로 이동한다. 사랑에 대한 화자의 생각을 제시하는 것도 화자의 내면 제시로 볼 수 있다.

③ (가)는 제5행에서, (나)는 제3연에서 시상의 흐름이 전환되고 있다.

(가)의 5행까지는 '누구'의 모습을 찾는 내용을, 6행에서는 자신을 태워서 '누구'의 밤을 지키겠다는 다짐을 제시하므로 6행에서 시상이 전환된다. (나)에는 뚜렷한 시상의 전환이 없다.

④ (가)와 (나) 모두 화자의 현재 상황을 자연 현상과 대비하며 시상을 이끌어 내고 있다.

(가)의 경우 단순하게 '등불'과 '밤'이라는 시어만 놓고 보면 '대비'라고 할 수 있지만, 이를 화자의 현재 상황과 자연 현상의 대비로 볼 수는 없다. (가)의 1~5행에 제시되는 자연 현상들은 절대자의 존재를 드러내는 역할을 할 뿐, 6행에 제시된 화자의 현재 상황과 대비되는 현상은 아니다. (나) 역시 시에 나타나는 자연 현상이 화자의 현재 상황과 대비되지 않는다.

⑤ (가)와 (나) 모두 수미상관의 방식으로 시상을 완결하여 구조적 안정감을 얻어 내고 있다.

(나)는 수미상관의 방식이 사용되지 않았다. (가)는 유사한 문장이 반복되고 있지만 첫 행과 마지막 행이 유사한 형태라고 보기 어려우므로 이를 수미상관이라고 보기는 어렵다.

🖋 모두의 질문
· 2-③번

Q : 시상의 전환이 무엇인가요?

A : '시상의 전환'이란 시에 나타난 시적 대상이나 정서가 이전과는 다른 것으로 갑작스럽게 바뀐다는 의미이다. (가)의 1~5행에서 화자는 자연 현상을 보고 '누구'의 존재에 대해 인식하고 있는데, 6행에서는 시적 대상이 '누구'에서 '나'로 바뀌며 화자는 자신을 태워 누구의 밤을 지키는 등불을 밝히겠다는 의지적 자세를 보여 주고 있다. 따라서 시상이 전환되었다고 볼 수 있다.

📋 문제적 문제
· 2-④번

학생들이 정답 이외에 가장 많이 고른 선지가 ④번이다. (가)에서 화자의 현재 상황을 자연 현상과 대비하고 있는지가 헷갈려서 ④번을 선택했을 수 있다.

'등불'과 '밤'이라는 시어만 놓고 봤을 경우에는 이미지의 대비가 드러난다고 할 수 있다. 그러나 선지에서는 이미지의 대비가 아니라 화자의 현재 상황과 자연 현상의 대비에 대해 묻고 있다. (가)의 화자는 현재 약한 등불이 되어 누군가의 밤을 지키고 있는 상황이다. 그런데 '밤'이 이러한 화자의 현재 상황과 대비된다고 볼 근거가 없다. 따라서 (가)에서는 화자의 현재 상황과 대비될 만한 자연 현상은 나타나지 않는다고 보아야 한다.

참고로 이 선지에 해당하는 예를 기출에서 찾아본다면 김광욱의 「율리유곡」을 들 수 있다. 늙음을 되돌리고 싶지만 그럴 수 없는 화자의 상황과, 봄이 되자 청산의 모습이 다시 나타나는 자연 현상의 대비가 분명하게 드러난다.

정답률 분석

정답			매력적 오답	
①	②	③	④	⑤
88%	2%	2%	6%	2%

3. 〈보기〉를 참고하여 ㉠~㉤을 이해한 내용으로 적절하지 <u>않은</u> 것은? [3점]

㉠: 누구의 발자취
㉡: 무서운 검은 구름
㉢: 알 수 없는 향기
㉣: 끝없는 하늘을 만지면서
㉤: 약한 등불

〈보기〉

「알 수 없어요」를 비롯한 한용운의 시는 '절대자'라는 <u>궁극적 존재를 탐구</u>하는 시이다. 동시에 그것은 역설에 의한 구도자로서의 <u>자기 정립 또는 자기 극복</u>의 시이기도 하다. 「알 수 없어요」에서는 이런 점이 <u>물음의 방식</u>을 통해 강화되어 나타난다.

보기 분석

• 한용운의 시에서 '절대자' = '궁극적 존재'
• 한용운 시의 성격
  – 궁극적 존재를 탐구하는 시
  – 구도자로서의 자기 정립 또는 자기 극복의 시

정답풀이

③ ㉢: '꽃도 없는 깊은 나무'에서 만들어진 것으로, 절대자의 존재에 대한 화자의 회의적 태도를 드러내는군.

〈보기〉에서 '한용운의 시는 '절대자'라는 궁극적 존재를 탐구하는 시'라고 했다. 이런 관점에서 볼 때, ㉢은 '누구(절대자)의 입김'이므로 절대자의 존재를 알려주는 것이지, 절대자의 존재에 대해 의심을 품는 태도를 드러낸다고 볼 수는 없다.

오답풀이

① ㉠: '바람도 없는~오동잎'의 이미지와 결합되어, '누구'로 표현된 절대자의 존재 방식을 알려 주는군.

〈보기〉에서 한용운의 시는 '절대자'라는 궁극적 존재를 탐구하는 시라고 했는데, 이 시에서 탐구 대상은 '누구'이므로 '누구'는 곧 '절대자'이다. 오동잎으로 인해 절대자의 발자취(존재)가 확인되고 '바람도 없는 공중에 수직의 파문'을 낸다는 점에서 절대자가 초월적 존재라는 것을 알 수 있다.

② ㉡: '푸른 하늘'과 대조되는 것으로, 화자와 절대자 사이의 만남을 가로막는 번뇌와도 같은 것이군.

〈보기〉에서 한용운의 시는 '역설에 의한 구도자로서의 자기 정립 또는 자기 극복의 시'라고 했다. '푸른 하늘'은 절대자의 얼굴인데, ㉡으로 가려져 언뜻언뜻 보이게 된다. 따라서 이 둘은 대조되는 시어이며, ㉡은 화자와 절대자 사이의 만남을 가로막는 장애물, 즉 번뇌로 볼 수 있다.

④ ㉣: '가이없는 바다를 밟고'와 짝을 이루어, 무한 공간에 걸쳐 있는 절대자의 면모를 드러내는군.

〈보기〉에서 '한용운의 시는 '절대자'라는 궁극적 존재를 탐구하는 시'라고 했는데, '누구(절대자)의 시'라고 할 수 있는 '저녁놀'이 '가이없는 바다를 밟고', '끝없는 하늘을 만지'고 있으므로 무한 공간에 걸쳐 있는 절대자의 모습을 보여 준다고 할 수 있다.

⑤ ㉤: '타고 남은~됩니다'와 관련되면서, 구도자로서의 자기 정립에 대한 화자의 열망을 역설적으로 드러내는군.

〈보기〉에서 (가)는 역설에 의한 구도자로서의 자기 정립을 드러낸다고 했는데, 타고 남은 '재'가 '다시 기름'이 된다는 표현은 역설적이다. 이때 타서 등불을 밝히는 존재는 곧 화자이므로, ㉤은 구도자로서의 자기 정립에 대한 화자의 바람을 역설적으로 나타낸 것이라 할 수 있다.

기틀잡기

③ **회의적 태도**: 대상에 대해 의심을 품으며 믿지 않는 태도.

4. [A]에 대한 감상으로 가장 적절한 것은?

✓ 정답풀이

⑤ 사랑의 속성에 대한 화자의 심화된 인식이 나타나고 있어.

> 2연에서는 갑자기 던져진 밧줄로 배를 매듯 갑자기 찾아오는 것이 사랑이라는 인식이 드러나고, 이러한 인식이 확장되어 [A]에서는 '배를 매면 구름과 빛과 시간이 함께 / 매어진다는 것도 처음 알았다'라고 표현된다. 이는 사랑의 속성에 대한 화자의 심화된 깨달음이 나타난 것으로 볼 수 있다.

✗ 오답풀이

① 사랑을 갈구하는 화자의 행동이 생생하게 그려져 있어.
'사랑이란 그런 것을 처음 아는 것'에서 알 수 있듯이 [A]에서 화자는 배를 매며 깨달은 사랑의 의미를 서술하고 있을 뿐, 사랑을 갈구하고 있다고 볼 수는 없다.

② 사랑의 덧없음을 인정하는 화자의 고백이 나타나고 있어.
'사랑이란 그런 것을 처음 아는 것'에서 알 수 있듯이 [A]에서 화자는 배를 매며 깨달은 사랑의 의미를 서술하고 있을 뿐, 사랑이 덧없다는 내용은 나타나지 않는다. 화자는 사랑이 어떤 것인지 처음 알았다고 말하고 있다.

③ 배를 매는 행위의 의미가 사랑임이 비로소 드러나고 있어.
사랑은 '배를 매게 되는 것'이라고 말한 부분은 [A]가 아니라 2연에 먼저 제시되어 있다. 따라서 [A]에 이르러 비로소 그 의미가 드러난다고 볼 수 없다.

④ 사랑의 운명적 면모가 자연의 섭리를 통해 제시되고 있어.
'우연히', '어찌할 수 없이' 등의 시어를 통해 사랑의 운명적 면모를 발견할 수 있다. 그러나 이는 [A]가 아닌 2연에 제시되어 있다. 또한 배를 매는 행위를 통해 사랑에 대해 말하고 있는 것이지 배를 매는 행위 자체가 자연의 섭리인 것은 아니다.

🖋 모두의 질문 ・4–③번

Q: [A]에 배를 매는 행위의 의미가 사랑임이 드러나고 있지 않나요?

A: 특정 부분의 의미를 물어보더라도 꼭 전체의 흐름 안에서 파악해야 하며, 선지의 단어 하나하나를 꼼꼼하게 읽어야 한다. 여기에서는 '비로소'에 주목해야 한다. '비로소'는 '어느 한 시점을 기준으로 그 전까지 이루어지지 아니하였던 사건이나 사태가 이루어지거나 변화하기 시작함을 나타내는 말.'이다. 이 '비로소'의 의미를 고려하여 선지를 볼 때, 배를 매는 행위의 의미는 [A]에서 비로소 나타난 것이 아니라 이미 2연에서 나타났으므로 ③번은 적절하지 않다.

---

5. (나)의 '부둣가'와 (다)의 '수막'을 비교한 내용으로 가장 적절한 것은?

✓ 정답풀이

⑤ '부둣가'는 화자가 사랑에 대한 깨달음을 얻는 공간, '수막'은 사랑하는 사람의 부재를 확인하는 공간이다.

> (나)의 '부둣가'는 배를 매는 과정을 통해 화자가 사랑에 대한 깨달음을 얻는 공간이며, (다)의 '수막'은 텅 빈 곳으로 화자가 사랑하는 임의 부재를 확인하는 공간이다.

✗ 오답풀이

① '부둣가'는 이별과 만남이 반복되는 시련의 공간, '수막'은 이별 후에 정착한 도피의 공간이다.
'부둣가'에서 이별과 만남의 반복은 드러나지 않는다. '수막'은 화자가 임과 이별한 후에 정착한 도피의 공간이 아니라 이별한 임에 대한 그리움과 외로움이 심화되는 공간이다.

② '부둣가'는 익명의 타인들과 어울리는 공동체적 공간, '수막'은 타인들로부터 은폐된 개인적 공간이다.
'부둣가'는 나와 사랑하는 이 사이의 개인적인 공간으로 익명의 타인들과 어울리는 내용은 나타나지 않는다. '수막'은 임이 더 이상 존재하지 않는 곳으로 화자의 개인적 공간이라고 할 수 있다.

③ '부둣가'는 화자가 회귀하고자 하는 과거의 공간, '수막'은 화자가 벗어나고자 하는 현재의 공간이다.
'수막'은 화자가 부정적으로 인식하고 있는 현재의 공간이 맞지만, '부둣가'는 화자가 회귀하고자 하는 과거의 공간이 아니라 배를 매며 사랑의 의미를 깨닫는 현재의 공간이다.

④ '부둣가'는 사랑하는 대상이 화자를 기다리는 공간, '수막'은 화자가 사랑하는 대상을 기다리는 공간이다.
'부둣가'는 대상이 화자를 기다리는 공간이 아니라 화자가 사랑에 대한 깨달음을 얻게 되는 공간이다. '수막'에서 화자는 임을 그리워하고 임께서 자신의 마음을 알아 주기를 바라지만, 임이 찾아오기를 기다리고 있지는 않다. 화자에게 임은 '봉황루'(옥루)에서 선정을 베푸는 존재이므로, '수막'에서 임을 기다린다고 볼 수는 없다.

---

6. 〈보기〉를 바탕으로 (다)를 이해할 때, 적절하지 <u>않은</u> 것은?

〈보기〉

<u>남성 작가가 자신의 분신으로 여성 화자를 내세우는 방식은 우리 시가의 한 전통이다. 궁궐을 떠난 신하가 임금을 그리워하면서 지은 「사미인곡」도 이 전통을 잇고 있다.</u>

🔍 **보기 분석**

• 우리 시가의 전통: 남성 작가 → 여성 화자
• 「사미인곡」: 궁궐을 떠나 임금을 그리워하는 신하
  → 임을 그리워하는 여성 화자 ('나')

✅ **정답풀이**

④ 추운 날씨에 '초가 처마'에 비친 해는 임금의 자애로운 은혜가 신하가 머물고 있는 곳까지 미치고 있음을 암시한 것이다.

(다)의 화자는 임이 추울까 걱정하며 '초가 처마'에 비친 따뜻한 해를 임에게 보내고 싶어 한다. 이는 〈보기〉에서 (다)가 '궁궐을 떠난 신하가 임금을 그리워하면서 지은' 시라고 한 것을 참고할 때 해는 임금에 대한 신하의 충성과 염려를 뜻하는 것이지 임금의 자애로운 은혜를 뜻하는 것은 아니다.

❌ **오답풀이**

① '옷'을 지어 '백옥함'에 담아 임에게 보내려 하는 것은 임금에 대한 신하의 정성과 그리움을 드러내는 행위이다.

(다)의 화자는 임을 위한 '옷'을 지어 '백옥함'에 담아 두고 임에게 보내려 한다. 이는 〈보기〉에서 (다)가 '궁궐을 떠난 신하가 임금을 그리워하면서 지은' 시라고 한 것을 참고할 때 임금에 대한 신하의 정성과 그리움을 드러내는 행위로 볼 수 있다.

② 지상의 화자가 천상의 '달'과 '별'을 매개로 임을 떠올린 것은 군신 사이의 수직적 관계를 반영한 것으로 볼 수 있다.

(다)의 화자는 위루에 혼자 올라 '동산에 달이 나고 북극에 별이 뵈니 임이신가 반기니 눈물이 절로 난다.'라고 하였다. 이는 〈보기〉에서 (다)가 '궁궐을 떠난 신하가 임금을 그리워하면서 지은' 시라고 한 것을 참고할 때 지상의 신하가 천상의 '달'과 '별'을 임금이라 여기며 그리워한다는 의미이므로 군신 사이의 수직적 관계가 반영된 것으로 볼 수 있다.

③ '청광'을 보내고자 염원하는 이유에서 시적 화자와 청자가 실제로는 신하와 임금의 관계임을 감지할 수 있다.

(다)의 화자는 '누 위에 걸어 두고 팔황에 다 비추어 심산궁곡 한낮같이 만드소서.'라고 말하며 '청광'을 임에게 보내기를 염원한다. 이는 〈보기〉에서 (다)가 '신하가 임금'을 대상으로 지은 시라고 한 것을 참고할 때 온 세상에 빛을 비추는 행위와 같이 임금이 선정을 베풀기를 소망하는 신하의 마음이라고 이해할 수 있다.

⑤ 긴긴 겨울밤을 배경으로 차가운 '앙금'을 통해 외로운 처지를 표현한 것은 군신 관계를 남녀 관계로 치환한 결과이다.

(다)의 화자는 '앙금도 차도 찰사 이 밤은 언제 샐꼬.'라고 말하며 임의 부재로 인한 외로움의 정서를 표출하고 있다. 〈보기〉에서 (다)가 '궁궐을 떠난 신하가 임금을 그리워하면서 지은' 시라고 한 것을 참고할 때 이처럼 임과 함께 하지 못하는 화자의 처지는 임금을 곁에서 모시지 못하는 신하의 처지를 드러낸 것이며, 군신 관계를 남녀 관계로 바꾸어 표현한 것으로 볼 수 있다.

🖋 **모두의 질문**   • 6-②번

Q: '달'과 '별'을 보며 누군가를 떠올리는 것은 사랑하는 사이에 흔한 일이 아닌가요? 꼭 수직적인 관계라고 할 수 있을까요?

A: 〈보기〉가 있는 문제에서는 〈보기〉의 내용을 바탕으로 지문과 선지를 해석해야 한다. 〈보기〉에서 (다)는 '남성 작가가 자신의 분신으로 여성 화자를 내세'운 시가로, '궁궐을 떠난 신하가 임금을 그리워하면서 지은' 것이라고 했다. 이를 바탕으로 (다)를 이해할 때, 임은 임금이며, 여성 화자는 신하인 남성 작가를 나타낸다고 볼 수 있다. 이런 관점에서 '동산에 달이 나고 북극에 별이 뵈니 임이신가 반기니 눈물이 절로 난다.'라는 구절을 이해하면, 땅에 있는 신하가 하늘의 '달'과 '별'을 보며 임금을 그리워하는 것으로 볼 수 있다. 따라서 이는 실제로 수직적인 군신 관계가 '천상-지상'이라는 시각적 모습으로 나타나고 있는 것으로 해석할 수 있다.

[1~6] 다음 글을 읽고 물음에 답하시오.

(가)

차례를 지내고 돌아온
구두 밑바닥에
고향의 저문 강물 소리가 묻어 있다
겨울 보리 파랗게 꽂힌 강둑에서
살얼음만 몇 발자국 밟고 왔는데   ⎤
쑥골 상엿집 흰 눈 속을 넘을 때도   ⎬ [A]
골목 앞 보세점 흐린 불빛 아래서도   │
찰랑찰랑 강물 소리가 들린다   ⎦
내 귀는 얼어   ⎤
한 소절도 듣지 못한 강물 소리를   ⎬ [B]
구두 혼자 어떻게 듣고 왔을까   ⎦
구두는 지금 황혼   ⎤
뒤축의 꿈이 몇 번 수습되고   │
지난 가을 터진 가슴의 어둠 새로   ⎬ [C]
누군가의 살아 있는 오늘의 부끄러운 촉수가 │
싸리 유채 꽃잎처럼 꿈틀댄다   ⎦
고향 텃밭의 허름한 꽃과 어둠과   ⎤ [D]
구두는 초면 나는 구면   ⎦
건성으로 겨울을 보내고 돌아온 내게   ⎤
고향은 꽃잎 하나 바람 한 점 꾸려 주지 않고 │
영하 속을 흔들리며 떠나는 내 낡은 구두가 ⎬ [E]
저문 고향의 강물 소리를 들려준다.   │
출렁출렁 아니 덜그럭덜그럭.   ⎦

        – 곽재구, 「구두 한 켤레의 시」 –

화자와 대상의 관계	구두 소리를 들으며 고향을 떠올리는 '나'
상황?	고향에서 차례를 지내고 돌아옴 → 구두를 보며 고향의 강물 소리를 생각함 → 고향을 그리워함

(나)

〈1〉

산 너머 남촌에는 누가 살길래
해마다 봄바람이 남으로 오네

꽃 피는 사월이면 진달래 향기
밀 익는 오월이면 보리 내음새

어느 것 한 가진들 실어 안 오리
남촌서 남풍 불 제 나는 좋데나

〈2〉

산 너머 남촌에는 누가 살길래
저 하늘 저 빛깔이 저리 고울까

금잔디 너른 벌엔 호랑나비 떼
버들밭 실개천엔 종달새 노래

어느 것 한 가진들 들려 안 오리
남촌서 남풍 불 제 나는 좋데나

〈3〉

산 너머 남촌에는 배나무 있고
배나무꽃 아래엔 누가 섰다기,

그리운 생각에 영(嶺)*에 오르니
구름에 가리어 아니 보이나

끊었다 이어 오는 가는 노래
바람을 타고서 고이 들리데

        – 김동환, 「산 너머 남촌에는」 –

*영: 고개.

화자와 대상의 관계	산 너머 남촌에서 불어오는 남풍을 느끼는 '나'
상황?	남촌에서 불어오는 봄바람에 기분이 좋음 → 그리운 생각에 고개에 올라가 바람을 타고 오는 노래를 들음

(다)

앉은 곳에 ㉠해가 지고 누운 자리 밤을 새워

잠든 밧긔 한숨이오 한숨 끝에 눈물일세

밤밤마다 꿈에 뵈니 **꿈**을 둘너 상시(常時)과저*

학발자안(鶴髮慈顔)* 못 뵈거든 안족서신(雁足書信)* 잦아짐에

기다린들 기별 올까 오노라면 ㉡달이 넘네

못 본 제는 기다리나 보게 되면 시원할까

노친(老親) 소식 **나** 모를 제 내 소식 노친 알까

㉢산과 강물 막힌 길에 일반고사(一般苦思)* 뉘 헤올고

묻노라 밝은 달아 두 곳에 비추는가

따르고저 뜨는 **구름** 남천(南天)으로 닫는구나

흐르는 ㉣내가 되어 집 앞에 두르고저

나는 듯 ㉤새나 되어 창가에 가 노닐고저

내 마음 헤아리려 하니 노친 정사(情思)* 일러 무삼

여의(如意) 잃은 용이오 키 없는 배 아닌가

추풍의 낙엽같이 어드메 가 머무를꼬

- 이광명, 「북찬가(北竄歌)」-

*꿈을 둘너 상시과저: 꿈을 가져다 현실로 삼고 싶구나.

*학발자안: 머리가 하얗게 센 자애로운 얼굴. 어머니를 가리킴.

*안족서신: 기러기 발목에 매달아 보낸 편지.

*일반고사: 괴롭거나 고통스러운 모든 생각.

현대어 풀이

앉은 곳에 해가 지고 누운 자리에서 밤을 새워

잠든 (시간) 밖에는 한숨이오 한숨 끝에 눈물이 떨어진다

밤마다 꿈에서 (어머니를) 보니 꿈을 가져다 현실로 삼고 싶구나

어머니를 뵙지 못하고 편지 보내는 일만 잦아질 때

기다리면 (어머니의) 기별이 올까 (기다려 보지만) 오는 데 시간만 지나가네

(어머니를) 못 볼 때는 기다리고 있지만 보게 되면 (얼마나) 시원할까

어머니 소식을 내가 모르는데 내 소식을 어머니가 알 리가 있겠는가

산과 강물로 막힌 길 때문에 생긴 괴롭고 고통스러운 생각을 누가 헤아려줄 것인가

묻노라 밝은 달아 두 곳을 비추느냐

따르고 싶다 뜨는 구름 남쪽 하늘로 빨리 가는구나

흐르는 시냇물이 되어 집 앞을 둘러서 흐르고 싶구나

날아가는 듯 새가 되어 (어머니 방의) 창문 앞에 가서 노닐고 싶구나

내 마음을 헤아려 보니 (내가 이러한데) 어머니의 마음을 말해 무엇 하리

여의주 잃은 용이요 키 없는 배가 아니겠는가

가을바람에 떨어지는 잎같이 어디에 가서 머무를까

이것만은 챙기자

*정사: 감정에 따라 일어나는, 억누르기 어려운 생각.

화자와 대상의 관계	어머니의 소식을 알 수 없어 괴로워하고 걱정하는 '나'
상황?	밤마다 꿈을 꾸며 어머니를 그리워함 → 산과 강에 가로막혀 어머니를 만나지 못해 고통스러워함 → 어머니의 마음을 헤아리며, 어머니를 걱정함

1. (가)~(다)의 공통점으로 가장 적절한 것은?

✔ 정답풀이

⑤ 친숙한 사물을 통해 화자의 마음이 향하는 공간을 환기하고 있다.

> (가)는 '구두', '강물', '보리', (나)는 '진달래', '보리' 등의 친숙한 여러 사물들을 활용하여 각각 화자의 마음이 향하는 고향과 남촌의 모습을 환기하고 있다. (다) 역시 '내', '새' 등 친숙한 소재를 통해 어머니에게 향하고자 하는 화자의 마음을 표현하며 어머니가 계신 '집 앞'이나 '창가'라는 공간을 환기하고 있다.

✖ 오답풀이

① 자연물을 통해 현실의 부정적 측면을 부각하고 있다.

(다)의 화자는 '산과 강물 막힌 길' 때문에 '일반고사'가 생겨났다고 말한다. 이는 자연물을 통해 현실의 부정적 측면을 부각하는 것이라 할 수 있다. 하지만 (가)와 (나)는 자연물을 통해 현실의 부정적 측면을 부각하고 있지 않다. (가)에서는 '강물', '보리', (나)에서는 '진달래', '보리' 등의 자연물이 나타나기는 하지만 이는 각각 화자가 생각하는 고향과 남촌을 표현하기 위한 것일 뿐이다.

② 대조적 소재의 열거를 통해 시적 긴장감을 높이고 있다.

(가), (나), (다) 모두 대조적 소재를 열거하고 있지 않으며 이를 통해 시적 긴장감을 높이고 있지도 않다.

③ 과거와 현재의 대비를 통해 그리움의 정서를 표현하고 있다.

(가)는 고향, (나)는 남촌, (다)는 어머니에 대한 그리움의 정서를 드러내고 있다. 하지만 (가), (나), (다) 모두 과거와 현재를 대비하고 있지는 않다.

④ 일상생활의 관찰을 통해 사물에서 삶의 교훈을 얻어 내고 있다.

(가)는 '구두'와 '봄바람', (나)는 '하늘', (다)는 '달', '내(시냇물)', '새' 등 일상생활에서 쉽게 마주할 수 있는 소재들을 활용하고 있지만 일상생활 자체를 '관찰'하여 서술한 것은 아니다. 또한 이러한 사물에서 삶의 교훈을 얻고 있지도 않다.

🌱 기틀잡기

> ② **대조:** 둘 이상인 대상의 내용을 맞대어 같고 다름을 검토함. 서로 달라서 대비가 됨.
> ③ **대비:** 두 가지의 차이를 밝히기 위하여 서로 맞대어 비교함.

🪶 모두의 질문

• 1–④번

Q: (가)의 화자가 '구두' 등 일상생활을 관찰했다고 볼 수 있지 않나요?

A: 관찰은 어떤 대상을 살펴보는 것인데, (가)에는 특정 대상을 관찰하는 화자의 행동은 드러나지 않는다. 만약 '관찰'했다고 할 수 있으려면 화자가 대상을 직접 눈으로 보고, 그 대상의 외적 특성에 대해 자세히 서술해야 한다. 그런데 (가)의 화자는 구두의 어떤 특성에 주목하여 교훈을 얻어냈다기보다는, 구두를 통해 고향을 떠올리고 있는 것이므로 일상생활을 관찰하여 삶의 교훈을 얻어 내고 있다는 말은 적절하다고 볼 수 없다.

2. (가)~(다)의 시어를 비교하여 이해한 내용으로 가장 적절한 것은?

◆ 정답풀이

③ (가)의 '강물 소리'와 (나)의 '노래'는 대상에 대한 화자의 긍정적 태도를 드러낸다.

> (가)의 화자는 고향에 다녀온 후 구두에 고향의 '강물 소리'가 묻어 있다고 하였다. 구두에 묻은 '강물 소리'는 화자가 고향을 떠나온 후에도 고향의 모습을 떠올리고 있음을 드러낸다. 그리고 (나)의 '노래'는 '남촌'에서 바람을 타고 '고이' 들려오는 것인데, 화자는 남촌에서 부는 바람에 기분이 좋다고 하였다. 따라서 '강물 소리'는 '고향'에 대한, '노래'는 '남촌'에 대한 화자의 긍정적 태도를 드러내는 것으로 볼 수 있다.

◆ 오답풀이

① (가)의 '보리'와 (나)의 '보리'는 두 작품의 계절적 배경이 동일함을 알려 준다.
(가)에서는 '보리' 앞에 '겨울'이라는 계절적인 배경이 나타나 있다. 한편 (나)에서는 '밀 익는 오월'에 '보리' 냄새가 난다고 하였으므로 계절적 배경이 봄(오월)이라는 사실을 알 수 있다. 따라서 (가)와 (나) 두 작품은 계절적 배경이 동일하지 않다.

② (가)의 '꿈'과 (다)의 '꿈'은 출세하고자 하는 화자의 의지를 표현한다.
(가)의 '뒤축의 꿈이 몇 번 수습되고'는 구두의 굽을 여러 번 갈 정도로 시간이 지났음을 의미하는 것이다. (다)의 '밤밤마다 꿈에 뵈니'는 밤마다 꿈속에서 어머니를 만나 뵙게 되는 상황을 의미한다. 따라서 (가)와 (다)의 '꿈'은 출세하고자 하는 화자의 의지를 표현한 것이라고 볼 수 없다.

④ (나)의 '남풍'과 (다)의 '추풍'은 화자가 동경하는 세계와 화자를 매개한다.
(나)의 '남풍'은 화자가 동경하는 곳인 '남촌'에서 불어오는 것이므로 화자와 남촌을 매개하는 역할을 한다. 하지만 (다)의 '추풍의 낙엽'은 어머니에게 가지 못하고 방황할 수 밖에 없는 화자의 처지를 드러내는 소재로, '추풍'이 화자가 동경하는 세계와 화자를 매개하고 있지는 않다.

⑤ (나)의 '구름'과 (다)의 '구름'은 자유로운 소통의 가능성을 차단한다.
(나)에서 화자는 남촌이 '구름에 가리어 아니 보이나'라고 하였으므로 이때의 '구름'은 화자와 '남촌'을 가로막는 장애물이다. 반면 (다)의 화자는 '남천으로 닫는' 구름을 '따르고' 싶다고 하였으므로 이는 오히려 자유로운 소통이 가능한 존재라고 할 수 있다.

3. (가)와 (나)의 표현상 특징에 대한 설명으로 적절하지 않은 것은?

◆ 정답풀이

④ (나)는 (가)와 달리 새로운 소재가 추가될 때마다 어조에 변화를 주고 있다.

> (나)의 화자는 처음부터 끝까지 '남촌'에 대한 긍정적 태도를 표현하고 있으므로 어조의 변화가 드러나지 않는다. (가)의 경우에도 고향에 다녀온 화자가 일관되게 고향의 모습을 떠올리고 있으므로 어조의 변화가 나타나지 않는다.

◆ 오답풀이

① (가), (나) 모두 감각적 이미지를 빈번히 사용하여 시상을 전개하고 있다.
(가)는 시각적 이미지와 청각적 이미지가 두드러지고, (나)에서는 후각적 이미지, 시각적 이미지, 청각적 이미지를 활용하고 있다.

② (가)는 (나)와 달리 의성어의 변화로 화자의 심리를 표현하고 있다.
(가)의 '찰랑찰랑', '출렁출렁', '덜그럭덜그럭'에서 의성어의 변화가 나타난다. 구두가 들려주는 고향의 강물 소리가 점차 강해지는 모습을 그리면서 고향에 대한 화자의 그리움을 표현하고 있다. (나)는 의성어가 사용되지 않았다.

③ (가)는 (나)와 달리 연을 구분하지 않고 성찰적 어조를 드러내고 있다.
(가)는 연 구분 없이 하나의 연으로 구성되었으며, '부끄러운 촉수', '건성으로 겨울을 보내고' 등에서 화자가 자신을 되돌아보고 있음을 알 수 있다. (나)는 연이 구분되어 있고, 성찰적 어조를 드러내고 있지 않다.

⑤ (나)는 (가)에 비해 대구와 부드러운 어감의 표현을 효과적으로 사용하고 있다.
(나)의 '꽃 피는 사월이면 진달래 향기 / 밀 익는 오월이면 보리 내음새', '금잔디 너른 벌엔 호랑나비 떼 / 버들밭 실개천엔 종달새 노래'에서 대구적 표현이 나타나고 있다. (가)에서도 '구두는 초면 나는 구면'에서 대구법이 사용되고는 있지만 (나)에서 대구법이 더 두드러진다고 할 수 있다. 또한 '~다, ~까'를 사용하는 (가)에 비하여 (나)는 '~네, ~나', '내음새' 등의 부드러운 어감의 표현을 효과적으로 사용하고 있다.

🌱 기틀잡기

> ① **감각적 이미지:** 시각, 청각, 후각, 미각, 촉각의 감각적 체험을 언어를 통해 나타낸 것.
> ⑤ **대구:** 비슷한 어조나 구조를 가진 구절이나 문장 두 개를 짝지어 배치하는 표현 기법.

4. 〈보기〉의 '하이데거'의 관점에서 (가)를 감상한 내용으로 가장 적절한 것은? [3점]

〈보기〉

　　하이데거에게 예술은 '존재자의 존재'를 드러내 준다. 그에 따르면 고흐의 '구두' 그림에는 단순히 도구로서의 구두[=존재자]만 있는 것이 아니다. 그림 속의 구두에는 들일을 나서는 농부의 고단한 삶, 해질 무렵 들길을 걷는 그의 고독이 드러나 있으며, 아울러 대지의 습기와 다 익은 곡식의 풍요로움이 실려 있다. 우리는 이 그림을 통해 구두에 감추어진 '존재'가 눈앞에 펼쳐지는 체험을 하게 된다.

🔍 보기 분석

- 고흐의 '구두' 그림에 담긴 '존재자의 존재'
  - 구두를 통해 감추어진 존재
    - 농부의 삶
    - 농부의 고독(내면)
    - 대지의 습기와 곡식의 풍요로움
  - → '구두'에 감추어진 의미를 찾아야 함

✅ 정답풀이

⑤ [E]: 고향에 대해 무심했던 삶 속에서도 고향이 화자의 내면에 자리 잡고 있었음이 낡은 구두에서 드러나고 있군.

〈보기〉에 따르면 고흐의 그림에서 '구두'는 삶, 고독, 대지라는 의미를 나타낸다. 구두에 감추어진 존재라는 것은 결국 구두에 내포된 의미를 뜻하는 것이다. (가)에서 고향을 다녀온 화자가 구두를 보며 고향을 떠올리는 것은 '구두'에 자신에 대한 성찰, 고향에 대한 그리움이 담겨 있다는 것을 의미한다. 이는 [E]에서 '건성으로 겨울을 보내고 돌아온 내게', '내 낡은 구두가 / 저문 고향의 강물 소리를 들려준다.'에서 확인할 수 있다. 즉 그 동안 고향에 대해 무심히 살아온 화자의 내면에도 고향에 대한 그리움이 자리 잡고 있었음을 구두를 통해 보여 주는 것이다.

❌ 오답풀이

① [A]: 구두 밑바닥에 녹아드는 살얼음으로 봄을 맞이하는 화자의 기쁨을 표현하고 있군.

〈보기〉에 따르면, '하이데거에게 예술은 '존재자의 존재'를 드러내'는 것으로 '감추어진 '존재''를 나타내는 것이다. [A]는 '겨울 보리', '살얼음'으로 보아 계절적 배경이 겨울에서 봄으로 넘어가는 때인데, 화자는 구두를 통해 고향을 떠올릴 뿐 봄에 대한 기쁨을 드러내고 있지는 않다.

② [B]: 귀가 얼어붙을 정도의 추위를 강조하여 구두에 대한 화자의 연민을 드러내고 있군.

〈보기〉에 따르면, '하이데거에게 예술은 '존재자의 존재'를 드러내'는 것으로 '감추어진 '존재''를 나타내는 것이다. [B]는 고향의 강물 소리를 듣지 못한 화자 자신과 혼자 듣고 온 구두를 대조하여 고향에 대한 그리움을 드러낼 뿐, 화자가 구두를 불쌍하게 여기는 것은 아니다.

③ [C]: 여러 번의 수선을 거친 구두에는 구두의 도구성에 대한 화자의 비판적 견해가 나타나 있군.

〈보기〉에 따르면, '하이데거에게 예술은 '존재자의 존재'를 드러내'는 것으로 '감추어진 '존재''를 나타내는 것이다. [C]에서 여러 번의 수선을 거친 구두는 그만큼 오랜 시간이 흘렀다는 의미이지 화자가 구두의 도구성을 비판하는 것은 아니다.

④ [D]: 고향 텃밭의 허름함과 헌 구두를 비교하여 초면과 구면 사이에 차이가 없음을 말하고 있군.

〈보기〉에 따르면, '하이데거에게 예술은 '존재자의 존재'를 드러내'는 것으로 '감추어진 '존재''를 나타내는 것이다. [D]에서 '텃밭'과 '구두'는 비교 대상이 아니다. 고향에 대해 초면인 구두와 구면인 화자를 비교하고 있으며, 이는 오래된 구두도 고향이 초면일 정도로 한참동안 화자가 고향을 찾아가지 않았음을 의미한다.

5. (나)의 구조에 대한 설명으로 적절하지 않은 것은?

♥ 정답풀이

③ 〈1〉, 〈2〉, 〈3〉의 각 3연이 동일한 형태로 반복되어 후렴구로 기능하고 있다.

> 〈1〉, 〈2〉, 〈3〉은 각각 세 연으로 구성되어 있는데 〈1〉과 〈2〉는 3연이 동일한 형태로 반복되고 있다. 하지만 〈3〉의 3연은 〈1〉, 〈2〉의 3연과 동일한 형태가 아니다.

✖ 오답풀이

① 〈1〉, 〈2〉, 〈3〉 모두 세 연씩으로, 각 연은 두 행씩으로 구성되어 형식적 통일성을 갖추고 있다.

〈1〉, 〈2〉, 〈3〉 모두 세 연씩으로 구성되어 있고, 각 연은 두 행으로 구성되어 있다.

② '산 너머 남촌에는'이 〈1〉, 〈2〉, 〈3〉의 1연마다 반복되어 시 전체의 유기적 연관성을 강화하고 있다.

'산 너머 남촌에는'이라는 구절이 〈1〉, 〈2〉, 〈3〉의 1연마다 반복되어 통일성과 안정감을 주면서 각 연들이 전체적으로 밀접한 관련을 갖게 한다.

④ 시어와 표현 면에서 〈1〉과 〈2〉는 유사성이 크지만, 〈3〉은 상대적으로 차이를 보인다.

〈1〉과 〈2〉는 각 1연의 첫 행이 동일하며, 2연에서 대구법을 사용하고 있으며, 3연의 시행도 거의 동일하다. 이에 비하여 〈3〉은 차이를 보인다.

⑤ 〈1〉의 2연은 문장 구조가 같은 두 행이 짝을 이루고 있는데, 이는 〈2〉의 2연도 마찬가지이다.

〈1〉의 2연은 '~는 ~이면'이라는 동일한 문장 구조를 가진 두 행이 짝을 이루고 있고, 〈2〉의 2연 역시 두 행이 동일한 문장 구조로 짝을 이루고 있다.

🌱 기틀잡기

> ② **유기적:** 생물체처럼 전체를 구성하고 있는 각 부분이 서로 밀접하게 관련을 가지고 있어서 떼어 낼 수 없는. 또는 그런 것.

6. (다)의 ㉠~㉤ 중 함축하는 의미가 동일한 것끼리 바르게 묶은 것은?

> ㉠: 해
> ㉡: 달
> ㉢: 산
> ㉣: 내
> ㉤: 새

♥ 정답풀이

⑤ ㉣, ㉤

> 흐르는 ㉣과 나는 ㉤은 어머니가 계신 곳에 자유롭게 갈 수 있는 존재로, 모두 화자가 되고 싶어 하는 대상이다. 즉 ㉣과 ㉤은 어머니를 향한 화자의 지극한 그리움과 어머니에게 가고자 하는 화자의 소망을 함축하고 있다는 점에서 동일하다.

✖ 오답풀이

㉠
'앉은 곳에 해가 지고'는 '누운 자리 밤을 새워'와 함께 어머니를 그리워하는 것만으로 시간이 흘러감을 의미한다. 여기에서 ㉠은 밤에 대비되는 낮의 시간을 의미한다고 볼 수 있다.

㉡
'기다린들 기별 올까 오노라면 달이 넘네'에서 ㉡은 어머니의 소식이 올 때까지의 기다림의 시간을 의미한다.

㉢
㉢은 화자에게 '일반고사'를 느끼게 하는 것으로 어머니와 화자 사이를 가로막고 있는 장애물을 의미한다.

[1~5] 다음 글을 읽고 물음에 답하시오.

(가)

[1] 풀은 ㉠바람이 동쪽으로 불면 동쪽으로 향하고 바람이 서쪽으로 불면 서쪽으로 향한다. 다들 바람 부는 대로 쏠리는데 굳이 따르기를 피하려 할 이유가 있겠는가? 내가 걸으면 그림자가 내 몸을 따르고 내가 외치면 메아리가 내 소리를 따른다. 그림자와 메아리는 내가 있기에 생겨난 것이니 따르기를 피할 수 있겠는가? 아무것도 따르지 않은 채 혼자 가만히 앉아서 한평생을 마칠 수 있을까? 그럴 수는 없는 법이다.

→ 풀, 그림자와 메아리처럼 인간 또한 아무것도 따르지 않으며 살 수는 없음

[2] 어째서 상고* 시대의 의관을 따르지 않고 오늘날의 복식을 따르며, 중국의 언어를 따르지 않고 각기 자기 나라의 발음을 따르는 것일까? 이는 ㉡수많은 별들이 각자의 경로대로 움직이며 하늘의 법칙을 따르고, 온갖 냇물이 각자의 모양대로 흐르며 땅의 법칙을 따르는 것과 같은 도리이다.

→ 별의 운행과 냇물의 흐름과 같이 시대와 지역에 따라 '따름'의 대상이 다른 것은 당연함

[3] 물론 일반적인 추세를 따르지 않고 자신의 천성과 사명을 견지하는 경우도 있다. 천하가 모두 주나라를 새로운 천자의 나라로 섬기게 되었음에도 백이와 숙제*는 그것을 부끄럽게 여겼고, 모든 풀과 나무가 가을이면 시들어 떨어짐에도 소나무와 잣나무는 여전히 푸른 것이 바로 그런 경우이다. 그렇지만 우임금도 방문하는 나라의 풍속에 따라 일시적으로 자신의 복식을 바꾸셨고, 공자도 사냥한 짐승을 서로 비교하는 노나라 관례를 따르시지 않았던가! 성인(聖人)도 모두가 함께 하는 부분을 위배할 수는 없었던 것이다.

→ 우임금과 공자와 같은 권위 있는 인물 또한 천성과 사명을 견지하는 중에도 관습을 전혀 따르지 않을 수는 없었음

[4] 그렇다면 많은 사람이 하는 대로 따르기만 하면 되는 것인가? 아니다! 이치를 따라야 한다. 이치는 어디에 있는가? 마음에 있다. 무슨 일이든지 반드시 자기 마음에 물어보라. 마음에 거리낌이 없으면 이치가 허락한 것이요, 마음에 거리낌이 있으면 이치가 허락하지 않은 것이다. 이렇게만 한다면 무엇을 따르든 모두 올바르고 하늘의 법칙에 절로 부합할 것이며, 어떤 상황에서든 마음만 따르다 보면 운명과 귀신도 모두 그 뒤를 따르게 될 것이다.

→ 자문자답을 반복하여 마음속 이치를 따라야 함을 강조함

– 이용휴, 「수려기(隨廬記)」* –

*수려기: '따르며 살리라'라는 이름을 붙인 집에 대한 글.

이것만은 챙기자

*상고: 아주 오랜 옛날.

*백이와 숙제: 주나라 무왕이 은나라를 토벌하여 주나라를 세우자 무왕의 행동이 인의(仁義)에 어긋난다고 생각해서 수양산에 들어가 고사리를 캐 먹다가 굶어 죽은 이들. 지조와 절개를 상징하는 인물들로 여겨짐.

(나)

내 팔자가 사는 대로 내 고생이 닿는 대로
ⓒ좋은 일도 그뿐이요 그른 일도 그뿐이라
춘삼월 호시절에 화전놀음* 와서들랑
꽃빛일랑 곱게 보고 새소리는 좋게 듣고
밝은 달은 예사 보며 맑은 바람 시원하다
좋은 동무 좋은 놀음에 서로 웃고 놀아 보소
ⓔ사람 눈이 이상하여 제대로 보면 관계찮고
고운 꽃도 새겨 보면 눈이 캄캄 안 보이고
귀도 또한 별일이지 그대로 들으면 괜찮은걸
새소리도 고쳐 듣고 슬픈 마음 절로 나네
마음 심 자가 제일이라 단단하게 맘 잡으면
꽃은 절로 피는 거요 새는 예사 우는 거요
달은 매양 밝은 거요 바람은 일상 부는 거라
마음만 예사 태평하면 예사로 보고 예사로 듣지
보고 듣고 예사하면 고생될 일 별로 없소
앉아 울던 청춘과부 황연대각* 깨달아서
덴동어미 말 들으니 말씀마다 개개 옳아
이내 수심 풀어내어 이리저리 부쳐 보세 ┐
이팔청춘 이내 마음 봄 춘 자로 부쳐 보고 │
화용월태* 이내 얼굴 꽃 화 자로 부쳐 두고 │
술술 나는 긴 한숨은 세류춘풍* 부쳐 두고 │
밤이나 낮이나 숱한 수심 우는 새나 가져가게 │ [A]
일촌간장* 쌓인 근심 도화유수로 씻어 볼가 │
천만 첩이나 쌓인 설움 웃음 끝에 하나 없네 │
구곡간장* 깊은 설움 그 말끝에 슬슬 풀려 │
삼동설한* 쌓인 눈이 봄 춘 자 만나 슬슬 녹네 ┘

　　　　　　　　　　 – 작자 미상, 「덴동어미화전가」 –

*황연대각: 환하게 모두 깨달음.
*화용월태: 아름다운 여인의 얼굴과 맵시를 이르는 말.

화자와 대상의 관계	화자 1: 앉아 울고 있는 청춘과부에게 위로와 충고를 전하는 '나'(덴동어미) 화자 2: 덴동어미의 말을 듣고 깨달음을 얻어 근심을 덜어내는 '나'(청춘과부)
상황?	화전놀음에 와서 덴동어미가 청춘과부에게 위로와 충고를 건넴 → 주변의 봄 풍경을 기분 좋게 감상하며 화전놀이를 즐길 것을 권유함 → 청춘과부가 깨달음을 얻고 근심을 해소함

현대어 풀이

내 팔자가 사는 대로 내 고생이 닿는 대로
좋은 일도 그뿐이오 그른 일도 그뿐이라
봄이 무르익는 음력 삼월 좋은 시절에 화전놀이 와서
꽃빛이나 곱게 보고 새소리는 좋게 듣고
밝은 달은 예사로 보며 맑은 바람 시원하다
좋은 동무 좋은 놀음에 서로 웃고 놀아 보소
사람의 눈이 이상하여 제대로 보면 상관없고
고운 꽃도 새겨 보면 눈이 캄캄하여 안 보이고
귀도 또한 이상하지 그대로 들으면 괜찮은 것을
새소리도 다시 듣고 슬픈 마음 저절로 나네
마음 심 자가 제일이라 단단하게 마음 잡으면
꽃은 절로 피는 거요 새는 예사로 우는 거요
달은 매양 밝은 거요 바람은 늘 부는 거라
마음만 예사 태평하면 예사로 보고 예사로 듣지
보고 듣기를 예사로 하면 고생될 일 별로 없소
앉아 울던 청춘과부 환하게 모두 깨달아서
덴동어미 말 들으니 말씀마다 모두 옳아
이내 수심 풀어내어 이리저리 부쳐 보세
이팔청춘 이내 마음은 봄 춘 자로 부쳐 보고
꽃 같은 이내 얼굴 꽃 화 자로 부쳐 두고
술술 나는 긴 한숨은 버드나무를 흔드는 봄바람에 부쳐 두고
밤낮으로 숱한 수심은 우는 새나 가져가게
애타는 마음 쌓인 근심은 복숭아꽃 흐르는 물로 씻어 볼까
천만 첩이나 쌓인 설움은 웃음 끝에 하나 없네
깊은 마음속 깊은 설움 그 말끝에 슬슬 풀려
추운 겨울 석 달 동안 쌓인 눈이 봄 춘 자 만나 슬슬 녹네

이것만은 챙기자

*화전놀음: 화전놀이(꽃잎을 따서 전을 부쳐 먹으며 춤추고 노는 부녀자의 봄놀이).
*세류춘풍: 가지가 매우 가는 버드나무에 부는 봄날의 바람.
*일촌간장: 한 토막의 간과 창자라는 뜻으로, 애달프거나 애가 타는 마음을 이르는 말.
*구곡간장: 굽이굽이 서린 창자라는 뜻으로, 깊은 마음속 또는 시름이 쌓인 마음속을 비유적으로 이르는 말.
*삼동설한: 눈 내리고 추운 겨울 석 달 동안.

(다)

　이런들 어떠하며 저런들 어떠하리
　ⓒ초야우생*이 이렇다 어떠하리
　하물며 천석고황*을 고쳐 무엇 하리

　고인(古人)도 날 못 보고 나도 고인 못 봬
　고인을 못 봬도 가던 길 앞에 있네
　가던 길 앞에 있거든 아니 가고 어찌할꼬

　청산은 어찌하여 만고에 푸르르며
　유수는 어찌하여 주야에 그치지 아니한고　┐
　우리도 그치지 말아 만고상청(萬古常靑)*하리라　┘[B]

　　　　　　　　　　　　　　- 이황, 「도산십이곡」 -

*초야우생: 시골에 묻혀 사는 자신을 낮추어 이르는 말.

화자와 대상의 관계	자연을 바라보며 그를 본받아 옛 성인처럼 되고자 하는 '나'
상황?	자연에 대한 지향을 나타냄 → 옛 성인을 생각하며 그들의 행보를 따르고자 함 → 자연의 불변성을 본받아 배움의 자세에 반영하여 의지를 다짐

현대어 풀이

　이런들 어떠하며 저런들 어떠하리
　시골에 묻혀 사는 어리석은 사람이 이렇다 한들 어떠하리
　하물며 자연 속에서 살고 싶은 마음이 깊어 병이 된 것을 고쳐서 무엇하겠는가

　옛 성현도 나를 보지 못하고 나도 옛 성현을 뵙지 못했네
　옛 성현을 뵙지 못해도 그분들이 가던 길(행하던 가르침)이 앞에 놓여 있네
　가던 길(진리의 길)이 앞에 있는데 아니 가고 어찌할 것인가

　푸른 산은 어찌하여 먼 옛날부터 변함없이 푸르며
　흐르는 물은 어찌하여 밤낮으로 그치지 않는 것인가
　우리도 (부지런히 학문을 닦아서) 그치지 말고 변함없이 푸르리라

| 작품 간의 공통점 파악 | 정답률 94

1. (가)~(다)의 공통점으로 가장 적절한 것은?

✅ 정답풀이

② 삶의 자세에 대한 견해를 드러내고 있다.

> (가)에서는 마음에 거리낌이 없는 이치를 기준으로 살아가는 자세를, (나)에서는 수심과 슬픔에서 벗어나 긍정적이고 의지적인 삶의 태도를 가지고 살아가는 자세를, (다)에서는 자연 친화와 학문 수양을 추구하는 삶의 자세를 드러내고 있다. 즉 (가)~(다)는 모두 삶의 자세에 대한 화자의 견해를 드러내고 있다.

❌ 오답풀이

① 학문에 대한 관점을 보여 주고 있다.
　(가)는 이치에 따르는 삶의 자세에 대한 관점을 보여 주고 있고, (나)는 긍정적인 삶의 자세를 보여 주고 있다. 학문에 대한 관점이 나타난 작품은 학문 수양의 의지를 드러낸 (다)만 해당된다.

③ 대상과 합일하고자 하는 의지를 드러내고 있다.
　(가)~(다) 모두 대상과 합일하고자 하는 의지를 드러내고 있지는 않다. (다)에서 '청산'과 '유수'처럼 변하지 않겠다는 의지를 보이고 있기는 하지만, 이는 변함없이 학문을 닦겠다는 의지를 드러낸 것일 뿐 '청산'이나 '유수'와 하나가 되겠다는 것으로 볼 수는 없다.

④ 이상을 추구하면서 사회의 모순을 비판하고 있다.
　(다)는 자연을 사랑하는 마음과 학문 수양에 대한 의지를 노래한다는 점에서 화자의 이상이 나타난다고 볼 여지가 있으나, (가)~(다) 모두 사회의 모순을 비판하는 내용은 찾을 수 없다.

⑤ 현실에서 벗어나고자 하는 심리를 보여 주고 있다.
　(가)는 마음속 이치를 따르는 자세에 대해, (나)는 긍정적인 삶의 태도에 대해, (다)는 자연을 아끼고 학문을 수양하는 삶의 자세에 대해 말하고 있다. 모두 현실을 잘 살아가기 위한 자세에 대해 말하고 있으며, 현실에서 벗어나려는 심리는 나타나지 않는다.

2. (가)에 대한 설명으로 적절하지 <u>않은</u> 것은?

⊙ 정답풀이

④ [4]에서는 자문자답을 반복하는 형식을 취하여 마음에 거리낌이 있더라도 하늘의 법칙을 따라야 함을 깨닫게 하였다.

> (가)의 [4]에서는 '그렇다면 많은 사람이 하는 대로 따르기만 하면 되는 것인가? 아니다! 이치를 따라야 한다.', '이치는 어디에 있는가? 마음에 있다.'와 같이 자문자답을 반복하는 형식을 취하고 있다. 그러나 이를 통해 '마음에 거리낌이 없'어야 한다고 말하고 있으며, 하늘의 법칙을 따라야 하는 것이 아니라, '마음'을 따랐을 때 하늘의 법칙에 저절로 부합되는 것이라는 생각을 드러내고 있다.

⊗ 오답풀이

① [1]에서는 풀, 그림자, 메아리 같은 자연 현상으로부터 사람 역시 아무것도 따르지 않고 살 수는 없음을 유추했다.
   (가)의 [1]에서는 '풀'이 바람이 부는 방향을 따르며 '그림자'와 '메아리'가 나를 따르는 것과 같이, 사람 또한 무엇인가를 따르는 것을 피할 수 없다는 생각을 드러내고 있다. 즉 자연 현상으로부터 사람 역시 그러하다는 유추의 방식을 사용하여 깨달음을 드러냈다고 할 수 있다.

② [2]에서는 시대와 지역에 따라 '따름'의 대상이 다른 것은 당연한 일이고, 이것이 결국은 천지의 법칙을 따르는 것임을 별의 운행과 냇물의 흐름을 들어서 밝혔다.
   (가)의 [2]에서는 시대적으로 '상고 시대'가 아닌 '오늘날'을 따르는 것, 지역적으로 '중국'의 언어가 아닌 '자기 나라'의 발음을 따르는 것에 대해 '수많은 별들'이 '하늘의 법칙'을 따르는 것이나 '냇물'이 '땅의 법칙'을 따르는 것과 같이 당연하다는 생각을 드러내고 있다.

③ [3]에서는 우임금과 공자 같은 권위 있는 인물의 사례를 제시하여 관습을 전혀 따르지 않고 살 수는 없다는 사실을 강조하였다.
   (가)의 [3]에서는 '우임금'도 자신이 방문하는 나라의 풍속에 따라 일시적으로 자신의 복식을 바꾸고, '공자'도 사냥한 짐승을 서로 비교하는 노나라의 관례를 따랐던 사례를 근거로 제시함으로써, 관습을 전혀 따르지 않고는 살 수 없다는 사실을 강조하고 있다.

⑤ 글의 중간 중간에 '따름'의 여러 측면을 반복적으로 언급함으로써 주제를 부각하였다.
   (가)의 [1]에서는 자연이 그러하듯 인간도 '따름'이 있어야 한다는 것, [2]에서는 '따름'의 대상이 시대와 지역에 따라 다른 것, [3]에서는 권위 있는 인물들도 '따름'을 보인 것, [4]에서는 마음을 '따름'으로써 이치를 따르게 되는 것 등을 언급하며 주제를 부각했다고 볼 수 있다.

3. (나)의 인물에 대한 이해로 가장 적절한 것은?

⊙ 정답풀이

③ 덴동어미는 청춘과부에게 생명력을 불어넣는 역할을 하는군.

> (나)에서 덴동어미는 청춘과부에게 마음을 단단하게 잡고, 태평하게 마음먹으면 보고 듣는 것이 다 예삿일이 된다고 말해 주며, '좋은 동무 좋은 놀음 서로 웃고 놀아 보소'라고 화전놀이를 즐기도록 한다. 이에 '앉아 울던 청춘과부'가 깨닫고 화전놀이를 하며 쌓인 근심과 설움을 풀어냄으로써 삶의 활력을 찾은 모습을 보인다. 따라서 덴동어미는 청춘과부에게 생명력을 불어넣는 역할을 했다고 볼 수 있다.

⊗ 오답풀이

① 덴동어미는 계획적인 삶이 중요하다고 생각하고 있군.
   (나)에서 덴동어미가 계획적인 삶에 대해 언급하거나 계획적인 삶이 중요하다고 여기는 모습은 찾아볼 수 없다.

② 덴동어미는 본격적으로 화전놀이를 떠날 채비를 하겠군.
   (나)에서 '이내 마음 봄 춘 자로 부쳐 보고', '꽃 화 자로 부쳐 두고', '세류춘풍 부쳐 두'고 있으므로 화전놀이를 하는 중임을 알 수 있다. 따라서 덴동어미가 화전놀이를 떠날 채비를 할 것이라고 볼 수 없다.

④ 청춘과부는 자연의 변화에 무감각한 사람이 되어 버렸군.
   (나)의 '삼동설한 쌓인 눈이 봄 춘 자 만나 슬슬 녹네'에서 자연의 변화가 나타났다고 볼 여지가 있으나, 이는 청춘과부의 마음속 고민과 시름이 해소되었음을 비유한 표현으로 볼 수 있다. 또한 자연의 변화에 대해 청춘과부가 무감각하게 반응하고 있는 부분을 확인하기도 어렵다.

⑤ 청춘과부는 가난이 사람을 성숙하게 만드는 것이라고 믿게 되었군.
   (나)의 '내 팔자가 사는 대로 내 고생이 닫는 대로' 부분에서 청춘과부가 고생했음을 알 수 있으나, 그것이 가난에 기인한 것인지는 (나)를 통해 알 수 없다. 또한 청춘과부가 깨달음을 얻고 인식을 바꾸게 된 것 또한 덴동어미의 위로의 말을 들었기 때문이지, 가난 때문에 내적 성숙을 이룬 것으로 보기는 어렵다. 따라서 가난이 사람을 성숙하게 만드는 것이라고 믿게 되었다고 볼 수 없다.

🍃 모두의 질문
• 3-②번

Q: 덴동어미가 청춘과부를 설득하여 함께 화전놀이를 떠날 채비를 하는 것으로도 볼 수 있지 않나요?

A: 이는 지문과의 일치 여부만 확인해도 적절하지 않음을 확인할 수 있는 선지이다. (나)의 '춘삼월 호시절에 화전놀음 와서들랑~놀아 보소'에서 덴동어미와 청춘과부가 이미 화전놀이를 하러 왔음을 알 수 있다. 덴동어미는 청춘과부를 설득하여 함께 화전놀이를 가고자 하는 것이 아니라, 기왕 좋은 봄날에 화전놀이 나왔으니 기분 좋게 놀다 가자고 설득하는 것이다.

4. [A]와 [B]의 표현상 특징으로 적절한 것은?

❤ 정답풀이

③ [B]는 자연물의 속성에 빗대어 화자의 의지를 드러내고 있다.

> '청산'과 '유수'는 각각 오랜 세월 푸르르거나 쉴 새 없이 흐르는 자연물이며, 화자는 이들의 영원성과 불변성에 빗대어 '우리도 그치지 말아 만고 상청'하겠다는 의지를 보인다. 즉 화자는 학문을 그치지 않고 수양하겠다는 의지를 자연물의 속성에 빗대어 드러낸 것이다.

❌ 오답풀이

① [A]는 감정 이입을 통해 정적인 분위기를 만들어 내고 있다.
[A]의 '밤이나 낮이나 숱한 수심 우는 새나 가져가게' 부분에서 '우는 새'가 수심으로 운다고 해석했을 때, 청춘과부가 지니고 있던 근심과 통하므로 청춘과부의 감정이 투영된 것으로 볼 여지는 있겠으나, 새에게 자신의 수심을 가져가라고 말하며 화자는 근심에서 벗어나고 있음을 알 수 있다. 또한 화전을 부치는 모습이나, '풀려', '녹네' 등의 서술어는 정적인 분위기가 아닌, 동적인 분위기를 만들어 낸 것이라고 볼 수 있다.

② [A]는 대화를 통하여 인물의 성격을 분명히 보여 주고 있다.
두 명 이상의 화자가 말을 주고 받는 상황이 나올 때 대화라고 할 수 있으나, [A] 부분은 청춘과부 혼자 말한 부분이므로 독백으로 볼 수 있다. 또한 인물의 성격이 분명히 드러난다고 보기도 어렵다.

④ [B]는 의문형 어구를 반복하여 심리적 갈등을 드러내고 있다.
[B]에서 '어찌하여~ㄴ고'의 의문형 어구가 나타나기는 했으나 반복되지는 않았으며, 내용상으로도 내적 갈등을 드러내는 것이 아닌 화자의 의지를 나타내는 것이므로 심리적 갈등을 드러낸다고 볼 수 없다.

⑤ [A]와 [B] 모두 반어적 표현으로 주제 의식을 강조하고 있다.
표현할 내용이 실제의 의미와는 반대로 표현될 때 반어적 표현으로 볼 수 있는데, [A]와 [B] 둘 다 반어적 표현을 찾아보기 어렵다.

🌱 기틀잡기

① **감정 이입:** 사물, 동물이나 자연 현상 등의 대상을 화자와 같은 감정을 가지고 있는 것처럼 표현하는 방법.
⑤ **반어:** 말하고자 하는 바와 반대로 표현하여 그 의미를 강화하는 것.

5. ㉠~㉢에 대한 설명으로 적절한 것은?

> ㉠: 바람
> ㉡: 수많은 별들이 각자의 경로대로 움직이며
> ㉢: 좋은 일도 그뿐이요 그른 일도 그뿐이라
> ㉣: 사람 눈
> ㉤: 초야우생이 이렇다 어떠하리

❤ 정답풀이

③ ㉢은 마음이 상황에 따라 동요하지 않는다는 의미이다.

> ㉢은 팔자가 사는 대로 고생이 닿는 대로 살아가야 한다는 운명에 순응하는 자세를 드러낸 구절로, 좋은 일에 지나치게 좋아하거나 안 좋은 일에 지나치게 안 좋게 생각하지는 말아야 한다는 화자의 생각이 담겨 있다. 즉 팔자를 한탄하지 않으며, 상황이 어떻든지 마음이 그에 동요하지 않는다는 의미로 이해할 수 있다.

❌ 오답풀이

① ㉠은 정처 없이 떠도는 인간의 운명을 의미한다.
㉠은 풀을 동쪽과 서쪽으로 흔들리게 하는 자연 현상일 뿐, 정처 없이 떠도는 인간의 운명을 의미한다고 볼 수 없다.

② ㉡은 하늘의 별이 지상의 존재들에게 등불이 되어 준다는 의미이다.
㉡은 수많은 별들이 하늘의 법칙에 따라 경로대로 이동한다는 의미로, 하늘의 별이 지상의 존재들에게 등불이 되어준다고 말하는 것은 아니다.

④ ㉣은 성숙한 인간이 가진 안목을 의미한다.
㉣은 '귀'와 더불어 상황을 있는 그대로 인지하지 않고 주체의 감정이나 생각이 작용하여 '이상하여 제대로 보면 관계찮고', '고운 꽃도 새겨 보면 눈이 캄캄 안 보이'게도 만든다. 즉 ㉣은 상황에 따라 달라지는 것이며 화자는 이를 경계하고자 하므로, 성숙한 인간이 가진 안목을 의미하는 것으로 볼 수 없다.

⑤ ㉤은 화자가 자신의 선택에 대해 회의하고 있음을 의미한다.
㉤의 '초야우생'은 시골에 묻혀 살고 있는 화자가 자기 자신을 낮추어 겸손하게 표현하는 말이지만, ㉤에서 화자가 자신의 선택을 후회하거나 의심하고 있지는 않다. 오히려 '천석고황을 고쳐 무엇 하리'라며 자연 속에서 살아가는 자신의 삶에 대한 만족감을 드러내고 있으므로, 자신의 선택에 대해 의심을 품고 있다고 볼 수 없다.

[1~6] 다음 글을 읽고 물음에 답하시오.

(가)

조국을 언제 떠났노,
파초*의 꿈은 가련하다.

남국을 향한 불타는 향수,
너의 넋은 수녀보다도 더욱 외롭구나.

소낙비를 그리는 너는 정열의 여인,
나는 샘물을 길어 네 발등에 붓는다.　　[A]

이제 밤이 차다,
나는 또 너를 내 머리맡에 있게 하마.

나는 즐겨 너를 위해 종이 되리니,
너의 그 드리운 치맛자락으로 우리의 겨울을 가리우자.

　　　　　　　　　　　　　　　　　　　　– 김동명, 「파초」 –

*파초: 잎이 긴 타원형이며 키가 큰 여러해살이풀.

화자와 대상의 관계	파초를 연민하는 '나'
상황?	조국을 떠나온 파초를 연민함 → 파초에 샘물을 부어 줌 → 파초를 머리맡에 두고, 우리의 겨울을 가리자고 함

(나)

　산비탈엔 들국화가 환—하고 누이동생의 무덤 옆엔 밤나무 하나가 오뚝 서서 바람이 올 때마다 아득—한 공중을 향하여 여원 가지를 내어 저었다. 갈 길을 못 찾는 영혼 같애 절로 눈이 감긴다. 무덤 옆엔 작은 시내가 은실을 긋고 등 뒤에 서걱이는 떡갈나무 수풀 앞에 차단—한 비석이 하나 노을에 젖어 있었다. 흰나비처럼 여윈 모습 아울러 어느 무형(無形)한 공중에 그 체온이 꺼져 버린 후 밤낮으로 찾아 주는 건 비인 묘지의 물소리와 바람 소리뿐. 동생의 가슴 우엔 비가 나리고 눈이 쌓이고 적막한 황혼이면 별들은 이마 우에서 무엇을 속삭였는지. 한 줌 흙을 헤치고 나즉—히 부르면 함박꽃처럼 눈뜰 것만 같애 서러운 생각이 옷소매에 스몄다.

　　　　　　　　　　　　　　　　　　– 김광균, 「수철리(水鐵里)」* –

*수철리: 공동묘지가 있던 서울의 한 마을.

화자와 대상의 관계	누이동생의 무덤에서 서글퍼 하는 사람
상황?	누이동생의 무덤 옆에서 밤나무를 봄 → 죽은 누이동생의 영혼을 떠올림 → 누이동생을 그리워하며 서글퍼 함

(다)

슬프나 즐거오나 옳다 하나 외다* 하나
내 몸의 해올 일만 닦고 닦을 뿐이언정
그 밧긔 여남은 일이야 분별할 줄 이시랴.　　　　〈제1수〉

내 일 망령된* 줄을 내라 하여 모를쏜가
이 마음 어리기도* 임 위한 탓이로세
아무가 아무리 일러도 임이 헤여 보소서.　　　　〈제2수〉

추성(楸城) 진호루(鎭胡樓)* 밧긔 울어 예는 ─┐
저 시내야
므음 호리라* 주야에 흐른다　　　　　　　　　　[B]
임 향한 내 뜻을 조차 그칠 뉘를 모르나다. ─┘　〈제3수〉

뫼흔 길고 길고 물은 멀고 멀고
어버이 그린 뜻은 많고 많고 하고 하고
어디서 외기러기는 울고 울고 가느니.　　　　　〈제4수〉

어버이 그릴 줄을 처음부터 알아마는
임금 향한 뜻도 하늘이 삼겨시니
진실로 임금을 잊으면 긔 불효인가 여기노라.　〈제5수〉

　　　　　　　　　　　　　　－ 윤선도, 「견회요(遣懷謠)」 －

*망령된: 언행이 상식에서 벗어나 주책이 없는.
*추성 진호루: 함경북도 경원에 있는 누각.
*므음 호리라: 무엇을 하려고.

슬프나 즐거우나 옳다 하나 그르다 하나
내 몸의 할 일만 닦고 닦을 뿐
그 밖의 다른 일이야 걱정할 일이 있으랴　　　〈제1수〉

내 일이 잘못된 줄 나라고 하여 모르겠는가
이 마음 어리석은 것도 모두 임(임금) 위하기 때문일세
아무개가 아무리 헐뜯더라도 임이 헤아려 살피소서　〈제2수〉

추성 진호루 밖에서 울며 흐르는 저 시냇물아
무엇을 하려고 밤낮으로 흐르느냐
임 향한 내 뜻을 따라 그칠 줄을 모르는구나　　〈제3수〉

산은 길고 길고 물은 멀고 멀고
어버이 그리워하는 뜻은 많기도 많다
어디서 외기러기는 (슬피) 울며 가는가　　　　〈제4수〉

어버이 그리워할 줄은 처음부터 알았지만
임금 향한 뜻도 하늘이 만들어 주셨으니
진실로 임금을 잊으면 그것이 불효인가 하노라　〈제5수〉

이것만은 챙기자

*외다: 그르다.
*어리다: 어리석다.

화자와 대상의 관계	어버이를 그리워하고, 임금에 대한 충성을 드러내고 있는 '나'
상황?	자신이 해야 할 일만 충실히 하겠다고 다짐함 → 자신의 마음을 말하며 임금이 잘 살펴 달라고 청함 → 밤낮으로 흐르는 시냇물과 같이 변함없는 충심을 드러냄 → 어버이와 떨어진 곳에서 어버이를 그리워함 → 어버이를 향한 '효'와 임금을 향한 '충'을 동일시함

1. (가)~(다)에 대한 설명으로 가장 적절한 것은?

✔ 정답풀이

③ (나)와 (다)에는 화자가 대상을 만날 수 없는 정황이 나타나 있다.

> (나)의 '누이동생의 무덤'을 통해 화자가 그리워하는 누이동생은 이미 죽은 대상이기 때문에 만날 수 없다는 사실을 알 수 있다. 또한 (다)의 화자는 어버이를 그리워하고 있지만 길고 긴 '뫼'와 멀고 먼 '물'로 인해 가로막혀 만나지 못하는 상황에 있으며, 〈제4수〉에서 이로 인한 안타까움을 울고 가는 '외기러기'를 통해 드러내고 있다.

✘ 오답풀이

① (가)와 (나)에서는 현실과 이상의 괴리가 심화되고 있다.
  (가)는 '조국을' 떠나 '가련'한 '파초'나 '우리의 겨울' 등의 표현을 통해 현실이 이상적이지 않음을 알 수 있으나, 그것이 점차 심화되고 있다고 볼 수는 없다. (나)에서도 '누이동생의 무덤' 앞에서 서러워하는 모습을 통해 현실이 이상과 다름을 알 수 있으나, 누이동생이 죽은 현실은 시의 도입부터 끝까지 변함이 없으므로, 이상과 현실의 괴리가 점차 심화되고 있다고 볼 수는 없다.

② (가)와 (다)는 자연의 섭리를 깨닫는 과정을 보여 주고 있다.
  (가)에는 '파초'라는 자연물이 활용되었지만 자연의 섭리를 깨닫는 것과는 관련이 없다. (다)의 화자는 '시내', '외기러기'에 감정을 이입하여 자신의 정서를 드러내고 있다. 하지만 이 역시 자연의 섭리를 깨닫는 것과는 거리가 멀다.

④ (가)~(다)에는 대립적 가치가 첨예하게 표출되고 있다.
  (가)에는 따뜻한 '남국'과 차가운 '겨울'이라는 대립적 가치가, (다)에는 '내 몸의 해올 일'과 '그 밧긔 여남은 일'이라는 대립적 가치가 드러나지만, 이것은 화자의 정서를 표현하는 데 사용되고 있다. (가)에는 조국에 대한 그리움이, (나)에는 죽은 누이동생에 대한 그리움이, (다)에는 어버이에 대한 그리움과 임금에 대한 충성이 드러날 뿐 대립적 가치가 첨예하게 표출되지는 않는다.

⑤ (가)~(다)에서는 시간의 변화를 중심으로 시상이 전개되고 있다.
  (가)의 '이제 밤이 차다'에서 시간적인 배경을 알 수 있지만 시간의 변화를 중심으로 시상이 전개되고 있지는 않다. (나)에서도 '노을'을 통해 시간적 배경을 짐작할 수는 있지만 (나) 역시 시간의 변화는 드러나지 않는다. (다)에는 시간을 알 수 있는 표지가 나타나지 않는다.

2. 시적 화자의 태도를 중심으로 (가)와 (나)를 비교한 것으로 가장 적절한 것은?

✔ 정답풀이

⑤ (가)에는 현실 상황의 변화를 기대하는 태도가, (나)에는 변화될 수 없는 현실 상황을 안타까워하는 태도가 나타난다.

> (가)의 '우리의 겨울을 가리우자.'에서는 부정적 현실 상황이 달라지기를 기대하는 태도가 나타난다. (나)에서 화자는 '누이동생의 무덤' 앞에서 누이동생이 '부르면 함박꽃처럼 눈뜰 것만 같'지만 이 일이 일어날 수 없는 일임을 알기에 '서러운 생각이 옷소매에 스'민다고 말하고 있다. 따라서 (나)의 화자는 변화될 수 없는 현실을 안타까워하고 있다고 볼 수 있다.

✘ 오답풀이

① (가)에는 대상에 대한 유화적인 태도가, (나)에는 독단적인 태도가 드러난다.
  (가)에는 파초를 연민하는 태도가 나타날 뿐, 유화적인 태도는 드러나지 않는다. 또한 (나)에는 누이동생을 그리워하는 태도가 나타날 뿐, 독단적인 태도는 드러나지 않는다.

② (가)에는 대상에 대한 단정적인 태도가, (나)에는 회의적인 태도가 드러난다.
  (가)에는 '파초의 꿈은 가련하다.'와 같이 대상에 대한 동정과 연민의 태도가 나타날 뿐, 단정적인 태도는 드러나지 않는다. 또한 (나)에는 '갈 길을 못 찾는 영혼 같애 절로 눈이 감긴다.'와 같이 대상에 대한 추모와 그리움의 태도가 나타날 뿐, 회의적인 태도는 드러나지 않는다.

③ (가)에는 대상과의 관계 단절을 두려워하는 태도가, (나)에는 관계 형성을 열망하는 태도가 나타난다.
  (가)에 파초와의 관계 단절을 두려워하는 태도는 드러나지 않는다. 또한 (나)에서 화자는 죽음으로 인해 관계가 단절된 누이동생을 그리워하고 있지만 이를 관계 형성을 열망하는 태도로 볼 수는 없다.

④ (가)에는 현실 상황에 대한 낙천적인 태도가, (나)에는 비관적인 태도가 드러난다.
  (가)에서 현실을 '이제 밤이 차다', '겨울' 등으로 표현하고 있으므로 현실 상황을 낙천적으로 보고 있다고 할 수 없다. 또한 (나)에서 화자는 죽은 누이동생을 다시 만날 수 없어 슬퍼하지만 이를 자신의 인생을 어둡게 보거나 절망적으로 인식하는 것, 즉 비관적인 태도를 보이는 것이라고 단정하기는 어렵다.

🌱 기틀잡기

> ① **유화적**: 상대를 용서하고 사이좋게 지내는 것.
> ② **회의적**: 어떤 일에 의심을 품는 것.
> ④ **낙천적**: 세상과 인생을 즐겁고 좋은 것으로 여기는 것.
>   **비관적**: 인생을 어둡게만 보아 슬퍼하거나 절망스럽게 여기는 것. 앞으로의 일이 잘 안될 것이라고 보는 것.

3. [A]와 [B]에 나타난 공통된 표현 효과로 가장 적절한 것은?

✓ 정답풀이

② 감각적 이미지를 통해 정서를 구체화하고 있다.

> [A]는 '샘물을 길어 네 발등에 붓는다.'는 촉각적 이미지를 사용한 표현으로 파초에 대한 화자의 연민을 구체화하고 있다. [B]에서는 '울어 예는 저 시내야'라는 청각적 이미지를 사용한 표현을 통해 '임 향한 내 뜻' 즉 임금을 향한 화자의 변함없는 충성을 구체화하고 있다.

✗ 오답풀이

① 문답 형식을 통해 친밀감을 드러내고 있다.
  [A]는 '파초'를 '너'라고 의인화하여 부르며 친밀감을 드러내고 있지만, 묻고 답하는 형식은 나타나지 않는다. [B]의 '므음 호리라 주야에 흐른다 / 임 향한 내 뜻을 조차 그칠 뉘를 모르다.'에서 대상에게 말을 거는 방식을 활용하고 있으나 이는 대상에 대한 친밀감을 드러내고자 한 것이 아니라, 화자자신의 의지를 강조하기 위함이다.

③ 대구를 통해 안정적인 운율감을 조성하고 있다.
  [A]와 [B] 모두 대구가 나타나지 않는다.

④ 반어적 표현을 통해 시적 긴장감을 고조하고 있다.
  [A]와 [B] 모두 반어적 표현이 나타나지 않는다.

⑤ 어조 변화를 통해 정적인 분위기를 강화하고 있다.
  [A]에서 화자가 샘물을 길어 파초의 발등에 붓는 행동과 [B]의 울며 밤낮으로 흐르는 시냇물은 정적인 분위기보다는 동적인 분위기를 나타내는 것이라고 볼 수 있다. 또한 [A]와 [B] 모두 어조의 변화는 나타나지 않는다.

기틀잡기

> ② **감각적 이미지**: 시각, 청각, 후각, 미각, 촉각의 감각적 체험을 언어를 통해 나타낸 것.
> ③ **대구**: 비슷한 어조나 구조를 가진 구절이나 문장 두 개를 짝지어 배치하는 표현 기법.
> ④ **반어**: 말하고자 하는 바와 반대로 표현하여 그 의미를 강화하는 것.

모두의 질문
• 2-④번

Q: (가)의 '우리의 겨울을 가리우자.'에는 현실 상황에 대한 낙천적인 태도가 드러난 것 같은데요? 그리고 (나)의 화자는 누이동생이 죽은 상황을 서러워하고 있으므로, 비관적인 태도가 드러난 것 아닌가요?

A: (가)의 '우리의 겨울을 가리우자.'에는 현실을 즐겁고 좋은 것으로 여기는 태도는 드러나지 않는다. 아직도 이해가 안된다면 '낙천적'의 의미를 다시 읽어 보자! 한편 (나)처럼 사랑하는 가족이 죽은 상황에서는 누구든 슬퍼하기 마련이다. 하지만 이러한 것을 비관적인 태도라고 보지는 않는다. 어떤 상황으로 인해 앞으로의 일이 모두 잘 안될 것이라고 보거나, 인생 자체를 절망적으로 여기는 태도가 드러날 때 비관적이라고 할 수 있다.

4. (가)를 감상한 내용으로 적절하지 <u>않은</u> 것은?

☑ 정답풀이

③ 파초의 잎을 '치맛자락'으로 비유한 것을 보니, 파초는 '나'에게 모성적 존재임을 알 수 있군.

> '모성적 존재'란 어머니가 아이를 낳고 보살피듯 무조건적인 사랑과 희생을 베푸는 존재를 의미한다. 그런데 (가)의 '샘물을 길어 네 발등에 붓는다.' 등을 보면 오히려 화자가 파초를 돌보고 있으므로 파초를 모성적 존재라고 할 수는 없다. 파초는 화자가 가련히 여기는 대상이자, 함께 '우리의 겨울을 가릴', 동질감을 느끼는 존재임을 알 수 있다.

☒ 오답풀이

① 파초를 '또' 머리맡에 둔다고 한 것을 보니, 계속해서 파초를 돌보겠다는 의지를 알 수 있군.
(가)에서 '이제 밤이 차'니, 파초를 '또' 머리맡에 둔다고 한 것을 통해 계속해서 파초를 곁에 두고 돌보겠다는 화자의 의지를 알 수 있다.

② 파초를 위해 '종'이 된다고 한 것을 보니, 파초를 아끼는 마음을 알 수 있군.
'종'은 '남에게 얽매이어 그 명령에 따라 움직이는 사람을 비유적으로 이르는 말'로 (가)에서 화자가 파초를 위해 '즐겨' '종'이 되겠다는 것은 그만큼 파초를 아낀다는 의미임을 알 수 있다.

④ '나'와 파초를 '우리'로 묶어 표현한 것을 보니, '나'는 파초에 대해서 일체감을 느끼고 있음을 알 수 있군.
각각 '나'와 '너'로 지칭되던 화자와 파초가 '우리'로 묶인 것으로 보아 화자가 파초와 일체감을 느끼고 있음을 알 수 있다.

⑤ 파초와 '나'가 처한 상황이 차가운 겨울밤인 것을 보니, 시련과 고난의 상황에 놓여 있음을 알 수 있군.
(가)에서 파초는 '조국'을 '떠'난 존재이며, 파초와 화자가 있는 상황은 차가운 '겨울'의 '밤'임을 알 수 있다. '밤이 차'다는 표현과 '겨울'은 시련과 고난을 의미하므로, 화자와 파초는 시련과 고난의 상황에 놓여 있다고 볼 수 있다.

5. (나)의 시어에 대한 설명으로 적절하지 <u>않은</u> 것은?

☑ 정답풀이

⑤ '비', '눈', '별' 등은 화자의 의지를 상징한다.

> (나)의 '동생의 가슴 우'에는 '비가 나리고 눈이 쌓이고 적막한 황혼이면 별들은 이마 우에서' 속삭인다는 표현에서, '비', '눈', '별'은 무덤 주변의 쓸쓸하고 애상적인 분위기를 형성하는 소재일 뿐, 화자의 의지와는 관계가 없다는 것을 알 수 있다.

☒ 오답풀이

① '환—하고', '아득—한' 등의 '—'는 시어의 느낌을 풍부하게 한다.
(나)의 '환—하고', '아득—한' 등에서는 '—'로 인해 '환', '아득'이라는 시어를 길게 읽게 되는데, 이로 인해 그 의미가 강조되고 느낌이 풍부해진다.

② '밤나무'의 '여윈 가지'는 쓸쓸한 시적 분위기를 형성한다.
(나)의 '밤나무'는 '누이동생의 무덤 옆'에 있는 존재로, '바람이 올 때마다' '공중을 향하여 여윈 가지를 내어' 젓는다. 그 모습을 화자는 '갈 길을 못 찾는 영혼 같'다고 표현하고 있으며, 이는 쓸쓸한 시적 분위기를 형성하고 있다고 볼 수 있다.

③ '흰나비'는 '누이동생'의 여윈 모습을 연상시킨다.
'흰나비처럼 여윈 모습 아울러 어느 무형한 공중에 그 체온이 꺼져 버린 후'라는 시구로 보아 '흰나비'는 죽은(체온이 꺼진) 누이동생의 모습을 연상시킨다고 할 수 있다.

④ '묘지'는 화자가 죽은 누이를 떠올리는 공간이다.
(나)에서 화자는 '누이동생의 무덤', 즉 '비인 묘지'에 와서 누이동생을 그리워하며 서러워하고 있다. 따라서 '묘지'는 화자가 죽은 누이를 떠올리는 공간이라고 할 수 있다.

6. (다)의 각 수를 연결하여 이해할 때, 적절하지 <u>않은</u> 것은? [3점]

❤ 정답풀이

② 제2수의 망령된 '내 일'은 제3수의 '내 뜻'에 상반되는 것으로 이해할 수 있다.

> (다)의 제2수의 '내 일 망령된 줄을~임 위한 탓이로세'를 통해 망령된 '내 일'은 임금을 위하는 마음에서 비롯되었다는 것을 알 수 있다. 제3수의 '내 뜻' 역시 '임(임금을) 향한' 화자의 충성심을 드러내는 표현이기 때문에, '내 일'과 '내 뜻'이 서로 상반된다고 볼 수 없다.

❌ 오답풀이

① 제1수의 '옳다 하나 외다 하나'는 제2수의 '아무가'의 행위로 볼 수 있다.

(다)의 제2수의 '아무가 아무리 일러도'에서 '아무'가 임에게 이르는 행위가 바로 제1수에서 언급한 '옳다 하나 외다 하나'에 해당한다고 볼 수 있다.

③ 제3수의 '추성'은 제4수의 '뫼'와 '물'에 의해 그리움의 대상으로부터 먼 공간으로 인식될 수 있다.

(다)의 제3수를 통해 화자가 현재 있는 공간은 '추성 진호루'임을 알 수 있으며, 제4수를 통해 이 '추성'은 길고 긴 '뫼'와 멀고 먼 '물'로 인해 화자가 그리워하는 대상인 어버이를 볼 수 없는 공간임을 알 수 있다.

④ 제4수의 '뜻'은 제5수의 '뜻'에 와서 더욱 확대되어 표출된 것으로 볼 수 있다.

(다)의 제4수의 '뜻'은 어버이에 대한 그리움이고, 제5수의 '뜻'은 임금을 향한 충성심이다. 제5수의 '임금을 잊으면 긔 불효인가 여기노라.'를 통해 어버이를 향한 '효'가 '충'으로 확대되어 표출된 것을 확인할 수 있다.

⑤ 제5수의 '임금 향한 뜻'은 제1수의 '내 몸의 해올 일'을 직접적으로 제시한 것으로 볼 수 있다.

(다)의 제5수의 '임금 향한 뜻'은 임금을 위하는 마음, 즉 임금에 대한 화자의 충성을 뜻한다. 이는 제1수에서 화자가 다른 일은 걱정하지 않고 닦고 닦겠다는 의지를 표현했던 '내 몸의 해올 일'을 직접적으로 제시한 것이라고 할 수 있다.

Q: 제1수의 '옳다 하나 외다 하나'는 '슬프나 즐거오나'처럼 화자가 스스로의 상태에 대해 한 말 아닌가요?

A: 시를 분석할 때는 시가 전체적으로 연결되어 있음을 알아야 한다. 현재 (다)의 화자는 임을 향한 그치지 않는 충심을 가지고 있지만, 어버이와 멀리 떨어져 있는 부정적 상황에 놓여 있다. 시대 상황과 사대부 문학의 특성을 고려해 볼 때, (다)의 화자가 유배되어 있음을 유추할 수 있다. 이 상황에서 화자는 자신의 충심을 여러 차례 강조하며 '아무가' 옳다느니 외다느니 하며 '아무리 일러도' 임이 헤아려 달라고 청하는 것이다.

또한, 제1수의 문맥을 볼 때, 옳고 그름을 따져 말하는 주체는 타인임을 알 수 있다. 남이 옳으니 그르니 하더라도 내 일만 하겠다는 것이 논리적으로 맞기 때문이다. 이를 제2수의 '아무가 아무리 일러도'와 연결하면, 화자가 '해올 일'을 하는 것에 대해 옳다거나 그르다고 하는 행위와, 화자에 대해 임금에게 이르는 행위가 같은 것임을 알 수 있다.

[1~5] 다음 글을 읽고 물음에 답하시오.

(가)

홍진(紅塵)*에 묻힌 분네 이 **내** 생애 어떠한고
옛사람 풍류를 미칠까 못 미칠까.
천지간 남자 몸이 **나**만한 이 많건마는
㉠산림에 묻혀 있어 지락(至樂)을 모를 것인가.
수간모옥(數間茅屋)*을 벽계수(碧溪水) 앞에 두고
송죽(松竹) 울울리(鬱鬱裏)*에 풍월주인(風月主人) 되었어라.
엇그제 겨울 지나 새 봄이 돌아오니
도화행화(桃花杏花)*는 석양리(夕陽裏)에 피어 있고
녹양방초(綠楊芳草)*는 세우(細雨)* 중에 푸르도다.
칼로 말라냈나 붓으로 그려냈나   [A]
조화신공(造化神功)*이 물물(物物)마다 헌사롭다.
수풀에 우는 **새**는 춘기(春氣)를 못내 겨워
소리마다 교태로다.
㉡물아일체(物我一體)어니 흥이야 다를쏘냐.

– 정극인, 「상춘곡(賞春曲)」 –

*수간모옥: 몇 칸 초가집.
*울울리: 우거진 속.

현대어 풀이

붉은 먼지(속세)에 묻혀 사는 분이여 (당신들이 보기에) 내 삶이 어떠한가
옛사람의 풍류에 미칠까 못 미칠까
세상에 남자 몸이 나만한 사람이 많지만은
(그들은) 산림에 묻혀 사는 지극한 즐거움을 모르는 것인가
몇 칸 초가집을 맑은 물 앞에 지어 두고
소나무와 대나무 울창한 숲속에서 자연의 주인이 되었구나
엇그제 겨울 지나고 새봄이 돌아오니
복숭아꽃 살구꽃은 석양 속에 피어 있고
푸른 버드나무와 향기로운 풀은 가는 비 속에 더욱 푸르도다
칼로 재단한 것인가 붓으로 그려 낸 것인가
조물주의 신비로운 능력이 자연물마다 야단스럽도다
수풀에서 우는 새는 봄기운을 못 이겨 내는 소리마다 교태를 부리는 듯하구나
물아일체이니 흥이라고 다르겠는가

이것만은 챙기자

*홍진: 번거롭고 속된 세상을 비유적으로 이르는 말.
*도화행화: 복숭아꽃과 살구꽃.
*녹양방초: 푸른 버드나무와 향기로운 풀.
*세우: 가늘게 내리는 비.
*조화신공: 만물을 창조한 신의 공로.

화자와 대상의 관계	자연에 은거하며 마주하는 경관에서 흥에 취한 '나'
상황?	속세의 사람들에게 자연에 은거하는 자신의 삶이 어떤지 물음 → 검소한 삶 속에서 마주하는 자연 경관에 감탄함 → 물아일체가 되며 자연과 함께 흥이 오름

(나)

뒷집의 술쌀을 꾸니 거친 보리 한 말 못 찼다
주는 것 마구 찧어 쥐어 빚어 괴어 내니
여러 날 주렸던 입이니 다나 쓰나 어이리. [B]

어와 저 백구(白鷗)*야 무슨 수고 하느냐
㉢갈 숲으로 서성이며 고기 엿보기 하는구나
나같이 군마음 없이 잠만 들면 어떠리.

삼공(三公)*이 귀하다 한들 강산과 바꿀쏘냐
조각배에 달을 싣고 낚싯대를 흩던질 제
㉣이 몸이 이 청흥(淸興) 가지고 만호후(萬戶侯)*인들 부러우랴.

헛글고 싯근* 문서 다 주어 내던지고
필마(匹馬) 추풍에 채찍을 쳐 돌아오니
㉤아무리 매인 새 놓인다 한들 이토록 시원하랴.

동풍이 건듯 불어 적설(積雪)을 다 녹이니
사면(四面) 청산이 옛 모습 나노매라
귀밑의 해묵은 서리*는 녹을 줄을 모른다. [C]

– 김광욱, 「율리유곡(栗里遺曲)」 –

*만호후: 재력과 권력을 겸비한 제후 또는 세도가.
*헛글고 싯근: 흐트러지고 시끄러운.

화자와 대상의 관계	속세와 자연을 비교하며 자연에 감탄하는 '나'
상황?	소박하게 살아가는 삶에 만족함 → 고기를 엿보는 백구에게 이익을 추구하는 것보다 욕심 없이 살아가는 삶이 가치 있다고 함 → 자연에서 살아가는 즐거움은 부귀공명에 비할 바가 아님 눈이 녹은 청산의 모습을 보며 늙음을 한탄함

현대어 풀이

뒷집에서 술 빚을 쌀을 빌리니 거친 보리 한 말이 채 못 된다
주는 것 마구 찧어 술 빚어 괴어 내니
여러 날 굶주렸던 입이니 달다 쓰다 가리겠나

어와 저 갈매기야 무슨 수고 하는 거냐
갈대숲으로 서성거리며 고기 엿보기 하는구나
나같이 다른 마음 없이 잠만 들면 어떠하리

삼정승의 벼슬이 귀하다고 한들 이 강산과 바꾸겠나
조각배에 달을 싣고 낚싯대를 흩던질 때
이 몸이 이 맑은 흥취를 가졌으니 세도가인들 부럽겠는가

흐트러지고 시끄러운 문서 다 집어던져 두고
말 한 마리 가을바람에 채찍질을 해 돌아오니
아무리 매인 새 놓아진다고 한들 이렇게 시원하겠는가

동풍이 문득 불어 쌓인 눈을 다 녹이니
사방에 청산이 옛 모습 나는구나
귀 밑에 해묵은 서리는 녹을 줄을 모른다

이것만은 챙기자

*백구: 흰 갈매기.
*삼공: 의정부에서 국가 주요 정책을 결정하는 일을 맡아보던 세 벼슬. 영의정, 좌의정, 우의정을 이른다.
*귀밑의 해묵은 서리: 흰머리를 비유적으로 이르는 말.

(다)

　ⓐ굳이 내가 소유하지 않아도 즐기는 데 방해를 받지 않는다는 것이 오로지 원림(園林)이나 누정(樓亭)뿐이겠는가? 천하의 사물 가운데 그렇지 않은 것은 아무것도 없다. 다만 원림이나 누정의 경우가 특별히 더 그런 것뿐이다.

→ 원림과 누정처럼 꼭 소유하여야만 즐길 수 있는 것은 아님

　서울에서 수십 리 이내의 가까운 지역에는 사람들이 조성한 별장과 농장이 많다. 어떤 것은 강가를 따라 있고, 어떤 것은 시내를 내려다보고 있으며, 어떤 것은 산을 등지고 계곡에 걸쳐 있기도 하다. 제각기 멋진 풍경 하나쯤은 갖추고 있다. 그러나 산수(山水)를 평가하고 논하는 사람들이 걸핏하면 저쪽 경치를 들어다 이쪽 경치와 비교하면서 앞다퉈 제가 본 풍경을 자랑하는 것을 많이 보았다. 정말 웃을 노릇이다.

→ 산수를 평가하고 논하는 사람들이 경치를 비교하고 평가하는 것을 비판함

　빼어난 경관과 아름다운 풍경을 뽐내는 천하의 명소가 어디 한두 군데에 불과하랴? 또한 그 고정된 견해와 평가가 있겠는가? 발걸음을 옮길 때마다 보이는 풍경이 바뀌고, 지경(地境)*의 변화에 따라 느낌이 달라진다. 또 같은 장소라 해도 경관이 차이가 나고, 같은 풍경이라도 때에 따라 변모한다. 그럼에도 불구하고 어느 것이 낫고 어느 것이 모자라다며 제각기 자랑하고, 어느 것이 뛰어나고 어느 것이 뒤진다며 제각기 평을 내린다면, 이것은 맛 좋은 술에게 소금처럼 짜지 않고 왜 맛이 좋으냐고 혼내는 격이요, 양고기와 돼지고기에게 채소와 과일처럼 담박한 맛을 내지 않고 왜 그렇게 기름진 맛을 내느냐고 화를 내는 격이다. ⓑ이러한 생각에 사로잡힌 사람은 천하의 이름난 산과 빼어난 승경(勝景)*을 모조리 자기가 소유한 뒤에라야 비로소 흡족해 할 것이다. 그러면 작은 볼거리에 구속되어 큰 볼거리를 놓치는 사람이 되지나 않을까?

→ 경관에는 각자 가치가 있으니 비교하는 것은 아무런 쓸모가 없으며 오히려 깊은 이해를 방해함

－ 박규수, 「범희문회서도원림(范希文懷西都園林)」 －

이것만은 챙기자

*지경: 나라나 지역 따위의 구간을 가르는 경계.
*승경: 뛰어난 경치.

---

1. (가)~(다)에 대한 설명으로 적절한 것은?

✅ **정답풀이**

① (가)와 (나)는 설의적 표현을 통해 화자의 자족감을 표출하고 있다.

> (가)는 '옛사람 풍류를 미칠까 못 미칠까.', '물아일체어니 흥이야 다룰쏘냐.'에서 설의적 표현을 통해 화자가 자연에서 느끼는 만족감을 드러내고 있다. (나)는 '이 몸이 이 청흥 가지고 만호후인들 부러우랴.', '아무리 매인 새 놓인다 한들 이토록 시원하랴.' 등에서 설의적 표현을 통해 세속적인 삶을 벗어나 자연 속에서 살아가게 된 만족감을 표출하고 있다.

❌ **오답풀이**

② (가)와 (다)는 색채의 대비를 통해 표현 효과를 높이고 있다.
　(가)는 '홍진', '도화행화'의 붉은색과 '벽계수', '녹양방초'의 푸른색을 대비하여 감각적인 표현 효과를 높이고 있다고 볼 수 있다. 그러나 (다)에는 색채 대비가 사용되지 않았다.

③ (나)와 (다)는 감각적 이미지를 활용하여 계절감을 드러내고 있다.
　(나)는 '적설', '청산' 등의 시각적 이미지를 통해 봄이 왔음을 표현하고 있다. 그러나 (다)에서는 '맛 좋은 술', '소금', '양고기와 돼지고기', '채소와 과일' 등의 미각적 이미지를 활용하여 풍경에 대한 고정된 견해와 평가가 있을 수 없음을 말할 뿐, 계절감을 드러내고 있지는 않다.

④ (가)~(다)는 풍자적 표현을 활용하여 주제를 드러내고 있다.
　(나)에서 군마음 없는 화자와 달리 고기를 엿보느라 서성이는 '백구'는 권력욕에 사로잡혀 이익을 탐하는 세도가들을 풍자적으로 나타낸 것이다. 반면, (가)와 (다)에는 풍자적 표현을 활용하여 주제를 드러내는 부분을 찾아볼 수 없다.

⑤ (가)~(다)는 시간의 흐름을 통해 사물의 속성을 드러내고 있다.
　(가)의 '엇그제 겨울 지나 새 봄이 돌아오니'와 (나)의 '동풍이 건듯 불어~청산이 옛 모습 나노매라'에서 시간의 흐름이 나타나고, 계절의 변화에 따라 모습을 달리하는 자연물의 속성이 드러난다. 이때 (나)의 '동풍'은 봄바람을 뜻하는 것으로, '동풍'이 불어 '청산이 옛 모습'을 보인다는 것은 겨우내 쌓여 있던 눈이 봄바람에 녹는다는 뜻이다. 따라서 계절의 변화에 따른 시간의 흐름이 '눈'의 상태(쌓여 있다가 녹음)를 통해 드러나고 있다. 그러나 (다)에서는 '같은 풍경이라도 때에 따라 변모'한다고 하여 고정된 견해와 평가가 있을 수 없음을 말할 뿐, 시간의 흐름을 통해 사물의 속성을 드러내지는 않았다.

🌱 **기틀잡기**

① **설의**: 이미 답이 분명한 내용을 일부러 의문문의 형식으로 표현하여 독자가 스스로 판단하게 하는 방법.
④ **풍자**: 현실의 부정적 현상이나 모순 따위를 다른 사물이나 상황에 빗대어 간접적으로 비판함으로써 그 병폐를 깨닫도록 하는 것.

2. 〈보기〉를 참고할 때, ㉠~㉤ 중 @의 관점과 거리가 먼 것은?

> ㉠: 산림에 묻혀 있어 지락(至樂)을 모를 것인가.
> ㉡: 물아일체(物我一體)어니 흥이야 다를쏘냐.
> ㉢: 갈 숲으로 서성이며 고기 엿보기 하는구나
> ㉣: 이 몸이 이 청흥(淸興) 가지고 만호후(萬戶侯)인들 부러우랴.
> ㉤: 아무리 매인 새 놓는다 한들 이토록 시원하랴.
> @: 굳이 내가 소유하지 않아도 즐기는 데 방해를 받지 않는다

〈보기〉

(다)는 범희문이라는 사람이 화려한 저택을 거부하고 겸허한 삶을 살고자 했던 사연을 바탕으로 창작되었다. 작가는 세속적 소유를 거부한 범희문의 태도에 기대어 당대 사대부들의 삶에 드러난 속물적 태도를 비판한다. 나아가 대상과 인간의 관계에 대한 통찰을 이끌어 내고 있다.

🔍 보기 분석

- 박규수, 「범희문회서도원림」
  - 세속적 소유를 거부하고 겸허한 삶을 살고자 한 범희문의 사연을 바탕으로 함
    → 당대 사대부의 속물적 태도 비판
  - 대상과 인간의 관계에 대해 통찰

✅ 정답풀이

③ ㉢: 갈대숲을 서성이며 고기를 엿보는 것

> 〈보기〉에서는 (다)의 작가가 '세속적 소유를 거부한 범희문의 태도에 기대어 당대 사대부들의 삶에 드러난 속물적 태도를 비판'했다고 하였다. 그런데 (나)의 ㉢은 물고기를 잡아먹기 위해 서성이는 백구를 본 화자가 백구에게 건네는 말로, '군마음'이 없는 자신과 달리 '고기'를 욕심내어 '고기 엿보기' 하는 백구의 모습을 지적하는 구절이다. 따라서 ㉢은 @에 나타난 무욕의 자세와 거리가 멀다고 볼 수 있다.

❌ 오답풀이

① ㉠: 산림에 묻혀서 지락을 아는 것
〈보기〉에서는 (다)가 '세속적 소유를 거부한 범희문의 태도에 기대'고 있다고 했다. ㉠은 자연 속에서 소박하게 살아가는 사람도 지극한 즐거움을 누릴 줄 안다는 뜻으로, 소유하지 않아도 자연을 즐길 수 있다는 @의 관점과 유사하다.

② ㉡: 물아일체 속에서 흥을 느끼는 것
〈보기〉에서는 (다)가 '세속적 소유를 거부한 범희문의 태도에 기대'고 있다고 했다. ㉡은 자연과 하나되어 그 속에서 즐거움을 느낀다는 뜻으로, 소유하지 않아도 자연을 즐길 수 있다는 @의 관점과 유사하다.

④ ㉣: 만호후를 부러워하지 않고 청흥을 느끼는 것
〈보기〉에서는 (다)가 '세속적 소유를 거부한 범희문의 태도에 기대'고 있다고 했다. ㉣은 자연에서 얻는 흥이 만족스러워서 재력과 권력을 겸비한 제후도 부럽지 않다는 뜻으로, 소유하지 않아도 자연을 즐길 수 있다는 @의 관점과 유사하다.

⑤ ㉤: 구속에서 벗어나 시원함을 느끼는 것
〈보기〉에서는 (다)가 '세속적 소유를 거부한 범희문의 태도에 기대'고 있다고 했다. ㉤은 시끄러운 속세에서 벗어나 자연으로 돌아와서 느끼는 해방감과 만족감이 매였던 새가 풀릴 때 느끼는 시원함보다도 더 크다는 뜻으로, 소유하지 않아도 자연을 즐길 수 있다는 @의 관점과 유사하다.

3. [A]와 [C]를 비교한 내용으로 가장 적절한 것은?

✅ 정답풀이

④ [A]의 봄은 흥겨움을, [C]의 봄은 서글픔을 불러일으킨다.

> [A]에는 꽃 피고 새 우는 봄의 정경 속에서 흥에 겨운 화자의 정서가 잘 드러나 있으므로, 봄이 흥겨움을 불러일으킨다고 볼 수 있다. [C]의 화자는 봄이 와서 눈이 녹아 바깥 풍경은 푸른색을 되찾아 가는데, 자신의 '귀밑의 해묵은 서리'는 녹지 않는다며 탄식하고 있다. '귀밑의 해묵은 서리'는 봄바람에도 녹지 않는 것으로 보아 자연물이 아니라 귀밑의 흰머리를 비유한 것임을 알 수 있다. 이때 사라지지 않는 귀밑의 흰머리는 늙음을 서글퍼하는 화자의 마음을 드러낸다고 볼 수 있다.

❌ 오답풀이

① [A]와 [C]에서 봄은 모두 인간의 유한성을 상징한다.
　[A]의 봄은 흥겨움을 느끼게 하는 소재일 뿐, 인간의 유한성을 상징하지 않는다. 한편 [C]의 봄은 불변하는 자연과 달리 나이를 먹는 인간의 유한성을 느끼게 하지만, 봄이 인간의 유한성 그 자체를 상징하는 것은 아니다.

② [A]는 [C]와 달리 봄을 겨울과 대조하여 표현하고 있다.
　[A]와 [C] 모두 겨울이 지나고 봄이 오는 모습을 형상화하였으나, 겨울과 봄을 대조하여 다름을 드러내고 있지는 않다.

③ [C]는 [A]와 달리 의인화를 통해 봄의 속성을 강조하고 있다.
　[A]의 '춘기를 못내 겨워 / 소리마다 교태로다.'는 자연물인 '새'를 의인화하여 봄의 속성을 강조한 표현으로 볼 수 있다. 그러나 [C]에서는 봄의 속성을 강조하기 위한 의인화가 나타난 부분을 확인할 수 없다.

⑤ [A]는 근경에서 원경으로, [C]는 원경에서 근경으로 봄을 묘사하고 있다.
　[A]에서는 근경에서 원경으로의 시선 이동이 나타나지 않는다. 한편 [C]에서 '청산'을 원경으로, '귀밑의 해묵은 서리'를 근경으로 볼 수는 있지만, '귀밑의 해묵은 서리'가 봄을 묘사하는 것은 아니므로 적절하지 않다.

📋 **문제적 문제**　　　　　　　　　• 3-③, ④, ⑤번

　절반에 가까운 학생들이 정답 외에 고른 선지가 ③번과 ⑤번이다. 고전시가에 나타나는 관용적 표현과 표현상 특징을 예시와 함께 다양하게 접해 보지 못한 것 등이 원인이었던 것으로 보인다.

　③번은 [C]가 의인화를 통해 봄의 속성을 강조하고 있는지를 묻고 있다. [C]의 '동풍이 건듯 불어 적설을 다 녹이니'는 겨울이 지나 봄이 오고 있음을 나타내는 표현이지만, 봄이 되어 따뜻한 '동풍'이 부는 것도, '동풍'이 쌓인 눈('적설')을 녹여 내는 것도 의인화에 해당한다고 볼 수 없다. 의인화는 '사람이 아닌 것을 사람에 비기어 표현'하는 것으로, 오히려 [A]에서 마치 사람인 것처럼 '춘기'에 겨워 '교태'로운 '소리'를 낸다는 '새'가 의인화되었다고 볼 수 있다.

　⑤번은 [A]와 [C]가 근경↔원경으로의 시선 이동을 통해 봄을 묘사하고 있는지 묻고 있다. 근경에서 원경으로의 이동은 화자가 가까이에 있는 대상에 주목하다가 멀리 있는 대상을 바라보게 되는 변화가 비교적 명확할 때 나타난다. [A]에서 화자는 '도화행화', '녹양방초' 등과 같은 대상들에 주목하며 '수풀에 우는 새'의 울음소리를 듣고 있을 뿐이며, 특정 대상이 가까이, 혹은 멀리 있음을 판단할 근거는 찾아볼 수 없다. [C]에서 화자는 먼 곳의 '청산'을 바라보다 녹지 않는 '귀밑의 해묵은 서리'에 주목하고 있으므로 원경에서 근경으로 시선이 이동하고 있다고 볼 수 있으나, 이를 봄을 묘사한 것으로 볼 수는 없다.

　한편, ④번의 경우, [A]나 [C]에서 '흥겨움'이나 '서글픔'과 대응되는 감정 표현이 직접적으로 드러나 있지 않다는 점에서 적절하지 않은 선지라 판단했을 가능성이 있다. 그러나 시 문학에서 화자의 감정이 언제나 직접적으로 나타나는 것은 아니다. [A]의 경우 화자가 '봄'의 이미지로부터 알록달록하게 핀 꽃들과 푸른 풀들의 조화, 봄기운에 교태롭게 노래하는 새의 이미지를 연상했다면 이는 봄에서 연상되는 흥겨움을 나타낸 것이라고 볼 수 있다. 이는 [A]에서 이어지는 '물아일체어니 흥이야 다를쏘냐.'를 통해서도 확인할 수 있다. [C]의 경우, 화자는 봄바람에 눈은 녹는데 자신의 '귀밑의 해묵은 서리'는 녹지 않았음을 인식하고 있다. 인간의 몸에 있는 녹지 않는 서리란 곧, 노쇠로 인한 흰머리를 나타낸다. 즉 화자는 눈과 달리 흰머리는 없어지지 않는 상황, 곧 늙음에 대해 한탄하는 것이다. 이로부터 화자가 봄이라는 상황에서 서글픔이라는 정서를 이끌어 내고 있음을 확인할 수 있다.

정답률 분석

		매력적 오답	정답	매력적 오답
①	②	③	④	⑤
4%	10%	21%	44%	21%

4. [B]를 이해한 내용으로 가장 적절한 것은?

✔ 정답풀이

① 조촐하고 소박한 삶의 모습이 나타나 있다.

> [B]에는 가난으로 인해 '뒷집의 술쌀을 꾸'어 '주는 것 마구 찧어 쥐어 빚어 괴어 내'면서 '여러 날 주렸던 입'을 채우는 화자의 조촐하고 소박한 삶의 모습이 구체적으로 제시되어 있다.

✘ 오답풀이

② 사회적 규범을 따르는 자세가 드러나 있다.
   [B]에는 가난으로 인해 '뒷집의 술쌀을 꾸'어 '다나 쓰나' '마구 찧어 쥐어 빚어 괴어' 내는 소박하고 검소한 삶의 모습이 나타날 뿐, 사회적 규범과 관련된 상황이나 소재가 나타나는 부분은 확인할 수 없다.

③ 농가와 자연을 분리하려는 의지가 보인다.
   [B]에는 가난으로 인해 '뒷집의 술쌀을 꾸'어 '다나 쓰나' '마구 찧어 쥐어 빚어 괴어' 내는 소박하고 검소한 삶의 모습이 나타날 뿐, 농가와 자연을 분리하려는 의지가 드러난 부분은 확인할 수 없다.

④ 공동체를 위한 헌신적 삶이 드러나 있다.
   [B]에는 '뒷집의 술쌀을 꾸'는 화자의 가난한 생활상이 나타나 있을 뿐, 공동체를 위해 헌신하는 화자의 모습은 나타나지 않는다.

⑤ 숭고한 삶에 대한 지향이 드러나 있다.
   '숭고하다'는 '뜻이 높고 고상하다'라는 의미를 지니고 있다. [B]에는 '뒷집의 술쌀을 꾸'는 가난한 생활상이 드러날 뿐, 숭고한 삶에 대한 지향은 드러나 있지 않다.

5. ⓑ와 같은 사람의 태도로 보기 어려운 것은?

> ⓑ: 이러한 생각에 사로잡힌 사람

✔ 정답풀이

② 주말에 지리산에 갔는데 갈 때마다 모습도 다르고 느낌도 달라서 참 좋았어.

> 지리산이라는 자연이 갈 때마다 모습도 느낌도 달라 좋다는 것은 자연의 다양한 모습을 인정하고 열린 마음으로 받아들이는 것으로, ⓑ와 같이 자연의 풍경을 비교하면서 평가하는 태도로 보기 어렵다.

✘ 오답풀이

① 휴양림을 늘 내 곁에 두고 보고 싶으니 집에 작은 정원을 만들어야겠어.
   ⓑ와 같은 사람들은 '빼어난 승경을 모조리 자기가 소유'해야만 만족할 것이라고 하였다. 따라서 작은 정원을 만들어 자기가 소유하겠다는 것 역시 ⓑ와 같은 사람의 태도로 볼 수 있다.

③ 가족 여행 때 다녀온 강릉 경포대의 진면목을 알려면 「관동별곡」을 읽어야 해.
   「관동별곡」에서 평가한 내용을 읽어야 강릉 경포대의 진면목을 안다고 하는 것은 자연에 대한 '고정된 견해와 평가가 있다'고 생각하는 ⓑ와 같은 사람의 태도로 볼 수 있다.

④ 단풍은 설악산이 최고라 하니 단풍을 구경하려면 당연히 설악산으로 가야 해.
   단풍은 설악산이 최고라고 하는 것은 자연에 대한 '고정된 견해와 평가가 있다'고 생각하는 ⓑ와 같은 사람의 태도로 볼 수 있다.

⑤ 내가 한라산을 가 보고 싶은 이유는 유명한 산악인들이 추천하는 명산이기 때문이야.
   사람들이 추천하는 명산이라서 가 보고 싶다는 것은 결국 사람들이 좋다고 평가하는 곳에 가 보고 싶다는 의미이다. 따라서 '어느 것이 낫고 어느 것이 모자라'고 평가하며 자연 경관의 우열을 따지는 ⓑ와 같은 사람의 태도로 볼 수 있다.

[1~6] 다음 글을 읽고 물음에 답하시오.

(가)

님은 갔습니다. **아아**, 사랑하는 **나**의 님은 갔습니다.

푸른 산빛을 깨치고 단풍나무 숲을 향하여 난 작은 길을 걸어서, 차마 떨치고 갔습니다.

황금의 꽃같이 굳고 빛나던 옛 맹서는 **차디찬 티끌**이 되어서 한숨의 미풍에 날아갔습니다.

날카로운 첫 키스의 추억은 나의 운명의 지침을 돌려놓고, 뒷 걸음쳐서 사라졌습니다.

나는 향기로운 님의 말소리에 귀먹고, **꽃다운 님의 얼굴**에 눈멀었습니다.

사랑도 사람의 일이라, 만날 때에 미리 떠날 것을 염려하고 경계하지 아니한 것은 아니지만, **이별**은 뜻밖의 일이 되고, 놀란 가슴은 새로운 슬픔에 터집니다.

그러나 이별을 쓸데없는 **눈물**의 원천을 만들고 마는 것은 스스로 사랑을 깨치는 것인 줄 아는 까닭에, ㉠걷잡을 수 없는 슬픔의 힘을 옮겨서 새 희망의 정수박이에 들어부었습니다.

우리는 만날 때에 떠날 것을 염려하는 것과 같이, 떠날 때에 **다시 만날 것**을 믿습니다.

아아, 님은 갔지마는 나는 님을 보내지 아니하였습니다.

ⓐ제 곡조를 못 이기는 **사랑의 노래**는 님의 **침묵**을 휩싸고 돕니다.

– 한용운, 「님의 침묵」 –

(나)

크낙산 골짜기가 온통
연록색으로 부풀어 올랐을 때
그러니까 신록이 우거졌을 때
그곳을 지나가면서 **나**는
미처 몰랐었다

뒷절로 가는 길이 온통
주황색 단풍으로 물들고 나뭇잎들
무더기로 바람에 떨어지던 때
그러니까 **낙엽**이 지던 때도
그곳을 거닐면서 나는
느끼지 못했었다

이렇게 한 해가 다 가고
눈발이 드문드문 흩날리던 날
앙상한 대추나무 가지 끝에 매달려 있던
㉡나뭇잎 하나
문득 혼자서 떨어졌다

저마다 한 개씩 돋아나
여럿이 모여서 한여름 살고
마침내 저마다 한 개씩 떨어져
그 많은 나뭇잎들
사라지는 것을 보여 주면서

– 김광규, 「나뭇잎 하나」 –

화자와 대상의 관계	임과의 이별로 슬퍼하면서도 임과의 재회를 믿는 '나'
상황?	'나'는 임과 뜻밖의 이별을 하고 슬퍼함 → 이별로 인한 슬픔을 임과의 재회에 대한 희망으로 전환함 → '나'의 사랑의 노래가 임의 침묵을 휩싸고 돎

화자와 대상의 관계	떨어지는 나뭇잎을 보는 '나'
상황?	'나'는 우거진 신록을 지나가며 알지 못했음 → '나'는 지는 낙엽 사이를 거닐며 느끼지 못했음 → '나'는 눈발 속에 떨어지는 나뭇잎 하나를 보고 깨달음을 얻음

(다)

삼경에 못 든 잠을 사경 말에 비로소 들어

상사(相思)하던 우리 **님**을 꿈 가운데 해후*하니

시름과 한(恨) 못다 일러 한바탕 꿈 흩어지니

아리따운 고운 얼굴 곁에 얼핏 앉았는 듯

어화 아뜩하다 꿈을 생시 삼고지고

잠 못 들어 탄식하고 바삐 일어나 바라보니

구름산은 첩첩하여* 천리몽(千里夢)을 가려 있고

흰 달은 창창하여 두 마음을 비추었다

좋은 기약 막혀 있고 세월이 하도 할사

엊그제 꽃이 버들 곁에 붉었더니

그 결에 훌훌하여* 잎에 가득 가을 소리라

새벽 서리 지는 달에 외기러기 슬피 울 제

반가운 **님의 소식** 행여 올까 바라더니

아득한 구름 밖에 빈 소리뿐이로다

지리하다* 이 이별이 언제면 다시 볼까

어화 내 일이야 **나도** 모를 일이로다

이리저리 그리면서 어이 그리 못 가는고

약수(弱水)* 삼천 리 멀단 말이 이런 곳을 일렀구나

산 머리에 조각달 되어 님의 낯에 비추고자 ┐

바위 위에 오동 되어 님의 무릎 베고자 │

빈산에 잘새 되어 북창(北窓)에 가 울고자   [A]

지붕 위 아침 햇살에 제비 되어 날고지고 │

옥창(玉窓)의 앵두화에 나비 되어 날고지고 ┘

태산*이 평지 되도록 금강이 다 마르도록

평생 슬픈 **회포** 어디에 견주리오

— 작자 미상, 「춘면곡(春眠曲)」 —

*훌훌하여: 시간이 빨리 지나가서.

*약수: 신선이 사는 땅에 있다는 강 이름.

화자와 대상의 관계	멀리 떨어져 있는 임을 애타게 그리워하는 '나'
상황?	꿈속에서 임의 모습을 보고 일어나 탄식함 → 임의 소식과 재회를 기다리지만 기약이 없음 → 자연물이 되어서라도 임에게 닿고 싶어 함

현대어 풀이

삼경(밤 열한 시에서 새벽 한 시 사이)에 못 든 잠을 사경(새벽 한 시에서 새벽 세 시 사이)이 끝날 때쯤 비로소 들어

서로 사랑하던 우리 임과 꿈속에서 다시 만나니

(내 마음속) 시름과 한을 모두 이르지 못하고 한바탕 꿈이 흩어지니

(임의) 아리따운 고운 얼굴이 곁에 얼핏 앉았는 듯하다

아아 아뜩하다 꿈을 생시로 삼고 싶구나

잠 못 들어 탄식하고 바쁘게 일어나 바라보니

구름산은 첩첩이 겹쳐 천 리 꿈을 가리고 있고

흰 달은 창창히 밝아 두 마음을 비추고 있다

좋은 기약은 막혀 있고 (흐르는) 세월은 길기도 길어

엊그제에는 꽃이 버들 곁에 붉게 피어 있더니

그 곁으로 시간이 빠르게 지나가니 잎에 가득한 가을 소리다

새벽 서리와 지는 달에 외기러기가 슬피 우는데

반가운 임의 소식이 행여나 올까 바랐더니

아득한 구름 밖에 빈 소리뿐이다

지루하다 이 이별이 언제면 (임을) 다시 볼까

아아 내 일이야 나도 모를 일이다

이리저리 그리워하면서 어쩌면 그렇게 못 가는가

약수 삼천 리가 멀다는 말이 이런 곳을 말하는 것이구나

산머리에 조각달이 되어 임의 얼굴에 비추고파

바위 위에 오동나무가 되어 임의 무릎을 베고파

빈산에 잘새가 되어 (임 계신) 북창에 가 울고파

지붕 위 아침 햇살에 제비가 되어 날고 싶구나

옥창의 앵두화에 나비가 되어 날고 싶구나

큰 산이 평지가 되도록 금강이 다 마르도록

평생의 슬픈 회포를 어디에 견줄 것인가

이것만은 챙기자

*해후: 오랫동안 헤어졌다가 뜻밖에 다시 만남.

*첩첩하다: 여러 겹으로 겹쳐 있다.

*지리하다: 지루하다.

*태산: 높고 큰 산.

1. (가)~(다)의 공통점으로 가장 적절한 것은?

✅ 정답풀이

① 과거의 상황을 환기하며 화자의 정서를 드러낸다.

> (가)에서는 '황금의 꽃같이 굳고 빛나던 옛 맹서', '날카로운 첫 키스의 추억' 등을 통해 과거의 상황을 환기하고 있으며, 이를 통해 임에 대한 사랑과 그리움의 정서를 드러내고 있다. (나)에서는 '무더기로 바람에 떨어지던 때', '낙엽이 지던 때' 등을 통해서 과거의 상황을 환기하고 있으며, 이를 통해 자연의 변화에 대한 깨달음의 정서를 드러내고 있다. 또한 (다)에서는 '상사하던 우리 님', '엊그제 꽃이 버들 곁에 붉었더니' 등에서 과거의 상황을 환기하고 있으며, 이를 통해 임에 대한 사랑과 그리움의 정서를 드러내고 있다.

❌ 오답풀이

② 자연의 변화를 표현하여 화자의 미래를 암시한다.

(가)의 '푸른 산빛을 깨치고 단풍나무 숲을 향하여 난 작은 길을 걸어서'에서 자연의 변화가 나타났다고 볼 여지가 있으나, 이것이 화자의 미래를 암시하고 있지는 않다. (나)의 '신록이 우거졌을 때', '주황색 단풍', '낙엽이 지던 때', '눈발이 드문드문 흩날리던 날'에서 자연의 변화를 확인할 수 있고, (다)의 '엊그제 꽃이 버들 곁에 붉었더니 / 그 곁에 훌훌하여 잎에 가득 가을 소리라'에서도 자연의 변화를 확인할 수 있으나, 두 구절 모두 화자의 미래를 암시한다고 볼 수는 없다.

③ 감각적 이미지를 활용하여 시적 대상을 예찬한다.

(가)의 '나는 향기로운 님의 말소리에 귀먹고, 꽃다운 님의 얼굴에 눈멀었습니다.'에서 감각적인 이미지를 사용하여 '님'에 대한 사랑과 예찬의 태도를 드러내고 있다. 그러나 (나)의 '연록색으로 부풀어 올랐을 때'와 '주황색 단풍으로 물들고' 등과 (다)의 '흰 달', '꽃이 버들 곁에 붉었더니', '잎에 가득 가을 소리라', '외기러기 슬피 울 제' 등에서는 감각적 이미지를 활용하고 있지만, 시적 대상을 예찬하는 역할을 하지는 않는다.

④ 관조적인 자세로 대상이 지닌 의미를 새롭게 발견한다.

(가)에서는 '아아'라는 감탄사를 통해 화자의 감정을 직접 표출하고 있으므로 관조적인 자세와는 거리가 멀다. 하지만 (나)에서는 자연 현상이 변화하는 모습을 고요하고 차분하게 바라보고 있으므로 관조적인 자세가 드러난다고 할 수 있으며, 몰랐던 사실을 '문득', '마침내' 깨닫고 있으므로 대상이 지닌 의미를 새롭게 발견했다고 할 수 있다. (다)의 화자는 임에 대한 그리움의 감정을 직접적으로 드러내고 있으므로 관조적인 자세가 나타난다고 할 수 없으며, 대상이 지닌 의미를 새롭게 발견하는 부분도 찾을 수 없다.

⑤ 섬세하고 부드러운 어조로 애상적 분위기를 고조시킨다.

(가)의 전반부에서 '님은 갔습니다. 아아, 사랑하는 나의 님은 갔습니다.', '~차마 떨치고 갔습니다.' 등의 구절에서 '님'과의 이별을 슬퍼하는 섬세한 어조를 통해 애상적 분위기가 나타나기는 하지만, 후반부에서 그 슬픔을 희망으로 옮기려는 의지가 드러나고 있으므로 애상적 분위기가 고조된다고 볼 수 없다. (나)는 자연 현상이 변화하는 모습을 차분하고 담담하게 바라보고 있을 뿐 섬세한 어조가 드러난다고 보기 어렵다. 한편 (다)의 화자는 임에 대한 사랑과 그리움을 섬세하고 부드러운 어조로 나타내고 있으며, 임과 다시 만날 수 없는 슬픔을 드러내어 애상적 분위기를 고조시키고 있다.

📋 문제적 문제

• 1–①, ⑤번

절반에 가까운 학생들이 정답보다 높은 비율로 고른 선지가 ⑤번이다. 정답 선지인 ①번에 언급된 '과거의 상황을 환기'한 부분을 (가)~(다)에서 찾지 못하고, ⑤번에 언급된 '섬세하고 부드러운 어조'의 의미를 명확하게 파악하기 어려웠던 것이 원인으로 보인다.

일반적으로 문학 작품에서 '과거'는 작중 현재 시점보다 이전에 있었던 사건, 즉 과거 장면을 직접 제시하거나, 화자 또는 인물이 과거의 일을 회상하는 방식을 통해 나타난다. 그런데 ①번 선지에서와 같이 시 작품이 '과거의 상황을 환기'하고 있는지를 확인해야 할 경우, 과거 장면 혹은 과거를 회상하는 행위가 산문 작품에서와 같이 비교적 분명하게 드러나지 않더라도, 과거의 상태를 나타내는 어미 '–던', 과거의 시점을 나타내는 '엊그제' 등과 같은 표현을 통해 '화자가 작중 현재 이전의 일을 떠올리고 있다'는 정황이 나타난다면 과거 상황을 환기하고 있다고 볼 수 있다. 따라서 (가)~(다)에는 과거 상황의 환기가 나타나며, 시의 구절은 당연히 화자의 정서를 드러내고 있다고 볼 수 있다. 따라서 ①번은 적절하다.

⑤번의 '섬세하고 부드러운 어조'는 '단호하고 단정적인 어조'나 '격정적인 어조'와 대조되는 개념으로 이해할 수 있다. 이러한 어조는 고전시가에서는 사랑하는 '님'을 향한 애달픈 심정을 섬세하게 노래하는 여성 화자의 말하기 방식으로 나타나는 경우가 많고, 현대시에서는 주로 (가)와 같이 부드러운 느낌을 주는 존댓말 등을 통해 나타난다. 다소 모호하게 느껴질 수 있지만, 적어도 (가)~(다) 중 (나)의 경우 감정을 섬세하게 전달하려는 시도가 나타나지 않고, 말투로부터 부드러움을 연상하기 어렵다는 점이 뚜렷하게 나타나므로 이를 근거로 ⑤번이 적절하지 않다고 판단할 수 있어야 했다.

정답률 분석

	정답			매력적 오답
①	②	③	④	⑤
36%	5%	9%	3%	47%

2. ⊙과 ⓒ에 대한 설명으로 가장 적절한 것은?

> ⊙: 걷잡을 수 없는 슬픔의 힘을 옮겨서 새 희망의 정수박이에 들어부었습니다.
> ⓒ: 나뭇잎 하나 / 문득 혼자서 떨어졌다

✔ 정답풀이

③ ⊙은 ⓒ과 달리 화자의 의지가 투영되어 있다.

> ⊙은 화자가 임과 이별한 슬픔을 재회에 대한 희망의 감정으로 전환하는 부분이다. 따라서 임과의 재회에 대한 믿음과 슬픔에 대한 화자의 극복 의지가 분명하게 드러나 있다고 볼 수 있다. 하지만 ⓒ에는 대상이 변화하는 모습만 드러날 뿐, 화자의 의지가 투영되었다고 볼 수 없다.

✘ 오답풀이

① ⊙과 ⓒ에서는 시상이 확산되고 있다.
　⊙에서 이별에 대한 슬픔을 재회에 대한 희망으로 전환하고 있으므로 이를 시상의 전환으로 볼 수는 있으나 시상의 확산으로 보기는 어렵다. ⓒ에서도 시상의 확산은 나타나지 않는다.

② ⊙과 ⓒ 모두 감정을 직설적으로 표출하고 있다.
　⊙은 슬픔의 힘을 전환하여 희망으로 바꾸자는 의미를 문학적으로 형상화한 것이지, 직설적인 표현은 아니다. ⓒ은 대상이 변화하는 상황을 관조하고 있을 뿐, 화자의 감정을 직설적으로 표출했다고 할 수 없다.

④ ⓒ은 ⊙에 비해 역동적인 느낌이 두드러진다.
　역동적인 느낌이 나타났다고 할 수 있으려면 힘과 움직임이 느껴져야 한다. '비 따위가 퍼붓듯이 쏟아지다.'라는 의미의 '들어부었습니다'가 사용된 ⊙이 '떨어졌다'라는 시어가 사용된 ⓒ보다 역동적인 느낌이 두드러진다.

⑤ ⊙은 사실의 기술이, ⓒ은 관념의 표현이 부각된다.
　⊙은 화자의 감정과 의지가 나타난 것이므로 관념을 표현한 것이라고 할 수 있고, ⓒ은 관조적인 태도로 나뭇잎이 떨어지는 사실을 기술한 것이라고 할 수 있다.

🌱 기틀잡기

① **시상의 확산**: 시상이 전개되면서 시적 대상의 의미 범위가 개인에서 사회로, 일부에서 전체로 확대되는 것.
③ **투영**: 어떤 일을 다른 일에 반영하여 나타냄.

---

3. (가)와 (다)를 대응시켜 감상한 내용으로 적절하지 않은 것은?

✔ 정답풀이

② (가)의 '차디찬 티끌'과 (다)의 '새벽 서리'는 허무하게 깨진 인연을 상징한다는 점에서 통하네.

> (가)에서 '황금의 꽃같이 굳고 빛나던 옛 맹서'가 '한숨의 미풍'에 날려 '차디찬 티끌'이 되었다고 했으므로, '차디찬 티끌'은 깨져 버린 '옛 맹서'를 상징한다고 볼 수 있지만, 화자는 임과의 재회를 확신하고 있으므로 인연 자체가 허무하게 깨졌다고 보기는 어렵다. 반면 (다)의 '새벽 서리'는 화자가 한밤중까지 잠들지 못하고 임의 소식을 기다리고 있는 상황의 시간적 배경을 나타낼 뿐, 허무하게 깨진 인연을 상징한다고 볼 수 없다.

✘ 오답풀이

① (가)의 첫 번째 '아아'와 (다)의 두 번째 '어화'는 부정적 상황에 대한 비탄의 표현으로 볼 수 있군.
　(가)에서 첫 번째로 나타난 '아아'는 뒤에 이어지는 '사랑하는 나의 님은 갔습니다.'를 볼 때, '님'의 부재에 대한 절망과 충격을 나타내는 비탄의 표현으로 볼 수 있다. (다)의 두 번째 '어화' 역시 뒤에 이어지는 '내 일이야 나도 모를 일이로다'를 볼 때, 밤중에 잠들지 못하고 이별한 임을 그리워하는 화자의 비탄을 표현한 것으로 볼 수 있다.

③ (가)의 '꽃다운 님의 얼굴'과 (다)의 '아리따운 고운 얼굴'은 화자가 사랑하는 대상의 모습을 나타내고 있어.
　(가)의 '꽃다운 님의 얼굴'에 대해 화자는 자신이 '눈멀었다'고 하며 예찬적으로 표현하고 있다. 따라서 '꽃다운 님의 얼굴'은 화자가 사랑하는 대상의 모습이라고 할 수 있다. (다)에서 화자는 '상사하던' 임의 모습을 '아리따운 고운 얼굴'로 표현하고 있다. 따라서 이 역시 화자가 사랑하는 대상의 모습을 나타낸 것이라 할 수 있다.

④ (가)의 '눈물'과 (다)의 '시름과 한'은 이별로 인해 생겨난 슬픔이라 할 수 있어.
　(가)의 '이별은 뜻밖의 일이 되고, 놀란 가슴은 새로운 슬픔에 터집니다.'를 통해 '눈물'이 이별로 인해 생겨난 슬픔임을 확인할 수 있다. (다)의 화자는 '삼경에 못 든 잠을 사경 말에 비로소 들어 / 상사하던' 임을 꿈에서나마 만나고 있는데, 이를 통해 '시름과 한' 역시 이별로 인해 생겨난 것임을 알 수 있다.

⑤ (가)의 '다시 만날 것'과 (다)의 '좋은 기약'은 '님'과 만나고 싶은 소망과 관련되겠군.
　(가)에서는 '다시 만날 것을 믿습니다.'를 통해 '님'과 재회하고 싶은 화자의 소망과 의지를 드러내고 있다. (다)에서는 이별한 임과 만나지 못하는 현재 상황을 '좋은 기약'이 '막혀 있다'고 표현하였다. 즉 '좋은 기약'은 임과의 재회를 의미하며, '반가운 님의 소식 행여 올까 바라'는 화자의 모습을 통해 화자가 재회를 소망함을 알 수 있다.

4. ⟨보기⟩를 바탕으로 ⓐ를 이해한 내용으로 가장 적절한 것은?

> ⓐ: 제 곡조를 못 이기는 사랑의 노래는 님의 침묵을 휩싸고 돕니다.

⟨보기⟩

「님의 침묵」에서 '노래'와 '침묵'은 화자와 '님'의 관계를 이해하는 데 핵심이 되는 시어이다. 한용운은 시 「반비례」에서 "당신이 노래를 부르지 아니하는 때에 당신의 노랫가락은 역력히 들립니다그려 / 당신의 소리는 침묵이에요"라고 했다. 침묵이라는 부재의 상태에서 '님'의 실재를 본 것이다. 화자는 '님'을 향해 '노래'를 부르는데, 시 「나의 노래」에서 "나의 노래가 산과 들을 지나서 멀리 계신 님에게 들리는 줄"을 안다고 했다. 이는 화자가 자신의 노래에 '님'과 근원적으로 소통할 수 있는 힘을 부여한 것으로 볼 수 있다.

🔍 보기 분석

- 한용운 시에서 '노래'와 '침묵'의 의미
  − 침묵: '님'이 부재하는 상태. 화자는 그 속에서 '님'의 실재를 보게 됨
  − 노래: 화자가 '님'과 근원적으로 소통할 수 있는 힘을 부여한 대상

✅ 정답풀이

② 노래가 '님'의 침묵을 휩싸고 돈다는 것은 화자가 부재 속에 실재하는 '님'과 깊이 교감한다는 뜻이야.

⟨보기⟩에 따르면 '노래'에는 "'님'과 근원적으로 소통할 수 있는 힘'이 있고, 화자는 '침묵이라는 부재의 상태에서 '님'의 실재를 본'다. 이를 바탕으로 '사랑의 노래'가 '님의 침묵'을 휩싸고 돈다는 것은 화자가 부재 속에 실재하는 '님'과 깊이 교감한다는 뜻임을 알 수 있다.

❌ 오답풀이

① 노래가 제 곡조를 못 이긴다는 것은 '님'이 침묵하는 상황을 화자가 감당하지 못한다는 뜻이야.

⟨보기⟩에 따르면, 화자는 '침묵이라는 부재의 상태에서 '님'의 실재'를 볼 수 있고, '노래'는 '님'과의 근원적 소통을 의미한다고 하였다. 따라서 '님'이 침묵하는 상황에서도 화자는 '노래'를 통해 '님'과 소통할 수 있으므로, 노래가 제 곡조를 못 이긴다는 것은 화자가 '님'이 침묵하는 상황을 감당하지 못함을 의미한다고 보기는 어렵다.

③ '나의 노래'가 산과 들을 지나서 멀리 나아간다고 한 데서 '사랑의 노래'가 자연 친화적임을 알 수 있어.

(가)에는 '님'에 대한 사랑과 헤어짐의 슬픔, 그리고 다시 만날 것에 대한 기대와 의지가 드러나 있을 뿐, 자연 친화적인 태도는 확인할 수 없다. 또한 자연 친화는 ⟨보기⟩의 내용과도 관련이 없다.

④ 침묵을 휩싸고 도는 노래가 '사랑의 노래'라는 것은 침묵이 끝나야 사랑이 비로소 시작되리라는 것을 말하고 있어.

⟨보기⟩에 따르면, 한용운은 자신의 노래에 "'님'과 근원적으로 소통할 수 있는 힘을 부여'했다. 이를 참고할 때, '사랑의 노래'는 침묵이 끝나야 사랑이 비로소 시작됨을 의미하는 것이 아니라, 침묵 속에서도 화자가 계속해서 '님'과의 소통을 추구하고 있음을 나타낸다.

⑤ 침묵하는 '님'에게서 노랫가락을 역력히 듣는다는 데서 '사랑의 노래'가 화자의 노래가 아니라 '님'의 노래임을 알 수 있어.

⟨보기⟩에 따르면, '화자가 자신의 노래에 '님'과 근원적으로 소통할 수 있는 힘을 부여'했다고 하였다. 따라서 '사랑의 노래'는 '님'이 부르는 노래가 아니라 화자가 '님'과의 소통을 위해 부르는 노래라고 볼 수 있다.

5. (나)에 대한 설명으로 적절하지 <u>않은</u> 것은? [3점]

✔ 정답풀이

④ 4연에서 '저마다 한 개씩'이라는 시구를 반복함으로써 세상과 화합할 수 없는 존재의 고뇌를 강조하고 있다.

> (나)의 4연에서 '저마다 한 개씩'이라는 시구가 반복되는 것은 모든 존재가 홀로 생겨나 홀로 소멸한다는 근원적 고독을 강조하기 위한 것이지, 세상과 화합할 수 없는 존재의 고뇌를 나타낸 표현이 아니다. 저마다 한 개씩 돋아난 뒤 '여럿이 모여서' 산다는 시구를 고려해도 세상과 화합할 수 없는 고뇌가 (나)의 주된 내용과 거리가 멀다는 것을 알 수 있다.

✘ 오답풀이

① 1연, 2연에서 유사한 구조의 문장을 사용함으로써 대상의 의미를 깨닫지 못했던 화자의 모습을 강조하고 있다.
  일반적으로 유사한 구조의 문장들을 반복하여 쓴 구절은 유사한 의미를 나타내거나 혹은 정반대의 의미를 나타낸다. (나)의 1, 2연에서는 '~이/가 온통 ~때 ~면서 나는 ~었다'라는 유사한 구조의 문장을 사용함으로써 과거 화자가 대상의 의미를 깨닫지 못했던 모습을 강조하고 있다.

② 1~3연에서 '골짜기'→'길'→'대추나무'→'나뭇잎 하나'로 시적 대상이 바뀌면서 화자와 대상의 거리가 가까워지고 있다.
  (나)의 1연~3연에서는 '골짜기'→'길'→'대추나무'→'나뭇잎 하나'로 시적 대상이 바뀌면서 화자가 미처 몰랐던 것, 느끼지 못했던 것을 깨닫고 있다. 즉 인식과 태도의 측면에서 화자와 대상의 거리가 가까워진 것이라고 할 수 있다.

③ 1~4연에서 '그러니까', '문득', '마침내'와 같은 부사는 독자로 하여금 화자의 인식에 주목하게 하고 있다.
  (나)의 '그러니까 신록이 우거졌을 때'에 화자는 '미처 몰랐'고, '그러니까 낙엽이 지던 때'에도 화자는 '느끼지 못했었'다. 그러다 '문득' 나뭇잎이 떨어지는 것을 보면서 화자는 '마침내' 깨닫게 된 것이다. 이처럼 '그러니까', '문득', '마침내'와 같은 부사는 화자의 순간순간의 인식에 초점을 맞추어 깨달음의 과정을 보여 주고 있다.

⑤ 4연에서 화자는 생성에서 소멸에 이르는 자연물의 변화 과정을 통해 인간의 삶을 이해하고 있다.
  (나)는 시적 대상인 '나뭇잎'을 통해 인간의 삶을 이야기하고 있다. 4연의 '저마다 한 개씩 돋아나'는 인간의 탄생을, '여럿이 모여서 한여름 살고'는 함께 모여 사는 모습을, '마침내 저마다 한 개씩 떨어져'는 인간이라면 누구나 겪게 되는 죽음을 나뭇잎의 모습에 빗대어 나타낸 것이다. 이를 통해 화자는 홀로 세상에 태어나 함께 모여 살지만 결국 홀로 떠날 수밖에 없는 존재인 인간의 근원적 고독에 대해 말하며 인간의 삶을 이해하고 있다.

6. 〈보기〉를 참고하여 [A]를 감상한 내용으로 적절하지 <u>않은</u> 것은?

> ─────────〈보기〉─────────
>
> 시조나 가사에는, 임과 헤어져 있는 화자가 어떤 특정한 자연물로 다시 태어나서 임의 곁에 머물고 싶다는 진술이 흔히 나타난다. 이러한 진술은 화자의 소망을 강조하기 위한 관습적 표현인데, 그 속에는 당대인들의 세계관이 투영되어 있다. 인간과 자연이 깊은 관련을 맺으며 조화를 이룬다는 인식, 현세의 인연이 후세로 이어질 수 있다는 순환적 인식 등이 그것이다. 시가에 담긴 이러한 인식은 화자가 현실의 고난이나 결핍을 극복하는 데 도움을 준다.

🔍 보기 분석

> • 이별의 상황에서 특정한 자연물로 환생하고자 하는 화자
>   − 화자의 소망을 강조하는 관습적 표현
>   − 당대인들의 세계관 투영
>   1) 인간과 자연이 서로 깊이 관련 맺으며 조화를 이룬다는 인식
>   2) 순환적 인식(현세의 인연이 후세로 연결)
>   → 현실의 고난 · 결핍 극복에 도움

✔ 정답풀이

④ '조각달'이나 '잘새' 같은 소재에는 '님'과 함께 크고 넓은 세계로 도약하려는 화자의 희망이 담겨 있어.

> 〈보기〉에서는 시조나 가사에 '임과 헤어져 있는 화자가 어떤 특정한 자연물로 다시 태어나서 임의 곁에 머물고 싶다는 진술'이 나타난다고 하였으며, (다)의 화자는 [A]에서 '조각달', '오동', '잘새', '제비', '나비'와 같은 자연물이 되어서라도 임과 함께하고 싶다는 소망을 나타내고 있다. 즉 '조각달'이나 '잘새' 같은 소재는 모두 화자의 분신으로 임에 대한 화자의 사랑과 그리움을 나타낼 뿐, '님'과 함께 크고 넓은 세계로 도약하려는 화자의 희망을 나타내지는 않는다.

✘ 오답풀이

① 관습적인 표현을 활용한 것은 개인적 정서를 보편적인 것으로 느끼게 하는 데 효과적이었겠어.
  〈보기〉에서는 시조나 가사에 '임과 헤어져 있는 화자가 어떤 특정한 자연물로 다시 태어나서 임의 곁에 머물고 싶다'는 '관습적 표현'이 흔히 나타난다고 하였다. (다)의 [A]에서도 이러한 관습적 표현을 사용하고 있으며, 이는 대상에 대한 사랑이나 그리움 등의 개인적 정서를 보편적인 것으로 느끼게 하여 독자의 공감을 이끌어 내는 효과가 있다.

② 비슷한 의미 구조를 지니는 구절을 거듭 제시함으로써 화자의 소망이 간절함을 강조하고 있어.

〈보기〉에서는 시조나 가사에 '임과 헤어져 있는 화자가 어떤 특정한 자연물로 다시 태어나서 임의 곁에 머물고 싶다'는 소망을 강조하기 위한 표현이 나타난다고 하였다. (다)의 [A]에서 '~되어 ~고자', '~되어 날고지고' 등과 같이 비슷한 의미 구조를 지니는 구절을 제시하여 '조각달', '오동', '잘새', '제비', '나비' 등의 자연물이 되어서라도 임과 함께하고 싶다는 소망을 반복하여 제시함으로써 화자의 간절함을 강조하고 있다.

③ '오동', '제비', '나비' 등이 사용된 데서, 인간과 자연이 관련되어 있다는 화자의 인식을 엿볼 수 있어.

〈보기〉에서는 '화자가 어떤 특정한 자연물로 다시 태어나서 임의 곁에 머물고 싶다는 진술'에는 '인간과 자연이 깊은 관련을 맺으며 조화를 이룬다는 인식'이 투영되어 있다고 하였다. (다)의 [A]에서도 '오동', '제비', '나비' 등의 자연물이 되고자 하는 화자의 소망이 드러나고 있으므로 인간과 자연이 관련을 맺고 있다는 화자의 인식이 반영되었다고 할 수 있다.

⑤ 자연물로 변해서라도 '님'과 만나려 하는 것을 보니 화자가 '님'과 만나기 어려운 상황에 놓여 있음을 알 수 있어.

〈보기〉에서는 시조나 가사에 '임과 헤어져 있는 화자가 어떤 특정한 자연물로 다시 태어나서 임의 곁에 머물고 싶다는 진술'이 나타난다고 하였다. (다)의 화자는 '어이 그리 못 가는고'라고 하여 '님'을 만나고 싶어도 만나지 못하는 상황을 한탄하며 [A]에서 자연물이 되어 '님'과 만나고 싶어 하는 모습을 보여 준다.

HOLSOO

홀로 공부하는 수능 국어 기출 분석

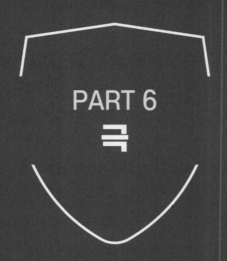

PART 6
극

문제 책 PAGE	해설 책 PAGE	지문명	문제 번호 & 정답		
P.128	P.242	이강백, 「결혼」	1. ③	2. ⑤	
P.130	P.245	이근삼, 「원고지」	1. ⑤	2. ④	
P.132	P.248	함세덕, 「산허구리」	1. ③	2. ②	3. ④
P.134	P.252	홍파 각색, 「난쟁이가 쏘아 올린 작은 공」	1. ①	2. ②	3. ③
P.136	P.256	이강백, 「파수꾼」	1. ③	2. ③	3. ③

[1~2] 다음 글을 읽고 물음에 답하시오.

남자: 마침내 그 젊은 사기꾼의 소망은 이루어졌습니다. 정원이 있는 최고급 저택, 모자와 넥타이, 호사스러운 의복, 그리고 이 건장한 하인까지 빌렸던 것입니다. 단, 조건이 있었습니다. 이 저택은 사십오 분 동안만 그가 주인이며 다음엔 되돌려 줘야 합니다. 넥타이는 이십팔 분, 모자는 십구 분 오십 초. 그 밖에 다른 물건에도 제각기 정해진 시간이 있었습니다. 그러나 젊은 사기꾼은 매우 만족했습니다. 호사스러운 물건을 빌리고 만족하는 사기꾼(남자) 그래서 즉시 여성 잡지를 뒤져 사교란에 주소를 낸 여자에게 전보를 쳤습니다. 여자로부터 즉각 답신이 왔습니다. 맞선을 볼 의향이 있다는 것입니다. 바로 그것은 ·이쪽이 바라는 바이기도 했습니다. 호사스럽게 꾸미고 맞선을 보고자 하는 남자 (혼잣말처럼) 왜 아직 안 온담? (다시 책을 낭독한다.) 오겠다 약속한 시간이 벌써 지났습니다. (하인, 시계를 본 채 손가락 다섯 개를 펼친다.) 딱 오 분 지났습니다. 그는 초조해졌습니다. 책을 읽어 마음을 달래보려 하였으나 초조해지기만 했습니다. 맞선을 보기로 한 여자가 오지 않자 초조해진 남자

(㉠하인, 아무 말 없이 책을 빼앗아 버린다. 감정이 전혀 나타나지 않는 사무적인 동작이다. ㉡남자가 항의하려 하자 하인은 무뚝뚝하게 자기의 회중시계를 내밀어 보일 뿐이다. 그러고는 남자가 미처 수긍하기도 전에 돌아서더니 빼앗은 물건을 가지고 나간다. 잠시 후, 하인은 돌아와서 남자 곁에 서서 부동자세를 취한다.)

// 장면 끊기 01 사기꾼인 남자는 결혼을 하기 위해 여러 소품을 빌려 여자와 맞선을 보려 함

(중략)

여자: (악의적인 느낌이 없이) 당신은 사기꾼이에요.

남자: 그래요, 난 사기꾼입니다. 이 세상 것을 잠시 빌렸었죠. 그리고 시간이 되니까 하나 둘씩 되돌려 줘야 했습니다. 이제 난 본색이 드러나 이렇게 빈털터리입니다. 그러나 덤, 여기 있는 사람들에게 물어봐요. 누구 하나 자신 있게 이건 내 것이다, 말할 수 있는가를. 아무도 없을 겁 [A] 니다. 없다니까요. 모두들 덤으로 빌렸지요. 언제까지나 영원한 것이 아닌, 잠시 빌려가진 거예요. (누구든 관객석의 사람을 붙들고 그가 가지고 있는 물건을 가리키며) 이게 당신 겁니까? 정해진 시간이 얼마지요? 잘 아꼈다가 그 시간이 되면 돌려주십시오. 덤, 이젠 알겠어요?

(㉢여자, 얼굴을 외면한 채 걸어 나간다. 하인, 서서히 그 무서운 구둣발을 이끌고 남자에게 다가온다. 남자는 뒷걸음질을 친다. 그는 마지막으로 절규하듯이 여자에게 말한다.)

남자: 덤, 난 가진 것 하나 없습니다. 모두 빌렸던 겁니다. 그런데 덤, 당신은 어떻습니까? 당신이 가진 건 뭡니까? 무엇이 정말 당신 겁니까? (㉣넥타이를 빌렸던 남성 관객에게) 내 말을 들어보시오. 그럼 당신은 나를 이해할거요. 자신의 철학적 견해를 이해시키고자 하는 남자 내가 당신에게서 넥타이를 빌렸을 때, 그때 내가 당신 물건을 어떻게 다뤘었소? 마구 험하게 했었소? 어딜 망가뜨렸소? 아니요, 그렇진 않았습니다. 오히려 빌렸던 것이니까 소중하게 아꼈다간 되돌려 드렸지요. 덤, 당신은 내 말을 듣고 있어요? 여기 증인이 있습니다. 이 증인 앞에서 약속하지만, 내가 이 세상에서 덤 당신을 빌리는 동안에, 아끼고, 사랑하고, 그랬다가 언젠가 끝나는 그 시간이 되면 공손하게 되돌려 줄 테요. 덤! 내 인생에서 당신은 나의 소중한 덤입니다. 덤! 덤! 덤! 여자를 아끼고 사랑하겠다는 마음을 전하고자 하는 남자

(남자, 하인의 구둣발에 걷어차인다. ㉤여자, 더 이상 참을 수 없다는 듯 다급하게 되돌아와서 남자를 부축해 일으키고 포옹한다.) 빈털터리가 된 남자에게 연민을 느끼는 여자

// 장면 끊기 02 남자는 여자와 맞선을 보던 중 빌렸던 물건들을 하나씩 빼앗기고, 여자는 남자에게 연민을 느낌

– 이강백, 「결혼」 –

📜 전체 줄거리

　남자는 빈털터리에다 사기꾼이다. 그는 갑자기 결혼이 하고 싶어진다. 남자는 저택과 하인과 부자로 보일 만한 여러 소품들을 빌리는 데에 성공을 하지만 남자가 가지고 있는 물건들은 모두 빌린 물건으로, 모두 제한 시간이 있어서 그 시간이 되면 다시 돌려주어야 한다. 먼저 여성 잡지에 실린 〈사교란〉에서 여자를 골라 맞선을 보기로 하였다. 맞선을 보기로 한 여자를 기다리는 사이에 이미 '책'은 빼앗기게 되고, 드디어 여자를 만난다. 여자를 만나서 대화를 나누는 사이에 빌렸던 물건들을 하나씩 하나씩 되돌려주어야 했고, 빼앗는 역할은 하인이 맡게 된다. 라이터, 구두, 넥타이, 소지품, 결국에는 저택까지 빼앗기게 된다. 빌린 물건들을 돌려주는 동안에 여자는 하인의 무례함을 탓하기도 하고, 남자의 겸손함과 진심에 빠져들게 된다. 여자는 남자가 빈털터리라는 사실을 알게 되지만 결국에는 남자의 청혼을 받아들이게 된다.

1. [A]를 참고하여 ㉠~㉤을 감상한 내용으로 적절하지 <u>않은</u> 것은?

㉠: 하인, 아무 말 없이 책을 빼앗아 버린다.
㉡: 남자가 항의하려 하자 하인은 무뚝뚝하게 자기의 회중시계를 내밀어 보일 뿐이다.
㉢: 여자, 얼굴을 외면한 채 걸어 나간다.
㉣: 넥타이를 빌렸던 남성 관객에게
㉤: 여자, 더 이상 참을 수 없다는 듯 다급하게 되돌아와서 남자를 부축해 일으키고 포옹한다.

✅ 정답풀이

③ ㉢: 남자가 소유한 모든 것이 사실은 빌린 것이라는 말을 듣고도 그 말을 거짓이라 생각하여 받아들이려 하지 않는군.

[A]는 남자가 여자에게 '소유'에 대한 자신의 철학적 사고를 들려주는 장면이다. 여자가 남자에게 '당신은 사기꾼이에요.'라고 말한 것으로 보아 남자가 가진 것이 아무것도 없다는 사실을 이미 알고 있음을 확인할 수 있다. 따라서 ㉢은 남자의 말을 거짓이라 생각하여 받아들이지 않는 행동이라고 볼 수 없다.

❌ 오답풀이

① ㉠: 우리 삶의 모든 것이 빌린 것이며 정해진 시간이 되면 되돌려 줘야 하는 것임을 보여 주는군.
[A]의 '시간이 되니까 하나 둘씩 되돌려 줘야 했습니다.', '모두들 덤으로 빌렸지요.'에서 우리 삶의 모든 것은 빌린 것이고 결국 되돌려 줘야 한다는 남자의 생각이 드러난다. ㉠은 '책'과 같이 우리 삶의 모든 것은 정해진 시간이 되면 되돌려 줘야 하는 것임을 드러내고 있다고 볼 수 있다.

② ㉡: 누구도 물건을 영원히 소유할 수 없음을 상기시키고 있군.
㉡에서 하인은 책을 빼앗은 일에 대해 항의하려는 남자에게 '회중시계'를 보여 준다. 책을 돌려 주어야 하는 시간임을 알려 주는 행위라고 볼 수 있다. 이는 모든 물건은 시간이 지나면 결국 되돌려 줘야 한다는 것으로, 누구도 물건을 영원히 소유할 수 없음을 상기시킨다.

④ ㉣: 자신이 빌린 것을 소중히 아끼듯이 여자도 아끼고 사랑하겠다는 마음을 여자에게 전하는 데에 관객을 증인으로 삼고 있군.
㉣의 이후에 이어지는 대사인 '여기 증인이 있습니다. 이 증인 앞에서 약속하지만, 내가 이 세상에서 덤 당신을 빌리는 동안에, 아끼고, 사랑하고, 그랬다가 언젠가 끝나는 그 시간이 되면 공손하게 되돌려 줄 테요.'에서 알 수 있듯이, 남자는 넥타이를 빌렸던 남성 관객을 증인으로 하여 여자에게 아끼고 사랑하겠다는 약속의 말을 건네고 있다.

⑤ ㉤: 하인의 폭력적인 행동에 무기력하게 당하는 남자를 외면하지 않음으로써 빈털터리가 된 남자에 대한 연민을 드러내는군.
여자는 남자가 빈털터리라는 사실을 알게 된 후 외면했으나, 하인에게 걷어차이는 모습을 보고 '더 이상 참을 수 없다는 듯 다급하게 되돌아와서 남자를 부축해 일으키고 포옹'한다. 따라서 ㉤은 여자가 남자에 대한 연민을 드러내는 것으로 해석할 수 있다.

2. 〈보기〉를 바탕으로 윗글을 이해한 내용으로 적절하지 <u>않은</u> 것은?

〈보기〉

일반적으로 <u>희곡은 무대화를 전제로 창작</u>된다. 작가는 무대의 제약을 고려하여 관객의 눈앞에 드러나는 무대 공간을 중심으로 극중 사건을 전개하고 무대 위에서 보여 줄 수 없거나 보여 주지 않아도 되는 사건은 무대 밖의 공간에서 일어나는 것으로 처리한다. 인물의 등퇴장은 이 두 공간을 연결하여 무대 공간에서의 사건 전개에 영향을 미친다. 현대극에서는 무대 공간과 관객석의 경계를 허물고 관객석까지 무대 공간으로 설정하여 표현하는 경우도 있다.

🔍 보기 분석

- 희곡의 특징
  - 무대화를 전제로 창작
  - 무대의 제약을 고려함
  - 무대 공간을 중심으로 극중 사건을 전개
  - 인물의 등퇴장은 사건 전개에 영향을 미침
  - 현대극은 무대와 관객석의 경계를 허물기도 함

✅ 정답풀이

⑤ 남자와 하인만 있던 무대 공간에 여자가 등장함으로써 사건의 전개에 영향을 미쳐 남자와 하인 사이에 조성된 갈등이 해소된다.

〈보기〉에 따르면, '인물의 등퇴장은 이 두 공간을 연결하여 무대 공간에서의 사건 전개에 영향을 미친'다. 윗글에서 남자와 하인 사이에 갈등이 조성되는 것은 확인할 수 있으나, 여자가 등장함으로써 이러한 갈등이 해소되는 것은 아니다. (중략) 이후의 장면에서 여자가 등장하면서 남자가 '소유'에 관한 자신의 철학적 견해를 이야기하므로, 여자의 등장이 사건 전개에 영향을 미쳤다고 볼 수 있으나 여자의 등장으로 인해 남자와 하인 사이의 갈등이 해소된다고 볼 수는 없는 것이다.

❌ 오답풀이

① 남자가 여자에게 전보를 치는 행동은 현재의 무대 공간에서 인물의 대사를 통해서 제시된다.
〈보기〉에 따르면, 작가는 '무대의 제약을 고려하여 관객의 눈앞에 드러나는 무대 공간을 중심으로 극중 사건을 전개'한다. 윗글의 '여성 잡지를 뒤져 사교란에 주소를 낸 여자에게 전보를 쳤습니다.'에서 알 수 있듯이, 남자가 여자에게 전보를 치는 행동이 현재의 무대 공간에서 대사를 통해 제시되고 있다.

② 하인의 등퇴장은 남자가 빌린 물건들이 하나 둘씩 없어지는 사실과 결부되어 남자의 초조함을 고조시킨다.

〈보기〉에 따르면, '인물의 등퇴장은 이 두 공간을 연결하여 무대 공간에서의 사건 전개에 영향을 미친'다. 윗글에서 하인은 무대에 등장해서 남자의 물건을 빼앗아 다시 퇴장한다. 이러한 하인의 행동은 제한 시간이 되면 빌린 물건을 되돌려 줘야 하는 남자의 초조함을 고조시킨다.

③ 무대 공간을 벗어난 하인이 잠시 후 되돌아오는 것은 무대에서 보여 주지 않는 공간이 있음을 알려 준다.

〈보기〉에 따르면, '무대 위에서 보여 줄 수 없거나 보여 주지 않아도 되는 사건은 무대 밖의 공간에서 일어나는 것으로 처리'한다. 하인이 물건을 가지고 나가 어떻게 처리하는지는 굳이 무대 위에서 보여 줄 필요가 없으므로 무대 밖의 공간에서 벌어지는 일로 설정한다는 것이다. 이를 통해 무대에서 보여 주지 않는 공간이 있음을 알 수 있다.

④ 남자는 관객들을 극중 사건 진행으로 끌어 들임으로써 관객석과 무대 공간의 경계를 허문다.

남자는 관객들에게 물건을 빌리고 직접 말을 건넴으로써 관객들을 극중 사건 진행으로 끌어 들인다. 〈보기〉를 통해 이러한 행위가 '무대 공간과 관객석의 경계를 허물고 관객석까지 무대 공간으로 설정하여 표현'하는 것임을 알 수 있다.

📖 모두의 질문   • 2-②번

Q: 남자는 모두들 덤으로 빌린 것이라고 말하고 있으니, 초조해한다고 볼 수 없지 않나요?

A: 남자가 소유에 대한 철학을 말하는 것은 사실이다. 하지만, 지문과 선지를 이해할 때는 전체적인 맥락에서 이해해야 한다. 남자는 여자와 맞선을 봐서 결혼하기 위해 물건들을 빌렸는데, 이 물건을 빌리는 시간은 정해져 있다. 남자는 이 시간 동안 맞선을 보고 여자의 마음을 얻어야 한다. 이런 상황에서 하나둘씩 물건을 빼앗기면 여자가 남자가 빈털터리임을 알고 떠날 확률이 더 높아지는 것이고, 실제로 여자는 '얼굴을 외면한 채 걸어 나'가려고 했었다. 시간이 흐를수록 남자가 애초의 목적인 결혼을 이룰 확률은 더욱 낮아지며, 따라서 남자는 초조해질 수밖에 없다. 하인은 등퇴장은 남자가 빌린 물건들을 빼앗기게 되는 시간과 결부되며, 따라서 남자의 초조함을 높이는 장치라고 볼 수 있다.

[1~2] 다음 글을 읽고 물음에 답하시오.

장남: 전 이 집 장남입니다. 이쪽 높은 방은 저하고 누이동생이 생활하는 곳입니다. 아버지를 소개하기 전에 행복한 가정을 이룰 수 있는 비결을 말씀드리겠습니다. 아주 간단합니다. 부모는 자식들에게 맡은 바 책임을 다하면 됩니다. 밥 세 끼도 제대로 못 먹이고, 학비도 제대로 못 주는 부모들이 아들딸이 결혼할 때가 되면 아주 귀찮게 간섭을 한단 말입니다. 우리는 이런 버릇을 버려야 합니다. 자기중심적이며 물질 만능주의적 사고방식을 지닌 장남 우리 집이 비교적 행복한 것도 우리 부모의 열렬한 책임감 때문입니다. (자기 손목시계를 보며) 지금이 저녁 일곱 시 반이니 아마 아버지가 곧 돌아올 것입니다. 아버지는 늘 쾌활한 얼굴에다 발걸음은 참새처럼 가볍지요.

졸음이 오는 **지루한 음악**과 더불어 철문 도어가 무겁게 열리며 교수 등장. 아래위 **양복**이 원고지를 덧붙여 만든 것처럼 이것도 **원고지 칸투성이**다. 손에는 큼직한 낡은 가방을 들고 있다. 허리에 쇠사슬을 두르고 있는데 허리를 돌고 남은 줄이 마루에 줄줄 끌려 다닌다. 쇠사슬이 도어 밖까지 나가 있어 끝이 없다. 도어를 닫고 소파에 힘들게 앉는다. 여전히 쇠사슬을 끌고 다니면서 가방은 자기 옆에 놓고 처음으로 전면을 바라본다. 중년에 퍽 마른 얼굴, 이마에는 주름살이 가고 찌푸린 얼굴은 돌 모양 변화가 없다. 잠시 후 피곤하다는 듯이 두 손을 옆으로 **뻗치면서** 크게 기지개를 한다. 고단한 현실에 찌든 무기력한 모습의 교수 '아아' 하고 토하는 큰 하품은 무엇에 두들겨 맞아 죽는 **비명**같이 비참하게 들려 오히려 관객들을 놀라게 한다. 장녀가 플랫폼에 나타난다.

장녀: 저의 아버지랍니다. 밖에서 돌아오시면 늘 이렇게 **달콤한 하품**을 하신답니다. (교수는 머리를 기대고 잠을 자고 있다. 코를 고는데 흡사 고양이 우는 소리다.) 인제 어머님이 돌아오셔요. 어머님은 늘 아버지의 건강을 염려하세요.

적당한 곳에서 처가 나타난다. 과거에는 살도 쪘지만 현재는 몸이 거의 헝클어져 있다. 퇴색한 옷을 입고 있다. 소리를 안 내고 들어와 잠자는 교수의 주머니를 샅샅이 턴다. 돈을 한 주먹 쥐고 이어 교수의 가방을 턴다. 교수가 가지고 있는 돈을 (교수 몰래) 모두 가져가려는 처 돈 부스러기를 몇 장 찾아내고 그 액수가 적음에 실망을 한다. 생각보다 적은 돈에 실망하는 처 잠시 후 교수를 흔들어 깨운다.

장녀: 제 말이 맞았지요?

플랫폼 방 불이 서서히 꺼진다.

// **장면 끊기 01** 장남과 장녀가 등장하여 가족들을 소개하는데, 그들의 설명과는 반대로 교수는 몹시 지쳐 있으며 처는 교수의 돈벌이에만 신경을 씀

처: 여보, 여기서 그냥 주무시면 어떡해요. 옷도 안 갈아입으시고.

교수: 깜빡 잠이 들었군.

교수 일어선다.

처: 어서 옷을 갈아입으세요. (처는 교수 허리에 칭칭 감긴 **철쇄**를 풀어 헤치고 소파 뒤의 막대기에 감겨 있는 또 하나의 굵은 줄을 풀어 교수 허리에 다시 감아 준다.) 옷을 갈아입으시니 한결 시원하시지 않아요?

교수: 난 잘 모르겠어.

// **장면 끊기 02** 처는 잠든 교수를 깨워 그의 허리에 감긴 철쇄를 풀고 다른 굵은 줄을 감아 줌

— 이근삼, 「원고지」 —

📄 **전체 줄거리**

막이 오르면 장녀가 등장하여 관객들에게 가족을 소개하고, 장남이 등장하여 자신을 소개한다. 이어 원고지를 덧붙여 만든 것 같은 양복을 입고 허리에 쇠사슬을 두른 교수가 나와 기계적으로 반복되는 삶을 살아가는 모습을 보여 준다. 아내가 돈 문제로 남편인 교수를 추궁한다. 교수는 중압감에 못 이겨 정신 착란 증세를 보인다. 교수는 밤 8시 시계 소리를 듣고 아침인 줄 착각하고 출근하려고 하는 등 일상생활에 기계적으로 반응하면서 살아간다. 이때 감독관이 나타나 번역 원고 쓰기를 독촉하고, 아내는 원고 한 장이 나올 때마다 이것을 돈으로 환산한다. 교수는 우연히 190칸만 있는 원고지를 발견하고 환상 속에서 젊은 날의 희망과 정열을 상징하는 천사를 만난다. 교수는 자신의 꿈을 찾아 줄 것을 갈구하나 천사는 곧 사라져 버리고 감독관이 나타나 번역하는 일을 독촉하자 다시 기계적으로 번역을 한다. 신문은 과거와 똑같은 사건이 일어나고 있음을 알리고 교수는 번역하는 일에, 아내는 장녀와 장남에게 용돈을 나누어 주는 일에 쫓기는 가운데 감독관은 또다시 번역을 독촉한다.

1. 윗글에 대한 이해로 적절하지 <u>않은</u> 것은?

✔ 정답풀이

⑤ '철쇄'를 풀어 주는 처의 행위를 통해 교수가 자율성을 회복했음을 강조하고 있다.

'처는 교수 허리에 칭칭 감긴 철쇄를 풀어 헤치고 소파 뒤의 막대기에 감겨 있는 또 하나의 굵은 줄을 풀어 교수 허리에 다시 감아 준다.'에서 '철쇄'와 '굵은 줄' 모두 교수를 구속하는 가장으로서의 현실적 의무를 의미한다. 교수의 처가 교수의 철쇄를 풀어 주기는 하지만, 교수를 구속하는 굵은 줄을 교수의 허리에 다시 감으므로, 교수가 자율성을 회복했다고 볼 수 없다.

✖ 오답풀이

① '지루한 음악'을 삽입하여 장남의 말과 배치되는 극의 분위기를 조성하고 있다.

'아버지는 늘 쾌활한 얼굴에다 발걸음은 참새처럼 가볍지요.'라는 장남의 대사와 달리, 뒤이어 교수가 등장하는 장면에서는 졸음이 오는 '지루한 음악'이 삽입된다. '지루한 음악'은 장남의 말과 충돌하여 서로 배치되는 분위기를 형성한다.

② '원고지 칸투성이'인 '양복'을 제시하여 교수가 처한 상황과 교수의 신분을 관객이 인지하도록 유도하고 있다.

'원고지 칸투성이'인 '양복'은 교수의 신분이 원고지를 사용하는 일과 관련이 높다는 것을 암시한다. 또한 '원고지 칸'처럼 규격화된 삶을 살고 있는 교수의 상황을 드러낸다.

③ 교수의 '비명' 같은 하품을 '달콤한 하품'이라고 말하는 장녀의 대사를 통해 가족 간 소통이 원활하지 않음을 드러내고 있다.

교수는 '무엇에 두들겨 맞아 죽는 비명같이 비참하게' 들리는 하품을 한다. 그런데 장녀는 이것을 '달콤한 하품'이라고 말하는 것으로 보아, 장녀는 교수를 잘 알지 못하며 가족 간의 소통이 원활하지 못하다는 것을 알 수 있다.

④ '플랫폼 방 불'이 서서히 꺼지는 효과를 활용하여 관객의 시선을 교수와 처의 연기에 집중시키고 있다.

플랫폼에 있던 장녀가 '제 말이 맞았지요?'라는 대사를 한 후 '플랫폼 방 불'이 서서히 꺼지면, 교수와 처가 있는 쪽의 무대만 밝기 때문에 자연스럽게 관객의 시선을 교수와 처에게 집중시킬 수 있다.

2. 〈보기〉를 바탕으로 윗글을 해석한 내용으로 적절한 것은?

〈보기〉

이근삼 희곡에는 극중 배역에서 일시적으로 빠져나와 관객에게 직접 발화하는 '해설자'가 빈번하게 등장한다. 해설자는 관객들에게 인물·사건·배경에 관한 정보를 제공하고, 무대에서 배우의 연기를 지시하거나 설명하는 역할을 수행한다. 따라서 해설자는 기본적으로 관객들을 극중 상황으로 자연스럽게 인도하는 매개자 역할을 하지만, 관객들이 극중 상황에 몰입하는 것을 차단하는 효과를 유발하기도 한다.

🔍 보기 분석

- 이근삼 희곡의 특징
  - 극중 배역에서 일시적으로 빠져나와 관객에게 직접 발화하는 '해설자(장남, 장녀)'가 등장함

- 해설자의 역할
  - 관객에게 인물·사건·배경에 대한 정보 제공
  - 무대에서 배우의 연기를 지시 및 설명
  - 관객을 극중 상황으로 자연스럽게 인도하는 매개자
  - 관객이 극중 상황에 몰입하는 것을 차단

✔ 정답풀이

④ 장녀는 해설자 역할을 효과적으로 수행하기 위해 교수·처와 분리된 공간에 위치한다.

장녀는 플랫폼에 등장하여 극중 상황에 대해 관객에게 설명하는 해설자의 역할을 수행한다. 그때 교수는 소파에 있고 처는 적당한 곳에서 등장해 교수에게 간다. 즉 장녀는 '극중 배역에서 일시적으로 빠져나와 관객에게 직접 발화하는' 해설자의 역할을 효과적으로 수행하기 위해 교수·처와 분리된 공간인 플랫폼에 따로 위치하는 것이다.

✖ 오답풀이

① 장남의 대사는 처의 극중 행동을 설명하는 기능을 수행한다.

'인제 어머님이 돌아오셔요. 어머님은 늘 아버지의 건강을 염려하세요.'라는 대사로 처의 극중 행동을 설명하는 것은 장녀이다.

② 장남은 극중 인물과의 대화를 통해 다른 인물의 등장을 예고한다.

장남이 '지금이 저녁 일곱 시 반이니 아마 아버지가 곧 돌아올 것입니다.'라는 말로 교수의 등장을 예고하고 있지만, 이는 극중 인물이 아니라 관객에게 하는 말이다.

③ 장녀는 직접적인 발화를 통해 관객들에게 시·공간적 배경을 명시적으로 알려 준다.

'이쪽 높은 방은 저하고 누이동생이 생활하는 곳입니다.', '지금이 저녁 일곱 시 반이니' 등의 대사로 관객들에게 시·공간적 배경을 알려 주는 것은 장남이다.

⑤ 장녀는 관객들에게 객관적 정보를 제공하여 관객들이 이를 의심 없이 수용하고 극중 상황에 몰입하도록 인도한다.

장녀의 대사 중 '밖에서 돌아오시면 늘 이렇게 달콤한 하품을 하신답니다.', '어머님은 늘 아버지의 건강을 염려하세요.' 등은 극중 상황과 일치하지 않는 내용이며 객관적 정보라고 볼 수도 없다. 또한 이를 보는 관객들은 장녀의 말을 의심하고 비판적인 태도로 관찰하게 된다.

🌿 기틀잡기

② **대화:** 마주 대하여 이야기를 주고받음. 또는 그 이야기.

③ **발화:** 소리를 내어 말을 함. 또는 그 말.

🖋 모두의 질문

• 2-⑤번

Q: 〈보기〉에서 해설자가 관객들에게 정보를 제공한다고 했고, 장녀가 윗글의 해설자이니 관객들에게 정보를 제공하는 건 맞지 않나요?

A: 〈보기〉에 따르면 '해설자는 관객들에게 인물·사건·배경에 관한 정보를 제공하고, 무대에서 배우의 연기를 지시하거나 설명하는 역할을 수행'한다. 그리고 장녀가 윗글에서 해설자 역할을 수행하는 것은 사실이다. 그런데, 선지에서는 장녀가 '관객들에게 객관적 정보를 제공'한다고 했다. '객관적'이란 '자기와의 관계에서 벗어나 제삼자의 입장에서 사물을 보거나 생각하는 것.'을 의미한다. 장녀가 전달하는 것이 '객관적' 정보인지, 장녀만의 주관적 생각인지는 앞뒤 맥락을 통해 파악해야 한다. 교수가 '무엇에 두들겨 맞아 죽는 비명' 같은 하품을 할 때, 장녀는 이를 '달콤한 하품'을 한다고 말한다. 또한, 장녀가 '어머님은 늘 아버지의 건강을 염려'한다고 말할 때, 처는 잠든 교수의 주머니와 가방을 턴다. 장녀의 설명과 인물들의 행동이 일치하지 않는 것이다. 따라서 이는 장녀의 주관적 설명일 뿐, 객관적 정보라고 볼 수 없다.

함세덕, 「산허구리」
2012학년도 수능

문제 P.132

[1~3] 다음 글을 읽고 물음에 답하시오.

이때 ㉠동리 사람들, 들것에 복조 송장을 태워 들어온다. 물이 뚝뚝 떨어진다. 복실과 분 어미, 의아하여 잠시 보고 있더니 달려들어 목 놓고 운다. 동리 사람들, 소리를 낮춰 힐끽힐끽 운다. 복조의 죽음을 알게 되어 슬퍼하는 복실, 분 어미, 동리 사람들

// 장면 끊기 01 복조가 시신이 되어 돌아오자 복실과 분 어미를 비롯한 동리 사람들이 슬퍼함

간(間)

처: (부엌에서 나오며) 왜들 우니?

분 어미와 복실: 어머니, 복조예요.

동리 사람 3: ㉡쇠뿌리로 배 내다가 보니 범바위 틈에 꼈습니다.

처: 물에서 죽은 놈이 복조뿐인가? 어떻게 복조라고 장담해. (아무 관계없는 듯이 부엌으로 들어간다.) 복조의 죽음을 받아들이지 못하는 처

(노어부를 석이와 윤 첨지가 양편에서 꽉 붙들고 들어온다.)

노어부: 놔. 두고 볼 거 아니야.

윤 첨지: 참어. 참는 데 복이 있다네. 그저 참는 것이 제일이야. 참을 인(忍) 자가 셋이면 사람 하나 살린다는 말이 있지 않나.

석이: (그제야 들것과 사람들을 보고) 누나, 이것이 작은형이요? (붙들고 운다.) 복조의 시신을 보고 슬퍼하는 석이

윤 첨지: 찾았으니 다행이군. (눈물을 씻는다.) 복조 가족의 불행에 슬퍼하는 윤 첨지

노어부: (한참 바라보고 있더니 눈물을 닦으며 서러운 소리로 똑똑히) 몇 해 전에는 배도 서너 척 있었고, 그물도 동리에 뛰어나게 가졌드랬지. 배 팔고 그물 팔고 나머지는 뭐냐? 내 살덩이밖에 없었어. 그것도 다– 못해서 다리 한쪽 뺏겼지. 고기잡이 3년에 자식 다– 잡아먹는다는 것은, 윤 첨지……

윤 첨지: ……

[A]
⎧ **노어부:** 나를 두고 하는 말이야. 두고 보고 바랄 것이 인제는 하나도 없어. 고기잡이를 하다 장애를 입고 자식들마저 잃자 절망하는 노어부 (별안간 부엌 뒤로 퇴장. 들어가더니 팽이를 들고 나온다. 뒤따라 처가 미친 듯이 달려들어 부지깽이로 노어부의 머리를 후려 때린다. 노어부 쓰러진다.)

 처: (팽이를 잡아 뺏으며) 이 팽이가 무슨 팽인 줄 알어? 노어부에게 적대감을 표출하는 처

 노어부: (덤비려다가 처의 너무도 핼쑥한 얼굴을 보고 고개를 돌려 복조를 붙들고 운다.) 처에게 차마 덤벼들지 못하고 복조를 잃은 슬픔을 드러내는 노어부

⎩ **처:** 내가 맑은 물 떠 놓고 수신께 빌었거든. 이것은 우리 복조 아니야. 내 정성을 봐서라도 이렇게 전신을 파먹히게 안 했을 거야. 지금쯤은 너구리섬 동녘에 있는 시퍼런

깊은 물속에. 참 거기는 미역 냄새가 향기롭지. 그리고 백옥 같은 모래가 깔렸지. 거기서 팔다리 쭉– 뻗고 눈감었을 거야. 나는 지금 눈에 완연히* 보이는걸. 복조 배 위로 무지갯빛 같은 고기가 쭉– 지나갔어. (눈앞에 보이는 환영을 물리치는 듯이 손으로 앞을 가리며) 눈감은 얼굴이 너무도 쓸쓸하군. 이렇–게 (시늉을 하며) 원망스러운 얼굴이야. 불만스러운 얼굴이야. 다문 입이 너무도 쓸쓸해.

간(間), 울음소리.

통창으로 가야지. 서남풍이 자고, 동풍이 불면 나를 만나러 올지도 몰라. 아니야 꼭 올 거야. 저녁물 아니면 내일 아침물 그도 아니면 모레 아침물. 산수자리를 골라 놓고 동쪽을 보고 기대려지. 복조가 처참한 모습의 시신으로 돌아온 현실을 부정하는 처 (일동을 보고 픽 웃으며) 뭣 때문에 울어들? (팽이를 들고 밖으로 뛰어 나간다.)

석이: 어머니, 어머니, 어머니. (속이 타서 발을 구르며) 아버지, 얼른 가서 어머니 좀 붙드세요. 얼른 얼른 아버지.

노어부: 내 알 것 아니야.

석이: (어머니, 어머니 부르며 뒤따라 퇴장) 심상치 않은 어머니의 상태를 걱정하는 석이

㉢(멀리서 처의 웃는 소리 우는 소리 번갈아 들린다.)

// 장면 끊기 02 노어부는 복조의 죽음에 슬퍼하며 절망하고, 처는 복조의 비참한 죽음을 받아들이지 못해 실성함

노어부: (일어서며) 윤 첨지, 북망산*으로 가지.

복실: 촛불 하나 안 키고 관도 없이 어델 가요?

분 어미: 사람 목숨이 이렇게도 싼가. 뒤란에 검부락지 쓸어 가듯 휙 쓸어 가면 고만이야.

윤 첨지: 장성한 사람을 그럴 수 있나.

분 어미: (일어서며) 난 항구로 가겠다. 더 있는댔자 가슴만 졸이지. 울며 웃으며 한세상 살다 그럭저럭 죽을 때 되면 죽지. (언덕을 넘어 퇴장) 현재의 상황을 더 견디지 못하고 집을 떠나려는 분 어미

노어부: (뒷모양을 바라보다가) 왜, 과부 수절하기가 싫으냐?

석이: (울면서 등장) ㉣어머니가 갯가에서 팽이로 물을 파며 통곡을 하시다가는 별안간 허파가 끊어진 것처럼 웃으며 (복실의 가슴에 안겨) 누나야. 어머니는 한세상 참말 헛사셨다. 왜 우리는 밤낮 울고불고 살아야 한다든?

복실: (머리를 쓰다듬으며) 굴뚝에 연기 한 번 무럭무럭 피어오른 적도 없었지.

석이: (울음 섞인 소리로, 그러나 한 마디 한 마디 똑똑히) 왜 그런지를 난 생각해 볼 테야. 긴긴 밤 갯가에서 조개 잡으며, 긴긴 낮 신작로 오가는 길에 생각해 볼 테야. 가족이 처한 비극적 현실

을 인식하며 그 원인을 밝혀내고자 하는 석이

복실: (바다를 보고) 인제 물결이 자는구나.

윤 첨지: ⓜ먼동이 트는군. (나가면서)

(노어부를 보고) 사람 삼키더니 물결이 얼음판 같아졌지. 자네 한 잔 쭉– 들이키고 수염 닦는 듯이. 어서 초상 준비나 하게. 상엿집에 휑하니 다녀올 테니.

// [장면 끊기 03] 분 어미와 석이는 비참한 가족의 상황에 서러움과 부조리함을 느끼고, 윤 첨지는 노어부에게 초상 준비를 하도록 함

— 막 —

– 함세덕, 「산허구리」 –

📋 **전체 줄거리**

어촌에 살고 있는 노어부의 가족은 궁핍한 생활을 간신히 이어가고 있다. 노어부는 바다에서 고기를 잡다가 상어에게 한쪽 다리를 잃었고, 노어부의 첫째 아들과 맏사위는 바다에서 목숨을 잃었다. 이미 첫째 아들을 잃은 노어부의 처는 바다로 고기잡이를 나갔다가 돌아오지 않는 둘째 아들 복조를 불안한 마음으로 간절히 기다린다. 그러다 둘째 아들인 복조마저 처참한 송장이 되어 돌아왔다는 소식이 전해지고, 노어부를 비롯한 가족이 크게 슬퍼하며 한탄하는 가운데 노어부의 처는 좌절하며 실성한다. 노어부의 첫째 딸은 비참한 상황을 견디지 못해 항구로 떠나고, 석이는 가족의 비극적인 현실에 서러워하며, 노어부의 친구인 윤 첨지는 노어부에게 복조의 장례 준비를 하라고 조언한다.

📖 **이것만은 챙기자**

*완연히: 눈에 보이는 것처럼 아주 뚜렷하게.

*북망산: 무덤이 많은 곳이나 사람이 죽어서 묻히는 곳을 이르는 말.

1. 윗글의 등장인물에 대한 이해로 적절한 것은?

✅ **정답풀이**

③ '윤 첨지'는 '노어부'의 처지에 대해 공감하고 있다.

> 윤 첨지는 자식을 잃고 슬퍼하는 노어부의 말에 노골적인 동조를 표하지는 않지만, 노어부의 넋두리를 말없이 들어 주면서 암묵적인 공감을 드러내고 있다. 또한 노어부의 가족에게 일어난 불행에 대해 '눈물을 씻는' 모습이나, 복조의 장례를 돕기 위해 몸소 나서는 모습에서도 윤 첨지가 노어부의 처지에 공감하고 있음을 확인할 수 있다.

❌ **오답풀이**

① '복조'와 '복실'은 평소에 친했던 이웃이다.
석이는 죽은 복조를 보고 '작은형'이라고 하고, 복실에게는 '누나'라고 한다. 이를 통해 복조와 복실은 평소에 친했던 이웃이 아니라 남매임을 알 수 있다.

② '석이'는 형의 죽음을 차분하게 받아들이고 있다.
복조의 시체를 붙들고 우는 석이는 형의 죽음에 대해 큰 슬픔과 허탈감을 느끼고 있으므로, 석이가 형의 죽음을 차분하게 받아들이고 있다고 볼 수는 없다.

④ '분 어미'는 친정이 있는 항구로 돌아가려 하고 있다.
분 어미가 처를 '어머니'라고 부르는 것으로 볼 때, 분 어미는 처와 노어부의 딸이며 현재 부모님이 계신 친정에 와 있는 상태임을 추측할 수 있다. 따라서 '난 항구로 가겠다. 더 있는댔자 가슴만 졸이지.'라는 분 어미의 말에 친정이 있는 항구로 돌아가려는 의도가 담겨 있다고 보기 어렵다.

⑤ '복실'은 행복하기만 했던 어린 시절을 그리워하고 있다.
'굴뚝에 연기 한 번 무럭무럭 피어오른 적도 없었지.'라는 복실의 말을 통해 복실이네 가족의 생활이 늘 궁핍했음을 알 수 있다. 따라서 복실의 어린 시절이 행복하기만 했다고 보기는 어려우며, 복실은 어린 시절을 그리워하고 있지도 않다.

이의 제기

석이는 형의 죽음을 차분하게 받아들이고 있다고 볼 수 있지 않을까요? (②번) 또 윤 첨지가 노어부의 처지에 공감하고 있는 부분이 어디 등장하는지 잘 모르겠습니다.(③번) 그리고 분 어미가 머물고 있는 곳이 친정인지, 향하려는 곳이 친정인지는 어떻게 아나요?(④번)

답변

지문의 앞부분에서 석이가 복조의 시체를 붙들고 우는 장면, 복조를 만나겠다고 나간 어머니 때문에 발을 구르다 뒤따라 퇴장하는 장면 등은 석이가 형의 죽음에 심리적으로 동요하고 있음을 보여 줍니다. 지문의 뒷부분에서도 석이가 울면서 등장하고 복실의 가슴에 안겨서 우는 장면 등은 석이가 형의 죽음을 이성적으로 수용하지 못하고 있음을 보여 줍니다. 따라서 석이가 형의 죽음을 '차분하게 받아들이고 있다'고 판단할 수 없습니다.

윤 첨지는 노어부와 함께 등장했다가 친구의 아들이 죽었다는 사실을 알게 됩니다. 이에 대한 윤 첨지의 반응은 '(눈물을 씻는다.)'에서 알 수 있듯이 노어부 가족에게 일어난 불행에 함께 슬퍼하며 노어부의 넋두리에 가까운 한탄을 기꺼이 들어 주는 것이었습니다. 특히 노어부가 자신의 처지를 한탄하면서 윤 첨지에게 동의를 구하는 장면이나, 친구 아들의 장례 절차에 대해 조언하는 장면, 그리고 노어부 일가의 장례 준비에 자신의 일처럼 나서는 장면에서, 윤 첨지가 노어부와 그들 가족의 불행을 남의 일처럼 여기지 않는다는 사실을 알 수 있습니다. 따라서 ③번처럼, 윤 첨지는 노어부의 처지에 공감하고 있다고 할 수 있습니다.

분 어미와 복실은 자매 간입니다. 그 근거는 부엌에서 나오는 처를 '어머니'라 부르거나, '어머니' 앞에서 복조의 이름을 편안하게 부르는 상황에서 확인됩니다. 또한 분 어미는 동생의 장례에 대해 자신의 의견을 적극적으로 피력하고 있으며, 아버지 노어부는 딸인 분 어미가 수절을 포기하는 행위에 대해 거리낌 없이 비난하고 있습니다. 이러한 상황적 근거를 종합하면, 분 어미는 출가한 딸이고, 그녀가 향하는 항구는 친정이 아님을 알 수 있습니다.

2. ㉠~㉤을 통해 무대 밖에서 일어난 사건이 관객에게 전달된다고 할 때, 그에 대한 설명으로 적절하지 <u>않은</u> 것은?

㉠: 동리 사람들, 들것에 복조 송장을 태워 들어온다. 물이 뚝뚝 떨어진다.
㉡: 쇠뿌리로 배 내다가 보니 범바위 틈에 꼈습디다.
㉢: (멀리서 처의 웃는 소리 우는 소리 번갈아 들린다.)
㉣: 어머니가 갯가에서 괭이로 물을 파며 통곡을 하시다가는 별안간 허파가 끊어진 것처럼 웃으며
㉤: 먼동이 트는군.

✔ **정답풀이**

② ㉠과 상반된 ㉡의 정보로 인해, ㉡에 대한 관객들의 의심이 증폭되고 있다.

> ㉠은 무대 밖에서 복조가 물에 빠져 죽었음을 알려 준다. 또한 ㉡은 죽은 복조를 발견하게 된 구체적 정황을 설명해 주는 대사로 볼 수 있다. 따라서 두 정보는 상반된 것이 아니며, ㉡에 대한 관객들의 의심이 증폭되고 있다는 설명도 적절하지 않다.

❌ **오답풀이**

① ㉠은 무대 밖에서 이미 일어난 사건을 추후에 시각적 효과를 활용하여 알려 주고 있다.
㉠은 무대 밖 공간에서 복조가 물에 빠져 죽었다는 사실을 시각적으로 알려 주는 역할을 한다고 볼 수 있다.

③ ㉢은 무대 밖에서 현재 진행되고 있는 사건을 청각적 효과를 활용하여 전달하고 있다.
㉢은 무대 밖으로 나간 처의 소리를 계속 들려주어, 처가 보이지는 않지만 계속 웃다 울다 하고 있으리라는 것을 짐작하게 한다.

④ ㉣은 무대 밖에서 이미 일어난 사건을 추후에 알려 주지만, ㉢과 연관되면서 무대 밖에서 동시에 진행되는 사건을 환기하기도 한다.
㉣은 석이가 보고 와서 다른 가족들에게 들려준 처의 모습이므로 무대 밖에서 이미 일어난 사건이지만, ㉢과 연관되면서 처가 무대에서 퇴장한 뒤에도 끊임없이 웃고 울고 했음을, 그리고 지금도 그 행동이 진행되고 있을 것임을 짐작하게 한다.

⑤ 관객은 ㉤을 통해 시간의 경과를 분명하게 인지하여 새로운 아침이 시작되었다는 것을 알 수 있다.
㉤은 시간이 지나 날이 밝았다는 것을 드러내는 대사로, 이를 통해 관객은 날이 밝아 새로운 아침이 시작됨을 알 수 있다.

🌱 **기틀잡기**

④ **환기**: 주의나 여론, 생각 따위를 불러일으킴.

3. 〈보기〉의 ⓐ∼ⓔ 중 [A]의 괭이 에 대한 해석으로 적절하지 않은 것은?

〈보기〉

괭이는 '복조'가 사용하던 것으로, 사건 진행과 인물의 정서적 변화에 중요한 역할을 하는 소도구이다. 처음에 괭이는 관객이 볼 수 없는 부엌 뒤에 놓여 있었는데, ⓐ'노어부'가 무대로 가지고 들어오면서 관객들의 주목을 끌게 된다. 이후 괭이는 ⓑ'처'가 '노어부'를 뒤따라 움직이는 계기를 제공하고, ⓒ'처'가 '노어부'와 충돌하게 만드는 매개체 구실을 하며, ⓓ'처'가 내면 심경을 직접 토로하지 못하도록 억제하는 기능을 순차적으로 수행한다. ⓔ관객들은 괭이에 대한 '처'의 집착을 지켜보면서 '처'의 내면을 엿볼 수 있게 된다.

🔍 **보기 분석**

- 괭이의 기능: 사건 진행과 인물의 정서적 변화에 중요한 역할을 하는 소도구
  - '노어부'가 가져오면서 관객의 주목을 끎
  - '처'가 '노어부'를 뒤따라 움직이는 계기를 제공함
  - '처'와 '노어부'의 충돌의 매개체가 됨
  - 괭이에 대한 '처'의 집착을 통해 '처'의 내면을 엿볼 수 있음

✔ **정답풀이**

④ ⓓ

처음에 처는 복조의 시신을 보고도 '아무 관계없는 듯이 부엌으로 들어'가 버리지만, 노어부가 '괭이'를 가져오자 그것을 뺏으며 아들을 잃은 슬픔과 현실을 부정하고 싶은 심리를 토로한다. 그러므로 '괭이'가 처의 내면 심경을 직접 토로하지 못하도록 억제하는 기능을 한다는 해석은 적절하지 않다.

❌ **오답풀이**

① ⓐ

노어부는 관객이 볼 수 없는 부엌 뒤로 별안간 들어갔다가 '괭이'를 들고 무대로 나온다. 즉 '괭이'는 무대 밖에 있다가 노어부가 무대로 가지고 들어온 것으로, 관객들의 주목을 끄는 소품이다.

② ⓑ

노어부가 '괭이'를 들고 무대로 나오자, 처는 노어부를 뒤따라 나와 '괭이'를 빼앗아 간다. 따라서 '괭이'는 처가 노어부를 뒤따라 움직이는 계기를 제공했다고 볼 수 있다.

③ ⓒ

처는 '괭이'를 뺏기 위해 부지깽이로 노어부의 머리를 때린다. 따라서 '괭이'는 처가 노어부와 충돌하게 만드는 매개체 구실을 한다고 볼 수 있다.

⑤ ⓔ

복조가 쓰던 '괭이'에 대한 처의 집착은 곧 죽은 아들에 대한 사랑과 집착이라고 볼 수 있다. 관객들은 '괭이'에 대한 처의 집착을 통해 아들을 잃은 어머니의 허망한 심정을 이해하게 된다.

홍파 각색, 「난쟁이가 쏘아 올린 작은 공」

2009학년도 수능

문제 P.134

[1~3] 다음 글을 읽고 물음에 답하시오.

#89. 불이의 집(낮)

누군가 대문을 두드린다. 들어낸 짐을 정리하면서 어머니 돌아본다. 영희냐 하고 달려가 문을 열면 얼굴이 부은 영호와 영수가 들어온다.

영호: 엄마 영휜 돌아오지 않을 거예요.

어머니: ……

영호: 엄마 우리 파티를 하죠. 불고기 파티를……. 이거 고깁니다.

얼굴이 부은 채 고기를 들고 돌아온 영호

하고는 어머니에게 준다. 말없이 보다가 가져가는 어머니.

불이: 얼굴은 왜 다쳤니.

영호: (빙긋 웃고) ……덕분에 고기를 얻었어요. 얘기가 좀 복잡해요.

하고 함께 마당으로 나간다.

// 장면 끊기 01 불이와 어머니는 기다리던 영희 대신 부은 얼굴로 돌아온 영호, 영수로부터 고기를 건네받음

#90. 고급 레스토랑

비프스테이크가 만들어지고 있다. 우철이 다소곳한 영희에게 다정한 이야기를 하고 있다.

#91. 불이의 집 마당

풍로에 불을 지피고 있는 불이. 어머니는 고기에 양념을 친다. 보고 있는 영수와 영호.

영호: 다운*은 됐지만 많은 걸 배운 것 같아요.

영수 말없이 앞만 본다.

#92. 레스토랑

영희가 접시의 고기를 서툴게 썰고 있다. 지켜보던 우철이 접시를 가져다 익숙한 솜씨로 고기를 잘라 소스까지 쳐 준다. 약간 화가 나 지켜보는 영희. 익숙한 솜씨로 고기를 잘라 주는 우철의 행동을 보고 자존심이 상한 영희

#93. 불이의 집 마당

익고 있는 고기. 식구들이 둘러앉아 고기를 먹는다. 먼 곳으로부터 들려오는 집 부수는 소리. 해머 소리.

#94. 몽타주*

영희와 우철이 고기를 먹고 있다.
영희를 뺀 가족이 고기를 씹고 있다.
이들의 면모가 다양하고 자세하게 묘사되며 몽타주된다.

// 장면 끊기 02 영희는 우철과 고급 레스토랑에서 고기를 먹고 다른 가족들은 철거가 예정된 집 마당에서 고기를 구워 먹음

#95. 불이의 집

㉠꽝꽝 하고 소리 나며 흔들리면 담벽에 큰 구멍이 난다. ㉡커다란 해머가 구멍을 넓혀 온다. ㉢구멍으로 안의 전경이 보인다. 태연히 앉아 고기를 구워 먹는 난쟁이 식구들이 보인다. 자신들의 집을 허무는 작업이 시작되었음에도 고기를 구워 먹으며 태연한 모습을 보이는 난쟁이 식구들 ㉣담벽이 크게 무너지며 먼지가 인다. 지켜보는 인부들. 가라앉는 먼지의 마당. ㉤식구들이 말없이 먹기를 계속한다. 인부의 대장이 눈짓을 하면 인부들이 흩어져 앉으며 땀을 닦는다. 마지막 파티를 하는 난쟁이 일가를 기다리는 인부들. 인부들도 즐거운 낯이 아니다. 난쟁이 식구들의 집을 허무는 것을 내켜하지 않는 인부들 어머니가 익은 고기를 접시에다 주섬주섬 담는다. 일어나는 어머니, 식구들이 의아하여 본다. 어머니가 고기 접시를 들고 인부들에게 간다. 어리둥절하다가 담뱃불을 끄는 인부들.

어머니: (담담하다) 고기가 얼마 남지 않았군요. 한 점씩이라도 드세요.

하며 고기 한 점을 집어 대장부터 내어 민다. 멍하니 보다가 황급히 손바닥으로 받아먹는 대장. 말없이 지켜보는 대장. 영호만이 턱을 악물고 눈물이 글썽한다. 어머니는 계속하여 고기 한 점씩 인부들에게 나누어준다.

어머니: 아저씨들을 원망하지 않아요. 아저씨들이라고 좋아서 하겠어요. 우리의 처지와 다를 것도 없을 텐데……. 인부들에게 익은 고기를 건네며 공감대를 형성하는 어머니 집은 헐리더라도 오늘 하루 여기서 자야 해요. 딸이…… 집 나간 딸이 돌아오지 않았어요. 집 나간 영희를 기다리려는 어머니

// 장면 끊기 03 난쟁이 식구들은 집이 허물어지는 와중에도 고기를 구워 먹고, 어머니는 난쟁이 가족의 마지막 파티를 기다려 주는 인부들에게 고기를 나누어 주며 영희를 걱정함

#96. 고급 맨션 앞

우철이 승용차를 몰아 아파트로 진입하고 있다. 다소곳이 앉아 있는 영희의 모습. // 장면 끊기 04 영희는 승용차를 타고 우철의 아파트로 들어감

#97. 불이의 집

일거에 폭삭 무너지는 담. 방문을 열고 나와 선 식구들 앞서 뽀얗게 먼지가 인다. "명희 언니는 큰오빠를 좋아해"라 쓰인 장독대가 큰 해머에 의해 부서진다. 파괴되어 가는 과정이 다각도로 보여진다. // 장면 끊기 05 불이의 집은 철거당하게 됨

— 홍파 각색, 「난쟁이가 쏘아 올린 작은 공」 —

*다운: 권투 시합에서 상대방의 공격으로 쓰러진 상태.
*몽타주: 넓은 의미로는 편집 작업을, 좁은 의미로는 서로 다른 화면을 결합하는 방식을 가리킴.

📋 전체 줄거리

난쟁이 김불이와 어머니, 장남 영수, 차남 영호, 막내딸 영희는 가난 속에서도 희망을 품고 살아가는 낙원구 행복동의 도시 빈민 가족이다. 그러나 해양 오염으로 인해 행복동이 재개발에 들어간다는 소식이 돌고, 불이의 가족을 비롯한 행복동 주민들은 거주지를 철거하라는 권고를 받아 주택 분양권을 받게 된다. 그런데 부동산 투기업자인 박우철이 주민들의 주택 분양권을 사들이면서 분양권을 판 이들의 삶은 비참해지게 되고, 영수는 이러한 현실에 분노하면서도 현실을 수용하는 불이의 태도에 적극적으로 나서지 못한다. 영희는 사치스럽게 살아가는 우철에게 이끌려 그를 따라갔다가 현실을 자각하고, 불이의 가족이 살던 집을 비롯한 행복동의 낡은 가옥들은 철거당하게 된다. 영희는 우철의 집 금고에서 주택 분양권을 찾아서 아버지 이름으로 분양권 신청을 한 후 행복동으로 돌아오지만, 아버지는 사망한 상태였다.

1. 윗글로 미루어 알 수 있는 것은?

✅ 정답풀이

① 인부들은 불이의 집을 허무는 일에 대해 기꺼워하지는 않았다.

> #95에서 난쟁이 식구들은 인부들이 담벽을 허무는데도 태연히 앉아 말 없이 고기를 구워 먹고 있다. 인부 대장의 눈짓에 따라 인부들은 난쟁이 일가를 기다리는데 이때 '인부들도 즐거운 낯이 아니'라고 하였다. 그러므로 인부들은 불이의 집을 허무는 일에 대해 기꺼워하지 않음을 알 수 있다.

❌ 오답풀이

② 영수는 무너지는 집을 바라보며 지나간 기억을 반추하고 있다.
#97에서 불이의 가족들이 보는 앞에서 집이 철거되는 장면이 제시되었으나 영수가 무너지는 집을 보며 기억을 되돌아보는 장면은 제시되어 있지 않다.

③ 어머니는 영희에 대해 무관심한 아들들의 태도에 불만을 나타내고 있다.
아들들이 영희에 대해 무관심한지는 알 수 없다. #89에서 영호가 '엄마 영흰 돌아오지 않을 거예요.'라고 말했지만 이 말이 진심으로 영희에 대해 무관심하기 때문에 하는 말인지, 영희를 기다리는 어머니에게 현실을 알려 주려고 한 말인지 윗글만으로는 알 수 없다. 어머니 또한 그런 아들들에 대해 불만을 표하는 대사나 행동을 하지는 않는다.

④ 불이는 영호의 상처에 대해 물었지만 영호는 불이의 질문에 대답하지 않았다.
#89에서 영호는 '얼굴은 왜 다쳤니.'라는 불이의 물음에 상처를 입은 덕분에 '고기를 얻었'으며, '얘기가 좀 복잡해요.'라고 답한다.

⑤ 영희는 우철의 다정한 태도에 호감을 느껴 자신의 현재 처지에 만족하고 있다.
#92에서 우철은 영희의 고기를 대신 썰어 주며 다정한 태도를 보이고 있지만, 영희는 우철의 행동을 달가워하지 않고 '약간 화가 나 지켜'본다. 따라서 영희가 우철에게 호감을 느꼈다거나 현재 처지에 만족하고 있다고 볼 수는 없다.

🌱 기틀잡기

① **기꺼워하다:** 마음속으로 은근히 기쁘게 여기다.
② **반추:** 어떤 일을 되풀이하여 음미하거나 생각함. 또는 그런 일.

Q: 영호는 '얼굴은 왜 다쳤니.'라는 불이의 질문에 '덕분에 고기를 얻었어요.'라며 엉뚱한 말을 했으니, 질문에 대답하지 않았다고 볼 수 있는 것 아닌가요?

A: 얼굴이 다친 이유를 묻는 불이에게 '덕분에 고기를 얻었'다는 영호의 말은 질문과 무관해 보일 수 있지만, 그에 이어서 '얘기가 좀 복잡해요.'라고 말하는 것을 통해 영호는 상처의 이유를 한두 마디 말로 설명하기 어렵다는 대답을 하고 있음을 알 수 있다. 즉 영호는 불이의 질문에 구체적인 대답을 하지 않은 것이지, 아무런 대답을 하지 않은 것은 아니다. 또한 #91의 '다운은 됐지만 많은 걸 배운 것 같아요.'라는 영호의 말을 통해 권투로 인해 다쳤음을 간접적으로 대답했다고 볼 수 있다.

ⓒ에서 담벽에 난 구멍 안으로 난쟁이 일가의 모습이 보이게 하려면 카메라는 담벽 바깥쪽에 위치해야 한다.

④ ⓔ: 담벽이 무너지고 인부들이 지켜보는 가운데 먼지가 서서히 가라앉도록 촬영하면, 난쟁이 일가가 겪을 사태가 구체화되는 시각적 효과를 살릴 수 있을 거야.

윗글에서 난쟁이 일가가 겪을 사태는 가족이 살고 있던 집의 철거이다. ⓔ은 인부들이 집을 철거하여 먼지가 이는 상황을 보여 주므로, 난쟁이 일가가 겪을 사태를 구체화시켜 보여 준다고 할 수 있다.

⑤ ⓜ: 난쟁이 일가가 식사하는 장면을 다시 화면에 담는다면, 철거 위협에도 아무렇지도 않은 듯 행동하는 난쟁이 일가의 태도를 부각할 수 있을 거야.

ⓜ에서 집이 무너지고 있음에도 불구하고 난쟁이 일가가 말없이 식사하는 장면을 다시 화면에 담는다면, 철거 위협에도 아무렇지도 않은 듯 행동하는 난쟁이 일가의 태도를 부각할 수 있다.

| 작품의 내용 이해 | 정답률 **56**

2. 학생들이 모둠 활동을 통해 '#95'를 지문 내용에 충실하게 촬영하려고 한다. ㉠~㉢에 대한 의견으로 적절하지 않은 것은?

> ㉠: 꽝꽝 하고 소리 나며 흔들리면 담벽에 큰 구멍이 난다.
> ㉡: 커다란 해머가 구멍을 넓혀 온다.
> ㉢: 구멍으로 안의 전경이 보인다. 태연히 앉아 고기를 구워 먹는 난쟁이 식구들이 보인다.
> ㉣: 담벽이 크게 무너지며 먼지가 인다. 지켜보는 인부들. 가라앉는 먼지의 마당.
> ㉤: 식구들이 말없이 먹기를 계속한다.

✔ 정답풀이

② ㉡: 담벽의 구멍을 보여 준 이후 그 구멍으로 해머가 모습을 드러내도록 촬영하면, 카메라가 인부들의 시선을 대변할 수 있을 거야.

앞에서 '담벽에 큰 구멍' 난 뒤, ㉡에서 '커다란 해머가 구멍을 넓혀 온다.'라고 했으므로, ㉡은 담장 안에서 바깥쪽을 바라본 관점에서 서술된 것이다. 담벽의 구멍을 보여 준 이후, 구멍으로 해머가 모습을 드러내도록 촬영하는 것은 이러한 시선을 잘 보여 주는 것이다. 하지만, 이는 인부들의 시선이 아닌 담장 안에서 고기를 구워 먹는 난쟁이 일가의 시선을 대변한다고 할 수 있다.

✖ 오답풀이

① ㉠: 해머 소리를 음향 효과로 제시하면서 흔들리는 담벽을 보여 준 후에 담벽에 난 구멍을 보여 준다면, 상황이 실감 나게 전달될 수 있을 거야.

㉠에서 해머 소리를 음향 효과로 제시하면서 흔들리는 담벽에 구멍이 나는 장면을 보여 주면 상황을 더욱 실감 나게 전달할 수 있다.

■ 평가원의 관점 •2-②, ④, ⑤번

이의 제기

②번은 적절하고, ④번, ⑤번이 적절하지 않은 것 아닌가요?

답변

②번은 ㉡의 해머가 구멍을 넓혀 오는 상황을 반영하여 담벽의 구멍을 먼저 보여 주고 그 구멍으로 해머가 모습을 드러내도록 촬영한다는 것입니다. 이렇게 할 때, 카메라는 인부의 시선이 아니라 구멍이 만들어지는 광경을 담벽 안쪽에서 지켜보는 시선을 대변하게 됩니다. 그러므로 ②번은 적절하지 않은 진술입니다.

답지 ④번은 ㉣의 담벽이 무너지는 상황에 대한 것입니다. 담벽이 무너지고 먼지가 가라앉으면서 인부들의 모습이 드러납니다. 이를 통해 난쟁이의 집이 철거될 상황이 구체화됩니다. '난쟁이 일가가 겪을 사태'란 그들의 집이 헐리게 될 일을 가리킵니다. 인부들이 눈앞에 나타나면서, 이 사태가 시각적 효과로 뚜렷하게 구현되는 것입니다. 그러므로 ④번은 적절한 진술입니다.

⑤번은 ㉤의 말없이 먹기를 계속하는 상황에 대한 것입니다. #91에서 난쟁이 일가는 고기 구울 준비를 하고, #93에서 고기를 먹기 시작합니다. 그때 먼 곳으로부터 들려오는 소리가 있습니다. '해머 소리'이고, '집 부수는 소리'입니다. 철거 위협이 엄습하고 있는 것입니다. 하지만 난쟁이 일가는 고기 먹는 것을 중단하지 않습니다. 난쟁이 일가는 닥쳐오는 위기를 이미 알고 있었음에도 불구하고 식사를 태연히 계속하고 있습니다. 그들은 '아무렇지도 않은 듯' 행동하고 있는 것입니다. ㉤에서 포착되는 난쟁이 일가의 모습은 ㉢과도 관련됩니다. ㉢을 보면, 난쟁이 일가는 '태연히' 앉아 있다고 명시되어 있습니다. ⑤번에서 진술했듯이 ㉤은 ㉢의 상황을 다시 보여 주는 것입니다. 이를 통해서 철거 위협이 커지고 있음에도 불구하고 아무렇지도 않은 듯 행동하는 난쟁이 일가의 모습이 부각됩니다. 그러므로 ⑤번은 적절한 진술입니다.

3. 〈보기〉를 바탕으로 윗글을 감상한 내용으로 적절하지 않은 것은? [3점]

───────────〈보기〉───────────

　시나리오에서 두 개 이상의 이야기가 동시에 진행될 때, 중심이 되는 이야기를 '주 플롯'이라 하고 부수적인 이야기를 '부 플롯'이라 한다. 주 플롯에 해당하는 장면을 M_1, M_2, ⋯, M_k, ⋯, M_n이라 하고, 부 플롯에 해당하는 장면을 S_1, S_2, ⋯, S_k, ⋯, S_n이라 할 때, 전체 구조는 $M_1 \rightarrow S_1 \rightarrow M_2 \rightarrow S_2 \rightarrow \cdots \rightarrow M_k \rightarrow S_k \rightarrow \cdots \rightarrow M_n \rightarrow S_n$의 순서를 따르는데, 이러한 정렬 방식을 교차편집이라고 한다. M_k에서 S_k로 전환될 때 두 장면 사이의 유사성이나 대조점을 활용하면 장면 연계가 매끄럽게 이루어질 것이며, M_k와 S_k가 한 장면 내에서 만날 때 나뉘어 있던 두 플롯이 더욱 긴밀하게 연관될 것이다.

─────────────────────────

🔍 보기 분석

- 주 플롯과 부 플롯
  - 주 플롯: 중심이 되는 이야기 / 부 플롯: 부수적인 이야기
  - 교차편집: 주 플롯(M)과 부 플롯(S)이 반복적으로 교차되는 정렬 방식
    → M과 S 간의 유사성과 대조점을 활용할 시 장면 연계가 매끄러워짐
    → M과 S가 한 장면에서 만날 시 두 플롯이 더욱 긴밀히 연관됨

✔ 정답풀이

③ 주 플롯과 부 플롯은 #94에서 만나 동일한 공간적 배경을 갖게 된다.

> 〈보기〉를 참고하면, 윗글은 '불이의 집'에서 벌어지는 난쟁이 일가의 이야기가 주 플롯이며, '고급 레스토랑'과 '고급 맨션 앞'에서 벌어지는 우철과 영희의 이야기가 부 플롯으로 교차편집된 것이다. 그런데 #94는 서로 다른 공간에서 벌어진 별개의 사건을 한 화면에 결합하여 보여 주는 '몽타주' 기법이 활용되어 '두 플롯이 더욱 긴밀하게 연관'되는 장면일 뿐, 주 플롯과 부 플롯이 동일한 공간적 배경을 갖게 된 것은 아니다.

✘ 오답풀이

① #90, #92, #96은 부 플롯에 해당하는 장면들이다.
#90, #92, #96은 이야기의 주된 무대인 '불이의 집'이 아니라, 부수적인 이야기가 진행되는 '고급 레스토랑'과 '고급 맨션 앞'에서의 사건을 다루고 있으므로 부 플롯에 해당한다.

② 주 플롯에 해당하는 장면들은 시간의 흐름에 따라 진행되고 있다.
윗글에서 주 플롯에 해당하는 장면들은 #89, #91, #93, #95, #97이다. 낮에 영호, 영수가 집으로 돌아오고, 영호가 가져온 고기를 풍로에 구워 먹는 중에, 인부들이 담벽에 구멍을 내고, 담이 무너지는 장면이 시간의 흐름에 따라 진행되고 있다.

④ '고기'는 주 플롯과 부 플롯을 자연스럽게 연계하는 유사성으로 활용된다.
〈보기〉에서 '유사성이나 대조점을 활용하면 장면 연계가 매끄럽게 이루어'진다고 하였다. 주 플롯인 불이의 집에서 고기를 굽는 장면과 부 플롯인 레스토랑에서 고기를 써는 장면은 '고기'라는 유사성을 통해 자연스럽게 연계된다.

⑤ 고급 아파트와 낡고 무너진 집의 대조를 통해 두 플롯을 연계한 대목이 있다.
〈보기〉에서 '유사성이나 대조점을 활용하면 장면 연계가 매끄럽게 이루어'진다고 하였다. 부 플롯에 등장하는 '아파트'와 주 플롯에 등장하는 '일거에 폭삭 무너지는' 불이의 집의 대조를 통해 두 플롯이 매끄럽게 연계되고 있다.

🌱 기틀잡기

- **플롯:** 소설, 영화 등에서 이야기를 구성하는 사건.

[1~3] 다음 글을 읽고 물음에 답하시오.

파수꾼 가: 이리 떼다, 이리 떼! 이리 떼가 몰려온다!

'파수꾼 나'는 확신 있게 양철북을 두드린다. '파수꾼 다'는 여느 때와는 달리 침착하게 일어선다. 그리고 담요를 벗어 네모반듯하게 갠 다음 식탁 위에 놓는다. 그는 북을 두드리는 '파수꾼 나'를 바라보면서 몹시 안타까운 표정이 된다. 이리 떼의 위협을 알리기 위해 양철북을 두드리는 파수꾼 나를 안타까워하는 파수꾼 다

[A]

파수꾼 가: 북소리 중지! 이리 떼는 물러갔다.

파수꾼 다: 정말 이리가 있다구 믿으세요?

파수꾼 나: 보렴, 방금도 이리 떼가 오질 않았니? 그렇지 않다면 내가 왜 양철북을 치며 평생을 보냈겠느냐? 서운하다. 아무리 아픈 애라지만 너무 심한 말을 하는구나. 자신이 믿는 현실에 의문을 제기하는 파수꾼 다에게 서운함을 드러내는 파수꾼 나

파수꾼 다: 죄송해요. 하지만 어쩜 그 많은 나날을 단 한 번도 의심 없이 보내셨어요?

파수꾼 나: 넌 그렇게도 무섭니, 이리가?

파수꾼 다: 오히려 이리가 있다구 믿었던 때가 좋았던 것 같아요. 그땐 숨기라도 했으니까요. 땅에 엎드리면 아늑하게 느껴졌어요. 지금은요, 이리가 없으니 땅에 엎드려야 아무 소용 없구요, 양철북도 쓸모가 없게 됐어요. 오직 이제는 제가 본 그 사실만을 말하고 싶어요. 두려움의 대상이었던 이리가 존재하지 않음을 알고 진실을 알리고 싶어 하는 파수꾼 다

해설자, 촌장이 되어 등장. 검은 옷차림. 이해심이 많아 보이는 얼굴과 정중한 태도. 낮고 부드러운 음성으로 말한다.

// 장면 끊기 01 이리가 없음을 알게 된 파수꾼 다는, 여전히 이리가 있다고 믿는 파수꾼 나를 안타까워하며 진실을 밝히고 싶어 함

(중략)

촌장: 오다 보니까 저쪽 덫에 이리가 치어 있습디다.

파수꾼 나: 이리요? 어느 쪽이죠?

촌장: 저쪽요, 저쪽. 찔레 덩굴 밑이던가요……. 파수꾼 다와 은밀히 대화하기 위해 파수꾼 나를 멀리 보내는 촌장

파수꾼 나: 드디어 잡는군요!

'파수꾼 나' 퇴장. 촌장은 편지를 꺼내 '파수꾼 다'에게 보인다.

촌장: 이것, 네가 보낸 거니?

파수꾼 다: 네, 촌장님.

촌장: 나를 이곳에 오도록 해서 고맙다. 한 가지 유감스러운 건, 이 편지를 가져온 운반인이 도중에서 읽어 본 모양이더라. '이리 떼는 없구, 흰 구름뿐.' 그 수다쟁이가 사람들에게 떠벌리고 있단다. 조금 후엔 모두들 이곳으로 몰려올 거야. 이리 떼가 없음을 알고 분노한 사람들이 몰려오고 있다고 말하는 촌장 물론 네 탓은 아니다. 넌 나 혼자만을 와 달라구 하지 않았니? 몰려오는 사람들은, 말하자면 불청객이지. 더구나 어떤 사람은 도끼까지 들고 온다더라.

파수꾼 다: 도끼는 왜 들고 와요?

촌장: 망루를 부순다고 그런단다. '이리 떼는 없구, 흰 구름뿐.' 이것이 구호처럼 외쳐지고 있어. 그 성난 사람들만 오지 않는다면 난 너하고 딸기라도 따러 가고 싶다. 난 어디에 딸기가 많은지 알고 있거든. 이리 떼를 주의하라는 팻말 밑엔 으레히 잘 익은 딸기가 가득하단다. 이리 떼가 나타난다는 거짓말로 공포심을 조장한 후에 혼자 이익을 챙겨 온 촌장

파수꾼 다: 촌장님은 이리가 무섭지 않으세요?

촌장: 없는 걸 왜 무서워하겠니?

파수꾼 다: 촌장님도 아시는군요?

촌장: 난 알고 있지. 이리가 존재하지 않는다는 사실을 알고 있으면서도 사람들에게 숨기고 있던 촌장

파수꾼 다: 아셨으면서 왜 숨기셨죠? 모든 사람들에게, 저 덫을 보러 간 파수꾼에게, 왜 말하지 않는 거예요?

촌장: 말해 주지 않는 것이 더 좋기 때문이다.

파수꾼 다: 거짓말 마세요, 촌장님! 일생을 이 쓸쓸한 곳에서 보내는 것이 더 좋아요? 사람들도 그렇죠! '이리 떼가 몰려온다.' 이 헛된 두려움에 시달리는데 그게 더 좋아요? 이리라는 허상의 존재를 통해 헛된 두려움을 자아낸 촌장에게 따지는 파수꾼 다

촌장: 애야, 이리 떼는 처음부터 없었다. 없는 걸 좀 두려워한다는 것이 뭐가 그렇게 나쁘다는 거야? 지금까지 단 한 사람도 이리에게 물리지 않았단다. 마을은 늘 안전했어. 그리고 사람들은 이리 떼에 대항하기 위해서 단결했다. 그들은 질서를 만든 거야. 질서, 그게 뭔지 넌 알기나 하니? 모를 거야, 너는. 그건 마을을 지켜 주는 거란다. 사람들이 진실을 아는 것보다 마을의 질서가 유지되는 일이 더 중요하다고 주장하는 촌장

// 장면 끊기 02 촌장은 편지를 보낸 파수꾼 다를 찾아와 딸기로 회유하려 하며, 이리에 대한 두려움이 단결과 질서를 형성한다고 하여 진실을 감춘 행위를 정당화함

– 이강백, 「파수꾼」 –

1. 윗글에 대한 설명으로 가장 적절한 것은?

전체 줄거리

황야에는 이리 떼의 습격으로부터 마을을 보호하기 위해 세워진 망루가 있다. 망루의 파수꾼이 된 이래, '가'는 망루 위에서 이리 떼를 발견했다고 외치고, '나'는 망루 아래에서 양철북을 두드리며 마을에 이리 떼의 습격을 알리는 일을 반복해 왔다. '다'는 신참 파수꾼으로, 이리 떼에 대한 두려움에 망루 위로 올라가지 못한다. 그러던 어느 새벽, 잠에서 깨어 처음으로 망루 위에 올라간 '다'는 평화로운 황야의 모습과 기계처럼 '이리 떼다, 이리 떼!'를 외치는 '가'를 보고 처음부터 이리 떼는 없었음을 깨닫는다. 이에 '다'는 진실을 알리기 위해 촌장에게 편지를 보내고, 망루로 찾아온 촌장과의 대화에서 촌장이 이리 떼가 없다는 사실을 알면서도 마을 사람들을 속여 왔음을 알게 된다. '다'는 왜 사실을 숨겼는지 촌장에게 따지고, 촌장은 여러가지 이유를 들며 '다'를 회유하려 한다. 결국 '다'는 촌장에게 설득당해, 망루까지 몰려온 마을 사람들 앞에서 촌장의 뜻대로 거짓을 말하게 된다.

정답풀이

③ 무대 밖의 사건이 무대 내의 사건에 영향을 준다.

> 촌장은 '편지를 가져온 운반인'이 이리 떼가 없다는 사실을 떠벌리고 있으며, 이를 들은 마을 사람들이 곧 망루로 몰려올 것이라고 말한다. 이러한 촌장의 말은 파수꾼 다를 설득하기 위한 중요한 근거로 작용하고 있다. 이를 통해 무대 밖에서 사람들이 몰려온다는 사건이 무대 내의 사건에 영향을 준 것임을 알 수 있다.

오답풀이

① 극중 시간의 흐름이 전환되고 있다.

극중 시간의 흐름은 파수꾼 다를 비롯한 등장인물들을 중심으로 자연스럽게 흘러가고 있을 뿐, 갑작스럽게 전환되고 있지는 않다.

② 공간적 배경은 황야에 위치한 마을이다.

'마을'의 사람들이 '망루를 부'수기 위해 '이곳으로 몰려'오고 있다는 촌장의 말을 참고할 때, 윗글의 공간적 배경은 마을에서 다소 떨어져 있는 망루임을 알 수 있다. 또한 윗글에서 공간적 배경이 황야에 위치한다고 판단할 근거는 찾을 수 없다.

④ 등장인물들은 서로에게 협력하는 태도를 드러낸다.

(중략) 이전에는 이리 떼의 존재 여부에 대해 파수꾼 다와 파수꾼 나가 서로 다른 관점을 가지고 있음이 나타나고, (중략) 이후에는 마을 사람들에게 진실을 밝히는 것이 바람직한지에 대한 파수꾼 다와 촌장의 논쟁이 나타날 뿐, 등장인물들이 서로에게 협력하는 태도를 드러낸 부분은 확인할 수 없다. 참고로 (중략) 이후 파수꾼 나는 촌장의 말에 속아 이리를 잡으러 가고 있을 뿐이므로, 파수꾼 나와 촌장이 상호 간에 협력하는 태도를 드러내고 있다고 볼 수는 없다.

⑤ 중심 갈등은 '파수꾼 나'와 '파수꾼 다' 사이에 나타난다.

윗글의 중심 갈등은 이리 떼가 존재하지 않는다는 진실을 밝히려는 파수꾼 다와 그 진실을 숨기려는 촌장 사이에 나타난다.

모두의 질문

• 1-②번

Q: 작품의 전체 줄거리를 기준으로 하면 윗글의 공간적 배경은 '황야'가 맞지 않나요?

A: 배경지식으로 작품의 전체 줄거리를 알고 있었다고 해도, '윗글'에 대한 이해를 묻는 문제에서 선지의 적절성을 판단할 때는 지문에 제시되어 있는 정보를 근거로 삼아야 한다. ②번 선지는 우선 윗글의 공간적 배경이 '마을'이라고 보기는 어렵다는 점에서 적절하지 않으며, 윗글에서 무대 밖 공간으로 나타나고 있는 '마을' 역시 '황야'에 위치한다고 판단할 수 있는 근거를 지문에서 찾을 수 없다는 점에서도 적절하지 않다.

2. 〈보기〉를 참조하여 [A]를 서사극으로 공연하기 위한 의견으로 적절한 것은?

───────────── 〈보기〉 ─────────────

　　정통 연극은 무대의 모든 사건과 인물이 현실 그대로라는 것을 강조한다. 무대 위의 햄릿은 진짜 햄릿이지 특정한 배우가 아니며 무대 위의 상황도 현실의 상황인 것처럼 보여야 한다. 하지만 서사극은 현실과 극중 상황을 분리하여 관객을 관찰자로 만든다. 관객에게 무대에서 이루어지는 모든 것은 '연극'일 뿐이다. 그리고 그 비판적 거리를 유지하기 위해 서사극에서는 '낯설게 하기'의 기법을 활용하여, 일부러 무대 장치를 노출하기도 하고 배우가 관객에게 극중 상황을 설명하기도 한다.

──────────────────────────────

🔍 보기 분석

• 정통 연극과 구분되는 서사극의 특징
　– 현실과 극중 상황을 분리하여 관객을 관찰자로 만듦
　– 무대 위 '연극'에 대한 비판적 거리 유지 위해 '낯설게 하기' 기법 활용
　　→ 무대 장치 노출, 배우가 관객에게 극중 상황 설명

✅ 정답풀이

③ '촌장'이 해설자의 역할도 맡고 있다는 점을 관객이 알게 한다.

〈보기〉에 따르면 서사극은 '무대에서 이루어지는 모든 것은 '연극'일 뿐'이라는 사실을 강조하고, 이를 위해 '낯설게 하기' 기법을 활용한다. '해설자, 촌장이 되어 등장.'에서 촌장 역할의 배우가 해설자의 역할도 겸한다는 사실을 관객이 알게 하는 것은 '배우가 관객에게 극중 상황을 설명'하는 '낯설게 하기' 기법을 활용하는 것이므로 [A]를 서사극으로 공연하기 위한 의견으로 적절하다.

❌ 오답풀이

① 무대의 배경 그림이나 망루를 실감 나게 제작한다.

〈보기〉에 따르면 '무대 위의 상황도 현실의 상황인 것처럼 보'이는 것은 서사극과 비교되는 정통 연극의 특성이다. 서사극은 오히려 '현실과 극중 상황을 분리'하여 관객이 무대 위의 모든 것을 '연극'으로 인식하게 해야 하므로, 무대의 배경 그림이나 망루를 실감 나게 제작하는 것은 [A]를 서사극으로 공연하기 위한 의견으로 적절하지 않다.

② 배우들의 표정에서 내면이 잘 드러나도록 조명을 활용한다.

[A]의 '그는 북을 두드리는 '파수꾼 나'를 바라보면서 몹시 안타까운 표정이 된다.'에서 배우의 표정을 통해 내면을 드러내고 있다. 그러나 〈보기〉에서는 서사극적 특성을 구현하기 위해 조명을 활용해야 한다고 설명하지 않았으므로 배우들의 내면을 드러내기 위해 조명을 활용해야 한다는 의견은 적절하지 않다.

④ 파수꾼들에게 각각 고유한 이름을 부여하여 개성을 드러낸다.

〈보기〉에서 서사극적 특성을 구현하기 위해 무대 위 등장인물에게 고유한 이름을 부여하여 개성을 드러낸다고 설명하지 않았다. 또한 [A]에 등장하는 인물의 이름은 '파수꾼 가', '파수꾼 나', '파수꾼 다'와 같이 익명성을 띠고 있으므로 인물의 개성을 드러내기 위해 고유한 이름을 부여했다고 볼 수도 없다.

⑤ '파수꾼 다'는 역할에 어울리는 연기로 관객의 연민을 이끌어낸다.

〈보기〉에 따르면 서사극의 관객은 무대에서 이루어지는 것이 '연극'임을 인식하며, 그에 대해 '비판적 거리를 유지'해야 한다. 배우의 연기를 통해 관객의 연민을 이끌어내는 것은 무대 위 서사에 대해 비판적 거리를 유지하도록 하는 것과 거리가 멀다.

🌱 기틀잡기

• 서사극: 실험주의 극. 관객으로 하여금 극에 비판적 거리를 유지하며 자신이 처한 현실을 진지하게 돌아보게 하는 데 목적이 있음.

3. 윗글의 '팻말'과 '딸기'에 대한 해석으로 가장 적절한 것은?

✅ 정답풀이

③ '팻말'은 명분 뒤에 숨겨진 '딸기'라는 실리를 촌장이 차지하게 하는 수단이 된다.

> 마을 사람들은 이리 떼를 주의하라는 '팻말'의 경고 때문에 들판에 나가려 하지 않지만, 이리가 없다는 사실을 알고 있는 촌장은 이러한 '팻말'을 적절히 활용하여 팻말 밑에 있는 잘 익은 '딸기'를 독차지한다. 따라서 '팻말'은 명분 뒤에 숨겨진 '딸기'라는 실리를 촌장이 차지하게 하는 수단이 된다고 할 수 있다.

❌ 오답풀이

① '딸기'는 본연의 직무에 충실한 파수꾼에게 촌장이 제공하는 보상을 뜻한다.

윗글에서 본연의 직무에 충실한 파수꾼은 파수꾼 나이고, '딸기'는 촌장이 독차지하고 있던 이익이다. 그런데 촌장은 파수꾼 다에게 '그 성난 사람들만 오지 않는다면 난 너하고 딸기라도 따러 가고 싶다.'라고 말하고 있다. 즉, '딸기'는 본연의 직무에 충실한 파수꾼에게 제공하는 보상이 아니라 회유를 위한 일종의 뇌물이라고 할 수 있다.

② '팻말'은 촌장이 지난날을 돌아보며 자신의 가치관을 바꾸도록 하는 기능을 한다.

'팻말'은 촌장이 '딸기'를 독차지하기 위해 이용하는 수단일 뿐, 과거 회상 및 가치관의 변화와는 관련이 없다.

④ '팻말'은 이리 떼라는 위협으로부터 '딸기'라는 공동체적 가치를 보호하는 기능을 한다.

윗글의 '없는 걸 왜 무서워하겠니?'라는 촌장의 대사를 통해, '이리 떼'라는 위협은 실제로는 존재하지 않는다는 사실을 알 수 있다. 또한 '딸기'는 촌장이 독차지하고 있던 이익이지 공동체적 가치로 볼 수 없다.

⑤ '딸기'는 '팻말'이라는 금기와 이리 떼라는 위협 아래에서도 사라지지 않는 희망을 나타낸다.

'팻말'에는 '이리 떼를 주의하라'는 경고가 적혀 있으므로 금기의 의미를 갖는다고 볼 수도 있다. 하지만 '딸기'는 촌장이 파수꾼 다를 회유하기 위해 사용하는 수단이므로, 희망을 나타낸다고 볼 수 없다.

📋 문제적 문제   · 3-④번

절반에 가까운 학생들이 정답과 거의 비슷한 비율로 ④번을 골랐다. 지문에서 '팻말'이나 '딸기'와 같은 상징적 소재가 어떠한 의미를 갖는지 해석하는 데 어려움을 느낀 것이 원인으로 보인다.

문학 작품에서 상징적 소재의 의미는 대체로 〈보기〉 등을 통해 상세하게 설명되는 경향이 있지만, 〈보기〉가 제시되지 않은 상황에서 특정한 소재의 상징적 의미를 파악해야 하는 경우에는 해당 소재가 제시된 지문의 맥락을 꼼꼼하게 살펴야 한다. 먼저 '딸기'와 '팻말'이 제시된 상황적 맥락을 살펴보자. 이리 떼가 존재하지 않는 상황에서 사람들에게 진실을 알리려고 하는 파수꾼 다와, 모든 것을 이미 알고 있었음에도 마을의 질서나 보호와 같은 명목을 내세워 진실을 은폐하려 하는 촌장이 서로 대립하고 있다. 이때 '팻말'은 존재하지 않는 위험을 경계하기 위해 세워진 무용지물로, 이미 진실을 알고 있는 촌장을 제외한 사람들의 접근을 막아 촌장이 잘 익은 '딸기'를 홀로 차지하게 하는 기능을 한다. 촌장이 자신과 마찬가지로 진실을 알게 된 파수꾼 다에게 '너하고 딸기라도 따러가고 싶다.'라고 말하는 것은, 자신이 독차지하고 있던 이익을 나누어 주겠다고 함으로써 상대를 회유하는 것이라고 볼 수 있다. 즉 촌장은 '팻말'이라는 수단을 이용하여 마을의 안녕을 추구한다는 허울뿐인 명분 뒤에 숨겨진 '딸기'라는 개인적 실리를 추구하는 이기적인 인물인 것이다.

따라서 ④번 선지와 같이 촌장이 홀로 차지하는 '딸기'를 공동체적 가치라고 보는 것도, 이리 떼라는 존재하지 않는 위협을 시사하는 '팻말'이 공동체적 가치를 보호한다고 보는 것도 적절하지 않다.

정답률 분석

	①	②	③ 정답	④ 매력적 오답	⑤
	5%	2%	45%	41%	7%

홀수 옛 기출 분석서 문학

1판 1쇄 발행일 2025년 3월 13일

발행인 박광일
발행처 주식회사 도서출판 홀수
출판사 신고번호 제374-2014-0100051호
ISBN 979-11-94350-13-2

홈페이지 www.holsoo.com

혼자서도 제대로, **빈틈없이** 공부할 수 있는 도서출판 홀수의

수능 국어 교재 시리즈

홀수 약점 CHECK 모의고사

[실력 점검 및 약점 진단]

홀수 기출 분석서

[사고력 강화 및 약점 보완]

홀수 옛 기출 분석서

[평가원의 관점 체화]

기본기 강화 교재

일등급을 만드는 국어 공부 전략 (독서, 문학)

[독서 · 문학 개념과 공부법]

독해력 증진 어휘집

[필수 어휘 20일 완성]

고전을 면하다

[고전시가 해석 풀이집]

국어 문법 FAQ

[문법 개념 학습]

영역별 집중 학습 교재

하루 30분, 독해 트레이닝

[이상적인 독해 과정의 체화]

하루 30분, 문학 트레이닝

[빠르고 정확한 선지 판단 훈련]

문법백제 PLUS

[문법 모의고사]

* 교재에 대한 상세한 정보는 도서출판 홀수 홈페이지를 통해 확인할 수 있습니다.

새로운 수능 국어 학습 이지스 프로그램 기출 분석 시리즈

가장 실전적이고 체계적인 수능 국어 기출 분석의 모형을 담은
홀수 기출 분석 시리즈로 수능 국어를 빈틈없이 대비할 수 있습니다.

홀수 기출 1년 학습 PLAN			
12월 ~ 3월	4월 ~ 5월	6월 ~ 8월	9월 ~ 11월
취약 영역 진단 및 보완 약점 CHECK 모의고사 + 기출 분석서 1회독	핵심 출제 요소 학습 옛 기출 분석서	취약 지문 영역 집중 강화 기출 분석서 2회독	취약 문제 유형 집중 강화 기출 분석서 3회독

←————— 옛 기출 분석서 활용 가능 —————→

🛡 홀수 약점 CHECK 모의고사

- 최신 6개년 평가원 기출 국어 공통과목(문학, 독서) 문제를 시험지 형태 그대로 구성
- 빠른 정답 및 회차별 OMR 카드 제공
- 약점 CHECK 분석표를 통해 학습 상황 점검 및 취약점 진단 가능

🛡 홀수 기출 분석서 (문학, 독서)

- 박광일 선생님의 2025학년도 수능 총평 및 지문별 CHECK POINT 수록
- 최신 6개년 평가원 기출 국어 공통과목(문학, 독서) 지문을 영역별로 수록하여 집중 학습 가능
- 지문 분석 장치, 심화 해설 장치 등을 통해 '분석하는 기출'의 모형 제시

🛡 홀수 옛 기출 분석서 (문학, 독서)

- 박광일 선생님이 엄선한 평가원 필수 옛 기출 지문으로 구성
- 각 지문의 분석 포인트와 상세한 해설 제공
- 평가원에서 반복적으로 묻는 핵심 요소를 파악하여 평가원의 관점을 체화

도서출판 홀수 YouTube
홀수 교재 활용법 보러 가기